忍者とは何か

忍法・手裏剣・黒装束

吉丸雄哉

角川選書
661

まえがき

一

現在、我々が認識している忍者は、歴史上に存在した忍びとは異なるものである。本当の忍びは黒装束も着なければ手裏剣も打たなかった。実在の忍びをもとに、文芸や演劇に忍者が登場し、それがさまざまな作品に登場するうちに、現在の姿に至る。その忍者の成立と変遷を創作を対象に分析しようとしたのが本書である。

本書では忍者について「忍者」以外に「忍び」という表現を用いたが、これは意図したことである。現在の忍者研究は歴史研究と文学研究の二つが中心であり、前者は歴史上に実在したものを、後者は創作に登場する虚構のものを対象とする。どちらの研究も現在目の前にあるものではなく、紙に記録されたものを対象とするために、それが実在のものか、虚構のものかを常に意識しなければならない。そのため、本研究では、平時に敵地に潜入して情報収集を行い、戦時には偵察のほか敵陣・敵城に侵入して放火などを行った、歴史的に実在した忍者を「忍び」あるいは「忍びの者」と表現し、これらをもとに文芸や演劇などに登場した、——多くの場合は超人的な忍術を身につけている——忍者を「忍者」と表記した。これは、歴史的に「忍者」よりも「忍び」「忍びの者」という記述が一般的であり、「忍者」という表記で「にんじゃ」と呼ぶ習慣が定着したのが一九六〇年代以降と新しいためである。

本書は創作における虚構の忍者を対象とするので、表記としては「忍者」が多くなるが、「忍び」「忍びの者」が使われている場合は歴史的な忍者を指していると注意して欲しい。小説や演劇の作品に出てきた石川五右衛門《いしかわごえもん》や飛加藤《とびかとう》が「忍者」であるのは理解しやすいだろう。江戸《えど》時代になって作成された近世軍記の忍者はどう表記するか迷った。軍記は二次史料であり、編纂者の意図が反映されやすく、創作的要素が認められる場合も多い。結局は軍記物語・軍記小説であるという見方もできる。だが、もともとの編集の態度が事実を記録するという姿勢でなされているものが多いため、近世軍記に登場する忍者も、歴史的な忍者とみなして「忍び」という表記を行った。たとえば、『北条五代記《ほうじょうごだいき》』に登場する風魔小太郎《ふうまこたろう》の話は、読んだところ創作的な要素が多く内容的には「忍者」だが、これも「忍び」で表記した。

ここ何年かで忍者研究は、当事者が対象と同時代に記した史料である一次史料か、第三者や後代の者が残した記録である二次史料でも信頼性の高いものだけによって行われ、近世軍記の記述は慎重に取り扱うようになってきた。近世軍記の多くが、すでに文学研究の対象となっている『平家物語《へいけものがたり》』や『太平記《たいへいき》』などと同様に「軍記物語・軍記文学」としてみなされるようになってきた。つまり、戦国期や江戸時代の手紙、日記、文書、忍術書を除いた多くの記録が文学としての忍者研究の対象に含まれるようになったのである。

我々が作られた「忍者」像をきちんと認識することができなければ、史実における「忍び」を理解することも難しい。史実における「忍び」を十分に理解しているなら、それをタネとして作られた「忍者」像を理解するのもたやすくなる。「記録」と「フィクション」の両方を扱い、学際的であることも現代の歴史・文学研究の特徴である。たとえば、豊臣秀吉《とよとみひでよし》や織田信長《おだのぶなが》といった有名な人物は実像のまわりに多くの虚像がつきまとう。そのため、堀新・井上泰至編『秀吉の虚像と実像』（笠間書院、二〇一六）や堀新・井上泰至編『信長徹底解読　ここまでわかった本当の姿』（文学通信、二〇二〇）のように歴史学と文学が協力しながら、実像と虚像の両面から解明する方法が現代では一般的になってきている。

二

では、忍びと忍者はどのような関係にあり、忍者はどのようにして今に至るのか。

忍者の話は江戸時代に入ってから登場する。忍術をつかうある特徴的な「忍びの者」の話がうまれる。それと同じような構成の「忍びの者」の話が時代をおって作られていく。話が集積することで「忍びの者」の話は、虚像としての「忍者」の話に変化し、さらに次の文芸や演劇や記録に影響していく。

このことを天狗《てんぐ》にたとえるとわかりやすいだろう。天狗を見たことがある人間は現在まったくといってよいほどいないし、江戸時代以前でも決して多くはなかったはずである。にもかかわらず、天狗の特徴はなにかと聞かれれば、赤い顔で鼻が高く、山伏姿で羽根があって羽団扇《はうちわ》を持っているとか、大天狗と烏天狗などの区別があるとか、鞍馬《くらま》山のような山奥に住んでいたとか答えられるはずである。こういった天狗像は『今昔《こんじやく》物語集』から『太平記』や謡曲の天狗などを経て、完成されていくのであるが、現代知っている人はどこかで創作の天狗からその知識を得たのである。

同様に、忍者について、黒装束に黒覆面、手裏剣や忍者刀といった特別な武器を持ち、上忍・中忍・下忍という名称の階層に所属し、人並み外れた体術をつかったり、超能力的な忍術をつかうことができるという忍者像も段階を追って作られていったものである。

現在は多種多様な忍者の話があり、また日々新しい忍者像が生まれつつあるが、江戸時代の忍者の話は「忍者が忍術をつかって潜入して、大事なものをとって戻ってくる」のが典型である。「忍び」の働きは平時の情報収集や戦時の潜入・放火などいろいろあるなかで、この型が中心になったことについて、平和になった江戸時代の人々は「忍び」の活動を目にする機会がなくなったので、「忍び働き」がなにかわからなくなったのだろうと当初は思っていた。しかし、山田雄司『忍者の歴史』といった実在した「忍び」の研究が「忍者の目的は戦うことではなく、情報を持って戻ってくることである」ということを明らかにしたので、むしろ江戸時代の人々は「忍び」の本質をよく理解したうえで「忍者」の話を作り上げていたと理解するようになった。忍者の話での「大事なもの」は情報であることもあれば、宝物や秘密や秘術を記した巻物であったりし、暗殺も忍者の仕事としてはほとんど見なされていなかった。

江戸時代の忍者の話でふたつ目に多い型は「忍者が忍術をつかって、お家の乗っ取りや天下転覆を謀る」ものである。これは石川五右衛門や稲田《いなだ》東蔵《とうぞう》が該当する。ここでの忍術は、妖術《ようじゅつ》と同じで超自然的なものであり、姿を隠す隠形《おんぎょう》と姿を変える変化《へんげ》の術がほとんどで、それに空を飛ぶ飛行《ひぎょう》の術がときおり含まれる。隠形と変化は、先にのべた「忍者が忍術をつかって潜入して、大事なものをとって戻ってくる」ことに使われることが多く、その点ではふたつ目の話もひとつ目の話と大枠は同じだが、超自然的な忍術をつかうことをとりたてて見ていかなければ、これが立川《たつかわ》文庫の猿飛佐助《さるとびさすけ》や山田《やまだ》風太郎《ふうたろう》の忍法小説、そして大ヒットマンガの『NARUTO―ナルト―』につながる系譜が見えなくなってしまう。

三つ目に多いのは、軍組織に属して「忍び」の活動（情報収集・偵察・放火）といったものを行う忍者である。これらは近世軍記や実録体小説（事実をもとにするが脚色の強い小説）に「忍び」として登場するので、実際の「忍び」と同じ活動をする。軍組織の一部として登場するためか、前の二つほど話の中心に活躍するものは少ない。近世軍記も文学のうちに入るとみて、本書で取り扱っているが、記録を志向する書物――それが建前であったとしても――であることを考慮して軍記の中の忍者は「忍び」で表記した。

以上のような様式の成立と変遷の解明を本書は目指している。

三

以下、本書の内容についてまとめておきたい。

第一部「軍記の中の忍び」第一章「『太平記』の忍び」では、忍びを駆使する名将という楠《くす》木正成《のきまさしげ》像やその配下の恩地左近《おんちさこん》が『太平記』ではなく、『太平記評判秘伝理尽鈔《たいへいきひょうばんひでんりじんしょう》』（以下、『理尽鈔』）という別伝や評を記した書物が『太平記』の描かない楠木正成像を造形し、それが江戸時代では『太平記』と同様の楠木正成として受け入れられてきたことを記した。『理尽鈔』

は兵学の教科書として用いられた兵学書でもあり、史書と小説と兵学書といった雑多な要素を含む。『理尽鈔』は『太平記』に準じているが、実際には成立した中世末期か江戸初期の忍びの運用が記されている。『理尽鈔』に記されたのは戦国の忍びであり、それを知ることができるという点でも『理尽鈔』は貴重である。『理尽鈔』が描く忍びを駆使する名将という楠木正成の姿は、史実ではないという理由で『理尽鈔』とともに閑却されているが、名将の強さが情報収集能力にあったという点はもっと見直されてよいだろう。

第二章「忍びのさまざま」では、軍記や文書に記録されたさまざまな忍びを確認した。ここで引用した資料は、創作ではなく記録の意図をもって記されたものだが、人間に客観的な記録ができないことから、まったく正確な忍びの姿を描いているとも考えにくい。『三河《みかわ》物語』は大久保彦左衛門忠教《おおくぼひこざえもんただたか》が子孫のために書き記した自伝であるが、忠教自身が体験していない内容も含まれ、すべてが正しいというわけではない。また、島原《しまばら》の乱における先祖の功績を記した「甲賀衆肥前切支丹一揆軍役由緒書案《こうかしゅうひぜんきりしたんいっきぐんえきゆいしょがきあん》」や『鵜飼勝山実記《うかいしょうざんじつき》』も他の記録と見比べると不明瞭《ふめいりょう》な部分もある。時代が経つにつれて、記録として整えられていったように思われる。風魔小太郎は、史実の忍者のように思われている。風魔（風間）一党が関東に存在し、後北条《ごほうじょう》氏のもとで働いていたのは間違いないが、現在知られる風魔像は『慶長見聞集《けいちょうけんもんしゅう》』『北条五代記』『古老軍物語《ころうぐんものがたり》』『関八州古戦録《かんはっしゅうこせんろく》』といった諸記録をもとに伝わっているものである。特に具体的に風魔小太郎の事蹟《じせき》を伝える『北条五代記』は『太平記』『鎌倉管領九代記《かまくらかんりょうくだいき》』といった、過去の軍記をもとにした創作の要素が強い点には注意すべきだろう。

第二部「近世忍者像の成立と変遷」第一章「石川五右衛門 —— 豪胆な悪の魅力」では、石川五右衛門が忍者として扱われるようになった過程と五右衛門が登場する創作を見ていった。石川五右衛門は実在の盗賊をもとに創作されたもっとも有名な忍者のひとりである。史実の五右衛門に関してわかっていないことが多いが、文禄《ぶんろく》三年（一五九四）に京で処刑された石川五右衛門という盗賊がいたことは確かのようである。その後、井原西鶴《いはらさいかく》『本朝二十不孝《ほんちょうにじゅうふこう》』といった小説や人形浄瑠璃《じょうるり》の松本治太夫《まつもとじだゆう》正本『石川五右衛門』、近松門左衛門《ちかまつもんざえもん》『傾城吉岡染《けいせいよしおかぞめ》』、並木宗《なみきそう》輔《すけ》『釜淵双級巴《かまがふちふたつどもえ》』といった作品を経て、釜煎《かまい》りの場面を見せ場とする演劇の登場人物として一定の完成を得た。ただし、それらの作品の石川五右衛門は忍者として描かれなかった。一八世紀中期までに登場した実録体小説『賊禁秘誠談《ぞっきんひせいだん》』により、伊賀《いが》国石川村出身で百地三太夫《ももちさんだゆう》から忍術を学び、最後は豊臣秀吉の寝所に忍びこんで捕まり処刑されるという、忍者としての石川五右衛門が生まれた。演劇では、歌舞伎『金門五山桐《きんもんごさんのきり》』、人形浄瑠璃『木下蔭狭間合戦《このしたかげはざまがっせん》』、歌舞伎『艶競石川染《はでくらべいしかわぞめ》』などに登場するが、そこでの石川五右衛門は釜煎りを頂点とした作品群とは違って、妖術と同様の超自然的な忍術をつかい、御家乗っ取りや天下転覆を謀る大悪人となり、見た目も大百日《おおびゃくにち》の鬘《かつら》に象徴される迫力のあるものとなった。こうした魅力ある石川五右衛門は、今でも『楼門五三桐《さんもんごさんのきり》』に代表される演劇作品に登場するほか、さまざまな創作に登場している。

第二章「飛加藤について —— 忍者ができるまで」では、忍者「飛加藤」の成立と変遷のあり方を確認した。飛加藤という忍びは実在しておらず、浅井了意《あさいりょうい》が中国小説を翻案するさいに、『五朝《ごちょう》小説』「剣俠伝《けんきょうでん》」の「崑崙奴《こんろんど》」から「超人的な能力をつかって大事なものをとって戻ってくる」という構造に着目して、同様の働きをする忍びの話に翻案したことにより生まれた。翻案では『五雑組《ござつそ》』や『平妖伝《へいようでん》』を参考にした可能性もある。翻案のさいに『甲陽軍鑑末書結要本《こうようぐんかんまつしょけつようぼん》』に登場する「飛加藤」という人物を参考にしたので、忍者飛加藤が誕生したが、もともと『甲陽軍鑑末書結要本』の「飛加藤」は「売僧者」であって忍びとは書かれていなかった。『伽婢子《おとぎぼうこ》』はよく読まれたために、上杉謙信《うえすぎけんしん》・武田信玄《たけだしんげん》に関係する読み物に飛加藤も取り入れられるようになった。『北越軍談《ほくえつぐんだん》』『絵本烈戦功記《えほんれつせんこうき》』といった軍記物や『風流軍配団《ふうりゅうぐんばいうちわ》』といった小説に登場するほか、『伽羅先代萩《めいぼくせんだいはぎ》』などの演劇の登場人物にも流用されている。結果として「忍者が忍術をつかって大事なものをとって戻ってくる」という話の型が広まるのに『伽婢子』は大きく貢献したといえる。

第三章「忍者のさまざま」では江戸時代の前半までに忍者を描いた小説をとりあげる。江戸時代の忍者の話は「忍者が忍術をつかって大事なものをとって戻ってくる」というもので、『聚楽《じゅらく》物語』はその形式が見られる早い作品である。井原西鶴の『新可笑記《しんかしょうき》』は『伽婢子』の影響が如実な作品であり、忍者が不思議な忍術をつかう奇談としての扱いであるが、忍びが一七世紀後半では武士の道徳から敬遠される存在になったことを示す。

西鶴の弟子の北条団水《だんすい》の『武道張合大鑑《ぶどうはりあいおおかがみ》』では暗闇でも物を見る術が記されるが、これと忍術書での闇を見る術を比較した。実際に身につけていたかよりも、そのような超人的な能力を忍者が身につけていたと思われていたことが重要である。錦文流《にしきぶんりゅう》『本朝諸士百家記《ほんちょうしょしひゃっかき》』は今までとりあげられることのなかった情けない忍者が登場する珍しい話である。現実的な諜報《ちょうほう》術に優れるが、武勇では暗殺対象に及ばないために、任務を諦めようとした男が女の手助けによって本懐をとげる。近世中期の人気作家だった江島其磧《えじまきせき》の『其磧置土産《きせきおきみやげ》』には忍者における技芸伝達のあり方が描かれる。師弟制度によって忍術が伝えられるため、師匠と弟子の確執が忍者作品の核になることが多いのである。

第三部「忍者の表象」第一章「忍者装束の発生と展開について」は黒装束に黒覆面という忍者の姿が、一八世紀中頃の演劇から次第に定着していった過程を記す。黒装束に黒覆面は、演劇でも盗賊がしていた格好だったが、盗賊と同じように潜入して何かを奪う忍者も同様の格好をするようになった。怪しい姿をしていたほうが演劇ではわかりやすいからである。歌舞伎の場合は広口袖《そで》に馬簾《ばれん》を備えてむしろ目立つ忍び四天《よてん》という衣裳《いしょう》が発明され、演劇のみならず小説の挿絵にも使われるようになり、一九世紀以降は忍者の黒装束と黒覆面という表象が定着していく。近代に入り、猿飛佐助のような忍術をつかう正義の忍者は黒装束である必要がなく、むしろ悪のイメージに結びつきやすい黒を敬遠して、普通の格好をしているが、現在では黒装束に黒覆面は忍者のユニフォームというべきものになっている。

第二章「手裏剣と忍者」では、武士の武術として存在し、忍者とは関係の薄かった手裏剣が忍者の武器として定着する過程を記す。手裏剣と忍者の関係も演劇によって定着していった。手裏剣術は武芸の一つであり創作では正義の侍が手裏剣をつかう例も珍しくないが、江戸時代の小説や演劇をみると曲者《くせもの》が手裏剣をつかっている例のほうが多い。江戸時代では小柄《こづか》や棒手裏剣をつかっていたが、戦後になって十字手裏剣などの方形手裏剣が登場し、棒手裏剣と並んで忍者作品に定着していく。創作での方形手裏剣は映画『柳生武芸帳』（東宝、一九五七年四月）での使用例まで遡《さかのぼ》れるが、より古い例がないか精査が必要だろう。

第四部「忍者像の深化」第一章「忍術と妖術」では、現実ではありえないような超自然的な忍術が使われる例を、石川五右衛門と稲田東蔵の登場する演劇作品から見ていった。これらは御家乗っ取りや天下転覆をはかる大悪人で、その成就のために隠形や変化といった忍術を使用する。児雷也《じらいや》は現在では忍者とみなされているが江戸時代の『児雷也豪傑譚《ものがたり》』では忍者・忍術とは関係がなかった。近代に入って妖術の根拠が狭くなったことや、術をつかって忍者と同じように大事なものをとってもどってくる行為をすることから忍者とみなされるようになった。読本『南総里見八犬伝《なんそうさとみはっけんでん》』の犬山道節《いぬやまどうせつ》が使う忍術は五遁《ごとん》の術であり、中国の書物『五雑組』を参考にしている。読本では栗杖亭鬼卵《りつじょうていきらん》『新編陽炎之巻《しんぺんかげろうのまき》』で忍術が大きな役割を果たしている。松浦静山《まつらせいざん》の随筆『甲子夜話《かっしやわ》』にも忍術が記されるが基本的に不思議の術として記されている。

第二章「猿飛佐助と真田十勇士」では、猿飛佐助をはじめとするいわゆる真田《さなだ》十勇士の出てくる作品を扱った。猿飛佐助をはじめとする真田十勇士は創作された忍者であるが、最初から十勇士の構想があったわけでなく、立川文庫などに登場することで大正期に十勇士として意識されるようになった。大坂《おおさか》の陣を扱った軍記や難波《なにわ》戦記物の実録体小説が登場し、そこで真田幸村《ゆきむら》と十勇士らが圧倒的な火力の武器や忍術を用いて活躍するようになった。真田十勇士は尼《あま》子《こ》十勇士を参考に後付けで作られた区分なので、それに該当しなくても活躍している真田の家臣はたくさんいる。猿飛佐助は玉田玉秀斎《たまだぎょくしゅうさい》の独創ではなく、『厭蝕太平楽記《えんしょくたいへいらくき》』などの江戸時代の作品を経て、玉秀斎によって主役として活躍するようになった。猿飛佐助は、今まで悪の存在であった忍者とは異なり、忍術をつかえる侍であり、侍の道徳心を持っていた。そのため、正義の忍者として活躍した。猿飛佐助により忍者像が転換し、正義の忍者も創作にたくさん登場するようになった。

第三章「変わりゆく忍者像」では、大正から現代に至るまでの忍者像の変化がメディアの変遷によって起きていることを確認した。メディアの変化にともない、江戸、大正・昭和前期、戦後から昭和末期、平成から現代の四つの忍者ブームが起きていることを確認した。単にメディアが変わっただけでなく、そこで表現される忍者像もそれぞれ異なるものである。『007は二度死ぬ』から海外でも忍者は受容されるようになったが、これは日本の経済的な勃興《ぼっこう》と関連してのものだった。昭和三〇年代からの忍者ブームが注目されがちであるが、現代でも忍者作品は多数作られている。マスメディアを介して大ヒットする作品がなくなり、パーソナルメディアをつかった個人の細かい趣味に合わせた作品がそれぞれ享受されるのが現況である。忍者は史実の忍びをタネとして、超人願望をうけいれさまざまな形で表現される。人間の想像力が豊かに発揮されるものであり、これからもさまざまな忍者像が登場することを述べた。

本書は、主に江戸時代における忍者をとりあげている。江戸時代編と近代編と分けるのがよかったのかもしれないが、連続性を重視したので、近代の作品もとりあげた。しかしながら、当然とりあげてしかるべき有名作品に触れていない場合も多く、忍者ファンをがっかりさせてしまったことは申し訳ない。近現代における忍者作品の紹介や考察は今後の課題とするしかないが、忍者の成立と変遷についてその型を理解してもらえれば、まずはありがたい。

『忍者とは何か　忍法・手裏剣・黒装束』目次

凡　例

・古典籍資料から原文を引用する際に、読みやすさを考慮して、次のような変更を加えた。
　片仮名を平仮名に改めた。
　踊り字は本来の文字に置き換えた。
　句読点を補った。
　会話に「」を補った。
　「共」を「とも」にした場合がある。
　読み下したほうが適当な箇所は返り点がなくとも読み下した。
・改元年の表記は改元日にかかわらず改元後の年号で行った。
・年号は基本的に昭和一九年以前は和暦に括弧で西暦をつけたが、昭和二〇年以降は西暦のみを記した場合がある。
・本書での「近世」とは江戸時代（一六〇三―一八六八）のことである。江戸時代を前期（慶長八〔一六〇三〕―延宝〔一六八一〕）、中期（天和〔一六八一〕―寛政〔一八〇一〕）、後期（享和〔一八〇一〕―慶応〔一八六八〕）と三つに時代を区分した。

第一部　軍記の中の忍び

はじめに

江戸時代の小説・演劇の忍者の話は三つの様式に分けられる。「忍術をつかって大事なものをとって戻ってくる忍者」「超自然的な忍術をつかってお家の乗っ取りなどを謀る忍者」「軍記に登場して忍びの活動を行う忍者」である。

「軍記に登場して忍びの活動を行う忍者」の話は、軍記に一見して事実のように書かれている。軍記とは、戦乱について記した書物である。『保元《ほうげん》物語』『平治《へいじ》物語』『平家物語』『太平記』などの軍記物語のほか、応仁《おうにん》の乱以後の戦国時代の戦乱を描いた戦国軍記が存在する。『平家物語』『太平記』など前期の軍記は文学的にすぐれた内容を持っているが、それは劇的な展開や筋立てに文学的な整理がなされているためでもある。『信長公記《しんちょうこうき》』『信長記《しんちょうき》』『太閤記《たいこうき》』『三河物語』といった戦国時代について書かれた軍記は、しばしばそこに記された歴史的なエピソードが事実のように思われてきたが、『平家物語』『太平記』と同じで純粋な客観性を保った叙述ではない。

江戸時代に記された軍記、すなわち近世軍記に関して、笹川祥生《ささかわさちお》は『太平記』以後の軍記を「後期軍記」として、さらに「室町軍記」と「戦国軍記」に分けるだけでは織豊《しょくほう》期以後に作られた軍記を把握するのは難しいとして、成立時期によって三つに分けることを提唱している（笹川祥生 1999）。①戦中の文学としての近世軍記――永禄《えいろく》から慶長《けいちょう》まで（一五五八―一六一五）、②戦後の文学としての近世軍記――元和《げんな》から寛文《かんぶん》まで（一六一五―一六七三）、③批評あるいは批判の文学としての近世軍記——延宝《えんぽう》以降（一六七三—）と、対象の戦乱に対する時間的距離と姿勢による三分類である。

記録として正確性が高いものは同時代の記録である①だが、記録がたいへんなためか戦いの推移をとりあえず記録するだけで精一杯という内容のものが多い。②は戦争の体験がまだ忘れられないうちに、個人の戦歴や軍功を書き記したもので、筆者の感慨や批評性も見られるようになる。③は直接の戦争体験はなく、過去の事柄を政治論や道徳論を述べる材料として語ったものである。③は伝聞の間違いや意図的な事実の改変が記されてるが、②もやはり客観的な事実が担保されているとは言い難い。また、①ですら正しいとも言いがたい。たとえば豊臣秀吉の御伽衆《おとぎしゅう》であった大村由己《おおむらゆうこ》が残した『天正記《てんしょうき》』は秀吉の貴重な記録であるが、秀吉の事蹟《じせき》を褒め称《たた》えるための記録であることに注意せねばならない。現代の我々も事件の客観的な認識や記録が難しく、ましてや新聞もテレビニュースもなかった時代の人々の記録が曖昧《あいまい》になるのは仕方のないことであろう。室町時代の武将今川《いまがわ》了俊《りょうしゅん》の『難《なん》太平記』が『太平記』に対して「すべて此太平記の事、あやまりも空ごともおほきにや」と批判しているのは有名だが、軍記の記述の真偽はすべからく疑ってかかるべきである。

それでは、軍記からは忍びの活動や様相は知ることができないのだろうか。これにひとつの答えを出したのが平山優『戦国の忍び』（二〇二〇）である。平山は戦国軍記に一次史料や信頼性の高い二次史料を組み合わせることで、従来の虚実が入り交じる忍びの者の記録から、確実性の高いものを選び出している。

『北条五代記』に記される風魔一党が一次史料の裏付けから認められている一方で、真田の忍びに関しては『加沢記《かざわき》』『吾妻記《あがつまき》』といった軍記は裏付けがないとして見送ったのか言及がない。武田の忍びの記述も『甲陽軍鑑』は用いても、湯浅常山《ゆあさじょうざん》『常山紀談《きだん》』（元文《げんぶん》四年〔一七三九〕成）といった逸話集は見送られている。

岩田明広「戦国の忍びを追う――葛西城乗取と羽生城忍び合戦」（二〇二一年三月）は、より前衛的で戦国期の一次史料とその写しのみで忍びの活動を考察している。和田裕弘『天正伊賀の乱』（中公新書、二〇二一年五月）は、天正伊賀《てんしょういが》の乱の基礎資料として使われてきた菊岡行宣《きくおかゆきのぶ》（如幻《じょげん》）『伊乱記《いらんき》』（延宝七年〔一六七九〕跋《ばつ》）を基本的に用いない方針を採っている。実際の事件から一〇〇年ほど経って編まれているので、当然といえば当然だが、勇気のいる判断のように思える。

前期軍記の『平家物語』や『太平記』が歴史研究より文学研究の対象となっているように、後期軍記も文学研究の対象となり、今後の忍者研究は他の史学研究と同様に一次史料がより積極的に用いられていくだろう。

第一章　『太平記』の忍び

『太平記』と『太平記評判秘伝理尽鈔』

軍記に創作的な要素が含まれるといっても、あらゆる内容が事実と異なっているわけではない。また、創作ならば創作の意図が含まれ、それからわかることも多い。『太平記』の注釈書『太平記評判秘伝理尽鈔』は『太平記』の外伝的作品で、史実の裏話を伝える体裁で楠木正成の英雄的活躍を記すことにより、編者大運院陽翁《だいうんいんようおう》の政治論や軍略論を伝えている。特に楠木正成の軍事的勝利の裏側には不可欠であった「忍び」の活躍からは、南北朝《なんぼくちょう》時代ではなく、戦国時代に忍びがどのように運用されたか、あるいはされるべきであったかを読み取ることができるのである。お話として形を変えた兵学書が『太平記評判秘伝理尽鈔』なのである。

『太平記』の忍び　一　「八幡宮炎上の事」

忍びが実際に登場する古い例として南北朝時代の歴史を描いた軍記物語『太平記』がよくあげられるが、『太平記』そのものには「忍び」の活動を記す事件は二つしかない。その一つが、足利尊氏《あしかがたかうじ》の執事高師直《こうのもろなお》による石清水八幡宮《いわしみずはちまんぐう》の焼き討ちである。『太平記』は、成立当初の古態をよくあらわす西源院本《せいげんいんぼん》（応永《おうえい》頃成）のほか、史実を重視した天正本（水戸彰考館《みとしょうこうかん》蔵本）、江戸時代に入って編まれた流布本（慶長古活字本）など諸本ある。現在、西源院本は岩波文庫本、天正本は新編日本古典文学全集（小学館）、流布本は日本古典文学大系（岩波書店）の底本にそれぞれ使われており比較は容易である。西源院本のほうが成立当初の表記に近いが、写本で簡単に見られなかったため、江戸時代の人々は出版された本（流布本）を読んでその本文にもとづいた理解をしていた。本書ではそれぞれ場面に応じて西源院本と流布本のうち適当なほうを紹介するが、まずは西源院本にもとづいた本文を主として記す。

師直、この由《よし》を聞いて、攻め落とさで引つ返さば、南方の敵に利を得られつべし。さてまた京都を閣《さしお》かば、北国の敵に隙《ひま》を伺《うかが》はれつべし。いかがはせんと、進退谷《きわ》まつて覚えければ、或る夜の雨風の紛れに、逸物《いちもつ》の忍びを八幡山《やわたやま》へ入れて、神殿に火を懸けたりける。

（巻二〇「八幡宮炎上の事」）

建武《けんむ》五年（一三三八）七月五日のことである。五月には南朝方の北畠顕家《きたばたけあきいえ》が阿倍野《あべの》（『太平記』の記述。史実では石津）で高師直軍に敗れて討ち死にしているが、後醍醐《ごだいご》天皇は越前《えちぜん》にいた新田義貞《にったよしさだ》に勅書を送ったことで、義貞の弟脇屋義助《わきやよしすけ》が大軍を率いて京都に出発し、比叡山《ひえいざん》勢と協力して京に攻め上がる様子であった。高師直は北畠顕信《あきのぶ》（春日《かすが》顕信）が立てこもる八幡山（男山《おとこやま》）の石清水八幡宮（京都市八幡《やわた》）を攻撃していたものの、足利尊氏から脇屋義助軍と比叡山勢の京攻めに対応するため八幡山での戦いを中止して京に引き返すように指令を受けていた。八幡山の敵勢を放置して京に戻ると南方の敵が勢いづくものの、引き返さねば京を攻略されてしまう難しい状況に師直はあった。師直が選んだ判断は「逸物の忍び」をつかって石清水八幡宮の社殿に火をかけたうえで、強襲をかけることであった。八幡宮は攻城側の高師直の主家である足利家の氏神が祀《まつ》ってあったため、防御側もよもや火攻めはしないと思って油断していたので大混乱に陥り、師直軍の猛攻で落城寸前までいった。松山九郎《まつやまくろう》ら守勢の勇戦もあってその夜はもちこたえたものの、社頭に積んであった兵糧をことごとく焼かれた官軍は籠城《ろうじょう》が一日も難しくなり、義助軍をさらに待ったがあきらめ、四、五日のうちに撤退に及んでいる。

成立の古い西源院本にせよ、江戸時代に入ってからの流布本にせよ、「逸物の忍び」をつかって神殿に火をかけたことは共通している。この場面は勝つためには足利家氏神を祀る八幡宮に火をかけることもためらわない高師直の倫理観を示すものとされてきたが、実際には攻城戦が始まって一ヶ月以上経ってから火をかけたことから、戦局に応じてやむなく夜襲し火攻めにしたと判断する見方もある（亀田俊和 2015）。

『太平記』の忍び　二「三宅荻野謀叛の事」

もう一つの例は西源院本で巻二五（流布本では巻二四）に記される。史実では貞和《じょうわ》元年（一三四五）のことである。新田義貞は建武五年閏《うるう》七月に亡くなり、後醍醐天皇も暦応《りゃくおう》二年（一三三九）に崩御した。義貞の弟脇屋義助は伊予《いよ》に移ったが、康永《こうえい》元年（一三四二）に亡くなった。義助に同行していた備前《びぜん》国の住人三宅三郎高徳《みやけのさぶろうたかのり》（児島《こじま》高徳と同一人物とされる）は上野《こうずけ》国にいた脇屋義助の子の脇屋義治《よしはる》を招いて大将に据え、丹波《たんば》国の住人荻野彦六朝忠《おぎのひころくともただ》とともに挙兵する計画を立てていた。ところが計画が漏れて朝忠は山名時氏《やまなときうじ》に攻められ降伏してしまった。そこで、高徳は義治を連れて海から京へ上り、将軍足利尊氏・足利直義《ただよし》・高・上杉ら室町幕府の中心人物らへ夜討をかける計画を立てた。手紙により隠れていた宮方の兵一〇〇〇人を集め、分散して潜伏し時機を待っていた。翌日の夜に集結し、そこから四つに軍勢をわけて夜襲をかけるところまで手はずが整っていたものの、襲撃の情報は所司代に漏れてしまっていたのである。

いかにしてか聞こえたりけん、時の所司代都筑《つづき》、三百余騎にて、夜討の手引きせんとて究《くっ》竟《きょう》の忍びどもが隠れ居たる四条壬生《しじょうみぶ》の宿へ、未明に押し寄せたり。楯籠《たてご》もる所の兵ども、元来死生《ししょう》知らずの者どもなりければ、家の上に走り上がり、矢種《やだね》のある程射尽くして後、皆腹掻き破つて死ににけり。

これを聞いて、処々に隠れ居たる与党の謀叛人、皆散り散りになりければ、高徳は支度相違して、大将義治相共《あいとも》に信濃国へぞ落ち行きける。

（巻二五「三宅荻野謀叛の事」）

四条壬生は京都市壬生梛《なぎ》ノ宮《みや》町にある壬生寺のあたりで、中世より門前町が形成されていた。「究竟《くっきょう》の忍びども」は「夜討の手引きせんとて」とあるので、高徳らの夜襲の先導をする役割だったようだ。所司代が三〇〇余騎で夜討をかけているので、襲われた忍びたちはそれ以下の人数だったのだろう。『太平記』は襲撃事件の後日譚《たん》として、地蔵が身替わりになって命を救う話（「地蔵命に替はる事」）が記され、そこには「この日、壬生の在家（民家）に隠れ居たる謀叛人ども、遁るる所なく、皆討たれける」とあるので、寺ではなく民家に隠れていたようである。大外記《だいげき》中原師守《なかはらもろもり》の日記『師守記《もろもりき》』康永三年四月四日条にある壬生で敵の召し捕りがあった記録がこの事件に相当すると思われている。もとより命知らずの者たちで、屋根の上にかけあがり、矢種が尽きるまで射てから、腹を切ったという描写は、勇敢ながら今日考えるような命を優先する忍者の姿とは別物である。

『太平記』巻二「阿新殿の事」「細人」か「細入」か

西源院本『太平記』巻二「阿新殿の事」に「細人《しのび》」という記述があると解説する本を散見する。父の日野《ひの》資朝《すけとも》を殺された阿新《くまわか》が父の仇の本間《ほんま》三郎を暗殺する場面で、こっそり本間三郎を殺した阿新をそう記したというのである。それをもとに「忍び」の暗殺の例として阿新をあげる本も見る。

しかし、西源院本を元にした岩波文庫本や鷲尾順敬校訂『太平記　西源院本』の当該箇所を確認するとそのように表記していない。原文に忠実な鷲尾順敬校訂本によれば、

（異変に気がついた番衆が）火をとほして、先本間の三郎か寝所を見に、血流たり、こはいかに憤《い》て細入ありて、三郎殿を奉りレ害したりと、よはわりけれは

とあって、原文は「細入」でふりがなはない。なお、「細入」が侵入して本間三郎を殺した阿新に相当する。兵藤裕己校注の岩波文庫本では「細入《ほそいり》」とふりがなを加えて、「盗賊」と注に

記す。これは『日葡辞書』（慶長八年〔一六〇三〕九年刊）に「Fosoiri（ホソイリ）」が立項され「小盗人、あるいは、こっそり隠れている盗人」（邦訳日葡辞書）と語釈されているので、適当なふりがなと語釈である。

用字そしてふりがなの誤りは、諸本をとりあわせた『参考太平記』が西源院本の引用として「細人《シノヒ》」（巻二、四一丁表）という表記をつかったのが原因だろう。『参考太平記』は徳川光圀《とくがわみつくに》が編纂《へんさん》を命じたこともあって、龍安寺《りょうあんじ》にある貴重な西源院本を編者の今井《いまい》弘済《こうさい》と内藤貞顕《ないとうさだあき》が借覧できたが、西源院本自体は鷲尾順敬校訂本の登場まで簡単に本文を確かめられなかったからである。

『参考太平記』の誤りは、武士関係の語彙《ごい》の検証のために多くの用例を集め、結果的に最初の客観的な忍者研究書となっている武家故実書の塙保己《はなわほき》一《いち》『武家名目《みょうもく》抄』（万延《まんえん》元年〔一八六〇〕頃成）が「職名部三四下」の「忍者」の用例に、西源院本を引用した際にも「細人」という表記で受け継がれた。ただし、『武家名目抄』編者は不審だったのか、西源院本の引用の末尾に「按本書細人をしのひと訓せり」と注釈をつけている。「細人」を「しのひ」と呼ぶ例がほかにないからだろう。こうして割と見やすい『参考太平記』や忍者研究では参考にされやすい『武家名目抄』が原典の確認なしに孫引きされて間違いが広まり、結果的に「細人《しのひ》」という表記があると信じられ続けることになった。『武家名目抄』はたくさんの用例を集め、帰納的に忍者の定義を行っているが、忍者が「刺客となりて人を殺す」という定義は、西源院本『太平記』巻二「阿新殿の事」から導き出した可能性が高く、その点でもこの間違いが後世の忍者研究に与えた影響は大きかった。

『太平記』の悪党

『太平記』は南北朝時代の歴史を語るに欠かせないものの、あくまで軍記小説であって書いてあることがすべて事実とは限らない。「忍び」の二例があっても、記述どおりのことがあったかは不明だが、この時期に「忍び」という名称がつかわれていることは重視すべきであろう。鎌倉末から室町時代前期に荘園の反領主的な活動をおこなった武士・荘民らの集団、いわゆる悪党（現在では係争相手の呼称であることが重視され、身分階層を指さないことも増えた）から、「忍び」が生じたことは、中世の播磨《はりま》国地誌『峯相記《みねあいき》』や東大寺《とうだいじ》領黒田《くろだ》荘（伊賀国名張《なばり》郡、現在の三重県名張市）の悪党を例によく説明されているので（山田雄司 2016）、ここではあらためて説明しないが、やはり実際の忍びの活動が『太平記』の記述に反映されており、南北朝時代には「忍び」がいたと判断すべきだろう。

立ちすぐり・居すぐり

先に記した二例のほかに、『太平記』巻三四「和田夜討の事」が忍びの術の実例としてよくとりあげられる。延文《えんぶん》五年（一三六〇）五月の出来事である。足利尊氏は延文三年に没し、翌延文四年（『太平記』の記述。史実では延文三年）に足利義詮《よしあきら》が征夷大将軍になり、同年に新田義貞の次男義興《よしおき》が謀殺されているが、北朝と南朝の戦いは続いていた。延文五年に幕府軍は河内《かわち》の南朝の城を続々攻略し、五月二日に赤坂《あかさか》城の攻撃を開始している。五月八日の夜に、赤坂城包囲のために北朝の結城《ゆうき》軍が作った向かい城に対し、南朝の和田正氏《わだまさうじ》が三〇〇人の兵を選んで夜襲をかけた。結城軍は退却寸前となったものの、北朝の細川清氏《ほそかわきようじ》が和田軍の背後を攻めたので、和田軍は赤坂城に退却せざるをえなかった。この夜襲自体は忍びが関係するように書かれていない。退却時に結城勢の若党で退却する敵に紛れて敵城に入る計画を立てたものがおり、これが忍びの術に関係してくる。

結城《ゆうき》が若党《わかとう》に、物部郡司《もののべぐんじ》とて世に勝《すぐ》れたる兵あり。これに手番《てつが》ふ者三人、かねてより、敵もし夜討せば、敵の引つ帰さんに紛れて赤坂城《あかさかのしろ》へ入り、和田、楠《くすのき》に打ち違へて死ぬるか、しからずは、城に火を懸けて焼き落とすかと、約束したりけるが、少しも違はず、引いて帰る敵に紛れて、四人ともに赤坂城へぞ入りたりける。（巻三四「和田夜討の事」）

現代語で大意を示す。結城の若党に物部郡司という勝れた兵がいて、これに連れ立つ者三人は、かねてから、敵がもし夜討をかけてきたら、敵が引き返すのに紛れて赤坂城に入り、和田（正氏）・楠木（正儀《まさのり》）に討ち違えて死ぬか、城に火をかけて焼き落とすかすると約束していた。予想と少しも違《たが》わず、退却する敵に紛れて、四人ともに赤坂城へ入ることができた。ところが、城側は対策をしており、物部らが思ったようにことは運ばなかった。

それ夜討、強盗をして帰る時、立ち勝《すぐ》り居勝《すぐ》りと云ふ事あり。これは、約束の声を出だして、諸人同時に、さつと立ちさつと居る。かくて敵の紛れ居たるを、えり出だして知らんための謀なり。和田が兵、赤坂城へ帰つて後、四方より松明《たいまつ》を出だし、件の立ち勝り居勝りをしけるに、繽《まぎ》れて入る四人の兵ども、かつてかやうの事に馴れぬ者どもなれば、紛れもなくえり出だされて、大勢の中に取り籠められ、四人ともに討死《うちじに》して、名を留めけるこそあはれなれ。天下無双《ぶそう》の剛《こう》の者とは、これをぞ誠に謂《い》ふべきと、誉めぬ人こそなかりける。

（巻三四「和田夜討の事」）

ここも現代語で大意を示す。夜討、強盗の仲間には「立ちすぐり居すぐり」という決まりごとがあった。これは約束の声に応じて皆が同時にさっと立ったり座ったりするものであった。このように敵が紛れているのを選びだし知るためのはかりごとであった。和田の兵たちは赤坂城に帰ってから、あちらこちらから松明を出して、例の立ちすぐり居すぐりをしたので、紛れて入っていた物部郡司ら四人の兵たちは、かつてのこのようなことに馴れていなかったため、紛れようもなく選びだされて、大勢の中で取り囲まれて、四人ともに討ち死にして、名をとどめたのはあっぱれであった。天下無双の剛の者とは、これこそ誠に言うのだと誉めないものがなかった。

立ちすぐり居すぐりによって、物部らはあっさりと見つかって討ち死にすることになった。「天下無双の剛の者」という評価を得たようだが、当初の目的を果たせなかったのは無念だったろう。

兵学書・忍術書の立ちすぐり・居すぐり

この立ちすぐり居すぐりは、兵学書や忍術書に言及されるようになった。兵学書では、江戸初期の北条流兵学書である北条氏長《うじなが》『師鑑鈔』人事第二三に紹介されているほか、小笠原昨雲《おがさわらさくうん》『軍法侍用集《ぐんぽうじようしゅう》』巻七第七（承応二年〔一六五三〕刊）に「楠正成《くすのきまさしげ》立てすぐり居すぐりなどの儀は合形といふ」と記されている。忍術書では、『正忍記《しょうにんき》』初巻「陣中忍時の習」（延宝九年〔一六八一〕序）や『万川集海《ばんせんしゅうかい》』（延宝四年序）に引用されている。『万川集海』は忍びこむ術だけではなく、敵の侵入を防ぐ様々な防諜《ぼうちょう》術が記されており、立ちすぐり居すぐりの術もそのひとつである。

内閣文庫本『万川集海』巻七「将知五」の「相詞相印相計六箇条之事」で記された合言葉・合い印をつかう六術には「味方夜討して帰りたる時か又敵忍入たりと思ふ時分は楠正成の立勝居勝を本として如何やうにも相計の術あるへき事　口伝」と立ちすぐり居すぐりの術が含まれている。末尾の「口伝」は本文に記しておらず口頭で伝授する内容があるという意味である。「相計」は当時の辞書である文明本節用集《ぶんめいほんせつようしゅう》からすれば「あいはからい」と読んだはずで、「相談」という意味だろう。

立ちすぐり居すぐりの術は『万川集海』の合言葉の術の箇所でも紹介される。『万川集海』巻九「陽忍中　近入之編」の「合相詞術四箇条」のひとつとして、凡《およそ》軍法に相詞相印相計と云術あり。（先に述べた）此三つの術ともに味方の勢に敵方より紛れ入を択出さん為の術。相詞相印は上に記すことし。相計と云は楠か作りたる立勝居勝《たちすぐりいすぐり》の如くなる術なり。立勝居勝のみに限らず、如此《かくのごとき》の術いくばくも有と知るべし。喩《たと》へは敵方より如何様《いかよう》の相詞相印相計を為《なす》とも、是に習ひ敵の為《なす》やうに順《したが》ひ、言やうに順ふ事、忍術危きを遁るる緊要の所也。河内国赤坂の城に和田楠か楯籠りし時、寄手結城か若党物部の次郎郡司引取、敵に紛れ城内に入たれとも、立勝居勝《たちすぐりいすぐり》の相計を知らずして討れし事、審《つまびらか》に梯楷論《ていかいろん》に之を見す。右に著す所口伝これ有り。（ふりがなは筆者がつけた）

と相詞相印相計の術が軍法にはあって、この三つの術はともに味方の勢に敵方が紛れ入るのを選び出すための術である。相計の術は立すぐり居すぐりのような術で、さらにいくつかの種類があったようである。『太平記』の物部郡司が討たれたことについて『万川集海』では詳細は「梯楷論《ていかいろん》」に書いてあるとする。「梯楷論」は忍術書『忍道梯楷論和漢忍利證語抄《にんどうていかいろんわかんにんりしょうごしょう》』のことで、伊賀市上野図書館に所蔵本がある。成立年代は不明だが、中島篤巳《なかしまあつみ》は『太平記』の最初の版本が刊行された慶長七年（一六〇二）から『万川集海』が執筆された延宝四年（一六七六）の間に編まれたとみている（中島篤巳 2019）。『忍道梯楷論和漢忍利證語抄』下巻が敵の忍びが城内に入るのを防ぐ術の一つとして引用した『太平記』巻三四の立ちすぐり居すぐりの箇所は、『万川集海』とともに「物部次郎郡司」という表記で、古態の西源院本『太平記』の「物部郡司」、天正本『太平記』（水戸彰考館蔵本）の「物部郡司太郎」と異なり、慶長古活字本の「物部次郎郡司」と同じである。『万川集海』の編者も『忍道梯楷論和漢忍利證語抄』の編者も『太平記』の流布本である古活字本を見たのだろう。

『北条五代記』の立ちすぐり・居すぐり

三浦浄心《みうらじようしん》『北条五代記』（元和頃成、寛永《かんえい》一八年（一六四二）刊）巻九の三「関東乱波智略の事」に、風魔一党が立ちすぐり居すぐりをつかった例が記される。天正八年（一五八〇）に武田勝頼《かつより》と北条氏直《うじなお》が戦った黄瀬《きせ》川の戦いで、北条方の風魔一党二〇〇人が黄瀬川をわたって勝頼軍の陣に夜な夜な忍び入り悩まし、武田軍には同士討ちして主人や親を殺してしまう者がでてきた。その者たちは申し訳なさに腹を切ろうと思ったものの、その中の一人が命と引き換えに、乱波《らっぱ》の大将風魔を討つ計画を進言する。

今宵も夜討に来るべし。かれらが来る道に待て、ちりぢりに成てにぐる時、其中に紛れ入、行末は、皆一所に集るべし。それ風魔《かざま》は二百人の中に有てかくれなき大男、長《たけ》七尺二寸、手足の筋骨《すぢほね》あらあら敷、ここかしこに村こぶ有て、眼《まなこ》はさかさまにさけ、黒髯《くろひげ》にて、口脇《わき》両辺《へん》広くさけ、きば四つ外へ出たり。かしらは福禄寿《ふくろくじゆ》に似て、鼻たかし。声を高く出せば、五十町を聞え、ひきくいだせば、からびたるこえにて幽《かすか》なり。見まがふ事はなきぞとよ。其時風摩を見出し、むずとくんでさしちがへ、今生《こんじやう》の本望《ほんまう》を達し、会稽《くはいけい》の恥辱《ちじよく》すすぎ、亡《ぼう》君亡親《くんしん》へ黄泉《くはうせん》のうつたいにせんと。

と、風魔の夜討に紛れて、敵のなかに入り、目立つ容貌《ようぼう》をしている風魔を討つ計画を立てた。案の定、風魔は夜討をかけてきたので、一〇人の者たちは近くに潜んで潜入の機をうかがった。

かれら〔風魔一党〕が来る道筋に、十人心ざしを一つにして、草にふしてぞ待にける。風魔例の夜討して、散々に成てにぐる時、十人の者共其中へまぎれ入、行末は二百人みな一所に集たり。然ば、夜討強盗《がうだう》して帰る時、立《たち》すぐり居《ゐ》すぐりといふ事あり。明松《たいまつ》をともし、約束の声を出し、諸人同時にざつと立、颯《さつ》と居る。是は敵まぎれ入たるをえり出さんための謀《はかりこと》なり。然に、件の立すぐり、居すぐりをしける所に、紛れ入たる十人の者、あへて此義をしらず。えり出され、みなうたれるこそふびんなれ。

一〇人は二〇〇人の集合に紛れこむことに成功したものの、そのあとに夜討・強盗らが戻ってきたときに行っていた立ちすぐり居すぐりを知らなかったので、あわれにも見つけ出され討ち取られてしまった。

文章を比較すれば、三浦浄心が『北条五代記』の該当箇所を書くさいに『太平記』を参考にしたのは明白である。なお、先に本書では西源院本を引用したが、流布本でもほとんど同じ文章である。風魔一党が立ちすぐり居すぐりに類する行為を行っていなかったと断定するのも難しく、北条氏の家臣であった三浦浄心が何か知るところもあったのかもしれないが、いずれにしても『北条五代記』の風魔の話は創作性が強いように思える。

『万川集海』の記す『太平記』の忍術

立ちすぐり居すぐり以外に、『太平記』の中の話を忍術の解説としている例がある。流布本『太平記』巻九「六波羅攻事」で、鎌倉方の六波羅《ろくはら》館を官軍の千種忠顕《ちぐさただあき》が攻める。そのさい出雲《いずも》・伯耆《ほうき》の兵らに雑用の車を二、三〇〇両集めさせ、それの長柄同士を結びあわせて、そこに薪を山のように積み上げ、それらを櫓《やぐら》の下にさし寄せ、火をつけることで木戸を焼き切った話である。これは内閣文庫本『万川集海』巻一二「放火術六箇条」のひとつに入っている。

流布本『太平記』巻五「大塔宮熊野落事」では、元弘《げんこう》元年（一三三一）九月の笠置《かさぎ》の落城ののち、後醍醐天皇の皇子大塔宮《おおとうのみや》護良《もりよし》親王が般若寺《はんにゃじ》（奈良市般若寺町）に隠れていたが、そこを興福寺《こうふくじ》一条院の法師ら五〇〇余騎が寺の四方を取り囲んだうえ捜索する。仏殿に大般若経の箱が三つあったので、護良親王はまず蓋《ふた》の開いている箱に入って経をかぶって隠形《おんぎょう》の呪《じゅ》（摩利支《まりし》天《てん》経にある身を隠す呪文）を心の中で唱えながら隠れていた。捜査者が蓋のしてある箱を捜索していなくなったのち、戻ってきて今度は蓋の開いた箱を調べた。護良親王は一度捜索者が去った後に、蓋のしまった箱に移っていたので見つからずに済んだ。この話は『万川集海』巻一三「隠形術五箇条」の三番目「鶉隠の事」に記される。

『万川集海』以外の忍術書、たとえば先に紹介した『忍道梯楷論《にんどうていかいろん》和漢忍利證語抄《わかんにんりしょうごしょう》』なども『太平記』をはじめ、中国の故事や『孫子《そんし》』などの兵書や戦国時代の事蹟《じせき》をふんだんにとりあげている。忍術は忍びが一から作りだしたものではなく、過去の事例から生み出されるものでもあった。

『太平記』が『太平記』のすべてではない

このように兵学書や忍術書など、江戸時代に編まれた書物に引用される『太平記』を調べていると、『太平記』には見られない人物や出来事が『太平記』の引用として記されることが多々あると気がつく。たとえば『万川集海』巻六や巻九は楠木正成の配下の恩地《おんち》左近の活躍を記すが、恩地左近は『太平記』に一切登場しない人物である。

江戸時代では楠木正成は忍びを駆使する兵法の達人と見なされていたが、実際には『太平記』の「忍び」の記述は二例に過ぎず、またそれは楠木正成は関わっていない。それでは、忍びを駆使する兵法の達人という楠木正成像、あるいはその配下として活躍する恩地左近といった人物をどのようにして江戸時代の人々は知っていたのだろうか。

答えは外伝に相当するものからその知識を得ていたためである。江戸時代には『太平記評判《たいへいきひょうばん》秘伝理尽鈔《ひでんりじんしょう》』『太平記評判私要理尽無極鈔《たいへいきひょうばんしようりじんむごくしょう》』のような「太平記評判書」がつたえる別伝や評が、『太平記』の描かない楠木正成像を造形していた。本書ではそれら別伝のなかから、楠木正成を中心にすえ、派生作も多く、後代に大きな影響を与えた『太平記評判秘伝理尽鈔』（以下、『理尽鈔』と表記）をとりあげ、そこで描かれた忍びの姿を考察する。

なお、江戸時代の書物では「楠正成」と「木」を入れないのが通例である。しかし、現代の読者の理解を優先して、原文の引用以外は「楠木正成」を本書ではつかった。

『太平記評判秘伝理尽鈔』

『理尽鈔』は、『太平記』四〇巻に一対一で対応した四〇巻からなる大部の書籍で、『太平記』から出来事を引用し、そこに「解・通解」「評」「伝」「通考」を加えたものである。「解・通解」は言葉の注である。「評」は、出来事を政治・軍事の面から批評したもので、「伝」は『太平記』の本文にない別伝を載せたり、あるいは『太平記』本文を補ったりして出来事を詳細に述べなおしたもの。「通考」は類話を和漢の故事から集めたものである。版本の諸本のうちには「恩地左近太郎聞書」という『理尽鈔』から抽出した教訓集を含むものもある。

書状風の奥書から「今川駿河守入道心性」が「名和肥後刑部左衛門」という人物から『理尽鈔』の伝授を「文明二年八月下旬六日」に受けたと読み取れるが、おそらくこの二人は架空の人物で、文明《ぶんめい》二年（一四七〇）におきたことではないだろう。成立は中世末期説と近世初期説があるが、元和以降に写本が広まっていたようで、正保《しょうほう》二年（一六四五）と寛文一〇年（一六七〇）に版本が刊行された。一部の写本や版本には「大運院大僧都陽翁」の奥書がある。それによれば、『理尽鈔』は名和長年《なわながとし》（南朝方の武将）の遠孫名和正三《しょうぞう》が伝えていたものを陽翁が譲り受け、唐津《からつ》城主寺沢広高《てらざわひろたか》に伝授したとする。写本にはその年次を元和八年（一六二二）五月三日とするものもあるが、陽翁は元和八年一一月一九日に金沢《かなざわ》で没したという伝もあってはっきりしない。陽翁は、金沢で兵学の陽翁伝楠流をつたえたとされる人物である。

東洋文庫『太平記秘伝理尽鈔』一―五（平凡社、二〇〇二―二〇）が『理尽鈔』の二〇巻までの翻刻と注釈を収めるほか、詳細な解題を付すので興味がある人は是非読んで欲しい。一読して『理尽鈔』は『太平記』が書き漏らした史実を拾い上げたものではまったくなく、軍事行動への論評を含む兵学書と理想化された楠木正成を描く読み物のふたつの性質をあわせもつ書物であることがわかるはずである。

なお、『理尽鈔』の成立に関して、その内容は中世後期から書かれ、時代をおって加筆されてきたものの、現在版本で伝わる形は、『太平記』の古活字本（流布本）が慶長に刊行されてから整ったもの、すなわち慶長七年から最初の『理尽鈔』版本が刊行された正保二年まで（一六〇二―四五）に『理尽鈔』が成立したと私は考えている。『太平記』自体が見やすくなったことが、それに筆を加える『理尽鈔』の成立に結びついていると思われるからである。よって、『理尽鈔』の編者のものの見方や知識も、南北朝時代や室町時代ではなく近世前期のものと考えられる。なお、『太平記』の引用では、成立の古い本文である西源院本を本書はここまで利用してきたが、『理尽鈔』は流布本『太平記』をもとに執筆されているため、今後の『太平記』の引用は流布本を基本とする。

徳川光圀の命によって『太平記』の校訂・注釈を行った『参考太平記』が元禄《げんろく》二年（一六八九）に今井弘済と内藤貞顕により編まれた。流布本をもとに異本九部と対校し、その他の史書や文学書を参照した『参考太平記』は、凡例に『理尽鈔』やその末書である『太平記大全』を

「論ずるに足らず」と記して、まったく用いていない。『参考太平記』がとった態度のように『理尽鈔』は南北朝の史実を検討するにはまったく不適当な書物である。

だが、江戸時代の歴史学者はともかく、多くの人々にとって『太平記』だけでなく『理尽鈔』に記された外伝も南北朝時代の史実が記されていると思われていた。現代の多くの人が『三国志演義』の話を史実のように思っているのと同じである。

『理尽鈔』の「伝」が伝える恩地左近あるいは泣き男杉本佐兵衛《すぎもとさへえ》は、『太平記』にまったく登場しないものの、南北朝を舞台とした小説や歌舞伎の登場人物となり、『太平記』の世界の登場人物として認められている。「評」で語られた教訓は江戸時代の絵本や読本のような歴史小説の登場人物らの言葉として再生産されていく。

事実か否かだけを判断基準にすれば、『理尽鈔』は取るに足らない書物かもしれないが、『太平記』をもとに世界を膨らませていく『理尽鈔』ほど面白い書物はない。史書『三国志』よりも小説『三国志演義』のほうが読み物として親しまれているのと同じである。

「忍者」に関しては『理尽鈔』により、楠木正成が駆使し、恩地左近のような忍びが実際に活躍したと、江戸時代の人々は思い込んでいた。『理尽鈔』は『太平記』をもとにするので南北朝時代が舞台だが、成立は中世末期以降、おそらく近世初期なので、一六世紀後半か一七世紀初頭の知識に准拠して書かれている。「忍び」に関しても南北朝当時の姿を記したのではなく、戦国の忍びを描いていると思ったほうがよい。そう考えた場合に、むしろ『理尽鈔』は架空ながら戦国の忍びをいきいきと描いた書物という見方ができるのである。

恩地左近太郎満一

『理尽鈔』で忍び働きをして大活躍する恩地《おんち》左近太郎は『太平記』にいっさい登場しない。天正本では七ヶ所に登場し、紀伊《きい》の武士とする例もある（巻二一）。流布本『太平記』では巻三五・三六に南朝方に協力する紀伊の武士の一族の名に「恩地《おんち》」があるが、『理尽鈔』ではそれとの関係は認められない。『理尽鈔』巻八には「恩地《おんち》左近太郎満一《みつかず》」とあり、姓が「恩地《おんち》」で「満一」が名前である。『理尽鈔』では、恩地左近には五郎元綱（巻一八、巻三一など）と六郎清房（巻三四）という子がいたことになっている。『理尽鈔』では楠木正成の側近として、巻六の赤坂城攻め（元弘二年〈一三三二〉四月三日）から活躍し、正成が亡くなったあとも活動を続け、巻二〇で暦応《りやくおう》元年（一三三八）七月二四日に病気で亡くなった。病を発してわずか七日だった。享年三九と本文にあるので、正安《しようあん》二年（一三〇〇）生まれである。

恩地が亡くなったのと同日に、恩地と同じく正成の側近であった矢尾別当《やおのべつとう》も病死している。矢尾別当も恩地左近と同じく『理尽鈔』でのみ活躍する人物である。『太平記』も『理尽鈔』も戦死は記しても病死を記すのは珍しい。正成没後も恩地は後醍醐天皇の京都脱出を手助けするなどの活躍をみせるが、『太平記』にそもそも登場しない恩地左近にいつまでも大きな働きをさせるのは史実との整合性がとれなくなるので病没させることにしたのだろう。

恩地左近太郎は楠木正成の配下として主に忍び働きで活躍するが、戦国時代になぞらえていえば身分の低い足軽の忍びではなく、侍の忍びだろう。士分でありながら、忍びとして活躍したといえる。『理尽鈔』も恩地左近自身を「忍び」と記していない。また『理尽鈔』では忍び働きをする者を普通は「忍びの兵《つはもの》」としか記さず、個人名まで書かないのに、恩地左近の場合は姓名が記してあるのはただの忍びではなかったということだろう。『理尽鈔』で名前がある忍びが出てくるのは珍しく、巻一二で正成が平群《へぐり》に陣した敵軍に「正氏（正成の甥《おい》）が兵の内、木子兵太《きのこのひょうた》と謂ふ忍びを遣はす」とあるぐらいである。なお、「木子兵太《きのこのひょうた》」も『太平記』にはまったく登場しない。

さて、恩地左近の最初の活躍は、元弘二年四月三日の赤坂城攻めである。元弘元年八月に後醍醐天皇が笠置山で挙兵し、楠木正成も応じて赤坂城で兵を挙げた。一ヶ月ほどで笠置山は陥落し、正成も一〇月に赤坂城から落ち延びた。幕府は赤坂城に湯浅宗藤《ゆあさむねふじ》を配置したが、『理尽鈔』によれば金剛《こんごう》山奥の観心寺《かんしんじ》に潜んでいた正成は再起戦の最初に赤坂城を攻めることを考えていた。

頓《やが》て赤坂へ忍びに人を入て、城の体《てい》を見せしむるに、城の体無下に浅間《あさま》也。糧少く矢の用意もなし。所々の役所役所にかいだてもなく、はかばかしき武具をも調へず。内外の城に人家六十八、凡そ兵五百人には過ぎざるなり。（『理尽鈔』巻六。引用は東洋文庫。以下同じ）

（訳）すぐに赤坂城にこっそりと人を送って城の様子をうかがったところ、城はまったく粗末な状態だった。兵糧は少なく、矢の用意もなかった。戦陣の詰め所にも垣楯《かいだて》もなく、しっかりとした武具もなく、城の内外に人家が六八、兵は五〇〇人ほどに過ぎなかった。

「忍びに人を入て」とあるので忍びを送ったかはわからないが、城のなかで兵糧、武装、防衛設備のほか人数を見ていたのは興味深い。ここで見ているものが忍びが偵察すべき対象だったと考えられる。

正成猶能《よ》く見をせてこそと思て、恩地《おんぢ》の左近太郎《さこんのたろう》を、忍びにまじへて指し遣はす。恩地、人こそ見しらめと思ひければ、古《いにし》へ、我が領内に、猿を舞はす八郎太夫と謂ふ者あんなるに、さるを引かせて、己は歩《ぶ》になりて、かまぎに、黒米・醤《ひしほ》などを取り入て、是を荷《にな》ひ、髭を剃りて、布衣《ほい》のわけも見えず綴《つづ》りたるを着して、菅の小笠の古《ふ》りたるを引こふで、件の猿舞はしの跡について、白昼に城中に入り、爰彼《ここかしこ》にて猿を舞はす程に、城中の構へ人数《じゅ》の分限、思ふ様に見てんげり。

（『理尽鈔』巻六）

（訳）正成はさらに情報を得るために、ここで忍びに配下の恩地左近太郎を加えて赤坂城の偵察に遣わした。赤坂城は正成の旧領なので、恩地左近は自分を知っている人もいると思い、領内にいる猿回しの八郎太夫に猿を曳《ひ》かせて、自分は仲間（歩）になって、薪（かまぎ）、黒米やなめ味噌《みそ》（ひしお）などを担い、髭《ひげ》を剃《そ》り、紋のない布衣を着て、菅笠《すげがさ》の古いのをひっかぶって、例の猿回しのあとについて、白昼に城の中に入った。猿回しがあちこちで猿を回したのについてまわって、城の構造や人数の程度を思う存分に見たのである。

変装による潜入は、忍術書『正忍記』初巻の冒頭「忍出立の習」にある七方出《しちほうで》が有名で、これは「虚無僧、出家、山伏、商人、放下《ほうか》師、猿楽、つねの形」の七つのいずれかに姿を変えて潜入する術である。内閣文庫本『万川集海』巻八での変装術は「凡そ敵の城陣へ出入する者は出家、医者、座頭、猿楽、職人、商人の類なり」とある。ここでの猿楽は猿回しではなくて、のちの能狂言につながる職業芸能人である。猿回しなら大道芸を見せた放下師が近いだろうし、恩地左近自身は商人に化けていた。

恩地左近は、巻七の千早《ちはや》城攻めでは偽りの投降を攻城側にもちかけ、それを信じた攻城側の兵を討ち取っている。このように恩地左近ははっきりとした活躍を『理尽鈔』に残しているが、先述のようにこれらは『太平記』にまったく存在しない。『理尽鈔』で「伝云」として、紹介された外伝なのである。

現代的な視点では『理尽鈔』は近世軍記の範疇《はんちゅう》に入るが、『理尽鈔』に収められたこのような話は当時の人々にとって事実のように受け止められており、また兵学における教訓的内容を含んでいた。『理尽鈔』は江戸時代の人々にとっては、創作ではなく、史書であり、兵学書であるという位置づけだったのである。

正成側近としての恩地左近

恩地左近は正成の右腕といえる存在であり、『理尽鈔』巻一二「安鎮国家の法事付諸大将恩賞の事」では使者に出されている。建武《けんむ》の新政がはじまったものの、各地では北条軍の反乱が続き、河内国でも北条高時《たかとき》の従兄弟《いとこ》で南都《なんと》の僧から還俗《げんぞく》した時光《ときみつ》が挙兵し飯盛《いいもり》城（飯盛山城、大阪府大東《だいとう》市）にたてこもった。そこへ「正成、恩地の左近太郎を以て飯盛ゑ云遣はし」てと、正成が恩地左近を派遣している。その際に、正成は時光が謀叛《むほん》を起こしたといっても、故北条高時の悪政が原因の挙兵だとみて、近くで兵糧など奪ったりしないように伝えさせ、「米百石、樽五十荷、さかな拾種」を時光に送ったとする。『理尽鈔』は楠木正成を中心的人物に据え、『太平記』にあった軍略に優れ、天皇への忠義に厚い武将という面に加えて、仁政を敷く統治者の面を描いているのだが、ここはその一例といえよう。

結局、飯盛城を正成は攻めることになるのだが、このときの鬨《とき》の声を上げる時機や城攻めを行うかの判断について、恩地自身が正成に意見を述べる。それに対して正成は卓見であることを誉め「多門丸（多聞丸、正成の幼名）が事、向後《きやうこう》は傍々《かたがた》にあづけ侍る」（今後は行動でおまえたちに相談する）と約束して、銀剣一振りをそえて一〇〇〇余貫の領地を与えた（巻一二）。これも自省の心を持っている正成の明君ぶりを示す創作であろう。また、正保版本『理尽鈔』には、本編の四〇巻に加えて「恩地左近太郎聞書」という正成のことばを恩地左近が書き留めたとする五九丁になる一巻がある。その内容は為政者としての心構えを記したものである。もちろん、恩地左近が架空の人物である以上、その正成の言葉も正成に仮託した教訓的内容といえるのだろうが、ここで恩地左近の名前が使われているのは、『理尽鈔』のなかで正成から治世にまつわる重要な教訓をうかがうだけの立場にあったことを示している。

忍びの使い手としての恩地左近

恩地左近自身は正成の側近中の側近といえる侍であり、『理尽鈔』巻一六では和田和泉守《いずみのかみ》正《まさ》遠《とお》・湯浅孫六《まごろく》（宗藤）・矢尾別当らとともに、正成の息子である正行《まさつら》のその後を託されている。『理尽鈔』では楠木正成は忍びを上手につかうことで合戦で勝利を重ねるが、『太平記』巻一六、それに対応する『理尽鈔』巻一六で正成が亡くなってからは、恩地左近自身が忍びをつかって正成ばかりに活躍するさまが描かれる。

正成の亡くなった湊川《みなと》の敗戦ののち、後醍醐天皇は比叡山に立てこもるが、建武三年（一三三六）六月二日より足利軍が比叡山の攻撃を開始する。六月七日には高師重《もろしげ》軍が西坂本《にしさかもと》から攻勢をかけ、千種忠顕が戦死するなど官軍は窮地に陥るが、新田義貞が救援して撃退した。翌、六月八日には東坂本から足利軍が攻勢をかけるがこれも官軍が撃退した。六月一七日の攻勢は熊野《くまの》八庄司《はちしょうじ》が先陣となり、官軍の新田義貞と戦いをくりひろげる。『太平記』巻一七には、義貞軍の本間孫四郎《まごしろう》と相馬《そうま》四郎左衛門《さえもん》という強弓の侍が熊野勢の強兵を弓で討ち取り、攻勢を退ける様子が詳しく描かれる。この場面について『理尽鈔』巻一七は、

伝云、恩地、八《や》幡《はた》（石清水八幡宮のある八幡山）より（比叡山の官軍へ）忍びの兵を以て、「紀州の兵京著《ちやく》、近日に山門を攻むべしと相い聞こへ候」と申。之に依て、義貞精兵《せいびやう》・強《つよ》

弓《ゆみ》を六百人揃へて、三百人は所々の峰々に上せ、三百人をば三つに分て、百人あて（ずつ）替はりて射よと也。

と、恩地左近が強い紀州《きしゆう》の兵が加勢に来たことを忍びの兵をつかって義貞に伝え、それによって義貞が強弓の精兵を配置できたとする。恩地の情報によって義貞が準備したことが、『太平記』本編での本間と相馬の活躍につながったという別伝である。『理尽鈔』は忍びの利用を「評」で強く勧めており、楠木正成が忍びの兵をよくつかっていたことが勝利につながっていたこととする。正成と同様に恩地左近も忍びの兵をつかって間接的に勝利に貢献しているのである。

『理尽鈔』巻一七には、正季《まさすえ》（正成の弟だが、『理尽鈔』は正成の弟を正季でなく正氏とし、正季は正氏の子とする。正氏の失政が紀州勢の離反を招いていた）が病死したのち（『理尽鈔』巻一六では建武三年八月三日に病没とする）、恩地・早瀬《はやせ》らが説得して熊野八庄司を宮方に引き戻したことが記されている。このように『理尽鈔』では恩地左近は小正成ともいうべき存在であった。

恩地左近による帝脱出作戦

『理尽鈔』が記す恩地左近の最後の活躍は後醍醐天皇の吉野《よしの》脱出を手助けしたことである。建武三年一〇月八日に足利尊氏と後醍醐天皇は和睦し、後醍醐天皇は京に還幸するが花山院《かざんいん》に幽閉される。その後、後醍醐天皇は花山院を脱出し吉野に潜幸する。この日時を天正本『太平記』は一二月二四日とし、『皇《こう》年代略記』『元弘日記裏書』は一二月二一日とする。流布本『太平記』は八月二八日とするが、これは史実からすれば無理がある。そのせいか『理尽鈔』は一一月二八日のこととする。『理尽鈔』巻一八「先帝芳野へ潜幸の事」では、正成の配下であった和田・恩地・牲川《にえがわ》・志貴《しぎ》・湯浅・矢尾らが帝《みかど》を奪う機会をうかがい、忍びの兵を京に送る。なお、『理尽鈔』では湊川の合戦で戦死したのは和田正遠の次男の五郎として、和田和泉守正遠は生き延びたことになっている。また、帝を奪う計画について『理尽鈔』では、菊池《きくち》肥前守《ひぜんのかみ》（名前は記していないが武重《たけしげ》か武敏《たけとし》が相当）が帝を奪い、大和《やまと》・河内の国にしばらく皇居を定めて諸国に綸旨《りんじ》をつかわすことを勧めたことが契機になっている。これは後述のように『太平記』巻一八にある刑部大輔景繁《ぎょうぶのたいふかげしげ》の献策をもとにしたものである。

京都へ忍の兵を遣して、皇居の分野《ありさま》を伺うに、宮門のけひご隙《ひま》ありければ、取り奉るに便りあり。去ながら誰をして申入るべき人なふして数日を送り、空しく河内へかへりぬ。

（『理尽鈔』巻一八）

（訳）京都に派遣された忍びの兵らは花山院の様子をうかがったところ、警固に隙があり、連れ去ることができそうなことがわかった。しかし、誰一人として入ろうという者なく、数日が過ぎて、むなしく河内に戻ってきた。

そのため恩地自身が帝の奪還に働くことになる。『理尽鈔』巻一八の当該箇所はこれ以降長いので、現代語訳にして引用する。

恩地は自身で京に上らねばと思い、郎従八人、いずれも勇士の誉れのあるものたち、これらを召し連れて上京し、昔から知った者のところには行かず、「大和のほうの者である。主君に勘当されたものである」と言って、人目につかないようなところに泊まって数日を送ってから、景繁に対面した。

景繁とは、後醍醐天皇が花山院幽閉時にひとり伺候した刑部大輔景繁である。刑部大輔とは裁判や罪人への処置を行う役所の次官であり、景繁は『太平記』巻一八にのみ登場する。勾当内侍《こうとうのないし》を通じて、夜陰にまぎれて大和へ脱出し吉野・十津川《とつかわ》のあたりに皇居を定めるように勧め、後醍醐天皇に脱出を決意させる人物である。この景繁の働きの陰に恩地左近がいたように『理尽鈔』は記す。

恩地はなおもはかりごとの深い者で、景繁に対面しても恩地であるとは言わずに、「大和のほうの者どもでございます。この乱のために生計を支える所領を武家のために取られてしまったので、どうしようもなく都に上り、相応の待遇で召し使ってくださる方もいらっしゃるかと思いまして参りましたのでございます」と言う。景繁は「それはさても気の毒なことである。いまの都にはそういった人が多くいますよ。本当に気の毒なことだ」と何度も申した。恩地は「在京のあいだは常に参りうかがいます」と言って出た。

恩地は、この人（景繁）はほんとうに君（後醍醐天皇）に忠義を考えている人であるが、世を憚っている様子にみえることがわかった。宮方の浪人ときいていかにも慕わしげであるが、諸事顔色に出さないようにしているように見えると思った。

一両日が過ぎて景繁が宿所に行って語ると、恩地はわざとしらないふりをして「本当でしょうか。新田殿の籠もっている金崎《かねがさき》の城を諸国の大勢が攻めてもついに落ちずに、とうとう北国（北陸道の国々）の宮方が挙兵して後ろを攻めているなんぞと聞きます。紀伊の熊野の八荘司たちは宮方に背いていたのを和田・恩地・湯浅らにせめつけられて、宮方に降参なさいました。奥州《おうしゅう》から源中納言殿（北畠顕家）が大勢で攻めのぼりなさると聞きます。天下は乱れるよう、近くなりましょう」と申した。

北国の情勢は『太平記』で景繁が後醍醐天皇に伝えたのと同じである。『太平記』の景繁の話には、『理尽鈔』で恩地左近が触れた熊野八庄司や北畠顕家のことは含まれていない。かわりに菊池武敏らの話題が含まれる。

景繁は不思議のことを申す者だと思って、それとなく「楠判官（正成）すでに討ち死にしたあとは、和泉・河内のことは和田殿・恩地殿とやらが、将軍（尊氏）へ和をなしなさったことを京都で風聞している所です」と言うと、恩地が「定めてそれは暫時の智謀でございましょう（かりそめの和平でしょう）」と申したので、景繁は本当に嬉《うれ》しそうな様子があらわれて「あなたは本当に宮方の落人でございましょうか」と言って、もてなしたので、恩地は景繁の傍近くによって「私は楠殿の身内の者でございます。和田殿・恩地殿の書状がここにあります」と言って、とりだして与えて「近日のうちに、こっそりと忍んで、まず吉野の奥の賀名生《かなう》と申す所まで行幸をなさってくださいませ。そうすれば臣たちが馳《は》せ参じて先帝を守護しなさって、君臣ともに朝敵に追罰を与えるはかりごとをめぐらすでしょう」と申した。景繁は「さては和田殿・恩地殿の御使いだったのか。すぐれたものだ」と喜んで、天皇の意向をうかがったのは『太平記』のとおりである。

と景繁の献策に恩地が大きくかかわったように記している。面白いが作り話らしさも同時に感じさせる内容である。

『太平記』巻一八が記す脱出では、景繁が馬を用意し、帝は三種の神器を新任の勾当内侍に持たせ、子どもらが踏み破ってあけた土塀の崩れたところから女房姿に身をやつして忍び出ている。そこから景繁は帝を馬に乗せ、自身は三種の神器をかついで夜のうちに梨間《なしま》（京都府　城陽《じょうよう》市奈島《なしま》）の宿まで逃げた。その後は日中に南都《なんと》（奈良）をそのような格好で通ると怪しまれるとみて、帝を粗末な張輿《はりごし》（略式の輿）に移して、上北面《じょうほくめん》の武士たちにかつがせ、三種の神器は足のついた行器《ほかい》に入れて、寺社参詣の人たちが弁当をもったかのようにして景繁がかついで夕方までに内山《うちやま》（奈良県天理《てんり》市杣之内《そまのうち》町）まで行き、そこからさらに馬に乗り換えて八月二八日の夜のうちに大和国賀名生（奈良県五條《ごじょう》市西吉野町賀名生《あのう》）に到着している。

『理尽鈔』ではこのような脱出の詳細は省略されている。『太平記』に書いてあるからだろう。『理尽鈔』には「比は十一月廿八日の夜半計なるに、君をば大和地に行幸を成し参せ、和田・楠は吉野に入て大衆を語らひて、賀名生の行幸を待ち奉」ったと記してある。

恩地左近対高師直

これで『太平記』が伝える帝の吉野御幸は成功したわけだが、『理尽鈔』の記す恩地左近の活躍はそれにとどまらなかった。これも現代語訳で示す。

恩地はなお都に留《とど》まって明けた二九日の早朝に行幸供奉《ぐぶ》のまねをして、甲冑《かっちゅう》に身を固めた五〇〇余騎で淀《よど》を渡って、飯盛へ下った。夜があけると京中にこのことが知れ渡ったので、東寺《とうじ》にいらっしゃった尊氏兄弟は驚いて「（帝が）大和地に落ちなさるとすれば、追いかけてさしあげろ（帝が相手なので謙譲語をつかう）」と言った。兵たちは「いや今朝、夜が明けないうちに何者かが一〇〇〇人ほどの軍勢で淀の方へ下っていったが、輿があった。行幸ではないか」と申した。「さてはそれほど遠くに行っていない。河内へ行幸となったことは疑いない。追いかけ討ってさしあげろ」と（尊氏は）言って、高師直を大将とした。高師直の軍勢は雲霞《うんか》のごとくおいかけて、淀の橋を二つとも焼き落とした。そのあたりの者どもは、しかじかと軍勢が過ぎていったさまを答える。「さては追ってさしあげろ」と行く。（追手の高師直の）京勢が八幡の山下を打ち過ぎたころに、恩地は飯盛の城に入った。

京勢は「すぐに飯盛を攻めよう」など申すのを、師直は「いやいや飯盛を攻めよとの（主君尊氏の）仰せもござらぬ。そのうえ、先帝を飯盛にお連れ奉るうえは、なんらかの計略があるだろうから、ただこれから帰り上ってこの次の機会に（攻めよう）」と申したので、みな此意見に賛同して引き返した。むりに（師直軍が）飯盛にむかえば、守勢も少々用意してあるのに対して、京勢はあわてて用意もせずにきたので、不覚の負けもしただろうから「たいへん賢い師直のはからいだ」と人々は言いやった。

後に、「帝は吉野に行幸なさった。（恩地が）飯盛へ行ったのは、京都の追手をさえぎり留めるための計略でございました」と噂になってから、「正成は死んだが、計略はいまだ残っている。そのとき京勢が飯盛にむかったなら、きっと堀をほって、落とす仕掛けも用意してあっただろうから、味方が大勢討たれただろう。賢くも武蔵守（師直）は橋本《はしもと》（京都府八幡市）より引き返しなさった」と人々は申した。

恩地左近は陽動をかけ、追手を飯盛に引きつけることに成功した。追手は足利方で戦上手の高師直で、相手の用意があることを見抜いて城攻めはせずに撤退している。実際に高師直と戦わせてしまうと史実と齟齬《そご》が生じるので、戦わずして師直が撤退したことにしたのだろうが、このように恩地左近は、赤坂・千早城でさまざまな計略を用いて攻勢を退けた正成ばりの智謀の持ち主として描かれた。

恩地左近の登場する文芸・演劇

恩地左近は史実の人物ではなく『理尽鈔』の「伝」に登場する架空の人物だが、『理尽鈔』が江戸時代によく読まれたために、楠木正成が主人公の小説や演劇に登場している。『太平記』を正成の事蹟や言動を中心にわかりやすく再編成した太平記物ともいうべき作品群は、大部の『太平記』や『理尽鈔』を読まなくても要点がわかるので、江戸時代に多く作られた。種田《たねだ》吉《よし》豊《とよ》『楠二代軍記』（寛文二年〔一六六二〕刊）、馬場信意《ばばのぶのり》『南朝軍談』（宝暦《ほうれき》一〇年〔一七六〇〕刊）、畠山《はたけやま》郡興（泰全《たいぜん》）『三楠《さんなん》実録』（正徳《しょうとく》四年〔一七一四〕刊）、落月堂操巵《らくげつどうそうし》『楠一生記』（正徳六年刊）のほか、山田案山子《やまだのかかし》作・速水春暁斎《はやみしゅんぎょうさい》画『絵本楠公記《なんこうき》』初編—三編（寛政一二年〔一八〇〇〕—文化六年〔一八〇九〕刊）などは『理尽鈔』の影響が認められる作品であり、恩地左近が登場することもある（図1）。なお、『絵本楠公記』は明治になっても再版され、広く読者をもっていた。

『太平記』や『理尽鈔』から少し離れた小説では、江島其磧『楠軍法鎧桜《くすのきぐんぽうよろいざくら》』（享保《きょうほう》一七年〔一七三二〕刊）がある。この作品は同じ作者の江島其磧『曦《あさひ》太平記』（享保一七年刊）という太平記物の後編にあたる。『楠軍法鎧桜』第三では恩地左近は浪人手塚案右衛門に身をやつし、赤坂城の湯浅入道定仏をたばかり、正成の赤坂城奪還の手助けをする。『太平記』巻六にもとづ

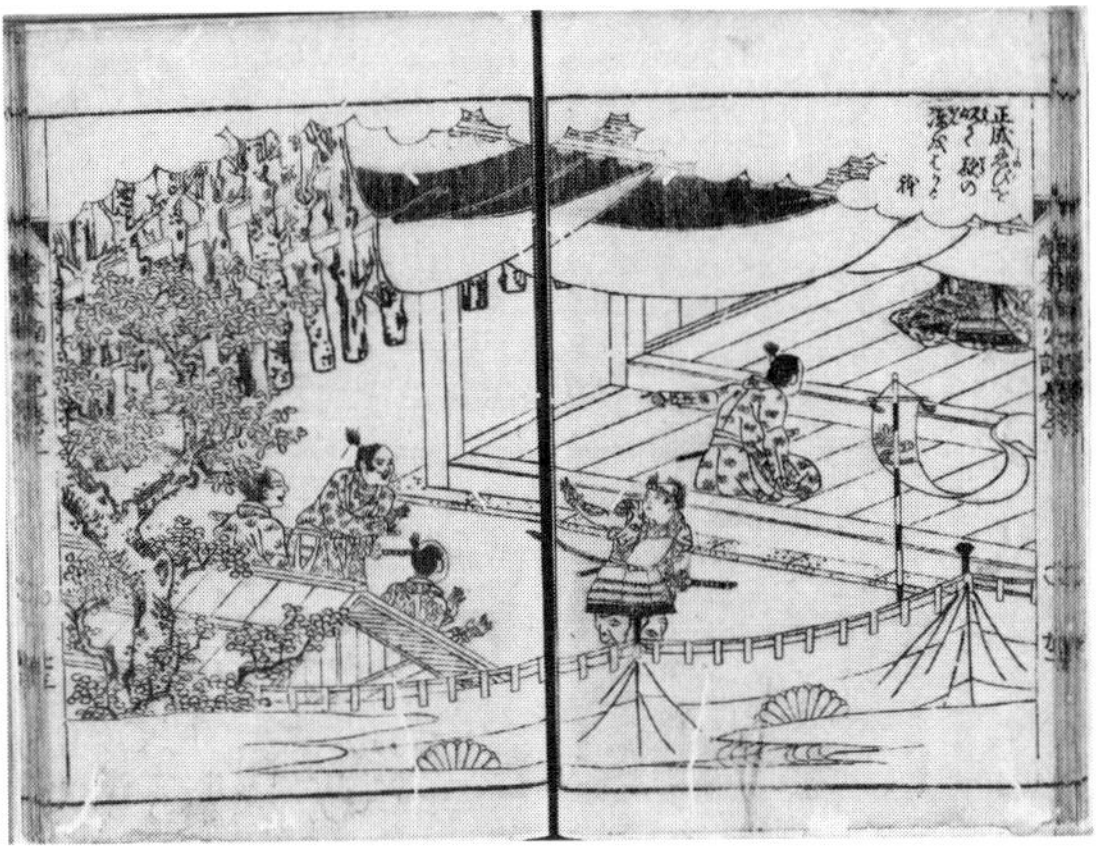

図1　『絵本楠公記』巻3

いてこの場面は作られているが、創作性が強い。

演劇を見ると、人形浄瑠璃『楠正成軍法実録』（享保一五年〔一七三〇〕、大坂豊竹座《とよたけざ》初演）第三で、恩地左近は正成の軍奉行として東上する。人形浄瑠璃『楠昔噺《くすのきむかしばなし》』（延享《えんきょう》三年〔一七四六〕正月、大坂竹本座《たけもとざ》初演）第四では正成の配下である。人形浄瑠璃『碁太平記白石噺《ごたいへいきしらいしばなし》』（安永《あんえい》九年〔一七八〇〕、江戸外記座《げきざ》初演）では正成にしたがう血気の若者として登場し、初段で坊門清忠《ぼうもんきよただ》（『太平記』では、九州から東上した尊氏軍に対して比叡山臨幸を主張した正成の策を退け、義貞とともに迎撃に向かわせる）の罵詈雑言《ばりぞうごん》に言い返す。

恩地左近の登場しない太平記物の作品もあるが、『理尽鈔』にしか登場しない恩地左近がよく芝居に登場することからすれば、『理尽鈔』も『太平記』と同等に太平記の世界の作品として享受されていたことがうかがえる。

なお、江戸時代の小説や演劇に登場する恩地左

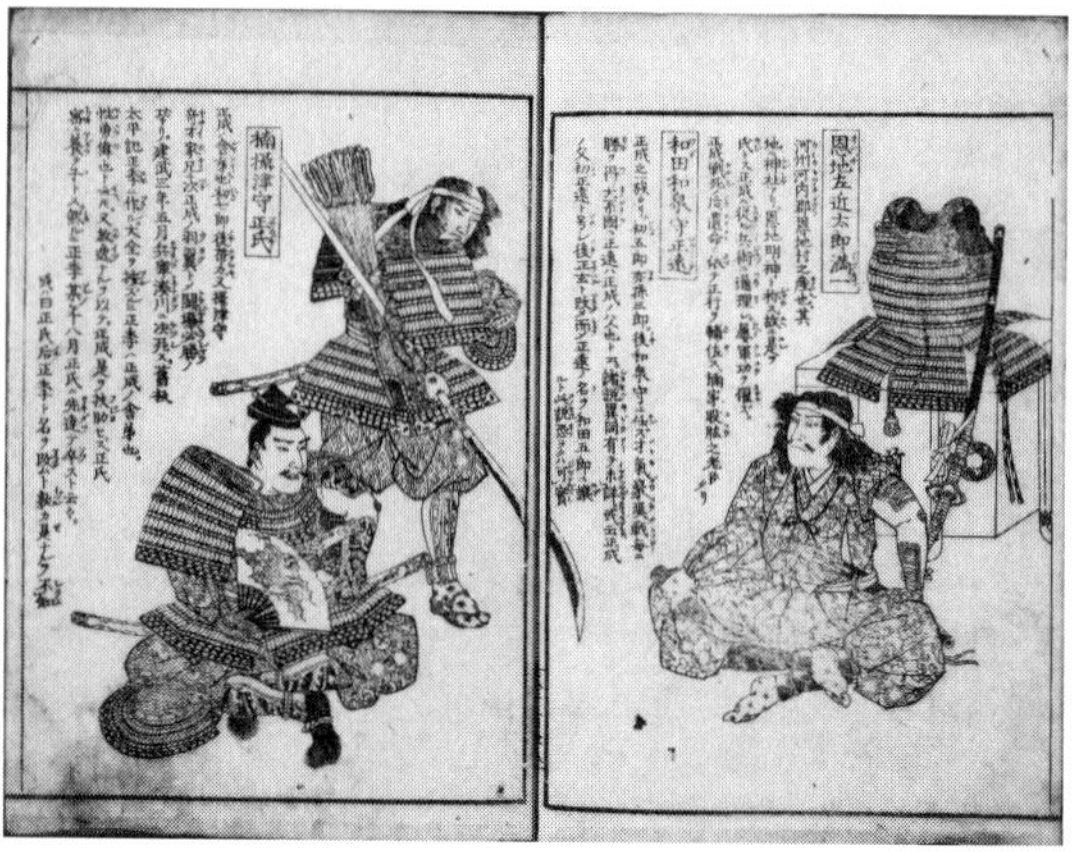

図2 『太平記図会』首巻

近が、黒装束に覆面で活躍した忍者であることはまったくない。正成の配下の侍として登場する。『理尽鈔』に準拠した堀経信《ほりつねのぶ》作の読本『太平記図会』初編首巻（天保《てんぽう》七年〔一八三六〕刊）に恩地左近の肖像（菱川清春《ひしかわきよはる》画）があるが侍の姿である（図2）。ただ、鎧《よろい》を着ずにその前に座っているところは合戦以外での活躍を想起させるもので、右手に巻物、おそらく「恩地左近太郎聞書」を思わせるような正成直伝の秘術が書かれたもの、を持っていることも恩地左近が知略にすぐれていることを示すためだろう。

近世末期に描かれた歌川国芳《うたがわくによし》の「英雄六家撰　恩地左近満一」も甲冑を着て、迦楼羅《かるら》の前立《まえだて》の兜《かぶと》をした武将の姿である（図3）。鎖帷子《くさりかたびら》や当時の忍び装束につきものの馬簾《ばれん》（詳しくは第三部第一章）などはない。ただし、真っ黒な鎧であることはこの時期に歌舞伎では定番となっていた黒装束を想起させるものがある。兜の前立の迦楼羅だが、江戸時代の忍びは白狐に乗って剣と索を持つ烏天狗《からすてんぐ》の姿であらわれる飯綱《いづな》権現を信仰していたが、この烏天狗こそインドの神話に登場する大鳥にもとづく迦楼羅を起源としており、その点で忍びとの関係を表現していたのかもしれない。

泣き男杉本佐兵衛

流布本『太平記』巻一五「将軍都落の事付薬師丸帰京の事」で建武三年一月二七日に足利軍と官軍が京で戦ったさいに、正成らは尊氏を撃退したものの京は防衛しにくいため坂本へと陣を引いた。翌二八日の朝に正成は、比叡山から律《りつ》宗の僧二、三〇人（天正本では二、三人）を京に出して、死骸を探すふりをさせ、不思議に思った敵兵に「義貞・義助・顕家・正成らが亡くなったので供養のために死骸を探している」と言わせて足利軍をあざむいた。なお、西源院本はこのことを三〇日のこととする。

図3　歌川国芳「英雄六家撰　恩地左近満一」

　これに関して『理尽鈔』巻一五には、泣き男杉本佐兵衛という恩地左近と同じく『理尽鈔』（四巻）のみの架空の人物が登場し、律宗の僧に化けて足利軍を騙《だま》す工作をしたことを詳細に記す。これにもとづき杉本佐兵衛は楠公物の創作によく登場する。少しひねった設定で登場することが多く、人形浄瑠璃『南北軍問答《なんぼくいくさもんどう》』（享保一〇年三月、大坂豊竹座初演）四段目切では、実は北条側の間者という設定である。歌舞伎『雲井花芳野壮士《くもいのはなよしののわかむしゃ》』（天明《てんめい》六年〔一七八六〕江戸中村座《なかむらざ》）では実は宇都宮公綱《うつのみやきんつな》（その芝居での立役）と同一人物、『同計略花芳野山《とばかりはなのよしのやま》』（寛政四年〔一七九二〕大坂の再演）では実は大塔宮を殺した定弁律師といずれも裏のある人物なのが特徴である。杉本佐兵衛が太平記物の作品によく登場するのも『理尽鈔』がよく受容された当時の状況を示す。

楠木正成の忍びの兵

江戸時代も一七世紀後半になると「忍び」の利用を不名誉とする見方が強まるが、江戸時代初期以前に成立した『理尽鈔』では、忍びの兵をつかうことを強く勧めており、実際に楠木正成の強さが忍びの活用にもとづくと考えている。先に述べたように『太平記』そのものに正成が忍びをつかった例はないが、『理尽鈔』ではたくさんある。以下、史実を補う形で正成が忍びをつかった例を年代順に紹介する。

『太平記』巻六で湯浅入道から正成が赤坂城を奪還する。そのときに、籠城《ろうじょう》側の兵糧が少ないことをみて、紀伊からの補給の兵から兵糧を奪い、それを自らの兵に持たせ、追われてきた補給の兵のふりをして城内に入って城を奪ったと記す。『理尽鈔』巻六の対応する箇所では紀伊から兵糧が運ばれることを「城に付けた忍びの兵」から正成は知った。また、追われてきた兵を守るために湯浅が城の外に出なかったのは、城の攻囲がはじまった頃に正成が忍び八人をつかって正面から湯浅勢をおびき出して、伏兵百余人をつかって攻撃するさまを一度見せていたからだとする。

同じく『太平記』巻六は、赤坂城を奪い返した正成が五月一七日に住吉《すみよし》・天王寺《てんのうじ》あたりに出兵し、渡辺橋《わたなべ》（淀川と大和川の合流点の橋）の南に陣をとって六波羅の寄せ手を待ったことを記す。このときに『理尽鈔』は「京都へ忍びを付け、毎日敵のありさまを聞、忍の数五十余人と也」と記す。『理尽鈔』は成立時期もあって、南北朝時代の忍びよりも戦国時代の忍びの実態にもとづいているとみてよい。五〇人という忍びを遣わすことは戦国時代では珍しくなかった。南北朝時代での忍びの実態は、『理尽鈔』以外の史料でまた検証すべきだろう。

さて、正成はそののち六波羅から派遣された隅田《すだ》・高橋《たかはし》の兵を撃破する。六波羅は鎌倉の加勢を頼み、勇将宇都宮公綱が派遣される。正成は公綱との決戦を避け、最初は天王寺を公綱に明け渡したものの、天王寺から見える範囲でかがり火をたくさん焚くことで、大軍が控えているように見せかけて、公綱を京に撤退させ、天王寺を奪い返した。というのが、続く『太平記』巻六の展開である。

『理尽鈔』では、『太平記』でとられたかがり火作戦のほか、「其の外或は天王寺へ忍びの兵を付て、宇都宮が陣所を焼き、或は思ひ寄らざる方より足軽来て矢を射、時の声を発す。是の如く悩まして実の軍はなし。宇都宮、するわざ一つもなくて、勇気つかれて引退きぬ」と忍びの兵をつかって陣所を焼いたり、足軽をつかって奇襲をかけるなどして相手を悩ませている。忍びが敵の陣所に火をかけるのは合戦でよくある戦術だった。

楠木正成の情報収集

『太平記』巻七、正慶《しようきよう》二年正月に二《に》階堂道蘊《かいどうどううん》率いる鎌倉軍は大塔宮の立てこもる吉野城を落とし、正成の千早城に向かった。このとき、『理尽鈔』巻七では大塔宮から京の六波羅を攻撃するように要請があったものの、正成は鎌倉に潜入させていた忍びの報告で鎌倉勢が大軍であることを知り、籠城を決断している。

『理尽鈔』で東国勢の動向を正成が知った次第は次の通りである。「正成が鎌倉に付けをきたる兵士廿四人の内、二人帰り参りて」状況を報告した。鎌倉方が山陰・山陽・南海・西海に出兵の下知をし、東国勢には一七歳から六〇歳までの大軍で年内に京都へ到着するよう下知したので、一二月はじめにはそれぞれ領国を出立するだろうというのである。さらに鎌倉にいた「忍びの兵士の司《つかさ》三人、林藤内《とうない》左衛門光勝《みつかつ》・野崎《のさき》七郎常宗《つねむね》・原《はら》兵衛吉覚《よしあきら》」の三人が書状を送ってきたが、戻ってきた二人の報告と同じ内容が記されていたので、正成はいよいよ籠城する決意を固めた。なお、『理尽鈔』では「楠が兵士は皆商売人と成て鎌倉に有し」とあった。

『理尽鈔』のこの「伝」はもちろん架空だろうが、これをもとに正成がどのような諜報組織を派遣していたのか、真面目に検討してみたい。結果として戦国時代の忍びの組織とその運用がわかるかもしれないからである。

派遣したのは「兵士」とある。のちに「忍びの兵士の司」が登場し、その「司」たちも名前があるので、侍を指揮官にし、普通の侍たちをその部下にして派遣したのだろう。もとから

「忍び」を専門にしていた者たちではなかった。「商売人」、すなわち商人になって鎌倉の市街に入って情報を集めていたのだろうが、二人が実際に帰参し、司三人は書状を送って状況を報告しているので、潜入した二四人はつねに一団となって行動していたわけではなさそうだ。帰参した二人が一緒に戻ってきたなら、二人が活動の最小単位だったのかもしれない。ロバート・ハインライン『月は無慈悲な夜の女王』（一九六六）に登場する、誰かが逮捕されても一網打尽にならないよう、何人かずつで組まれている組織（一九世紀の共産主義者の組織のようなもの）を想起させる。先の京に送られた五〇余人も独立した少人数の集団がいくつか集まってできた組織だったのかもしれない。

千早城防衛戦での忍びの兵

『太平記』巻七では千早城の攻囲のさいに、城側が汲《く》みにくると思われる谷川を鎌倉軍が占拠していたのだが、そこに正成軍が夜襲をかけ、守っていた名越《なごえ》勢の旗や幕を奪う。この夜討についても『理尽鈔』は細かく記している。正成は名越の陣に「忍びの兵」を七日間遣わしたが、そのときに毎日毎日別の忍びの兵を遣わした。そしてそれらが言う内容から同じものと違うもの、正成の判断にあうものとあわないものを分別していた。そして奇襲には兵を選んで、合い印をつけ、合言葉を定めておいた。夜襲の時刻も、忍びの兵が名越は毎晩夜半過ぎまで、碁・双六《すごろく》・酒宴で遊んでいると報告したのを聞いて「卯の一天（卯《う》の刻《こく》の最初。午前五時あたり）」と定めていた。何人か送ってそれぞれ別々に報告を聞くのは『理尽鈔』巻八の安田《やすだ》攻めのさいにもある。これは忍びの者が実際に行っていないことを憂慮したためだが、そういったことが実際にあった。

細川藩の事蹟を記した『綿考輯録《めんこうしゅうろく》』巻四五は島原の乱に出動した細川家の忍びの活動を記す。毎夜忍びを送り込むが成功せず、忍びの働きを不審に思った長岡佐渡守が家臣を同行させて様子を窺《うかが》わせたところ、忍びはひとりもあらわれずに、竹束のかげで身を隠して震えていたことがわかった。そのため細川忠利《ただとし》は忍びらをすべて解雇した。

白紙の暗号文

『理尽鈔』巻七「千剣破城軍事」では、千早城麓《ふもと》の観心寺にいる軍勢から、毎日一〇人、二〇人らに濁り酒など下々のものたちの食べ物を売らせ、猿回しのような遊芸人らにまじって陣中に入らせて、うわさを報告させている。情報はいちど観心寺でまとめられ、それから書状で城中に伝えられた。これに関しても忍びの逸話が残されている。

ある朝、千早城からひとりの忍びが正成の書状をもって下りてきた。大仏（『太平記』巻七の大仏奥州《だいぶつおうしゅう》）の詰め所の前でとがめられ、弁明もゆるさず持ち物を調べられたが、白紙を二、三〇枚折って墨のついていないものがあっただけだった。尋問されている忍びをみて、観心寺からきたにせ商人の忍びが知り合いのふりをして助け出した。大仏軍もこのように諸国から陣地にくる商人を困らせたら、軍にとって困ったことになると思って釈放してやった。実際には観心寺への書状は白紙のなかにあって、水につけたり、鍋《なべ》の墨をつけたりすると字が浮かぶようになっていた。このように通信を行っていたので、攻城勢はいちども忍びを見つけることができなかった。

これは水につけると字が出るのでミョウバンをつかった暗号文だろう。なお、その他に知られていた暗号文はあぶり出しで、忍術書『甲賀流武術秘伝』（伊賀流忍者博物館所蔵、注山田雄司『三重大史学』17号に翻刻）に「白文之法」として記される。

野伏とは

観心寺から常に野伏《のぶせり》を出して往来を煩わしめたので、寄せ手はだんだん小勢になり、攻め方が城を落とせないので北条高時を侮って、楠木側につくものも多かった。楠木の忍びは一〇〇余人いたが、少しでもいいことを聞き出してくると、白銀・銭貨をそれぞれ分け与えたので、観心寺にきていた忍びのものたちの妻子も楽しみにして、恨みを抱く者がなかった。

「野伏《のぶせり》」は南北朝から室町時代にいた武装農民集団である。農村在地の土侍が農民らを率い、徒歩による遊撃戦術をとった。『太平記』でも、巻六で宇都宮公綱軍を悩ませたり、巻九では六波羅を脱出した北条仲時《なかとき》・時益《ときます》らを近江で包囲して襲い、時益を討ち取り、仲時を自害に追い込んでいる。のちに「野臥」と表記されることが多くなり、室町・戦国時代で大名に加勢して合戦で大きな働きをした。忍び働きをしたものたちも後述のようにいたが、『理尽鈔』は「野伏」と「忍びの兵」を書き分けており、前者は補給の妨害を、後者は情報収集をし、前者は正成の部下ではなく、後者はもともと正成の部下だったという違いがある。

正成の防諜術

『理尽鈔』での千早城の正成も防諜のため、毎晩三、四、五度も見回りを行った。しっかりしていた者には褒美を与えたが、怠っていた者たちを咎《とが》めなかったので、兵たちも怠らなくなり毎晩小具足をして寝るようになった。非番のものの夜回りを禁じた。正成が詰め所を通るときに名前を呼んで、早く答えると誉めたので、居眠りするものはなくなった。合言葉は三日に一度はかえて、夜回りのさいに聞いて確認した。

『理尽鈔』巻七「千剣破城軍事」の千早城の防衛では、次のような警戒をしている。門の出入も警戒していて、身分の低い雑人なら出るのは問題なかった。入ってきたものは番人がとめて「誰々のところへ」というものには、その相手の侍を呼んで引き渡した。手紙があるといってもそのまま通すことはなかった。侍の場合、名乗った名前を番人が知っていれば通し、知らない場合は正成を通してしかるべき人に確認してもらった。番人が知っていて通す場合も、入るものの主人がその顔を自身で確認してから名前を言って入れた。主人が正成に急用があるときはその家来をひとりつれてきて家来に顔を確認させて通した。このため夜討の手立てが寄せ手にあったが、いくども追い返されて計略が成功しなかった。そのうえ、正成は敵の陣に忍びの兵、五〇人、三〇人を吉野にも入れておき、城からも忍びの兵を出して敵の出方を探ったのでとても夜討などを考えられることではなかった。味方のふりをして忍びこんだ者が火をかけたり、夜襲を行うことがあったのだろう。非常に慎重に確認をしている。

『太平記』巻七の千早城攻防戦のなかで、正成は藁《わら》人形をつかった計略を用いたが、これに関して『理尽鈔』は忍びの働きを付け足さない。『太平記』の記す梯《かけはし》をつかった攻撃には、『理尽鈔』では寄せ手の勢に入っていた忍びの兵が戻ってその存在をいち早く伝えたことを記す。『理尽鈔』では忍びの兵は五、六人あるいは一〇、二〇人などでまとまって運用されているが、巻七「新田義貞、綸旨を賜はる事」で、正氏が持ち場を離れて見えなくなったときに、和田正遠が正成のところに忍びの兵をひとり送っている。伝令ではひとりのときもあったのだろうが、『理尽鈔』全体でいえば戦時に忍びの兵がひとりで行動するのは珍しい。

こういった「実例」は『理尽鈔』の兵学書としての面をよく表している。同じようなことをすれば、正しい防諜や忍びの運用ができたからである。

安田庄司征伐時の正成の忍び

『太平記』巻八「摩耶合戦の事」は、赤松円心《あかまつえんしん》の立てこもる摩耶《まや》城を六波羅の佐々木時信《ときのぶ》・小田時知《ときとも》らが攻撃した摩耶合戦を記す。『理尽鈔』巻八ではここに正成が北条高時の命で安田庄《やすだのしょう》司《じ》を征伐した話が挿入されている。正成の出自に関しては駿河《するが》国出身の得宗《とくそう》被官という説（得能弘一1986、筧雅博1999）があり、河内の土豪や悪党の出身とみなす説に変わって有力視されている。『理尽鈔』は虚構性が強いとはいえ、正成の安田庄司攻めは『高野春秋編年輯録』元亨《げんこう》二年（一三二二）八月条に記される史実であり、『理尽鈔』がそれと合致しているのは興味深い。

正成の安田庄司攻めと忍びの活用は次のような話である。

安田勢七〇〇〇余人に対して、正成二〇〇〇余騎は山に陣をかまえた。対陣三日で正成は忍びを送って偵察することにした。ところが「忍びを付けて敵の陣を見るに、河内・津国の野伏は、案内を知らざれば、半ばは陣の傍へも往かず。少々陣に至る有れども、見負をする事まれなり」というありさまだった。

『理尽鈔』は「勝尾」での戦いとするが、現在の地名でどこに該当するのかはわからない。しかし、熊野八庄司のひとりである安田庄司と戦っており、『高野春秋編年輯録』では紀伊の安田荘の戦いとするので、紀伊国での戦いであり、そのため「河内・津国（摂津《せっつ》）」の野伏らはよく地理を知らなかったため、ちゃんと忍び働きをしなかったと考えられる。

そこで正成は「其道々（忍びの専門家）を以てまねかずんば有るべからず」と、野伏のなかからこの土地に詳しい者を恩賞の金銀は望みどおりだといって集めたところ八人になった。そこで「宗徒の野伏六人（宗徒《むねと》は主だった家来の意味。最初の八人から六人を選抜したか）」を夜に敵の陣に忍びこませ、日中は敵の陣にいさせて、夜に引き揚げさせた。正成は一人ずつに分けて、敵の陣の報告をさせたが内容はすべて同じだった。

また、その際に正成は忍びこむやりかたを事細かに聞いた。部下が忍び入るやり方を聞いた理由を尋ねたところ、「されば、国々の用心の風をも聞き、又、忍び入る様も、国々に替て品多く侍れば、是を聞いて其国の忍びを防ぐ便りとも仕侍らばやと存るにて候。又、国々の陣取り・忍びの様をも知り侍れば、又、謀の出来る端ともなり候ぞや」と答えている。

忍び入り方に国ごとでそれぞれ違いがあるので、それを聞いてその国の忍びを防ぐやりかたが知れることや、国ごとの陣取り・忍びの様子がわかれば計略を立てるきっかけとなるという考えからだった。もともと、その土地に詳しい野伏を集めただけなのに、それが各国の流儀をえた忍びにそれぞれ細かく忍び入る様子を聞くという話にまで大きくなっているのは、忍びの流儀が国によって違うという別の話を付け加えたためだろう。南北朝時代に流派がわかれるほど忍術が発達していたかは疑問である。おそらく、『理尽鈔』が作られた頃の忍び・忍術観にもとづいていると思われる。

桃井直常と伊賀の忍び

『理尽鈔』巻一三「足利殿東国下向の事付時行滅亡の事」では中先代《なかせんだい》の乱に呼応し名越太郎時兼《ときかね》の軍勢が挙兵し、北陸道を制圧しつつ京を目指し大聖寺《だいしょうじ》城を攻撃した。これに対して楠木正成は下らず、かわりに桃井直常《もものいなおつね》を下向させた。桃井直常は正成は所用で今は来られないが一〇日後に来ると嘘をついて現地の軍勢を味方につけ、九頭竜《くずりゅう》川を渡って「細呂木」まで軍を進めた。そこで「直常、山岸新左衛門に談じて忍びの兵を遣はす。山岸は賀州（伊賀《いが》）の住人也ける上、殊に忍びの兵を余多持ちける故とぞ聞こへし」とある。直常は山岸新左衛門《やまぎししんさえもん》に命じて忍びの兵を派遣させた。山岸新左衛門は伊賀の出身で忍びの兵をたくさん抱えているためであった。

今では伊賀といえば忍びを多く生んだ土地であることは有名であるが、伊賀衆（伊賀の忍び）の活躍は『多聞院日記』天文《てんぶん》一〇年（一五四一）一一月二六日・二八日条が記す笠置城攻めからで、それ以降は伊賀衆の活躍はさまざま記されるものの、南北朝時代にすでに伊賀衆が忍びとして活躍した記録はなかったのである。これはやはり、『理尽鈔』が中世末期か近世初期の忍びの知識で書かれていることの証しだろう。なお、偵察に出た忍びに対して、「陣の次第図にて見度《みた》き事にや」と直常が言ったので忍びの兵は図に写して見せている。『理尽鈔』ではのちにその図を見た正成が名越時兼の布陣を賞賛している。そういったやりとりもあったためか『理尽鈔』の図注釈にあたる『太平記理尽図経』（明暦《めいれき》二年〈一六五六〉刊）にはその陣図が収録されている。

なお、桃井直常はそののち『太平記』巻一九「青野原軍の事付囊沙背水の事」で南都から般《はん》若坂《にゃざか》に出撃した北畠顕家軍と戦うことになった。このときに「前へ忍びの兵を南都に入置なば、戦ひ半ばなるに所々に火を懸けば勝ちなん（勝っただろう）」、そして桃井直常が北国にいるときに正成から無勢で多勢を破るやり方をいろいろと教わったのに直常が生まれつき才能が足りないので、青野《あおの》ヶ《が》原《はら》の合戦で負け、それをとりかえして南都で顕家を打ち散らしたがそれでも才智が足りなかったので、新田義興に負けたと『理尽鈔』は評している。

野伏と忍び

さて、安田庄司との戦いに戻る。正成が野伏に聞いた情報だが、「敵の陣には家幾等《いくら》か有る」「陣の取り様はいかに」というものだった。野伏は「八百余も大小共に有りなん」「大将の陣は一段高く候。かまへ（構え。防御施設）も少し候。其外は皆、山にも谷にも陣屋打ち続けて候」

と答えた。正成は夜討にすることを考えたが、念のために「今一度、侍を敵陣に遣はして、能く見をさせてこそ」と今度は侍を派遣してよく見ようと思っていたところに、安田勢は楠木勢が少ないと侮って先に攻撃をかけてきた。ここで再度派遣しようとしているのは「侍」であり、『理尽鈔』の他の箇所の表記でいえば「忍びの兵」である。ここから正成の直接の配下である侍がつとめる「忍びの兵」と「野伏」とはまったく違う存在であったことがわかる。

楠木正成の活躍は北条氏が滅亡し、建武の新政が始まるまでが華々しい。正成の戦果は忍びの兵の利用によるものだが、尊氏や義貞など他の武将の戦を回顧する場で正成が忍びの兵の利用を進言することも多い。これは史実でないので「伝」ではなく「評」で述べられることが多い。また、正成以外では先の桃井直常のほか、尊氏や義貞らも忍びの兵をつかっている。これらは少しあとに述べるとして、まずは正成の忍びの兵をつかった戦いを引き続き湊川の合戦まで記していく。

『理尽鈔』巻一二「安鎮国家の法事付諸大将恩賞の事」で北条軍残党が立てこもる飯盛城を攻めた話は恩地左近の紹介時にすでに記したが、ここでも忍びが活躍する。正成が飯盛城を攻める際に、正成は野伏らに松明を持たせて大勢で攻囲しているようにみせかけたところ、これを実際は数が少ないとみて、城側から半数の兵が夜明けに出撃してきた。そのときに、敵陣に入れておいた忍びの兵が出撃する兵らといっしょに外にでて、いそぎ出撃を正成に伝えた。正成は敵に野伏を追わせ、すべて敵が城から出てしまってから攻撃するように下知した。ところが、和田和泉守正遠の兵が鬨の声を上げて開戦してしまった。そのため、正成は正遠救援のために鬨の声を上げて戦った。このことの是非を終戦後に恩地左近と正成の間で議論し、その見識のため恩賞をもらったことは先述のとおりであるが、野伏と忍びの兵はここでも違った役割を果たしており、異なる存在であるといえる。

忍びの利用を指示する正成

『太平記』巻一四「長年帰洛事付内裏炎上事」では、大渡《おおわたり》・山崎《やまざき》の合戦で足利軍に官軍が敗北する。『理尽鈔』巻一四ではそのとき、正成は宇治《うじ》にいて、忍びの兵から尊氏が大渡にむかったことや、宇治に仁木義長《につきのよしなが》・細川清氏・今川入道ら足利家臣ら三万がむかっていることの報告を受けたことになっている。そこで、すかさず正成は大渡にも忍びの兵を送り、義貞にも軍使をつかわし、「尊氏の陣へも、宇治の仁木が陣へも忍《しのび》の兵を入る事五百余人なり。山崎へも大渡へも使ひを遣はして『今日をくらし給へ。夜に入なば此陣より敵の陣に懸べし』と相図を定め」たことを伝えたほか、山崎へ細川定禅《じょうぜん》ら二万余騎が接近しているので宇都宮・菊池らを派遣するように申しやった。しかし、義貞の返事は山崎まで兵がまわらないことを暗に示すもので、これにより正成は義貞軍の敗北を予想している。

『太平記』巻一五「三井寺合戦事」では新田義貞と北畠顕家が協力して三井寺《みいでら》を攻撃した。遠征のつかれを考えて一両日は休むことを主張した北畠顕家に対して大館左馬助《おおだちさまのすけ》が休まず夜中に移動して朝には三井寺を攻撃することを主張し、大館の意見が通る。『理尽鈔』巻一五では、三井寺攻撃に出陣したものの義貞と顕家が先陣争いをした結果、義貞が合戦の延期を主張するので、楠木正成が三井寺へ入れた忍びの兵から得た情報として尊氏が三井寺にいずれ加勢することを伝えて義貞に合戦を決意させている。続く『太平記』巻一五での京合戦で、一月二七日に一度退却した正成が二八日に律宗の僧をつかって足利軍を欺き二九日に勝利したことが、『理尽鈔』巻一五では杉本佐兵衛の活躍におきかわったことはすでに触れた。

正成は一月二九日に勝利してから、「伝云、楠、敵軍敗北の日より、忍びの兵を丹波へ二十人、摂州の地に二十人、北《に》ぐる敵に交へて遣はし」ていたので、「尊氏摂津へ至つて、近日又京都へ攻め上る由」という情報を得ている。『太平記』巻一五「将軍都落の事付薬師丸帰京の事」にあるように、丹波からさらに移動した尊氏は二月二日に摂津に到着していた（西源院本も流布本も同じ）。尊氏が京から退却した先の丹波に忍びの兵を送るのはあたりまえだが、その後の移動を見越して摂津にも同数の忍びの兵を送っているところが正成の戦略眼の高さだろう。こののち、尊氏は官軍に敗れ九州で再起をはかることになる。

湊川の合戦と忍び

楠木正成の生涯で有名な戦いは、赤坂城・千早城で幕府軍を退けた戦いと湊川の合戦だろう。前者が勝ち戦であるのに対し、後者は負け戦である。正成自身、死を覚悟していたことは流布本『太平記』巻一六で「正成是を最期の合戦と思ければ、嫡子正行が今年十一歳にて供したりけるを、思ふ様有とて桜井の宿より河内へ返し遣す」と、死を覚悟し、正行を離脱させていることから明らかで、正行にも「今生にて汝が顔を見ん事、是を限りと思ふ也」と伝えている。

京を捨てて比叡山に臨幸し、京に入った尊氏軍を包囲して戦う計画を正成は立てていたが、坊門清忠が一年のうち二度まで比叡山に臨幸するのは帝の権威を軽くすると進言したため、正成が尊氏と決戦せねばならなくなった。帝の命令に対して、流布本『太平記』では、「此上はさのみ異儀を申に及ず」とのみ正成は答えているが、より古い西源院本や天正本の『太平記』ではもっと詳しく、西源院本では、

この上は、さのみ異儀を申すに及ばず。且は恐れあり。さては、大敵を欺き虐げ、勝軍《かちいくさ》を全くせんとの智謀、叡慮にてはなく、ただ無弐の戦士《もののふ》を大軍に充《あ》てられんとばかりの仰せなれば、討死《うちじに》せよとの勅定ござんなれ。義を重んじ、死を顧みぬは、忠臣勇士の存ずる処なり。

と答えている。坊門清忠は流布本『太平記』のため、江戸時代ではたいへん嫌われている人物で、前に紹介した人形浄瑠璃『碁太平記白石噺』では下品な悪役になっている。『理尽鈔』では「尊氏と討死せんよりは清忠卿の面顔《まつこう》二つに切りはりて後、自害したらんは」と正成は述べたという伝を記す。それまでに記されてきた聖人らしい正成像とは異なり違和感があるが、『理尽鈔』の編者がそういうことを言わせたくなるほど、清忠の発言は気持ちを逆なでするものだったのだろう。

合戦にはつねづね忍びの兵を送り、そこから神算鬼謀の戦術を駆使して敵を撃破してきた楠

木正成であるが、湊川の合戦に忍びの兵をつかっておらず、『理尽鈔』巻一六「正成兵庫下向事」には「楠は前々の如く謀をも成ず、西国尊氏方へ忍びの兵をも遣ず。只討死と計思ひ定し」と、前々のように計略も立てず、九州の尊氏のところへ忍びの兵もつかわさず、ただ討ち死にとだけ思い定めていたことが記される。今までの正成とはまったく違ったありさまである。『理尽鈔』は『太平記』を補って湊川の合戦での楠木勢の奮戦を記す。力尽きて一族のものたちと自害するところは変わらないが、弟正季（流布本。西源院本は正氏）が「七生《しちしやう》まで只同じ人間に生れて、朝敵を滅さばやとこそ存候へ」と言ったことには触れていない。

正成以外の武将の忍びの兵

『理尽鈔』では正成が忍びの兵を駆使して勝利を収めるさまが描かれるが、その他の武将もさきの『太平記』の二例以外でも『理尽鈔』では忍びの兵をつかったことになっている。それを確認していく。

流布本『太平記』巻七、元弘三年（一三三三）一月一八日に鎌倉勢の二階堂道蘊が大塔宮の立てこもる吉野城の攻撃を開始したが、攻め落とすことはできず、寄せ手に嫌気がさすようになった。そのため、吉野山に詳しいものとして吉野の寺務をつかさどっていた岩菊丸《いわぎくまる》に攻略を任せた。岩菊丸は正面攻めをさけ、警護が手薄な背後の金峰山《きんぷせん》から攻撃することを考えた。岩菊丸は「足軽の兵百五十人」を選抜して徒歩の兵として運用し、夜陰にまぎれて金峰山より忍び入って愛染宝塔《あいぜんほうとう》や岩陰で待った。朝になって正面から五〇〇余人が攻撃し、防衛する城側を裏手から攻撃し、あちこちに火をかけて、鬨の声を上げた。これにより、わずか七日で吉野城は落城している。

敵陣への潜入と放火を行っているので、そのままでも「忍び」の活動といってもよいが、『理尽鈔』巻七ではこの場面に次の伝を加えている。岩菊丸が金峰山を経由しての攻略を思いついたときに、「己が手の者に、岸六郎《きしの》とて才覚世に勝れたる者の有ける」ので、岸六郎に相談した。岸六郎は「忍びになれたる者共に案内者せさせ、先金峰山に忍を入て」様子を報告させた。まず谷ひとつ挟んで見たところ、旗指物は多いがこれは忍びを警戒するためのもので、兎や狸が金峰山に入っていくのをみたので「いよいよ人は無きぞと心得て忍びを入《いれ》て侍れば、軍勢は一人も候はず。唯御旗計《ばか》りにて侍る」というありさまだった。「忍びを入《いれ》て」とあるが岸も忍び入ったようで、潜入の証拠に愛染宝塔の中から香炉を一つ持って帰っている。岩菊丸は、岸に銀剣一振と白銀三〇両を与え、忍び八人にもその身分に応じて銭貨を与えている。そのあとに一五〇人を忍び入らせたことは同じだが、兵士二人を戻して報告させている。

この岸六郎の行動は江戸時代の忍者説話の典型である「忍者が忍術をつかって大事なものをとって戻ってくる」と同じであり、この手の説話で早く成立した木村常陸介《きむらひたちのすけ》が水差しの蓋を持ち帰った『聚楽物語』（寛永頃刊）よりもさらに早い時期のものである。岸六郎自身は才覚に優れたものの「忍び」を専門とはせず、八人の忍びを率いて、要所要所では忍びに先行させていることも興味深い。

このような夜襲は『太平記』巻三、元弘元年（一三三一）での笠置城攻めでも行われ、これは抜け駆けの行動だったが、陶山《すやま》藤三《とうざ》義高《よしたか》と小見山《こみやま》次郎某《なにかし》（天正本では陶山次郎高通《たかみち》と小見山次郎氏真《うじざね》）が笠置城に五〇余人で忍び入って火をかけることで攻略に成功している。専門的な職種・職能としての「忍び」ではなくとも、軍事行動のなかで潜入と放火を行っているので、その者たちはそのいくさでの「忍び」だったといえる。そう広くみれば、『太平記』から「忍び」の活躍が見られるようになったと考えてよいだろう。

『太平記』巻一五の建武三年一月の新田義貞が足利軍を打ち破った合戦（流布本では一月一六日「建武二年正月十六日合戦の事」、天正本では一月二七日「二十七日京合戦の事」）で、新田義貞軍は味方を敵に紛れ込ませ、足利軍に同士討ちをさせている。お互いに顔を見知った侍たちを笠符《じるし》をすてさせ旗を巻かせ、五〇騎ひと組にして全部で二六組作り、一四日の合戦で三井寺から退却した兵のふりをさせて、足利軍のなかに紛れ込ませた。官軍二万騎、足利軍八〇万騎であったが、足利軍は統一がとれていなかったので官軍が緒戦では勝っていたが、足利軍は大軍なので討たれても減らず、遠く退却することもなかった。そこで、最初に敵に紛れ込んでいた軍勢が旗印をかかげて攻撃を開始したので、足利軍は同士討ちをはじめて、撤退を強いられた。

これについて『理尽鈔』巻一五は、

義貞、敵の陣に忍びの兵を入れし謀の事、鈔（『太平記』）に顕然たり。時に当たつて出で来たる謀なるべし。古の抄典にも此謀なし。此二、三箇年、正成に親《したし》みて智謀の事ども相談せられしに仍つて、今此謀出にけり。

と、義貞が編制して敵にまぎれこませた侍たちを「忍びの兵」と書いている。これには「忍びこませた」兵という意味はあるだろうが、いくさ働きに関してこういった伏兵が「忍びの兵」と表記されたことも留意しておくべきだろう。

「事後楠木正成」と忍びの兵の活用

『理尽鈔』は、『太平記』に記されない外伝を「伝」として記すほか、実際におきた事件に対して正成など『太平記』の登場人物が評価や見解を述べる「評」の二つで構成されている。「評」で多いのは軍事行動で「忍びの兵」をつかえばよかったのに、というものである。「評」は編者の考えが記されるほか、正成が意見を述べる箇所が多い。正成の没後は恩地左近が同様に意見を述べるが、その恩地左近の没後は、単に「評に曰」で編者の評価が記されるようになる。

結果が出たあとにすべてを見通したかのような口を聞くことを中国語で「事後諸葛亮」というそうだが、『理尽鈔』は「事後楠木正成」の集積であって、あとづけであのときはああすべきだったという評価者に都合のよい内容が記されているのは間違いない。だが、架空の話だけに原理原則の説明はしやすく、「忍びの兵」をどのように運用すべきかは明快である。『理尽鈔』が兵学あるいは忍術の教科書になっており、物語と同時に兵学書の性質を色濃く有していることがわかるだろう。以下、『理尽鈔』の「評」から「忍びの兵」に関する部分を恩地左近が亡くなる巻二〇まで見ていくことにする。

『理尽鈔』巻三「笠置軍事付陶山・小見山夜討の事」では城攻めには「城へ寄んとての先の夜より、忍びを付て、城の体を見る也」と編者は評している。陶山・小見山の笠置城攻めは忍びに関する評価がたくさん記されている。陶山・小見山が笠置城を攻略できたのは、城側が背後にほとんど兵をおかなかったためで、正成は「山城の嶮《けは》しきをば、敵必《かならず》忍び入べし。其の故は、嶮を頼て、警固《けいご》の兵士を置れざる故也。又、警固の兵も、嶮を守るに怠り有故也」、すなわち山城が険しいと油断して警護の兵を置かないか、いても油断しているので敵が必ず忍び入ることを述べる。警護に関しては「四十以後の老兵を以て、嶮しきを日夜に守らせ侍らんと思ふ」として、老兵を日夜警護にあてるのがよいとし、その理由として、人は四〇歳以前は若くて眠りがちで、年をとった兵はあまり寝ないことや、老兵は経験が豊富で万事注意深いことをあげている。

なお、『理尽鈔』では、陶山が忍び入ったさきで「面々の御陣に、御用心」と声をかけた（流布本巻三）ことについて、正成は陣には京のものが多いので陶山の山陽なまりで素性が発覚するおそれを指摘している。そして「凡そ軍陣にて味方を知るには、国々のなまりを知て、其の謂《ものい》ふにて、敵の偽りを知ると云事侍る也」と述べている。『正忍記』初巻「陣中忍時之習」でも「人に逢て物いわば、其国のことばを以て語るべし」と潜入者へ心得を示している。

逆に城攻めでは、攻城側の視点で、『理尽鈔』巻七「千剣破城軍事」では籠城戦のやり方が書かれているが、そのなかに「城中へ矢文又忍びをも入よ」と精神的な動揺をさそう矢文をとばしたり、忍びを入れたりすることが必要としている。

新田義貞への「評」

『理尽鈔』では、義貞・赤松円心・桃井直常など正成のいない場所でおきたいくさについて検証をする「評」がある。

『太平記』巻八「摩耶合戦の事付酒部・瀬河合戦の事」の瀬川《せがわ》合戦では、元弘三年（一三三三）三月一一日に赤松円心が三〇〇〇余騎で六波羅軍を攻撃している。これに「評」は赤松軍が勝つ方法を三つあげており、ひとつ目は夜討、ふたつ目は夜明けに「時の声を発せず、忍びを宵より廿人余も遣はして、勢を余多《あまた》に分て、無言にて瀬川の陣に乱れ入り、縦横に切り乱さんに、宵より遣はし置きたる野伏、爰彼《ここかしこ》に火を放たば、敵十方《とほう》を失」うことを書いている。ここでの「忍び」は野伏のことで、戦闘の開始後には野伏が火をつけて敵を攪乱《かくらん》する作戦である。三つ目は伏兵である。

『理尽鈔』巻一〇「新田義貞謀叛の事付天狗越後勢を催ほす事」では、入間《いるま》川を挟んで新田軍と鎌倉勢が対峙《たいじ》したときに、正成が夜討を勧め、「忍びの番を置き侍れども番の兵を追ひ立て、番より前に懸かるものぞ」と、忍びよけの番兵がいてもそれを追い払って、番兵が報告するより先に攻撃すればよいと述べる。

義貞の鎌倉への進撃に関して、『理尽鈔』の編者は、近日までの鎌倉のことは義貞はよくご存じで、鎌倉のことをよく知った兵もいくらもいたはずなので、それらを説得して二〇、三〇人の忍びの兵を敵陣にいれて、敵の手立てをよく聞いてから、勝つための計略を立てて敵を攻撃するのがよかったとする。義貞が敵の陣に忍びの兵を入れておけば、高時の弟の恵性《えしょう》（泰《やす》家《いえ》）軍が夜のうちに増援に到着していたのを知ることができたので、それをしなかった義貞はよくなかったと評している。

その後、久米《くめ》川の合戦に勝利した義貞について「評」で正成は次のような提案をしている。

其時の如くんば正成ならば、恵性が敗北に追ひ継きて旗の手を卸さず、四万余をば七手になし鎌倉へ入らんに、敵とも味方とも存ず間敷《まじ》く侍れば、前《さき》に忍の兵一与《くみ》に五人、六人にして、五、六十与《くみ》鎌倉に入、所々に火を懸けんに、鎌倉勢同士打ちして十方《とほう》を失はん所へ、七手の軍勢乱入なば、相州其にて亡ぶべきとこそ存候へ。

追撃をして四万の追手を七つに分けて鎌倉に入るが（鎌倉七口といって鎌倉は入口が七箇所のため）、そのとき敵も味方もわからなくなるので、前もって忍びの兵を五、六人ひと組にして、五、六〇組、鎌倉に入れておいて、鎌倉の所々に火を懸ければ、鎌倉勢は同士討ちをしてどうすればいいのかわからなくなってしまうので、そこへ七方向より軍勢が乱入すれば、北条高時はそのまま滅びてしまっただろうと述べている。出来すぎた感じだが、ここで記したように、あらかじめ忍びの兵を入れておき、五、六人をひと組で運用して、市中に火をかけるという忍びの使い方は『理尽鈔』が成立した頃の忍びの用法だったのだろう。

赤橋盛時戦での軍談義

同じく『理尽鈔』巻一〇の鎌倉攻防戦「赤橋相模守自害の事付本間自害の事」では、鎌倉勢の赤橋相模守盛時《あかはしさがみのかみもりとき》（守時）が数万騎の兵を六五度の切り合いで三〇〇余騎まで減らし、ついには自害している。『理尽鈔』では、この戦いについて後年、名和長年と楠木正成が赤橋軍をどのように破ればいいか議論した内容が「評」として記されている。

名和長年の戦略は、昼は矢いくさをする。夜に入れば先陣の八〇〇〇騎を七つに分けて、うち二組を中の陣として、そこに忍びの兵を加える。（夜討をしかけ）鬨の声を上げて敵が驚くところに、忍びの兵に陣屋へ火を放たせ、そのうえ五、六人でひと組にして敵の前後に乱れ入って戦わせる。その中央の二陣が混乱で敗れると他の陣が助けようとして対面の敵に対応できなくなるので勝てるというものだった。

正成は赤橋軍が先陣の八〇〇〇騎と後陣の七〇〇〇騎と分けているので、それでは打ち破れないとし、自分の戦略を述べた。

諸国の兵が入り乱れて戦うので、忍びが近づいてまぎれるのによい。お互いに見知った兵を五、六人でひと組にして、敵の前衛と後衛の陣ごとに入れておく。そのうえで、味方の二〇〇〇余騎を後衛にまわして、五〇〇騎をひと組の四組に分け、ふた組を敵陣の後ろの伏兵にして、ふた組を敵の陣の前で六町（六五四メートル）を離して伏兵にする。敵の先陣八〇〇〇騎が負ければ、後陣七〇〇〇騎が太鼓を打って前進してくるはずである。敵の雑兵を前進させ、大将が陣を出たなら、忍びの兵に陣屋に火をかけさせ残っている兵を討たせる。そのとき、後ろの一〇〇〇人が鬨の声を上げて、ひと組は陣屋に乱れ入り、もうひと組は太鼓を打って敵の大将が進んだあとを進む。すると後ろに敵が出てきたと引き返すところに、前のふた組がどっと声を発して懸かれば、前後から攻められた敵は敗北する、という非常に細かいものである。

『理尽鈔』は兵学に詳しい者が書いたのだろうが、「評」の正成の立案どおりに簡単に背後を攻撃できるものだろうか。『理尽鈔』第一一「筑紫合戦事」には「十死に一生の合戦」の四つのうちのひとつに、敵と沼を挟んで陣をかまえたときにかんじき（田下駄）をつかって夜中に沼を渡り、将の陣に入って火をかけ、大勢で切り込むことが書いてある。このくらいならうまくいくかもしれない。

寄親寄子制か兵種別編制か

忍びの兵の運用の仕方は『理尽鈔』巻一三「足利殿東国下向の事付時行滅亡の事」でも、編者は先の名和長年と楠木正成の問答と同じようなやりかたを勧めている。編者は、時行《ときゆき》軍が遠征で疲れた足利軍を夜討にすれば、十のうち九は勝っていたとする。尊氏の軍勢は諸国からの寄せ集めのため、時行は味方から忍びの兵を分けて、尊氏の陣に一〇人、二〇人をひと組とし、陣ごとに五、六組を入れておく。敵と出会ったときに、忍びの兵が切ってまわって敵がどうしようもなくなったところに、（先に潜入した忍びと同士討ちを避けるために）合い印・合言葉を決めておいた増援の兵がまっしぐらに切り込めば尊氏の陣が乱れ、その他の陣も似たようになる。そこで「尊氏の兄弟のひとりを討ち取った」といいながら、尊氏の陣に入れば勝てただろうと記す。

ここでも兵を紛れ込ませているが、ひとつの単位が一〇人、二〇人と大きくなったこと以外は、忍びの兵の働きは赤橋戦とおおよそ同じである。これに関して、そんなに大勢が紛れ込んで本当に発覚しなかったのかと疑念がおこる。指揮する将の下に大小様々な部隊が参集した場合、大身の武士が小身の武士を配下にする寄親寄子制では発覚しやすかったはずだが、各武士が連れてきた部隊を兵種ごとに再編制する兵種別編制ではわかりにくかったはずである。南北朝時代でも六波羅攻略時の赤松軍では悪党や野伏の兵種再編制は行われていたようだが、忍びの入りやすさをみると、『理尽鈔』は寄親寄子制と兵種別編制が併存する世界ではなく、おおよそ兵種別編制のようだ。これは、『理尽鈔』が成立した時期、おそらく近世初期では兵種別編制が一般的であったためと思われる。

楠木正成と対比される新田義貞

『太平記』巻一六で楠木正成が亡くなるので、それ以降は正成が忍びの兵をつかうことは当然なく、『理尽鈔』では以後義貞や尊氏らが編者の「評」で忍びの兵をつかえばよかったのにと非難されるか、「伝」で恩地左近が正成のかわりに忍びをつかって活躍するかの二つになる。恩地左近の活躍はすでに述べた。

『理尽鈔』巻一七「山門攻の事付日吉神託の事」は楠木正成が忍びの兵を京中につけおいたことで得た情報で敵を撃破したのに対して、新田義貞が同じようにしなかったために敵勢の動きがわからず、千種忠顕を戦死させてしまったことを記す。また、この戦いで足利軍が急にたちこめた朝霧のために比叡山の攻撃をためらったことに、足軽を物見につかうべきだったことや、比叡山に京から忍びを入れておけば軍勢がほとんどいなかったことがわかったはずと難じている。

義貞への『理尽鈔』の評価は辛く、『太平記』巻一九「新田義貞越前府城落事」でも足利高《たか》経《つね》らを義貞が破る方法が六つあったと記すが、その中には、忍びの兵を遣わしておけば、敵の居城の隙を見つけて落とせたとか、高経が城をとったときには忍びの兵を付けておくべきだとか、忍びの兵の活用が入っている。

楠流兵法での忍び

以上あらあら、義貞が亡くなる『理尽鈔』巻二〇までに示される忍びの兵を見てきたが、『理尽鈔』における忍びの兵の使い方は戦国時代の実際の合戦をもとにしているように思われる。具体的には、敵陣や城に紛れ込んで陣屋や城の施設に火をかけることで敵を混乱させることや敵軍に紛れて戦うことで同士討ちを誘うことを行っている。このような『理尽鈔』に書かれている忍びに関する記述は、史実ではないが忍びについて考えるさいに、忍術書と同程度の重要な情報を含んでいる。

忍びの兵がどのような格好をしているのか、『理尽鈔』はまったく記していないが、戦時での忍び働きは、戦闘となることを考えればある程度の武装が必要であり、忍びこんだ先の兵と区別がつかないような普通の兵装をしていたと考えるのが自然だろう。

同士討ちを避けるために忍びの兵はお互いを見知ったもので編制され、あらかじめ合い印や合言葉を決めておくことで相互の確認ができるようになっていた。人数は五、六人をひと組とするほか、ある程度損耗を考えてか八人ほどで組むことも珍しくなかった。忍びの兵のひと組には指揮官がついていたが、敵国への潜入の際には組ごとに自立して報告に帰還したり、書状を送って報告することが可能だった。情報入手や偵察のために、身分の低い野伏や他国の忍びを雇ってつかうこともあるが、合戦では配下の侍を忍びの兵に編制してつかっていた。忍びが敵国や敵地へ潜入する際は、商人に変装することが多かったが、それ以外に猿回しなど遊芸人の仲間になってあちこちを巡ることもあった。大将はあらかじめ敵軍が起こったり、移動したりするだろう場所を考えて、そこに忍びを派遣していた。忍びの報告はあてにならないもので、複数の忍びの報告を照合して真偽を確かめておく必要もあった。

野伏は武装農民でそれ自体が忍びではないが、合戦に加わったときは放火もしており、忍びの兵に近い働きもしていた。『理尽鈔』は南北朝時代の歴史を描いた『太平記』に準じているが、実際には戦国時代の合戦にもとづいているため、忍びに関しても伊賀が忍びを輩出する土地として有名であったり、国ごとに忍びの流儀が違っていたりするなど、南北朝時代とは違った内容がある。

『理尽鈔』と兵学書

こういった忍びの使い方は『訓閲集《きんえつしゅう》』（江戸前期成）、『軍法侍用集』（承応二年〔一六五三〕刊）のような代表的な兵学書はもちろん、『楠正成一巻書《いっかんしょ》』（承応三年刊）、『楠兵庫記《くすのきひょうごのき》』（明暦二年〔一六五六〕刊）、『楠家伝七巻書』（寛文九年〔一六六九〕刊）といった楠木正成にちなんだ兵学書にも共通点が見いだせる。楠流の兵学書でいえば、これらは戦争寄りの内容だが、『楠《くすのき》桜井書《さくらいのしょ》』（寛文元年〔一六六一〕刊）や『理尽鈔』正保刊本に含まれる「恩地左近太郎聞書」など政治寄りのものもある。

江戸時代には楠流の軍学が成立していたが、そのおおもとには『理尽鈔』や正成にちなんだ兵学書があった。加賀《かが》藩前田利常《まえだとしつね》につかえた陽翁が興した陽翁伝楠流は『理尽鈔』をずばり主要な兵学書としてつかった。その他、楠不伝正辰《ふでんまさたつ》を中興の祖とする南木《くすのき》流兵法学や河宇田《かわうだ》氏の伝えた河陽《かよう》流兵法学など、楠流を名乗る学派があった（『日本兵法史』上巻）。忍者忍術関係でいえば忍術書『正忍記』を編んだ紀州流軍学の三代目名取正澄《なとりまさずみ》が南木流の楠不伝正辰に学んで新楠流を立ち上げたことは注意しておくべきだろう。中島篤巳所蔵の『正忍記』の稲葉丹後守道久による奥書（享保元年〔一七一六〕成）に「楠流軍学秘書中より盗写せしもの」という記述があり、中島は『正忍記』を「『楠流軍学の一部であり、項目の内容は斥候・忍びである』と考えるべきだろう」と述べている（中島篤巳1996、4頁）。

『正忍記』が楠流のどの兵学書を利用しているかわからない。『理尽鈔』との比較では、『正忍記』初巻「陣中忍時の習」が潜入の時刻や合図・合言葉、潜入先の人のことばを重視したところが似ていたり、有名な変装術「七方出」を含む「忍出立の習」が似ていたりするように思えるが、他の兵学書にも似たようなことは書いてあり典拠としたと断定はしにくい。『理尽鈔』の要点をまとめた『楠正成一巻書』のほうがよく似ている。楠不伝正辰の南木流が根本伝書とした『南木拾要《なんぼくしゅうよう》』とも似ておらず、稲葉道久の見解が正しいか引き続き調査が必要だろう。

『楠正成一巻書』

『楠正成一巻書』は『理尽鈔』の要点をまとめて編まれた兵学書である。忍びの兵や夜討について書いた部分も明らかに『理尽鈔』の影響がある。『理尽鈔』がいかに兵学的要素を含んでいるか確認するためにも『楠正成一巻書』を確認したい。また『楠正成一巻書』の内容を通じて、『理尽鈔』が忍びの兵や夜討をどうあるべきとみなしていたか、確認しよう。「忍《しのひ》の兵《つはもの》の事」は、

> 忍《しのひ》の兵《つはもの》の事、敵の内を知らざる時は謀成がたし、内を知《しる》事肝要なり。或は忍になれたる者を其の期《ご》にのぞんで敵陣えつかわすといえども、敵の近所《ちかき》まで行もあり、行ざるもあり。此故に内を知る事あたわず或は内に入といえども、実否《じつひ》を聞をほする事なし。詞《ことば》をかざりて云ども偽《いつはり》のみ云て真《まこと》の詞《ことば》なし、心得あるへし。大方は郎党《らうだう》の内才覚のある者を二心なきやうに禄《ろく》をあたえ妻子《さいし》を人質《ひとじち》に取、五人も七人も謀を以一年も半年も前より入れ置、敵の

内を聴べきを知らざれば謀なるべからず。将たる者、工夫在べき事なり。亦泰平《たいへい》の時も国々え常にしのひをつかわし国の風俗《ふうぞく》を聞べし。俄にはならざる事なり。

と、敵の実情を知らねば計略が成り立たないとしている。これは『軍法侍用集』などと同じで情報戦の重視だが、そこで遣わした忍びが実際に近くに行っていない場合や嘘を言っている場合があることは、『理尽鈔』八巻の正成が野伏らの報告を個別に聞いて確かめたことを思い出させる。才覚のあるものを利用するのも『理尽鈔』で岩菊丸が岸六郎をつかったことが当てはまる。妻子を人質にとることは、『理尽鈔』にはないが、『甲陽軍鑑』巻九で信玄が透波《すっぱ》をつかうさいに妻子を人質にしている。実際にはよくあったことでも正成が聖人化されている『理尽鈔』ではそういうさまは描きにくかったのかもしれない。五人、七人という忍びを前もって敵の領地に送っておくことは、『理尽鈔』に頻出する。

忍びに関係して「夜討の事」では、

夜討の事、内へ忍《しのび》を入て小屋を焼討べきなり。閑《かん》道《とう》より討て本道に出るものなり。打散《うちちら》したる勢集《あつま》るは貝太鼓にて相図すべし。相詞あいしるし《しつかなるみち》を能定《よく》むべきなり。夜討は此ごとくすれは打損《うちそん》する事まれなるものなり。

と、忍びを入れて小屋を焼くことを記す。合戦時の夜討で忍びの主要な任務が放火にあったことのあかしである。貝太鼓の合図や合言葉・合い印を重視するのはたしかに『理尽鈔』ではくりかえし書かれていることだが、『理尽鈔』のみを参照したとも言いがたい。作戦としては放火すればとりあえず成功だろうが、無事に戻ってくるところまで考えてあるのが興味深い。

今度は防諜だが、「敵の忍の兵をあらたむる事」で、

城中に敵の忍の紛《まぎ》れざるやうに相詞を以て日々あらたむべき事亦国々の詞ちがふものなれば常の詞も聞とがむべし。亦城中より用事に外へ出る主人を改め日々の相ことばにて出入すべし。是法なり。

合言葉を毎日変えて敵が紛れ込まないように注意するほか、国訛《くになま》りの違いがあるので普段の会話もよく聞いておくべきだとする。主人についても日々の合言葉で出入りすることを求めている。『理尽鈔』巻三で、笠置城に潜入した陶山が城内者に声をかけたことを正成が咎めているることにつながるだろう。

まとめ

以上のことから、『理尽鈔』は『太平記』の外伝や評釈書の形をとった兵学書といえることが理解できよう。本書では『理尽鈔』で忍びの兵が出てくるところを重点的に紹介したが、忍術書にみられる忍術的、あるいは兵学的手法に対象をひろげてみれば、類似点はさらに見つか

るだろう。忍術の源流を発掘する素材といえる。「解・通解」「評」「伝」「通考」からなる『理尽鈔』は兵学の教訓だけではなく、『太平記』の外伝や和漢の故事の読み物の面があった。現代の眼からすれば雑多な要素が含まれる曖昧《あいまい》な読み物だが、娯楽性と実用性が併存する江戸時代らしい書物だといえよう。『理尽鈔』の内容が創作であることから、忍者忍術研究の文脈でもとりあげられることはなかったが、日本人の忍者像の生成に強く影響を与えている点で忍者とは何か知るために絶対に欠かせない書物なのである。

また、『太平記』と同様に『理尽鈔』が南北朝時代の記録として受け入れられてきたときは、楠木正成は後醍醐天皇のために負け戦と分かっていて戦うだけの武人ではなかった。忍びの兵を駆使して勝利したその姿は、情報の重要性を教えるものだったはずである。『理尽鈔』を視界から外したことによって、名将の強さが情報収集能力にあったという視点が失われてしまったことにも気づくべきだろう。

追記　楠木正成と伊賀

楠木正成と忍びに関する記述で、観阿弥《かんあみ》の出身を伊賀として、楠木正成の甥とする「伊賀観世系譜」という史料がある。昭和三二年から三八年頃に発見された上島家所蔵の観世家関係の系譜資料である。観阿弥は伊賀国の御家人服部《はっとり》氏の出身であり、観阿弥の母は正成の姉とされていた。また、正成と観阿弥の母との父である橘正遠《たちばなのまさとお》は河内国玉櫛《たまくし》庄のものとされている。

この系譜資料によれば、正成の甥が観阿弥ということになる。

これにもとづいて楠木正成が伊賀に関係しているような、そしてそのことが正成の兵法に影響を与えているような記述を忍者関係の書籍ではたいへん目にする。創作でいえば吉川英治《よしかわえいじ》が『私本太平記』（昭和三三―三六年）でその説をいち早く取り入れた影響は大きく、その後のNHK大河ドラマ『太平記』でも正成と観阿弥の関係はそのように描かれ、結果として真実と思っている人も多い。

小説やテレビドラマならまだしも、史学・文学の書籍で観阿弥が楠木正成の甥であるという認識を元にした記述があるとがっかりする。もっとも伊賀の優れた郷土史家である久保《くぼ》文雄《ふみお》が紹介したことや著名な学者である梅原猛《うめはらたけし》が偽作ではないと擁護したこともあって、それを信じてしまった人が多いのも無理はない。

小説家や忍者研究者があたかも真実のようにとりあつかってきたなかで、能楽研究者は虚説として一貫して無視してきた。そのなかから梅原猛の挑発にこたえるという形で能楽研究者の表章《おもてあきら》が、「伊賀観世系譜」が昭和に入ってから『能楽源流考』といった近代の研究書をつかって編まれた創作であることを、『昭和の創作「伊賀観世系譜」』（ぺりかん社、二〇一〇）で証明した。史料の所蔵元である上島家が当該の史料を公開しなくなったため、史料が公開されて再度の検証によりその正しさが認められるまでは、表章の結論のとおり創作として扱ったほうがよいだろう。

表章『昭和の創作「伊賀観世系譜」』は索引を抜いて二八四頁の労作である。ひとつの虚説は広まりやすく、その否定の労力は膨大である。大きな精力を注いでそれにあたってくれた泉下の表章には感謝にたえない。

表章の考察は主に能楽史料からなされているが、違う面からも検証を加えておく。系図に「母河内国玉櫛庄橘入道正遠女」とあるが、正成の父がそもそも河内国玉櫛庄のものである史料は他になく、筧雅博《かけいまさひろ》らによる正成が駿河出身の得宗被官であったという説が有力になりつつある現況ではいよいよ史料の信憑《しんぴょう》性が疑われるといえよう。

なお、「伊賀観世系譜」で観阿弥の一族は伊賀国御家人服部氏とするため、観阿弥と服部半《はっとりはん》蔵《ぞう》を結びつけようという説も忍者関係の本で見るが、これはさらにとるに足らない説で、そもそも観阿弥が伊賀出身でない以上、まったく成立の目がない。

第二章　忍びのさまざま

はじめに

『太平記評判秘伝理尽鈔』では忍びは平時における敵地への侵入や情報収集、戦時における夜討や放火を行っている。これは、史実の忍びと同じだが、『太平記評判秘伝理尽鈔』があくまで創作であり、お話として書きやすかったためであろう。『伽婢子』『新可笑記』といった近世小説あるいは石川五右衛門や稲田東蔵が出てくる芝居のように忍者を中心に据えた作品では忍者は華々しく行動するが、数多くの近世軍記では、忍びは特に名もなく軍勢の一部として軍事行動を担う存在になっている。そのため、面白くないように思われがちだが、元の軍記の性質に注意したうえで読めば、忍びがどのように捉《とら》えられていたのか、学ぶことが多い。

一、『三河物語』の忍び

三河物語について

江戸時代の忍者は得体の知れない忍術をつかって悪事をなす存在と見られていた。合戦に忍びをつかって勝つことも不名誉だと思われていた。どのような手をつかっても勝てばよかった戦国時代に比べて、儒教的な道徳が浸透してきた江戸時代では、一七世紀後半には忍びに対する見方は変わってきたのである。これは実際に戦争を体験した世代から戦争を直接体験したことのない世代へと交代したことが大きい。軍記でも一七世紀前半のものは、忍びの実態に即して書かれているのに対して、一七世紀後半以降は軍功から忍びの活躍を省くことが多い。それだけに、忍びの活躍は江戸時代の初期の書物が興味深い。

ここではその代表例として『三河物語』をとりあげる。『三河物語』は江戸幕府の旗本大久保彦左衛門忠教（一五六〇―一六三九）が子孫のために書き残した徳川氏の天下取りまでの伝記である。現在、寛永三年（一六二六）に書かれた自筆本が残っている。大久保忠教は一六歳より徳川家康《いえやす》に仕え、大坂夏の陣にも槍奉行《やりぶぎょう》として従軍した。『三河物語』は徳川（松平《まつだいら》）氏の始祖親氏《ちかうじ》から九代家康までの苦心の天下取りを記している。これをもとに、弱きを助け、将軍や大名らにも物怖《ものお》じせず苦言を呈する「天下のご意見番」として実録体小説『大久保武蔵《おおくぼむさし》鐙《あぶみ》』が編まれ、江戸時代では講談や歌舞伎にも登場するようになった。現代の時代小説・時代劇でも忠義に厚く、頑固な老武士として描かれることが多い。

徳川家康が天下を掌握するまでには、当時の戦国大名と同じく忍びを活用したことは間違いないのだが、家康が忍びをつかった例は驚くほど少ない。意図的に記録しなかったように思われるのだが、『三河物語』は偏見なしに記しているので忍びの例が多い。

暗殺と忍び

たとえば、忍びは暗殺を行うように思われがちだが、忍びが暗殺を行う例はほとんどない。『太平記』巻二「阿新殿の事」から阿新を暗殺を目的とした忍びのように解釈する例もあるが、それは前章で説明したように正しくない。しかし、戦国時代に暗殺そのものがなかったわけではない。

家康の父の松平広忠《ひろただ》はその父清康《きよやす》が出陣中に殺されたため大叔父《おおおじ》信定《のぶさだ》に岡崎《おかざき》城を追われ、苦労の末に岡崎城へ戻った人物である。広忠は、広瀬《ひろせ》の作間《さくま》（佐久間）全孝《ぜんこう》を切るように天野《あまの》孫七郎賢景《かたかげ》に命じた。殺した場合は一〇〇貫、手負いしたならば五〇貫という報酬であった。天野は作間を切ることはたいへん難しいと思っていたが、主《あるじ》の仰せには背けないので失敗したら死ぬまでと決意して請けおった。天野がつかった作戦は原文によると、次の通りである。

作間を切んには、先《まづ》、作間処へ行て奉公をして、案内を見置て切んと思ひて、其よりして、作間方へ奉公とて行ければ、頓《やが》て置にけり。然《さる》程に、能《よく》奉公をする事、独楽《こま》をまはすがごとくに使ければ、（作間は天野を）大方弄《ならず》気に入て、後は膝本近《ひざもとちかく》使《つかは》れて、寝間のあたりを徘徊する。しすましたりと思ひて、今は時分も能《よき》折と思ひて、人蹭《しづ》まりて寝間に忍入て見ければ、作間は前後も知らずして臥したりけり。（第二）

奉公人として雇ってもらい、よく奉公することで、近辺に置いてもらえるようになってから、隙を突いて寝首を掻くものであって、錦文流作の浮世草子『本朝諸士百家記』（宝永《ほうえい》五年〔一七〇八〕刊）巻九の一・二の武田の忍びの小礒川為五郎《こいそかわためごろう》が使用人になって一宮随破斎《いちのみやずいはさい》を暗殺しようとした話とやり方は同じである。小礒川は一宮の武勇を怖れて任務を諦めそうになるが、天野は無事寝間までたどりついている。

このあと、天野は近寄り、作間の夜具が厚いのを見て、細首を切ることを狙って、月明かりから夜具の端を見つけ、そこから夜具を切りつけた。切られた作間が少しも動かないのを見て、斬り殺したと思って逃げるところ、早くも城中が騒がしくなったので、塀を乗り越えて逃げようとして刀を落としてしまった。刀を取りに帰ることもできないので捨て置いた。広忠に報告したところ、「刀を落としたからといって、それほどの手柄（作間を切った）ならば取りに戻って死ぬことはない。少しも苦しくない。手柄は比類ない。約束のように出そう」と仰せになった。作間はかろうじて助かっており、天野は五〇貫の地をもらった、という顚末《てんまつ》である。

天野は専門の忍びではなく、また『三河物語』でも忍び働きと述べてはいない。よって忍びの者の活動として暗殺があったとみるのは間違いだが、頻繁にあった暗殺行為が『本朝諸士百家記』のような、のちの忍者のイメージに影響を与えているのも確かだろう。

筧図書重忠の暗殺

暗殺に関して『三河物語』からもう一例あげよう。織田信秀《のぶひで》が三河に侵攻し、上和田《かみわだ》に松平忠倫《ただみち》を置いた。織田信秀が撤退すると、広忠は筧豆書《かけいずしょ》（図書重忠《しげただ》）を呼び出し、和田の砦《とりで》へ忍び入って、忠倫を切りころせば一〇〇貫を与えると言った。筧が忍び入りて見ると、前後も知らず寝入っているようなので、押さえつつ、脇差で四、五回突くと、声も立てずに死んでしまったようだった。筧豆書は精根つきて、そこを出てから腰が立たなくなってしまった。弟の筧助太夫正重《まさしげ》が兄について近くまで行っていたので、背負って帰った。助太夫は隠れなき勇者で、兄の豆書は弟の倍の名声をもっていた。弟が「もらう知行を少し分けてくれないと置いていこうか」というと、兄の豆書は「さてもさても助太夫はよくゆするな」と言った。豆書は約束のとおり一〇〇貫もらっている。

これも「忍入て、三左衛門尉（松平忠倫）を切て参」と命じているだけであって、筧兄弟が忍術を身につけていたわけでもなければ、筧が忍びだったわけでもない。筧がどのような装備、たとえば黒装束などを身につけていたかはわからない。

伊賀者の刈谷城攻め

明確な忍び働きの記録は、家康の代になってから、今川義元《よしもと》の行動を記したものにある。家康が八歳から一九歳まで今川義元の人質になっている間の出来事である。今川義元が伊賀者を雇って刈谷《かりや》城主水野《みずの》信近《のぶちか》を討ち取った話がある。大久保忠教の文章は用字にくせがあるが、ここは原文で鑑賞しよう。

今河殿より鴈屋（刈谷）の城を忍び取に取んと、伊賀衆を喚寄付《よびよせてつけ》けり。水野藤九郎（信近）殿は悋気《りんき》の深き故に、城の内にかいがは敷（甲斐甲斐しい）人を置給で、年寄たる台所人の様なる者、夫《ぶ》・荒子（力仕事の労役者）其外、年寄・小小将《こしょう》（姓）の様なる約にも立たざる者どもを取集て、四五十人討居たり、其故、熊村と云郷に目懸（妾）を置給えば、其え通い給ふとて、浜手の方をば人の行通いなければ、聞き懸て、浜の方より伊賀衆やすやすと忍入て、藤九郎殿を打取、其外の者どもを此方彼方《ここかしこ》へ押寄押寄、皆打取て二の手を待けり。

其時、岡崎衆を二の手にするならば、難なく城を取かためべき物を、水野下野（信元）殿は、竹千代様（家康）の御ためには、眼前《がんぜん》の伯父、藤九郎殿は、下野殿には御子、竹千代様には御いとこなれば、其に心を置か。岡崎衆には申付ずして、二の手を東三河衆に申し付ければ、をくれても有か。二の手慹《おそ》ければ、鴈屋（刈谷）衆の爰々《ここ》とは思ふ衆（これと思われる衆。強者）が早悉《はやことごとく》乙名の牛田源番（玄蕃）所え懸寄て、「此方は何と」（ここはどうか）と云ければ、源番（玄蕃）云、「『何と』とは酷《あはてたり》」とて、即倍《すなはちよせかくる》程に、其儘《まま》城を騎《のり》取て、伊賀衆八十余打取。然ども、藤九郎殿頸《くび》をば羽織につつみて、とこへ上て社置《こそおく》。駿河衆も城を騎《のり》帰されて、手を失いける処に、早、小河（知多郡）より下野殿懸付給えば、駿河衆も、足々（ばらばら）にして引退く。　（第二）

見たかのように細かく書いているが、この話は家康が元服する弘治元年（一五五五）より前の出来事で、忠教が体験した話ではない。記述として注目すべきは、伊賀衆が忍びの名手として雇われていたことや、打ち取られただけで八〇余人という大人数で運用されていたことである。伊賀衆は相手の虚をついてせっかく刈谷城を奪ったものの二番勢となる東三河衆の到着が遅れたため、牛田玄蕃《うしだげんば》など刈谷勢の逆襲にあって、城をとりかえされてしまっている。この件を『寛政重修諸家譜《かんせいちょうしゅうしょかふ》』の水野信近譜では、

永禄三年（一五六〇）四月十九日今川義元が将岡部五郎兵衛長教、伊賀・甲賀の士を率ゐて、三河国刈屋城をせむ。ときに兄下野守信元小河城にありしかば、信近刈屋を守りて防ぎ戦ひ、つゐに討死す。ときに小河の援兵はせ集り、伊賀衆をことごとくうち殺し城全きことを得たり。中にも牛田玄蕃近長つとめ戦ひ、敵三十余人をうちて信近が首をも奪ひ返

す。

と記す。『寛政重修諸家譜』は寛政年間（一七八九―一八〇一）の成立であって、『三河物語』に比べてたいへん遅く成立しており、細部も異なる。寄せ手の将を岡部《おかべ》長教《ながのり》（元信《もとのぶ》）とし、伊賀だけでなく甲賀の士を率いて攻めたことになっている。不意をつけたのかは書いていない。牛田玄蕃の勇戦は記してあるが、城の奪還は小河《おがわ》城の水野信元《のぶもと》の援兵の働きになっている。伊賀衆は皆殺しだが、人数は書いていない。

複数の史料を比較すると、『寛政重修諸家譜』のように永禄三年の桶狭間《おけはざま》合戦のあとに水野信近が討ち取られたことが正しいようである。同じく永禄三年五月の話とする『家忠日記増補追加』（松平忠冬編、寛文三年〔一六六三〕成）では、岡部信元が「伊賀の忍の士」をつかって刈谷城を攻撃し、反撃されたのは「伊賀の国の住人服部党の忍の士三十余人」となっている。もちろんあとの書き手は『三河物語』を見ていた可能性は高いが、複数の情報から取捨選択して蓋然《がいぜん》性の高い記録を残した可能性もあり、どちらが正しいとも言いがたい。こうして様々な史料を紹介したのは、後代の史料を見るとさまざまに記録してあり、ひとつの史料をみて事実を簡単に推定できないということを確認したかったからである。

関ヶ原合戦における家康と忍びの謀略

忍びをつかって勝利するのは、かえって不名誉であるという価値観が一七世紀後半には広まったためか、『太平記評判秘伝理尽鈔』の楠木正成のように、家康が忍びを駆使して勝利をおさめた話は江戸時代を通して見てもあまり残っていない。家康が忍びをつかった例のうち、あまり言及されることのない例を紹介しておく。『改正三河後風土記《みかわごふどき》』巻三八には関ヶ原《せきがはら》合戦で井伊直政《いいなおまさ》に命じて西軍が籠《こ》もる大垣城《おおがき》に忍びを大勢送った話がある。

井伊直政を密に召て「兼て仰含られし如く、敵方へ忍《しのび》は入置候や」と仰らる。直政承りて「先日より石田方へ両三人も入置候」と申上る。聞召て「石田のみにあらず、宇喜多を始め諸将の方へ入置て、動静をうかがはせ敵の挙動謀略を聞出させ、雑説《ぞうせつ》を申ふらし敵の心に疑を生じせしむるは、第一の軍術なり。構へて此事味方にも知らるる事なからん様計へ」と仰らる。直政畏り猶又伊賀・甲賀老練の徒数十人を撰出し、大垣の城の内外を微行し、あるひは石田が頼み切たる西国大名の中へ関東より密旨を仰遣はされ、内々関東へ反忠し、今夜引入て大垣へ夜討をかけ、城内には裏切の約束せし者ありといひ、又は城中兼て関東へ心をひく者ありて、宇喜多・石田・長束・大谷等言行謀略、一々に関東方へ内通するなどいはせける程に、城中は妄説虚談さまざま起りし程に、軍士の心動揺して更に静ならぬありさまなり。

『藩翰譜《はんかんふ》』『烈祖成績《れつそせいせき》』をもとにした箇所だが、会話の内容が詳細なため、かなりお話めいているように感じる。井伊直政が石田方《いしだ》に二、三人の忍びを入れておいたのは情報収集のためだろう。家康はそれだけではなく、諸将の間に忍びを入れて、情報を聞き出すのはもとより、虚説を流すことで相手を動揺させる狙いがあった。「伊賀・甲賀老練の徒数十人」が動員されている。

二、甲賀忍びとその活躍

徳川家康の鵜殿攻め

家康が忍びをつかった例として有名なのが、鵜殿《うどの》攻めである。のちに紹介する「寛文七年訴状」には「鵜殿退治」と書かれているので「鵜殿退治」として紹介されることも多い。永禄五年（一五六二）に家康が上之郷《かみのごう》城を甲賀者をつかって落城に追い込み、城主の鵜殿長照《ながてる》を討ち取り、子の氏長《うじなが》、氏次《うじつぐ》を捕らえたという合戦である。これは寛文七年（一六六七）に幕府への仕官を求めて「江州甲賀古士共惣代」として芥川甚五兵衛利重が訴願を行ったさいの「乍恐《おそれながら》以訴状言上仕候《そじょうをもってごんじょうつかまつりそうろう》」で始まる願書に詳しく記してある。この願書は甲賀古士の間で広く転写されたようである。甲賀古士の先祖たちの徳川家に対する貢献を列挙したもので、関ヶ原合戦、大坂の陣、島原の乱などでの活躍が記してあるが、その筆頭にあるのが鵜殿攻めである。『三河物語』は「東三河へ御手を懸させ給ひて、西之郡の城を忍取《しのびとり》に取せ給ひて、鵜殿長勿《もち》（持）を打取、両人の子供を生取給ふ。」（中巻）としか記していない。

成島司直《なるしまもとなお》編の『改正三河後風土記』（天保八年〔一八三七〕三月成）は『三河後風土記』（正保年間以降成）やその他の史書をみて編まれたものであるが、これには具体的に詳しく記されている。

永禄五年壬戌三月神君は去年東条・西尾・長沢等の城々攻落されし其勢に乗じて、今川方鵜殿長助長持が西郡上郷の城に有けるを攻らるべしとて、松井左近忠次を其大将に命ぜらる。忠次直《すぐ》に打立ける所に、物頭《ものがしら》三原三左衛門（成島注：一説石原三郎左衛門）申けるは「此城要害嶮岨に拠れば、力責にせば味方多く損すべし。幸御旗本に江州甲賀《ごうしゅうこうが》衆所縁の者あり。其縁に付て甲賀の徒を招き、城内へ忍《しのび》を入置然るべし」と諫めければ、忠次尤と同《どう》じ、甲賀より伴太郎左衛門資家を始め、忍に馴たる兵八十余人招きて、此徒を所々に伏置て、三月十五日の夜城内へ忍は入らしむ。やがて城内櫓々に火をかけ、寄手は態《わざ》と声をも立ず、透間《すきま》なく乗入て切て廻る。城中には返忠《かえりちゅう》のもの有と心得散々に敗走す。（巻八）

この部分には成島司直が『伊東法師物語《いとうほうしものがたり》』『烈祖成績』『東遷基業《とうせんきぎょう》』『大成記《たいせいき》』を参考にしたことが記されている。永禄五年三月のこととしているが、『断家譜《だんかふ》』や甲賀古士訴状では二月のこととしている。松井忠次《まついただつぐ》の部将三原三左衛門《みはらさんざえもん》の提案で甲賀から伴太郎左衛門資家《ばんたろうさえもんすけいえ》ら忍びになれた兵八〇人あまりが集められた。刈谷城を伊賀者が攻めたときも八〇人はいたので、城攻めにはこのくらいの人数は必要だったのだろう。ところどころに分散して待機させ、三月一五日に城に入って、城内の建物に放火して、声も立てずに、機会に乗じて切ってまわった。城内のものは裏切り者が出たと思って、ちりぢりに敗走した。このあと、城の守将鵜殿長持《ながもち》が逃げ行くところを伴与七郎資定《ばんよしちろうすけさだ》が駆け寄って突き倒して首をとり、子の長照と長忠《ながただ》は伴伯耆守資継《ばんほうきのかみすけつぐ》が生け捕ったことが記してある。切ってまわっていることや長持の首をとるなど武功を立てていることから、甲賀の忍びらが戦う能力を持っていたことがわかる。なお、『改正三河後風土記』では原書が長持が駿河に落行とした点や人名の記述をあらためている。

この話には続きがあって、生け捕りになった鵜殿兄弟は人質との交換で解放され、取り返した三河上之郷城を守っていたが、一揆《いっき》の騒ぎに乗じて近隣を侵略し岡崎までうかがうようになった。先に今川の人質であった母子を殺された竹谷《たけのや》の松平清善《きよよし》がその恨みを晴らすために攻撃に出たが、鵜殿兄弟も激しく抵抗したため、清善が撃退され敗走したところ、

岡崎より神君早々御出馬あり。御勢を名取山に屯し給ひ、甲賀の者共を遣し城を襲はせ、城中騒擾の虚に乗じて、神君烈しく指揮して責立給へば、鵜殿兄弟も今は防戦の術尽て、藤太郎（長照）藤助（長忠）はじめ、一族七人軍士七拾余人討死し、城は忽落ければ、神君は御勢を召具せられ岡崎へ帰らせ給へば、清善も竹谷帰陣せり。

と家康自身が出陣して、甲賀者をつかって城を奪い、鵜殿兄弟を討ち死にに追い込んでいる。ここの部分は『東遷基業』『寛政重修諸家譜』『竹谷松平譜』を参考にしたと記してある。永禄

六年のことと記されるが月日はよくわからない。『三河物語』には鵜殿長持の子長照と長忠の人質交換が記してあるが、二度目の合戦は記していない。鵜殿攻めもたいへん有名な話だが、細部をみると曖昧《あいまい》な箇所があることは注意すべきである。

甲賀古士と鵜殿退治

甲賀では天正一三年（一五八五）の秀吉による改易（甲賀ゆれ）により多くの侍衆が百姓身分となったため、江戸時代に入ってから侍身分への復帰を求めて、幕府へ仕官願いが何度か行われた。寛文七年（一六六七）、元禄八年（一六九五）、天明八年（一七八八）、寛政元年（一七八九）に行われ、侍身分への復帰はならなかったものの、忍術書を提出した寛政元年には銀三九枚を拝領する成果をあげている。「乍恐《おそれながら》以訴状《そじょうをもって》言上《ごんじょう》仕《つかまつり》候《そうろう》」で始まる寛文七年の訴状は、原本は不明だが写しが多く残っており、これによって甲賀古士の由緒がわかる（『甲賀郡志』1971、1225—1229頁）。このなかに記された鵜殿攻めは、

権現様へ甲賀古士どもご奉公申上げ候由来は、権現様未だ三州に御住国の刻、御敵御同国の住人鵜殿藤太郎（長照）御退治の儀を、永禄五年二月戸田三郎四郎殿と牧野伝蔵殿との御両使を以って甲賀二十一家の者どもに御頼み成され候に付、早速御請申し上げ、甲賀の者二百人三州へ罷り越し、同二十六日の夜、鵜殿の城へ夜討に入る。即ち、鵜殿の首を捕り、子供二人を生捕り候て差し上げ、其の外にも名の有る家来二百余人を焼討に仕り、其

のついでに土呂張崎の御堂まで踏み落とし候得ば、斜めならず御感悦成され、御前へ甲賀の者を召し出だされ御盃を下され、自今以後は甲賀廿一家の者どもを余所には御覧成され間敷候間、廿一家の者どもも、御家の儀粗略に存じ奉り間敷の旨仰せ出でられ、その以後よりは数度御密通の御用仰せ付けられ候御事。

とあり、鵜殿退治という名称が用いられている。『改正三河後風土記』との差異は、まず二月の出来事になっており、甲賀者の利用の提案者も異なっている。参加が八〇余人だったのが二〇〇人となった。長持を切り、子ふたりを捕らえたのは同じだが、二〇〇人を焼き討ちにし、土呂《とろ》・張崎《はりさき》の御堂（当時の一向《いっこう》一揆の拠点だった）まで得たと戦果を記す。伴資家・資定・資継ら伴氏が武功を立てたのが、甲賀二一家と、より大勢の武功になっている。この寛文七年訴状自体が甲賀二一家という名称が登場するもっとも古い史料とみなされており（藤田和敏 2012）、その集団のための訴状なので、甲賀二一家の武功になっているのは当然といえる。

甲賀古士の寛文七年訴状

寛文七年訴状は、時系列で整理すると、①「鵜殿退治」（永禄五年（一五六二））、②「信長による所領安堵《あんど》」（天正二年（一五七四）頃か）、③「秀吉方での小牧長久手《こまきながくて》の戦いと紀州雑賀《さいか》攻め」（天正一二年・一三年（一五八四・一五八五））、④「関ヶ原合戦」（慶長五年（一六〇〇））、⑦「大坂冬の陣」（慶長一九年）、⑧「島原の乱」（寛永一四年（一六三七））について記してある。

②は滝川一益《たきがわかずます》が信長に甲賀退治を訴えたのを家康がとりなしたことになっている。織田軍が六角承禎と甲賀衆を負かした天正二年頃のことと思われる。③「小牧長久手の戦い」は実際には秀吉方に属していたので、密通の誓詞を作ったことになっており、「紀州雑賀攻め」も秀吉方だったが、働きが疑われて、多くが改易される「甲賀ゆれ」の事件がおきている。⑦「大坂冬の陣」では従軍していない。⑧「島原の乱」については後述する。

足利義尚《よしひさ》が六角《ろっかく》征伐を行った長享《ちょうきょう》の乱（長享元年〔一四八七〕）で、義尚陣に夜襲をかけて打ち破ったとする「鈎《まがり》の陣」は寛文七年訴状になく、近江《おうみ》地誌『淡海温故録《おうみおんころく》』（貞享《じょうきょう》〔一六八四―八八〕頃成）や正徳《しょうとく》二年（一七一二）成『甲賀古士由緒書案』（山中文書二七三）にある。

忍びの記録が同時代のものでなく、過去の歴史として「忍びの者」が記される際に、すでに広まっていた創作の忍者像が影響を与えているように思われる。目的があって、史実を創作している場合はもとより、客観的に「忍びの者」の記録をしていると意識がある場合でも、実際には文芸を由来とする「忍者」像から少なからず影響を受けていると感じる。

甲賀忍者の歴史的な研究書である藤田和敏『〈甲賀忍者〉の実像』（吉川弘文館、二〇一二）では、紹介する甲賀古士の由緒書に関して次のように述べる。

> 以上のように、由緒の信憑性を検証することには困難がつきまとうのであるが、そもそも由緒の内容が事実であるか否かを逐一詮索していくことは、あまり有意義な作業とはいえない。なぜならば、由緒を含んだ史料を作成した甲賀古士の側が、自分たちの功績を強調

するために、確信犯的に誇張を加えていることが予想されるからである。

そして「内容の詮索よりも、由緒が江戸時代の社会において果たした機能を検討することが重要」としたうえで、「仮に架空の内容であったとしても、自分たちの歴史を語るという人々の行為が、政治権力をも動かす力を持っていた」ことに着目する。

藤田は断言しないが、由緒書の多くに先祖の功績を主張する創作が含まれていることを婉曲《えんきょく》的に述べている。その創作がさきに述べた「忍者」像に共通するものではないかと筆者は考える。

島原の乱と甲賀古士

島原の乱に関する「寛文七年訴状」では、島原への出征に老中松平信綱《のぶつな》に一〇〇余人が従軍を志願したが、惣代《そうだい》として一〇人のみ従軍を許可されたこと、そしてその者たちの氏名を記す。島原の包囲戦で甲賀古士が具体的にどのような働きをしたかは全く記していない。

より時代が下って、島原の乱の軍役記録である「甲賀衆肥前切支丹一揆軍役由緒書案」が享保六年（一七二一）に作成されている。「甲賀衆肥前切支丹一揆軍役由緒書案」は先の「乍恐以訴状言上仕候」に比べて、かなり具体的に行動を記す。『甲賀郡志』三章「甲賀武士にかかる資料」がおさめる『鵜飼勝山実記』が、藤田が紹介する「甲賀衆肥前切支丹一揆軍役由緒書案」と同じ内容と思われる。『鵜飼勝山実記』をもとに島原の乱でとった行動を記すと次の通り。2以下の行動はすべて松平信綱の命として実行している。

1、松平信綱に志願して一〇人の従軍が認められ、島原着陣。（一月四日）

2、「味方の仕寄りから敵城の堀際までの距離・沼の深さ・堀の高さ・矢間」など詳細を調べて絵図にするように命じられ、それを成し遂げる。（一月六日）

3、鍋島勝茂《なべしまかつしげ》の陣の仕寄りから敵陣に忍び込み、兵糧一俵を取ってくるように命じられる。甲賀一〇人の者は黒田忠之《くろだただゆき》の陣の仕寄りから忍び込み、海手の塀際に隠してあった兵糧一三俵を密《ひそ》かに盗み取って戻ってきた。（一月二一日）

4、城内で唱えられている声を調査するように命じられ、塀際まで寄り、聞き取ってくる。（日付不明）

5、敵の城内の様子を知るために、潜入を命じられる。望月与右衛門・芥川七郎兵衛・夏見角助・山中十太夫・伴五兵衛の五人が隙をみて、塀にのりかかる。早くも芥川と望月が塀をこえて城内に入るが、望月が落とし穴にはまってしまう。大勢に囲まれるが、突破して逃げた。途中、旗を手に入れ、それを持ち帰って細川忠利の陣まで戻り、信綱の賞賛を得た。（一月二七日）

この話に関しては、実際に島原に従軍した松平輝綱《てるつな》の『島原天草日記』二月一五日には、近江国甲賀より来たる隠形者、城中に入らんと欲し、夜々忍び寄る。然れども城中の賊、一人として西国語（九州方言）でなきもの無く、且つ吉利支丹宗門の名聞を称えるに、知り得ざる者甚だ多し。是故居城の中の賊と交わること能わず。一夜、城中に忍び入るの時、賊則ちこれを知り、これを遂う。ここにおいて、塀畔の旗を取り、城外へ出る。賊石をもってこれを打つ。

とあり、忍び寄って声を聞いたという4項と旗指物の奪取を行った5項に関して、実際に行った可能性は高い。

「由緒書案」5項は、『明良洪範《めいりようこうはん》』巻一七（宝永四年〔一七〇七〕迄成）に似た話がある。その内容を紹介する。

同陣二月中伊豆守信綱連れ来る所の江州甲賀の者を呼んで、「是迄諸将敵城の様子を採らせんと忍びの者を遣はすと雖、敵城守衛堅固にして忍びの者城中に忍び入る事能はず、御身等忍び入り様子見届け来られよ」と云ふ。甲賀の者ども兼て内願の筋も有れば功を立んと思ひ、「畏り候」と速かに請をして仲間の中より、菅川七郎兵衛・望月与左衛門・夏目角助・吉田五兵衛・鳥飼勘右衛門五人の者暗夜に紛れ、塀下迄は忍び寄りたれど守衛固くして城中へ未だいらず見合せ居る所に城中より猿火を渡して堀下廻りを改め、其火を引入る時、引続き菅川望月両人城中へ紛れ入りける。跡三人の者は入りおくれて塀下にためらひ居る。扨しのび入りし両人の内、望月は塀を越え城内へ入りけるに塀裏の落穴へ落入る。

菅川引上んとすれど穴深くして上げられず兎や角する間に城兵ども心付しや「寄手の忍び入りたるぞ、討取れ」と立騒ぎけれど暗夜なれば見分らず、其間に菅川は漸く望月を引揚げやみ夜に紛れ城内遠近忍び廻り、様子を見届やがて塀を越して城外に出ける。此両人は甲賀忍び組の中にも分けて忍びの名人也とかや。（『明良洪範』）

名前が違っているが誤差の範囲だろう。結果として上々の成功を収めているが、「由緒書案」にある旗に関する話はない。また、細川 越中守《えっちゅうのかみ》忠利の陣に関する記述もない。

「由緒書案」５項を同様の内容の『鵜飼勝山実記』で確認すると次のようになっている。

（一月二七日に松平信綱の命で城の様子を忍び入って見ることになった）其日夜に入り、望月与右衛門・芥川七郎兵衛・夏見角助・山中十太夫・伴五兵衛、右五人細川越中守殿御手先へ参、「今度伊豆守殿に仰付られ城中へ忍参り候間、此御陣屋の御鉄砲筒先上にて打候様、仰触られ下され候様」と物頭衆へ相断、木戸を開かせ罷出、塀際に忍寄候えば、前方のごとく猿火を投げ、続松明油断なく用心いたし候ゆえ、小柴の陰へ右五人塀へ乗掛け、早芥川七郎兵衛・望月与右衛門城中へ忍入伺候ところ、与右衛門敵の穴道へ落申候ゆえ、敵兵ども聞出し、「忍よ夜討か」と申、城中夥しく騒動いたし候ゆえ、与右衛門を七郎兵衛引上申候ところ、敵大勢にて取籠れ候らえども、殊の外闇夜にて敵兵に紛れ走り迫り候ところ、方々より続松明数多出し候間、其儘掛抜両人にて旗一本たわめとり、堀へ飛乗候ところに、石にて散々に打落され、両人ともに半死半生に罷なり候ところ、請手に罷あり候、夏見角介・山中十太夫・伴五兵衛・右三人の者ども与右衛門・七郎兵衛二人を肩に引懸け、細川越中守殿の御陣まで引取。

このあと、与右衛門・七郎兵衛は手傷を負ったので、残りの三人が伊豆守《いずのかみ》に城内の報告をして旗を証拠にお目に掛けたので、医者をよこしてもらい、伊豆守は細川越中守にお礼の使者をだしている。落とし穴に落ちたことは同じだが、『明良洪範』よりもずっと苦労して戻ってきている。

話の展開や人名など細部まで似ており、時期からすれば、享保六年作成の「甲賀衆肥前切支丹一揆軍役由緒書案」や『鵜飼勝山実記』がそれ以前に成立した『明良洪範』の文章を参考にした可能性が高いものの、「由緒書案」に記される前の甲賀古士の伝承が『明良洪範』の編者である増誉《ぞうよ》に伝わった可能性も否定出来ない。

「由緒書案」5項の一月二七日に細川陣が登場する。『原史料で綴る島原天草の乱』史料第一二〇九「長谷川源右衛門書留」（大河内家記録）に「廿七日の夜細川肥後殿の者くるすの指物城中より取参候よし」とあり、『綿考輯録』巻四四によれば細川勢の平野治部左衛門の小頭が塀が大筒で破れた（一月二五日にオランダ船が砲撃していた）箇所から、城に入り、堀内側の状況を調べ、旗を一本奪って戻っている。旗を持って帰ったのは潜入の証拠であろう。旗指物の奪取という戦果は、細川勢も上げていたのである。松平輝綱『島原天草日記』二月一五日にある夜の話として、甲賀忍びが旗を奪取した記録があるので、甲賀忍びの戦果を認めるべきだろうが、「由緒書案」も細川忠利の陣に引き揚げていることは気になるところである。

兵糧の強奪と「忍者」像

「由緒書案」3項の兵糧の強奪についても確認してみよう。一月二一日のこととし、鍋島信濃守（勝茂）の手のものが城から兵糧一俵を分捕ったという報告が家来の鍋島若狭守《わかさのかみ》（茂綱《しげつな》）より伊豆守にあったので、甲賀一〇人でも敵陣から兵糧を奪うことが命じられた。以下がその行動である。

其日の夜に入、甲賀十人者ども黒田右兵衛佐殿（忠之）御仕寄へ忍入、味方より遥に遠き海手の塀際に隠し置き候、敵の兵粮の数十三俵窃み尋出し盗み取り、則右兵衛佐殿御仕寄迄引取、物頭衆へ預け置き候て、伊豆守殿へ申上候ば、比類なき儀と仰せられ、則ち御差図にて以後まで右兵衛佐御陣場に其儘指し置かれ候事。

黒田右兵衛佐殿すなわち黒田忠之の陣から潜入して、海手の塀ぎわにあった敵の兵糧一三俵を奪っているが、一俵は江戸時代で二斗から五斗（三〇〜七五キロ）ほどなので、軽く計算しても奪取はたいへんだったろう。

籠城戦《ろうじょう》では一揆側のほうが兵糧には苦労したはずで、兵糧が尽きてきた一揆側が寛永一五年

（一六三八）二月二一日に攻勢をかけている。黒田・寺沢・鍋島・立花・松倉らに及ぶ大規模な夜襲だったが、一揆方は退けられ、攻城側が二九〇余の首級をあげて、七人を生け捕りにしたが（『一揆籠城之刻日々記』『綿考輯録』）、攻城側も黒田監物《けんもつ》など九〇人近くが戦死し、二六〇人余の負傷者を出している。

「由緒書案」『鵜飼勝山実記』で黒田右兵衛佐忠之陣が登場しているのは、史実と関係があるようで、事件から間もない『嶋原記《しまばらき》』（慶安《けいあん》二年〔一六四九〕刊）では黒田忠之の持口に一一〇〇人が押し寄せたさいの対応を次のように記してある。

其夜、忠之《たたゆき》持口の仕寄番《しよりばん》、黒田《くろだ》監物《けんもつ》、大将なりしが、毎夜《まいよ》物見《ものみ》の用心《ようじん》に、忍の者を十よ人、城辺《じやうへん》に出しおきぬと聞こへしが、件《くだん》の忍の物見ども、夜討のもようを告来《つげきた》る。

と忍びの者によって敵の夜討を察知している。こののち黒田監物の勇戦が記されるが「吉利支丹のてつはうにて、惜哉《おしいかな》。黒田監物頭《かうべ》を左右《さいう》に打ぬかれ、そのままむなしくなりにける」と記されている。この後、二月二七日に攻城側の攻勢を行い原城《はら》は落城している。

島原の乱における熊本藩細川家の忍びの活動は『綿考輯録』巻四五に詳細に記されており、二月一二日から中旬まで忍びの潜入計画をなんども立てて部分的に実施しているが、非常に困難で、忍びは潜入せずに竹束の裏で震えていたことが記されている。

3項と軍記を見比べると、攻守が逆であるが、兵糧米の争奪を述べる点は共通している。黒田忠之の陣が登場する点も同じである。「由緒書案」で黒田陣に差しおかれたと記したのは、その後の二月二一日の襲撃を察知したのが、あたかも甲賀忍びの働きだったかのように思わせるためだろう。「由緒書案」3項は一月二一日で、『原史料で綴る島原天草の乱』では城からの矢文があった程度の日である。常識的に考えて、幕府側から籠城側の兵糧米を奪う必要性は低い。兵糧を奪って戻るぐらいなら、兵糧小屋や敵の櫓《やぐら》などに火をかけるのが戦果として大きいだろう。そうでなくても俵を一三俵も難なく持って帰れるぐらいであれば、5項のように潜入に苦労はしないだろう。

以上のことから、「由緒書案」3項は成立当時に忍びの活躍の典型と思われていた内容をとりいれたと考える。「由緒書案」に登場する「忍びの者」の姿は、「忍術を駆使して潜入し大事なものをとって戻ってくる」という当時の「忍者」像にぴたりと合致する。実際には兵糧の奪取は難しく、逆に襲撃を受けているほどだが、「由緒書案」は功績を誇るのが目的であり、読み手のイメージにあわせて、さすがは「忍者」と思わせる話を創造したのだろう。

このような訴状や由緒書はさらに時代の下る寛政期にも作られた。これに関して藤田(2012)は、「寛政期の訴願によって世間に広まった「甲賀忍者」像は、江戸時代後期の社会の中で大きく展開する」(168頁)と、訴状や由緒書が「甲賀忍者」像を広めたとみる。しかし、訴状や由緒書の描く「甲賀忍者」像そのものが、文芸・演劇のつくった「忍者」像に含まれる部分が多く、文芸や演劇の「忍者」像にあらためて影響した部分は少ないように感じる。

三、忍びの風魔と忍者の風魔

風魔小太郎

風魔小太郎は忍者列伝を記した本では必ず登場するといってよい著名な忍者だろう。江戸時代に書かれた小説にも忍びとしてその名がときおり登場するが、風魔小太郎について記した資料はたいへん少ない。三浦浄心『北条五代記』（元和頃成か、寛永一八年〈一六四一〉刊）、槙島《まきしま》昭武《あきたけ》（駒谷散人）編『関八州古戦録《かんはっしゅうこせんろく》』（享保一一年〈一七二六〉成）が従来の伝記の大部分を占めている。『北条五代記』は「史料として使用するには検討が必要」（『世界大百科事典』「北条五代記」下村信博）、『関八州古戦録』は「杜撰で、史料価値は低い」（『国史大辞典』「関八州古戦録」峰岸純夫）と正確性には厳しい評価がされており、それは実際に読んでみればその筆致が物語めいていることからもよくわかるだろう。三浦浄心は石川五右衛門に関して『慶長見聞集』の著者、槙島昭武は飛加藤に関して『北越軍談』の著者であることは、第二部でも触れるが、『慶長見聞集』巻七「関八州盗人狩の事」の石川五右衛門の部分は正しいと保証できるものではなく、『北越軍談』の飛加藤の部分は『伽婢子』を改変した創作的内容であることから、『北条五代記』と『関八州古戦録』も慎重に内容を検討する必要があるだろう。なお、『慶長見聞集』巻七には石川五右衛門だけでなく、盗人狩《ぬすつとが》りを申し出た下総向崎《しもうさこうさき》の甚内《じんない》が「関東頭をする大盗人、千人も二千人も候へし、是皆、古しへ名を得しいたつら者、風魔か一類らつはの子孫

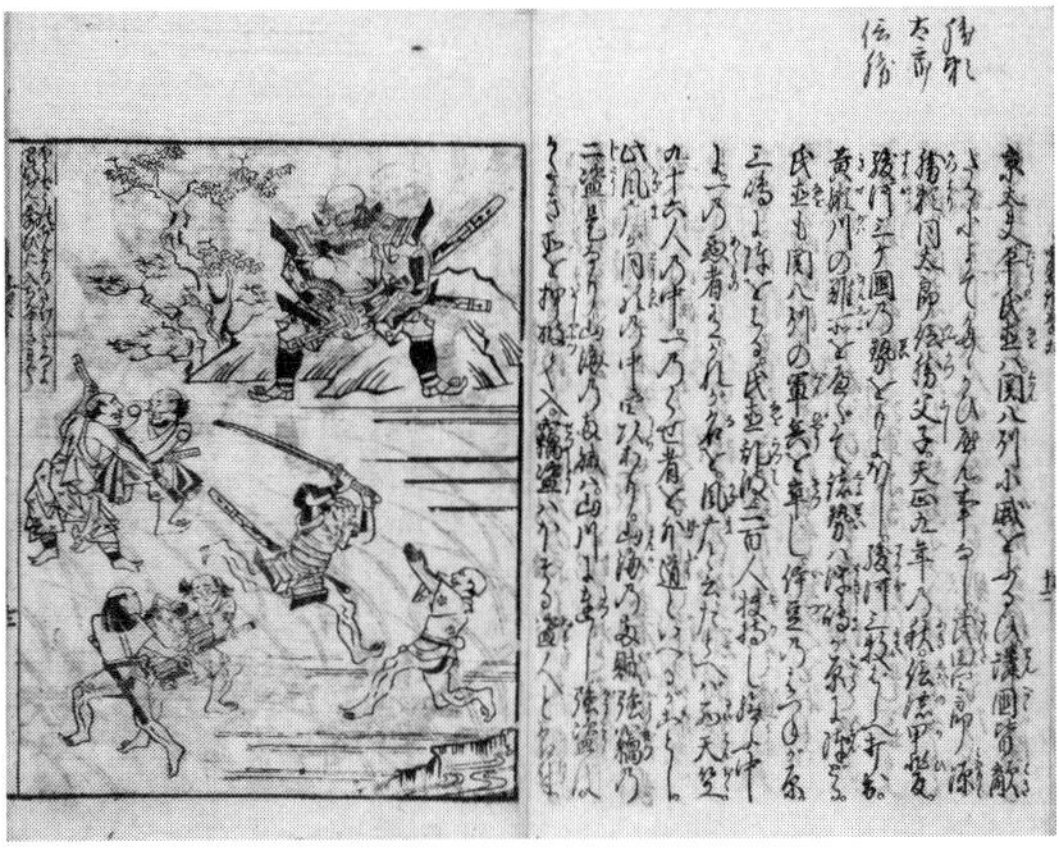

図1　『北条五代記』万治2年版

ともなり（乱波《らっぱ》の子孫どもである）」と述べているが、これも三浦浄心が編纂《へんさん》していることと関係していると思われる。

「風摩」と「風魔」

まず『北条五代記』を確認したいが、既存の翻刻が「風摩」と「風魔」と表記の異なる場合がある。これは寛永一八年（一六四一）版本、万治《まんじ》二年（一六五九）版本ともに「風广《かざま》」と記してあるため、「風摩」と「風魔」、どちらの略体にも解釈できるからである。『北条五代記』と同じく三浦浄心が記した先行する『慶長見聞集』も「風广」と記しているので表記はそれにならったのだろう。

なお、『正忍記』上巻「当流正忍記」には「北条氏康風麻《かさま》と云盗人を知行を与て」と「麻」の字を用いたのはそれが理由かもしれない。いずれにせよ、ここで「かざま」と読めることが重要である。山田雄司《やまだゆうじ》（54―58頁）や平山優《ひらやまゆう》が紹介する

「風广《かざま》」に関する信頼性のある資料はいずれも「風間」であり、史実では「風間《かざま》」だったのだろう（『戦国の忍び』88頁）。『伽婢子』「窃の術《しのび》」の長野の忍者は「もとは小田原の風間《かざま》が弟子也」と名乗っており、その存在は知られていたのだろう。『北条五代記』を参考に飛加藤を登場させた『風流軍配団』でも「風間《かざま》」の字と読み仮名を使用している。「かざま」の音に「風摩」「風魔」は普通は当てはまらない。筆者ならば『北条五代記』では「風魔」を当てる。理由はこの話が「風广《かざま》」の並外れた能力を伝えるものであり、そのためには「風魔」がふさわしいと思うからである。本文でも「くせ者を外道」というように「風广《かざま》」と呼ぶとあるので「魔」が適しているだろう。また、『北条五代記』は万治版本で挿絵が備わるが、そこに出てくる姿は本文以上に巨大で人並み外れている。よって、読む側も「風魔」と認識していただろうからである（図1）。

『北条五代記』の「風魔」

それでは巻九「関東の乱波智略の事」より「風魔」の事蹟《じせき》を紹介する。ここで「忍び」「忍びの者」でなく「乱波」として紹介されているのは留意すべきである。

見しは昔。関東諸国みだれ。弓箭《ゆみや》を取てやむ事なし。然ば其比、らつはと云、くせ者おほく有し。これらの者、盗人にて、又、盗人にもあらざる。心かしこく、けなげにて、横道なる者共也。或文《あるふみ》に、乱波と記せり。但《ただし》、正字おぼつかなし。俗には、らつはといふ。さ

（前頁より）れ共、此者を、国大名衆、扶持し給ひぬ。是は、いかなる子細ぞといへば、此乱波《らっは》、我国に有盗人を、よく穿鑿《せんさく》し、尋《たづね》出して、首を切。をのれは他国へ忍び入。山賊、海賊、夜討、強盗して、物取事が上手也。才智に有て、謀計、調略をめぐらす事、凡慮に及ばず。

盗人であって盗人でなく、「らっぱ」も正字がわからないという。大名たちは雇い入れて、国内の盗人たちを捕らえて首を切らせ、敵国に忍び入らせて、山賊・海賊・夜討・強盗などして物をとったという。『武家名目抄』では「関東にては大かた乱波と称し、甲斐より以西の国々は透波とよひしとみえたり」と地域で「乱波」と「透波《すっぱ》」と異なったとみている。やっていることは忍びと似ているが、『武家名目抄』では「この間諜に役せられ、又夜盗強盗のふるまひをなすものは人をあさむくか常なれはおのつから起居正しからず。狐疑の形状をあらはし言辞も首尾せざる事多かる故にかく名つけられしとみゆ」と評しているように言動や態度がよくないものだった。「忍び」とは細部で異なるのだが、大きく見れば同じようにとられている。

さて、風魔の活躍は天正八年（一五八〇）に武田勝頼と北条氏直が争った黄瀬川《きせがわ》の戦いで見られる。

武田四郎源勝頼、同太郎信勝父子、天正九年（年が間違っている）の秋、信濃・甲斐・駿河、三ヶ国の勢をもよほし、駿河三枚ばしへ打出、黄瀬川《きせがは》の難所をへだて、諸勢は、浮嶋が原に陣どる。氏直も関八州の軍兵を卒し、伊豆のはつねが原、三嶋に陣をはる。

武田勝頼・信勝《のぶかつ》父子が侵攻し、黄瀬川（静岡県東部の川）を挟んで対陣した。

氏直、乱波《らつは》、二百人扶持し給ふ中に、一の悪者《あくもの》有。かれが名を風魔《かざま》と云。たとへば西天竺《さい》、九十六人の中。一のくせ者を外道《げだう》といへるがごとし。此風魔が同類の中、四頭《かしら》あり。山海の両賊。強窃の二盗、是なり。山海の両賊は、山川に達し、強盗はかたき所を押破て入。窃盗《せつとう》は、ほそる盗人と名付、忍びが上手。此四盗《しとう》ら、夜討をもて第一とす。

（大意）氏直が乱波を二〇〇人雇っていたが、そのなかで一番の乱暴者を風魔《かざま》といった。この風魔の仲間に山賊・海賊の両頭目と強盗・窃盗の両頭目がいた。山海の両賊は山と川での活動を得意とし、強盗は守りのかたいところを押し破ること、窃盗は忍びが上手だった。四頭目とも夜討をもっとも得意としていた。

「窃盗」で「しのび」と読みがなをつける本もあるように「窃盗」は忍びと同じだった。山賊・海賊・強盗は忍びとは異なるだろう。

此二百人の徒党。四手に分《わけ》て。雨の降夜も、ふらぬ夜も、風の吹よも、吹ぬ夜も、黄瀬川の大河を物共せず打渡て、勝頼の陣場へ、夜々に忍び入て、人を生捕《いけどり》、つなぎ馬の綱を切り、はだせ（鞍を置かない状態）にて乗《のり》、かたはらへ夜討して、分捕《ぶんどり》、乱《らん》捕し、あまつさへ、爰《ここ》かしこへ火をかけ、四方八方へ、味方にまなんで、紛れ入て、鬨音《ときのこゑ》をあぐれば、総陣さはぎ、動揺し、もののぐ一りやうに、二、三人取付、わがよ、人よと、引あひ、あはてふためき、はしり出るといへ共、前後《ぜんご》にまよひ、味方のむかふを敵ぞとおもひ、討つ、うたれる、火をちらし、算を乱して、半死半生にたたかひ、夜明て首を実検すれば、皆同《ど》士軍《しいくさ》して、被官《ひくはん》が主をうち、子が親の首を取、あまりの面目なさに、髻《もとどり》をきり、さまをかへ、高野《かうや》の嶺《みね》にのぼる人こそおほかりけれ。

（大意）二〇〇人の風魔一党は、四つの集団に分かれて、毎夜大きな黄瀬川をものともせずに渡って、勝頼の陣を攻撃した。人をとらえ、つないである馬の綱を切って、裸馬の状態で乗って、近くをさらに攻撃して、いろいろなものをうばい、ここかしこに火をかけ、勝頼軍の味方のふりをして紛れて入って鬨の声をあげれば、勝頼陣は大騒ぎになって、ひとつの武具を二、三人でとりあい、あわてふためいて、走り出しても前後がわからず、同士討ちをしてしまった。主人や親を殺してしまう者がでてきた。

申し訳なさに出家しようとしたり、腹を切ろうとしたりするものが出てきて、その中の一人が命と引き換えに、乱波の大将風魔を討つ計画を進言する。このあとは風魔を討つために敵の退却にまぎれて潜入しようとしたものたちが立ちすぐり居すぐりの術により正体がわかってしまう話である。これには原話が『太平記』巻三四「和田夜討の事」にあって第一章「『太平記』の忍び」で述べたので、そこを読んで欲しい。
北条配下に風間がいて、『北条五代記』が示す状態や活動と一致するような行動をしていたことは平山優が示したとおりである（88―95頁）。また、黄瀬川の合戦で北条軍が乱波をつかって夜に武田軍を攪乱《かくらん》したのも、なにかしら根拠があるように思われる。しかし、その後の立ちすぐり居すぐりの話は原話もあり、すべて史実と認めるのは難しい。風魔の外見が、

風魔《かざま》は二百人の中に有てかくれなき大男、長《たけ》七尺二寸、手足の筋骨《すちほね》あらあら敷、ここかしこに村こぶ有て、眼《まなこ》はさかさまにさけ、黒髯《くろひげ》にて、口脇《わき》両辺《へん》広くさけ、きば四つ外《そと》へ出たり。かしらは福禄寿《ふくろくじゅ》に似て、鼻たかし。声を高く出せば、五十町を聞え、ひきくいだせば、からびたるこえにて幽《かすか》なり。

というのもお話めいている。結局、『北条五代記』の風魔の話は史実の風間をもとにした創作が多く含まれており、これも軍記の中の忍者の話とみるのが適当だろう。

『古老軍物語』の「風間の三郎太郎」

万治四年（一六六一）刊の『古老軍物語』巻四「軍陣に忍びの者を詮とする事付戴渕が事幷風間《かざま》といふ忍びの事」に、『北条五代記』と同じく黄瀬川の合戦のさいに、

氏直のがたには忍びの者二百人を扶持《ふち》してもたれし、その中に近江《あふみ》の甲賀《かうか》より出たる風間《かざま》の三郎太郎といふものはならびなき大力《ぢから》の勇者《けなげもの》にて忍びの上手なり。いかなるきびしき番《ばん》所《ところ》をも忍び入ける故に風間《かざま》と名付たり。

として、以下『北条五代記』と同様に展開し、文章も流用している。「風間」が全然関東と関係なくなってしまったのは、『北条五代記』の著者三浦浄心が関東の故事に詳しいのに対して『古老軍物語』の著者がそうでなかったことを示す。『古老軍物語』が『北条五代記』を参考にしたのは間違いないが、『北条五代記』だけではなく『古老軍物語』でこの話を知った人も少なくなかったようで、江島其磧『風流軍配団』（元文元年（一七三六）刊）などが風間（作中では風間三郎大夫）を甲賀出身とするのはこれが理由だろう。

『鎌倉管領九代記』の風間小太郎

さて、『北条五代記』には「風广《かざま》」とあって、いまよく知られている「風魔小太郎」の「小太郎」は一切登場しない。「風間小太郎」の名前が最初に登場するのは槇島昭武『関八州古戦《かんはつしゅうこせん》録《ろく》』（享保一一年（一七二六）成）からと言われてきたが、近世軍記の『鎌倉管領九代記』（寛文一二年（一六七二）刊）に「風間小太郎」の名前がみえる（森瀬繚《もりせりょう》氏ご教示）。『鎌倉管領九代記』は『北条五代記』と違って後北条氏とも戦国時代とも関係なく、室町時代の鎌倉公方《くぼう》九代の伝記である。刊本でもあり、残存数をみると写本で伝わっていた『関八州古戦録』よりよく読まれていたようである。寛文一二年本巻四下は、永享《えいきょう》一二年（一四四〇）に結城氏朝《うじとも》・持朝《もちとも》が足利持氏《もちうじ》の遺児を擁立しておこした反乱、すなわち結城合戦について記す。幕府方の上杉清方《きよかた》らが結城城を永享一二年七月二九日に包囲して、嘉吉《かきつ》元年（一四四一）四月一六日の落城まで攻囲戦は長く続いた。そのなかには夜討もあれば調略もある。巻四下「千葉介軍評定附山内氏義出城」には、氏朝の配下山内兵部大輔氏義《うじよし》を寝返らせるために、友人の岩松三河守の手紙を忍びの者に運ばせる。

岩松三河守、「某年頃氏義に別心なく昵《むつ》び候らひしが、今もつてそのまじはりの情《なさけ》を忘るまじきにて候。しのびの者一人を給はりて計みん」と申されけり。管領大に喜ひ給ひて其頃世に隠れなき忍びの上手に相模国足下郡《あしものこほり》に住なれし風間《かさまの》小太郎といふ者をぞつかはされける。岩松陣屋に帰りて、文を書したため、風間に心を入て、城中にぞつかはしける。三日過て後氏義か返状をとりて帰りまいりぬ。

友人の岩松三河守が手紙を書き、それを届ける忍びの者を一人希望したところ、管領上杉清方の配下の「世に隠れなき忍びの上手」で相模国足下郡（足柄下郡《あしがらしも》）に久しく住んでいた風間小太郎という者を岩松のもとによこした。岩松は陣屋に戻って手紙を書き、風間に注意して遣わしたところ、三日後に返事をもらって戻ってきたのである。

具体的な忍術は不明だが、話自体は江戸時代によくある「忍者が忍術をつかって忍びこんで大事なものをとって戻ってくる」型にあたる。『万川集海』巻一「忍術問答」では「上手も下手も人の知事なくして功者なるを上の忍とする也」「忍者は抜群の成功なりと云ども音もなく嗅もなく智名もなく勇名もなし」（内閣文庫本）といって、名前が知られているのが上手な忍びとはしないが、小説では『伽婢子』「飛加藤」の「名誉の窃盗《しのび》」と同様に「隠れなき忍びの上手」はある表現である。時代がまったく違うので『北条五代記』の「風广《かざま》」と関係があるのかわからないが、『鎌倉管領九代記』の編者が『北条五代記』の記述、あるいは関東の乱波風間を知っていたので登場させたのだろう。なお、兄の所領を安堵することで裏切りに応じた山内氏義だが、上杉清方は山内に会いもせず囚人のように押し込めて番人をつけたので、騙《だま》された山内は悔しがったという顛末になっている。

『関八州古戦録』の風間小太郎

戦国の風間小太郎は『関八州古戦録』（享保一一年〔一七二六〕成）に登場する。『関八州古戦録』は天文一四年（一五四五）に始まる河越《かわごえ》城の戦いから天正一八年（一五九〇）の徳川家康の江戸入りまでの期間の関東における諸合戦や武将の逸話を記している。風間小太郎は巻一「上杉憲政武州河越城責の事」にその名があらわれる。

上杉憲政《のりまさ》・上杉朝定《ともさだ》軍は河越城攻略のために入間《いるま》郡砂窪《すなくぼ》・柏原《かしわばら》に陣を展開した。足利晴氏《はるうじ》も古河《こが》から出陣して城への糧道を断つための長陣を張った。そういう状況での話である。

此陣中の南方より相州の風間《かさま》小太郎か指南を得たる二曲輪猪助と云、忍の骨《こつ》張を密に柏原に差越、執《とり》合の首尾敵方の配立を巨細に注進なさしめるが、月を重て後露顕して扇か谷の手の者とか彼か居所へ押寄、とりこにせんとしたりけるを猪介辛ふして逃出、飛か如くに欠り行を追手の中より太田丈之助といふ歩立の達者、のがさしと跡をしたひ、関東道五、六里かほど追欠たり。猪助は兼てより物聞の本意たる条、手柄高名は無用なり。只身命を全ふして事を通するを宗とすへしと氏康の下知を受し身なれば、如何にもして逃け延んと逸足をしけれとも今ははや勢い疲れて既にくひ留らるへかりしに海辺の側に農家に馬のつなかれて草喰ふて居たりしを見付、天の与ふるゐものなれとて太刀引抜、縄切てひらりと打乗、鞭を打て跡をも見す小田原へ馳帰り、余の命を継たりける。此日何者の仕わさにや、扇か谷の陣の前に落首を書て立たりける。

　馳出され逃るは猪助軍法ものよくも太田か丈之助かな

話の主人公は二曲輪猪助《にくるわいのすけ》という忍びの骨張（すぐれた人物）である。敵陣のある柏原で合戦の首尾や敵陣の様子を細かく探って報告していた。日にちがたって北条の者であることがわかってしまって、扇が谷《おうぎやつ》（上杉朝定）の手の者が猪助のところに押し寄せて捕まえようとしたのを辛うじて逃げ出して、飛ぶがごとく駆けていった。追手のなかの太田丈之助《おおたじょうのすけ》という徒歩移動の達者な者が「逃さない」と後を追って五、六里ほど追いかけた。猪助はかねてから物聞《ものぎき》

（敵陣の様子を探る人）の本来の役割は手柄や高名ではなく、ただ身命をまっとうして（すなわち生き残って）情報を伝えるのを第一とすべしという（北条）氏康《うじやす》の下知を受けた身なので、どうやっても逃げ延びようと急いで歩いたが、今はもう勢いも疲れてとうとう食い止められそうになった。海辺の側の農家に馬が繫《つな》がれて草を食べているのを見つけ、天の与えたものと思って、太刀を抜いて縄を切り、ひらりと打乗って、鞭《むち》を打って後ろを見ないまま、小田原《おだわら》へ馳《は》せ帰って、残りの命をつなぐことができた。これについて何者かが、扇が谷の陣の前に次のような落首を書いた。駆けだして逃げるのは猪のような猪助で戦争をよく知っている。これをよくも追ったのが太田丈之助だなあ。というのが内容である。

風魔（摩）ではなくて風間小太郎の指南を得たことになっている。小説や演劇ならば伝授の巻物などが出てくるがここにはない。二曲輪猪助は情報収集を行う忍者だった。北条の者であることがわかって、捕らえられそうになったので逃げ出した。五、六里ほどは一里四キロほどではなくて、六町（六五四メートル）ぐらいをさす一里を想定しての表現だろう。「海側」も海ではなくて大きな沼や湖ではないだろうか。捕まりそうになったが、うまい具合につながれた馬を見つけてそれに乗って逃げたのだが、興味深いのは「物聞」が生き残って情報を伝えることを第一にしていることである。『軍法侍用集』巻六第六「しのびは人にをはれてにぐるを恥とおもふべからず（中略）ただ敵を知る事を肝要とおもひ、身命《しんみやう》を軽んじ忠儀《ちゆうぎ》をいたすべし」とあり、情報収集の成功を優先しているところを意識して、北条氏康の言葉は書かれたと思われる。また、『孫子』の「五間」である郷間《きようかん》・内間《ないかん》・反間《はんかん》・死間《しかん》・生間《せいかん》のうち、生間が「生間者、反報也」（生間なる者は反《かえ》り報ずるなり）という、敵国に潜入して、情報を得て戻ってくる間者の役割を意識して書かれたのかもしれない。

風魔一党のゆくえ

『関八州古戦録』は『北越軍談』と同じで写本でしか伝播《でんぱ》せず、江戸時代での影響は小さかった。『関八州古戦録』の著者槇島昭武が先に著した『北越軍談』（元禄一一年〔一六九八〕に成立）では「小田原の偵卒《ていそつ》の首長風間《ふうま》次郎太郎が伝授を受て」とあるが、時代が違うこともあってか、それはとらずに「風間小太郎」をつかった。『北条五代記』の化物じみた忍者に「小太郎」はあわない。江島其磧も『風流軍配団』巻五の一で「江州甲賀《がうしうかうか》の住人風間の三郎大夫」という名前で登場させた。にもかかわらず、「風魔小太郎」で認識されているのは名前と実態の落差の面白さかもしれない。

『伽婢子』の飛加藤が小説や演劇の登場人物として活躍したのに比べると、江戸時代では飛加藤の師匠として「風間」の名前が使われるだけである。『北条五代記』の風魔も半分はお話で、そこに書かれた通りの姿の乱波の頭目の風魔がいたとは思えない。古文書や次の『慶長見聞集』に残るように風魔一党が実在したことは伝わっており、創作には使いづらかったのかもしれない。

後に示すが、三浦浄心『慶長見聞集』巻七「関八州盗人狩の事」には石川五右衛門の章で引用する部分の前に風魔に関係する内容がある。関東に盗人が多くいて、とくに下総国の向崎に甚内という大盗人がいて、江戸町奉行に申し出て関東国中の盗人を狩ったことが記されている。そこで訴えたときに「関東頭をする大盗人、千人も二千人も候へし、是皆、古しへ名を得しいたつら者、風魔か一類らつはの子孫ともなり。此者共の有所、残りなく存知たり、案内申へし。盗人、狩給ふへし」と述べている。向崎甚内は伝説的な人物で、幕府に関東の盗賊の取り締まりを命じられていたが、『慶長見聞集』には本人も慶長一八年（一六一三）に引き回しのうえ浅草原で処刑されたことが記されている。向崎甚内の手引きで盗人狩りが行われたかはともかく、盗人の取り締まりが行われていたのは確かである。関東ではないが、藤木久志『新版　雑兵たちの戦場』「戦場から都市へ――雑兵たちの行方」が、豊臣秀吉が天正一八年（一五九〇）八月一〇日と慶長二年（一五九七）三月七日に盗人停止令《ちょうじれい》を出して、大名に抱えられた奉公人の乱暴をおさえることを行っていることなど、戦争がなくなったあとの秀吉の治安維持の政策を詳しく記しているが、同様の問題は関東でもあったと思われる。

忍者としての風魔の定着

まず三浦浄心の『慶長見聞集』と『北条五代記』に「風广《かざま》」がでてきた。『北条五代記』の黄瀬川の合戦は印象強い。小太郎の名はまだない。『北条五代記』を参考にしたとおぼしき『古老軍物語』では「風間の三郎太郎」という表記をつかい、甲賀の忍びとした。さらに、『北条五代記』や『古老軍物語』を参考に、「風間小太郎」という忍びを『鎌倉管領九代記』は登場させた。その『鎌倉管領九代記』から名称をとって、時代は室町から戦国に移して『関八州古戦録』も「風間小太郎」を登場させた。

『北条五代記』『古老軍物語』『鎌倉管領九代記』『関八州古戦録』のそれぞれに出てくる「風广」「風間の三郎太郎」「風間小太郎」などが実在したかは慎重に検討すべきだろう。『北条五代記』に「風广《かざま》」と姓しかなかったのが、名前をつけて認識されているのは、飛加藤に加藤段《だん》蔵《ぞう》という名前がついたように姓だけでは認識しにくいからだろう。「三郎太郎」や『北越軍談』の「次郎太郎」ではなく、小太郎という名前が『北条五代記』の容貌魁偉《ようぼうかいい》な「風广《かざま》」についているのはおかしいが、それもとりあわせの面白さかもしれない。太郎の子であったり、妾腹の長男が小太郎と名づけられるように一族の関係を反映した命名の可能性は低いだろう。また、近代の作品で「風摩小太郎」「風魔小太郎」の名称が使われるようになったのはそれが理由だろうが、そのことはここでは触れないでおく。

まとめ

人間が記録する以上、完全無欠の客観的な描写はあり得ない。近世軍記の記述、あるいはさまざまな文書でも整序された記録になっているはずである。だからといって、すべてが作り話であるとは限らない。忍者研究に必要なのは、実像（史実）と虚像（創作物）の二つの車輪で進んでいくことである。虚像を知っていれば、どこからが作り話なのかがわかりやすい。逆に、虚像であっても、実像から抽出された要素をタネとしていることがほとんどなので、実像を知ることは、虚像の研究に欠かせないのである。

第二部　近世忍者像の成立と変遷

はじめに

歴史上の人物について、なにか一冊の本がその人物と事蹟《じせき》を語り尽くしていることはなく、一次史料、二次史料を組み合わせながら説明することになるが、虚実入り混じる記録を取捨選択して事典の項目のように一つにまとめるのはたいへん難しいことである。

第二部で扱う忍者は、軍記のように事実の報告を志向して書かれたものではなく、伝聞形式の創作として、すなわち説話として書き記されたものである。軍記であってもすべてが編著者の体験や見聞によるものではなく、想像をもとにした部分はあって、大きく見ればいずれも物語なのだろうが、叙述の基本的な姿勢に違いが感じられる。

石川五右衛門や飛加藤といった、創作であることが意識しやすい忍者であっても、事実を脚色することで作られていることがほとんどである。また、たった一つの作品にしか登場しないのではなく、数多くの作品に登場している場合は、歴史上の人物を語るように、さまざまな作品をもとに説明しなくてはならない。

近世小説の特徴は、ある画期的な作品が登場し、それを模倣する追随作が量産されることで、ジャンルが形成されることにある。貴族・僧侶《そうりよ》・武士らの知識層が少し昔の時代を扱った小説（近世文学史で仮名草子《かなぞうし》という）を書いていたところに、町人である井原西鶴が同時代の町人が活躍する『好色一代男《こうしよくいちだいおとこ》』を書くようになって浮世草子というジャンルが形成された。こういったジャンルの話ではなくとも、大なり小なり、優れた作品が出てきた場合は、その登場人物や構成や趣向が模倣されていくのは間違いない。

近世の忍者が出てくる小説でも同様で「忍者が忍術をつかって大事なものをとって戻ってくる」という構造が受け継がれていく。最初に見られるのは『聚楽物語』（寛永二年〔一六二五〕以降成）だが、おそらく当時の人々が忍びの者のふるまいとして感じていたものが形をとったものと考えられる。浅井了意が『伽婢子』（寛文六年〔一六六六〕刊）において中国の『五朝小説』を日本のことに翻案する際に、原話の「剣俠《けんきょう》が超人的な能力をつかって大事なものをとって戻ってくる」という構造が、「忍者が忍術をつかって大事なものをとって戻ってくる」という、日本の忍者・忍術に置き換えられた。構造をみた場合にそう置き換えるのがぴったりだからだろう。牡丹灯籠《ぼたんどうろう》の話などを含む『伽婢子』は、江戸時代によく読まれた作品であり、『伽婢子』の忍者の話である「飛加藤」「窃《しのび》の術」が参考にされて、同じような作品が作られていった。我々が考える忍者像は、この積み重ねによって作られている。

石川五右衛門や飛加藤は小説や演劇に何度も登場しているが、すでに出た作品が取捨選択されることで、登場人物としての性格や能力といった特徴が重層的なものになっていく。第二部は、忍者がどのように成立し、また変遷していったかを示すものである。

第一章　石川五右衛門 ―― 豪胆な悪の魅力

はじめに

おそらく現在知られている忍者のなかで、もっとも有名な忍者のひとりが石川五右衛門だろう。石川五右衛門は実在の人物であるが、実際は忍者ではなかった。史実の石川五右衛門に関する事蹟は不明な点が多く、小説や演劇といった創作を経て、今の忍者石川五右衛門ができあがった。石川五右衛門の実像はよくわかっていないにもかかわらず、現在では大きな鬘《かつら》に代表される堂々たる風貌《ふうぼう》をもち、宮中や時の権力者に対して傲岸不遜《ごうがんふそん》な態度をとり、ときには冷血かつ残酷さを厭《いと》わない反英雄として、悪の忍者の代表的な位置をしめる。忍術的な要素がなく忍者として扱われない場合もあるが、忍者として扱われている場合は、善の忍者である猿飛佐助と双璧《そうへき》をなす。本章では、石川五右衛門が実際はどのような人物で、どのような過程で現在のような人物として認められるようになったのか、江戸時代から現代に至るまで石川五右衛門の小説・演劇・映画・テレビドラマなどを追うことで説明しよう。

一、記録類の石川五右衛門

山科言経『言経卿記』

石川五右衛門に関する同時代資料はたいへん少ない。山科言経《やましなときつね》の日記『言経卿記《きょうきょうき》』文禄三年（一五九四）八月二四日条とスペイン人商人のアビラ・ヒロン『日本王国記』注記がわずかに該当する。

山科言経（一五四三―一六一一）は戦国末期から江戸初期に生きた公家《くげ》である。その人生は波瀾《はらん》に富んでおり、天正五年（一五七七）に権中納言《ごんちゅうなごん》になるが、天正一三年に勅勘を蒙《こうむ》り、京から堺《さかい》へ移住。その後、豊臣秀吉、秀次《ひでつぐ》、徳川家康らに働きかけて、慶長二年（一五九七）に勅免されたのち、慶長七年に正二位《しょうにい》に上り詰めた。天正四年から慶長一三年まで三二年間にわたって『言経卿記』の名で今日知られる日記を書き続けた。現在『言経卿記』は当時の世相や事件を知らせる重要な資料となっている。この『言経卿記』文禄三年（一五九四）八月二四日条に石川五右衛門らしき盗賊の記述がある。二四日条に記録されているが、補足であることを記す印がついていて実際には八月二三日の出来事と思われる。

一、盗人スリ十人、子一人等釜にて煮らる、同類十九人八付《つけ》に懸之、三條橋南の河原にて成敗なり、貴賤群衆也云々。（『大日本古記録』（東京大学史料編纂所）所収『言経卿記』）

盗人《ぬすびと》掏摸《すり》ら一〇人とその子一人が釜《かま》で煮られた。一味一九人のうち八人は磔《はりつけ》にかかった。京都の三条《さんじょう》橋の南にある河原で公開処刑にあって、身分の高い者も低い者も関係なく見物に寄り集まった、という内容である。「同類十九人八」の「八」はカタカナの「ハ」であるかもしれないが、一九人のうち八人とみて八で解釈した。

この記録自体に石川五右衛門の名前はなく、年齢、出生など、盗人本人の情報も含まれない。ここで釜で煮られたのが石川五右衛門であることは、別の資料から推定されていくのだが、名前が記されていないのは、新聞のようなものがなく、噂で情報が広まっていた時代らしいといえよう。「子一人」が処刑されていることが記録に残ったのは乱世に慣れた当時の人たちにとっても印象深かったためだろうが、これがのちの創作でも取り上げられていく。

アビラ・ヒロン『日本王国記』

この『言経卿記』を裏付けたのが、アビラ・ヒロン『日本王国記』である。アビラ・ヒロンはベルナルディーノ・デ・アビラ・ヒロンというスペイン人の貿易商人で生没年は未詳であるが、文禄三年（一五九四）に来日してより、最後の記録が残る元和五年（一六一九）まで、日本および東アジア・東南アジアを巡った。ヒロンの『日本王国記』の原本は残っていない。いくつかの写本が残っているが、近代まで日本では知られていない本だった。よって、日本の前近代の書物に引用されたりすることはなかったが、この『日本王国記』第五章第四節に『言経卿記』の内容に相当すると思われる事件がある。

この九五年に起こったことであるが、都に一団の盗賊が集まり、これが目にあまる害を与えた。それというのも誰かの財布を切るために人々を殺害したからである。そんな風で、都、伏見、大坂、それに堺の街路には、毎日毎日夜が明けると死体がごろごろしている有様であった。苦心惨憺したあげく、日中は真面目な商人の服装で歩き廻り、夜になると昼間偵察しておいたところを襲う日本人だということがわかった。その中の幾人かは捕えられ、拷問にかけられて、これらが十五人の頭目だということを白状したが、頭目一人ごとに三十人から四十人の一団を率いているので、彼らはいわば一つの陣営だった。十五人の頭目は生きたまま、油で煮られ、彼らの妻子、父母、兄弟、身内は五等親まで磔に処せられ、盗賊らにも、子供も大人も一族全部ともろとも同じ刑に処せられた。それというのも、法律は彼らにちゃんと警告を発しているのに、彼らはそれを恐ろしいとも思わなかったのだから。

（『日本王国記』第五章第四節。引用は岩波書店版）

九五年（文禄四年）は『言経卿記』の記録と一年違っているが、これはヒロンの勘違いと思われる。石川五右衛門の登場する作品では処刑年を文禄四年とするものがあるが、それは文禄四年に豊臣秀次とその一族郎党が処刑された事件と石川五右衛門の処刑を結びつけたためと思われる。ヒロンの勘違いもそれに関係しているのなら、当時から石川五右衛門と豊臣秀次を結びつける巷説《こうせつ》があったといえようが、そこまではっきりしない。

『日本王国記』の伝本のうち、天正一八年（一五九〇）から慶長一九年（一六一四）まで日本に滞在していたスペイン人イエズス会士ペドロ・モレホンによる注釈が付されている本があり、それには「これは九四年の夏である。油で煮られたのは、ほかでもなく石川五右衛門とその家族、九人か十人であった。彼らは兵士のようななりをしていて十人か二十人の者が磔になった」と事件の起こった年の訂正のほか、石川五右衛門一味が処刑されたことの説明がある。ここでの「ほかでもなく」という書き方から石川五右衛門とその処刑に関する噂話がたいへん広まっていたことがうかがえる。

林羅山『豊臣秀吉譜』

山科言経やヒロンやモレホンは石川五右衛門の処刑とほぼ同時期に情報を得たのだろう。文禄三年に生きていた者は、この事件を耳にしたと思われ、その記録も信憑性《しんぴよう》があると思われる。幕府儒官林家《りんけ》の祖であり、徳川家康から四代家綱《いえつな》まで侍講《じこう》として仕えた林羅山《はやしらざん》（一五八三―一六五七）の『豊臣秀吉譜』（寛永一九年〔一六四二〕跋《ばつ》、明暦四年〔一六五八〕刊）は、

文禄之比、石川五右衛門という者有り。或は穿窬或は強盗止まず。秀吉所司代（引用者注：前田玄以《まえだげんい》）等を令して、遍く之を捜し、遂に石川を捕へ、且其母幷に同類二十人許りを縛り、これを三条河原に烹殺す。（原文は漢文。引用者が読み下した）

と記す。事件当時林羅山は数えで一二歳であり、『豊臣秀吉譜』の成立も事件後五〇年近く経っているが、内容は『言経卿記』や『日本王国記』と合致する。そのほか羅山の三男の林鵞《が》

峰《ほう》が林羅山の死後に編集をひきついだ『続本朝通鑑《ぞくほんちょうつがん》』（寛文一〇年〔一六七〇〕成）にも石川五右衛門の記述がある。

三浦浄心『慶長見聞集』

事件発生時に生まれていた人物の記録に三浦浄心『慶長見聞集』がある。三浦浄心（一五六五―一六四四）は関東の戦国大名北条氏政《うじまさ》に仕えた武士で、北条氏の滅亡後は商人となり、さらに入道して浄心と名乗った。著述が多く、江戸前期の小説である仮名草子の作者として知られる。忍者関係では風魔小太郎について記した『北条五代記』の著者であることは注目すべきだろう。『慶長見聞集』は慶長年間の世相を記したもので、巻七の八「関八州盗人狩の事」に石川五右衛門の記述がある。

先年、秀吉公の時代に、諸国の大名、京伏見に屋形を作り給ひ、日本国の人の集りなり。石川五右衛門と云大盗人、伏見野のかたはらに、大に屋敷を構へ、屋形を作り、国大名に学んて、昼は乗物にのり、鑓、長刀、弓、鉄炮をかつかせ、海道を行き廻り、おしとりし、夜は京伏見へ乱れ入、ぬすみをして諸人をなやます。此事、終にはあらわれ、石河五右衛門は、京三条河原にて、釜にていられたり。（文政写本より）

本書は慶長一九年（一六一四）の成立というものの、後人の仮託説もあり、また寛永期（一六二四―四四）頃の内容を含むので資料的にはやや不確かな点もあるが、これも近世前期に伝わっていた石川五右衛門の姿といえよう。石川五右衛門に関して信頼性のおける資料は以上のようなものである。この後、記される石川五右衛門に関して、たとえば出生地も遠州浜松《えんしゆうはままつ》、河内、丹後《たんご》、伊賀、奥州白河《しらかわ》など諸説あるが、それらは一説として受け止めておいたほうがよい。いずれにしても信頼性のおける初期の資料に石川五右衛門が忍者であると記したものが一切なかったことは留意しておくべきだろう。石川五右衛門の実像はいま我々が知っているものとは異なっていた。

二、近世前半の石川五右衛門

井原西鶴『本朝二十不孝』

石川五右衛門が登場する文芸で目立つものは井原西鶴『本朝二十不孝』巻二の一「我と身を焦がす釜が淵」（貞享三年〔一六八六〕刊）である。井原西鶴（一六四二―九三）は『好色一代男』や『世間胸算用《せけんむねさんよう》』など数々の傑作を残した浮世草子作者である。中国の「二十四孝」（全相二十四孝詩選）の流行を逆手にとって二〇の不孝譚《たん》を集めたのが『本朝二十不孝』である。このなかの親不孝者の一人として石川五右衛門が登場する。直接石川五右衛門の行動を描くのではなく、もともと志賀（滋賀）の豊かな百姓だった、琵琶《びわ》湖の矢橋《やばせ》の老船頭、実は石川五右衛門の父五太夫が、身の上話として五右衛門について語ることから話は始まる。

それがし、そもそもは石川五太夫とて、志賀の片里に住みなして、あまたの人馬をかかへ、物つくりをして、世の中の秋にあひ、春をおくり、しかも一子に五右衛門とて、勝《すぐ》れたる大力《だいりき》、殊《こと》に諸芸に達し、老《おい》のすゑずゑ、頼もしかりしに、己《おの》が農作《のうさ》を外《ほか》に、無用の武芸をたしなみ、軟取手《やはらとりで》を稽古に、闇の夜の衢《ちまた》に出、往来《わうらい》の人をなやましけれるが、後《のち》は欲心おこりて、勢田《せた》の橋に出て水を呑み、盗跖《たうせき》・長範《ちやうはん》にまさり、国に盗人の司《つかさ》となり、類《るい》に集まる悪人、関寺の番内、坂本の小虎、音羽の石千代、膳所《ぜぜ》の十六、この四人をはじめ、その外、鎰放《かぎはづ》しの長《ちやう》丸、手鞴《てふいご》の風《かぜ》之助、穴掘りの団八、縄すべりの猿松、窓くぐりの軽《かる》太夫、格子毀《くづ》しの鉄伝《てつでん》、猫のまねの闇《やみ》右衛《ゑ》門《もん》、隠炬《かくしたいまつ》の千吉、白刃取の早若《はやわか》、これらをそれぞれの役分して、近在所々に入りて、夜毎に寝耳をおどろかし、万人《ばんじん》の煩ひとなりぬ。

五太夫の息子は大力の持ち主で、諸芸に達していたものの農業を嫌がり、柔術や取手の稽古《けいこ》のため、闇の夜に往来に出て人々を悩ましていたが、それにはとどまらず欲心が起こって瀬田の橋に出て盗人の頭になった。手下の悪人たちの名前をもっともらしく列挙していくのは井原西鶴らしいが、鎰放し、手鞴（火術につながる）、穴掘り、縄すべり、窓くぐり、格子毀し、猫のまね、隠炬といった盗人たちの長所は忍術書に記される忍術を思わせるところもあり、忍術書の忍術が泥棒の術と近いことがうかがえる。

五太夫は「天の咎め、世の穿鑿《せんさく》、いかなるうきめにあひつらん」と頻《しき》りに意見するものの、五右衛門は悔い改めるどころか逆恨みし、五太夫を縄でしばったうえに家財道具をすべて持ち去って都に行ってしまう。その後、縛られたままの五太夫は五右衛門に恨みをもつ乱暴者に私刑にあって肩先から手首まですきまなく切り傷を負う。それを見られたので、それまでの話をしたという話の構造になっている。さて、都に出ての五右衛門だが、

かの五右衛門は都にて、昼中《はくちゆう》に、鑓を三人ならびの手振《てぶり》を先に立て、その身は乗馬《のりむま》、跡より、挟箱《はさみばこ》持・沓籠《くつかご》、歴々の侍に見せて、見分にまはり、大盗みの手便《てだて》をして、仲間に子細あれば、大仏の鐘を撞きならし、これ相図に集まり、おのれは六波羅《ろくはら》の高藪のうちにかくれゐて、ここ、夜盗《よたう》の学校とさだめ、命冥加のある盗人に、この一通り指南をさせ、前髪立の野《の》等《ら》には、巾着切を教へ、大胆者には、追剝の働きをならはせ、人体《じんたい》らしき者には、詐《かた》りの大事をつたへ、里そだちの者には、木《き》綿《わた》を盗ませ、色々四十八手の伝受とを、印可《ゆるし》まで、この道執行《しゆぎやう》するこそ、うたてけれ。

と都に出てからのありさまは、三浦浄心『慶長見聞集』に似ており、槍持《やりもち》三人を引き連れるのは身分の高さの証《あか》しである。ここでの大仏の鐘は豊臣秀吉が創建し近世中期まで大伽藍《だいがらん》を誇っていた方広寺《ほうこうじ》のものであり、五右衛門には方広寺の前の餅《もち》屋の主人をしていたとか、寺に隠れていたなど記したものも後に出てくるので、そのような巷説があったのかもしれない。もっと

も、秀吉が方広寺を創建し、大仏を安置したのは、五右衛門が亡くなった翌年の文禄四年（一五九五）であり、現在も残る梵鐘《ぼんしょう》がそれなら、「国家安康　君臣豊楽」の字のため有名な鐘銘《しょうめい》事件に発展した慶長一九年（一六一四）の鋳造であり、いずれも史実ではありえない。

面白いのは泥棒の学校を開いて、印可（免許状）まで渡していたことである。実際にはありえない創作だろうが、かこさとしの絵本『どろぼうがっこう』（一九七三）を思わせるおかしみがある。『どろぼうがっこう』の校長先生は「くまさかとらえもん」（平安末期の大泥棒熊坂長範《ちょうはん》にちなむ）だが、百日鬘《ひゃくにちかずら》にキセルを持って鎖かたびらを着た外見は石川五右衛門そっくりである。なお、石川五右衛門から「昼盗みの大事」（白昼堂々と物を盗む術）を伝授してもらった入牢者《じゅろう》が井原西鶴『西鶴諸国はなし』巻三の一（貞享二年（一六八五））に出てくる。『西鶴諸国はなし』は『本朝二十不孝』の一年前の作品であり、この時期に西鶴が石川五右衛門に関心を持っていたのだろう。

その後『本朝二十不孝』では、盗賊として京で大きな勢力をなした五右衛門が捕まり釜煎《かまい》りにあう。

後《のち》は、三百余人の組下、石川が掟を背き、昼夜わかちもなく京都をさわがせ、程なく搦捕《からめと》られ、世の見せしめに、七条河原に引き出され、大釜《おおがま》に油を焼立《たきた》て、これに親子を入れて、煎《に》られにける。

と刑罰の様子が具体的に記してある。五右衛門の処刑について「釜ゆで」と表記するものも多いが、単に釜でゆでるのではなく、油をつかうので「釜煎《い》り」と表記するものも多い。本書では「釜煎り」の表記をつかう。釜煎りの刑はこの石川五右衛門でたいへん有名で五右衛門風呂《ぶろ》に名を残すが、刑罰としては『甲陽軍鑑』巻一七や『信長記』巻一五などにもみえ、当時行われていた処刑法であったと思われる。『本朝二十不孝』では七条《しちじよう》河原で、『言経卿記』の三条河原とは異なる。文芸では七条河原での処刑にすることが多い。ここからが『本朝二十不孝』の見せ場であって、

その身の熱さを、七歳になる子に払ひ、とても遁《の》がれぬ今の間《ま》なるに、一子を我《わ》が下に敷きにけるを、見し人笑へば「不便《ふびん》さに、最後を急ぐ」といへり。「己《おの》れその弁《わきま》へあらば、かくはなるまじ。親に縄かけし酬《むく》い、目前の火宅、なほ又世は火の車、鬼の引肴《ひきざかな》になるべし」と、これを悪まざるはなし。

『言経卿記』に出てくる「子一人」が関係するところで、西鶴もそれは聞いていたのだろう。釜煎りになった五右衛門が我が子を下敷きにしたのを見物が笑ったのだが、所詮《しよせん》助からないのに少しでも自分が長く助かろうと子どもを犠牲にしたとみて、その浅ましさを笑ったはずである。これに対して「子どもがかわいそうなので、ひと思いに殺すのだ」と五右衛門は答える。これに対し「五右衛門にそんな分別があったらそうはならないだろう。親に縄をかけた報いが、

目の前の苦悩であって、なおのこと来世は火の車に乗せられ鬼にひきさかれることになるだろう」と五右衛門を憎まぬものはなかったとして話は終わる。見物と五右衛門で実際にこのようなやりとりがあったか不明だが、話としては親不孝の五右衛門が我が子を手にかけねばならなかった因果応報をよく示す。五右衛門の言い分はあくまで言い訳と観衆はみるが、自分が助かるために我が子を下敷きにするという結末は衝撃的な内容であり、のちの演劇作品で五右衛門が子どもを上にさしあげて助けようとするのはその反動だろう。

以上のように『本朝二十不孝』の石川五右衛門は、盗賊石川五右衛門としての要素や釜煎りなどの有様が存分に描かれている西鶴ならではの好編だが、あくまで盗賊であって、忍者ではない。

松本治太夫正本『石川五右衛門』

井原西鶴が石川五右衛門の事蹟を小説でとりあげたが、その後は小説よりも演劇（人形浄瑠璃《じようるり》と歌舞伎）に石川五右衛門はよく登場するようになる。江戸時代の前半までの演劇に登場する石川五右衛門は忍者ではないが、現在にも伝わる石川五右衛門像がそこまでにある程度完成された。

石川五右衛門の演劇化は人形浄瑠璃の松本治太夫正本『石川五右衛門』がもっとも早く、貞享頃（一六八四―八八）の初演と思われている。井原西鶴『本朝二十不孝』との先後は不明で、どちらかが影響を与えているというより、なにかこの時期に石川五右衛門が見直されることがあったのかもしれない。

江戸時代の演劇は台本（歌舞伎の台帳、人形浄瑠璃の正本）が残っていない場合が多く、その場合は評判記などから内容を推定しなければならないが、『石川五右衛門』は残っているのでその内容を詳しく知ることができる。

江戸時代の演劇では御家騒動物は定番で、石川五右衛門もその登場人物となった。松本治太夫『石川五右衛門』のあらすじは次のようなものである。

五右衛門は当初は遠州浜松の真田蔵之進《くらのしん》という武士で御家乗っ取りを防ごうとする忠義の人物でありながら、強力な悪人方にかなわず追放される。のちに河内国石川郡に行って五右衛門と名前をあらため貧困のため駕籠《かご》舁きを表稼業に裏では盗みや押し込み強盗を行うようになる。さらにそれにからんで人殺しをするようになり、主君の娘を殺してしまう。五右衛門は妻子とともに捕らえられ、妻は放免されるが、親子は死罪となり、七条河原で釜煎りになる。五右衛門は苦しむ子の小源太《こげんた》を早く死なせるために足下へ子を沈める。

石川五右衛門が辞世の歌を詠むのは「石川や浜のまさごはつくる共世にぬす人のたねはたへせじ」を詠む、この浄瑠璃『石川五右衛門』が最初と思われるが、本文に「今の世までも残しける」と書かれているので、辞世の歌も巷間に語り継がれていた可能性もある。

松本治太夫正本『石川五右衛門』のもともと善人であったがやむを得ず悪に手を染めついに釜煎りの処刑に至るという大枠は、のちの作品に引き継がれていく。また、石川五右衛門が遠州浜松の出身という説はこの松本治太夫正本によって生じたと思われる。浜松生まれは事実とは思われないが、ここに書かれていることで、一説として後世に伝わったのだろう。

近松門左衛門『傾城吉岡染』

その後、近松門左衛門が松本治太夫正本の浄瑠璃『石川五右衛門』をもとに、より複雑な構成の人形浄瑠璃『傾城吉岡染』（宝永七年〔一七一〇〕三月、大坂竹本座初演）を完成させている。「吉岡染」という題名からわかるように、兵法家吉岡憲法《けんぼう》が実質的な主人公で、五右衛門はその憲法の兵法の弟子にあたる。『傾城吉岡染』の石川五右衛門は当初は間違えて葛籠《つづら》を渡されたことから思わず盗みをなし、それからだんだん重い悪事に手を染め、大盗人になっていく。自分が正体を知らずに女郎屋に売った姫を救うために女郎屋を襲うといった義賊らしい設定もこの作品から生じているように思われる。

憲法の子の久吉を助けようとして道明寺《どうみょうじ》の大釜に入っているところを捕まり、七条河原で久吉とともに釜煎りになって辞世の歌を読む。七条河原での処刑や辞世の歌を詠むことは浄瑠璃『石川五右衛門』と同じである。釜煎りにまつわる部分が重視され、亡くなった久吉を両手で高々と持ち上げる場面が見せ場になった。五右衛門は脱出したものの、久吉は死んでおり、苦しませぬためあえて足下に敷いたことの回想も『傾城吉岡染』の聞かせどころになっている。

並木宗輔『釜淵双級巴』

近松門左衛門『傾城吉岡染』をもとに、並木宗輔作の人形浄瑠璃『釜淵双級巴《かまがふちふたつどもえ》』（元文二年

（一七三七）七月、大坂豊竹座初演）が生まれる。この作品は宝暦六年（一七五六）九月大坂角《かど》の芝居で歌舞伎にもなった。

石川五右衛門は、三位中将《さんみちゆうじよう》家の家老岩木家に生まれながらも捨て子となり、河内国石川で育てられた、当初から騙《かた》りを行う悪人として登場する。身請けされた遊女滝川を奪って妻にするが、盗みを働いた先で昔の女房と息子五郎市《ごろいち》にあって、息子五郎市を引き取って滝川と暮らす。滝川は五右衛門に泥棒稼業から足を洗わせ五郎市をまっとうに暮らさせるために舅《しゆうと》の身替わりとなって五郎市に刺される。逃げる五右衛門親子は捕まり、盗賊仲間の名前を言えば五郎市を助けると五右衛門は言われるが断り、辞世の歌を詠んで七条河原で釜煎りにあう。

滝川による継子《ままこ》いじめと釜煎りの愁嘆がたっぷり描かれる作品で、この作品で忍者要素の出てくる前の石川五右衛門物の演劇は一定の完成をみたと言ってよいだろう。『釜淵双級巴』を改作した『増補双級巴』（文久元年〔一八六一〕初演）が現在も上演される。

もともと宝暦四年に歌舞伎で上演予定だったものの、人形浄瑠璃として上演されることになった並木正三《しようざ》『石川五右衛門一代噺《ばなし》』（明和《めいわ》四年〔一七六七〕、四条西石垣芝居）では、最後に恩赦となって釜煎りにあわない。

八文字自笑『武遊双級巴』

並木宗輔『釜淵双級巴』に影響をうけて、八文字《はちもんじ》自笑《じしよう》の代作者であった多田《ただ》南嶺《なんれい》が八文字自笑名義で執筆した浮世草子が『武遊双級巴《ぶゆうふたつどもえ》』（元文四年〔一七三九〕刊）である。『釜淵双級巴』

と近松門左衛門の浄瑠璃『傾城反魂香《けいせいはんごんこう》』の要素を統合して翻案した作品である。「おりつ」や「岩木」といった『傾城吉岡染』の登場人物と同じ名前が出てくるのでその影響も受けていると考えられる。『傾城反魂香』から不破名古屋《ふわなごや》の世界（不破と名古屋という二人の男が争う）を引き継いでおり、五右衛門に相当する人物は敵役側の不破伴五右衛門という人物である。

伴五右衛門は追放されたのち、鄙田屋七五郎《ひなたやしちごろう》という大尽客にかくまわれるがその妻のおりつと密通する。その後、おりつの実家の河内国石川に身を寄せ、おりつの父の五郎太夫に見込まれて婿に迎えられ、石川五右衛門と改名し、神匿香《かみがくしのこう》をつかった盗みをして盗賊の首領にまでのしあがる。五右衛門は騙《だま》されて神匿香を奪われたため、捕まってしまい、子の五郎市とともに七条河原で釜煎りの刑に処されることになる。刑の途中で逃げることを許され放たれた五右衛門だが、逃げても敵に追われて助からないだろうと思った五右衛門は我が子を手にかけ、辞世の歌を詠み、自らは釜をかぶって淵に沈む。

大枠では従来作品の構成や要素を引き継いでおり珍しくもないが、「鄙田屋七五郎という大尽客にかくまわれるがその妻のおりつと密通し、おりつの実家の河内国石川に身を寄せ」という要素はこのあとに登場する『賊禁秘誠談』の「百地三太夫の本妻と密通し、本妻と駆け落ちする」という要素に影響を与えたように思われる。また、超自然的な神匿香や盗みの秘伝を記した巻物が出てくることは、『賊禁秘誠談』の忍術へつながっているともいえよう。

以上のように、江戸時代の前半までの石川五右衛門は、井原西鶴の小説『本朝二十不孝』のように残忍な悪党として描かれたりしていたが、創作の世界では主に演劇の登場人物であり、悪人になる葛藤《かっとう》や釜煎りの場での我が身の悔恨や子を殺してしまう嘆きなどに焦点が当たっていた。『武遊双級巴』でようやく超自然的な要素が出てくるが、五右衛門が忍びであったり、忍術をつかえるという設定はまったくなかった。

三、忍者になった石川五右衛門

実録体小説『賊禁秘誠談』

石川五右衛門が忍者になったのは実録体小説『賊禁秘誠談《ぞっきんひせいだん》』からである。実録体小説、文学史上のジャンルで実録といわれるものは、実際に起こった歴史的な事件をとりあげて、その事件の内実を真実らしく書き記した小説風の読み物である。現代における歴史小説に似ているが、実際は小説としかいいようがなく、史実に忠実な歴史小説よりは史実をもとに自由に書かれた時代小説に近い。同時代の軍記も歴史を扱っているが、明らかにそれよりも小説らしい内容である。江戸時代において、現在につながる大名や旗本の先祖のことを版木に彫って出版することが規制されていたものの（享保七年〔一七二二〕の出版取り締まり令）、写本として流通させることが可能で、当時は貸本屋が多くあって、そこで借りて読まれていた。そのため『賊禁秘誠談』にも膨大な写本があり、さらに書写の間に増補されていくので、四系統の異本が生じている。実録体小説は、公刊にさしつかえのある内容のため、写本であっても作者や成立年などが不明であり、『賊禁秘誠談』もそれに当てはまる。『賊禁秘誠談』は石川五右衛門を忍者として扱うようになった最初の作品だと筆者は見なしているが、石川五右衛門を忍者とした随筆や演劇から『賊禁秘誠談』が生じたという説もある。本書で後者の説も紹介するものの、基本的に『賊禁秘誠談』によって忍者石川五右衛門が誕生したと考えている。

さて、『賊禁秘誠談』は諸本いろいろあって内容に異同があるので、国文学研究資料館蔵本と菊池《きくち》庸介《ようすけ》による その翻刻に基づいて話をする。以下が梗概《こうがい》である。

近衛《このえ》院の時代、仁平《にんぺい》三年（一一五三）に化鳥があらわれ天皇を悩ませる。石川五右衛門の祖先である石川左衛門秀門《ひでかど》は退治を命ぜられるが、仕損じては家名に傷がつくとして辞退する。そのため、左衛門秀門は北面の武士の職を召し上げられ追放にあい、化鳥は源《みなもとの》頼政《よりまさ》が退治する（巻一）。伊賀に下った石川左衛門の住むところは石川村と呼ばれ、子孫は郷士のように暮らす。そののち藤堂高虎《とうどうたかとら》が伊賀を拝領し、石川左衛門の子孫の五郎太夫の一子文吾《ぶんご》は、高虎の児小姓になるが短慮で乱暴なため暇を出されて石川村に戻る。それを苦に父が亡くなったあとは、百地三太夫という武術や忍術を身につけた郷士に弟子入りする。文吾は諸芸を教わるがとりわけ忍術が上達し、三太夫も自分の後継者とみなして秘密口伝を教えて門弟の第一とする。三太夫は都にいたときに、忍術により花山院大納言の名香を探し出し、褒美に式部《しきぶ》という女性を賜り伊賀に連れ帰っていた。三太夫の本妻は文吾と姦通《かんつう》しており、それに気がついた式部は証拠を見つけて二人を追い出そうとする（巻二）。しかし、式部はかえって本妻にくびり殺され庭の井戸に死骸を捨てられる。本妻は式部を不義密通のうえ出奔したように見せかけるが、井戸替えで露見しそうになるので、文吾と一緒に駆け落ちするものの、文吾は本妻を殺して姿をくらます。文吾は京都へ出て、方広寺の大仏殿前に家を借り、石川五右衛門と改名し、放埒《ほうらつ》にふるまい遊所に通って金銭を失ったので忍術の師範をすることを思いつく（巻三）。豊臣秀次の家臣木村常陸助重高《しげたか》は五右衛門の弟子となり忍術を習う。常陸助は五右衛門を仕官させようとするが五右衛門は常陸助から距離をとり、五右衛門の元には悪人らが集まる。五右衛門は前野《まえの》但馬守《たじまのかみ》を騙して屋敷を襲撃し、金品・武具・重器（重宝）などを奪う（巻四）。さらに五右衛門は思いのままに大金をかすめ取るようになり、忍びの術をもって利休《りきゅう》から霰釜《あられがま》を盗み取る。毛利《もうり》宗意《そうい》軒《けん》の妻が官女の出で優れているのを見て、自分も官女を女房にしようと禁裏に忍術をつかって侵入しようとするが三種の神器のためうまくいかない。世《せ》尊寺《そんじ》中納言《ちゅうなごん》季忠《すえただ》の衣裳を剝《は》ぎ取って禁裏に侵入するがやはり目がくらみ足もとがふらつくので諦めて撤退する。その後、太閤《たいこう》の隠目付のふりをして水口《みなくち》の長束《なつか》家に入り込む（巻五）。岩村《いわむら》の田《た》丸《まる》家にも隠目付と偽り、両家から金を奪う。偽隠目付を捕らえる触れを聞き、五右衛門一党は分散する。国々の神社仏閣に侵入し、貧賤のものに金銀を与え、福祐の者でないと金をかすめとらなかった。紀州根《ね》来寺《ごろじ》の塔の上壇をすみかにするが、包囲されたので京都へ逃げる。方広寺の大仏殿前の餅屋の娘が五右衛門の妻だったので、そこに住んだが、妻は五右衛門の正体を知らずにきちんとした浪人と思って仕えていた（巻六）。秀吉に秀頼《ひでより》が生まれ秀次を疎むようになったので、秀次は忍びの術を身につけている木村常陸助に秀吉の暗殺を頼む。常陸助が諫《いさ》めるが秀次が聞き入れないので、木村は大坂城に忍びこむが秀吉は伏見《ふしみ》に行って不在だったため、あらためて伏見へ行って城に忍びこむ。太閤の枕元の千鳥の香炉が音を出したので、木村は行った証拠に印子の水差しの蓋《ふた》をとって逃げ去る。木村は忍術の師の五右衛門に千鳥の香炉を奪うことを依頼し、五右衛門は盗みのかわりに禁裏に入るための中納言以上の官位を望む（巻七）。秀次は五右衛門を呼び出し、千鳥の香炉に音を立てさせないため秀吉が秀次に与えた蜀江《しょうこう》の錦の陣羽織を与える。また、秀次が中納言に任官されたときの装束を渡し、石川中納言次門《つぐかど》と名乗るように伝える。石川五右衛門は伏見城に忍びこみ、仙石権兵衛《せんごくごんべえ》ら二八人の不寝番をものともせず千鳥の香炉を奪うが、おのれは天皇にもなることができる者と思い上がった五右衛門は秀吉に目見えさせようと御《み》簾《す》を上げて近づく。そのときに仙石権兵衛の足の指を踏み、仙石と薄田隼人正《すすきだはやとのしょう》といった番人らに取り押さえられる（巻八）。捕まった五右衛門は石田三成《みつなり》らの尋問をうけるが秀次からの依頼とは白状しない（巻九）。秀吉と対面してもおじけづくことなく秀吉こそが天下を奪い取った大盗賊と言い切る。蒲生《がもう》秀行《ひでゆき》の進言で秀吉は五右衛門を釜煎りの刑に処すことにする。刑場への途上、松原通寺町《まつばらどおりてらまち》で毛利宗意軒が茶をふるまう。七条河原で五右衛門は釜煎りにあい、そのときの釜はのちに筒井《つつい》定次《さだつぐ》が南都に持って帰り、興福寺《こうふくじ》にある。五右衛門の妻は捕まることなく、方広寺のなかに五右衛門の石碑をたてて、菩《ぼ》提《だい》のため大きな餅を大仏餅として売った（巻一〇）。

冒頭の北面の武士のエピソードは余談のように思われるが、先祖の石川左衛門秀門が化鳥を退治せず、頼政が退治して菖蒲《あやめ》の前という美しい官女をもらったように、五右衛門も宮中の美女を得たいという欲望を持っていること、そしてそれが五右衛門の転落のきっかけとなったことと照応の関係にある。長束や田丸といった大名家を騙す詐術や秀吉を前に一歩も引かず大言を吐く豪胆さは五右衛門の魅力であり、諸大名や秀吉には物怖《ものお》じしない五右衛門だが、朝廷の権威には身のすくむのも特徴的で、『賊禁秘誠談』という題名も賊が禁裏に忍びこんだことの記録をもともと意味する。なお、作中で重要な役割を果たす千鳥の香炉は、徳川美術館が現在所蔵している千鳥の銘をもつ南宋《なんそう》の青磁香炉がそれにあたるといわれている。

石川五右衛門丹後出生説

其白堂信佶《きはくどうしんきち》（田中新吉）著・小松国康《こまつくにやす》閲『丹後旧事記《きゆうじき》』（天明頃成、文化七年〔一八一〇〕国康改正）では、一色義道《いっしきよしみち》の配下に石川左衛門秀門、文吾秀澄らの名前が見え、巻四「丹後伊久地村別城」に「石川左衛門尉天正十年田辺城にて打死。後嫡男文吾秀澄当城に住す。弓ノ木にて打死。二男五良右衛門盗賊となりて京都にて御仕置」とある。『一色軍記』（文化三年〔一八〇六〕写）にも石川左衛門秀門、石川文吾秀澄らの名が見え、細川幽斎《ゆうさい》らに討たれている。『丹後旧事記』も『一色軍記』も『賊禁秘誠談』より成立があとで、「五良右衛門」はもとより石川左衛門秀門や文吾秀澄も『賊禁秘誠談』をみて『丹後旧事記』が書き加えたとみなすのが妥当に思えるが、石川左衛門秀門と石川文吾秀澄は歴史的に実在して、その名が伝わっていたのを『賊禁秘誠談』が参考にした可能性も残る。

石川五右衛門の忍術

『賊禁秘誠談』で最も忍術が功を奏しているのは、五右衛門による伏見城の潜入だろう。五右衛門が行った伏見城への潜入と千鳥の香炉の強奪は、もともと『聚楽物語』（寛永二年〔一六二五〕以降成）で木村常陸介によって行われてから、『明良洪範』続編巻一五（宝永四年〔一七〇七〕以前成）や『新武者物語』巻七の一五（宝永六年〔一七〇九〕成）でも木村常陸介が行ってきたが、ここにきて石川五右衛門が行うようになったのである。江戸時代の忍術説話の典型は「忍者が忍術をつかって大事なものをとって戻ってくる」というもので、秀吉の居城への侵入という話もその形式にそったものである。ただし、江戸時代での創作における代表的な忍術である隠形《おんぎょう》や変化《へんげ》の術を具体的につかう姿は描かれず、『賊禁秘誠談』では単に忍び入ったことになっている。

石川五右衛門の伊賀出身という設定は『賊禁秘誠談』からで、これは忍術を学んだという設定に信憑性をもたせるために、それまでの遠州浜松や河内国石川などと違って忍術になじみのふかい伊賀出身という設定にしたのだろう。実際に伊賀国には石川という村があった（現在の三重県伊賀市石川）。五右衛門の師匠の百地三太夫は有名だが、架空の人物である。『伊乱記』

などに登場する喰代《ほうじろ》の百地丹波から百地の名前をとったのだろう。なお、百地丹波、藤林長門守《ふじばやしながとのかみ》、服部半蔵を三大上忍と呼ぶのは昭和の忍術研究者奥瀬平七郎《おくせへいしちろう》が言い出したことであり、この三人を並べることに意味はない。

『賊禁秘誠談』の成立と『市井雑談集』

さて『賊禁秘誠談』の正確な成立年は不明である。四系統ある『賊禁秘誠談』の諸本のうち「寛文七年」（一六六七）の年記と「東武残光」の署名のあるものがある。しかし、寛文年間（一六六一―七三）はこのような実録体小説が読まれるようになるには早い。また、東武残光は、実録体小説を多く残した正木残光《まさきざんこう》のことと思われるが、正木残光が残した天草軍記物実録『金花傾嵐抄《きんかけいらんしょう》』が近世中期に成立した『天草軍談』の影響を受けているのをみると、正木残光自身も近世中期以降の人と思われ、仮に正木残光が作者だとしても寛文の成立とは思われない。正木残光『金花傾嵐抄』にも寛文八年の序をもつものがあるが、これも『賊禁秘誠談』と同様に古い成立にみせかけているように思われる。

『賊禁秘誠談』の成立は一八世紀前期から中期の間が有力視されており、筆者は宝暦（一七五一―六四）の初め頃までに書かれたと思っている。『武遊双級巴』（元文四年〔一七三九〕刊）の影響があるので、これよりさかのぼることはないだろう。林自見《はやしじけん》『市井雑談集《しせいぞうたんしゅう》』（宝暦一四年〔一七六四〕刊）下巻に『賊禁秘誠談』を要約した内容が残っており、これが成立年を考える有力な手がかりになる。当該箇所を引用すると、

（秀次は秀頼の誕生後に秀吉に疎まれるようになったので謀計をめぐらし）京近郷に忍び居る石川五右衛門と云狡猾者《あぶれもの》の偸長《ぬすびとのをさ》あり、此者京都伏見大坂の城内に紛入て諸士の佩刀《はいとう》を摸《す》り替へ、其外濫行《らんきやう》比類なし、或時菊亭右大臣晴季公より秀次への使者を脅《おびやか》して其贈物を奪ひ取たる事なと有り、渠《かれ》は元来忍《しのび》に妙を得たる者故後年秀次彼を恃《たのみ》太閤を害せん事を語る、五右衛門重賞にめでて、之を肯《うけがひ》而して後秀次に謂て曰、「秀吉の寝所には鵆《ちどり》の香炉とて名器あり。此香炉夜中怪者忍ひ入れは音《ね》を出すとなり、これに依て忍び入かたし、然れとも鳳凰を織付たる昔渡りの蜀江《しよくかう》の錦を以てこれを包めは音を出す事なし、其錦なくしては忍び入りかたし」と云、時に秀吉より先年秀次へ譲られたる鳳凰形の錦あり、無双の名物なれと大望によつて其錦を五右衛門に与へいる、夫より五右衛門伏見の城にしのび入しか、寝ずの番稠敷《きびしく》によつて志を遂げず、床にありし彼の鵆香炉を究取《ぬすみ》つて出んとす、時に仙石権兵衛見咎《みとがめ》、番人を呼ぶ、番兵六人馳来て五右衛門と組、五右衛門番兵二人を膝へ拉《くみ》敷く、権兵衛後より抱き残る四人左右より接して搦捕《からめとり》たり、在此《かくて》段々穿鑿《せんさく》これある処、第一彼錦を持来る事を秀吉不審あつて五右衛門を座上に曳居《ひきす》へ自《みずから》営中《ゑいちう》に於て尋問せる、五右衛門陳《ちん》して曰、「是は先年秀次の宝庫より盗み取たり」と云、然れども秀吉曾《かつ》て疑心はれず秀次も倍倍《ますます》反逆の兆露《きざし》顕し竟《つい》に生害を命せらるると也、秀次没落の時侍妾三十余人斬《さん》首《しゆ》せらる、其首を埋《うめ》て畜生塚《ちくしやうつか》と号し、一宇を建て畜生寺と呼ふ、今京都寺町に有り、彼千鳥の香炉といへるは駿《すん》州今川家の重器《ちやうき》なりしか、氏実（氏真）牢落し織田信長へ譲る、信長甍去後秀吉の手裏《しゅり》に入る天下無双の名器也、或は伝へ云五右衛門搦らるる時板敷へ落し小く瑕《きず》つきたりと也、斯て五右衛門は詮議の上積悪《せきあく》種々露顕し京都七条河原に於て釜煎《かまいり》の刑罪に行はれしと也。

以上の内容は、明らかに『賊禁秘誠談』との類似が認められる。忍びの名人である石川五右衛門が秀次から借りた羽織をつかって千鳥の香炉を盗むが仙石権兵衛らに捕らえられ、秀次の差し金であることは白状しないまま、七条河原で処刑されるのが同じである。なお、石川五右衛門の出身を伊賀にはしていない。『賊禁秘誠談』を知っていてそれを短くまとめたのが『市井雑談集』の説話だろう。逆の可能性もあるが、『市井雑談集』のみに存在して『賊禁秘誠談』にはないエピソードがほとんどなく、やはり『市井雑談集』が『賊禁秘誠談』の要約とみるべきである。よって、『市井雑談集』が刊行される宝暦一四年（一七六四）までに『賊禁秘誠談』が流布していたと考えてよい。

実録体小説は書き継がれるうちに内容が改変・増補されるもので、四系統のうち最後に登場する『聚楽秘誠談』と最初に登場した系統の本とは大きな差がある。そのため比較の際にはどの本をつかうか注意が必要だが、『賊禁秘誠談』で最も成立の古い系統の本と比較してみても、やはり『市井雑談集』があとに成立したと考えるのが妥当である。

『市井雑談集』の成立を先に見る説

ただし、『市井雑談集』の成立を先に見て、『賊禁秘誠談』をあととする見解もある。細谷《ほそや》敦《あつ》仁《ひと》（1994）が紹介する黄表紙『石川五右衛門物語』（安永五年〈一七七六〉刊）は『市井雑談集』よりさらに明確な『賊禁秘誠談』の要約版であって、この時期までに『賊禁秘誠談』が成立していたのは間違いない。

『賊禁秘誠談』には、石川五右衛門の生国伊賀に関係する内容がある。百地三太夫の妻の墓である式部塚はその由来が菊岡行宣《ゆきのぶ》（如幻《じょげん》）『伊水温故《いすいうんご》』（貞享四年〈一六八七〉成）に登場する。岸勝明《きしかつあき》『伊賀考』（明和七年〈一七七〇〉序）「古人考」に記された石川五右衛門の伝では「石川五右衛門は天下に聞たる盗賊の首魁たり、当国石川むらの産」と伊賀国石川村を石川五右衛門の生地とする。よって、『市井雑談集』と伊賀の故事を参考にして、明和末から安永四年までに『賊禁秘誠談』が成立し、すぐ後の歌舞伎『金門五山桐《きんもんごさんのきり》』（安永七年〈一七七八〉四月、大坂角の芝居初演）など、石川五右衛門を忍者とする演劇のもととなったという見方もできる。

以上の資料によりこのような順序で成立が判明すれば好都合だが、筆者は『伊水温故』や『伊賀考』も写本であり、流布していなかったので『伊水温故』や『伊賀考』が『賊禁秘誠談』の直接の種本になったとは考えていない。むしろ、『伊賀考』は『賊禁秘誠談』の影響で考察を行ったように思われる。筆者は、『武遊双級巴』が刊行された元文四年（一七三九）から宝暦初頭（一七五〇年代）に『賊禁秘誠談』が成立したと考える。

大仏餅屋と石川五右衛門遠忌

岸勝明『伊賀考』（明和七年〔一七七〇〕序）「古人考」には「京都大仏前の茶肆何某と素より入魂なりしかいささかの由緒ありて今に此所にて五右衛門か遠忌を弔ふとかや」とあり、方広寺前の茶店が石川五右衛門と関係していて遠忌を弔ったことを記す。

石川五右衛門の遠忌に関しては、山田和人《やまだかずひと》（1981）が近松門左衛門『傾城吉岡染』を五右衛門百年忌法要の当て込みの作品とみている。『傾城吉岡染』が石川五右衛門の没年を慶長一五年（一六一〇）としたのを、上演の宝永七年（一七一〇）を百年忌に対応させるためとする。

伊原敏郎『歌舞伎年表』第一巻の宝永三年七月一一日項は、村井敬義『百一録』をもとに、五右衛門が餅屋に己の死後の供養のために大金を投げ込んだため、大仏前の餅屋が石川五右衛門の百年忌法要を行ったことを記す。

井原西鶴『本朝二十不孝』では五右衛門が大仏の鐘を鳴らしており、古くから五右衛門と方広寺の大仏との関係の巷説があり、それが『百一録』が記すように何らかの理由で餅屋が供養を行うようになり（おそらく宣伝のためだろう）、さらに『賊禁秘誠談』にも取り入れられ（『賊禁秘誠談』が五右衛門が方広寺の大仏餅屋にいたことを明記する最初の作品）、『伊賀考』が記すように、その後も五右衛門との関係を名乗る店が遠忌の法要を行ったということだろう。

新しい五右衛門像の登場

『賊禁秘誠談』の流布により、並木宗輔作『釜淵双級巴』に代表される釜煎りの場を頂点とした石川五右衛門の話とは違った五右衛門が登場する演劇作品があらわれる。五右衛門狂言と呼ぶべき作品群は『賊禁秘誠談』の影響があって豊臣秀吉や豊臣秀次に相当する人物が登場する。実名でないのは出版統制と同じで、近世では歴史上の人物をそのまま登場させられないからである。『金門五山桐』以降、『賊禁秘誠談』をもとに作られた新しい型の五右衛門狂言は数多くあるが、めぼしい作品を挙げるなら、

歌舞伎『金門五山桐』安永七年（一七七八）四月、大坂角の芝居初演。のちに寛政一二年（一八〇〇）二月『楼門五三桐』市村座

人形浄瑠璃『木下蔭狭間《このしたかげはざま》合戦《かっせん》』若竹笛躬《わかたけふえみ》・並木千柳作、寛政元年（一七八九）二月、大坂大西芝居初演

歌舞伎『艶競石川染《はでくらべいしかわぞめ》』辰岡万作《たつおかまんさく》・近松徳叟《とくそう》作、寛政八年（一七九六）四月、大坂角の芝居

であろう。

なお、他に石川五右衛門物の作品をあげると『仁《に》王門《おうもん》端《は》歌雑録《うたらくがき》』（天明二年〔一七八二〕）、『大内山恋慕《おおうちやまこいの》白浪《しらなみ》』（寛政一〇年〔一七九八〕、江戸）、『けいせい忍逢淵』（享和《きょうわ》元年〔一八〇一〕）、『浜砂伝石川《はまのまさごつきぬいしかわ》』（文化《ぶんか》元年〔一八〇四〕）、『館風扇白浪《ごしょすがたおうぎのしらなみ》』（文政《ぶんせい》七年〔一八二四〕、江戸）、五右衛門を女にした西沢一鳳《にしざわいっぽう》『けいせい浜真砂《はまのまさご》』（天保一〇年〔一八三九〕）、明治に入っても活歴調の初代竹柴金作《たけしばきんさく》（三代目河竹新七《かわたけしんしち》）『浜千《はまち》鳥真砂白浪《どりまさごのしらなみ》』（明治一六年〔一八八二〕、東京）がある。

おおよそは『金門五山桐』『艶競石川染』両作の翻案である。先のうち江戸や東京とつけていないのは大坂の上演だが、大坂の上演が多いのは「太閤記」を世界にしているからだろう。

これらの作品のなかで、石川五右衛門は当時の歌舞伎の実悪と呼ばれる役柄になった。実悪は謀反人や大盗賊など終始一貫して悪を貫く役柄で、容貌魁偉《ようぼうかいい》にして傲岸不遜な態度をとり、冷酷かつ残酷な性格の持ち主であり、劇中で後悔や変心をすることがない。よってそれまでの五右衛門作品のように釜煎りで子を死なせてしまったことを後悔するような場面も設けられない。

多くは妖術《ようじゅつ》をつかうこれら実悪の悪人たちは宝暦頃から上方の歌舞伎を中心に登場したもので、『天竺徳兵衛聞書往来《てんじくとくべえききがきおうらい》』の天竺徳兵衛や『伽羅先代萩《めいぼくせんだいはぎ》』の仁木弾正《にっきだんじょう》らがよく知られているが、五右衛門もそれに匹敵する悪人となった。これら実悪はたしかに非情な悪人なのだが、同時に我々をひきつけてやまない魅力を兼ね備えている。

外見も『釜淵双級巴』では黒紋付の着付けに五十日鬘という普通の盗賊の姿だったのが、『楼門五三桐』「南禅寺楼門」場で黒天鵞絨《びろうど》の褞袍《どてら》、花結びの前帯で太いキセルを持ち、黒の素網（鎖かたびらを表現する）の衣裳に油付きの大百日（百日鬘でさらに月代《さかやき》ののびたもの）という強烈な印象を残す大盗賊の姿になった。大百日は歌舞伎の盗賊に使われるものながら、とりわけ五右衛門の外見の代表的な特徴となった。

『金門五山桐』

具体的に作品をいくつか見ていこう。安永七年（一七七八）四月大坂の小川吉太郎《おがわきちたろう》座によって上演された『金門五山桐』は外題《げだい》の角書（副題）に「石川五右衛門忍術の事／瀬川采女艶書の事」とあるように、石川五右衛門の忍術が見せ場のひとつになっていた。五右衛門を演じた初代嵐雛助《あらしひなすけ》を当時の役者評判記『役者百薬長《やくしやひやくやくのちょう》』は「大上上吉」として「（二のかわりの忠臣蔵の芝居でよかったのが）三のかわり金紋五山桐に石川五右衛門御勤ますます大入成し」と客入りのよさを記す。この『金門五山桐』は寛政一二年二月の江戸の市村座に『楼門五三桐《さんもんごさんのきり》』としてかかり、以後その名で知られるようになった。以下、あらすじを簡単にしるす。

石川五右衛門は南禅寺《なんぜんじ》の霊山国師に化けて真柴久吉《ましばひさよし》（羽柴《はしば》秀吉に相当）の子である久秋《ひさあき》から、お袖判《そではん》と金子七千両と千鳥の香炉を盗みとる。実は謀反人宋蘇卿《そうそけい》であった此村大炊之《このむらおおいの》助《すけ》（木村常陸介を当てこむ）は早川隆景《たかかげ》（小早川《こばやかわ》隆景に相当）に正体を見破られ自害するが残した血書が五右衛門の手にわたり、自らが宋蘇卿の子であることを知った五右衛門は久吉への復讐《ふくしゅう》を誓う。南禅寺山門で巡礼姿の真柴久吉へ五右衛門は手裏剣を打ち、久吉は手裏剣を柄杓《ひしやく》で受け止める。瀬川采女《せがわうねめ》は五右衛門の実弟とわかり、五右衛門と采女はともに父の仇《かたき》久吉をねらう。追い剥ぎで得た中納言の衣冠をつけて大仏餅屋に聟《むこ》の次郎作《じろさく》として戻った五右衛門を隆景が捕らえにくるので久吉に恨みを抱く舅の惣右衛門《そうえもん》が身替わりになる。五右衛門は桃山《ももやま》の御殿に忍び込み久吉の寝首を掻《か》こうとするが懐の千鳥の香炉が音を出したために、久吉にさとられて武士らに囲まれる。久吉はいったん五右衛門を助けて二人は後日の再会を約束する。

五右衛門は大明《みん》の宋蘇卿の子となっているが、このように異国人の子が国家転覆を謀るのは朝鮮臣下の木曾官《もくそかん》の子である天竺徳兵衛などと同様によくあった設定である。『釜淵双級巴』まで石川五右衛門にあったやむなく悪事に手を染めるという葛藤もなく、劇構成の頂点にあった釜煎りもなく、よって親子の恩愛も焦点にならない。それまでの石川五右衛門ものとは違う、異人の妖術使い譚の変形であった。

壮麗な極彩色の南禅寺山門の舞台のせり上げから、大百日の石川五右衛門がくわえキセルで登場し、そこから巡礼姿の真柴久吉とやりとりをする南禅寺楼門の場が見せ場となり、その演出は今に続く。この演目で五右衛門は手裏剣を打っているものの、実は忍術はつかっていない。劇中の五右衛門の最初の盗みも、名もない「忍び」が筒井順慶《つついじゅんけい》に頼まれて盗んだものを横取りしているぐらいで、御殿でも兜頭巾《かぶとずきん》に忍び装束ながら鉄砲をつかっている。副題に忍術とあるがケレンのある忍術は見られない。ただし、この山門の場で五右衛門が手裏剣を打ち、久吉が柄杓で受け止めるのは芝居における手裏剣利用の代表例であって『戯場訓蒙図彙《しばいきんもうずい》』（享和三年〔一八〇三〕刊）にも手裏剣の刺さった柄杓が登場する（334頁図21参照）。

『艶競石川染』

『艶競石川染』は、『金門五山桐』の五右衛門の父大炊之助を、明智光秀の臣下四王天《しおうでん》但馬守の妻石田《いしだ》の局におきかえ、聚楽御殿に入り込んだ石田の局の悪事を中心に描いた作品である。

石川五右衛門は石田の局の息子で天王山下で忍術を習得した人物として描かれる。桃山御殿では奥女中滝川実は主君の息女を葛籠に背負って盗み出す。「葛籠負うたがおかしいか」という後日『増補双級巴』にも取り入れられ、今日の歌舞伎の石川五右衛門でおなじみのセリフが使われている。全体的に忍術が使われる場面が多く、一部分を抜き出すと、

（鳩が運んだ巻物二巻のうち一巻が五右衛門が四王天但馬守の子であることを示し、もう一巻が伊賀流忍術の秘伝書）

（石川五右衛門が）それより一つの巻き物を開き、小口《こぐち》を見て伊賀流忍術の秘書。

ト読み、後は口の内にて、奥まで読み、こなしあつてすりや、この一巻《くわん》を肌に付け、草臥《さうぐわ》の法を行へば、我が形《かたち》を隠し、人の目を暗《くら》ます事、彼の神代《かみよ》の巻に記したる、隠れ蓑にも優りしと云ふ忍術の極意。ムウ

ト思い入れあつて、巻き納め。これも懐中して。

（小田弾正と筒井順慶が千鳥の香炉を持ってくるので）

五右衛門、思ひ入れあつて、忍術の巻き物を出し、口の中《うち》にて秘文《ひもん》を唱へ、戴いて懐中し、真中《まんなか》へ出る。

（見えないまま、千鳥の香炉を奪って去る）

と忍術が深く関わる。江戸時代の忍術は姿を消す隠形の術と動物に変身する変化の術がほとんどであり、ここでは草臥《そうが》の法、すなわち隠形の術を使って五右衛門は千鳥の香炉を奪っている。忍術を身につけるのに修行など必要なく、忍術の書かれた秘書を手に入れて読めばよいことになっている。隠形の術は『艶競石川染』四番目「大仏殿耳塚の場」で使われ、五右衛門が捕り手に追われたさいに姿を消して捕り手たちを投げ飛ばして逃亡に成功している。その後、五右衛門は元妻のりつに伊賀流忍術の一巻を渡して、それをそらんじて息子五郎市《ごろいち》を助けるように命じている。巻物さえあれば簡単に忍術がつかえるようになっているのが小説や演劇である。

『木下蔭狭間合戦』

『木下蔭狭間合戦』では石川五右衛門は九州の大内《おおうち》氏で、今までの五右衛門作品になかった「雌雄の剣」を探している設定である。友市《ともいち》と猿之助《さるのすけ》という二人の子どもが犀ケ崖《さいがけ》の来作《らいさく》という泥棒の弟子になり、長じて友市は五右衛門となり、猿之助は久吉（秀吉）になる。『賊禁秘誠談』以来の五右衛門と久吉の確執を取り上げている。忍術に関しては趣向としてよく用いられており、三幕目「犀ケ崖来作住家の場」では、

（来作《らいさく》）もと某《それがし》は、甲州武田《かふしうたけだ》に仕へたる、加藤清澄《きよずみ》と云ひし者。我れ忍術に妙得《めうとく》せしゆゑ、行《ゆ》く末如何《すゑいか》なる業《わざ》をかなさん、生け置かれずと主人信虎《のぶとら》、我《わ》れを招《まね》きて抜き打ちと、振り上げ給ふ刃《やひば》の下《した》、折よく向うの蓮池《はすいけ》へ飛ぶぞと見せて形《かたち》を消し、それを即ち異名《いみやう》に呼ばれ、

飛び加藤とも蓮葉《はちすは》とも、人に知られしこの来作《らいさく》。まつた忍術の一巻《くわん》は、娘が聟とならん者に、これを伝へて規模《きぼ》（持参金代りの品）にせんと、最前《さいぜん》箱を開き見れば、一巻紛失。（亡くなった一巻は石川五右衛門が盗んでいた）

と飛加藤の話を聞かせつつ「忍術の一巻」を登場させている。大詰「志賀別業の場」では、

（石川五右衛門は親の入った葛籠を背負い、三好長慶の謀反の連判状を手に入れようとする）

（石川五右衛門は手下の足柄金蔵にむかって）

ト懐中より、忍びの一巻を出し
これが即ち伊賀流の、忍びの伝書、これさへ見れば数万《すまん》の中でも、芥子《けし》ほども目にかからぬ大事の物。しっかり預けたぞ。

（中略）

（むこうから、手飼いの狆《ちん》が連判状を加えてやってくる）

（五右衛門）オ、、百介、大儀大儀。

ト五右衛門、呪文を唱へる。ドロドロにて、狆、切り穴へ消へ、百介になりし見得にて、
百介一巻を手に持ち
（百介）これ、頭、こなさんに習った忍術で、形を変え、長慶が持っていた連判を。

（五右衛門）シイ、声が高い。ドレ、爰へ。

（引用は文政七年六月河原崎座の台本にもとづく）


と五右衛門に変化の術を教えられた手下の百介《ももすけ》が狆に変身している。伊賀流の忍びの伝書であるのも当時伊賀が忍術と結びつきが深いと思われていたからだろう。

『賊禁秘誠談』の登場以降、石川五右衛門も忍者に変容し、演劇における五右衛門は御家騒動に巻き込まれる人物から積極的に御家や天下の転覆を謀る悪人へ変容し、超自然的な忍術（隠形・変化）をつかう（五右衛門の場合伊賀流の忍術）ようになった。真柴久吉（羽柴秀吉）とのライバル関係が描かれるのも『賊禁秘誠談』で秀吉と五右衛門の関わりが深くなったためだろう。外見も百日鬘・黒の素網（素肌もある）・黒天鵞絨の褞袍《どてら》・花結びの前帯という様式が確立した。

　石川五右衛門物の江戸時代の演劇のうち、以上で紹介したものはあくまであらすじや台本の一部である。観客の前にあった舞台そのものではない。観客は石川五右衛門を眼前にし、その容貌魁偉さにまず驚き、悪人ながら堂々とした不遜な態度に息を呑《の》んだはずである。また、手裏剣の手管、ケレンで表現された忍術など芝居の魅力を堪能したはずである。現在五右衛門ものは『楼門五三桐』（山門）や江戸時代の諸作品が混合した『増補双級巴』が上演されており、長い年月をかけてさまざまな要素が集約された五右衛門像を見ることができ、江戸時代の人々に勝るとも劣らず、石川五右衛門の魅力を楽しむことができる。

『絵本太閤記』

あらあら江戸時代の演劇における石川五右衛門を紹介してきたが、小説では『賊禁秘誠談』の影響を大きくうけた『絵本太閤記』が重要作である。『絵本太閤記』は武内確斎《たけうちかくさい》作、岡田玉山《ぎょくざん》画の寛政九年（一七九七）の初編から享和二年（一八〇二）の七編まで刊行された読本（江戸時代における時代小説）である。全八四冊の長編小説である。近世中期以降は太閤記ものの出版は禁じられており、文化元年（一八〇四）六月には絶版されてしまう。再版が安政《あんせい》六年（一八五九）に許されたものの長い間禁書となっていた。しかし、短い期間に大量に刷られ、よく読まれた作品である。『絵本太閤記』は秀吉の生涯を記した伝記でありながら、六編巻一二から七編巻三までは石川五右衛門を主人公とした読み物になっている。内容は明らかに『賊禁秘誠談』を参考にしているが細かい違いは多い。

相違点を順に見ていくと、五右衛門を河内国石川村の出身で幼名を五郎吉とする。石川左衛門など先祖の挿話はない。河内国石川村の設定は『賊禁秘誠談』以前の演劇に多く、それに戻ったのだろう。伊賀国に赴き名張の山中で来船の異人僧臨寛《りんかん》に出会い、弟子となって一八ヶ月忍術をならい、そののち河内国交野《かたの》郡住の百地三太夫の家に文吾と名前を改めて奉公する。三太夫が花山院のもとから連れてきたお式《しき》という女を誘惑して駆け落ちするが、女は捨てて立ち去る。女を殺すことはしない。徒党を組んで大名らから強盗し、その金銭を貧賤《ひんせん》のものらに撒《ま》きちらす。前野但馬守や田丸家から大金をだまし取り、紀州の根来寺にいたが追われて逃げるのは同じ。宮中に入ろうとするが身がすくんで入れないのも同じである。『賊禁秘誠談』など石川五右衛門説話は、五右衛門ではなく木村常陸介が主人公になっていた『聚楽物語』や

『新武者物語』でも秀吉の暗殺を潜入の目的としない例が多いのだが（『明良洪範』は暗殺が目的）、『絵本太閤記』では木村常陸介の依頼が最初から秀吉の暗殺になっている。江戸時代の忍者説話は「忍者が忍術をつかって大切なものをとって戻ってくる」というあくまで物取りが主になっており、暗殺が主目的のものは少ない。忍者、忍術の本質を暗殺より物取りとみているためだろうが、暗殺が不敬なため、そのような話が少ないのかもしれない。

さて、石川五右衛門は千鳥の香炉が鳴ったことで仙石権兵衛や薄田隼人らに捕まるのは同じであるが、千鳥の香炉をとってくる必要がないので秀次から羽織はもらっていない。手下のものと一緒に文禄三年一〇月に三条河原で釜煎りにあっており、七条河原や文禄四年に設定する小説や演劇に比べて史実寄りである。『賊禁秘誠談』や演劇にあった秀吉にむかって大盗人であると罵《ののし》ったり、浜の真砂の末期の歌を詠んだりすることもない。引き回しのときに森如軒《もりじょけん》という茶人が茶を振る舞う話になっている。森（毛利）宗意軒ではなく、本当の茶人である。田《た》中兵介《なかへいすけ》というものが五右衛門を救おうと警護のものを襲う話が入っているが、同様の話が神沢《かんざわ》杜口《とこう》『翁草《おきなぐさ》』巻二七（明和から寛政初年頃成）に収録されている。

『絵本太閤記』は文章だけでなく岡田玉山による挿絵の評判もよく、同様に挿絵が多く入る絵本物という分野を生み出す。『絵本太閤記』の石川五右衛門に関する挿絵も興味深い。木村常陸介の黒装束はいかにも忍者らしい（図1）。演劇で見られた黒装束が小説にも定着した証しである（この詳細は第三部で）。その一方で、伏見城に忍びこむ石川五右衛門は黒装束ではない。小袖《こそで》、小手、袴《はかま》、脛《すね》当てに裸足《はだし》である（図2）。『伽婢子』や『新可笑記』など初期の忍者が黒

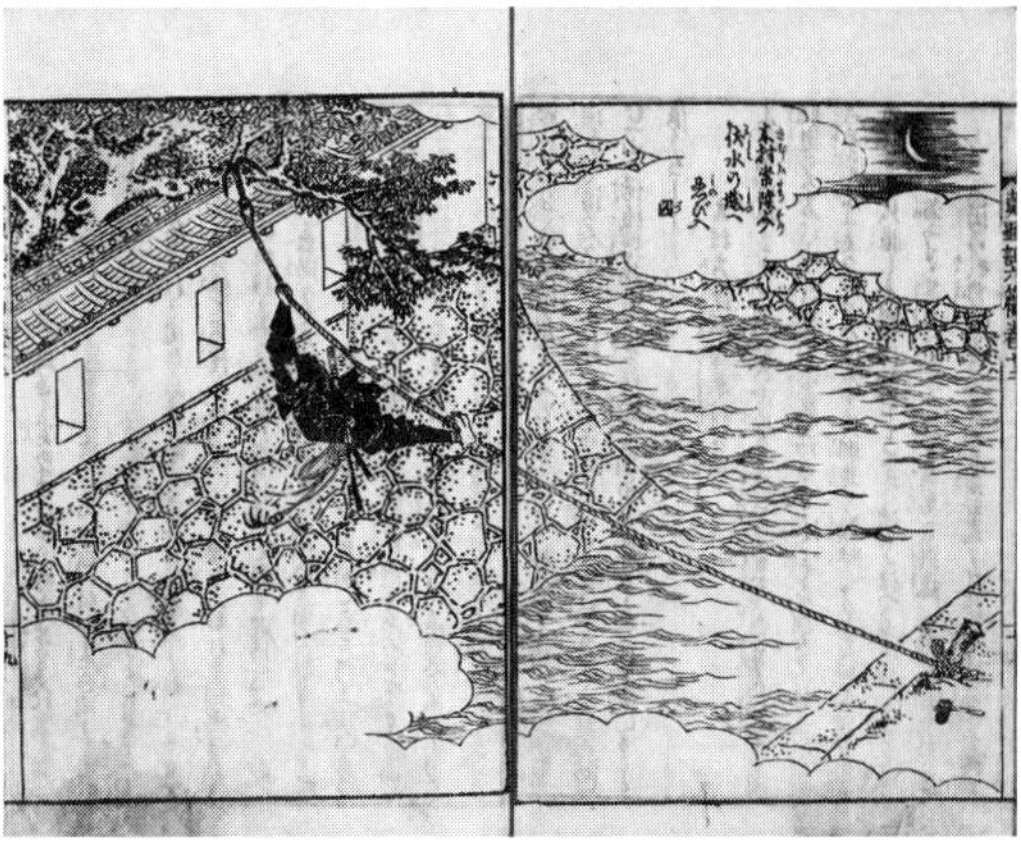

図１　『絵本太閤記』６編巻12

装束で描かれなかったように、忍術の達人は黒装束である必要がないのである。釜は本文では巨釜を三つまで立てて油を盛ったことにするが、挿絵では一つである。『本朝二十不孝』にも釜煎りの挿絵はあるが、それに比べて巨大である。

江戸時代までの石川五右衛門

以上のように石川五右衛門は実在の人物だが詳細はわからないことが多い。演劇により人物設定が深まり、一八世紀前半までは釜煎りが頂点になるような作品が完成する。一八世紀後半の演劇から大きな悪事を働く悪人となり、忍術もつかうようになる。小説では『賊禁秘誠談』や『絵本太閤記』が五右衛門の定型として強い印象を残す。五右衛門の外見は歌舞伎での百日鬘・黒褞袍などが決まりのものになった。江戸時代のうちに、話の型や役柄などが高い水準で完成している。貧しいものたちにお金を撒くという義賊のようなふるま

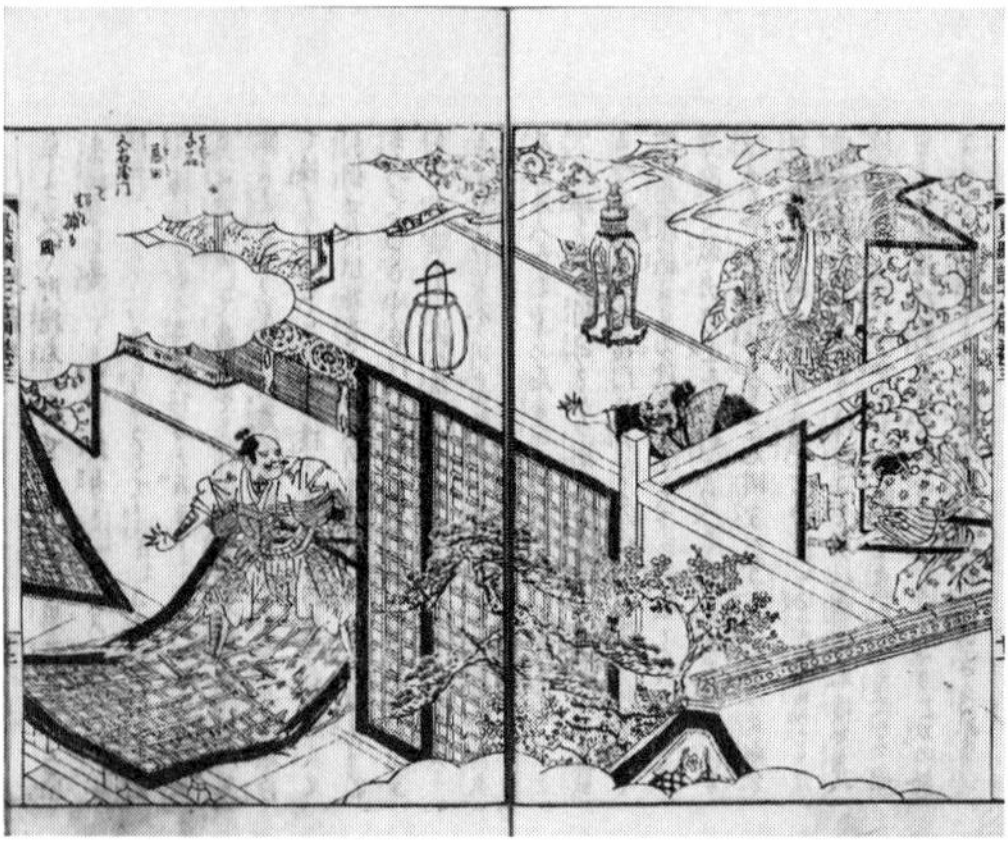

図２　『絵本太閤記』７編巻３

いはするが、それはきまぐれにすぎず、基本的には盗人であり、忍術も悪事のために用いている。だが、悪人ながらも社会から逸脱する存在として「悪」の魅力があるのは確かで、それは近代以降にも石川五右衛門が登場しつづける理由であろう。

四、近代以降の石川五右衛門

立川文庫『猿飛佐助』

江戸時代に完成された石川五右衛門像は明治以降も基本的に変わらない。ときには義賊であるにせよ、盗賊であり、忍術をつかって悪事をなすというイメージは続く。大正時代に正義の忍者である猿飛佐助が登場し、それまでのあやしい悪の存在だった忍者とは違う正義の忍者が活躍するようになるが、五右衛門は正義の忍者に転換することはなく、今までどおりの姿を引き継いでいる。

近代以降に正義の忍者が登場するきっかけとなったのは立川文庫四〇編『真田三勇士／忍術名人　猿飛佐助』（大正二年〔一九一三〕一月刊）である。猿飛佐助は難波戦記物と呼ばれる真田幸村を主人公とした実録や講談の登場人物であったが、もともとは端役であった。講釈師玉田玉秀斎（二代目と言われてきたが近年の研究で三代目とわかった）により、主役として活躍するようになり、松本金華堂判『真田家三勇士　猿飛佐助』（明治四三年〔一九一〇〕頃刊）を経て、立川文庫『猿飛佐助』の主人公となった。なお、五編『智謀　真田幸村』でも「しのびの達人」として登場して地雷火を爆発させたりしている。

立川文庫四〇編『猿飛佐助』では忍術名人戸《と》沢白雲斎《ざわはくうんさい》にその才能を見いだされた少年猿飛佐助が真田幸村の家臣となり、その活躍によって真田が敵対する平賀《ひらが》源心《げんしん》を滅ぼして海野《うんの》口《ぐち》城をとるまでが一区切りである。そののちは秀吉が開いた信長供養の法会に幸村について上洛《じょうらく》し、加藤虎之助（清正《きよまさ》）・福島市松（正則《まさのり》）ら賤ヶ岳七本鑓《しずがたけのしちほんやり》と真田七勇士が争う。さらに佐助と三好《みよし》清海入道《せいかいにゅうどう》には三年の諸国漫遊の暇がでる。これからいろいろな豪傑らと競ったり仲間になったりとしていき、由利《ゆり》鎌之《かまの》助《すけ》や霧隠才蔵《きりがくれさいぞう》も仲間になっていく。このように次から次に強敵が現れて力を競べ、ときには敵が仲間になったりするのは現代の少年マンガとよく似ている。

いろいろと登場する強敵の一人として、石川五右衛門が登場し京都南禅寺で佐助が争う。南禅寺山門で石川五右衛門の密談を猿飛佐助が遠耳の極意で聞きつけ、石川五右衛門と猿飛佐助の対決に発展する。石川五右衛門は名張の百地三太夫に忍術を習っており、秀吉とは幼友達である。秀吉が天下をとったので二、三〇〇〇石の出世では満足せず、大名相手の盗賊をし、今は千鳥の香炉を盗もうとしている。そこに割って入った猿飛佐助と忍術比べをして敗れる。次がその場面の一部である。

五右衛門はヤツと一声《せい》叫ぶとともに、今までありし姿は忽ち消えて、一匹の鼠がチヨコチヨコと走つて出る。佐助は之を眺めて　佐「ハツハハハハ、左様な事は古い古い……」云ひつつ鼠には目も呉《く》れず、エイと掛けたる声と共に、身を翻《ひるが》へすよと見へたるが、見る見る佐助の身体は猫と変じ、眼を怒らし牙を鳴らし、咄嗟《あはや》鼠に飛び掛らんとする。五右衛門の術は之にて破れ、スツクと姿を現し　石「負けだ負けだ、ジヤア今度は此の手で来い」と傍《かた》へにありたる火鉢の中へ何か投げ込むよと見る間に、パツと立ち昇る火炎とともに、石川五右衛門の姿は消へ失せた。　佐「ウム、火遁《かとん》の術を遣《や》つたか、小癪《こしやく》な事をするな」云ふが早いか猿飛佐助は、師匠譲りの鉄扇を空に向けて、二三度打ち振ると斯《こ》は如何《いか》に、其処等《そこら》一面満々たる水となり、大洪水の来たるかと審《いぶか》しむばかり、猿飛佐助は水の真只中《まつただなか》に突つ立ち、四辺《あたり》に気を配つて居ると、火焔は水に打ち消され、何処《どこ》ともなく苦しげな声にて　石「ウム……今度も遣《や》られたか……」とヒヨイと姿を現はした五右衛門はフウフウと苦しき溜息を吐いて居る。（一四〇・一四一頁）

ここでの石川五右衛門は佐助にかなわない。佐助は五右衛門に「心を入《い》れ代《か》へ善心に立ち返れ」というが五右衛門は承知しない。しかし佐助は五右衛門の命をとることはせず、「今日はこの儘別れるが、以後再び出合つた節には、汝の一命無《な》きものと思《おも》へい」と言って立ち去るのである。新旧の善と悪の忍術使いが対決するこの場面はさぞかし当時の読者の胸を躍らせたことだろう。講談をベースにする立川文庫では正義が勝つのは当然だろうが、正義の忍者という新世代の忍者が旧世代の悪の忍者に勝利することは創作の忍者像の新たな幕開けを象徴するといえる。

上司小剣『石川五右衛門の生立』

近代以降も石川五右衛門は人気のため様々な作品に登場するが、そのうち代表的な作品をいくつか挙げることにしよう。

京阪の風土や情緒を写生文的筆致で描いた上司小剣《かみつかさしょうけん》（一八七四―一九四七）には文吾時代の若い頃の五右衛門を描いた『石川五右衛門の生立《おいたち》』（大正九年〔一九二〇〕）という短編がある。五右衛門は由緒ある侍石川左衛門の後裔《こうえい》である伊賀の郷士なら困窮しているという設定で、これは『賊禁秘誠談』の影響があるだろう。文吾は重瞳《ちょうどう》持ちという設定がでている。忍び足は独自に覚え習ったものである。忍術は登場しない。少年文吾が伊勢《いせ》参りを経て大人になっていく姿を描いたもので、ここでの文吾はまったく近代的な時代小説の登場人物である。

国枝史郎『蔦葛木曾桟』

『神州纐纈《こうけつ》城』（一九二五―二六）など伝奇的な作風で知られる国枝史郎《くにえだしろう》の代表作である『蔦葛《つたかずら》

木曾《きそ》 桟《のかけはし》』（大正一一―一五年〔一九二二―二六〕）では、怪人・奇人がさまざま登場し妖術・忍術を駆使する。石川五右衛門も主役ではなくそういった登場人物のひとりである。加賀《かが》大聖寺《だいしょうじ》の郷士の息子である若い石川五右衛門は百地三太夫に弟子入りしようとするものの、木村常陸介は百地三太夫に弟子入りが認められるが、五右衛門は野心と外見を咎《とが》められて弟子入りは認められない。

まず第一はその方の眼じゃ。二重瞳孔魚卵の形、それが何よりの証拠じゃわい。今日日本《ひのもと》の武将のうち二重瞳孔を持ったる者は織田家の木下藤吉郎。たった一人あるばかりじゃ。藤吉郎こそ稀世の傑物、関白までも経昇《へのぼ》る男、二重瞳孔に不思議はない！　しかるに汝の才能は藤吉郎の半《なかば》もなくて、しかも悪虐の性質は彼に百倍勝っている。（このあと天庭《ひたい》、黒子《ほくろ》、黒い唇、耳の形などを責められる）（一一八頁）

と五右衛門の二重瞳孔が注目されている。弟子入りを断られた五右衛門は逆上し刀を抜くが三太夫の術で気絶する。三太夫のかわりに五右衛門は吹矢のお三婆《さんばばあ》に認められ、弟子入りして忍術をまなぶ。五右衛門は吹矢のお三婆から忍術を学んでから、伊那《いな》家の奥方を掠《さら》おうとして、三太夫に防がれたり、忍術をつかって花村右門《はなむらうもん》という若い侍を騙して手下にしようとするが失敗したりなどしている。その後だとほとんど出てこなくなってしまうのだが、これはもとの小説がぐずぐずで終わってしまうためで、五右衛門もどうなったかわからない。

檀一雄『真説石川五右衛門』

無頼派作家といわれた檀一雄《だんかずお》の『真説石川五右衛門』（昭和二五―二六年〔一九五〇―五一〕）は石川五右衛門を忍者という設定にはしないが、五右衛門を主人公とする大作のためやはり触れる必要はあるだろう。五右衛門が浜松で真田五左衛門に拾われ五郎市と名付けられ、大人になって、釜煎りの刑にあうまでを描いた檀一雄の直木賞受賞作であり、さらに二回続編を書き足して五右衛門の一代記『完本石川五右衛門』（昭和二九年）として完成している。忍者・忍術の要素はなく五右衛門の盗賊としての活躍を記したものだが、のびやかに五右衛門を描いた小説となっている。

『真説石川五右衛門』での五右衛門は重瞳になっており、その設定自体は近代以降珍しくないが、

> 眸が回転している車輪のように重ったり、はずれたりするように見える。
> これを重瞳《ちょうどう》、または双瞳《そうどう》というそうで、またの名を車輪眼、五左衛門もお種も、この不思議に揺れ回る赤ん坊の眼の球をのぞきこみながら（一二三頁）

と車輪眼という表現が使われている。忍者好きな人は『NARUTO―ナルト―』の写輪眼をすぐに連想するだろうが、五右衛門の瞳《ひとみ》自体になにか能力があるわけではない。『NARUT

Ｏ―ナルト―』の瞳術の効果は山田風太郎『甲賀《こうが》忍法帖』の甲賀弦之介《げんのすけ》に近いもので、『真説石川五右衛門』とは関係なく名称だけ拾い上げたとみていいだろう。なお、檀一雄には『少年猿飛佐助』（昭和三二年）という児童文学があり、東映動画によるアニメ映画『少年猿飛佐助』（昭和三四年）の原作となっている。

司馬遼太郎『梟の城』

国民的作家司馬遼太郎《しばりようたろう》の『梟の城』（昭和三三―三四年）も石川五右衛門と関係している。司馬遼太郎の直木賞受賞作であり、昭和三〇年代の忍者小説ブームの火付け役となった作品だが、古典的な石川五右衛門説話の変奏となっている。天正伊賀の乱で故郷伊賀を追われた忍び葛籠《つづら》重蔵《じゅうぞう》とその兄弟弟子で伊賀を裏切り出世の道を選んだ風間五平との確執を中心に話が進む。葛籠重蔵はかつての師匠である下柘植《しもつげ》次郎左衛門から依頼をうけ、秀吉暗殺を目指すのだが、結局重蔵は寝間で秀吉と対面するものの暗殺しないまま逃走し、かわりに捕まった風間五平は石川五右衛門と名乗って処刑される。せっかく秀吉の寝所まで行った重蔵がたいした理由もなく暗殺をやめるのが釈然とせず、一族郎党とともに処刑される五右衛門と比べて、一匹狼だった五平が五右衛門として処刑されるのはぴったりしないが、重蔵が寝所に行くのは従来の五右衛門作品にならったもので、また五平は阿山《あやま》郡石川村出身（現在の三重県伊賀市石川）であり、五平が五右衛門になることは強く意識して書かれている。司馬遼太郎の小説では作者がときおり顔をだして講釈や歴史考証をするが、『梟の城』でもそれが見られ、五右衛門に関する次のよ

うな資料や説が示される。列挙すると、

「さる公卿の日録」（山科言経の言経卿記）
『続本朝通鑑《しょくほんちょうつがん》』『歴朝要紀』『将軍家譜』
近松門左衛門『傾城吉岡染』『石川五右衛門一代噺』『金門五山桐』『浜真砂伝石川《はまのまさごつきぬ》』『艶競石染《はでくらべ》』『木下曾我恵真砂路《このしたそがめぐみのまさごじ》』
三好家臣の石川明石《あかし》の養子説。遠州浜松生まれ。真田八郎から河内国石川郡山内古底という医家に縁があったので石川五右衛門と改称した説。
伊賀国石川村出身の忍者で百地三太夫から術を学び、三太夫の妻と通じて、金を盗ませ逐電するとき女を殺した説。
伊賀国石川の出身風間五平と、同じく伊賀郷士葛籠重蔵という忍者が文禄年間に伏見城に潜入したという事実が、伊賀一ノ宮敢国神社の社家の口碑として伝わっている。

などと記してある。遠州生まれであることは松本治太夫『石川五右衛門』以来の説だろう。百地三太夫に忍術をならってというのは『賊禁秘誠談』を参考にしたのだろうが、典拠は記されない。最後の敢国《あえくに》神社の口碑となっていることは、もっともらしいが司馬遼太郎の創作である。なにはともあれ最後の最後になって石川五右衛門の話を下敷きにしていることに気がつくのだが、古い石川五右衛門の伝説や作品を翻案して新しい忍者小説を作り出したことは、忍者小説史のなかでこの作品が持っている意義を十分に表しているといえよう。

村山知義『忍びの者』

司馬遼太郎『梟の城』の石川五右衛門はあくまでも風間五平が仮に名乗った名前だったが、石川五右衛門の名の主人公が活躍する忍者小説が村山知義《むらやまともよし》の『忍びの者』である。昭和三五年（一九六〇）九月から三七年五月までの『アカハタ』の連載が第一部の『忍びの者　序の巻』であり、昭和三八年（一九六三）一月から三九年一二月までが第二部の『五右衛門釜煎り』である。その後、『忍びの者』は第三部の『真田忍者群』（昭和三八年一二月―四一年一一月）、第四部の『忍びの陣』（昭和四二年一月―四三年四月）、第五部の『忍び砦のたたかい』（連載時期不明、単行本一九七一）へと続くが、五右衛門が出てくるのは第一部と第二部である。

村山は『賊禁秘誠談』『絵本太閤記』『真書《しんしょ》太閤記』といった小説のほか、『楼門五三桐』などの石川五右衛門ものの演劇をよく観ており（第二部五三四―五三五頁）、作中でそれらへの詳しい言及がある。『忍びの者』は大映により映画化されており、区別するために以後の説明では、小説第一部、映画第一作といった表現をつかうことにする。

小説第一部の石川五右衛門は伊賀国石川村の出身であり、百地三太夫の配下であり、忍者小説にはよくあることだが師匠百地三太夫との上下関係が描かれる。小説第一部では主人公はカシイという忍者であり、石川五右衛門は登場人物の一人である。小説第二部では天正九年（一五八一）から文禄三年八月二四日に三条河原で五右衛門が息子の吾市とともに釜煎りにされるまでを描く。秀吉の寝所に忍びこんだ石川五右衛門を捕まえるのは服部半蔵である。忍者服部半蔵が活躍した作品といえる。組織に入って成功した半蔵と一匹狼のまま敗北した五右衛門という対比がなされているが、こういった敗者を描くのを村山知義は得意にするのである。

大映の映画版も有名であり、シリーズ化され、『忍びの者』（一九六二、監督：山本薩夫）、『続・忍びの者』（一九六三、監督：山本薩夫）、『新・忍びの者』（同年、監督：森一生）、『忍びの者 霧隠才蔵』（一九六四、監督：田中徳三）、『忍びの者 続・霧隠才蔵』（同年、監督：池広一夫）、『忍びの者 伊賀屋敷』（一九六五、監督：森一生）、『忍びの者 新・霧隠才蔵』（一九六六、監督：森一生）、『新書・忍びの者』（同年、監督：池広一夫）の八作品が作られた。

最初の三作、山本薩夫《やまもとさつお》監督・市川雷蔵《いちかわらいぞう》主演『忍びの者』（一九六二）、同『続・忍びの者』（一九六三）、森一生監督『新・忍びの者』（一九六三）では石川五右衛門（市川雷蔵）が主人公である。映画第一作『忍びの者』の石川五右衛門は非情な上忍百地三太夫の指令や策に苦しめられる下忍である。下忍の五右衛門と上忍三太夫との確執が描かれるのは、唯物史観の影響が強かったこの当時の忍者作品らしい趣向である。映画第二作以降はスケールが大きくなり、『続・忍びの者』では信長の忍者狩りのせいで我が子を失った五右衛門が復讐のため、信長の命を狙いついには光秀の謀反をそそのかし本能寺《ほんのうじ》の変を起こすことに成功する。その後、秀吉により五右衛門は仲間や妻を失い、半蔵の勧めで秀吉の寝所に忍びこむものの秀吉に捕らえられる。映画第三作『新・忍びの者』では冒頭釜煎りにあうはずの五右衛門が半蔵の手助けで生きのび、秀頼を掠おうとしたり、夜に声をたてたりして秀吉を悩ませる。秀吉の寝所にも忍びこむと秀吉は家康と見誤り後事を託して亡くなる。家康は五右衛門に仕官を勧めるが、五右衛門はそれを断り去って行く。

原作で描かれた非情な上忍に苦しめられる姿は映画では第一作で終わり、第二作・第三作は強い石川五右衛門である。忍者映画は東映が多く作っていたものの、東映は対象を子どもにしていたのに対し、大映は女性に人気の市川雷蔵を主人公に起用し、大人向けの忍者映画を制作した。この目論見《もくろみ》は成功し、大人向けの忍者作品として、大映の忍びの者シリーズは評価されている。

山田風太郎「忍者石川五右衛門」

忍者小説の大家である山田風太郎には石川五右衛門が登場する作品は少ないが、ずばり「忍者石川五右衛門」（昭和三八年〈一九六三〉）という短編小説がある。『かげろう忍法帖』（昭和三八年〈一九六三〉）に収録され、淀《よど》君の持つ楊貴妃《ようきひ》の鈴を歌舞団を隠れ蓑《みの》にする甲賀丹波＝石川五右衛門が奪い、甲賀織部《おりべ》（女）をつかって太閤をたぶらかそうとするが太閤はあらわれず織部は死んで失敗するというあらすじである。村山知義のように石川五右衛門物の小説や演劇に詳しいわけでもなく、そのためか石川五右衛門への思い入れがないようである。ライバルである司馬遼太郎や村山知義が石川五右衛門を主人公とした大作を書いたので、自作に積極的に登場させる気がなかったのかもしれない。

和田竜『忍びの国』

近年で五右衛門が登場する優れた小説は和田竜《わだりょう》『忍びの国』（平成二〇年〔二〇〇八〕）だろう。伊賀忍者無門《むもん》を主人公に第一次天正伊賀の乱での伊賀の勝利を描く。平成二九年にアイドルグループ嵐《あらし》のリーダー大野智《おおのさとし》を主役にした映画が作られたので知る人も多いだろう。小説版には「文吾」すなわち若き石川五右衛門（一九歳）が登場する。資料を多く集めて歴史的事実を知った上で虚構を組み立てていく和田竜らしく、文吾が伊賀国阿拝《あえ》郡河合郷石川村の出身でのちに石川五右衛門になることは作中にしっかり書かれている。小説版では主人公無門のライバルとして強く存在感を示すが映画版にはまったく登場しない。文吾を映画に登場させてしまうと、焦点がぼやけてしまったり、内容が長くなってしまったりするのでカットするのはやむを得ないだろうが、小説版を知っていると映画版での文吾の欠落は物足りない。

映画『GOEMON』

かわったところでは松竹が紀里谷和明《きりやかずあき》監督・江口洋介《えぐちようすけ》主演で映画『GOEMON』（平成二一年〔二〇〇九〕）を製作している。普通の時代劇ではなく、日本的な世界を舞台にするものの架空の歴史展開をする和風ファンタジーである。五右衛門は天下の大泥棒で義賊という設定であり、秘密の宝箱をめぐって石田三成配下の霧隠才蔵（大沢《おおさわ》たかお）や家康配下の服部半蔵（寺島進《てらじますすむ》）らと争いを繰り広げる。猿飛佐助（ゴリ）もでてくる忍者映画であるが、CGが多く使われており、史実とも大きく離れているので、通常の時代劇と異なるとわりきって見たほうがよいだろう。

テレビ時代劇『石川五右衛門』

近年の石川五右衛門ものの大作はテレビ時代劇『石川五右衛門』（平成二八年〔二〇一六〕）である。松竹・テレビ東京製作・樹林伸《きばやししん》原作・市川海老蔵《いちかわえびぞう》主演、平成二八年一〇月から一二月まで全八話で放送された。このテレビ時代劇は平成二一年八月（新橋演舞場）公演の樹林伸原作・川崎哲男《かわさきてつお》・松岡亮《まつおかりょう》脚本の新作歌舞伎を元にする。『金田一少年の事件簿』などマンガの原作者として知られる樹林伸が原作を担当しているのが目につく。樹林伸はマンガ原作では奇想の目立つ人だが、原作を担当した元の新作歌舞伎はまっとうな歌舞伎で、葛籠とか宙乗りとか従来の五右衛門ものの趣向がよく取り入れられている。歌舞伎では秀吉が一二代目市川団十郎《だんじゅうろう》で、石川五右衛門は団十郎の子一一代目海老蔵であるが、作中では五右衛門が実は秀吉の子なので、実子関係をうまく利用していた。従来の歌舞伎では秀吉と五右衛門をライバル関係にとるため同じぐらいの年齢にするのに、親子にしてしまったところに特徴がある。若々しくて権威をものともしない石川五右衛門という設定は伸び盛りの市川海老蔵という役者に向いていた。

全八話のテレビ版では「白波夜左衛門一座」の座頭・夜左衛門が実は義賊石川五右衛門（市川海老蔵）という設定である。テレビ版では秀吉はベテランの國村隼《くにむらじゅん》、茶々《ちゃちゃ》が比嘉愛未《ひがまなみ》で、釜煎りからはじまり、百地三太夫や霧隠才蔵も出てくる忍者物である。連続テレビ時代劇としてはやや短いがしっかりした作品だった。

石川五右衛門は江戸時代では義賊設定から国家転覆の悪人にまで成長し、近代に入っても悪の忍術使いの代表として活躍する。その一方でひとりの人間として盗賊石川五右衛門を描く作品も出てきた。戦後の忍者小説にも取り入れられ、史実寄りでも空想的な作品でも欠かせない登場人物になっている。五右衛門の刑死から四〇〇年以上が経つが、石川五右衛門はこれからもいろいろと成長し、さまざまな姿を見せてくれるに違いない。

第二章　飛加藤について —— 忍者ができるまで

はじめに

歴史上の忍びについては不明な点が多く、具体的に名前が伝わっているものはほとんどいない。猿飛佐助や石川五右衛門を実在の忍者であったり、あるいはその活躍が史実そのままであると思っている人は少ないだろうが、飛加藤を実在の忍びとして紹介している本は散見し、飛加藤を実在の忍者だと思っている人も少なくない。しかし飛加藤は実在した忍びではない。飛加藤は、仮名草子作者として有名な浅井了意がいろいろな話を組み合わせて作り上げた『伽婢子』（寛文六年〔一六六六〕刊）という仮名草子と呼ばれた当時の小説に登場する忍者である。『伽婢子』は江戸時代にたいへんよく読まれた怪異小説であり、『伽婢子』をもとに飛加藤の新たな話が作られていった。飛加藤の伝は創作されたものだが、江戸時代で忍者がどのような存在として見られていたかを知るたいへんよい対象になっている。本章では「飛加藤」を題材に忍者の成立と変遷のあり方を見ていく。

一、忍者飛加藤の誕生

『伽婢子』巻七の三「飛加藤」

浅井了意（瓢水子松雲《ひょうすいししょううん》）作の『伽婢子』は、寛文六年（一六六六）年に刊行された小説で、一三巻六八話からなる怪異譚《たん》が記されている。浅井了意は浄土真宗《じょうどしんしゅう》の僧侶《そうりょ》、唱導家であり、仮名草子を多く執筆した。『伽婢子』でつかった瓢水子松雲は了意の別号である。『伽婢子』は中国の『剪灯新話《せんとうしんわ》』『剪灯余話《よわ》』『五朝小説』のほか朝鮮刊『金鰲新話《きんごうしんわ》』をもとに書かれている。有名なのは、中国の『剪灯新話』巻二の四「牡丹灯記」を翻案した巻三の三「牡丹灯籠」で、上《う》田《え》秋成《だあきなり》『雨月物語《うげつ》』や三遊亭円朝《さんゆうていえんちょう》『牡丹灯籠』など日本の数々の作品に影響を与えている。翻案とは、ある作品の筋や内容を下敷きに、人情・風俗・地名・人名などを変えて別の作品に仕立てなおすことである。古典作品を同時代的なものに作りかえることもあれば、外国の作品を日本を舞台に作り直すこともあった。現代で普通にとられている翻訳という方法がとられなかったのは、海外の事情や風習などが日本でなじみがなく、そのまま翻訳しても日本の読者に理解されにくかったためである。

「牡丹灯記」の翻案である「牡丹灯籠」も、人名、地名、風俗などが置き換えられている。たとえば、原話では正月に行われた観灯の夜にでてくる「牡丹灯」は、日本の盆の牡丹《ぼたん》の灯籠《とうろう》になっている。また、登場人物の心情や行動が日本人にあったものに置き換えられた。これにより日本人にとって登場人物への理解や共感がしやすくなったので、翻案は決して悪いものではなかった。江戸時代の怪異小説として名高い上田秋成『雨月物語』も中国小説の翻案が多く含まれるが、原作以上の味わいを持っている。

さて、以下に『伽婢子』巻七の三「飛加藤」の原文を紹介しよう。極めて簡潔に書かれているが、細かく行き届いた書きぶりで飛加藤という忍者をいきいきと描くことに成功している。浅井了意の「飛加藤」を参考に、さまざまな飛加藤伝が登場するが、それと比較するためにも、本章ではそれぞれの原文を引用させてもらう。

越後の国長尾謙信《ながうのけんしん》は、春日山の城にありて、武威《ぶい》を遠近にかかやかし給ひける所に、常陸《ひたち》の国秋津郡《あきつのこほり》より名誉《めいよ》の窃盗《しのび》のもの来れり。しかも術品玉《じゆつしなだま》に妙《めう》を得て人の目をおどろかす。ある時さまざまの幻術《げんじゆつ》をいたしける中に、ひとつの牛《うし》を場中《ばなか》にひき出し、かの術師《じゆつし》これをのみ侍べり。一座の見物《けんぶつ》きもをけし、きどくの事にいひけるを、その場《ば》のかたはらなる松の木にのぼりて見たる者ありて、「ただ今牛をのみたりとみえしは、牛のせなかにのり侍べり」とよばはるに、術師《じゆつし》はらをたて、その場《ば》にて夕顔《ゆふがほ》をつくる。二葉より漸々に蔓《つる》はびこり、扇にてあふぎければ花咲出つつ、たちまちに実《み》なりけり。諸人かさなりあつまり足をつまだてて見るうちに、かの夕がほ二尺ばかりになりけるを、術師《じゆつし》小刀をもつて夕顔の蔕《ほぞ》を切りければ、松の木にのぼりて見たるもののくび切落されて死けり。諸人きどくの中にあやしみをなし、眉《まゆ》をひそめたり。

　謙信きき給ひ、御前にめして子細をたづねられしに、「幻術《げんじゆつ》の事は底《そこ》をきはめて得たり。手に一尺あまりの刀をもちては、いかなる堀塀《ほりへい》をも飛《とび》こし城中にしのび入に、人さらにしらず。この故に飛加藤《とびかとう》と名をよび侍べり」といふ。「さらばためしに奇特《きどく》をあらはし見せよ」とのたまふ。「今夜直江《なをへ》山城守が家に行て、帳台《ちやうだい》に立をきたる長刀とりて来れ」とて、山城守が家の四方にすき間もなく番《ばん》をおき、蠟燭《らうそく》を間《ま》ごとにともし、番のもの男女ともに、おくはしみなまだたきもせずして居《ゐ》たりけるに、内には村雨《むらさめ》とて逸物《いちもつ》の名犬《めいけん》あり。あやしきものを見てはしきりにほえいかり、しかもかしこき狗《いぬ》にて夜るはすこしもねず、屋敷のめぐりを打まはりまはり、猪《ゐ》のししといへども物のかずともおもはぬほどのいぬなり。これをはなちて門中の番にそへたり。飛加藤すでに夜半ばかりにかしこにおもむき、焼飯《やきいゐ》ひとつふたつもちて行かとみえし、犬にはかにたふれ死《し》す。かくて壁をのり、垣《かき》をこえて入けるに、番のもの半《なかば》ねふりて知らず。あかつきがたに立かへる。帳台《ちやうだい》にありし長刀、ならびに直江が妻のめしつかふ女《め》の童《わらは》の、十一になりけるをうしろにかき負て、本城に帰り来るに、女の童ふかくねふりてこれをおぼえず。番の輩ねふるとはなしにすこしもしらず。

　謙信これを見給ひ、「敵をほろぼすには重宝《てうほう》のものながら、もし敵に内通《ないつう》せばゆゆしき大事也。この者には心ゆるしてめしかかへをくものにあらず。ただ狼《おほかみ》を飼《かふ》てわざはひをた

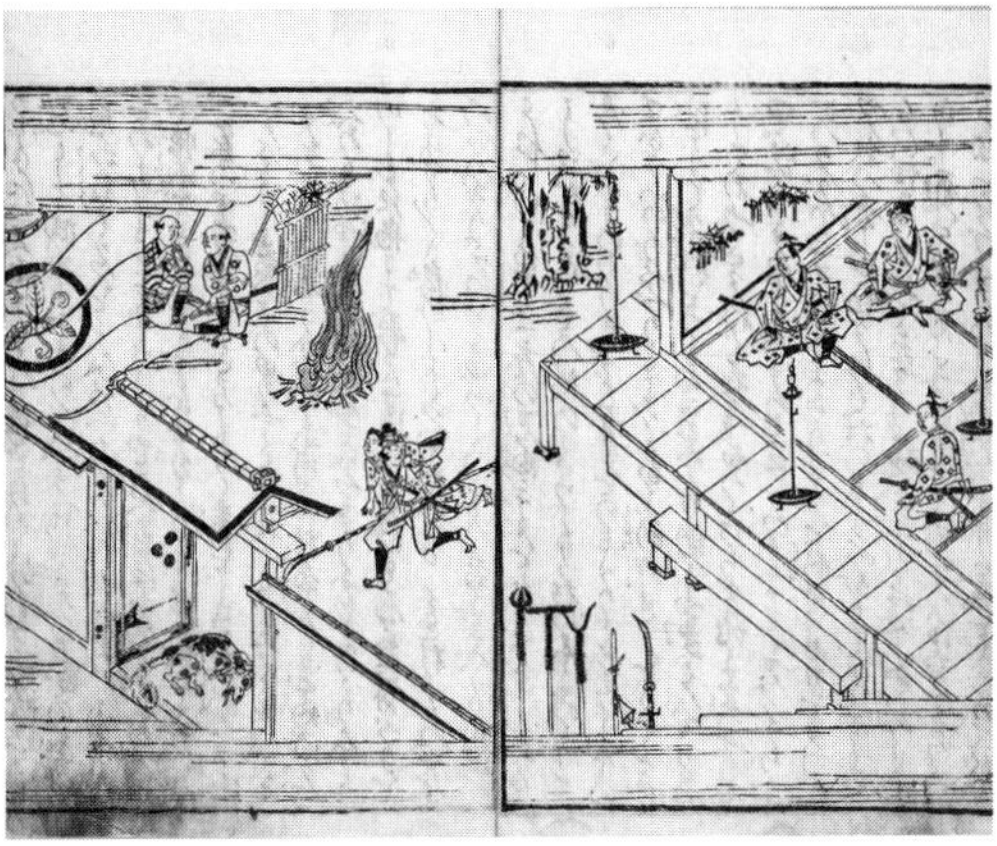

図1　『伽婢子』巻7の3「飛加藤」

くはふるといふものなり。いそぎうちころせ」とのたまふ。

直江《なをえ》すなはちわがもとによびて、めしとりてころさんとはかりけるを、加藤これをさとりて出ていなんとするに、諸人これをまぼり居たればかなはず。加藤いふやう、「なぐさみのため、面白き事して見せたてまつらん」とて、錫子《すず》一対《つい》をとりよせ前にをきければ、錫子の口より三寸ばかりの人形《にんぎやう》廿ばかり出てならびつつおもしろくをどりけるを、座にありける人々目をすまし見けるほどに、いつのまにやらむ加藤行さきしらずうせにけり。後に聞えしは、甲府の武田信玄の家にゆきて、跡部大炊助につきて奉公《ほうこう》を望みしに、古今集《こきんしう》をぬすみたる窃盗《しのび》に手ごりして、ひそかにうちころされしといへり。

（『伽婢子』巻七の三「飛加藤」）

簡単に内容を現代語で説明する。

越後（新潟）の長尾謙信（上杉謙信）が春日山城《かすがやま》にいて、勇名をあちこちに華々しく広めなさっているところへ、常陸国（現在の茨城県）の秋津郡（実在しない地名）から世にまれな「窃盗《しのび》」がやってきた。なんと、手品の術を得意としていて、見る人の目を驚かすのである。

あるとき、いろいろな幻術をしているうちに、一頭の牛を皆が見ている真ん中に引き出して、かの術師は呑《の》んでしまった。その場の見物たちはびっくりして、不思議なことだと言い合うところへ、その場のそばの松の木に登って見ていたものがいて「たったいま牛を呑み込んだと見えたのは、牛の背中に乗っているだけだ」と大声を出したので、術師は腹を立てて、その場で夕顔を育てた。双葉からだんだん蔓がのびて、術師が扇であおぐと花が咲いて、たちまち実がなった。人々は重なり集まって、足をつま先立てて見ているうちに、例の夕顔は二尺（六〇センチ）ほどになったのを、術師が小刀で夕顔のほぞを切ったところ、松の木に登って見ていた者の首が切り落とされて死んだ。人々は不思議のことを怪しんで、眉をひそめた。

謙信はこれをお聞きなさって、御前に呼び出して子細をお尋ねなされたところ、「幻術のことは、知り尽くしています。手に一尺あまりの刀を持っては、どんな堀塀をも飛び越えて、城内に忍び入っても、人にまったく気づかれない。このため飛加藤と名を呼ばれています」と飛加藤は謙信に言った。謙信は「そうであれば、ためしに不思議の技を見せてみせよ」とおっしゃった。謙信は「今晩、直江山城守《やましろのかみ》（山城守といえば兼続《かねつぐ》だがここでは景綱《かげつな》か）の家に行って、帳台（主人の居間兼寝室）に立てておいた長刀《なぎなた》をとって来い」と飛加藤に命じたので、山城守では家の四方にすき間もなく番人をおいて、蠟燭を部屋ごとに灯《とも》して、番のものたちは奥の者も端の者もみなまたたきもしないで居たのである。屋敷のなかには村雨という比類ない名犬がいた。あやしいものを見てはしきりに吠《ほ》えて怒り、しかも賢い犬で夜は少しも寝ないで、屋敷のまわりをあちこち歩いて、猪でさえ物の数と思わないほどの犬であった。これを放って、門内の警備に加えていた。飛加藤はもう深夜までにはそこに行って、焼飯（焼きおにぎり）をひとつふたつ持っていくと、犬は突然倒れて死んだ。そこで壁をのぼり、垣根をこえて入ったところ、番をしている者たちは半分眠りかけて気がつかなかった。そこで明るくなる前に目的を果たして戻ってきた。帳台にあった長刀をとり、また直江の妻が召し使っている一一歳になる女の童《わらわ》を、背中に負って城まで戻ってきたが、女の童は深く眠って、さらわれたことに気がつかなかった。番のものたちも眠ってはいなかったのにまったくわからなかった。

謙信はこれをご覧になって、「敵を滅ぼすにはたいへん有益なものだが、もし敵に内通していたらたいへん危険である。この者は心を許して召し抱えておくものではない。ただ、狼を飼ってわざわいをたくわえるといったものである。急いでうちころせ」とおっしゃった。

直江はそこで自分のところに飛加藤を呼んで、つかまえて殺そうとたくらんだところ、加藤はこれに気づいて出て行こうとしたが、皆々加藤を見張っていたので出て行けなかった。加藤がいうには「なぐさみのため、面白いことをして御覧にいれましょう」と、錫《すず》の徳利《とつくり》を一対とりだして目の前におくと、錫の徳利の口から三寸（九センチ）ほどの人形が二〇ばかり出てきてならんで滑稽《こつけい》に踊った。その場にいた人々が凝視しているうちに、いつのまにか加藤は消え失せてしまっていた。のちに聞こえてきた話では、甲府《こうふ》の武田信玄のところへ行って奉公を望んだが、古今集《こきんしゅう》を盗んだ忍びによる事件（後述の『伽婢子』巻一〇の四「窃の術」の話）に信玄は懲りていたので、こっそりうちころされたという。

『伽婢子』「飛加藤」の構成

この話は三部構成である。「名誉の窃盗」が春日山城下で牛を呑む幻術を行い、見破った男の首を落とすのが導入。直江山城守の屋敷から長刀を盗み出すという試練を成し遂げるのが本編。危険視されて殺されそうになったのを人形の幻術をつかって逃げ出したものの、武田信玄のところで殺された部分が結末である。なお、「窃盗」に「しのび」の読みをつけたのは三浦浄心『北条五代記』巻五「昔、矢軍《やいくさ》のこと」（元和年間〔一六一五―二四〕成、寛永一八年〔一六四一〕刊）に「窃盗の二字《じ》をしのびとよむ」とあるほか、小笠原昨雲の兵学書『軍法侍用集』（承応二年〔一六五三〕刊）の巻六から八の巻名が「窃盗巻《しのびまき》」とあるように、本文で「窃盗《しのび》」として表記したのは、珍しくなかった。これは「しのび」の本質が盗みの術という考えの反映だろう。

それぞれ話のもととなった典拠があり、これから浅井了意の利用方法を見ていくのだが、多くの仮名草子を残した浅井了意の話のうまさは一読して伝わってくる。まず、あえて名前を明確にせず「名誉の窃盗」として登場させ、謙信の御前まで名前をはっきりさせない書き方により飛加藤のあやしさを増している。「名誉の窃盗」のここでの「名誉の」は「名高い」「評判の」という意味ではなく、「世にもまれな」「不思議な」といった意味がぴったりである。「窃盗」の字に「しのび」の読み仮名をつけたことからは、『伽婢子』巻一〇の四「窃の術《しのび》」でもそうだが、「しのび」の本質をやはり浅井了意がものを盗《と》ってくることと考えていたことがうかがえる。導入はこののち紹介する原話の構成をほとんどそのままとったものだが、術を見破られた飛加藤が見破った男を殺してしまうのは飛加藤の残忍さをよく表している。これは本編で直江山城守の家の村雨を毒殺してしまうことも同様である。また、ついでながら女の童をさらってくることも、戦国時代に戦時には忍びとなったものの平時には略奪や誘拐を頻繁に行っていた「透波《すっぱ》」や「乱波《らっぱ》」を連想させたはずである。飛加藤は「いかなる堀塀をも飛び越す能力がある」と大言壮語するが、現実には「かくて壁をのり、垣をこえて入ける」のであり、飛加藤は超人的な跳躍力を身につけていたわけではなく、牛を呑んだ時と同様に、番人たちを「番のもの半ねふりて知らず」と眠らせたりする幻術こそが真の能力だったといえよう。直江山城守は番人をくまなくおき、ともし油より高価で明るい蠟燭を部屋ごとに灯すという念のいれようだったが無駄に終わっている。江戸時代にすでに名将として名高い上杉謙信のもとでの出来事にしたことにより、読者の興味を引くことに成功している。採用試験を成し遂げても、それをあえて殺すという決断にしたのは、忍びに対する印象が悪くなっていた一七世紀後半では珍しくなかったかもしれないが、上杉謙信の決断であるため説得力が増している。

『甲陽軍鑑末書結要本』

見たところ、自然に話が展開しているが、原話をつぎはぎしてこの話はできあがっている。

この飛加藤の原話のひとつが『甲陽軍鑑末書結要本』である。『甲陽軍鑑』は武田信玄・勝頼二代の事蹟《じせき》を記した軍記であり、武田信玄の臣下高坂昌信《こうさかまさのぶ》の口述を縁者である春日《かすが》惣二郎《そうじろう》と大《おお》蔵彦十郎《くらひこじゅうろう》が筆記・編集し、さらに小幡景憲《おばたかげのり》が増補・集成した。現存最古の写本が元和七年（一六二一）に成立している。明暦二年（一六五六）に最初の版本が刊行されたものの、それ以前に写本でよく流布していた。明治以降は小幡景憲による偽書説が長らく有力だったが、近年の酒井《さかい》憲二《けんじ》の研究により高坂昌信の原作でよいと見直されている。『甲陽軍鑑』一九冊・『甲陽軍鑑末書』上中下巻・『甲陽軍鑑末書結要本』九冊・『龍虎豹《りゅうこひょう》』三品が一連の兵書である。本編の『甲陽軍鑑』の補足が『末書』であり、飛加藤の伝が載っている『甲陽軍鑑末書結要本』はさらに『甲陽軍鑑末書』下巻を要約・整理したものである。飛加藤の伝はほかの『甲陽軍鑑』類には見られない。『甲陽軍鑑末書結要本』の最初の版本は、寛文六年（一六六六）刊の『伽婢子』より早く寛文元年（一六六一）に出版されている。それでなくとも、写本は天正六年（一五七八）の成立とされており、奥書の天正六年が正しいかはさておき、江戸時代の初期にはすでに『甲陽軍鑑末書結要本』の写本が流通していたので、浅井了意が写本をみた可能性もある。

『甲陽軍鑑末書結要本』の飛加藤

『甲陽軍鑑末書結要本』巻九（寛文元年〔一六六一〕刊）にある「第十三　まいす者嫌ふ三ヶ

條の事」という三つの話のうち二つが『伽婢子』に関係しているので、確認してみよう。

一　武田信玄公とび加藤と申者奉公に来り、尺八を一ツ持てば、なにたる堀塀をもとびこし出入するを、かかへて隠密にて御成敗なり、をんみつに口伝、永禄元年午のとしなり

二　長尾謙信うしをのむ術を仕る者来て、かくのことくなるを、ある者又木へのぼり見出して、うしにのるそとよははる、右のしゆつし是をいこんに思ひ、其場にて則夕かほを作り、扇にてあふき、花をさかせ、みをならせ、其夕がほをあふぎにて大に仕り、則時に切候へは、件の木へ上り見出したる人の首を切る、此者を謙信隠密にて成敗なり、永禄二年未の年の事なり

一の話に飛加藤の名前が見えるが、謙信ではなく信玄のもとに、最初から奉公を求めて現れている。「尺八を一ツ持てば、なにたる堀塀をもとびこし出入する」ことが「手に一尺あまりの刀をもちては、いかなる堀塀《ほりへい》をも飛《とび》こし城中にしのび入」と、まず尺八が一尺あまりの刀になり、単に堀塀を飛び越すのが城へ忍びこむことまで詳しくなった。

二の話は飛加藤の名前は出ておらず、「うしをのむ術を仕る者」が謙信のもとにきたことになっている。永禄二年（一五五九）のこととされており、史実であれば永禄四年の第四次川中《かわなか》島《じま》合戦の前の出来事である。謙信の前で術を披露しており、「夕顔」を育てているのは『伽婢子』と同じで、浅井了意が『甲陽軍鑑末書結要本』を参考にしたのは間違いないだろう。

さて、『甲陽軍鑑末書結要本』に登場する飛加藤だが、ただ、堀塀をとびこす能力があると書いているだけで、「忍び」であるとは書いていない。「かかへて隠密にて御成敗なり」は「雇ってから、こっそり成敗なさった」と書いているのであり、「隠密」として雇ったわけではないことは念のために書いておく。もう一つの「うしをのむ術を仕る者」も「忍び」だとはまったく書いていない。そもそも節題が「まいす者嫌ふ三ヶ條の事」である。ここに引用しなかった残るひとつの話は『伽婢子』とは関係なく、織田信長に成敗されたおとこ坊主の「まいす者」である。つまり、この三つは「まいす者」すなわち「売僧坊主（堕落僧）」というくくりであり、三つの術は法力にちなんだものと『甲陽軍鑑末書結要本』の編者は見ていたといえよう。

『武者物語』の加藤

武士の逸話を記した松田《まつだ》秀任《ひでとう》『武者《むしゃ》物語』（承応三年〔一六五四〕成、明暦二年〔一六五六〕刊）には「佃《つくだ》が軍歌《ぐんか》」として、短歌形式で軍事の教訓を記した軍歌が多数収録されている。「佃が軍歌」の佃は軍歌内に「蒲生氏郷《がまふうぢさと》内佃《つくだ》 又右衛門」とあるため編者は、蒲生氏郷《がもううじさと》の家臣佃又右衛門なる人物のようである。収められた歌の詠者はいずれも有名な武将だが、「加藤」とのみ詠者の名前を記した歌がある。そのなかに「忍《しの》び取《とり》の城《しろ》は手《て》づよく二番勢押詰《ばんぜいをしつめ》ぬれば乗《のり》取としれ」「城責《しろぜめ》の塀越《へいこえ》と又鑓《やり》入るるしほは功者《こうしゃ》のものがたりきけ」「城《しろ》の内《うち》に夜鉄炮《よてつはう》をうたするな鳥《とり》のたつ間に忍《しの》ひにていれ」といった忍び関係のものがある。ただし「加藤」が詠んだ歌の一部が忍びの歌であり、他に加藤遠江守（光泰《みつやす》か）や加藤太郎左衛門が詠んだ歌があり、この二人が相当するのかもしれない。松田秀任は兵学者で他に『武者物語之抄』という武士逸話集を残している。詠歌集の他の詠み手に歴史上の有名人が多いので、おそらく「加藤」も当時著名な人物であったはずである。先に指摘したように『甲陽軍鑑末書結要本』の飛加藤は武士でも忍びでもない。これを「飛加藤」の詠歌と見る人もいるが、『武者物語』の忍び歌の「加藤」は『甲陽軍鑑末書結要本』とも『伽婢子』とも明確な関係は認められず、強いて関係のあるように解釈すべきではないだろう。

『五雑組』の類話

この『甲陽軍鑑末書結要本』の類話が中国の随筆『五雑組』巻六人部二にある。『五雑組』は中国明代末の万暦《ばんれき》四七年（一六一九）に成った本で、明代の政治、経済、社会、文化、科学などへの見聞を記している。ここに『伽婢子』や『甲陽軍鑑末書結要本』に類似する内容がある。その大意を記す。

嘉靖《かせい》・隆慶の間（一五二二―七二）に幻戯を行うものがいて、断った子どもの首に法をかけて即座に生き返らせる術をやっていた。そこに通りかかった旅の僧が笑うと子どもは生き返らなくなった。男が生き返らせる者がいれば弟子になると群衆にむかって頼んだが生き返らせるものはいなかった。そこで男は瓢簞のタネを植えると育って小さな瓢簞がなった。男はもう一度礼拝して頼んだが反応がなかったので嘆息して「それでは手を下さないといけない」というと瓢箪を切り落とした。すると、群衆の中の僧の首が落ちた。同時に子どもは生き返った。男はすぐに烟《けむり》をふいてそれに乗って上昇してそのまま見えなくなった。僧の方はついに生き返らなかった。

（『五雑組』巻六人部二仙術二）

『甲陽軍鑑末書結要本』や『伽婢子』とは、夕顔と瓢箪《ひょうたん》の違い、牛を呑む術と子どもの首を切り落とす術との違いはあるが、やはり何らかの関係があるとみてよいだろう。『五雑組』は最初の和刻本（訓点のついた本）が寛文元年（一六六一）に刊行されているが、江戸時代の知識人は漢籍を読む能力があったので、万暦の刊本をそのまま読んでいた可能性もある。

『平妖伝』との類似

また、『五雑組』より古い本で、明代の長編小説『平妖伝《へいようでん》』に同様の話が登場する。元《げん》末の羅貫中《らかんちゅう》（『三国志演義』の編著者）がまとめたとされる二〇回本と、明末の馮夢竜《ふうぼうりゅう》が増訂した四〇回本の二種類のテキストがある。原文に訓点を付した和刻本は出ず、最初の翻訳版は寛政一一年（一七九九）刊と遅かったが、明代に出版された嘉靖一七年（一五三八）刊本や泰昌《たいしょう》元年（一六二〇）刊本が日本に入ってきており、これもまた漢籍のまま享受されていた。

類似が認められるのは『平妖伝』第二九回である。我が子の首を落としてはつなぐ法術を行っていた術師の邪魔を僧が行い、何度も詫《わ》びたにもかかわらず、僧が許してくれずに術師の子が死んだため、怒った術師がひょうたんを植え、急に育ったひょうたんの実を切ると二階にいた僧の首が落ちるという話がある。『五雑組』と比べると僧が二階から見ていたという内容が加わっている。これは松の木の上から見破った男が見ていた『甲陽軍鑑末書結要本』や『伽婢子』に近い。なお、そのあとは見破った男が殺されてしまう結末とは『平妖伝』は異なり、僧は自分で自分の首をつけなおし、子どもを生き返らせるので術師は僧に弟子入りするという展開になる。

利用について断定はできないが、『甲陽軍鑑末書結要本』の筆者が『五雑組』か『平妖伝』を読んで、その内容を「第十三　まいす者嫌ふ三ヶ條の事」の二番目の話に取り入れた可能性を考慮しておくべきだろう。

『伽婢子』「飛加藤」の類話は『甲陽軍鑑末書結要本』『五雑組』『平妖伝』があるわけだが、浅井了意が『甲陽軍鑑末書結要本』を読んでいて、それを『伽婢子』につかったのは間違いない。『平妖伝』のほうが成立が古いので『甲陽軍鑑末書結要本』に影響を与えた可能性は十分にある。

『平妖伝』『太平広記』と錫子の人形

『五雑組』『平妖伝』を浅井了意が読んでいたかは不明であるが、『平妖伝』のその他の箇所にも類似点があるので、読んでいてもおかしくない。『平妖伝』第二一回には『伽婢子』「飛加藤」の錫子の人形に相当する話がある。その話では、永児という女子が赤いひょうたんの口から
とりだした赤小豆《あずき》とわらを呪文《じゅもん》で赤揃いの人馬に変え、また白いひょうたんの口から白い豆

とわらを取り出して呪文で作った人馬と争わせる。先述の第二九回の首切りに比べれば、あまり似ていないが、それでも類似点が多い。

　これ以外にも漢《かん》から北宋《ほくそう》初期までの小説類をひろく集めた『大平広記《たいへいこうき》』二八四・幻術一「扶婁国人」に手の中から数寸の人形をだして楽歌させる幻術のことが記してある。『太平広記』には明末刊本があるほか、浅井了意が記した『十王経直談《じゅうおうぎょうじきだん》』八の二三（天和《てんな》二年〔一六八二〕刊）にも記されている。『十王経直談』のほうが『伽婢子』より刊行が遅いが、『太平広記』を早い時期に読んでいた可能性は高い。

　以上のことから、『伽婢子』「飛加藤」の錫子の人形の部分は『平妖伝』か『太平広記』を浅井了意が参考にしたと考えられる。


『五朝小説』「崑崙奴」


　三分割できる飛加藤の話において本体といえるのが、飛加藤が謙信から直江山城守の屋敷から長刀をとってくる試練を与えられる部分である。

『伽婢子』では中国の『剪灯新話』の「牡丹灯記」が翻案されて「牡丹灯籠」になったことは有名だが、その他の部分の多くは『五朝小説』を典拠としている（黄昭淵1998、渡辺守邦2007a）。『五朝小説』は明代に編まれた志怪《しかい》・伝奇小説の叢書《そうしょ》であり、「飛加藤」については『五朝小説』「剣俠伝」の「崑崙奴《こんろんど》」が典拠であると指摘されている。「剣俠伝」の「崑崙奴」は、もともと唐の伝奇小説で、明代の『重較説郛《ちょうこうせつぷ》』などの叢書にも収録されており、『伽婢子』

のほとんどが『五朝小説』のなかの話を翻案していることから、『五朝小説』を参考にしたと考えるべきだろう。『伽婢子』がおさめるもう一つの忍者の話である「窃の術」は『五朝小説』「剣俠伝」の「田膨郎《でんぼうろう》」の翻案である。なお「崑崙奴」は、そののち伊丹椿園《いたみちんえん》『今古奇談翁草《こんこきだんおきなぐさ》』（安永《あんえい》七年〔一七七八〕刊）巻三「崑崙兵衛」にも翻案された。近代では川端康成《かわばたやすなり》が翻訳している。「崑崙奴」はもともと漢籍であり、長い話のため、次のように要約する。

唐の大暦《だいれき》中に崔生《さいせい》という禁衛軍の士官がいた。あるとき、崔生は父の友人である一品の位の大臣を病気見舞いに行った。若者の容貌《ようぼう》がよく、立ち居振る舞いや言葉づかいがよいのを見て大臣は喜び、絶世の美女というべき妓女《ぎじょ》を三人呼んで崔生をもてなした。崔生はそのうち紅い絹の歌妓と親しくなった。歌妓は帰り際に崔生へなぞかけをした。歌妓はまず指を三本立てて、それからてのひらを三べん裏返し、最後に胸にさげた小さい鏡を指さして覚えておくように言った。家に帰った崔生は女のことが忘れられず食事も喉《のど》をとおらなくなってやつれてしまった。

崔生の家には磨勒《まろく》という崑崙奴（異民族の奴僕）がいて、崔生に悩んでいる理由を聞いた。崔生が悩みと帰りぎわのなぞを打ち明けたところ、磨勒は「大臣の屋敷の一〇棟の家屋のうち、女は三番目の家屋にいて、十五夜の満月（鏡を見立てた）の夜に忍んできてください」と頼んだという謎解きをした。ちょうど明日の晩が十五夜なので、磨勒は崔生を連れて大臣の屋敷に行くことにした。磨勒は、大臣の屋敷には鬼神のようにしつこく虎のように強い猛犬が番をしていて、近づく者はこの犬にかみ殺されてしまうので、今晩その犬をうち殺しておくと崔生に告げた。そして、真夜中に磨勒は大臣の家に行って、帰って来てから犬が死んだことを崔生に伝えた。

翌十五夜の真夜中に磨勒は崔生に青い着物を着せ、崔生を背負って大臣の屋敷の十重の垣根をとびこえて歌妓のいる部屋までたどりついた。部屋では妓女がなにやらおもわしげな顔で詩を吟じていた。番兵らは眠っており、ひっそりとしていた。崔生が部屋に入ってくると妓女は崔生の手をとって喜んだ。「あなたが賢い方なので私の謎がわかるに違いないと思って合図した」と妓女がいうと、崔生は磨勒が案内してくれたことを教えた。女はもともと朔《さく》方（北方）の出身で大臣が節度使（辺境軍の司令官）だったころにむりやり妾《めかけ》に引き取ったのだった。女が自分を連れ出してくれるように磨勒に頼むと、磨勒は女の荷物をまとめさせ、三度にかけて外に運び出し、最後に崔生と女を背負って外に出た。大臣の家の番人はだれも気がつかなかった。大臣の家では朝に女がいないことに気がつき、猛犬が殺されているので、大臣は非常に驚いたもののこれ以上の禍《わざわい》を招かないようにこれ以上騒がないことにした。

女が崔生の家にかくまわれていることが二年目になって発覚し、崔生は大臣に呼ばれて詰問されたので、事の次第を話してしまった。大臣は女をとりかえすことはあきらめたが、磨勒のような人間を生かしておくと世の害になるとして、兵士に命じて磨勒をつかまえようとした。磨勒は匕首《あいくち》を持って高垣をとびこえた。その姿は羽がある隼《はやぶさ》のように俊敏で、矢を雨のように撃たれたが当たらず姿は見えなくなった。その後一年間大臣は毎晩番人をおいて警戒につとめた。一〇年あまりのちに崔生の家に来た人が磨勒が洛陽《らくよう》で昔と変わらない姿で薬を売り歩いていることを話した。

この崑崙奴の磨勒が飛加藤に置き換わる。「崑崙奴」の磨勒の話は『五朝小説』「剣俠伝」に収録されている。「剣俠」とは今でいう「武俠《ぶきょう》」と同じで、抜群の武術をもって弱きを助け、不正と戦う超人的な人物である。飛び抜けた能力を持つ点で忍者と類似するが、武俠は誰かに縛られずに自由自在に振る舞うものの、それは道義のため悪者を排除し、良民たちを守ることが目的である。悪者として描かれていた江戸時代の忍者とは異なる（劉淑霞 2017）。磨勒も義俠心に富み、知恵に優れ、困難を排除する力を持ち、また不老という超人的な要素も持っている人物であり、残忍な飛加藤とは大きな違いがあるといえよう。

磨勒と飛加藤は本質が違うものの、二つの話には共通点がある。「超人的な能力を持った人物がその能力をつかって屋敷の中に潜入して大事なものをとって戻ってくる」という話の核が同じ構造を持っている。超人的な力をもって屋敷に潜入して女を連れ出す「崑崙奴」の話を読んだものの、日本には「剣俠」にあたるものがなかった。そのときに浅井了意は「忍者が忍術をつかって潜入して大事なものをとって戻ってくる」という、忍者をかわりに登場させることを思いついたのだろう。潜入して大事なものをとって戻ってくる忍者の話は、『聚楽物語』（寛永二年〔一六二五〕以降成）に豊臣秀吉の寝所から水差しの蓋《ふた》をとって戻ってきた木村常陸介が描かれたように、江戸時代の初期から存在していた。その後、「忍者が忍術をつかって潜入して大事なものをとって戻ってくる」という型が忍者説話のほとんどを占めるようになったことについて、当初筆者は江戸時代の人たちは戦国時代の人たちと違って間近に忍びの姿を見なくなったので、そのような忍びの活動の一部分だけしか見なくなったのだと思っていた。しかし、筆者自身が忍びについて詳しくなるにつれて「忍者が忍術をつかって潜入して大事なものをとって戻ってくる」ことこそ、忍びの本質であることを江戸時代の人たちは理解していて、その結果、忍者説話にもその型の話が多くなったと見なすようになった。

飛加藤の名は、もともと匕首をかかえて高垣をこえたりする磨勒の姿を翻案するときに、『甲陽軍鑑末書結要本』で尺八一本を手に堀塀をこえる「とび加藤」を思い出して、浅井了意がつけたのだろうが、もともと「とび加藤」は忍びではなかった。われわれの知る飛加藤は浅井了意の『伽婢子』「飛加藤」により生み出された忍者なのである。

浅井了意は『伽婢子』「飛加藤」を書くにあたって、『甲陽軍鑑末書結要本』だけでなく『五朝小説』「崑崙奴」を参考にしている。他の『五朝小説』の話を『伽婢子』に翻案しているのもその理由だが、「飛加藤」における逸物の名犬村雨の殺害や直江山城守の女の童の誘拐は、『甲陽軍鑑末書結要本』にはまったく存在せず、「崑崙奴」の翻案として取り入れられた内容とみてよい。

忍者の就職活動

『伽婢子』「飛加藤」は忍者の就職活動の話と読むことができる。忍者の就職活動としては、小説でいえばそののち登場した井原西鶴『新可笑記』（元禄元年〔一六八八〕刊）巻五の一「槍《やり》を引く鼠《ねずみ》の行方」も同じである。とある関東の高名の家に「忍び調練の侍十人」が奉公を望んで試験をうけるという内容で、ひとりで採用試験を受けている飛加藤と団体で試験を受けている点が異なるが、歴史的には『新可笑記』のように集団で仕官を求めるほうが普通であった（長野栄俊 2018。井上直哉 2019）。なお、『新可笑記』については次の章で詳しく説明する。

忍術書から見た「飛加藤」

「飛加藤」の話を当時の忍術書と見比べると興味深い。「飛加藤」では猛犬に毒をくらわせて殺すことが大きくとりあげられている。鋭い感覚をもっていた犬は忍びにとって実際に大敵だったようで、『正忍記』（延宝九年〔一六八一〕序成）初巻に「四足の習」という番犬への対処法が書いてある。

> 人をつよくおとす犬には合犬といふ事有り、是は男犬には女犬、女犬には男犬をかければ、人をおとす事を忘るると云。或は焼食をくわせなどして、常々其犬をこまづける事習也。焼食に油かすにうごまの実《み》を交せ喰すれば声留るもの也。まちんを喰すれば酔て死すると云。されども水をくろふと則よみかへる、鉄のやすり粉を交ゆれば必死すると云。忍のうとましく心にかかるは、能人をおとす犬也と云々。

牡《おす》の犬には雌の犬を、雌の犬には牡の犬をつれていって気をそらすほか、油かすとごまの実を混ぜた焼おにぎりを食べさせれば犬の声が出なくなり、マチン（馬銭、猛毒アルカロイドを含む）を食べさせれば酔って死ぬが水を飲ませるとすぐによみがえる。鉄のやすり粉をまぜたものを食べさせれば必ず死ぬという。飛加藤では「焼飯ひとつふたつもちて行かとみえし、犬にはかにたふれ死す」というのがそれに相当する。忍術書の内閣文庫本『万川集海』巻一三「逢犬術」にも、

犬有る家へ忍ぶ術。忍入んと思に犬吠るに因て敵用心する故入難き故に入んと思ふ前方二三夜も先に行て焼飯一つに馬銭一分粉にして混し犬来べき所々に投置べし。是を犬喰ふ時は速時に死す。

とあって、マチン入りの焼おにぎりで毒殺する方法が書いてある。番犬対策が忍びには必要だったことがわかる。

『万川集海』巻二一「眠薬」には「赤犬を夜首を切、其血を取、陰干にして用、一説に赤犬の生肝を取、陰干にして用」とあり、効果は不明だが眠り薬の製法を記す。『正忍記』中巻にはかえるの卵を黒焼きにした人の目をくらます薬が記される。

人の目をくらます薬はかいるの玉子を黒焼にして風上にて是をふればかほにかかると目かすむもの也。これに依て忍入ては寝て居るものの目の上に是をかくる事有。起き合せたらん時眼くらますると云。

眠らせるよりも目をかすませる効果を狙ったもののようである。眠ってしまうなら簡単だったろうが、「飛加藤」において番人たちがなかば眠ったようになって気がつかなかったのは幻術の範囲だろう。

飛加藤が登場する作品のひとつである江島其磧『風流軍配団』（元文元年〔一七三六〕刊）では番人は寝ており、『賊禁秘誠談』で石川五右衛門が秀吉の寝所に忍びこむときも番人は寝ているので、寝ているところに忍びこむのは忍者の特徴という描かれ方のようだ。

飛加藤は「壁をのり、垣をこえて入ける」のだが、忍術書にはその手段は多い。『正忍記』中巻「高越下《ヒキ》きに入るの習」では鉤縄《かぎなわ》をつかって壁をのぼりおりする方法が記してある。『万川集海』巻一二「器を用いる術十五箇条の事」に道具をつかって昇る術が記してあり、『万川集海』巻一八「忍器一　登器篇」には登るための忍具が記してある。『忍秘伝《にんぴでん》』にも登攀《とうはん》用の忍具が数々記される。

戦国時代の夜戦で活躍した忍びに比べて、飛加藤など江戸時代の小説の忍者は「忍者が忍術をつかって大事なものをとって戻ってくる」という型にそったものが多いが、これこそ忍びの本質だったことが理解できよう。

二、『伽婢子』「窃の術」と『五朝小説』「田膨郎」

『伽婢子』「飛加藤」の話は再利用されて、後代の作品にも飛加藤が登場することになるが、そのさいに『伽婢子』におさめられたもう一つの忍者の話、巻一〇の四「窃《しのび》の術」と一緒になることが多い。「飛加藤」が上杉謙信のもとでの話なら、「窃の術」は武田信玄のもとでの話である。全文を紹介する。

『伽婢子』巻一〇の四「窃の術」

甲陽《かうやう》武田信玄、そのかみ今川義元《よしもと》の聟として、あさからず親しかりけるに、義元すでに信長公にうたれて後、その子息氏真《うぢざね》、少し心のをくれたりければ、信玄あなづりて無礼の事どもおほかりし中に、今川家重宝《てうほう》といいたされし、定家卿の古今和歌集を信玄無理《むり》に仮《かり》にして返されず、秘蔵して寝所《しんじよ》の床《とこ》にをかれけるを、ある時夜のまに失なはれたり。寝所にゆくものは譜代忠節《ふだいちうせつ》の家人の子ども五六人、其外は女房達多年《たねん》めしつかはるるものの外は、かほをさし入てのぞく人もなきに、ただ此古今集にかぎりて失《うせ》たるこそあやしけれ。又その外には、名作《めいさく》の刀わきざし金銀等はひとつもうせず。信玄大におどろき、甲信《かうしん》両国をさがし、近国に人をつかはし、ひそかに聞もとめさせらる。「此所他人更に来るべからず。いかさま近習《きんじう》の中にぬすみたるらん」とて、大にいかり給ふ。「古今の事はわづかにおしむにたらず。ただ以後までもかかるものの忍び入をこたりてしらざりけるは無用心の故也」と、をどりあがりてはげしくせんさくにおよびければ、近習も外《と》様も手をにぎりておそれあへり。

飯富兵部が下人に、熊若というもの生年十九歳、心利《きき》てさかさかしく、不敵《ふてき》にしてしぶときむまれつきなり。そのころ信州割峠《わりがたうげ》の軍に信玄馬を出され、飯富おなじくおもむきしに、旗棹《はたざほ》をわすれたり。明る卯《う》の刻《こく》には飯富《いゐとみ》二陣とさだめられしに、日ははや暮たり。いかがすべきと案じわづらひしを熊若すすみ出て、「それがしとりてまいらん」とて其のまま走り出たり。諸人さらに実と思はず。かくて二時ばかりの間に、やがてはたざほを取て帰り来る。「さていかにして取来れる」と問はれしに、熊若いふやう、「はやくとりて来らんと思ふばかりにて、手形をもしるしをもとらずして甲府《かうふ》にはしり行ければ、門をさしかため、中々人の通路《つうろ》をかたくいましむるゆへに壁をつたひ垣《かき》をこえ、ひそかに戸をひらくに、更にしる人なし。やがて亭《てい》に忍び入て、とりて来り侍べり」といふ。飯富聞て、「これより甲府までは東道往来《あづまぢわうらい》百里に近し。是をゆきて帰るだにあり、まして用心きびしき所を、人しれず忍び入ける事よ。定めて此間の古今集も、この者ぞぬすみぬらん。後に聞えなば大事成べし」とおもひ、熊若をかたはらに招き、「汝かかるしのびの上手、道はやきものとは。今まで露もしらず。此ほど信玄の定家の古今をぬすみたるは汝か」といふ。熊若こたへていふやう、「それがしはただ道を早く行て、忍びをすることをのみ得たり。

しかれば我いとけなき時より君にめしつかはれ、故郷の父母いかになりぬらんともしらず、ねがはくは我にいとま給はり、古郷に返して給はらば、其ぬすみたるものをあらはしたてまつらん」といふ。「それこそいとやすけれ。いとまはとらすべし。かのぬす人をとらゆるまでは沙汰すべからず」とて、割《わり》が峠《たうげ》帰陣《かいぢん》ののち、熊若をもつてこれをうかがはせしに、西郡にをひてただ一人ゆくものあり。はやき事風のごとし。熊若立ちむかひものいふあひだに、後よりとらへてをしふせたり。「熊若にあざむかれて恥みる事こそやすからね。古今をぬすみける事は信玄公の寝《ねや》を見んため也。あはれ今廿日をのびなば甲府《かうふ》をばほろぼすべきものを。運《うん》の強き信玄公かな。我は上州蓑輪《みのわ》の城主《じやうしゆ》永野が家につかへし窃《しのび》のもの、もとは小田原の風間《かざま》が弟子《でし》也。わが主君の敵なれば信玄公をころさんとこそはかりしに、本意なき事かな。此上はとくとく我をころし給へ」とて申うけて殺《ころ》されたり。古今集《こきんしう》をば都に出してうりけると也。熊若はいとま給はりて、西国に下りけりといふ。

現代語訳は次のとおりである。

甲斐《かい》の武田信玄は、当時今川義元の婿として今川家とあさからず親しくしてきたが、義元が信長に討たれたのちは、義元の子の氏真《うじざね》が少し思慮が足りないので、信玄はあなどって無礼なことを多くするようになり、とりわけ今川家重宝とされた藤原定家卿《さだいえきよう》の古今和歌集（以下、古今集）を無理に借りたまま返さなかった。古今集を信玄はたいせつにしまって自分の寝所の床に置いていたが、あるとき夜のあいだになくなってしまった。寝所にいくものは、代々武田家につかえてきた忠義心のつよい家来の子どもら五、六人、それ以外長年召し使われてきた女房たちのほかは、顔をさしいれて覗《のぞ》く人もないのに、ただこの古今集だけがなくなったことが不思議であった。また、そのほかに有名な工人が作った刀や脇差、金銀などがあったのにひとつもなくなっていなかった。信玄はたいへん驚いて、甲信《こうしん》（山梨・長野）両国を探し、近国にも人をつかわして、ひそかになくなった古今集の情報を聞き集めさせた。「この所（寝所）には他人はまったく来ることがない。きっと近習《きんじゅう》のなかに盗んだ者がいるだろう」と、信玄は大いにお怒りになった。「古今集のことは少しも惜しむほどではない。ただ以後も、古今集をとるような盗人が忍び入るのを怠って知らないのは不用心だからである」と信玄は躍り上がって激しく詮索《せんさく》におよんだので、近習も外様の家臣も手にあせ握っておそれあった。

　飯富《おぶ》兵部（虎昌《とらまさ》）の従僕に熊若《くまわか》というものがいた。熊若は一九歳で、気が利いて才気に優れ、不敵でしぶとい生まれつきだった。そのころ信州割が峠（長野県上水内《かみみのち》郡信濃《ぐんしなの》町）での戦陣（永禄四年〔一五六一〕六月に信玄が出兵した。飯富兵部の出兵は不明）に信玄は馬を出し（出兵し）、飯富もおもむいたが旗竿を忘れた。翌日の卯の刻（午前六時頃）には飯富は二陣と決まっていたが、日はすでに暮れてしまっていた。どうしようかとあれこれ思い悩んでいたところ、熊若が進み出て、「それがしが取って参りましょう」といって、そのまま走り出した。皆々まったく本当のこととは思えなかった。かくて二時（四時間ほど）の間に、すぐに旗竿を取って戻ってきた。「さてどうやって取ってきた」と熊若が問われたところ、熊若は「はやくとって来ようと思ったので、手形も通行証も持たずに甲府《こうふ》に走って行きました。館《やかた》は門をとざしかためて、とりわけ人の通行をかたく禁じていたので壁をつたって垣をこえ、ひそかに戸を開いたところ、まったく気がつく人がいません。そこで家屋に忍び入って、旗竿を取って戻ってきました」と言った。飯富はそれを聞いて「ここから甲府までは、東道往復一〇〇里に近い（東国では一里は六町〔六五〇メートル〕なので一〇〇里は六五キロ。実際には信玄の居城躑躅ケ崎《つつじがさき》館まで片道一七〇キロほど）。是を行って戻ってくるだけでも驚くが、ましていくさのため用心が厳しいところを人知れず忍び入ったとは。きっとこの間の古今集も、この者が盗んだのだろう。後で知れると大事《おおごと》だろう」と思って、熊若を傍に招いて、「おまえがこのように忍びが上手で、足の速いものとは今までまったく知らなかった。このたび信玄公の定家の古今集を盗んだのはおまえか」と聞いた。熊若が答えて、「わたしはただ足が速くて、忍びをする能力だけを身につけている。ところで私は小さいころからあなたに召し使われて、故郷の父母がどうなっているかも知らない。どうかわたしに奉公をやめさせて、故郷に帰していただけるなら、その盗まれたものを見つけてさしあげましょう」と言った。「それこそたやすい。ひまを出してやろう。かの盗人をとらえるまでは報告には及ばない」と言って、割峠から帰陣してから、熊若に盗人を捜索させた。熊若が捜索していると、甲斐国西部をただ一人ゆく者がいた。風のように速い者だった。熊若は立ちはだかって、会話をし、隙をついて後ろから捕らえて押し倒した。

「熊若に騙《だま》されて辱めにあうのは悔しい。古今集を盗んだのは信玄公の寝間をみるためだった。ああ、あと二〇日ほど見つからなかったら、甲府を滅ぼすことができたのに。運の強い信玄公

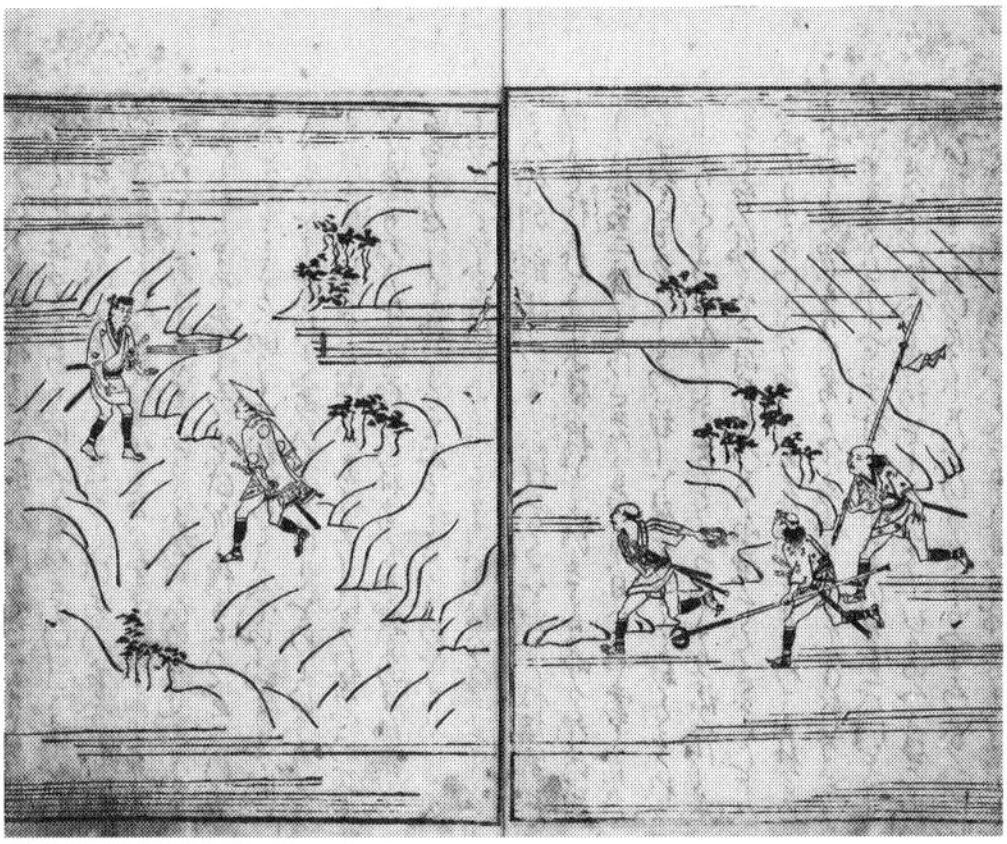

図2　『伽婢子』巻10の4「窃の術」

だ。私は上《じょう》州箕輪《みのわ》（群馬県高崎《たかさき》市箕《み》郷町《さとまち》）の城主永野（長野）の家につかえる忍びの者。もとは小田原の風間の弟子である。わが主君の敵なので信玄公を殺そうと計画していたが、残念なことだ。このうえはすみやかに私を殺してください」とみずから申し出て殺された。古今集はすでに都に出して売られていた。熊若はいとまをもらって、西国（九州）に下ったそうである。

武田信玄が今川氏真から借りて返さず寝所に置いていた今川家秘蔵の藤原定家の『古今和歌集』をある晩盗まれたことから話がはじまる。『甲陽軍鑑』巻一一上「氏真、信玄不和の事」に「今川家の秘蔵に仕る定家の伊勢物語を、酒に酔たるふりをなされ、信玄御取候とて」とあるように、信玄が今川家秘蔵の『伊勢物語』を奪った話をもとにしたのだろう。寝所の『古今和歌集』が盗まれたことに対し「古今集が盗まれたこと、わずかにも惜しむほどではない、ただ、以後もこのような盗人が忍び入ったのを怠けて気がつかなかったのは不用心だからである」として信玄が躍り上がって激しく詮索したことや近習や外様を問わず家臣らが手を握って怖れたのは『甲陽軍鑑』に描かれる信玄の気質をよくあらわしているといえよう。

『五朝小説』「田膨郎」

『伽婢子』「飛加藤」が『五朝小説』「崑崙奴」を下敷きにしているように、「窃の術」は『五朝小説』「田膨郎」を翻案したものである（黄昭淵 1998、渡辺守邦 2007b）。逐語的な対応では、「飛加藤」と「崑崙奴」よりも「窃の術」と「田膨郎」のほうが密接な関係にある。「田膨郎」は次のような話である。これも長いので要約を載せる。

唐の文宗《ぶんそう》皇帝が大事にしていた白玉の枕が寝殿の帳《とばり》のなかから盗まれた。他にも種々の宝器が並んでいるのに、そういうものがなくならずに枕だけがなくなった。皇帝は驚き怪しんで全ての都に賊を探すように命令した。その一方で禁衛兵の将校らを集めて、「外から盗賊が入るとは思われず、賊は宮内にいるだろうから、探し出せないなら、今後どのようなことを企てる者が出ないとも限らない。枕一つが惜しいのでない。おまえたちが厳重に守っても賊が捕らえられないのであれば、禁衛隊の存在の意味がない」と伝えた。将校らは恐縮して一〇日のうちに逮捕すると皇帝に奏して、懸賞をかけて捜索を始めたが咎《とが》なく捕まるものばかりで真犯人は見つからなかった。

　禁衛隊の龍武軍の将校の王敬宏という将官が、一八、九の青年を小僕《しもべ》として使っていた。小僕はすこぶる気が利いて何をやらせてもぬからぬ男だった。

　敬宏が同僚と威遠軍の軍舎に行って会飲したときに、その場の楽妓に胡琴《こきん》が上手なものがいた。一座が一曲所望したものの自分の使い慣れた楽器でないと妓は辞退した。すでに宮城の門限となり、とりにやることもできなかった。そのとき、敬宏の使っている小僕が琵琶をすぐに取ってくると敬宏に提案したが、敬宏はもう門が閉まっているのでできないとして提案を相手にしなかった。しばらく酒宴がすすんだところに、小僕が琵琶を持ってやってきた。威遠軍の軍舎と敬宏の龍武軍の軍舎は往復三〇里（一二キロ）も離れていて、夜であるのに小僕が忽《たちま》ち往復したので敬宏は怪しみ、皇帝の枕を盗んだのではないかと尋問した。小僕は自分はただ足が速いだけであり、蜀《しょく》にいる父母のもとに帰りたいこと、そのまえに今までの御恩を返すために犯人を捕まえたいこと、犯人のことは前から知っていて三日のうちに捕まえることを敬宏に告げた。敬宏が賊を捕まえたいので詳細を聞くと、小僕は枕を盗んだのは田膨郎という神出鬼没で大力で足の速いもののため、足を折らないと千兵万騎で取り囲んでも逃げられてしまうので、自分が今晩望仙門で待ち伏せをして捕らえるので敬宏にも一緒に来るように言った。

　その頃ひさしく雨が降っておらず塵埃《じんあい》がまいあがって門を行き来するものの顔がわからないぐらいだった。膨郎が少年数人と並んで門に入ろうとしたとき、小僕は毬杖《ぎっちょう》で膨郎の左足を打ち折り、膨郎を捕らえた。膨郎は小僕に「枕を盗んでから世間をはばかるものがなくなったが、お前だけは気がかりであった。こうなったら多くは語るまい」と言った。
膨郎は取り調べにあうと、詳しく日頃宮殿内を自由に歩き回っていたことを白状した。皇帝は驚いてこれはただの窃盗ではなくて、いわゆる任俠のものだろうと思った。小僕は膨郎が捕まえられるとすぐに暇《いとま》をつげて蜀の父母の元へ去っていった。

「窃の術」で盗まれた『古今和歌集』は原話「田膨郎」ではもともと皇帝の枕であった。皇帝が憤慨する内容も信玄の言葉に引き継がれている。遠い宮城の門限が過ぎているのに楽器をとってきたことが、割が峠の軍陣から甲府に旗棹を取りに行ったことに置き換わった。割が峠から甲府までは作中往復百里とするが原話ではより近い。足が速いのはともに同じである。もっとも『甲陽軍鑑』巻九では信玄は配下の透波七〇人の中から健脚で手業に優れた者三〇人を部将に預けているので、健脚は忍びらしい特徴だったといえる。原話ではいきなり田膨郎の足を杖《じょう》で打っているが、「窃の術」の熊若はいちど話しかけて相手が油断したところを後ろから捕まえている。原話では田膨郎と青年は知り合いだったようだが、「窃の術」でも長野業正《なりまさ》に仕えた忍びと熊若は知り合いだったのかもしれない。原話では田膨郎は皇帝の暗殺を考えていなかったが、長野業正の忍びは信玄の暗殺を狙っていた。田膨郎はすべてを喋ったあとで皇帝に任俠のものであると認められて殺されていないようだが、長野の忍びはすべてを白状したうえで自分で頼んで熊若に殺されている。忍びがすべてを喋っているのは、これも田膨郎に倣ったものである。

長野の忍びは信玄の命を狙っていたものの、すぐに殺さず、むしろ古今集を盗んだことで信玄に警戒させているのは不審である。忍びがまんまと信玄を殺してしまえば、史実と異なるための措置かもしれないが、長野の忍びが大胆不敵で腕に自信があったことの証《あか》しともいえる。石川五右衛門説話も秀吉の暗殺を行わず、千鳥の香炉を盗むのが主目的になっているのと似ているが、悪がやすやすと事を成し遂げるような話は不道徳なため書かなかったのかもしれない。「窃の術」も「飛加藤」も基本は同じで、原話には「あるものが超人的な力をつかって大事なものをとって戻ってくる」という構造が見られ、行動の主体を「剣俠」から「忍び」に置き換えて忍者の話にしている。殺すことが主目的になっていないこと、そして仮に暗殺を企図する場合もうまくいかないことが忍者説話の基本である。

なお、元禄一二年（一六九九）に再版された『伽婢子』には「飛加藤」は収録されるが、「窃の術」は割愛されている。怪異集としては「窃の術」は「飛加藤」ほど面白くないと判断されたのかもしれない。

三、飛加藤の成長と定着

槇島昭武『北越軍談』

『伽婢子』「飛加藤」の登場以降、飛加藤は名前のある忍者としてさまざまな文芸・演劇作品に登場するようになる。文芸作品以外でも軍記にその活躍を見ることができる。実在する忍びとして「飛加藤」を紹介するさいに『北越軍談』巻一七を利用する例も見る。『北越軍談』は駒谷散人こと槇島昭武が越後上杉氏の事蹟を記したもので、元禄一一年（一六九八）に成立しており、浅井了意『伽婢子』よりあとの著述である。

槇島昭武は現在は江戸時代語を研究するのにかかせない『書言字考節用集』の編者として知られている。『北越軍談』のほかに『関八州古戦録』（享保一一年〔一七二六〕成）という軍記を残している。いずれにしても対象の事件から一〇〇年以上経ったあとにまとめられたものである。内容は、先行する『甲陽軍鑑』のほか『北条五代記』（元和年間〔一六一五―一二四〕成、寛永一八年〔一六四一〕刊）と『北越軍記』（寛永二〇年序〔一六四三〕）にもとづいて作り上げたもので、小説に近い軍記といって差し支えない。

槇島昭武は自序で述べるようにそもそも越後の人ではなく、越後の地理の正確さも欠く。甲州武田氏の事蹟を記した『甲陽軍鑑』に対抗して、越後上杉氏の事蹟を顕彰しようという意図が含まれており、信頼性は低い。『北越軍談』の飛加藤の伝は明らかに『伽婢子』の「飛加藤」

と「窃の術」の両方をまぜあわせて作り上げたものである。成立の時系列をとっても文章を見ても『伽婢子』の『北越軍談』への影響は明らかである。史実ではないものを史実らしくとりあげているという点で切り捨ててしまうのは簡単だが、『北越軍談』における飛加藤の書かれ方は駒谷散人こと槙島昭武の文章力をみるのに好材料である。次に『北越軍談』巻一七の本文を引用する。『伽婢子』と比較しながら読んで欲しい。

是年（弘治《こうじ》三年（一五五七））甲府に於て鳶《とび》加藤と云る水破《すつは》殺戮《さつりく》せらる。彼元《かれもと》常州茨城《いばらき》郡所産の者にして、小田原の偵卒《ていそつ》の首長風間《ふうま》次郎太郎が伝授を受て、奇異の幻術をなせり。箕輪《みのわ》の長野業正《なりまさ》の召拘《かかえ》たりけるが、折有て越府へ進《まい》らせたり。公共事業《ことわざ》を設《ためし》玉はん為、彼が望む処を問《とわ》しめ玉へば、「牛を呑侍《のみはべ》らん」と申す。是に因て前庭の椎木の上に軽卒の小黠《こさと》き者を登《のぼら》せ、技術の頤《おとがい》を窺しめらる。鳶加藤其樹下の敷革《しきかわ》に踞《かがま》り、傍より牽出《ひきいだ》せる牛を忽《たちまち》に呑《のむ》とぞ見えし。列参の輩感動して鳴響す。時に樹上の軽卒声を揚て、「全く牛を呑にはあらず。只其背《せ》に乗て居る而巳《のみ》」と呼ばる。鳶加藤是を聞て、憎とや思けん、「今一《ひとて》術仕りなん。克《よ》く証見し玉へ」と謂《いい》て、懐《ふところ》より瓠瓜《ひさご》の種子を取出し、眼前の地上に蒔きしが、即時に苗《なえ》発し、蔓葉《つるは》生《お》ひ茂りて花咲《さき》たり。術者扇を披《ひらい》て是を扇《あお》げば、実《み》を結《むすび》て形をなす。さらば料理仕るべしとて、件の瓠実《こじつ》を引攫《むし》り截《せつ》断しければ、無慚《むざん》や樹上の軽卒首伐《きら》れて軀と共に地に堕《おち》けり。満座興佮《きょうさめ》て、山呼《さんこ》を潜《ひそ》む。公是非の御発言なく、其夜山岸宮内少輔貞臣《近習隊長》が宅へ忍行《しのびゆか》しめ、常に寝所に立置処《たておくところ》の長刀《なぎなた》を取来べき旨仰付らる。鳶加藤畏て御請申し、如何なる態《てい》をかなしけん。事故なく薙刀《なぎなた》を提《さ》げ参れり。公眉を顰玉《ひそめたま》ひ、「良《まこと》に業正《なりまさ》が希代の僻《くせ》者と披露せしも最もなり。敵を伺《うかごう》には便ありと云へども、彼《かれ》亦敵に内応せば、勇々《ゆゆ》敷仇《しきあだ》たらん乎《か》。畢竟国数を領せしには無用の凶賊なり。虎狼養ふに斉《ひと》し。然れば他国へ追放すとも、向来《こうらい》機遣《きずかい》なきにあらず。如《しか》じ身の暇《いとま》を取《とら》するには」とて、先《まず》其日は山岸に召預《あずけ》らる。初夜過て後、彼者番卒に向て、「某甲《それがし》秘する処の妖術あり。何れもの睡《ねむり》を覚させ申すべし」とて陶器を集て居《す》へ並べ、傀儡の戯をなす。偶人自然と踊躍《ゆうやく》して、機関《からくり》目を驚かし、事終て面々に陶器の中へ込入《こみいる》とて上を下へ捫択《もんちゃく》する内、鳶加藤が所在を見失ぬ。番卒大に周章し、松灯《たいまつ》して捜索《さがしもとむ》れども、更々往方《ゆくえ》を知る者なし。公其次第を詳《つまびらか》に聞食《きこしめ》し、

「以来分国の中に於て見合なば、是非に召捕て公裁を待べき」旨有司に令を下され、隠便《おんびん》の御沙汰たりし。夫より彼者甲府へ奔《はし》り。跡《あと》部大炊助信春一本勝資に倚《よっ》て彼家の仕官を希《ねが》ふ。信玄も軍用の逸物《いちもつ》なればとて俸を与へ、扶助数月を歴《へ》て、一日晴信秘蔵の古今集頓《とみ》に紛失の義あり。惟《おもえ》ば是《これ》京極黄門定家自ら謄写し、密勘を加へられし官本なり。後土御門の御宇《ぎょう》に、伊勢物語は能登の畠山義統《むね》、此書は今川治部太輔範忠に下し賜り、一双の什物《じゅうもつ》世に隠《かくれ》なきを、信玄深く望有て、一覧の為と称し、義元より借り受《うけ》て遂に返さず。平日座《ざ》右《ゆう》に置《おか》れければ、晴信不興大形《おおかた》ならず。近臣の糺明甚しと云へども、一人として訝《いぶかし》き族《やから》なし。上下不審をなすの処に、飯富《おぶ》兵部少輔が偸者《とうじゃ》告来て、「鳶加藤が所為《しょい》必定なり」と申すに付て、則面伝し拷問に及ぶ。彼者白状して曰、「吾此什物に於て聊《いささか》も意あるにはあらず。先主長野左衛門太夫当家の責を受《うけ》、難義の赴《おもむき》を聞に忍びず。然《しかる》べくば晴信公を弑し、先主の旧恩

を謝せんと欲し、誠に寝殿の物を侵《おか》せり、運命既に竭《つき》ぬる上は、速に刑を賜ふべし」と云て、首差伸《さしのべ》て誅戮さられると云々。

『伽婢子』での「飛加藤」を『北越軍談』では「鳶加藤」とまず表記をあらためている。「水破」（透波）としたのはそもそも盗人や詐欺師を「すっぱ」と言ったこともあるが、『甲陽軍鑑』に「透波」が多用されているのが理由だろう。常州茨城出身は『伽婢子』「飛加藤」と同じだが、実在の地名でなかった「秋津郡」が実在する「茨城郡」になった。「小田原の偵卒《ていそつ》の首長風間《ふうま》次郎太郎が伝授を受て」は、「窃の術」の長野の忍者が「もとは小田原の風間《かざま》が弟子也」を受けたもの。槇島昭武は『関八州古戦録』（享保一一年〔一七二六〕成）という軍記を『北越軍談』のあとに残しており、『関八州古戦録』では「風間小太郎」の活躍を記しているが、『北越軍談』では「風間次郎太郎」である。三浦浄心『北条五代記』巻九「関東の乱波智略の事」に「風魔」（風摩・風間）の活躍は詳しく記されるが、そこで「風魔」としかなかったのに名前をつけたのだろう。

『北越軍談』の鳶加藤が長野業正に召しかかえられているのも「窃の術」を参考にしたと考えられる。飛加藤は勝手に町中で幻術を披露していたのが、謙信がわざわざ鳶加藤を呼び出してわざを試している。ここで『伽婢子』ではたまたま傍の松の木に登っていた男が見破ったのに対し、謙信が命じて前庭の椎の木の上に小賢《こざかし》き者を登らせている点が違う。『北越軍談』は謙信の顕彰が目的だからである。そのため『伽婢子』では翻案上もっとも重要視された長刀を盗って戻ってくる話がとても簡単に終わっている。謙信の家臣が出し抜かれる部分なので短くしたのだろう。「敵を伺《うかごう》には便ありと云へども、彼《かれ》亦敵に内応せば、勇々《ゆゆ》敷仇《しきあだ》たらん乎《か》。畢竟国数を領せしには無用の凶賊なり。虎狼養ふに斉《ひと》し」（北越軍談）は、「敵をほろぼすには重宝《てうほう》のものながら、もし敵に内通《ないつう》せばゆゆしき大事也。この者には心ゆるしてめしかかへをくものにあらず。ただ狼《おほかみ》を飼《かふ》てわざはひをたくはふるといふものなり」（伽婢子）を下敷きにしているのは明白だろう。

　捕まりそうになると、陶器から傀儡《くぐつ》を出して逃げるのは『伽婢子』と同じで、「飛加藤」に余談のように書かれていた「後に聞えしは、甲府の武田信玄の家にゆきて、跡部大炊助につきて奉公《ほうこう》を望みしに、古今集《こきんしう》をぬすみたる窃盗《しのび》に手ごりして、ひそかにうちころされしといへり」からさらに続きの話が『北越軍談』では、「窃の術」の内容をひきついで展開する。『北越軍談』では鳶加藤が甲府に行ったのち、今度は「窃の術」に記されていた信玄秘蔵の古今集の紛失が起こる。飯富兵部少輔の偸者《とうじゃ》（ぬすびと）は、飯富兵部に仕えていた熊若の変形である。『北越軍談』では捕まった鳶加藤がすべてを白状して自ら望んで処刑されるが、長野業正に忠義だてしているのも、自ら刑を賜ることを望むのも『伽婢子』「飛加藤」の冷酷かつ残忍な飛加藤に比べてすごみがない。槇島昭武の鳶加藤は『伽婢子』の飛加藤よりも人物造形で一段劣るといえよう。『北越軍談』は江戸時代では出版されることがなく、写本によって流通したが、大部であったためかあまり読まれることのない本だった。そのため、『北越軍談』（元禄一一年〔一六九八〕成）が編まれたのちも、忍者飛加藤の話は『伽婢子』にもとづいて書かれることになる。

寒川辰清『近江輿地志略』

こうして浅井了意が実際の忍術にも合致する飛加藤という忍者の活躍をいきいきと描くと、あたかも飛加藤という忍者が実在し、浅井了意が書いた通りの活動を実際にしたように思われるようになる。『伽婢子』はすぐれた内容だったため、江戸時代を通して読まれ、元禄一二年版（一六九九）や文政九年版（一八二六）も存在し、強い影響力を持っていた。

たとえば、飛加藤を記した資料として『近江輿地志略《おうみよちしりやく》』がよくとりあげられる。『近江輿地志略』は元禄一〇年（一六九七）生まれの膳所《ぜぜ》藩士寒川辰清《さむかわときよ》が近江について記した地誌で、享保一九年（一七三四）序・享保一五年（一七三〇）跋《ばつ》を備えることから成立も享保と思われる。これは浅井了意『伽婢子』の刊年である寛文六年（一六六六）よりもあとであり、寒川辰清が『伽婢子』を読んでいたと考えるべきだろう。巻九八に記された「忍者」の記述は次のようなものである。

忍者　伊賀甲賀と号し、忍者といふ。敵の城内へも自由に忍び入、密事を見聞して味方に告知する者なり、西土に所謂細作なり。軍家者流にかき物聞といふ類なり。永禄の比、鳶加藤と云者最妙手の名有。世上普く伊賀甲賀の忍者と称する事は、足利将軍家の鈎御陣の時神妙奇異の働ありしを日本国中の大軍眼前に見聞する故に、其以来名高し鈎陣に伊賀の河合安芸守一族家士忍において抜群の功あり。故に代々伊賀者を称せらる。是伊賀者の名の起り也。甲賀は伊賀の別伝なり。森川理極か流を汲る忍もあり。倶に下賤の職にして武士の職にあらす。凡武士たるもの武芸は人々嗜学へき事なりといへとも一流の者を言るはなけかはしき事なり。たとへは剣術者射手軍法者鎗遣馬乗の類なり。武臣其芸にきこへありて門人あるはやむ事を得さるの義なり。父子相続して其芸をなす時は早其家彼家と称す。却て害多し。一代にして他にゆつる時は害なきのみにあらす。謙遜の徳あるへし。其器にあたる人たも此ことくあるへし。（中略）忍者下職也といへとも、家になくては叶はさる者也。（流布本系の大和文華館本を底本とした）

永禄（一五五八―七〇）という時代設定は『伽婢子』にはなく、『甲陽軍鑑末書結要本』を参考にしたのだろうが、その内容だけでは「最妙手」と判断することはできないだろう。寒川辰清が『甲陽軍鑑末書結要本』と『伽婢子』の両方を読んで、実在の忍びと勘違いしたのだろう。なお、『近江輿地志略』から飛加藤を近江の出身、あるいは甲賀忍者と解説する本もあるが、傍線の前後をみれば、出身地はそのように読み取れないことがわかるはずである。

江島其磧『風流軍配団』

『伽婢子』がよく読まれたこともあって、飛加藤は実在する忍びのように小説のなかで使われていく。その小説での代表が江島其磧『風流軍配団』（元文元年〔一七三六〕刊）である。五巻五冊のその内容は、北条早雲《そううん》が坂東《ばんどう》平定のためにめぐらした謀略から一連の話が発展していくものである。巻四の二で、色狂いのすえに三浦《みうら》家重宝の三浦大介義明《よしあき》の鎧《よろい》を売った八的隼人之介《やつまとはやとのすけ》が父勘解由《かげゆ》に許してもらうために鎧をとりかえさねばならなくなる。隼人之介は妙案をえるために江《え》の島《しま》弁財天に参詣するが、その途中に三浦家ゆかりの香につられて道を外れると、零落した大尽と彼に請け出された遊女がいた。遊女はかつて隼人之介がいれこんだ遊女の妹分であり、男は上杉謙信に仕えた「飛加藤」という有名な忍びであることがわかるという展開である。

内容は明らかに『伽婢子』をもとにしている。現代の小説ではあからさまな流用は剽窃《ひょうせつ》として指弾される。しかし、著作権の観念の緩かった江戸時代にはこのように他人の小説を流用し自分の小説につかう例はよくあった。江島其磧は一八世紀前半に流行した浮世草子作者だったが、浮世草子作者として成功した井原西鶴の作品を流用した小説を多く残している。

話の結末をいうと、飛加藤が三浦家重宝の鎧を盗み出したことで、隼人之介は父の勘解由に勘当を許され、北条と三浦も和睦《わぼく》し大団円をむかえる。それまでの話の流れとは関係なく、いきなり出てきた人物であるが、小説内で重要な役割を果たしている。

具体的に『風流軍配団』を読んでみる。次は八的隼人に会った飛加藤が隼人に向かってこれまでの出来事を語った内容の一部である。

扨は女房どもが、かねて御行衛の事をたのみし、おまへは八的《やつまと》隼人《はやと》様にてさふらふか。扨もふしぎ成伽羅《きやら》の縁（隼人が脇道に入るきっかけとなった香）によりて、御対面《たいめん》申ます。私事は噂《うはさ》にても御聞及なされてござるべし。江州甲賀《がうしうかうか》の住人風間の三郎大夫と申、窃《しのび》の術《じゆつ》を得し者の一の弟子、飛《とび》加藤と申者にて候が、師匠《しせう》の風間《かざま》諸共に越後の長尾謙信《ながおけんしん》公へ、高知《かうち》にてかかへられ、甲斐《かい》の信玄《しんげん》公と度々の合戦に、敵《てき》方へ忍び入、夜討《ようち》をはじめ軍兵の太刀刀をうばひかくし、弓の弦《つる》を切などして置、数度《すど》謙信《けんしん》公の軍《いくさ》に勝利《せうり》を得させ申。過分《くは》の御褒美《ほうび》にあづかり、金銀沢山《たくさん》成時分にて、此千束《ちづか》（飛加藤が連れている女）を引かき、栄花にたのしみしは。わづか一年立ず、謙信《けんしん》公御思案有て、「尤敵を亡《ほろぼ》す為には、重宝《てうほう》の者ながら、さすがに素《そ》性《せい》いやしき者なれば、敵方より多《おほ》く賄賂《まいない》をしてたのまば、心変《へん》じて敵へ内通《ないつう》せば、ゆゆしき大事也。此者どもには心をゆるし召抱《めしかかえ》をく者ならず、只、狼《おほかみ》を飼《かふ》て禍《わざはひ》をたくはふるといふもの」と、御家老直江殿に仰付られ、「だまして打殺《ころ》せ」と有しを。師匠の風間《かざま》風をくい、我に知せて、しのびの術《じゆつ》を以て、夜の間に城内を忍び出、他国へ立退《のき》、奉《ほう》公をせんと、諸大将の屋形屋形を聞合すに、「しのびの者を便《たよ》りにして、軍に勝てば武勇《ぶゆう》の侍《さふらひ》の名をれなれば、抱《かかゆ》る事は無用」といひ合せはなけれども、何方の城《しろ》にてもねられ、せんかたなくて師匠《しせう》の風間《かざま》は生国なれば近江へ引込、貯置《たくはへをき》し金銀を以て田地を買取、百姓と成て老をやしなひぬ。我は金銀手もとに有にまかせて（散在していくと落ちぶれてしまった経緯を以下述べる）。

（『風流軍配団』巻五の一）

飛加藤が風間の弟子という設定は『伽婢子』にはなく『北越軍談』の設定である。江島其磧が『北越軍談』を見ていた可能性もあるが、『北越軍談』の流通状況を考えると見ていない可能性が高いように思われる。『風流軍配団』は『北条五代記』を参考にしたことがわかっており、単に『北条五代記』で活躍する風間と関係させようとしたのかもしれない。風間が江州《ごう》の出身という設定は『北越軍談』にも『北条五代記』にもない。『近江輿地志略』には「鳶加藤」の名がでてくるが、『近江輿地志略』も写本でしか流通しておらず、『風流軍配団』が参考にして近江にひきつけたようにも思えず、ここは考察の余地がある。

さて、『風流軍配団』と『伽婢子』の謙信の台詞を比較するとその引用関係は一目瞭然《りょうぜん》である。

謙信《けんしん》公御思案有て、「尤敵を亡《ほろぼ》す為には、重宝《てうほう》の者ながら、さすがに素性《そせい》いやしき者なれば、敵方より多《おほ》く賄賂《まいない》をしてたのまば、心変《へん》じて敵へ内通《ないつう》せば、ゆゆしき大事也。此者どもには心をゆるし召抱《めしかかえ》をく者ならず、只狼《おほかみ》を飼《かふ》て禍《わざはひ》をたくはふるといふもの」と、御家老直江殿に仰付られ、「だまして打殺《ころ》せ」と有しを。

（『風流軍配団』巻五の一）

謙信これを見給ひ、「敵をほろぼすには重宝《てうほう》のものながら、もし敵に内通《ないつう》せばゆゆしき大事也。この者には心ゆるしてめしかかへをくものにあらず。ただ狼《おほかみ》を飼《かふ》てわざはひをたくはふるといふものなり。いそぎうちころせ」とのたまふ。

（『伽婢子』巻七の三「飛加藤」）

『風流軍配団』は「さすがに素性《そせい》いやしき者なれば、敵方より多《おほ》く賄賂《まいない》をしてたのまば」と、もともといやしい生まれの者なので、敵より多くのお金をもらえばうらぎってしまうだろうと、心を変えるときの理由を説明しているが、利用した原文に言葉をくわえて理解しやすくするのは江島其磧がよくつかっていた技法である。しのび働きとして太刀刀《たちかたな》を盗んだり、弓の弦を切ったりするのは、小説では『本朝諸士百家記』にある。「しのびの者を便《たよ》りにして、軍に勝てば武《ぶ》勇《ゆう》の侍《さふらひ》の名をれなれば、抱《かかゆ》る事は無用」という謙信の言も、忍者の採用試験を扱った井原西鶴『新可笑記』巻五の一「槍を引く鼠の行方」からとったものである。

いろいろな作品の文章を切り貼りして自分の小説を書くという、現代の感覚では剽窃にちかいやり方で、新たな作品を作っていることに驚くだろうが、このようなやり方で従来作が再利用されていくため、江戸時代では先行作があれば、時代が進んで拡大していくことになる。

さて、『風流軍配団』で実際に飛加藤が三浦家重宝の鎧をとりかえす場面を紹介しよう。

北条早雲は、「上槻秋定《うへつぎあきさだ》、三浦道寸へ加勢を乞《こひ》大軍《ぐん》を催《もよほ》し、近日寄《よ》せ来ると聞給ひ、若軍《もしいくさ》より前に高名《かうみやう》せんとて、夜《よ》討《うち》に入事も有なん、随分用心《ずいぶんようじん》仕れ」と、城門《じやうもん》に透間《すきま》なくねずの番を、一時がはりに置《おか》れ、大蠟燭《らうそく》を間《ま》毎《ごと》にともしたて、鎧武者《よろひむしや》得《え》物得物を手廻《まは》りに置、皆またたきもせず守《まも》りゐたりけり。一重《ひとえ》内《うち》には熊《くま》丸とて、畑《はた》六郎左衛門が秘《ひ》蔵《そう》せし、犬獅《けんじ》子《し》（『太平記』巻二二「畑六郎左衛門が事」に出てくる犬）にもおとらぬ逸物《いちもつ》の名犬《めいけん》ありて、あやしき者を見てはしきりに吠《ほへ》いかり、夜は少もねず、城中《じやうちゆう》をめぐり鼻《はな》をならして、曲者《くせもの》をかぎ出し、若敵方《もしてきがた》より物見などに来る者あれば、十町さきを知《しつ》て、吠《ほゆ》る事釣《つり》がねの鳴《なる》がごとし。猪《い》のししといへども、物の数とも思はぬほどの大犬《いぬ》也。半時半時に夜まはりの兵《つはもの》数《す》十人、高挑灯《でうちん》をあまたともさせ、拍子木《ひやうしぎ》を打て城の中をまはりける。かくて飛《とび》加藤は、隼人《はやと》と契約せしゆへに、鎧《よろひ》をぬすみとらんと、夜半計《やはんばかり》に城の塀《へい》をのりこへ、先一番に彼名《かのめい》犬《けん》に焼飯《やきいひ》をなげあたゆると見へしが、犬是をくらはんと、焼飯《やきいひ》を口へ入ると、忽《たちまち》血を吐《はい》てたふれ死《し》す。扨内《うち》の壁《かべ》をのりこし、垣《かき》をこへて入けるが、立《たつ》て暫《しばら》く秘文《ひもん》をとなふるに、今迄高咄《たかばなし》してゐたりし番《ばん》の者ども、しきりにねふり気《き》ざし、後《のち》には高いびきかきて、前後《ぜんご》もしらずねいりぬ。同じく並《なみ》ゐたる軍兵《ぐんひやう》どもも、いつね入とも我しらずに夢《ゆめ》を見けり。飛《とび》加藤《かとう》思ふ儘《まま》に忍《しの》び入、帳台《ちやうだい》になをしありし具足箱《ぐそくばこ》のふたをあけ、件《くだん》の鎧を取て出るに、とがむるもの一人もなく、うしろに負《おふ》て又塀《へい》をこへて、やすやすと取て帰《かへり》ぬ。誠《まこと》に奇妙《きめう》の伎《き》術《じゆつ》なり。小屋へ戻《もど》ると夜は明て、諸鳥《しよてう》囀り往来《わうらい》の人音《をと》もせり。

（『風流軍配団』巻五の二）

盗みの対象は北条早雲である。飛加藤にわざわざ試験を課すわけではないため、北条方が上《うえ》槻秋定《つぎあきさだ》（三浦道寸《どうすん》と同盟していたのは朝良《ともよし》。時代が古いがより有名な上杉顕定《あきさだ》としたか）・三浦道寸（三浦義同《よしあつ》。北条早雲の敵だった）らの軍勢の夜討に備えているため、困難さが生じるという設定にしている。「城門《じやうもん》に透間《すきま》なくねずの番を、一時がはりに置《おか》れ、大蝋燭《らうそく》を間毎《まごと》にともしたて、鎧武者《よろひむしや》得《え》物得物を手廻《まは》りに置、皆またたきもせず守《まも》りゐたりけり」という箇所は、『伽婢子』

の「山城守が家の四方にすき間もなく番《ばん》をおき、蠟燭《らうそく》を間《ま》ごとにともし、番のもの男女ともに、おくはしみなまだたきもせずして居《ゐ》たりける」からとったものである。番兵の置き方や蠟燭の灯し方は同じだが、北条の場合は男女ではないのでそこが異なる。

番犬については、『太平記』巻二二「畑六郎左衛門が事」に登場した「犬獅子」におとらない名犬「熊丸」が出てくる。『伽婢子』の場合は「村雨」だった。畑六郎左衛門は新田義貞に仕えた南朝方の武将で鷹巣城《たかのす》（現福井市）で囲まれたさいに、「犬獅子」が夜に城を抜け出して敵陣の様子を知らせたことが記されている。

これも『伽婢子』の「内には村雨《むらさめ》とて逸物《いちもつ》の名犬《めいけん》あり。あやしきものを見てはしきりにほえいかり、しかもかしこき狗《いぬ》にて夜るはすこしもねず、屋敷のめぐりを打まはりまはり、猪《ゐ》のししといへども物のかずともおもはぬほどのいぬなり。これをはなちて門中の番にそへたり」をもとにしている。焼飯によって毒殺されるのも同じである。

加わった新しい要素では「半時半時に夜まはりの兵《つはもの》数十人、高挑灯《でうちん》をあまたともさせ、拍《ひやう》子木《しぎ》を打て城の中をまはりける」が入って、『伽婢子』より警備が厳しくなった。

『伽婢子』で「番のもの半《なかば》ねふりて知らず。あかつきがたに立かへる」と眠ってしまった理由がはっきりしないのを、「立《たつ》て暫《しばら》く秘文《ひもん》をとなふるに、今迄高咄《たかばなし》してゐたりし番《ばん》の者ども、しきりにねふり気《き》ざし、後《のち》には高いびきかきて、前後《ぜんご》もしらずねいりぬ。同じく並《なみ》ゐたる軍兵《ぐんひやう》どもも、いつね入とも我しらずに夢《ゆめ》を見けり」と飛加藤の術によって、番の者や軍兵らが寝入ったことまで詳しく書いた。『伽婢子』にあった牛を呑む術にあたる部分がないので、飛加藤の

図3 『風流軍配団』巻5

術の凄《すご》さがわかるように付け足したのだろう。術でなければ単なる盗賊と変わらない。また、女の童はさらう必要がないのでさらっていない。

『風流軍配団』巻五では図3のように、矢狭間のある城壁の上に鉢巻をした飛加藤が蜀江《しょっこう》柄の鎧を手に登っている。番の侍たちは寝入っており、熊丸は庭で倒れて死んでいる。忍び入ったにもかかわらず、飛加藤は黒装束ではない。一八世紀前半では忍者は黒装束で描かれていなかったからである。これに関しては第三部で説明する。

『風流軍配団』の飛加藤のふるまいは、「忍者が忍術をつかい大事なものをとって戻ってくる」という江戸時代の忍者説話によくあることだが、ほぼ悪役として描かれる江戸時代の忍者が恩義に酬《むく》いるために働き、主人公の窮地を救うのは珍しい。

まんまと鎧を盗まれた北条方で岩代松右衛門が、謙信に解雇された忍びをつかって三浦方が鎧を奪い返したと推測し、次のような議論がなされた。

（松右衛門が）「然れば此間こなたにて今度軍《いくさ》内談《ないだん》どもも、敵方へしのびものが聞て通《つう》じ申さん。いか様にも今度の軍《いくさ》は、ゆだんならず」と申ければ、一座の人々「是は松右殿の御推量《すいりやう》にたがはず、彼伎術《かのぎじゆつ》を鍛錬《たんれん》せししのび者をやとひ、是に鎧をぬすみとらせしにはまがひなし、敵方にかかるあやしきものをかかへ、夜討《ようち》等を心がけ、思ひがけなき伎術《きじゆつ》をつくさば、是はよのつねの武士《ぶし》の及ばざる事なれば、防《ふせ》ぎがたからん」と。あぐんだる評儀《ひやうぎ》を聞て、松右衛門かさねて申けるは、「敵にしのび者をかたらはば、味方《みかた》にもしのび者をかかへ、防《ふせ》ぎ申さん。先年謙信《けんしん》の隙《ひま》出されたる、伎術調練《きじゆつてうれん》の大将、風間《かざま》三郎大夫と申者、越後《ゑちご》よりいとま出て後、生国江州甲賀《かうか》へ帰り、百姓に成て世を楽《らく》にくらせりといふ事を承り及候へば、使者《ししや》を立て今度の軍《いくさ》に御頼みあつては、いかがあらんと有ければ、早雲《さううん》聞給ひ、「是はさいわい、然らば誰《たれ》かれ」といはんより、「其方風間が方へ行、すかして召抱《めしかかえ》来るべし」と、此評儀《ひやうぎ》に一決《けつ》して、松右衛門すでに江州へ立んとせしを、大道寺《だいどうじ》新蔵人《くらんど》といへる、武を琢《みが》く譜代《ふだい》の家臣《かしん》すすみ出、松右衛門をとどめて、早雲公へ申けるは、「恐《おそ》れながら今朝よりの御衆談《しゆだん》、何共拙者《せつしや》は其意得がたく候、此度しのびものをかかへられ、かれらが働《はたら》きなきにもせよ、御武運《ぶうん》に叶《かな》はせられ、味方《みかた》打勝《かつ》候とも、いづれも一命《めい》を捨《すて》て、戦忠《せんちう》をつくされし甲斐《かひ》はなく、皆以てしのび者どのが手がらに成て、あたら武の御家に瑕《きず》付申さん。何ぞやいやしき邪《よこしま》の術《じゆつ》を以て、職《しよく》とするしのびものを召抱《めしかかへ》られて、軍《いくさ》に利《り》を得られんとは未練《みれん》成御所存《しよぞん》かな。軍法方便《ぐんほうてだて》武士の正道にて勝《かつ》こそ、勇士《ゆうし》の本意共申べけれ、近比口惜《をし》き思召立」と、色をかへて申ければ、さすが名智《めいち》の早雲《さううん》、此一言に恥《はぢ》入給ひ、「誠《まこと》に汝が申ごとく、伎術《きじゆつ》を頼みて勝《かた》ん事は、まことある武士はせまじき事」と、しのび者抱《かかへ》る事は止《やみ》けり。

（『風流軍配団』巻五の二）

作中の岩代松右衛門のモデルは不明である。岩代氏は後北条氏の家臣団になく、松の字からすれば重用された松田憲秀《まつだのりひで》など松田氏を念頭におくのかもしれない。大道寺新蔵人は北条家の重臣大道寺氏で蔵人を称した盛昌《もりまさ》をモデルにしたのだろう。忍びを使っていくさに勝つことは不都合であることが述べられている。単に不名誉というより、手柄をとられてしまうという危機感が述べられている。忍びの者をやとって勝利することが不名誉であることは井原西鶴『新可笑記』（元禄元年〔一六八八〕刊）にもあって次章で紹介したので、そこを参考にして欲しい。いずれにしても、何をしても勝てばよかった時代から、忍びをつかって勝つのがよくないと思われるようになってきたのは注目に値する。これも実戦が遠くなり、また儒教道徳が浸透したためと思われ、興味深い。

『伽羅先代萩』の鳶の嘉藤太

現代もよく上演される歌舞伎作品に『伽羅先代萩《めいぼくせんだいはぎ》』がある。万治・寛文年間（一六五八—七三）におこった仙台《せんだい》藩の伊達《だて》騒動をもとにした五段構成の演目で、奈河亀輔《ながわかめすけ》作、安永六年（一七七七）四月大坂・嵐七三郎《あらししちさぶろう》座（中の芝居）で初演された。江戸時代では実名で演じることはできないので、当初は鎌倉時代に仮託されていたが、現代では『伊達競阿国戯場《だてくらべおくにかぶき》』から多くの場面を取り入れ、室町時代の「東山《ひがしやま》」が世界となっている。足利家後継の若君鶴喜代《つるきよ》（鶴千代《つるちよ》とも）を悪臣らが毒殺し、御家を乗っ取ろうとするのを、忠義の臣らが防ぐという筋立てである。

忍者関係でいえば、鼠の妖術《ようじゅつ》をつかう仁木弾正と忠臣荒獅子男之助《あらじしおとこのすけ》が悪人一味の連判状を奪い合う「足利家床下の場」（床下）がまず有名である。正確にいえば仁木弾正は妖術遣いであって、忍術遣いではないのだが、同じようなくくりで扱われている。

通常の上演では、山名宗全《やまなそうぜん》の妻栄御前《さかえごぜん》が仁木弾正の妹八汐《やしお》と結託して鶴喜代を毒殺しようとするのを、忠義の乳人政岡《めのとまさおか》がわが子千松《せんまつ》に毒味をさせて鶴喜代の命を救う「足利奥御殿の場」（御殿）が見どころになっているが、その一つ前の場の「足利家竹之間の場」（竹の間）に忍者が登場する。「足利家竹之間の場」では政岡が八汐のために罪におとされそうになる。八汐があらかじめ忍びの嘉藤太《かとうだ》（役名は鳶《とび》の嘉藤太、嘉藤次、嘉藤治の場合も）を忍ばせており、それをわざと発見し、嘉藤太に政岡の依頼で鶴喜代の命を狙ったと白状させ、これも八汐が用意しておいた偽の願文とあわせて、政岡に鶴喜代暗殺の容疑をかけようとするが、腰元松島《まつしま》と沖《おき》の井《い》の気転で助けられるというあらすじである。嘉藤太は天井に隠れており、八汐が長刀で天井を突くと落ちてきて、腰元沖の井らと立ち回りのうえ、捕らえられる。天井から落ちてきて捕らえられるという『雷神不動北山桜《なるかみふどうきたやまざくら》』「毛抜」に出てくる忍者と似たような役である。

ところが現存する安永六年の初演時の台帳（台本）では「忍び　平馬」（江戸坂正蔵が演じた）

であって「鳶嘉藤」ではなかった。文政八年（一八二五）の伊勢新町での上演で「鳶加藤太（嵐甚蔵）」、文政九年鶴屋《つるや》南北《なんぼく》作中村座『紫女伊達染《かきつばたおんなのだてぞめ》』に嘉藤次（八蔵）の名前が見えるようになって今に至るが（国立劇場芸能調査室編の上演資料集280『伽羅先代萩』）、これも「飛加藤」の影響とみていいだろう。ただ、『伽婢子』などに見られる超人的な飛加藤の要素はまったく見られない。歌舞伎によくある下っ端の忍者である。

余談ながら初演台帳の二の詰（奥御殿の場の終わり）には宝蔵に大勢の忍びが登場して文七という正義の侍と立ち回りになる。大勢の忍びが出てくるのは珍しい。絵番付では黒装束に兜頭巾という出で立ちである。

図4　都立中央図書館蔵、鳶嘉藤次画像。守川周重画。東京、市村座「張扇子朝鮮軍記」、鳶嘉藤次は尾上菊五郎（5）、明治15年10月届。

柳園種春『絵本烈戦功記』

飛加藤の登場する作品としては『絵本甲越軍記』の続編にあたる『絵本烈戦功記』に触れねばなるまい。『絵本甲越軍記』と『絵本烈戦功記』は武田氏と上杉氏の争いを記した上方の絵入読本である。正しい歴史を記したものではなく、近世軍記に取材した読み物である。正編に

図5　『伽羅先代萩』絵尽

あたる『絵本甲越軍記』の初―三編と続編の『絵本烈戦功記』の前・後編のあわせて五編からなる。初編は速水春暁斎作・画で文化四年（一八〇七）刊、二編も速水春暁斎作・画で文化一〇年（一八一三）刊、三編は速水春暁斎作、春暁斎政信画で文政八年（一八二五）刊。続編の『絵本烈戦功記』が、前編が柳園種春《りゆうえんたねはる》（小沢《おざわ》東陽《とうよう》）作、柳川重信《やながわしげのぶ》（二代目）画で嘉永《かえい》五年（一八五二）刊、後編は同作・同画で安政二年（一八五五）刊である。このうち『絵本烈戦功記』前編の巻一〇「飛加当行幻術事」に飛加藤が登場する。

内容は明らかに『伽婢子』をもとにしており、また『風流軍配団』を読んでいた可能性もある。この作品で重要なのは「飛加藤」とだけ言われつづけて名前がなかったところによく知られている「段蔵《だんぞう》」という名をつけたことである。『木下蔭狭間合戦』には本名を加藤清澄《かとうきよずみ》とする飛加藤が登場するがセリフ一言だけなので定着しなかった（165頁参照）。また、「加藤」だけではなく「加当」の表記を使うのもこの作品が最初のように思われる。「御諚《ごぢやう》の通《とを》り、品玉《しなだま》の儀《ぎ》は言上《まうしあげ》奉るべき程《ほど》の事にてはなく候。忍術《にんじゆつ》の儀《ぎ》、諸国《しよこく》に名《な》たる者《もの》も候へども、未某《いまだそれがし》につづく者有《ものあり》とも覚《おぼへ》ず候」と牛を呑んだり、夕顔の実を切ったりした幻術（品玉の術）と忍びこむための「忍術」を区別して加藤が説明しているのも面白い。術を見破った中間《ちゆうげん》は「柿崎《かきざき》が中間《ちうげん》八助といへる者《もの》、小ざかしくも、樹上《きのうへ》に登《のぼ》り居《ゐ》て、窃《ひそか》に其種《そのたね》を見あらはしけるなり」と、その名が八助であることまで記されるが、これは最後になって利いてくる。

長刀をとってくる試練は同じだが、謙信が、

「さらば試《こころみ》に今奇《いまき》特《どく》をあらはし見すべし。今宵《よい》直江山城が邸《やしき》に行《ゆき》て、帳内《ちやうだい》にかざりある所《ところ》の、長刀《なぎなた》を取来《とりきた》れよ。猶其外《なをそのほか》にも、取《とる》ものあらば人のしらざるやうに、物《もの》して参《まい》るべし」と命《めい》ぜられければ、

と、取れるものを取ってくるように命じているので、女の童をさらったことになっている。『伽婢子』を読んで、女の童をさらう理由がよくわからなかった作者が謙信のことばで理由をつけたのだろう。

飛加藤が屋敷内をうかがっているさまは、次のようなものである。

良門内《ややもんない》をうかがふやうに見《み》へけるが、袂《たもと》より焼飯《やきめし》三つばかり出《いだ》して投下《なげおろ》しければ、彼逸物《かのいちもつ》の村雨《むらさめ》、かけよつて喰《くら》ふと見えしが、たちまち斃《たふれ》て死《しし》たりける。段蔵猶下《なををり》もえやらず。何《なに》にかあらん、秘文《ひもん》を唱《となへ》る様《やう》なりしが、さしも勇気《ゆうき》の番兵共《ばんへいども》、心神恍《しんしんくわう》こつとして眠《ねむり》を催《もやう》し、

頭《かしら》を低《たれ》て熟睡《うまゐ》せんとするに、「是《こ》は口惜《くちをし》」と膝立《ひざたて》なをし、活然《くはつぜん》として睡魔《すいま》を凌《しのぎ》たり。かかりければ、段蔵も入事能《いることあたは》ざりし乎《や》。立痴《たちすくみ》たるごとくにて塀上《へいじやう》に在《あり》けるが、時刻次第《じこくしだい》にうつりて、月落烏啼《つきおちからすなき》、疾暁《はやあかつき》を告《つげ》わたる寺院《じいん》のかねの声《こへ》につれて、塀上《へいじやう》にありし加当が姿《すがた》、雲霧《くもきり》のごとくに消《きえ》うせけり。

秘文を唱える様子が具体的に記されて、いよいよ忍術遣いらしくなっている。入ることができないように番人らは思っているが、実際には術にかかって長刀は盗まれている。秘文を唱えたり、塀の上に登ったりするのは『風流軍配団』にもあるので、作者は読んでいたのかもしれない。

雇用されなかった理由が「彼者《かのもの》、味方《みかた》にあらば重宝《ちやうほう》たるべき事もあれど、相貌悪《さうぼうあし》く、頬骨尖《きやうこつするど》にして、狼眼《らうがん》の上に又狐顔《こがん》なれば、必 事《かならずこと》に臨《のぞみ》て約《やく》を違《たがへ》、若敵《もしてき》より財《ざい》を以招時《もつてまねくとき》は、意《こころ》を変而 速《へんじてすみやか》に裏《うら》がへる者也《ものなり》。然《しか》らば勇々《ゆゆ》しき大事《だいじ》にて、是虎《これこ》狼《ろう》を畜《やしな》て災《ひわざわひ》を貯《たくは》ふるに等《ひと》し。是《これ》を兵《へい》の魔性《ましやう》といふなり。這奴《しやつ》他《た》国《こく》に走《はし》らざるうちに、疾打殺《とくうちころ》すべし」と容貌から性格を判断する観相術にもとづくところが独特である。なお、忍術書『正忍記』中巻には「人相を知る事」という章があり、人相や手相をみる観相術にかなりの分量がとられている。江戸時代には観相術が流行していたので忍術に限らないだろうが、多少なりとも関係があるものとして触れておく。

全体的に近世後期の読本の特徴ながら、『伽婢子』に比べてたいへん長い。謙信のもとを逃げ去るときにつかっていた傀儡の術はなくなり、「謙信種々《しゆじゆ》の術《じゆつ》をせさしめながら、俸禄《ほうろく》の沙《さ》

図6 『絵本烈戦功記』前編巻10
「加当段蔵　奇特をあらはす図」

汰《た》にも及《およ》ばず、剰殺《あまつころ》さんと為《せし》こそ奇怪《きくはい》なれ」と恨んでかえって謙信を襲うようになった。

謙信の寝処《しんじよ》へ忍《しの》び入《いり》けるに、直宿《とのゐ》の兵士《へいし》、熟睡《うまゐ》して座並《ざなみ》に伏《ふし》たり。段蔵ひそかに窺《うかがひ》見るに、謙信衾《ふすま》に寄つて寝《ね》られけるを、段蔵得《え》たりと飛《とび》かかつて抜打《ぬきうち》に切《き》らんとするに、俄《にわか》に五体《ごたい》痺《すくみ》て進事《すすむこと》あたはず。是《こ》はいかにと身《み》を震《ふる》はせ、憤激《ふんげき》して飛《とび》かかれど、謙信前後《ぜんご》もしらず、打《うち》ふして、雷《らい》のごとき鼾《いびき》の声《こへ》。加当が肝に徹《とふり》、さしものくせもの戦慄《せんりつ》して、尻居《しりゐ》に撞《どう》と倒《たふ》れたり。此物音《このものおと》に近習《きんじゆ》の士《し》、眼《め》を覚《さまし》て見て有《あれ》ば、卒《なんぞ》はからんや加当段蔵、短刀《たんとう》に手《て》をかけながら、仰反《のけそり》て倒《たふ》れ居《ゐ》たるにぞ、川田宮千与《みやちよ》、「曲者有《くせものあり》」と呼《よば》はりつつ、飛かかつて捩居《ねじすゆ》るを、加当刎返《はねかへ》して、宮千与を蹴飛《けとば》し、逃出《にげいで》んとするを、次《つぎ》に在直宿《あるとのゐ》の士《し》、透《すき》まもなく組付《くみつく》を、振《ふり》ほどきて飛《とぶ》よと見えしが、かきけすごとくにぞ失《うせ》ける。近習《きんじゆ》の士《し》、庭上《ていじやう》に追《おひ》かけ、廊下《らうか》に走《はし》り、館《やかた》俄《にわか》に騒動《そうどう》す。謙信猶《なを》これを夢《ゆめ》にもしらず而《して》、寝《ね》られければ、

という展開で、堂々とした謙信の前に飛加藤は身が竦《すく》んでまったく相手にならないというありさまである。おそらく『賊禁秘誠談』で石川五右衛門が伏見城に潜入して秀吉の近くに寄るさいも近習らが眠っていた場面と、石川五右衛門が禁裏に入ろうとするものの身が竦んでしまう場面とをあわせて書き上げたのだろう。忍者の暗殺が貴人に成功することはないという江戸時代の忍者小説の型にそった展開である。

信玄のもとに至ってからは次のように、術を披露するものの「悪貌《あくぼう》」がきっかけで殺されている。

加当段蔵は、上杉の館《やかた》を逃《のが》れ、甲府《かうふ》に走《はしり》て長坂《ながさか》長閑《ちやうくわん》に手《て》よりを求《もとめ》て、武田家《け》へ奉公《ほうこう》をのぞみしかば、長閑《ちやうくわん》も其奇特《そのきどく》に感《かん》ずる事あつて、種々《さまざま》と執《しつ》しければ、信玄遂《つい》に段蔵を召出《めしいだ》されけるに、加当かたの如《ごと》く奇術《きじゆつ》を説《とい》て、広言《こうげん》しければ、信玄感《かんじ》たる様《さま》にて、近々其術《きんきんそのじゆつ》を試《こころむ》べきの間《あいだ》、扣《ひかへ》候やう仰出《おふせいだ》されけるに、加当敬而承《つつしんでうけたまはり》、平伏《へいふく》して膝退時《しりぞくとき》、信玄土屋《つちや》平八郎に目《め》くばせ有ければ、土屋其意《そのい》を得《え》て、加当が奏者《そうしや》に附《つい》て、庭《には》に下立処《をりたつところ》を飛《とび》かかつて抜打《ぬきうち》に、加当を両断《りやうたん》とぞなしける。是古今集紛失《これこきんしゆうふんじつ》に手懲《てこり》し、段蔵が悪貌《あくぼう》を悪《にくみ》、速《すみやか》に切捨《きりすて》られしと聞《きこ》えし。されば甲越《こうゑつの》二将《しやう》、人を見る事毫厘《ごうり》も違《たが》はざりけりと、諸人舌《しよにんした》を巻《まき》てぞ恐怖《おそれ》け

図7　『絵本烈戦功記』前編巻10「謙信大勇の図」

るとかや。実忍術《げにんじゆつ》の奇《き》なる乎《や》、顕明《けんめい》の外《ほか》に徘《はい》徊而虚《かいしてきよ》に入実《いりじつ》を窺《うかがふ》て、軍慮《ぐんりよ》を助《じよ》す。森々《しんしん》たる矛戟《ほうげき》の備《そなへ》、巍々《ぎぎ》たる虎賁《こほん》の陣《ぢん》、出入自在《しゆつにうじざい》通ぜざる、兵《へい》を用《もち》ゆるに至《いたつ》ては、最一《もつともいつ》派《は》の要道《えうどう》、事皆軍忠《ことみなぐんちゆう》に因《よる》。然《しかれ》ども、窃盗姦通《せつとうかんつう》に用れば、無《む》二の悪術《あくじゆつ》なり。故《ゆへ》に受授《じゆじゆ》の間《あいだ》、必《かならず》條々《でうでう》の厳戒《げんかい》の有《あら》んを、加当が如《ごと》きは、猥《みだり》に高禄《かうろく》を求《もとむる》の貪欲《どんよく》に座《ざ》て、遂《つい》に身《み》を亡《ほろぼ》すに至《いた》る、又八助が如《ごと》きは、猴才《こうさい》に過《すぎ》、徼《うがひ》もつて知《ち》と為《し》、他《た》の賞誉《しようよ》を妨《さまたげ》、却而幻術《かへつてげんじゆつ》の為《ため》に新蔓《しんまん》の瓜蔕《くはてい》に比《ひ》せられて、首《かうべ》をうしなふにいたれり。猴才却而《こうさいかへつて》愚《ぐ》なりといふべし。人それ慎《つつしま》ざらんや。

最後に忍術の重要性を説きつつも「窃盗姦通《せつとうかんつう》に用れば、無《む》二の悪術《あくじゆつ》」として、加藤は「猥《みだり》に高禄《かうろく》を求《もとむる》の貪欲《どんよく》に座《ざ》て、遂《つい》に身《み》を亡《ほろぼ》すに至《いた》る」という評価を得ている。呑牛《どんぎゆう》の術を見破った八助には「猴才《こうさい》に過《すぎ》、徼《うがひ》もつて知《ち》と為《し》、他《た》の賞誉《しようよ》を妨《さまたげ》、却《かへ》而《つて》幻術《げんじゆつ》の為《ため》に新蔓《しんまん》の瓜蔕《くはてい》に比《ひ》せられて、首《かうべ》をうしなふにいたれり。猴才《こうさい》却而《かへつて》愚《ぐ》なりといふべし。人それ慎《つつしま》ざらんや」という評価がなされている。「他《た》の賞誉《しようよ》を妨《さまたげ》」と、飛加藤の術を楽しんでいた人々に対して、真実を見抜いて水を差してしまったことが小賢しいと判断されたのは気の毒に感じる。

『絵本甲越軍記』と『絵本烈戦功記』は幕末の刊行だが、明治に入っても活字本でよく読まれており、飛加藤はもとより加藤段蔵の名を知らしめるのに大きな働きがあった。近代に入ってからも当たり前のように、飛加藤（加藤段蔵・加当段蔵）が実在の忍者のように扱われ、小説などにも用いられるが、それは『絵本烈戦功記』の影響が大きいと思われる。

おわりに

以上、飛加藤という忍者の成立と変遷を見てきた。『伽婢子』に登場する飛加藤という忍びがいたと信じていた当時の人々は、上杉謙信や武田信玄に関する話のなかに飛加藤を取り込んでいった。「飛加藤」や「窃の術」など『伽婢子』の大部分が中国小説を下敷きにしていることがわかったのは、ごく近年になってからである。『甲陽軍鑑末書結要本』にそもそも「飛加藤」が登場することも、言及する人がいないので江戸時代ではほとんどの人が気づいていなかったといえよう。

江戸時代には著作権の観念がなく、すでにある話の構成や詞章などをそのまま自作に使うことが珍しくなかった。そのため『伽婢子』を模倣・改変する形で『北越軍談』や『絵本烈戦功記』などはできあがっており、『風流軍配団』のように飛加藤を自作に登場させることも何のためらいもなかった。いろいろな作品に飛加藤が何度も登場するうちにその名とともに「忍者が忍術を使って大事なものをとって戻ってくる」という忍者の話の型が定着していったのである。

第三章　忍者のさまざま

一、『聚楽物語』の忍者

豊臣秀次と『聚楽物語』

創作された忍びを忍者と呼ぶ本書の定義からすれば、江戸時代の忍者の第一号は『聚楽《じゅらく》物語』の木村常陸介（重茲《しげこれ》）だろう。「忍者が忍術をつかって大事なものをとって戻ってくる」という話型の早いものである。『聚楽物語』は、豊臣秀吉の甥《おい》で一時は秀吉の後継者の地位を得たものの、秀吉の実子（秀頼）の誕生をきっかけに、自害に追い込まれた豊臣秀次の謀叛《むほん》事件を扱った仮名草子と呼ばれる近世前期の小説である。上巻は毛利討伐に発向した秀吉が明智光秀の謀叛により天下をとり、後継者として秀次を養子にしたものの、秀吉に子が生まれ、また悪逆な行動で知られていた関白秀次の謀叛が発覚するまでを、中巻は高野《こうや》山《さん》へ追放となった秀次が自害しその家臣らも最期を迎えたことを、下巻は秀次妻子や寵愛《ちょうあい》の女たち三〇人あまりが三条河原で処刑されたことを記している。題名の「聚楽」は、秀次が関白職を譲られてから住んでいた聚楽第《じゅらくてい》にちなむ。

『聚楽物語』は作者不明である。成立年も不明だが、寛永二年（一六二五）の秀次の母の死が記してあるのでそれ以降に書かれたと思われる。最初は古活字をつかった古活字本が刊行されたが、これは刊年が不明である。のちに板木をつかった整版本が出るようになったもののまだ刊年は記されず、明確な刊行年が記された本の出版は寛永一七年（一六四〇）になってからである。その後も明暦二年（一六五六）本、寛文（一六六一―七三）頃の絵入本が刊行されているので、よく読まれた作品といえよう。豊臣秀次は乱行・悪行で知られた人物であり『聚楽物語』でも罪のない人たちを殺すさまが存分に描かれている。そのため上田秋成『雨月物語』「仏法僧」（明和五年〈一七六八〉刊）のように、秀次は悪行をふるまう人物とみなされてきた。しかし、近年では、秀次は文芸に理解が深く、文武に優れていた人物との再評価が進んでいる。また、秀吉が切腹を命じたのではなく、謀叛の疑いをかけられた結果、抗議の自殺をしたという説もあり（矢部健太郎2016）、『聚楽物語』は事実から遠いのであるが、これまでの秀次像に大きな影響を与えていたのも確かである。

木村常陸介による謀叛の勧め

文禄四年（一五九五）の秀次自害から、秀次の母の死まで三〇年である。秀次の母の死後にすみやかに刊行されたとすれば、作者が事件当時のことを知っていた可能性は高いが、内容は現実的でない部分がままあり、木村常陸介の登場する箇所もそれにあたる。上巻「木村常陸御謀叛すすめ奉る事」では、秀次の家臣の木村常陸介が秀頼の誕生後に疎《うと》まれている秀次に謀叛を勧める。なお、『雨月物語』「仏法僧」では連歌師の紹巴《じようは》が紹介する秀次家臣団の筆頭が木村常陸介である。単なる家臣のように登場するが、山城《やましろ》国淀《よど》一八万石を領していた重臣である。秀次は木村常陸介の意見を起き直って聞いたものの、秀吉恩顧のものが多く謀叛に賛同するとは思えないこと、また秀吉が居城とする大坂城・伏見城が名城であることから、秀次は謀叛に乗り気でなかった。そこで木村常陸介は次のような提案を行う。なお、本書では底本は数が多くて影響力の強い寛永一七年版本を用いる。

（木村常陸介）「（秀次の意見は）御諚《ちやう》にて候へども。人数《にんじゆ》をそろへ一戦《せん》に及《およ》び候はんだに。軍《いくさ》は人数の多少《たしやう》によらぬ物にて候。其上《そのうへ》某《それがし》城中《じやうちう》に忍《しの》び入。大殿《おうとの》の御命《いのち》をうばい奉《たてまつ》らん事は。何《なに》か子細《しさい》の候べき」と。こともなげに申ければ。

秀次の意見はもっともだとしつつも、いくさは人数の多寡によらないこと、そして城に潜入して秀吉の命を奪うことも問題ないと提案する。秀吉の暗殺という重大事を「こともなげに申」すところに木村の豪胆さとおのれの能力への自信があらわれている。それに対して、関白聞《きこ》しめし。「誠《まこと》に汝《なんぢ》は聞《きこふ》る忍《しの》びの名をゑたるときけども。それは時により折にしたがいての事ぞかし」とぞおほせける。

秀次は、木村が忍びとして世に知られて名声を得ていることを聞いているが、秀吉暗殺のことは今後の展開をみてからのことだと答えた。煮え切らない秀次に対して、さらに木村常陸介は次のような提案をする。

木村承《うけたまはつ》て。「其儀《そのぎ》にて候はば。三日の御いとまをくだされ候へ。大坂《ざか》の御城《しろ》へ忍び入。何にても御てんしゆに御座《さ》候御道具を。一しゆ取《とり》て参り候べし。是《これ》をせうこに御覧《らん》じて。御心をさだめられて候」へとて。御前《まへ》をまかりたつ。秀次はただおぼつかなし。「よしよし」と仰けれども。

木村常陸介は、三日の休みをもらって、その間に秀吉の居城である大坂城に忍び入って天守にある御道具をひとつとってきて、それを証拠に木村常陸介に秀吉の暗殺を命じるかどうか決心するよう秀次に提案した。秀次は実情がよくわからないまま、木村常陸介の提案を承諾している。ここでの木村常陸介の提案の了解が、秀吉暗殺の提案の了解と実質的に同じだと理解していない点が秀次の暗愚のあらわれといえよう。木村の任務の成功は、その次の秀吉暗殺につながることである。木村がつかまって事情を白状した場合、秀次に謀叛の意志があるという判断をされてしまい、暗殺を命じて失敗したのと変わらないからである。

木村常陸介の大坂城潜入

その後の木村常陸介の行動だが、

それよりしよらう（所労）とて出仕《しゆつし》をやめ。いそぎ罷下《まかりくだり》けるが。其夜《そのよ》太閤《かう》は伏見《ふしみ》へ御上洛《ごしやうらく》にておはしければ。とりわき門《もん》々のとのゐ（宿直）きびしかりつれども。いとやすく忍《しの》び入。事のやうをぞうかがひけるに。女房達《にうばうたち》のこゑにて。「上様《うへさま》ははやひらかた（枚方）まで。御のぼり候はんか」などいふを聞て。「扨《さて》は御運《うん》つよき大将軍《しやうぐん》かな。此城《しろ》に今夜《こんや》ましまさば。御命《いのち》をうばい奉《たてまつ》らん物《もの》を」と悔《くい》ながら。此儘《まま》帰《かへ》りてはあしかりなんとおもひ。てんしゆに忍《しの》び入。太閤御《かうこ》秘《ひ》蔵《さう》の御水《みづ》さしのふたをとりて。いそぎ罷上《まかりのぼり》。秀次の御前《まへ》に参り。件《くだん》のやうをかたり奉る。

と、病気を口実に出仕をやめて、京から大坂へ下ったものの、その夜太閤は伏見に上洛《じようらく》して入れ違いであった。留守をかためるために門々の寝ずの番が警戒を強めていたが、木村常陸介はとてもたやすく忍び入って、様子をうかがうと、女房たちの会話から秀吉は枚方《ひらかた》あたりまで移動していることがわかった。

常陸介はその実力を発揮して、厳しい警戒にもかかわらずたやすく潜入に成功している。女房らの声がきけるところまで潜入しているので、かなり奥深くまで潜入できていたことになる。忍び入るさいにどういう忍術をつかったかは書いていない。のちの近世の忍者がつかう隠形《おんぎょう》や変化《へんげ》など超自然的な術か、忍術書にあるような現実的な忍術か、不明だが珍しいやり方で入ったならそう書いてあるはずで、後者の可能性が高いだろうか。

「さては運のつよい大将軍だ。この城に今夜おわしましたら、御命をうばい奉ったものを」と木村常陸介は述べる。秀次への提案はあくまでもおためしで天守閣のものを盗《と》ってもどってきて、その実力を示して秀次に謀叛を考えさせるきっかけにするだけだったはずだが、ここではすでに暗殺を考えている。江戸時代の小説なので編者がつじつまをきちんと考えて記していない可能性もあるが、木村は最初から秀吉の暗殺を狙っていたとみてよいだろう。秀吉は不在だが、そのまま戻っては潜入の証拠にならないので、天守まで忍び入って、太閤御秘蔵の水差しの蓋《ふた》をとって戻ってきた。

忍びがちゃんと任務を果たしたかは、指令者には疑われやすかったようで、『太平記評判秘伝理尽鈔』巻八では、楠木正成が安田庄司を征伐するさいに野伏《のぶせり》（武装農民）を忍びにつかったものの「半ばは陣の傍へも往かず。少々陣に至る有れども、見負をする事まれなり」というありさまだったので、現地に詳しい野伏を選んで送り直して、個別に報告をうけて真偽を確かめている。細川藩の忍びの島原の乱でも似たような話が『綿考輯録』巻四五にある。

引用箇所のあとに、本文では水差しの由来が書いてある。この水差しは、堺の数寄者《すきしゃ》が持っていたのを千宗益（利休）がもらいうけて、それを秀次に奉じたのをさらに秀次が先年秀吉に進上したものであった。大坂城では蓋が見えなくなったのを、誰かが壊したのでこっそり捨てたのだろうと、細工師に命じて代わりの品を作っている。のちに秀次が聚楽第を退くときにこの蓋が出てきて、詳しく問い詰められてしまうことになった。

『聚楽物語』の話型はのちにさまざまな忍者説話に見られるようになるが、浅井了意『伽婢子』巻一〇の四「窃の術」（寛文六年〔一六六一〕刊）で武田信玄の寝所に忍び入った長野業正の配下だった忍びが信玄秘蔵の『古今和歌集』を盗んで大騒動が起きたのに比べて、大坂城では誰かがこっそり捨ててしまったとみて、警戒につながっていないが、『伽婢子』「窃の術」のように、侵入の証拠となって警戒を深めるおそれもあったはずである。

暗殺を主目的としない話

『伽婢子』「窃の術」もそうだが、最初から暗殺すればよいものの、そうではなく置いてあるものをとって戻ってくるのが定型である。豊臣秀次の謀叛に関係して、木村常陸介が大坂城や伏見城に忍び入るのは、『明良洪範』続編巻一五（宝永四年〔一七〇七〕迄成）や『新武者物語』巻七の一五（宝永六年〔一七〇九〕刊）にも記されている。前者はもともと暗殺の予定だったのが、そのまま帰るのも残念として水差しの蓋をもってかえっている。『明良洪範』の原話は『聚楽物語』だろうが、『新武者物語』はさらに『聚楽物語』の影響が顕著で文章を引き写している。『新武者物語』では秀吉の暗殺は考えていない。そののち、『賊禁秘誠談』（宝暦初頃迄成）では木村常陸介ではなく石川五右衛門が城への潜入を依頼されるようになるが、これも石川五右衛門は秀吉の暗殺ではなく、木村常陸介の秀吉暗殺の邪魔になる千鳥の香炉を奪ってくることを命じられている。

木村常陸介によって秀吉が暗殺されてしまえば、歴史が変わってしまう。近世中期以降の演劇で、忍び入った忍者が人を殺して御家の重宝を奪うことはあるが、木村常陸介や『伽婢子』「窃の術」の忍者、『絵本烈戦功記』の加藤段蔵など、豊臣秀吉・武田信玄・上杉謙信といった歴史上の著名人の暗殺を狙った忍者が成功した例はまったくない。大坂の陣を扱った難波戦記物と言われる実録体小説や講談でも徳川家康は大坂方に何度も暗殺されそうになるが、暗殺は決して成功しない。結局、江戸時代における忍者説話のほとんどが「忍者が忍術をつかって大事なものをとって戻ってくる」という話型に落ち着く。忍術については具体的に書かれていないことも多いが、単なる盗人とは違った存在として描かれている。

この話型で『聚楽物語』は早いものであり、近いものでは『太平記評判秘伝理尽鈔』巻七（正保二年〔一六四五〕までに成）に金峰山に偵察を命じられた岸六郎が潜入の証拠に愛染宝塔の中から香炉を一つ持って帰った例がある。当初から香炉を持ち帰るのが目的ではなかったが、証拠品を持ち帰った点では同じである（73―74頁参照）。

結局『聚楽物語』では、木村常陸介の勧めによって秀次は謀叛に気持ちが傾いていく。石田三成らにより秀次が疑われてからは、挙兵して戦うことを木村常陸介は秀次に提案するが、秀次は史実どおり申し開きに伏見城に赴き、高野山に登らされてしまう。木村常陸介は合戦を計画するが、家臣に様子を見るように勧められ、ひとまず山崎《やまざき》の宝積寺《ほうしゃくじ》に潜伏していたが宿の者の密告によって捕まり腹を切っている。挽回《ばんかい》の手段として秀吉や三成を暗殺しようとはしない。秀次家臣団の重臣であり、山城淀城一八万石の武将であった木村常陸介になぜ忍びの設定が入ったのか不明だが、軍記小説の端役ではなく、名前のある忍者として活躍する早い例として注目すべきである。

二、『新可笑記』と武士の道徳

話型の継承

『聚楽物語』に見られる「忍者が忍術をつかって大事なものをとって戻ってくる」という話型は浅井了意『伽婢子《おとぎぼうこ》』巻七の三「飛加藤」と巻一〇の四「窃の術」によってさらに広まり、忍者のイメージを強固なものにした。「牡丹灯籠」など名作を含む『伽婢子』が、江戸時代を通して、たいへんよく読まれたためである。『伽婢子』に収録された忍者の話である「飛加藤」と「窃の術」は、中国の『五朝小説』から剣俠《けんきょう》の話を翻案したものである。中国での超人である剣俠に相当するものが日本になかったので、原話の構造をみて忍者をあてたのである。江戸時代前半には忍者の話は多くない。医者、特に藪《やぶ》医者を主人公にした小説は江戸時代に多くて、近世前期の仮名草子『竹斎《ちくさい》』（元和〔一六一五—二四〕末頃成）と竹斎物とよばれるその追従作があるのに対して、忍者を主人公に一冊となった本は石川五右衛門を主人公にした『賊禁秘誠談』ぐらいである。短編集の一話としても忍者の話は少なく、また「忍者が忍術をつかって大事なものをとって戻ってくる」という話型がほとんどである。

戦国の忍びが平時に敵地に侵入して諜報《ちようほう》活動を行い、戦争時には偵察のほか、敵陣・敵城に侵入して放火・戦闘など多様な活動を行っていたにもかかわらず、「忍者が忍術をつかって大事なものをとって戻ってくる」という、いわば能力の高い盗人という認識をされるようになり、また医者などに比べて江戸時代の小説にあまり登場しないのは、ひとつは江戸時代に入ってから合戦がなくなり戦時での潜入や放火など現実的な忍び働きを見る機会がなくなったのは大きな理由だろう。その一方で、「窃盗」で「しのび」と『軍法侍用集』や『伽婢子』が読みがなをつけているように、「忍び」の本質を何かをとってくることとみなして、それ以外のものは省いてしまったという言い方もできるだろう。

『新可笑記』巻五の一「槍を引く鼠の行方」

さて、近世前期の浮世草子作者井原西鶴は、『好色一代男』『好色一代女』など男女の性愛を描いた好色物、『日本永代蔵《にっぽんえいたいぐら》』『世間胸算用』といった町人生活を描いた町人物、『西鶴諸国はなし』『本朝二十不孝』といった全国の説話を集めた雑話物、『武道伝来記』『武家義理物語』といった武士に関する話を集めた武家物などさまざまな分野の作品を残しているが、『新可笑《しんかしよう》記《き》』（元禄元年〔一六八八〕刊）も武家物のひとつである。

題名は、江戸初期の如儡子《にょらいし》作の武家教訓書『可笑記』（寛永一三年〔一六三六〕成、寛永一九年〔一六四二〕刊）をもじったもので、泰平の世における武士のとるべき態度を教訓的な説話によって示した内容である。教訓的な説話だけでなく、奇談・珍談の多いことも特徴とされており、先述の怪異小説集である『伽婢子』が、変わった話として忍者の話を収録しているように、武家に関する珍しい話を集めた『新可笑記』も、まずは奇談・珍談のひとつとして忍者の話巻五の一「槍を引く鼠の行方」を収録したといえるだろう。「槍を引く鼠の行方」は次のように始まる。

古代、関東《くわんとう》のうちに高名《かうみやう》の家あり。子孫の末《すゑ》に伝へて武の道励み給《たま》ひしに、忍び調練《てうれん》の侍《さむらひ》十人申し合はせ、この家に御奉公を望みぬ。

「古代」から始まるのは、如儡子『可笑記』が「昔」から始まるのにならったもので、『新可笑記』は全編それで始まっている。忍びに関係する話なので戦国時代のように一見思えるが、江戸時代に入ってからの一七世紀の話のようにも感じられ、時代設定ははっきりしない。その理由はあとで述べる。関東の高名の家とあるが、具体的な大名家を念頭におくとも言いがたい。『新可笑記』は『伽婢子』よりあとに書かれたのと、話型が似るので『伽婢子』「飛加藤」を西鶴が読んでいたのは間違いないだろうが、『新可笑記』は関東なので、『伽婢子』での越後の上杉家とも甲斐の武田家とも関係ない。関東という漠然とした設定によって、特定の大名家を想起させないことが大事だったのかもしれない。ここでは高名であること、子々孫々に伝わるように武道に励んでいて、武芸に関心が深かったことが重要なのだが、そういった家はいくらでもあり、教訓に一般性をもたせるために固有名詞が欠けているかもしれない。

飛加藤のように「忍び」が奉公を求めてきたのではなく、「忍び調練の侍十人」と忍びの術に長《た》けていてもあくまで侍であった。これは江戸時代の職制を反映していると思われる。江戸時代には幕府や各藩に諜報担当の「忍びの者」（名称は伊賀者などそれぞれ）が雇われていたのだが、身分としては侍だからである。戦国時代だと武将は配下の侍を忍び働きに従事させたほか、専門家として伊賀者・甲賀者を雇ったのだが、それが常設されていったのである。随筆『塩尻《しおじり》』巻四〇（写本、元禄一〇年〔一六九七〕から享保一八年〔一七三三〕の間に成。正徳年間〔一七一一―一六〕の記事）では、「伊賀同心二組四十騎　伊賀の筒井家滅亡の後に三州に来て奉仕」と幕府の伊賀者の成り立ちについて書いている。「二組四十騎」とは多いように思えるが、戦国の忍びは多人数で動いており、『三河物語』中巻の刈谷城攻めでは城を奪ったが逆襲をうけた伊賀衆八〇余が討ち取られている。戦国時代の忍びの活躍は平山優『戦国の忍び』を読むとよくわかるが、戦国の合戦では忍びが何十人という単位で運用されている。三一万五〇〇〇石の岡山藩が忍びの者を一〇人、幕末頃に三二万石になった福井藩も忍びの者一〇人、徳島藩（蜂須《はちす》賀《か》家）二五万七〇〇〇石が最大時に一三人の「伊賀者」をかかえており（長野栄俊2018、井上直哉2019）、忍びの者の雇用数も石高に関係しているので、元和八年（一六二二）に二八万石の石高があった水戸藩ぐらいしか「忍び調練の侍十人」を雇用できないが、戦国時代という設定なら百人単位で大名が忍びを抱えているのが当たり前で、西鶴が水戸藩を当て込んで書いた話ではないだろう。

忍者の採用試験

さて、仕官の申し出に対して、

これは軍中《ぐんちゅう》に要る事ありとて、近習《きんじゅ》の衆中《しゅうちゅう》取り持ち、この段御耳に立てしに、「然《しか》らばその者忍ばせ、書院に甲《かぶと》を飾り置き、取る事を得たりや、これを試して見るべし。首尾《しゅび》よく仕《つかまつ》るにおいては、残らず召し抱へらるべき」御意《ぎょい》にて、

いくさには必要であるとして、近習の衆が取り持って主君のお耳に入れたところ「そうなら、その者たちを忍ばせて、書院に兜《かぶと》を置いて、それを取ることができるか試してみるのがよい。首尾よく盗み出したなら、残らず召し抱えるつもりだ」という御意だったので、試験をすることになった。

既にその夜陰《やいん》に定め、普段の番組《ばんぐみ》は勿論《もちろん》、一家中若侍《いっけちゅうわかさむらひ》残らず相詰《あひつ》めて、所々詰まり詰まり御番《ごばん》を仕《つかうまつ》り、外《ほか》は閉《と》ぢて追手《おうて》の御門《ごもん》一つを開き置き、左右に目付役《めつけやく》・同心《どうしん》、空き所もなく立ち並び、大篝《おほかがり》焼き立て、挑灯《てうちん》のうつり昼のごとく、高塀《たかべい》のねきには一間《けん》はざみに足《あし》

軽《がる》を備へ、玄関《げんくわん》・広間《ひろま》・長廊下《ながらうか》、所々の諸役人《しよやくにん》ここを大事と相詰め、折節五月闇《さつきやみ》、風待つ夕べながら互ひにたしなみ、扇使《あふぎ》ひもやめて、ひそかに申し合はせ白き帷子《かたびら》に黒き襟《えり》をかけ、皆この衣裳《いしやう》は御内《みうち》ぞと、随分気を付け、大書院《おほしよゐん》の長床《ながとこ》に甲立《かぶとた》てを飾り、大納戸《おほなんど》衆《しゆ》八人居並び、大横目《おほよこめ》両人中程に逆座《ぎやくざ》して、書院の入り口を改め、その一間ぎりに出《で》入《い》りをやめて、この御番《ごばん》を勤めしに、

さっそくその夜に試験となり、普段の宿直当番の侍たちはもちろん、一家中の若侍は残らず詰めることになって、隅々まで御番を務めることになり、大手門だけを開いてそれ以外の門はすべて閉じることになった。左右に目付役と同心がすきまなく立ち並んで、大篝火《かがりび》を焚《た》いて、提灯《ちようちん》の光は昼のようである。高塀のそばにはひと棟おきに足軽に警備させ、玄関・広間・長廊下、所々の諸役人らはここを大事と詰めている、という状況である。

この箇所は『伽婢子』「飛加藤」を参考にしたのは間違いないが、「飛加藤」では「山城守が家の四方にすき間もなく番《ばん》をおき、蠟燭《らうそく》を間《ま》ごとにともし、番のもの男女ともに、おくはしみなまだたきもせずして居《ゐ》たりけるに」と簡単に書かれていたのが、「若侍」「足軽」に、諜報担当である「目付役」とその配下の「同心」が出てくるところなど、あるいは屋敷の隅々を記して「玄関」「広間」「長廊下」など列挙したところ、そのあたりが西鶴らしい文章である。家中からさまざまな者たちが出てくるだけでも突破は困難と思わせるところが巧みである。

五月闇とは、すなわち梅雨のころの夜の暗さで、本文中に雨は降っているとは書いていない

が、おそらく天気が悪くて、月齢にかかわらず月明かりは頼りにならなかったと思われる。蒸し暑くて風の欲しい夕べながら扇すら使わずに注意して待っていたものたちは、ひそかに申し合わせた白帷子に黒襟で、皆それを着ているものが味方であると気をつけていた。これは、第一部第一章「『太平記』の忍び」で説明したが、味方を識別し同士討ちをさけ、敵を発見しやすくするという合い印という兵学書や忍術書にある防諜術をつかっているのである。「ひそかに申し合わせ」というのがこの家に兵法があることを示している。

大書院の長床に飾ってあった兜は、『伽婢子』「飛加藤」では直江山城守の帳台においてあった長刀《なぎなた》であった。調度品担当の御納戸《おなんど》衆が八人居並び、大横目両人が中程で上座へ背をむけて見張っていて、大書院のひとまだけは人の出入りも止めていた。「目付」は幕末に編まれた武家用語事典の『武家名目抄』では「監察のつかさなれは非常を按察し事状を具して君長に密告すへき職掌なり」と書かれており、組織内の不正を調査している憲兵のような存在であるが、諜報担当をしており、『武家名目抄』五八冊職名部三四上のほか、平山優『戦国の忍び』第四章三「目付の活動」にその活躍が記してある。江戸時代の諸藩の忍びも「目付」の下にある。「大横目」は「大目付」ともいわれ、目付の上級職で、今回の審査の最終的な責任者として詰めていた。当人たちにとっても必死だったろう。一家総動員で忍びから兜を守ろうとしたものの、それには次のように成功しなかった。

夜《よ》の明け方《がた》に自然と、いづれ眼《まなこ》は常にして心の眠《ねむ》りきざしぬ。やうやう人顔も見えし時、甲立てばかり残りて、各々《おのおの》驚き、「通力《つうりき》なればとて、これほどの諸役人の眼前《がんぜん》にて、かかる不思議を見する事、自然の時の御用に立ち、いかなる事もこれにて利を得る重宝《ちようほう》」と、この評判の通り言上《ごんじやう》申すところへ、はや忍びの者未明《びめい》にかの甲を差し上げける。

明け方には目はあいているものの、心は眠たくなってしまった。ようやく人の顔もわかるようになったとき、兜立てだけが残っていた。みんな驚いて「いかにも超人的な能力があるとはいっても、これほど諸役人の目の前で、このような不思議なわざを見せるからには、いざというときに御用に立って、どんなことでもこれで利を得ることができるだろう」と評判していたところに、早くも忍びの者が夜の明けぬうちに御前に兜を差し上げたのである。「飛加藤」の「番のもの半《なかば》ねふりて知らず。あかつきがたに立かへる」と同じであるが、「飛加藤」が呑牛《どんぎゆう》の術の部分が先にあって、飛加藤の術がどのようなものかおおよそ示すところがあったのに比べて、『新可笑記』での忍びの者たちがいったいどのような術をつかったのか、まだわからないところに面白さがある。

忍者の再試験

これによつて十人一所《いつしよ》に抱へらるる時、家老《からう》の何某《なにがし》、先夜《せんや》は持病《ぢびやう》に痛《いた》み登城《とうじやう》仕《つかまつ》らざりしが、翌日あがりてこの儀《ぎ》聞き届け、その忍びの者を呼びて、「白昼《はくちう》にはなるまじき事か」

と尋ねられしに、「我々が所業《しよげふ》、これ神力《しんりき》の秘術にして、夜の事《よる》」と、申し上ぐる。「然《しか》らば今宵《こよひ》拙者《せつしや》一人奥座敷《おくざしき》にまかりあるの所へ、いづれも忍び入《い》りて、見え渡りたる武道具、何《なに》にても取りて見給《たま》へ」と、所望《しよまう》、その意《い》を得て退出す。

家中総動員で守っていた兜をやすやすと奪い取ることに成功し、いざというときに役に立つだろうという評価で、一〇人一緒に召し抱えられることになったのだが、前日は持病のため登城していなかった家老から横やりがはいった。忍びの者たちに昼は行えないのかと尋ねたところ、「我々のやっていることは、神力の秘術で、夜でしか行えない」という返事があった。なぜ、神の力だと夜しか発揮できないのか、理由ははっきりしない。むしろ、あやしい力のように思わせる返事である。家老は「奥座敷に夜ひとりいるので、そこに忍び入ってそこにある武道具をなんでもとっていただきたい」と再試験を申し出た。前半で家中の者らが大勢警備に当たっていたのに、家老がたった一人で待ち受けるのは、対比がうまい。

家老はなるほど静かに、普段の勤め所《どころ》に灯火《ともしび》をかかげて、毛貫《けぬき》を手ふれて中眼《ちゆうがん》に見回し、四つ半時《どき》の時計を聞くに、鼠三疋《ねずみびき》とも連れて、暗がり紛れに走り行く。それには構はず勝《かつ》手《て》に立ち、逸物《いちもつ》の猫を気を付け見られしに、髭《ひげ》も動かず豊かに伏しける。急ぎ本座《ほんざ》に立ち帰り、しばし心を澄ますに、最前の鼠《ねずみ》又駆け出でしを、あとより慕ひ行くに、次第その形大になりて、犬に見ます程の時、飛び掛かつて、「我《われ》猫の性《しやう》なり」と言へるに、この一言《いちごん》、形に応《おう》じて位《ゐ》を取られ、さすがの忍び男顕《あらは》れける。この事諸人感じける。

家老はできるだけ静かにして、いつもの勤め場所に灯火をかかげ、毛抜を手にしながら半眼の状態で見回していた。忍者と毛抜といえば、歌舞伎十八番のひとつでもある「毛抜」の粂寺《くめでら》弾正《だんじょう》が思い出されるが、「毛抜」は『雷神不動北山桜《なるかみふどうきたやまざくら》』（寛保《かんぽう》二年〔一七四二〕、大坂佐渡島《さどしまざ》座初演）の三幕目であり、『新可笑記』よりあとである。歌舞伎「毛抜」の粂寺弾正のほうが、『新可笑記』の家老を参考にしたと思われる。「毛抜」では姫の髪の毛が逆立つ奇病を鉄の毛抜が立つのをみて、忍者の磁石をつかった仕掛けと見破るなど、題名のとおり毛抜が大きく役に立つ。『新可笑記』では家老の豪胆さを示す以外に、髭を抜く痛みをつかった眠け覚ましの実用性があったのだろう。

定時法での午後一一時ほどに鼠三匹があらわれて闇に紛れて走って行ったが、家老はそちらを追わずに台所に行って、「逸物の猫」の様子を見てみた。台所なので鼠よけの猫を飼っていたのだろう。「飛加藤」に出てくる「逸物の名犬」との対比をどこまで意識していたかわからないが、「飛加藤」では犬は死に、ここでは猫が役に立った。猫は反応する気配がなく、つまり鼠は人間が化けていたとわかったのである。家老は急ぎもとのところに戻って、しばらく心を澄ませていると、さきほどの鼠がまた駆け出てきたのを、あとを追いかけていくと、次第にその形が大きくなって犬ほどになるときに、飛び掛かって「われは猫の性だ」というと、このひと言で、鼠になっているものだから威圧されて、さすがの忍び男も正体があらわれてしまっ

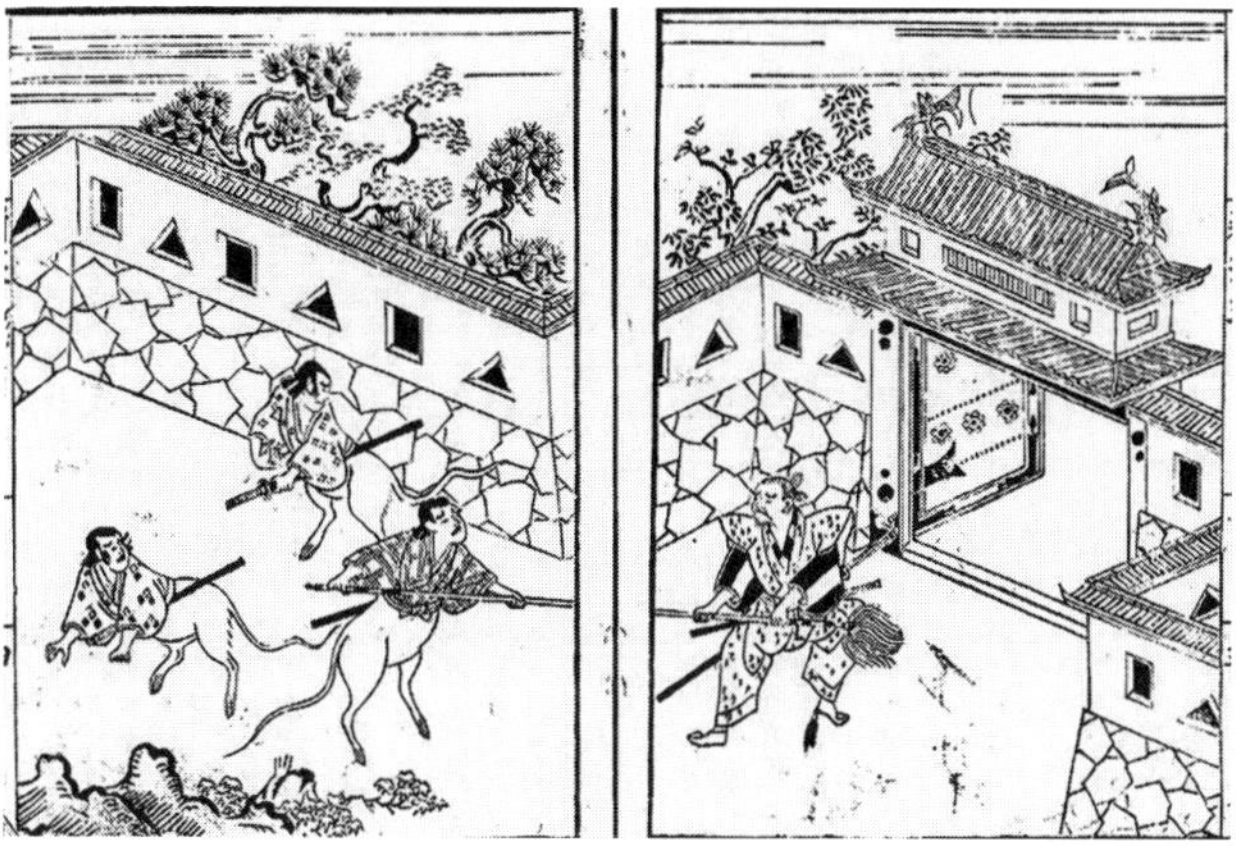

図1 『新可笑記』巻5の1

た。さすがのことだと皆は感心した。

忍術の正体

忍びの者たちがつかっていたのは変化《へんげ》の術だった。江戸時代の忍者が超自然的な忍術をつかう場合は、たいていの場合は姿を消す隠形《おんぎょう》か、動物に姿を変える変化で、それ以外ではわずかに空を飛ぶ飛行《ひぎょう》がある。鼠への変化の術は、歌舞伎『伽羅先代萩』（安永六年〔一七七七〕初演）の仁木弾正がつかっているように、一八世紀後半の演劇によくあるが、『新可笑記』は早い例である。章題の「槍を引く鼠」に関しては本文には詳しく書いていないが、図1には本性をあらわして半人半鼠の状態になった忍びの者らが描かれている。城門の外で忍びの者が奪おうとした槍《やり》を家老がつかんでとどめている。

江戸時代の百科事典といえる『和漢三才図会《わかんさんさいずえ》』巻七（正徳五年〔一七一五〕跋《ばつ》）には「游偵《しのびのもの》」が立

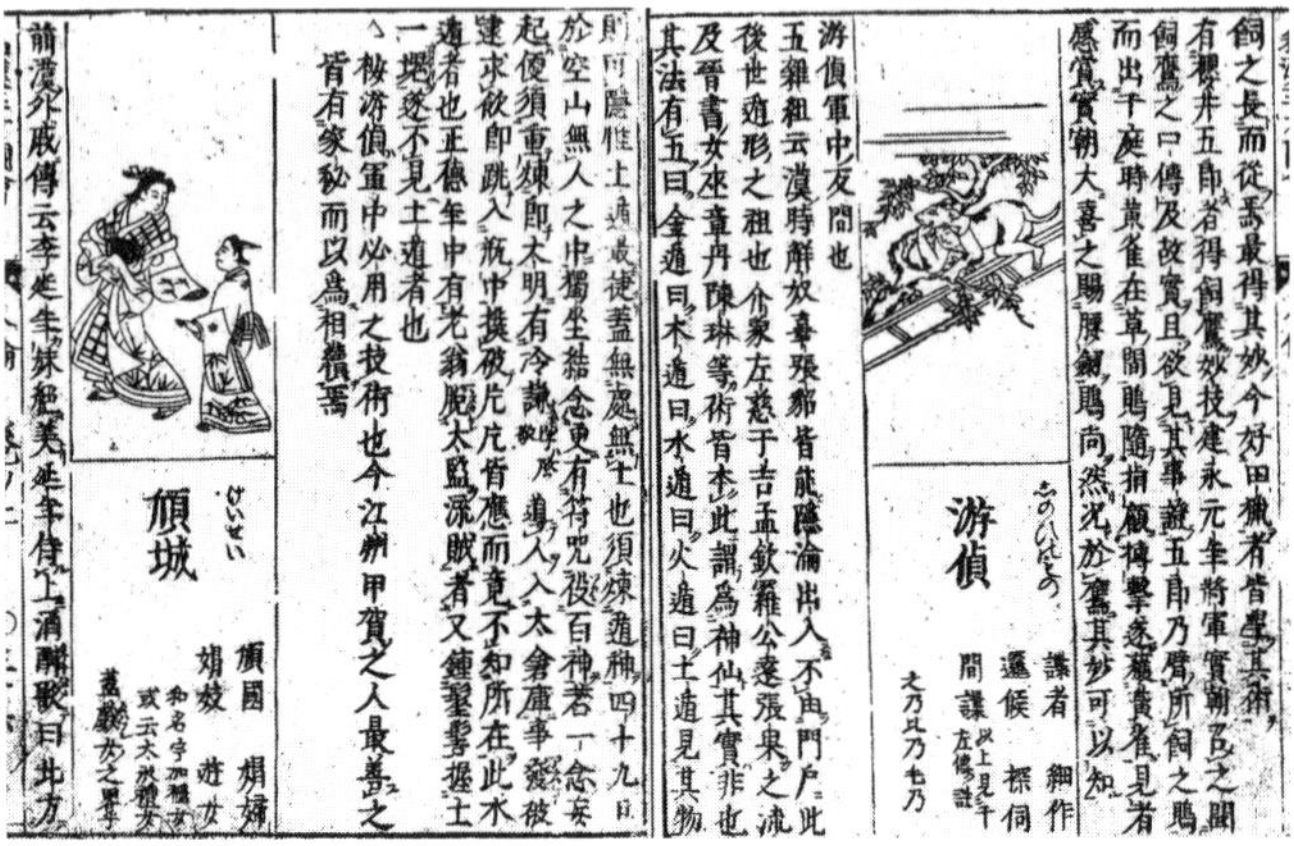
飼之長而從焉最得其妙今好田獵者皆學其術有櫻井五郎者得飼鷹妙技建永元年將軍實朝召之聞飼鷹之口傳及故實且欲見其事於是五郎乃臂所飼之鷹而出于庭時黄雀在草間鷹隨指顧搏擊遂獲黄雀見者感賞實朝大喜之賜厚餉鷹尚然況於鷹其抄可以知

游偵　しのびのもの
諜者　細作　遏候　探伺　間諜　以上見于左傳註　志乃比乃毛乃

游偵軍中反間也
五雜組云漢時解奴辜張貂皆能隱淪出入不由門戶此後世遁形之祖也介象左慈于吉孟欽羅公遠張果之流及晉書女巫章丹陳琳等術皆本此謂爲神仙其實非也其法有五曰金遁曰木遁曰水遁曰火遁曰土遁見其物則可隱惟土遁最捷蓋無處無土也須煉遁神四十九日於空山無人之中獨坐結念更有符呪役百神者一念妄起便須重煉即本明有冷謙盜入太倉庫事發被逮求飲即跳入瓶中撲破片片皆應而竟不知所在此水遁者也正德年中有老翁脱太監深賦者又鍾聲尋握土一把遂不見土遁者也
△按游偵軍中必用之技術也今江州甲賀之人最善之皆有家秘而以爲相續焉

傾城　けいせい
傾國　娼婦　娼妓　遊女
前漢外戚傳云李延年妹絕美延年侍上酒酣歌曰北方

図２　『和漢三才図会』巻７「游偵」

項され、そこでの絵は大きな鼠の着ぐるみをして、塀にのぼった忍びの者になっている（図２）。『和漢三才図会』の本文では『五雑組』や『晋書《しんじょ》』から五遁《ごとん》の術を記しているが、なぜ絵が鼠なのかはあきらかでない。成立時期からいえば、『和漢三才図会』が『新可笑記』を参考にした可能性を考えるべきだが、より似た原拠がないか気をつけておくべきだろう。『武家名目抄』「職名部三四下」の「忍者」の用例に『見聞雑録《けんもんざつろく》』から犬の皮を被《かぶ》ったくせ者を長閑（長坂長閑《ながさかちょうかん》か）が見破るものがある。『武家名目抄』は『見聞雑録』をよく引用するが、『見聞雑録』は書名がありきたりすぎて原典が不明である。今後の研究の進歩で判明する可能性があるので『見聞雑録』の犬の皮の話にも触れておく。なお『和漢三才図会』は「按ずるに游偵は軍中必用の技術なり。今、江州甲賀の人が最もこれを善す。皆、家秘有て以て相続をなす」（原文の漢文を読み下した）と記す。

家老の進言

結局、家老によって変化の術は見破られてしまった。この話は目録の「槍引きて行く鼠」という章題の副題が「武士は眼前《がんぜん》にまことを見出《みい》だす事」となっており、家老の眼力によって忍術があらわになったことが本話の中心なのである。二度目の試験を終えて、家老は次のように進言する。

その後《のち》申し上げられしは、「当家代々御手柄《てがら》世に隠れなし。先君《せんくん》親殿《おやとの》にも後れさせ給《たま》へる御器量とも存じ奉らず。この以後軍法の方便《てだて》、武士の正道《しやうだう》にて勝つ事得《う》るとも、御内に忍びの者ありて、世とは格別の表裏《へうり》と、この沙汰《さた》せられては、高名《かうみやう》の御家わづかの事に廃るなれば、この者ども残らず御暇《いとま》」と、申し上げらるる段、道理至極に思《おぼ》し召し、その人の願ひの通りに済みける。兎角《とかく》武は知勇《ちよう》の二つなりと、軍策を指南《しなん》し給へり。

家老は「当家は代々の御手柄は世にかくれもなく、あなたさまは先君の親殿にも劣っていらっしゃる御器量とも存じておりません。忍びの者を雇ってからは、以後軍法の計略や武士の正道で勝つことができても、一家中に忍びの者がいては、世の評判とは格別の裏があって、卑《ひ》怯《きょう》なことをなりふりかまわずやって勝っていると噂されるでしょう。それでは高名を得ていた御家がそういったささいなことで廃れることになるので、この者どもに残らずおいとまを出してください」といった内容のことを申し上げている。主君は家老の言うことをもっともだと思って、忍びの者たちを雇わなかった。とかく、武は知と勇の二つであるとこの家では軍策を指南なさったと結ばれている。

家老は、忍びの者たちの術を破ったことを理由に雇用しないことを進言したのではなかった。忍びの者をつかっていくさに勝利することが、「武士の正道」に反するとして、「自然の時の御用に立」つはずの、忍びの者らを排除する意見を出したのである。これは、どんなことをしても勝てばよかった戦国時代ではなく、『新可笑記』が執筆された当時の道徳にもとづいている。菅野覚明『武士道の逆襲』では「戦国乱世の思想『武士道』に対して、太平の世が新たに生み出した武士の思想。それが儒教的な『士道』なのである」（21頁）として、武士の道徳に違いがあると指摘している。「勝がなければ、名は取られぬものにて候」（『甲陽軍鑑』巻一品第三）や「武者《いくさ》は犬ともいへ、畜生ともいへ、勝つ事が本にて候」（『朝倉宗滴話記《あさくらそうてきわき》』）といった、勝利至上主義が、山鹿素行《やまがそこう》「士道」（『山鹿語類』〔寛文六年〔一六六六〕序〕）のような為政者としての道徳に変じていたのである。

『新可笑記』は武家教訓書『可笑記』の題名をもじった作品であり、泰平の世の中での武士のあり方を考えさせる話を収録している。『伽婢子』と同様の忍者が不思議な忍術をつかう奇談の面が、巻五の一「槍を引く鼠の行方」の面白さなのは間違いないが、武士教訓譚《たん》としては、いくさに忍びを使用することを咎《とが》めることが本話の主題であったのは間違いない。

『戦国の忍び』によれば、戦国時代には文安《ぶんあん》元年一〇月一四日に伊東祐堯《いとうすけたか》が島津《しまづ》一族の樺山《かばやま》孝久に提出した一揆《いっき》契状から「忍びを放ち、城の情報を探ることは、武家として褒められた行為ではないというニュアンスが窺われる」（111―112頁）そうだが、これは例外で、『戦国の忍び』のその他の箇所には戦国時代に大量の忍びが雇用され駆使されたことがたくさん書いてあり、やはり戦国では勝利が最優先だったと考えてよいだろう。『新可笑記』が説く道徳も西鶴の執筆当時の一七世紀後半のものであり、そのため作中の「古代」も戦国乱世ではなく、江戸時代に入ってからむしろ切実さを増していた忍びの仕官を思わせるのである。

忍びをつかって勝ってもいいのか？

戦国時代の最中や終息して間もない時期の軍記には忍びの者の活動がよく記される。『三河物語』（寛永三年〔一六二六〕成）などでは伊賀者の活躍を記しているのに、その後は徳川家康が忍びをつかったことはほとんど記されなくなってしまう。『三河後風土記』（正保年間以後成）に関ヶ原合戦で家康が井伊直政に命じて伊賀甲賀の老練の忍びに大垣城で流言飛語をさせたことが書かれているのと、それを天保八年（一八三七）三月に成島司直がまとめなおした『改正三河後風土記』（巻三八）ぐらいである。江戸時代の士道では徳川家康こそが人倫や政道に優れるとともに乱世を勝ち抜いた理想の武士であった。家康の事蹟《じせき》で忍びをつかった例がほとんど伝わらないのももっともだろう。

今では、戦国の世の忍びの活躍や近代における格好よい正義の忍者の活躍を見て、忍者に対してよいイメージを持っている人が多いだろうが、江戸時代では忍者は基本的に後ろ暗い存在で、たいてい悪者として描かれたのである。とくに超自然的な忍術をつかうことについては、神仏以外のものが超自然的な現象を起こすことへの本能的な嫌悪感が向けられているように感じる。『新可笑記』の家老や、歌舞伎「毛抜」の粂寺弾正、『伽羅先代萩』の荒獅子男之助のように、正義の侍が忍者を懲らしめるのが定型となる。現代見られるような忍者対忍者の話は江戸時代にはほとんどない。『伽婢子』「窃の術」は例外だが、原話が存在するからである。

忍術書『万川集海』（延宝四年〔一六七六〕成）の巻二・巻三が「正心」編で、忍びの本質と矛盾するようなことが書いてあるのは、やはりその時代の兵学書の影響であろうし、『伽婢子』や『新可笑記』が記した忍者への評価を覆す目的があったように思われる。

以上のように『新可笑記』巻五の一「槍を引く鼠の行方」は、『伽婢子』を参考にした忍者を題材とした奇談として井原西鶴ならではの佳作となっているだけではなく、当時の忍者忍術を武士の道徳からどうみればよいのかを知る好資料にもなっている。

三、『武道張合大鑑』の忍術

北条団水『武道張合大鑑』の導入

井原西鶴『新可笑記』の次に、井原西鶴の弟子北条団水の『武道張合大鑑』巻二の三「眼《まなこ》にかと闇《やみ》の夜の蟻《あり》」（宝永六年〔一七〇九〕刊）冒頭に記された忍者の説明を見てみよう。

忍《しの》ひの者といふは敵《てき》の城槨《じようくはく》に忍びて陰謀《ゐんぼう》を聞役《きくやく》なり。此術《じゆつ》に習ひあることにて指南《しなん》する者は。甲賀《かうが》にあり。もろこしにもありと見へて子孫に五間《かん》を出せり。たとへば闇《やみ》の夜に不図《ふと》出るに。物の色あひあきらかならずといへども。久しく心をしづめてまなこを開けば暗《くら》がりにても其形さたかにみゆる物なり。古語《こ》にいふ闇《あん》に白を生《しやう》ずとあるも此謂《いい》なり。かの忍ひの巧者《こうしや》は闇《やみ》の夜に蟻《あり》の行をもみるは平生の芸古《けいこ》による故なり。されども尋常《よのつね》の人はくらき夜は挑灯《てうちん》を用意せすは不覚悟《かくご》たるべきか。一説《せつ》に燈《ともしび》も続松《たい》も相手にたたき落されては。俄《にわか》に明《めい》を失《うしな》ふによりて。利あらずといふ者あれとも端武者《はむしや》一旦《たん》の料簡《れうけん》にて理にあたらず。されは夜討《うち》は各別《かくへつ》の事なり。一切の器《うつはもの》に限らず。時により。所により。謀《はかりこと》によりて。一偏《へん》ならず変《へん》に応じて千変万化《くは》の手《しゆ》段ある事。

これは本編に先だつ導入部分である。浮世草子というこの時期の小説にはよくある形式で、冒頭に短いながら本編に関係するような話を入れることで、本編の理解と味わいを深める働きがあった。この部分を精読する前に、さきに本編を簡単に説明する。

『武道張合大鑑』の本編

『武道張合大鑑』巻二の三「眼にかと闇の夜の蟻」の本編を要約すると次の通りである。大牧《おおまき》源蔵《げんぞう》という小禄《しようろく》の武士が町外れの妾《めかけ》のもとに通っていた。ある闇夜に角をまがったときに、誰かとぶつかり、襲われたと思った源蔵は相手を切る。近くの屋敷の者たちが出てきたので、源蔵は喧嘩《けんか》で人を切ったので切腹すると述べたが、切った相手は杖《つえ》を振り上げた座頭だった。組頭黒崎幾之進《くろさきいくのしん》のところへ夜咄《よばなし》に行くところだったと源蔵が言ったので、屋敷の者たちは黒崎に報告した。奉公人を切った場合は死罪になることは先の太守が決めたことだが、今回は座頭を切ったので黒崎は太守に差図を仰ぐことにした。太守は、源蔵が身分相応に提灯を持つ家来を同行しなかったことや討ち果たすときに声をかけずに座頭を切ったのは軽率であることから、俸禄召し上げのうえ縛り首を命じるところだが、大小の刀を召し上げて、阿房払《あほうばらい》（はだかにして割竹で叩《たた》いて、古着に縄の帯をしめさせて追放すること）とするという判決をくだした。というものである。

小禄であっても奉公人は抱えていたはずで、灯《あか》りを持つ家来を同行させなかったのは妾のところに行ったからだろう。これは太守にとがめられている。源蔵は黒崎のところに行くと嘘をついたが、それを黒崎はとがめていない。最大の失敗は杖をふりあげた相手の様子を確認せずに切ってしまったことだろう。源蔵の釈明では、五月の頃で、竹林の下で暗く、雲の絶え間の星あかりにすかしてみると、三尺ばかりの物をひらりと振り上げる太刀の風音があったので切ったとしている。実際は、座頭が杖を振り上げただけであった。相手が武士なら死罪だったはずだが、源蔵は自ら切腹は選べず、無罪ともならず、武士として重要な両刀を召し上げられて、阿房払という屈辱的な追放刑にあっている。

忍びの者の仕事

さて、冒頭に戻るが、まず「忍び者」は敵の城に忍び入って陰謀を聞くのが仕事としている。放火ではなく、情報をとって戻ってくることを重視した。これは兵学書『軍法侍用集』巻六第六で「敵を知ることを肝要」と書いているのと同じである。「此術に習ひある」については、同書巻六第一が「伊賀甲賀に、むかしより此道《このみち》の上手あつて、其《その》子孫に伝はり今に之《これ》あるといふ」とするように、伊賀者甲賀者が上手であることは多くの書物に見られるが、『武道張合大鑑』では甲賀に指南するものがあるとしている。『武道張合大鑑』の武家用語は木下義俊《きのしたよしとし》編『武用弁略《ぶようべんりやく》』（貞享元年（一六八四）序）を参考にしていると言われる（水谷隆之2013）が、「忍びの者」に関しては、『武用弁略』巻二「忍者《しのびのもの》」を写したとは限定できないだろう。

甲賀者の忍術指導に関しては、尾張《おわり》藩二代藩主徳川光友《みつとも》が、延宝七年（一六七九）に木村奥之助ら甲賀者六人を召し抱えたことが関係しているかもしれない。木村は名古屋に在住したものの、他の五人は甲賀に在住して、享保三年（一七一八）まで毎年五、六月に三人ずつ名古屋に出仕して忍術を教えていた。江戸時代では藩が召し抱えてしまうことがほとんどで、通いで忍術を教える例は珍しいからである。『和漢三才図会』巻七の「游偵」では忍術の最善を甲賀者としているのを思い出すが、そこでは家の秘として相続していたと書いてあった。

闇を見る術

唐土《もろこし》の五間は『孫子』用間編の「五間」をさすのだろう。闇の夜におもいがけなく外に出て、物の色あいもはっきりしないぐらい暗くても、時間をかけて心を静めて眼を開けばくらがりでも物の形がはっきりと見えるものである。「闇《あん》に白を生《しやう》ず」は『荘子』人間世《じんかんせい》「虚室に白を生ず」（空虚をじっと眺めていれば光が差す）から採ったもの。忍びの巧者が稽古《けいこ》によって闇夜に蟻が行くのも見えるようになることに原拠があるのかはわからない。

平戸《ひらど》藩主松浦静山が残した随筆『甲子夜話』（文政四年〔一八二一〕以降成）巻二七の一〇に忍びの術が記してある。

先年聞く、忍の術を為す者は、まづ闇夜に立て四方を見ゐるに、初めは何のあやめも知れざるが、後は稍《やや》見へわきて、遂には四方の物わかるとなり。近頃聞《きく》には、御鷹匠も夜目をさらすと云て、勤め始めには暗中にて進退すれど、これも終には火光をからずして道を行ことなると云。

夜目を鍛える訓練であるが、とくに方法はなく、じっと見ていればわかるといったもので、闇夜に目がなれているだけなのかよくわからない。鷹匠《たかじよう》も同じような訓練をして、灯りがなくても道を行くことが可能だという。

実際に光がなくて見るのは難しかったようで、忍術書には現実的な対応が書かれている。『正忍記』初巻には「夜の道の先きの見ゑざるは、地に居て雲にすかして是を見れば能見ゆるもの也」とあって、かすかな光をつかっている。忍術書では火器類がたくさん収録されるが、これは照明器具としてつかわれたものも多く、『忍秘伝』巻四でも「人の家内に忍ひ入と云ふも其の様子分明に知りかたきには、手仮（手灯り）を以て是をはかり見る事御座候」としている。

忍術書『甲賀流武術秘伝』（伊賀流忍者博物館所蔵）には「闇夜に眼みゆる術」として「極上々吉の水晶にて此如きのもの（湯呑み状の図入る）拵へ、此中へ水銀を入　此所口伝」とあり、これは化学をつかっている。現実の忍びは火器や何らかの道具によって光を確保することを考えていた。

『忍秘伝』の東北大学狩野文庫本には「忍間太陽之巻」という唐から伝えられた「忍間軍術極意」四十条のなかに「夜目」が入っているが、これは超自然的なもののように思われる。山田雄司『忍者の歴史』によれば、南北朝期の日本の兵法書に「闇夜明眼の秘術」があるという（92頁）。また、『一歩集《いつぽしゆう》』から忍びに行く前に三五日も暗所で目を慣らすことや、『甲子夜話』巻二七から「忍の術を為す者は、まづ闇夜に立て四方を見ゐるに、初めは何のあやめも知れざるが、後は稍《やや》見へわきて、遂には四方の物わかる」こと、芥川家文書から樟脳《しようのう》などをつかった薬品で「闇夜目見る法」が紹介されている（145―147頁）。

さて、本文の続きを見ていく。忍びの者は普段から稽古をしているので闇夜でも大丈夫だが、普通の人は暗い夜に提灯を用意しないのは不用心ではないか。一説に灯火も松明《たいまつ》も相手にたたき落とされては急に明るさを失うので不利という者がいるが、端武者のちょっとした料簡《りようけん》でいうだけで理にかなっていない。ましてや夜討では各別灯火や松明をつかうべきである。道具だけでなく、時や場所や計略によって、やり方をひとつに限定せず、状況の変化に応じて千変万化の手段があるのだ、としている。実際には、照明器具はとても大事で、忍術書『万川集海』が巻二一・二二と二巻を費やして火器を収録しており、さまざまな面から、忍びは闇夜に対応していたのだが、本話では本当に忍びが修行によって夜目が利くのかどうかより、『甲子夜話』にも記されたように、当時の人たちが、忍者がそれだけ超人的な能力を身につけていたと見なしていたとわかることが重要だといえよう。

四、『本朝諸士百家記』の忍者

錦文流と『本朝諸士百家記』

江戸時代の創作の忍者は①「忍術をつかって大事なものをとって戻ってくる忍者」、②「超自然的な忍術をつかう忍者」、③「いくさのなかで軍事行動を行う忍者」に大別され、③が軍記にあくまで軍事行動の一部として描かれる以外では、小説・演劇の二つで①か②が描かれることが圧倒的に多くなる。似た話をたくさん読むことになるのだが、そうなると定型から外れた変わった話が面白くなる。

従来まったく言及されることがなかった忍者の話として、錦文流『本朝諸士百家記』巻九（宝永五年〔一七〇八〕刊）から小礒川為五郎《こいそかわためごろう》を紹介しよう。巻九の一「渡邊《わたなべ》一角《かく》か娘陀羅尼《だらに》の功徳《くどく》によって親の敵を討事」、巻九の二「小礒川為《ため》五郎夜討《ようち》の事」と二節にわたる長い話である。内容に入る前に、まず作者と作品の解説を行う。

錦文流は浄瑠璃《じょうるり》作者あるい浮世草子作者として近世中期に活躍した。演劇では時事・流行に取材した娯楽性の強い作品を、小説でも実際の事件に取材した長編作品を得意とした。『本朝諸士百家記』は武士を題材にした武家物にあたり、全国の武士の逸話を集めている。一〇巻一〇冊で後編一〇巻が予告されているが刊行されなかった。なお宝永五年刊行本は東京大学国文学研究室本のみであり、翌年の宝永六年刊本が多く残る。

一宮随破斎と小礒川為五郎

さて、本文は次のように始まる。

むかし駿州府《すんしうふ》中《ちう》今川治部少輔《ぢぶのせうゆふ》義元《よしもと》の御《み》内に、一宮随破斎《いちのみやずいはさい》といへる武士《ぶし》あり。凡《およそ》東国においてかくれなき勇士。一とせ武田信玄《たけだしんげん》今川義元の嫡男氏真《ちやくなんうじざね》を責《せめ》ほろぼされけれども、此随破斎にはおそれをなし責《せめ》あぐみ給ふ程の手こはき入道なり。信玄駿州へ打入て随破斎を責亡《せめほろぼ》すべきよし、馬場美濃守《ばばみののかみ》に仰付らる。承て立帰様々思慮《しりよ》をめぐらせども、謀《はかりこと》いみじき古《ふる》入道なればさうなう（左右無う）よする事叶はず、いたづらに数日《すじつ》をおくる美濃守、つくつく思案《しあん》をめぐらして忍《しのび》の者《もの》の中に随《ずい》一とよはれたる小礒川為《こいそかはため》五郎といふものをひそかにまねき、「此度一ノ宮《みや》随破斎を討取べきよし某《それがし》に仰付らる。然れども知るごとく敵古《かたきこ》今無《こんぶ》双《そう》の勇者《ゆうしや》なれば、つねていの軍《いくさ》にては人のみ損《そん》ずる計にて勝利《しやうり》を得《う》る事かたかるべし。汝《なんぢ》何《なに》とぞ忍入方便《しのびいりてだて》を以討とれ」と用金《ようきん》三百両をとらせ事の様子をいひふくめければ、「何とぞうかがふてこそ見申め」とて私宅《したく》にこそは帰けれ。

今川義元の武将の一宮随破斎だが、実在した一宮随波斎のことだろう。今川氏真の武将として駿河の用宗《もちむね》城主となったが、永禄一一年（一五六八）の武田信玄の侵攻により殺されたとする。『増補大改訂　武芸流派大事典』項目「随波斎流」は武芸の面に詳しく、弓馬典礼の宗家たる小笠原氏の一族で、「随波斎流」の祖とする。名は宗是《むねこれ》で、『武芸小伝《ぶげいしょうでん》』では随巴斎の号もあることを記している。

随破斎を攻め滅ぼすように依頼された馬場美濃守は信玄配下の名将馬場信春《のぶはる》である。馬場信春とはいえ、左右無《さうな》く（たやすく）攻め滅ぼすことはできず、忍びの者をつかった暗殺で随破斎を討ち取る考えに至った。そこで忍びの者のなかから随一と呼ばれた小礒川為五郎という者を招いて暗殺を依頼することになった。馬場は小礒川に用金を渡している。江戸時代に幕府や藩が忍びに仕事を命じるときにお金を渡しており、たとえば御庭番は任務のためにもらったお金を旅費や道具の購入や使用人の雇用につかっていた（深井雅海 1992、1998）ので、戦国時代も似たようなものだったろう。武田信玄の忍びといえば『甲陽軍鑑』で知られる透波《すっぱ》で、そのなかで随一と言われる人物が主人公である。小礒川は挿絵では亀甲に卍《まんじ》の家紋だがモデルがあるかは不明である。武田随一の忍びと信玄も怖れる今川の勇将、どのような対決が展開するのか読者は期待したに違いない。

忍びに遣わすべき人

為五郎ひそかに府中《ふちう》の城外《じやうぐわい》に紛《まぎれ》入、漸《やうやう》便《たより》をもとめ出し随破斎かたへ奉公にありつきぬ。もとより小礒川《こいぞかは》智謀《ちぼう》第《だい》一の者なりければ、男女《なんによ》の傍輩《はうばい》にまひない（賄賂）をもつて取入、家中一はいのはきき（羽利き）にこそはなれりけれ。

小礒川がとった作戦は家中に奉公人として潜入するものだった。『万川集海』巻八は「陽忍上　遠入之篇」で平時に敵に潜入する術が記される。これは忍術書であれば当然の内容である。その一方で巻七「将知四　不入小謀之篇」は敵の忍びの潜入を防ぐ方法を事細かに書いている。新顔の出仕人の身元や過去を調査したり、妻子がいるものは一緒に住まわせ、妻のない者には妻をとらせて、妻子を人質にとったりすることが書かれている。小礒川は潜入に成功したので、随波斎の家中よりうわてだった。また、家の男女に賄賂を渡してとりいり、家中ではばのきく人物とまでみなされるようになったのである。三〇〇両は現在では三〇〇〇万円ほどの価値があるだろうが、その大量の軍資金が賄賂に役にたった。

『軍法侍用集』巻六「窃盗《しのび》の巻上」第三「しのびに遣はすべき人の事」には、

しのびに遣はすべき人をば、よくよく吟味あるべし。第一、智《ち》ある人。第二、覚《おぼえ》のよき人。

第三、口のよき人なり。才覚なくてはしのびはなりがたかるべし。

と記してある。二〇一二年より始まった三重大学の忍者研究は、忍術書にもとづき、身体的に優れた戦う忍びだけでなく、知略にすぐれた戦わない忍びに焦点を当てた研究を行い、従来見過ごされがちだった忍びの実像を明らかにした。忍びに知力やコミュニケーション能力が重視されていることは山田雄司『忍者の歴史』でくりかえし指摘されていることだが、抜群のコミュニケーション能力をもった「智謀第一」の小磯川が武田の忍びの随一とみなされていたのはもっともな評価だったのである。さて、無事に家中に入り込んだ小磯川だが、さらに随破斎の近くへ接近することを計画する。

ちんめいという腰元

ここに随破斎がそばづかいにちんめいとて二十《はたち》ばかりの女あり。器量《きりやう》よく発明《はつめい》なる女なれば、随破斎も奥方《をくかた》の事どもは一かう此女にまかせ置ぬ。小磯川此女を「能方便《よきてだて》よ」とおもひ下つかひの女房に大分《だいぶん》の禄《ろく》をとらせ、媒《なかだち》を頼ければ、

家中ではばのきく人物となった小磯川だが、随破斎のそばづかいのちんめいという二〇歳ばかりの女に目をつける。今では二〇歳はかなり若いが、「鬼も十六、番茶も出花」というよう

に江戸時代では一六歳あたりが嫁入りどきで、はたちをすぎると「年増」と言われていたので、むしろ結婚を見送っている女と言ってよい。顔だちが美しく、頭もよかったので、随破斎も奥方（武家屋敷の妻、侍女など女性が暮らす場所）のことはこの女に任せていた。「ちんめい」とは変わった名で、字をあてるなら「沈冥」＝「静かで奥深いこと」だろうが、その後の展開をみれば「沈迷」＝「深く溺《おぼ》れること」を想起させる面もあったに違いない。小礒川はちんめいが利用できるとみて、下使いの女房に多くのお金を渡して、ちんめいとの接触をはかった。

下《した》よりのいひ入よきゆへにやちんめいもおなし思ひのふかみ草、「いろそみわたる恋《こひ》の淵《ふち》瀬《せ》、ふかきいもせのかたらひをなしてたがいの命《いのち》をあはせ、ならくならくといふならく、底心《そこしん》かはりますまひ」のちかひのふみの数々はちしほにそむる計なり。

下使いの女房が小礒川のことをよく言ってくれたこともあったのだろうが、小礒川とちんめいはぞっこん恋仲になってしまうのである。忍者活劇であったはずが、甘い手紙を交わす恋愛小説になってしまった。こうして枕をならべる仲になった二人だが、小礒川があるとき重大なことを暴露するのである。

小礒川為五郎の告白

有時《とき》うれしき首尾《しゆび》ありてたがいにあふ瀬《せ》の枕《まくら》をならべあかしあひぬる心のたけ。くらへあひぬる恋衣《こひごろも》うらなくかたる私言《ささめごと》、「一夜《よ》を千夜《ちよ》のおもひ寝《ね》もまたいつのいつ首尾《しゆび》ありてあひ見る事もかたかるべし。今宵《こよひ》の逢瀬《あふせ》を幸《さいはい》に心底《しんてい》をあかりまいらするぞよ。今は何をかつつみ申さむ。本　某《もとそれかし》は馬場《ばば》美濃守《みののかみ》家来《らい》にて恩賞《をんしやう》といひ厚恩《かうをん》の主人《しゆじん》なり。信玄公より随破斎を討取申様にとの仰　畏《かしこまつて》おうけ申上られたれども、聞ふる随破斎の御事なればたやすく討おほすべきとは見へす。去《さる》によつて某にいひ付られ是までは忍入《しのび》つたれども、中々討得んとはおもひもよらず。さあればとて我手をむなしうしておめおめと本城《ほんじやう》へもかへられまじ。所全腹《しよせんはら》かきやぶつて死ぬるより外他事《ほかだじ》なし。誠《まこと》にふしぎの縁《ゑん》をもつてわりなき中とはなりつれど、ちぎりも今宵《こよひ》ばかりなり。斯成行《かくなりゆく》ときき給はは一遍《へん》の廻向《ゑかう》をなしてたび候へ。余《よ》の人の千部万部いか成仏事供養《くやう》より仏果《ぶつくわ》の縁《ゑん》とは成申さむ。夫婦《ふうふ》は二世と候へは来《く》る世のちぎりを頼まん」と打泪《うちなみだ》ぐみてかたりぬれば、

小礒川は自分が馬場美濃守の家来で信玄公の命によって随破斎の暗殺のために潜入したことをちんめいに話してしまった。評判の随破斎のことなので容易には討ち取ることもできず、かといっておめおめと本城に帰ることもできず、結局腹を切って死ぬより仕方ないと告げ、死後の廻向《えこう》を頼み、また来世で一緒になれることを祈っていると伝えたのである。

結婚式をあげていないのにちんめいを妻のように見ているのは現代からすれば不思議かもしれないが、当時では恋愛関係の成就＝肉体関係の成就＝事実上の夫婦関係の成立だったので、そのような発言になっている。小礒川は知力とコミュニケーション能力に優れた忍びの者であった。これが情報収集の任務なら、小礒川が大きな成果を上げただろう。しかし、小礒川が優れていたのは忍びの術であって、武術で随破斎に勝っていないために暗殺は難しかった。先の『忍者の歴史』を見せて、忍者は「どんな状況下であっても『生きて生きて生き抜く』ことが重要」（260頁）なのだ、と肩を揺さぶって言ってやりたくなるところである。

ちんめいの正体

小礒川はどのような返事があると思っていたのだろうか。死ぬのを止めて二人で駆け落ちする、あるいは小礒川に同情して来世に託して二人で心中する、といったものではなかったか。しかし、ちんめいからは思いもよらぬ返事があったのである。ちんめいの返事は長く、ちんめいの性格を知るには欠かせないので、現代語訳で引用する。

この女は物も言わずに合掌し涙をうかべ、「諸仏菩薩《ぼさつ》が衆生を救おうとする誓願はさまざまあると申しますが、まことに観世音菩薩《かんぜおんぼさつ》の大慈大悲《じひ》でありがたい御利生《りしよう》まさにうたがいないです。このうえはおかくしさせてもらうこともございません。もともと私は上杉謙信公の家来の侍の渡部一角《わたなべいっかく》と申す者の娘ですが、親でございます一角は主人随破斎に討たれました。父一角は私のほかに子も兄弟もおらぬ身で、母は私が二歳のときに亡くなってしまいました。世間に頼りのない身になったのを、母方の伯母が養育し、このように一人前に育ててくれました。主人随破斎を親のかたきと聞いてからその恨みは骨髄に徹して、なにとぞ恨みのひと太刀をあびせ、父の尊霊《そんれい》に手《た》向けて差し上げたいと思い立ったものの、我が身の悲しさはあって、自分はとるにたらない女の身、無念ながら一六歳までむだに月日を送っていました。ここに父一角殿の形見で聖徳太子が一刀三礼でお造りなさったという救世《くぜ》観音の尊像があります。毎日父を見ると思って此尊像を尊み、父の敵を討たせてくださいませ、そうでなければ自分の命をとってください、一念の鬼になってもかたきを討ちとうございますとお経をおこたることなく祈っておりましたが、さては仏の御利生であって、あなたさまと縁を結ぶ糸をたらしてくださって、心を合わせて敵を討てということなのでしょう。身構えて他人に気持ちを覚《さと》られなさらないでください。あなたさまと心をあわせては敵を討つことも心やすい。というのは、この随破斎の寝所は私以外に仕えているものは一人もございません。なので、明日の夜に忍び入りください。かたきが寝入って、よい時分に夜明けまでつけておくはずの有明《ありあけ》行灯の火を消します。それを合図に討ってくださ い」と、たがいに手はずをささやく。明けわたる鶏《とり》の鳴く音につれて、涙のわかれとなり、常々より悲しさがまして思われる。忠と孝との二筋の間に入ってくる恋の道である。

なんと、ちんめいは随破斎を父の仇《かたき》と狙っていたのだった。器量がよくて利発なちんめいが

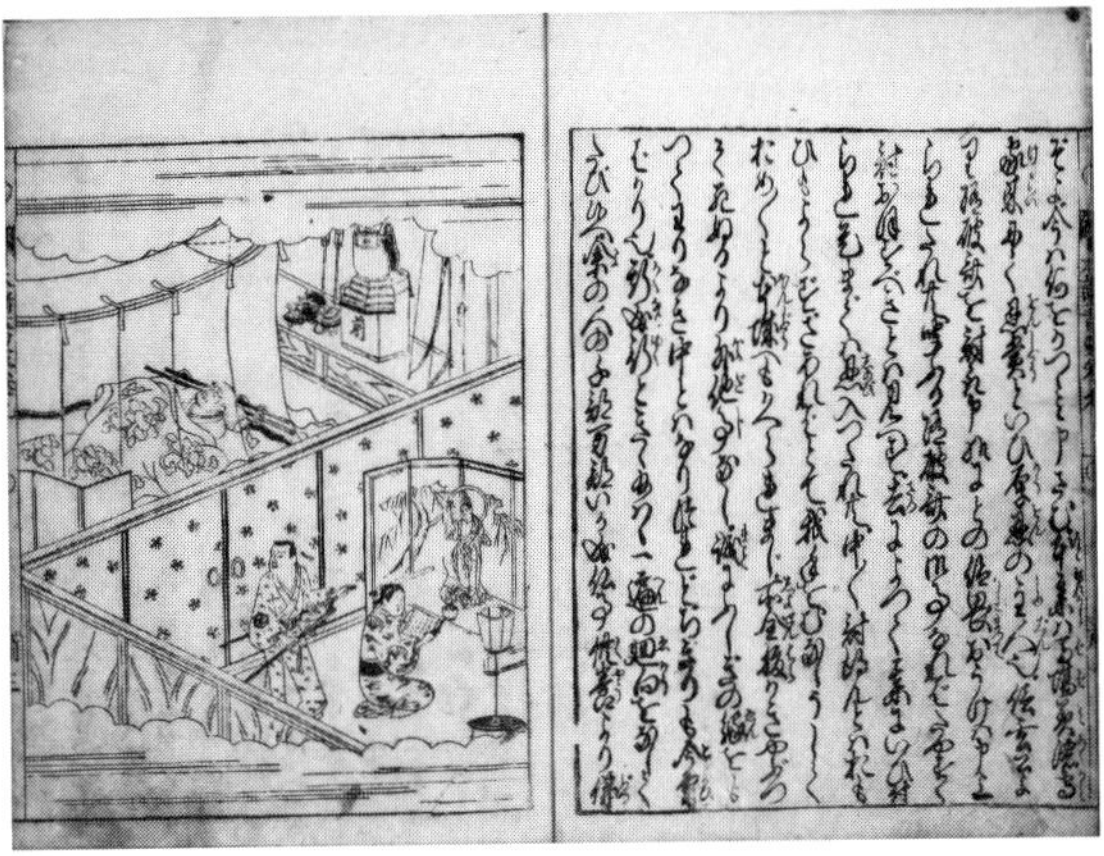

図3　『本朝諸士百家記』巻9の1

結婚もせずに奉公を続けていたのもそれが理由だったのだろう。ちんめいは小礒川を最初から利用しようと思ってはいなかったようだが、恋仲になった男が随破斎の命を狙っていたと知り、これは仏の助けと思って、その手引きをしたのだった（図3）。上杉謙信の家来の渡部一角のモデルになった人物がいるかは不明である。あとでは「渡邊一角重綱」の表記もある。「渡邊重綱」は尾張藩家老となった人物（一五七四―一六四八）と同名だが、時期もあわず、一角とは武芸者によくある名前で、また重綱も「渡邊綱《つな》」（源頼光《よりみつ》四天王の一人）に手を加えてそれらしく命名したのかもしれない。

小礒川為五郎夜討の事

ここからは、二節目の「小礒川為五郎夜討の事」に入る。

斯《かく》て馬場《ばば》美濃守かねて忍ばせ置たる小礒川為五郎急ぎ本陣《ほんぢん》に立帰、美濃守に対面《たいめん》して段々具《つぶさ》にかたりければ、「いしくも出来《でか》して有ものかな。急て討てまいらせよ。恩賞《をんしやう》かならずあづかるべし」と夜討《ようち》の方便《てだて》をいひ合せ、敵陣《てきぢん》へこそ帰りけれ。

ちんめいの手引きは決まったが、小礒川は単独で随破斎を討つことを諦め、馬場美濃守に増援を頼みに甲府に戻っている。駿府城から甲府の躑躅ケ崎館まで一一二キロはある。決行が夜とすれば、当日で往復は難しかっただろうが、そのあたりの細かいことは書かれていない。以下夜討を次のように計画した。

其夜美濃守くつきやう〔究竟〕の兵《つはもの》四五十人敵《かたき》の門外《もんくはい》へ忍《しの》ばせ置、夜半《やはん》の比《ころ》小礒川ただ壱人表《をもて》の門へ忍出《しのびいで》、番人どもが寝首《ねくび》をかきひそかに門をひらきぬれば、待もうけたる兵ども着込《きごみ》にくさり、鉢《はち》まきし一様《やう》に黒《くろ》き半立《はんだち》を着《ちやく》し、黒きもも引〔股引〕きやはん〔脚絆〕にくろざや〔黒鞘〕の大小を身にひつそへてさすままに、相言葉《あいことば》をささやきあひひたひたと忍入《しのび》、随破斎が寝間《ねま》の広庭《ひろにわ》にこみ入息《いき》をつめてぞ待てける。

美濃守が派遣したのは武芸に秀でた強者四、五〇人だった〔その後五一人だとわかる〕。これらは忍びとは書いていないので侍なのだろう。深夜に小礒川はただ一人で表の門に出て、番人どもの寝首を掻いて門を開いたので、待っていた兵たちが潜入した。兵たちは、鉢巻、鎖帷子《くさりかたびら》

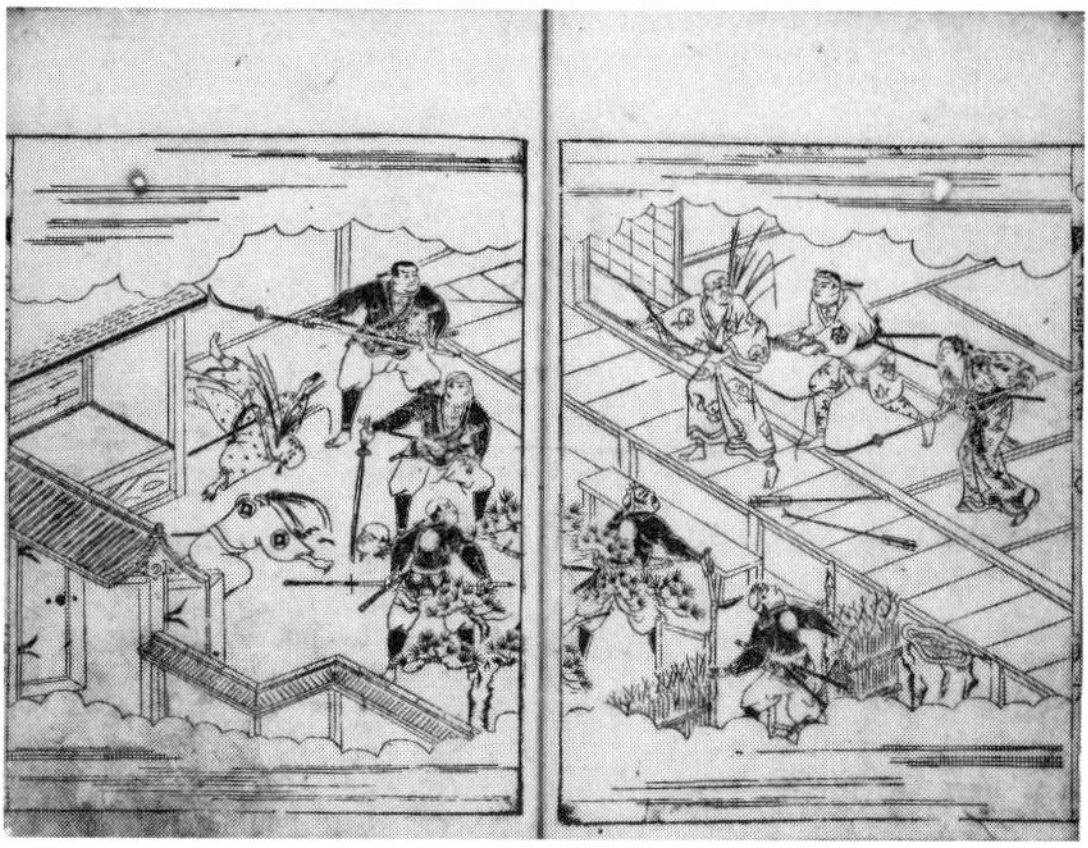

図4　『本朝諸士百家記』巻9の2

を着て、その上に黒い半裁《はんだち》（丈の短い筒袖《つつそで》の着物）を着て、黒い股引《ももひき》に黒い脚絆《きやはん》に黒鞘の大小を身につけていた。挿絵（図4）では股引は黒くないがそれ以外は黒装束である。一八世紀前半まで忍者は黒装束でない普通の姿で描かれていた。ここでの究竟《くつきよう》の兵たちはいまわれわれが考える忍者の格好によく似た装束をしている。ただし、忍びであることが確実な小磯川は敵家中に潜入しているため、普通の姿で挿絵には描かれている。

『万川集海』巻一五「忍夜討之篇」の「出立四箇条」のうち「一　上着白小袖これなき事　口伝、但忍やかに討つべき時は二重黒然るべき事」「一　指物を差すべからざる事　附 同くは具足も着ず着込然るべき事」とある。白小袖の禁止はあっても、黒を着るべきという指定はなく、口伝として忍びやかに討つときに黒の二重《ふたえ》を勧めている。また、指物や甲冑《かつちゆう》は駄目で、着込を着るように伝えてある。ただ、『万川集海』には合致しても、馬場美濃守の兵の黒装束は、忍者の黒装束が定番だったからとはいえないと考える。浮世草子では盗賊が黒装束であり、それに類したものと思われるからである。合言葉が夜討で重視されていたのは、『太平記評判秘伝理尽鈔』などでも見られる。

一宮随破斎の最期

さて、ちんめいだが、夜討に関して重要な役割を果たしていた。

扠もちんめい女ながらも親《をや》の敵《かたき》を討べきと思ふ程《ほど》のかいがいしき女なれば、随破斎か寝入《ねいる》を見すまし髪剃《かみそり》をもつて床に立置たる弓のつるども切て捨《すて》、枕《まくら》に立し大小をうばひとり、火《ひ》を打けしてぞ忍ける。「夜討《ようち》の大将小礒川《こいそかは》為五郎、すはや時こそ来りつるは」とかたづをのみて待ちかくる。

ちんめいは剃刀《かみそり》をつかって弓の弦を切り、また枕元の大小の刀を奪い、また火を消して襲撃の手助けをしている。『風流軍配団』巻四の二で飛加藤が行っていたような行為である（224頁参照）。かねての準備をし「夜討の大将小礒川為五郎、さあ時こそ来たぞ」と小礒川が動くのをちんめいは待っていた。あとは小礒川が動くばかりだったが、その前に随破斎は異変に気がついたのだった。

随破斎火の消《きへ》つるに驚《をどろき》、事こそおこれと枕《まくら》を上げ耳《みみ》をすまして聞ければ、何かは知らず広《ひろ》庭《には》にものの音《をと》こそ聞《きこ》へけれ。随破斎大音上《だいおんあげ》「夜討《ようち》の入て有けるは。出あへ火をともせよ」とよばはれども、泊《とま》り番《ばん》の詰《つめ》ける間《ま》は程へだたれば聞へもやらず、いらへするものあらざりければ、太刀をとらんとさぐり見れと大小共に手にさわらず、床《とこ》に立たる弓おつとり矢つかみゑんへはしり出、「今宵《こよひ》の夜討は何ものぞ矢一つとらせん受《うけ》て見よ」と弓と矢とれば、こはいかにひかんとするにつるきれたり。入道弓と矢からりとすてかさねて内へはしり入、張替《はりかへ》の弓ひつさげ出ひけどもゆづるのあらばこそ「南無三宝」と彳《たたすむ》をおつ取まはし切かくるをとつてはなげとつてはなげ。命をかぎりとはたらけばさしものよせて暫《しばらく》は引いろにこそ見へてけれ。

随破斎は火が消えたので目を覚まし、なにか変事が起きたのかと枕から頭をもちあげ、耳を澄まして聞いたところ、なにかはわからないが広庭でもの音がするのが聞こえた。随破斎は大声をあげて「夜討のものが侵入した。出てきて火をともせ」と叫んだが、泊まりの番がいる部屋は隔たっているので聞こえず、返事をするものがいなかったので、太刀をとろうとさぐってみたが大小の両刀はともに手にさわらなかった。そこで床に立てた弓と矢をつかんで急いで縁側に走り出し、「今夜の夜討は誰がするのだ。矢ひとつとらせよう。受けてみよ」と矢をひくと、これはどうしたことだろうか、弦が切れた。入道は弓と矢をからりと重ね捨てて内へ入って、予備の弓をもってきたが、これも弦を切られていたようで、弦がないので役に立たない。

「南無三宝《なむさんぼう》（しまった）」と棒立ちになっているのを取り囲んで切りかかってくるのを摑《つか》んでは投げ、命を限りと暴れたので、さすがの寄せ手もしばらくは引く様子だった。

さすがの随破斎は灯りが消えたことで異変に気がついたが、人を呼んでも遠いために来なかった。両刀はちんめいが隠し、弓の弦も傷つけてあったので、随破斎は思ったように戦えなかった。弓をとって出たのは、『信長公記』の本能寺で信長が最初に弓をつかったように珍しくないのかもしれないが、やはり弓の随波斎流が関係しているだろう。槍が出てこないのは不審だが、武器がなくなって呆然《ぼうぜん》とする随破斎にかかる寄せ手を、随破斎がおそらく柔術ではねのけているのはさすがであった。そこで小礒川が働きをみせる。

「今は斯《かう》よ」と為五郎案内《あない》は知つつ後《うしろ》よりこしのつがひを切《きつ》て落《をと》せば、さしもの入道たまり得ずのつけに反すをとつてふせ、「サアサア女房とどめをさしむねんをはらせ」といひければ、女房「嬉《うれ》し」とさしよつて「覚《おぼへ》があらん。随破斎上杉弾正《だんじやう》兼信《かねのぶ》公の御《み》内なる渡邊一角重綱《しげつな》が娘、親の敵《かたき》おぼへたか」と心もとをはさし通《とを》し、「今は是までうれしや」と先《さき》にすすみて案内《あんない》し、人知らぬぬけ道より難《なん》なく忍《しの》び出にけり。斯《かく》て小礒川夫婦《ふうふ》の者随兵《ずいひやう》以上五十三人壱人も手を負《をは》ず、本陣へ立帰り主人美濃守へ対面《たいめん》し、随破斎が首《くび》を見すれば「あつはれ（天晴れ）いさぎよきはたらき成」とて、ちんめいをめあわせ庄薗《しやうゑん》あつくあておこなふ。女ながらも孝心《かうしん》ふかく身を捨《すて》、親の敵《かたき》をうたんとふかく観世音菩薩《くはんぜをんぼさつ》をいのる。信心《しんじん》まさに仏意《ぶつち》に叶《かなひ》、善男子《ぜんなんし》によつて敵《かたき》を討《うち》、善女人《ぜんによ》の名《な》を受《うけ》、忠孝長《ちうかうなか》く子孫《しそん》に伝《つたへ》、冨貴《ふつき》の家《いゑ》とぞ栄《さかへ》ける。

　この女観音の陀羅尼《だらに》をくる事一日一夜に三千三百三十三遍《へん》、陀羅尼一遍の功徳《くどく》は普門《ふもん》品《ぼん》三十三遍にむかふとなん。有智識《あるちしき》の教《をしへ》給ひしと語《かたり》き

唵阿盧力迦娑婆訶《をんあろりぎやそはか》

　そこで「今はこうだ」と家の事情を知っている為五郎が後ろから随破斎の腰骨を切っておとせば、さすがの随破斎もたまらずひっくりかえったのをとりおさえて「さあ女房とどめを刺して無念を晴らせ」というので、ちんめいは「うれしい」と近づいて「覚えがあるだろう随破斎。上杉弾正謙信公の家来の渡邊一角重綱の娘だ。親の敵覚えたか」と名乗りをあげて、心臓のあたりを刺し通した。そのあとは、人知れぬ抜け道を先導して脱出の手助けをした。小礒川とちんめいと夜討の兵のあわせて五三人は誰一人として手傷を負わずに本陣に立ち帰った。

『本朝諸士百家記』のテーマ

　馬場美濃守は小礒川とちんめいのふたりを娶《めあわ》せ、領地を与えて、めでたしめでたしになる。挿絵（図4）では随破斎以外にも人がいて寄せ手が切り伏せている。随破斎は弓を持っており、それを小礒川が後ろから切っている。ちんめいは長刀を持っているがこれは本文にない。女の武器として長刀が用いられたので持たせてみたのだろう。小礒川の袖の紋は亀甲に卍だがここからモデルを割り出すのは難しそうである。寄せ手の武器は長刀、刀、槍、鎌と種類に富んで

いる。『万川集海』巻一五「忍夜討之篇」では「忍夜討には長柄の鎗を持べからず、其外は面々の得道具を持べし（中略）軍歌に夜討には長柄の鎗を嫌ふ也。太刀長刀に弓を用ひよ」と書いてある。長柄の槍は二―三間（三・六―五・四メートル）あったので夜討にむかないのは当然だろう。持槍（二・七メートル）でも長いぐらいだったはずである。とどめをさすようにうながす小礒川とそれにこたえて名乗りをあげて随破斎にとどめをさすちんめいの描写は芝居めいている。錦文流の浮世草子は演劇的な要素が強いといわれるが、そのような点にも感じられる。

『本朝諸士百家記』が『本朝女二十四貞』（作者不詳、正徳三年〔一七一三〕刊）の改題本とする解説を見るが、『本朝諸士百家記』のほうが刊行年が早く、また内容も異なっている。だが、『本朝諸士百家記』は、女が活躍する話が多く、当該の巻九の一と二は武士の教訓よりも女の孝心を称《たた》える内容になっている。『本朝諸士百家記』にはときおり末尾に教訓が付けられているが、ここでは陀羅尼の功徳であり、それが巻九の一の節題「渡邊一角か娘陀羅尼の功徳によって親の敵を討事」に合致するのである。この話は小礒川為五郎ではなくちんめいが真の主人公と言えよう。危うく自害の寸前であった小礒川だが、ちんめいには菩薩のさしつかわした「善男子」であったのはお互い幸いであった。

人を驚かすような忍術も出てこず、焦点は忍びではないのかもしれないが、『本朝諸士百家記』のこの話は、暗殺を主目的とする忍者が出てくること、夜討の勢が黒装束を着ていること、暗殺が無事に成功し、さらにそれがハッピーエンドにつながっていることで、江戸時代の忍者小説では珍しいものになっている。「ちんめい」という腰元の名前や猛烈なその性格から中国小説に原話があるのかもしれない。小礒川為五郎は任務の失敗から自害するつもりであることを、潜入先で愛し合うようになった女に話すような駄目な忍者であるが、行き詰まって心中したりはせず、男女ともに目的を果たしてめでたしめでたしになるのはなかなかすてきな話ではないだろうか。

五、『其磧置土産』にみる忍者の技芸伝達

江島其磧と『其磧置土産』

日本文学史を学んだことがある人なら井原西鶴を知っている人は多いだろう。文学史では、井原西鶴『好色一代男』（天和二年〈一六八二〉刊）から浮世草子とし、それ以前の仮名草子と文学ジャンルを区別している。江戸時代の文学では、前時代の文学作品の要素を持ちつつもそれとは一線を画す優れた作品が登場し、さらにそれを模倣する作品が続出して新しい文学の分野を形成することが多く、井原西鶴と浮世草子はその代表的な例である。もっとも、これは現代文化でも同様の例を見いだせよう。

浮世草子の創始者は井原西鶴であるが、江島其磧《きせき》は浮世草子約一〇〇年の歴史の最盛期に活躍した作者である。現代的な目からみれば、奇抜な着想や調子のよい文体をもつ西鶴作品が優

れているように思えるが、構成力に優れた長編を執筆し、筋も理詰めで、ややくどいほどわかりやすい描写なので其碩作品のほうが当時の読者には広く受け入れられていた。

さて、江島其碩と忍者といえば飛加藤《とびかとう》が登場する『風流軍配団《ふうりゆうぐんばいうちわ》』（元文元年〔一七三六〕刊）があるが、『其碩置土産《きせきおきみやげ》』（元文三年刊）にも忍者が登場する。其碩は享保二〇年（一七三五）、一説に元文元年に没している。『其碩置土産』は其碩の息子其跡の序文によれば其碩の遺稿を編集したものであり、内容はまとまりが悪いが、『風流軍配団』と同じく『伽婢子《おとぎぼうこ》』と『北条五代記』への関心がみられ、其碩の作品であると考える。

巻一の一「敵討とは誰もしらはの矢たけ心弓取の忠孝」

『其碩置土産』では巻一の一「敵討《かたきうち》とは誰《たれ》もしらはの矢《や》たけ心弓取《こころゆみとり》の忠孝《ちうかう》」と巻一の二「重代《ちうたい》の剣《つるき》は箱《はこ》に打納《うちおさ》めた年来《ねんらい》の敵《かたき》」という続きの忍者の話が収められる。主人公は甲賀扇大夫《こうかせんたゆう》の一子扇介《せんすけ》という色好みの男で柴屋町《しばやまち》（滋賀県大津《おおつ》市にあった遊郭）の初雪《はつゆき》という女郎のもとに通い詰めていた。親に大小の両刀をとりあげられたので、親の大小をぬすみだして柴屋町にむかったが千鳥《ちどり》組という無法者たちに大小を奪われてしまう。親の評判を疵《きず》付けた扇介は切腹すると決め、譜代の家臣花松文五《はなまつぶんご》左衛門《さえもん》を介錯《かいしやく》のため呼んだところ、文五左衛門から意外な事実を聞かされることになった。

抑おまへは旦那の御子《こ》にはあらず、御主人《しゆじん》扇大夫様、忍《しの》びの術《じゆつ》の御師範《しはん》、甲賀《かうか》の三郎太郎早通《はやみち》の御子息《しそく》成が、三才の御時、常州《じやうしう》秋津郡《こほり》に名誉《めいよ》の窃盗《しのび》の者ありしが、御実父《じつふ》早通公《はやみちこう》御家に伝《つた》へられし、神変忍《じんへんしの》びの大事の秘書《ひしよ》を、「伝授《でんじゆ》せん」と望《のぞみ》ぬれとも、「一子の外相伝《さうてん》せず」とゆるし給はざりし故、或夜《あるよ》御実父《しつふ》沈酔《ちんすい》あつて、ふかくね入給ふ所へ、天狗次郎忍《しの》び入て三郎太郎様をさし殺《ころ》し、大事の秘書《ひしよ》をぬすみ取て、行かた知らずにげ失《うせ》ぬ。

そもそも扇介は扇大夫の息子ではなかった。甲賀三郎太郎早通という忍びの術の師範がいて、これが扇介の実父だった。常州秋津の名誉の忍びである天狗《てんぐ》次郎《じろう》が早通に神変大事の秘書の伝授を頼んだものの、早通が一子のほかには教えないと言ったので、早通がある晩深く酔ったところを天狗次郎が襲って、神変大事の秘書を奪って逃げたという。

甲賀三郎太郎という名前は、近江を舞台にするので甲賀忍者で有名な甲賀姓にして、諏訪《すわ》縁起の伝説で知られる甲賀三郎《こうがさぶろう》にちなんで、甲賀三郎太郎としたのだろう。「早通《はやみち》」の名前は忍びの者のよくある特徴として足が速いという意味の反映だろうが、弘前《ひろさき》藩四代藩主津軽信政《つがるのぶまさ》が延宝元年（一六七三）に甲賀流忍者である小隼人を召し抱えて「早道之者《はやみちのもの》」という忍び組織を設立したのと関係があるのかもしれない。本話の最後が「甲賀風間の家、繁昌して、子どもおほくさかへけるこそめでたけれ」になっており、「風間」という姓はここしか出てこないが、『北条五代記』などに出てくる北条配下の「風魔（風摩、風間）」に関係させたのだろう。なお『風流軍配団』では飛加藤の師匠の風間は隠遁《いんとん》して故郷の近江に帰ったことになっている。

常州秋津郡の名誉の窃盗《しのび》といえば『伽婢子』の飛加藤の設定である。ここでは飛加藤ではなく天狗次郎である。天正八年（一五八〇）の黄瀬川の戦いに参加した大猿《おおさる》の四郎《しろう》という忍びが出てくるが、扇介が自らを天正元年（一五七三）に滅亡した朝倉義景《あさくらよしかげ》の家臣と名乗っているので、時代設定のつじつまがあっていない。

忍者の技芸伝達

ここで面白いのは忍者の技芸伝達がうかがえることである。現代は『忍たま乱太郎』のように忍者の学校が登場する創作があるが、それは現代で技芸伝達の制度として学校がなじみ深いからだろう。江戸時代における「忍者」の技芸伝達、つまり忍術の伝授も江戸時代での技芸伝達のあり方を反映している。江戸時代の他の武術や茶道や歌道といった芸事と同じ師弟制度である。弟子は師匠に入門し、免許皆伝（相伝）まで段階的に技術を学ぶ。師匠は弟子のうち優秀なものを選び後継者とし、継承のさいに伝書一式を渡す。つまり流派、宗家、伝書といったものが存在する制度である。

現在伝えられている忍術書をみても、『正忍記』（国立国会図書館蔵本）は名取流軍学の名取三十郎正澄の長男平左衛門が弟子の渡辺六郎左衛門に授けている。『忍秘伝』（東北大学附属図書館狩野文庫蔵本）は巻一と巻三と巻四に識語があり、原作者の服部美濃辺三郎ら服部一族とは違う守田長左衛門久明・瀬野嘉平次勝明・加藤作左衛門らの名前が記されるが、これは忍術の相伝者であろう。

尾張藩御土居下《おどいした》組森島左兵衛（寛政一一年〔一七九九〕生まれ）はみずから忍術を発明し、水泳の術に優れた人物だったが、たいていの場合は誰かに忍術を教えてもらうことになる。尾張藩御土居下組でも広田増右衛門は増右衛門の父が伊賀流の吉川宗兵衛から習得したものを受け継いでいる（岡本柳英 1961）。津《つ》藩での伊賀者の技芸伝達では「敬白天罰霊社起請文前書《けいびゃくてんばつれいしゃきしょうもんまえがき》」と呼ばれる資料がその実態を伝えている（正徳六年〔一七一六〕五月三日、三重大学国際忍者研究センター寄託木津家文書）。もともとは伊賀国阿拝《あえ》郡（大野木村）の木津家の五代目木津伊之助が、忍術を教えてくれた長井（永井）又兵衛に差しだした忍術伝授に関する起請文で、六ヶ条にわたり、伝授された忍術の秘密を守ること、忍術を盗みのために使用しないことなどが記されている。伝授にあたり、『万川集海』が使われたことがわかる。木津伊之助も長井又兵衛も、ともに藤堂藩の伊賀者である。

ここで『万川集海』が他見を許さない伝書であったことがわかるのだが、それは他の忍術書も同じで『忍秘伝』（東北大学附属図書館狩野文庫蔵本）では、

> 右色々口伝とも多くこれ有り、最我家の大秘法とする者也。緞（假）令親子兄弟たりと云とも、其器に当らざるの輩にはみだりに是を授けざる者也。其余の面々は勿論一字一言成とも他見他言ある事専是を禁止すへきなり。伊賀甲賀の家子孫繁多也。輩多しと云へとも、此道を以て受授する者は一父一子の外は有るべからず。是大秘事にして骨髄の道理有て人の腹心に納るの極秘也。

とあり、たとえ親兄弟であっても関係のないものにはみだりに授けず、そのほかの人たちには一字一言であっても見せてはならないとする。「一父一子」の相伝を基本としたものだった。

現実の忍術書はそれを見せてもらったからといってすぐにその術がつかえるわけでもなく、また忍術書には「口伝」と記される箇所も多々あって、忍術修行と一緒になって初めて身につくものだったろう。しかし、江戸時代の文芸における超自然的な忍術は、秘伝の一巻を手に入れただけで使えるようになるものが多い。おそらく、真言のように言葉自体に呪力《じゅりょく》があると思われていたのだろう。

『賊禁秘誠談』巻二「石川文吾百地が門弟と成る事」で百地三太夫が石川五右衛門を弟子にしたときは、「(百地三太夫は石川文吾を)則弟子と成て諸芸を教けるに、別て忍の術には生れ付にや稽古よりも勝て、三太夫も『早くも我道を継べき者也』と気に入て、秘密口伝をおしへ、第一の門弟と成ける」と実子でない石川五右衛門を弟子のなかから取り立てている。

忍者を扱った作品では師匠と弟子の確執がよくとりあげられる。兵法者の間で交わされた起請文を考察した石岡久夫『兵法者の生活』「起請文の発生と流行」は、起請文に関して「修行者自身の心底からの自発的なものでなく、指導者から教示された、いわば強制的なものであった。だからこそ、俊英なる技能者があらわれたり、別流へ走るものもあらわれるという反面を否定することができない」(68頁)と記しており、教える側と教わる側の微妙な関係が反映されているといえよう。

天狗次郎のゆくえ

さて、扇介の実父甲賀三郎太郎早通が天狗次郎に殺されてから、早通の妻おつなは門弟のなかから秀でた扇大夫を選んで夫とし、扇大夫は扇介の義理の父になった。そうして扇介成人ののちに仇《かたき》を討たせようと扇大夫は天狗次郎の行方を探っていたのだった。文五左衛門の諫言《かんげん》に心を改めた扇介は仇をもとめて諸国をひとり巡る。出羽《でわ》国袖ヶ浦（山形県酒田《さかた》市袖浦《そでうら》か）で「（顔が）赤《あか》みがちにひげながく。額《ひたい》からあたまへかけて刀疵《かたなきず》の跡《あと》見えて、つらたましゐただ者とは見え」ない川渡りの駕籠《かご》かきを見て、正体を知ろうと奉公に出るつもりはないかと尋ねたところ、次のような返事がかえってきた。

身ども以前は天狗《てんぐ》次郎と申、忍《しの》びの者の下組《したくみ》、大猿《さる》の四郎といふて、北条家《ほうでうけ》と武田家《たけだけ》と、黄瀬《きせ》川戦《かはたたか》ひの時分北条家の忍《しの》びの者に加《くは》はり、夜討《ようち》に大分手がらしたる者成しが、黄瀬川の夜討に、敵の物具《もののぐ》太刀《たち》刀《かたな》を盗取て来り。我がの人がのと、中間同士《どし》欲《よく》からいさかひ、後《のち》はたがひに刀を抜《ぬい》て切合、此額《ひたい》の疵《きず》は其時に切付し跡《あと》也。其後大将天狗次郎立身《りっしん》を望みしに、北条家にて御加増《かぞう》なく、述懐《しゅっくわい》しておいとまも申請ず、忍び出、今此大猿の四郎も、此身に成。

男は天狗次郎の配下の忍びで北条家と武田家が戦った黄瀬川の合戦で夜討に手柄をたてたものの奪った敵の武具の分配で味方同士で争って、切り合いの疵を負った大猿の四郎という者だった。黄瀬川の戦いでの忍びの活躍は、三浦浄心『北条五代記』巻九「関東乱波智略の事」（寛永一八年〔一六四二〕刊）の風魔の活躍がそれに相当する。其磧は『風流軍配団』と同じく『北条五代記』を参考にしたのだろう。天狗次郎の居場所を聞き出そうとする扇介に対して、扇介の主人の名前を大猿の四郎が尋ねたので、扇介は朝倉義景と答え、再会を約して扇介は故郷に戻った。

巻一の二「重代の剣は箱に打納めた年来の敵」

故郷に戻った扇介は義父の扇大夫らに委細を伝え、主君には仇討《あだうち》に成功した場合は三百石の加増を約束してもらって送り出された。扇介は「自余《じよ》の敵とちがひ、神変《じんぺん》を得たる窃盗《しのび》の術《じゆつ》を鍛錬《たんれん》の者なれば、中々大抵《たいてい》にては本意《ほんゐ》はとげられまじ」と「譜代《ふだい》の家来《けらい》花松文五左衛門を始《はじめ》、大力《ちから》の勇成《けなげ》侍《さふらい》、以上五人」と五人の大力の侍を供に連れて行くことにした。「とかく神力《しんりき》を頼まずしては、本望はとげがたからん」と氏神に祈り、面々巡礼や山伏や商人に姿をかえてばらばらに出立した。仇討の前に神仏に祈るのは江戸時代の小説ではよくあることで、神仏の利生で主人公が助かることもめずらしくない。出羽国むやむやの関（山形県山形市有耶無耶《うやむや》の関）近くの駕籠かきの家につき、扇介以外の六人は身を隠し、扇介が大猿の四郎のもとに赴いた。扇介は大猿の四郎に案内されてひとりでついて行き、他の六人はそれを追った。

作者の江島其磧は東北の地理に詳しくなかったのか、蚶潟《きさかた》（秋田県の象潟《さきかた》）の八十八潟や九十九島に蚶満寺《かんまんじ》の前を通り、恋の山（山形県の湯殿《ゆどの》山の別名）の麓《ふもと》についている。「いとど木陰《こかげ》の小暗《こぐら》き所に、ゆゆしき門がまへに、瓦まじりの高塀丈夫《たかへいでうふ》（堅固の意味）」で、大猿四郎が鹿笛を吹くと中からも吹きあわせて、くぐり戸が開いて二人は中に入った。追手の皆々は扇介の身の上が心配でもあり、門を壊して中に討ち入ろうとしたが、扇大夫は「天狗次郎はただものならず、神変《しんぺん》を得たるごとくのしのびの上手《じやうず》。其身塵灰《ちりはい》と変《へん》し、この家をのがれ去《さり》ては、又出あふ事稀《まれ》なり」と強引に侵入しても逃げられて出会うことが難しいとおしとどめた。忍びの術をつかって潜入し、大猿の四郎が持っていた鹿笛を奪って鳴らすので、そのとき潜入するように扇大夫は提案した。扇大夫の潜入方法だが、

扇大夫は刀に指たるかうがい（笄）抜《ぬい》て、高塀にさすよと見えしが、それを手がかりにして苦《く》もなくのりこへ内に入て、玄関の戸の透間《すきま》より、風のごとくに入て、鼠《ねずみ》に身を変《へん》じ、座敷のちがひ棚《たな》の上《うへ》にかけ上り、うかがひゐる。忍《しの》びの術《じゆつ》こそ誠にたぐひなかりけれ。

と、忍術をつかっている。刀の笄《こうがい》は刀の鞘《さや》の付属品のひとつで、髪をなでつけるのにつかった道具で、現実では刀の笄を足がかりに塀に上がるのは無理だろうが、そういう驚きを読者にもたらすためわざと小さい笄になっているのだろう。鼠に変身するのは変化の術であり、江戸時代の超自然的な忍術では代表的なものであった。扇大夫が忍んだ先には天狗次郎が扇介と対面していた。天狗次郎の容貌《ようぼう》は、

七尺有余《ゆうよ》の大の男、惣髪《そうがみ》にして髭《ひげ》黒く、眼《まなこ》大きにして、四つの牙口《きば》より外へ生《おい》出、大格子《かうし》の広袖の袷《あはせ》を着《ちゃく》し、五尺あまりの長刀をよこたへ、ひとへに酒呑童子のむかしの姿もかくやあらん。

というもので、扇介も身の毛が立っておそろしく覚えたのだった。この天狗次郎の容貌の表現は『北条五代記』に登場する風魔の「長七尺二寸、手足の筋骨あらあら敷、ここかしこに村こぶ有て、眼はさかさまにさけ、黒髯にて、口脇両辺広くさけ、きば四つ外へ出たり」（寛永一八年版本）を意識したものだろう。なお原文は「風广《かざま》」で「風魔」「風摩」の両方が想定できる。古文書では「風間」が使われている。挿絵（図5）のように大格子の広袖の袷を着ているのは、御伽草子『酒呑童子《しゅてんどうじ》』（室町末）の酒呑童子が大格子の織物を着ているのにならったほか、江戸時代では大格子は妖怪《ようかい》の見越《みこし》入道など力強い人物の衣服に使われる柄だったためだろう。

　さて、仕官のための支度金を扇介が取り出したところ、天狗次郎は財布をみて、木の葉を術で変えて自分をたばかろうとしたと言って扇介を切ろうとした。これは天狗次郎が術で本物の小判を木の葉に見えるようにし、いいがかりをつけて小判を奪おうとする策略だった。ところが、あらためて財布を確認しても小判はちゃんと存在したので、天狗次郎は狼狽《ろうばい》した。そこでちがい棚にいた扇大夫が声をかけた。

図５　『其磧置土産』巻１の２

汝術《しゆつ》を以て小判を木の葉と見せ、扇介を偽《いつは》り者と科《とが》をつけ、両人して殺《ころ》し此金をとらんとの巧《たくみ》なれども、我爰にひかへゐる中は、汝が術は星《ほし》の光《ひかり》の朝日にきへ、蛍《ほたる》の火の暁《あかつき》の月にかくるるがごとくならん。汝とわれと若年より魔《ま》法しのびの術どもを、修行《しゆぎやう》の功《こう》も鍛錬《たんれん》も、甲乙《かうをつ》なしといへども、今汝は浪人して魔法《まほう》を以て人の目をたぶらかし、金銀を貪《むさぼ》り、しのびの術を以て夜《よ》盗押入《とうをしいり》をして、人を害《がい》し財《たから》をうばひて、非道《ひどう》よこしまを以て身命《しんみやう》をつなぐゆへに、術《じゆつ》も魔法《まほう》も我におとれり。かくいふ我こそ、甲賀《かうか》三郎太郎が高弟《かうてい》、扇大夫といふ者。それ成扇介といへるは、身が猶子《ゆうし》にて、師範《しはん》三郎太郎の一子。汝師匠《しせう》を殺《ころ》して忍びの秘書《ひしよ》をぬすみとりしゆへ、をのれを討《うつ》て、師《し》親《おや》の怨《あた》を散《さん》ぜん為に、父子《ふし》是迄来れり。我術は弥陀《みだ》の利剣《りけん》にて、悪魔を降伏《がうぶく》あるにひとしく、主《しう》の為に強敵《かうてき》を亡《ほろぼ》し、国を平《たいら》かに鎮《おさむ》る忠《ちう》勤《きん》、是まことの働きにして、邪《よこしま》ならざるゆへに、をのれが秘術《ひじゆつ》にまされり。一歳《とせ》長尾家にて、をのれが術を見あらはせしものを、夕がほとなして小刀を持て蔕《ほぞ》を切ると見せて、其者の首《くび》を切し奇術《きじゆつ》ならば、今我見る前にてして見すべし。いかないかな叶ふまじ。

と扇大夫は形をあらわして棚から飛び降りた。扇大夫も天狗次郎もともに超自然的な、本文でいう魔法忍術の使い手であることは変わらない。扇大夫が天狗次郎を非難しているのは、天狗次郎が非道な振る舞いに忍術をつかっていることであり、自分の術を「弥陀の利剣」にたとえている。「弥陀の剣」とは南無阿弥陀仏《なむあみだぶつ》の六字の名号を利剣にたとえたもので、自分の術を仏の力と同じだと主張しているのである。江戸時代では、神仏の力以外の超自然的な術は本能的に忌避すべきもので、妖術・忍術はそれにあたるため、忍者に正義を見出《みいだ》すのは難しいが、扇大夫は理屈をつけて、おのれの正義を主張しているのである。同じ忍びの術をつかうもの同士で、おのれの正義を天狗次郎に、あるいは読者に納得させるにはそういった主張が必要だったのだろう。

長尾家での夕顔の話は『伽婢子』「飛加藤」からである。『伽婢子』を知っている読者に、天狗次郎が実は飛加藤だったと思わせる内容である。甲賀三郎太郎の忍術書の内容は不明である。『其磧置土産』の目録の巻一の二の副題には「兵法《へうほう》の自慢《じまん》は鼻《はな》の高い天狗次郎が魔法の飛行《ひぎやう》」とあり、天狗の名前のように「飛行《ひぎやう》」の術をつかうかのように書かれているが、本文中で天狗次郎は飛行の術をつかっていない。天狗次郎が飛加藤に相当するなら飛行の術を身につけていておかしくないように思えるが、『伽婢子』の飛加藤も実際は飛行ではなく幻術のみをつかっており、本話でも小判を木の葉に見せる術を天狗次郎が使っているので、飛加藤と同じく幻術こそが天狗次郎の術だったのかもしれない。

さて、この扇大夫の名乗りに対して、天狗次郎は意外なことに反省して討たれることを申し出る。ところが、「両手を組《くみ》て首《くび》さしのべ、観念《くはんねん》して座《ざ》し」た天狗次郎に対して、扇大夫は介との勝負を求めるのである。それに対して、天狗次郎が「某《それがし》は昔から刀を抜《ぬい》て人をきらずに、鞘《さや》へ納めし例《ためし》なければ、抜きはなすと若輩ものは二つにするが、それにても勝負をせよか」と言うのに、さらに刀を抜くように促すと、大猿の四郎が天狗次郎の前に立って「御恩《をん》ある盗賊《とうぞく》の大将殿に刃向汝等《はむかうなんぢら》を生《いけ》てはおかれぬ」と言うと鹿笛を鳴らして手下を呼んだ。その鹿笛を聞いて、門の外に控えていた文五左衛門たちも門を大石で打ち破って中に入って乱戦になる。天狗次郎の配下に「鎰放《かきはつ》しの長丸、手鞴《てふいご》の風之助」など八人の手下が列挙されるが、これは井原西鶴『本朝二十不孝』巻二の一「我と身を焦がす釜が淵」の石川五右衛門の手下の名前を参考にしたもので、五人の名が一致する。其磧が西鶴作品の一部を利用することはよくある。決戦は忍術でなく、次のように刀で行われている。

一騎当千の盗人ども、扇大夫主従《しうじう》七人に渡しあひ、火花をちらし爰を専《せん》と戦ひける。文五左衛門は剣術《けんじゆつ》に達《たつ》せし勇士《ゆうし》、かれが手にかけて天狗次郎が両手と頼みたる、大猿小猿を討《うつ》て捨《すつ》れば、是に気を得て残り四人も二人三人切たをし、猶奥《おく》ふかく切て入は、天狗次郎是迄と覚悟《かくご》して、鬼神のあれたるごとく死物《しに》ぐるひに切てまはれば、五人の者ども手《て》負《おい》少しひるむ所へ、扇大夫親子両方より打てかかり、秘術《ひじゆつ》をつくしなんなく天狗次郎が腰《こし》のつがひを切はなし、たをるる所をすかさず扇介上にのり、心しづかにとどめをさし。

忍術は隠形や変化など忍びのための術が主なので、昭和の忍法小説のように忍術で直接相手を倒したりはしない。やはりおのれの忍術が天狗次郎のよこしまなものとは違うと扇大夫に言わせている点が当時の忍術観を知るのに重要といえよう。戦いの展開は仇討小説にありがちなもので、侍らしく刀で最後は本懐を遂げている。自ら討たれて構わないという天狗次郎をあえて切ったのが当時の武家物の小説らしい展開だった。こののち、扇介は用意の容器に首を入れ、怪我したものを駕籠に乗せて本国に帰り、約束の加増のほか、屋敷までもらい、そこへ移って「甲賀風間の家、繁昌して、子どもおほくさかへけるこそめでたけれ」で本文は締めくくられている。

本話の構成や展開は、放蕩《ほうとう》息子が家中のものの助けを得て父の仇討という本懐を果たすという、よくある仇討物だが、これを忍びの者の家の話として忍術を織り込んだところに面白みがある。忍者と忍者が戦うという趣向は、今ではあたりまえだが、江戸時代では珍しかった。また、忍者作品は師匠と弟子の確執がよく描かれ、昭和の忍者小説やマンガなどでも定番だが、その源流は江戸時代の忍者小説にあり、また当時の師弟や技芸伝達のあり方が関係している。

第三部　忍者の表象

はじめに

黒装束に黒覆面、手裏剣に忍者刀といった現在我々が思い浮かべる忍者の姿は歴史上の忍びとはかけはなれたものである。忍びにとって平時でも戦時でも敵と変わらない姿をしていることが大事であり、忍びしか持たない武器や特定の忍びの流派だけが使う武器を携行するなど、闇には紛れても他人とかけ離れている格好をすることは不利益のほうが大きかった。世に言う忍者刀も実際に使われたものではなく、特殊な形状の刀が忍びがつかったという憶測から忍者の武器とされているだけである。

実際の忍びとはまったく違った忍者像が定着しているのは、小説や演劇に描かれた忍者の姿が影響している。以下の章では、黒装束に黒覆面、手裏剣の使用といった忍者の表象がどのような過程で生まれ、定着していったかを明らかにする。

第一章　忍者装束の発生と展開について

江戸時代前半の忍者の服装

『伽婢子』や『新可笑記』といった江戸時代前半の忍者が出てくる小説の挿絵を見ていると、忍者が黒装束でないことに気がつく。また、本文でも黒装束を着ているとは書いていないのである。

江戸時代の忍者の活躍する話で一番多いパターンは「忍者が忍術を用いてしのびいり、大事なものをとって戻ってくる」ものである。この形式は、木村常陸介が豊臣秀吉のもとに忍び入る『聚楽物語』の成立が早い。浅井了意『伽婢子』（寛文六年〔一六六六〕刊）は中国小説の翻案を行い、剣俠《けんきょう》という中国の超人を日本の超人である忍者におきかえて巻七の三「飛加藤」・巻一〇の四「窃の術」という二つの話を残したが、話のパターンは先に述べたものと同じである。「飛加藤」の飛加藤（187頁図1参照）と「窃の術」の長野の忍び（211頁図2参照）という二人の忍者について、本文を見ても挿絵を見ても現在イメージされる黒装束に覆面といった忍び装束ではない。挿絵では、「飛加藤」は「鉢巻・小袖《こそで》・カルサン・脚絆《きゃはん》・素足」、「長野の忍び」は「笠《かさ》、筒袖の羽織、尻《しり》からげした小袖、股引《ももひき》、脚絆、草履」である。井原西鶴『新可笑記』（元禄元年〔一六八八〕刊）「槍を引く鼠の行方」の挿絵の三人の忍者は、下半身が鼠になっているため、着物は上半身だけだが、黒など暗色ではなく紋の入った小袖で覆面や頭巾はしていない（259頁図1参照）。江島其磧『風流軍配団』巻五（元文元年〔一七三六〕刊）の忍者飛加藤は「鉢巻、小袖、素足」で刀は一本差しである（229頁図3参照）。

史実の忍びの装束と道具

それでは実際の忍びはどうだったか。紀州藩士名取正澄《まさずみ》の忍術書『正忍記』（延宝九年〔一六八一〕序）初巻には「着るものは茶漬《ツメ》、ぬめりがき、黒色、こん花色、是は世に類多ければ紛るる色なり」とあり、茶と柿色と黒と紺色がよく着る色としている。闇よりも人に紛れることが大事で、当時ありふれた目立たない着物が任務によいのである。冨治林伝五郎保道《ふじばやしでんごろうやすみち》の忍術書『万川集海』（延宝四年〔一六七六〕成）巻一五では忍夜討の装束について、「上着白小袖これなき事　口伝、但忍やかに討つべき時は二重黒然るべき事」と記す。上着は白を避けるよう指示するが特に着るべき色は示さない。黒の二重の着用は口伝なので秘策に近いものであった。『太平記』およびその外伝にあたる『太平記評判秘伝理尽鈔《りじんしょう》』では戦場で敵味方の区別がつきにくいことを利用した忍びの戦術がたくさん記してある。合言葉や合い印で味方の区別がつけられるものの、敵には一見してこちらが敵とわからない外見が夜討には都合がよかった。また、のちに創作され、現在定着している忍者の装束である黒装束の下に鎖かたびらという組み合わせより、普段の甲冑《かっちゅう》のほうが実際に戦う可能性の高い夜討や放火にも適していたはずである。

平山優『戦国の忍び』に、天正一二年（一五八四）の北条軍と佐竹《さたけ》軍が一時休戦となったさいに、佐竹軍が日暮ののちに通行する者すべてを捕縛し忍びを探し出した例が示してある（308—310頁）。このとき忍びが二尺三寸ほどの刀と火打の道具を隠し持っていたことから、正体が露顕している。

手裏剣も忍術書には登場せず、忍びがつかったとはされていない道具である。刀と火打道具ですら、忍びの道具として疑われたのに、もし黒装束や手裏剣のような忍者専用の持ち物を携帯していたら、身体検査されたときにすぐに何者であるかわかってしまう。ましてや何流の手裏剣と形が決まっていたら、正体が露顕しやすく暗殺に使うには不向きである。編み笠、鉤縄《かぎなわ》、石筆、薬、三尺手拭《てぬぐ》い、打竹《うちたけ》（火付具）が忍びの六具と『正忍記』初巻で示されるように、ありふれたものを持ち歩き、うまく融通して使うことが忍びには必要であった。

忍術の達人と黒装束

忍者説話では忍者の超人的な能力が見どころになっている。そもそも隠形《おんぎょう》や変化《へんげ》の術がつかえればわざわざ人目から隠れるために黒装束など着る必要はない。一八〇〇年頃には忍者の黒装束というイメージは形成されており、『絵本太閤記』六編巻一二（享和元年〔一八〇一〕刊）の伏見城に忍びこむ木村常陸介をみるといかにも忍者らしい黒装束になっている（169頁図1参照）。だが、木村常陸介の師匠にあたる石川五右衛門が『絵本太閤記』七編巻三（享和二年刊）で伏見城に忍びこむときは、小袖、小手、袴《はかま》、脛《すね》当てに裸足《はだし》である。忍術の達人は黒装束である必要がないのである（170頁図2参照）。

忍者ではなく普通の人間にとっては黒装束を着る利点はある。盗人の侵入や侍の夜討の場合は黒を着ることが珍しくない。錦文流『本朝諸士百家記』巻九の二（宝永五年〔一七〇八〕刊）では屋敷に潜入していた忍びの小礒川為五郎が一宮随破斎を討つため、屈強のつわもの五〇人余を門内に招き入れる。その格好は「着込にくさり、鉢まきし一様《やう》に黒《くろ》き半立《はんだち》を着《ちやく》し、黒きも引きやはんにくろざやの大小を身にひつそへてさすままに、相言葉《あいことば》をささやきあひひたひたと忍入《しのび》」とし、挿絵では弓を持つのが随破斎、それを背後から切るのが小礒川為五郎、長刀を持つのが随破斎を仇《かたき》と狙う女、黒半裁《はんだち》（筒袖で丈が短く襦袢《じゆばん》に似た着物）が侍たちである。侍たちは忍者ではなく、夜討の侍である。小礒川為五郎は「忍び」だが屋敷に使用人として潜入し

図1　『源平曦軍配』巻4　右下が三保谷四郎

ているので黒装束ではなく、普段の服装である。侍たちは黒ずくめのはずだが挿絵では股引は黒くない（281頁図4参照）。

小説の挿絵で黒の忍者装束が見られるものに、都の冨士『源平曦軍配《げんぺいあさひのぐんばい》』巻四（宝暦六年〔一七五六〕刊）がある。三保谷四郎《みおのやしろう》が忍び装束で、梶原《かじわら》景時《かげとき》の屋敷に潜入し、床下に潜んで一味が和田義《わだよし》盛《もり》が逃してしまった平景清《かげきよ》を生け捕りにして義盛に恥をかかそうとする謀議を聞き取る。三保谷四郎自身は「忍びの男」とあるだけで忍術をつかう忍者ではない。挿絵の詞書《ことばが》きは「みほのや、忍び、たくみをきく」とあり、本文には特に装束の描写はないが、挿絵では黒の兜頭巾《かぶとずきん》に黒の小袖、黒の股引に草履である（図1）。

三保谷四郎は『平家物語』巻一一「弓流」で、平景清に兜の錣《しころ》を引きちぎられた「武蔵国の住人、みをの屋の十郎」を元にした人物である。平曲『弓流《ゆみながし》』で「三保谷十郎《みおのやのじゅうろう》」、能『景清』や『八島《やしま》』

で「三保谷四郎《みおのやのしろう》」として語られ、近松門左衛門作の人形浄瑠璃《じょうるり》『出世景清《しゅつせかげきよ》』（貞享二年〔一六八五〕初演）など、屋島《やしま》合戦の「錣引き」に関係して登場する。源平合戦物の小説や演劇では、三保谷四郎はしばしば登場する人物だが、もともと合戦で平景清と戦った武士であり、創作においても忍者ではない。『源平曦軍配』でもたまたま忍び働きをしているだけで、特別な忍術を身につけているわけでもないが、黒装束で忍びこんで床下でたくらみを聞き取るといった、後年よく描かれた忍者像の早いものとして注目できる。

兜頭巾と黒装束

今の忍者装束は主に顔を隠す頭巾と体を隠す黒装束との二つを身につける。もともと、史実の忍びは黒装束でなく、文芸に登場する忍者も黒装束では登場しなかった。だからといって、黒覆面や黒装束が存在しなかったわけではない。文芸や演劇に登場する盗人が黒装束に黒覆面だった。盗人の場合、覆面は手拭いで覆ったものではなく、兜頭巾がつかわれていた。兜頭巾とは、兜の錣（左右からうしろに垂れて首を覆うもの）のように左右と後ろに布が垂れたもので、ほおとあごをつつむようにすれば目以外は見えなくなるものである（図2）。テレビ時代劇『影の軍団』で千葉真一《ちばしんいち》が演じた服部半蔵を思い出してもらえばいいかもしれない。似たものに頭が四筒形になっている宗十郎《そうじゅうろう》頭巾がある。大佛次郎《おさらぎじろう》作・嵐寛寿郎《あらしかんじゅうろう》主演『鞍馬天狗』の頭巾といえばわかりやすいだろうか。これは初代沢村《さわむら》宗十郎（一六八五―一七五六）が江戸中期に「梅の由兵衛」という当たり役に用いたため、その名がついた。顔を見られたくない遊冶郎《ゆうやろう》

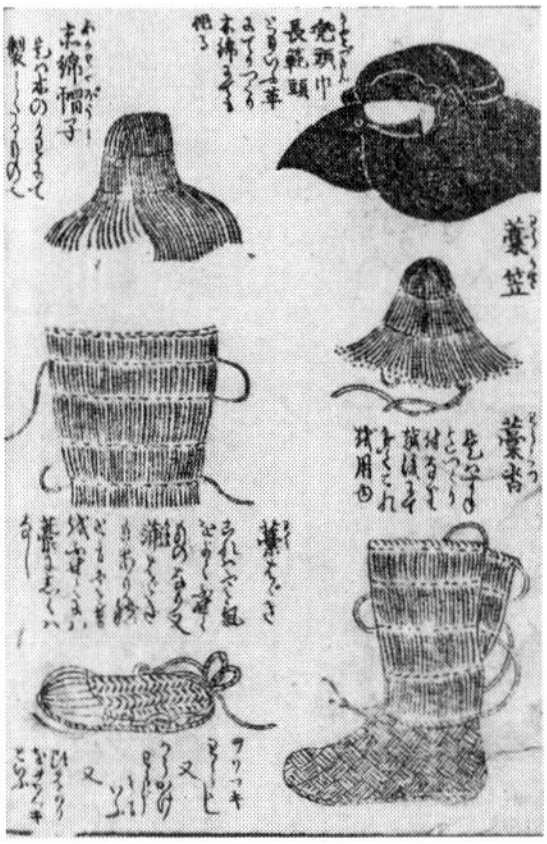

図2　『旅行用心集』25丁裏
右上　兜頭巾

や盗人が用いた。

盗人として覆面と黒装束のどちらが優先するかといえば、顔を見られない覆面である。忍者のようにこっそり入って見つからずに戻ってくるのではなく、侵入先の住人を猿ぐつわをして縛り上げるので、体全体を見られても問題ないが、顔を見られるとのちのち困るからだろう。そのため、兜頭巾は盗人の象徴となっていく。顔が見えなければいいので、服は黒にはこだわらない。江島其磧『けいせい伝受紙子《でんじゆかみこ》』（宝永七年（一七一〇）序）巻四の四に出てくる夜盗は「深山《みやま》のやうなる大男、かぶとづきんを一やうに」つけていることが記されているが、装束はとくに指定がない（図3）。江島其磧『鎌倉武家鑑《かがみ》』巻四の四（正徳三年（一七一三）刊）の夜盗も「面体《めんてい》に墨を塗《ぬり》、甲頭巾《かぶとづきん》を引かぶつて」いるのだが、装束は指定がなく、挿絵も黒装束ではない。同年の『手代袖算盤《てだいそでそろばん》』巻三の二でも「かぶと頭巾《づきん》着《き》たる男七八人どやどや入こみ」、押し込み強盗をしており、兜頭巾は夜盗がつけるものになっている。盗みに入るのは小柄なほうがいいように思われるが、大男が忍びに入るというのが定型だったようで、「毛抜」の秦民部《はたのみんぶ》が「六尺ゆたかの大の男、宝蔵の窓を蹴破《けやぶ》り、壱つの箱をひつ抱《かか》へて逃失ましてござります」（『雷神不動北山桜《なるかみふどうきたやまざくら》』三幕目、初演台帳）と答えるように、しばしば盗みに入ったものの特徴として大男があがっている。

同じ時期の小説の忍者の装束であるが、月尋堂《げつじんどう》『当世信玄記《とうせいしんげんき》』巻二の三（正徳三年〔一七一三〕刊）で、陰暦二八日で月あかりもなく、雨ぐもりで星さえ見えない夜に堀に水縄をおろして、深度をしらべている忍者が登場する。怪しまれて番所から半弓で射られる四人組だが、挿絵では二人は黒く、ひとりは格子、ひとりは縞《しま》である（図4）。三人は紋が入った着物である。尻からげをしており、提灯《ちょうちん》を持っていて逃げるさいに落とす。これも今の忍者装束から遠い。

なお、忍者が落としていった提灯は飯富《いいとみ》民右衛門が他人に貸したもので、そのため武田晴信《はるのぶ》（信玄）に飯富民右衛門は手討ちにされそうになり、山本勘助《かんすけ》の諫言《かんげん》や民右衛門の申し開きで晴信が思いとどまる展開になる。本文には明確に書いていないが悪人側の策略であろう。堀の深さを調べるのは北条兵学の祖である北条氏長《うじなが》の兵学書『兵法雌鑑《しかん》』人事巻第一二「夜中の物見に三つ見違あるべき事」にあり、『万川集海』巻一〇はここを参考にしたうえで、浮きをつけた糸を垂らして堀の深さを知る術を書き加えている。また、潜入のさい敵方の者を陥れるために偽の手紙などを落とすのは『万川集海』巻八「蛍火の術」にあって、同様の術とはいえるが、これは当時の御家騒動物の小説・演劇の趣向の範囲だろう。

図3　『けいせい伝受紙子』巻4の4

小説での黒装束・黒覆面の登場

このように盗人は兜頭巾で顔を隠していても黒装束ではない。

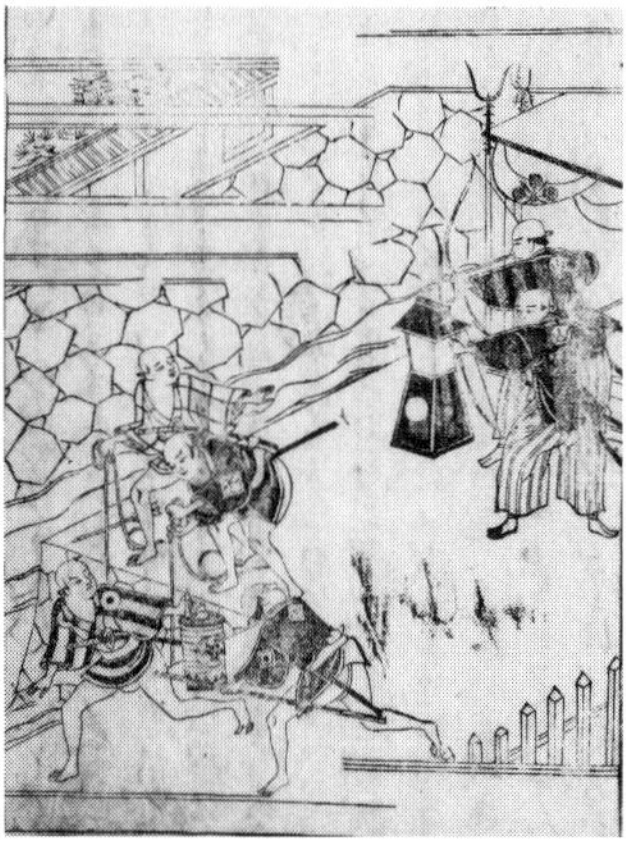

図4　『当世信玄記』巻2の3

押し込み強盗では人に見つかっても縛り上げてしまえばいいので、体全体を隠す必要はないのである。挿絵でいえば八文字自笑『忠孝寿門松《ちゅうこうねびきのかどまつ》』巻四の三（元文三年〔一七三八〕刊）に黒覆面、黒装束の盗人が登場する（図5）。「甲頭巾《かぶとづきん》目迄引かぶり、黒《くろ》き股《もも》引きやはん（脚絆）、大脇指《わきさし》を指《さし》てそつと入」とあって、内通していた女から蔵の鍵《かぎ》をもらって土蔵から千両箱をひとつ盗みだそうとするが、番犬に吠《ほ》えられて捕まってしまう。これは梶田次郎大夫という人物が、自分が怪我をさせた相手に慰謝料を払うために、妹の手引きで妹の義父山本浄閑の家に忍びこんでいたという場面で、梶田次郎大夫はまったく忍びではない。見つかっては困るので黒装束で、顔も見られては困るので兜頭巾で顔を隠している。脚絆は動きやすいように、また大小ではなく大脇差だけなのも動きやすいためだろう。

管見のうちで、これが盗人の黒装束と黒覆面の組み合わせの例としてもっとも古いことになるが、作中の梶田次郎大夫も冴《さ》えた働きはしておらず、この作品より早く黒装束と黒覆面の盗人の登場する作品もありそうである。八文字自笑『弓張月曙桜《ゆみはりづきあけぼのさくら》』巻四の三（延享元年〔一七四四〕刊）や八文字其笑《きしょう》『頼信璍軍記《よりのぶたんぐんき》』巻四の一（寛延《かんえん》三年〔一七五〇〕刊）の挿絵でも見られるようになっており、あやしいくせ者が黒装束に黒の兜頭巾をつけるというのが、その後定型

図5　『忠孝寿門松』巻4の3

になっていることは認められる。

　ただし、これらは忍者ではなく、あくまで盗人として登場している。小説の忍者も黒装束になったわけではなく、八文字自笑・其笑『薄雪音羽《うすゆきおとわの》滝《たき》』巻一の二（寛保三年〔一七四三〕刊）では、御家乗っ取りをはかる悪人秋月大膳の手下である「乱髪《らんはつ》の大男」「忍びの上手」の道雲が御家相続に必要な坂上田村麻呂《さかのうえのたむらまろ》の御影の鏡を奪ってくるが、これは普通の服装である（図6）。なお、御家騒動物の作品は重代の家宝を忍者が盗むことから始まることが多いが、その一例といえよう。

歌舞伎の忍者と黒装束

　一八世紀前半の浮世草子は歌舞伎・人形浄瑠璃と関係が深く、同一の事件を扱ったものや演劇を小説化した翻案作が多数登場するようになる。全体的に構成や趣向も演劇を参考にした作品が多く、小説を読んでも芝居めいた印象をうける。小説に

図6 『薄雪音羽滝』巻1の2 左端が道雲

おける盗人の黒装束と黒覆面といった類型化も演劇と関係があるだろう。

ただし、一七世紀の演劇の台本は残っていないものが多い。上演内容を知る有力な手がかりである絵本番付や絵尽《えづくし》といったパンフレットも宝永七年（一七一〇）以前にはほとんど出版されていないため、趣向の発生について細かく遡及《そきゅう》して調べることが難しい。

歌舞伎の上演台本である台帳に最初に忍びの者を黒装束で記したのは『伊勢《いせ》海道銭掛松《かいどうぜにかけまつ》』初段（元文三年〔一七三八〕一二月、大坂、中の芝居、初演）である（稲本紀佳 2018）。当時の台帳がすべて残っているわけではないので、これが最初とは断言できないが、早い例として注目すべきだろう。室町時代の設定で、山名左衛門が笠井三太夫という「忍びの名人」をつかって、足利義政《よしまさ》のもとにある綸旨《りんじ》を盗ませ、その咎《とが》で今川仲秋《なかあき》に腹を切らせ、さらに細川左京大夫を斬り殺し、自分が将軍になる、という計画を立てている。笠井三太夫（中村山三郎）はト書きで「黒装束、頭巾ま深に目ばかり出し　井の内よりぬつと出て」とあり、左衛門に、綸旨の入った箱を渡そうとするのだが、今川仲秋の家臣渡来新平に防がれる。この場面は当時のパンフレットである絵尽が残っているが、絵で見ると新平に追われる三太夫は黒装束でも覆面でもない。しかし、台帳に書いてある以上、黒装束で頭巾を目深に被《かぶ》って目だけ出して、井戸から出てきたのは間違いないだろう。絵尽は舞台を見てすべてを写実的に描きだしているわけではなく、ある程度類型で描いている。つまり、「盗人」ではなく「忍びの者」を黒装束・黒覆面で描くという通念はまだ発生していなかったのだろう。なお、笠井三太夫を演じた中村山三郎は当時の役者評判記『役者枕披記』（元文四年〔一七三九〕三月）で「敵役之部」の上上の役者と評価されている。ちなみにこれは低い評価だが、そもそも芝居のうえで小さな役柄なので仕方ないだろう。

　現行の歌舞伎演目の忍者に「毛抜」の「忍びの奴運平《うんぺい》」がいる。現在では「鳴神《なるかみ》」と「毛抜」が個別に上演されることが多いが、「毛抜」は『雷神不動北山桜《なるかみふどうきたやまざくら》』（寛保二年〔一七四二〕一月、大坂大西の芝居、初演）の一部である。『雷神不動北山桜』は幸い初演台帳の写しが残っていて、忍者が三段目に登場することがわかるが、役割は「其外」の「忍びの者」と記され、名のある役者が配されていない。劇中では、正義の侍である粂寺弾正が天井を槍《やり》でつくと磁石を持って落ちてくる。「何が扨、命さへお助けなされて下されうならば、申さいでなんと致ませふ、是を企んだ人は」と、雇い主を白状しそうになって黒幕の八剣玄蕃《やつるぎげんば》に斬り殺される。現行台本と同じく台詞はそれだけで、ト書きもない。絵尽は残っているが、同段で石原瀬平《いしはらせへい》とい

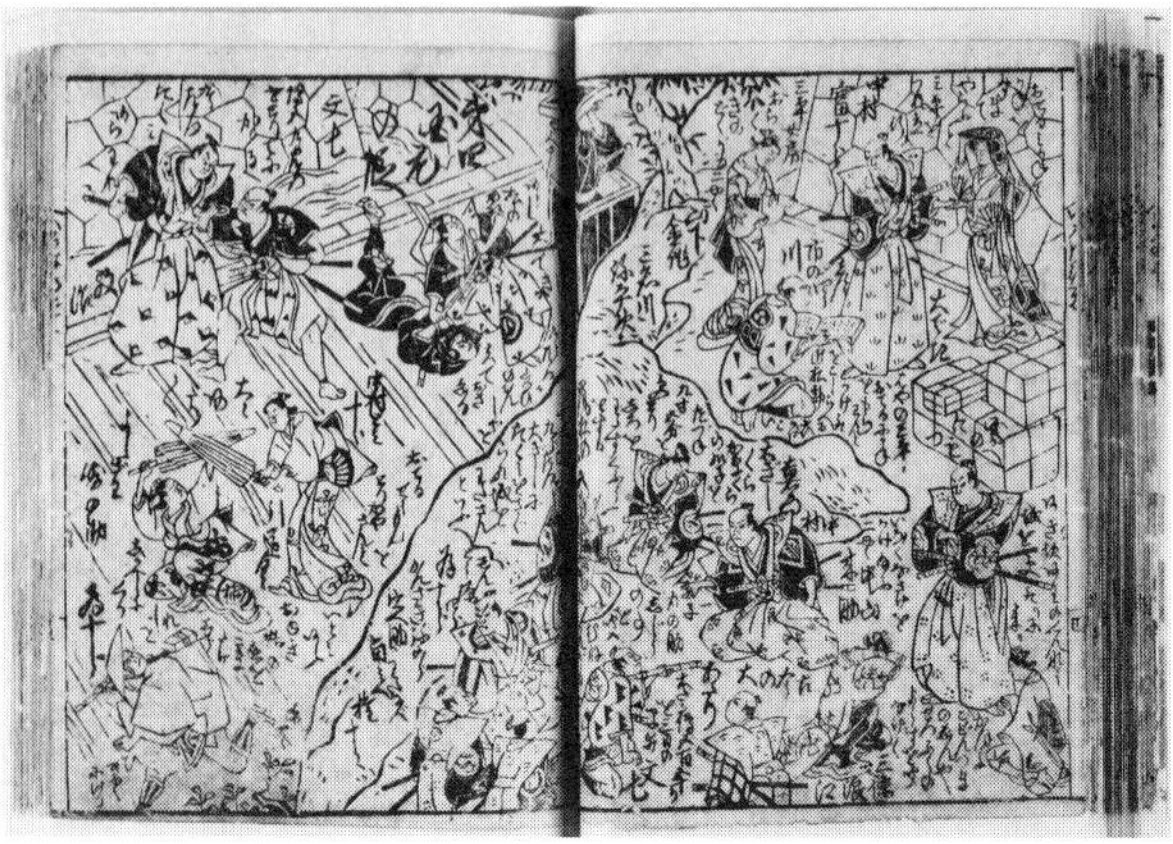

図7　『泰平いろは行烈』絵尽　三段目

う悪人を粂寺弾正が成敗した場面が描かれ、忍びの者の成敗は描かれていない。「忍びの奴運平」に関しては、またあとで装束を説明する。

演劇における忍びの者の黒装束と黒覆面については、宝暦一一年（一七六一）一二月に大坂角の芝居で上演された忠臣蔵物の歌舞伎『泰平《たいへい》いろは行烈《ぎやうれつ》』三段目でも認められる。具足箱に隠れていた月元郡兵衛を大岸力之助（忠臣蔵の大星力弥《おおぼしりきや》が相当）が縛り上げる。絵尽には「大ぎし力の介九郎左衛門がしのびのかんじやをとつておさゑる」と詞書きがあって、力之介が黒装束に兜頭巾の郡兵衛をとりひしぐさまが描かれる（図7）。『泰平いろは行烈』の二年後、『けいせい熊野山《みつのやま》』（宝暦一三年〔一七六三〕一月、京都四条通南側大芝居）初段で、頼まれて細川家の重宝を盗んだ木崎伴内が井戸の中から出てくる。それには、ト書きで「井戸の内より佐十郎（桐島佐十郎、伴内役）、忍びの者の形で出る」とあるが、この芝居の絵尽

図8　『けいせい熊野山』絵尽　初段

でも黒の兜頭巾に黒装束である（図8）。湯峰道犬というよい侍に縛り上げられている。

『泰平いろは行烈』で「しのびのかんじや」が黒装束・黒覆面であり、『けいせい熊野山』でも「忍びの者の形」と書かれた人物が黒装束・黒覆面であるのは、宝暦一〇年あたりには「忍びの者」を黒装束・黒覆面で描くという意識が生じていたためだろう。ここに出てくる忍者は、「忍びの上手」と書かれていても隠形や変化の術といった特殊な忍術を身につけてはいない。おそらく、盗人が黒装束・黒覆面であったのが、同じように物をとる忍者にも適用されるようになったのだろう。

　人形浄瑠璃では近松半二《はんじ》ら合作『本朝廿四孝《ほんちょうにじゅうしこう》』（明和三年〔一七六六〕大坂、竹本座、初演）の絵尽に、黒装束に覆面で手裏剣（小柄《こづか》）を打っている「忍びの者」が登場する（図9）。『本朝廿四孝』初段「室町奥御殿の場」で将軍足利義晴《よしはる》の子を懐

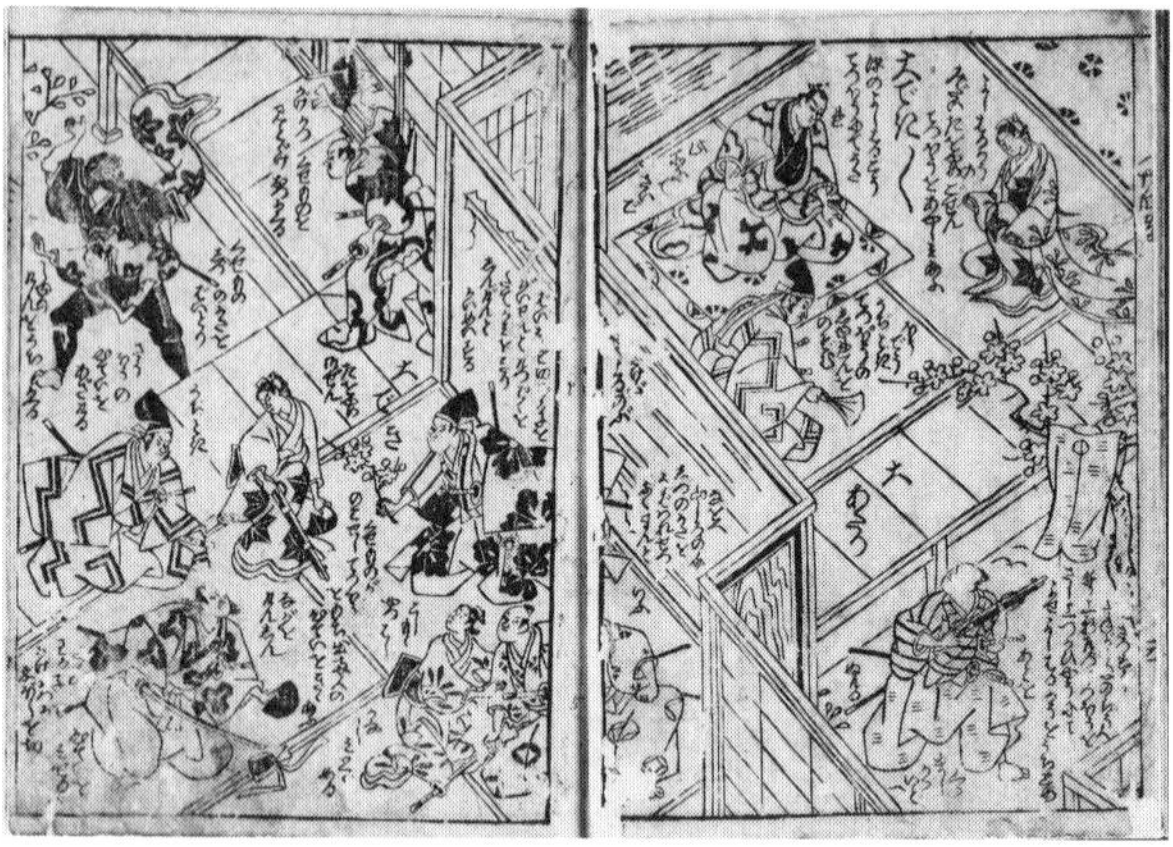

図9　『本朝廿四孝』絵尽

妊した愛妾賤《あいしょうしず》の方《かた》と源氏の白旗を奪って逃げる謎の大男で、長尾景勝《かげかつ》がとどめようとすると小柄を手裏剣に打って立ち去る。画面左上のくせ者の正体は三段目で乱暴者の横蔵《よこぞう》だと明らかになる。『本朝廿四孝』は人形浄瑠璃と同年には歌舞伎で上演され、現在でも上演されるが、歌舞伎の三姫のひとりである八重垣姫《やえがきひめ》の登場する四段目「十種《じしゅ》香《こう》」「奥庭狐火《おくにわきつねび》」のみである。

演劇で黒装束に黒覆面が忍びの衣裳としても用いられるようになったのは、お芝居での忍者が盗人と同様に潜入してなにかを盗んでいるのが理由だろう。実質的な差異がなくなったのである。それと、じっくり読むことができ、また地の文で説明のつく小説に比べて、演劇では登場人物がなにものかすぐにわからず、台詞も少ない忍者を観客がすぐに怪しい者だと理解できるためには、一見して不審な人物である必要があったのだろう。

歌舞伎の忍者たち

歌舞伎には忍者がたくさん登場する。御家騒動物の歌舞伎が御家の重宝の紛失からはじまることが多く、そのために働く。中心人物にならないため、多くは名前がない。現在「毛抜」の「忍びの奴運平」として知られる忍者も寛保二年（一七四二）の初演台帳では名前がなく、現行台本の基礎となっている昭和三年（一九二八）に市川左《さ》団次《だんじ》が東京の歌舞伎座で上演したときの台本にも「忍びの者」としかない。「忍びの奴運平」の名がついた時点の解明は今後の検討課題である。

第二部第二章「飛加藤について」で『伽羅先代萩《めいぼくせんだいはぎ》』（安永六年（一七七七）初演）の「鳶の嘉藤太」に触れたが、初演台帳（台本）の時点で「忍び　平馬」と名前はついていた。

専門の忍びでないが忍び装束で登場する人物に『近江《おうみ》源氏《げんじ》先陣館《せんじんやかた》』の榛谷《はんがい》十郎がいる。『近江源氏先陣館』は近松半二ら合作で明和六年（一七六九）一二月大坂の竹本座が初演で、翌年五月には大坂・中の芝居で歌舞伎の上演がなされた。大坂の陣を鎌倉時代に設定し、徳川家康が北条時政《ときまさ》、豊臣秀頼が源頼家《よりいえ》、真田信之《のぶゆき》・幸村（信繁《のぶしげ》）が佐々木盛綱《もりつな》・高綱《たかつな》と置き換えられている。全九段だが、今では八段目の「盛綱陣屋」のみが上演されていて、ここに榛谷十郎が登場する。佐々木高綱の首を兄の盛綱が実検するが、時政は自分が帰ったあとの盛綱の言動を探らせるため、高綱を討ち取った榛谷十郎を隠し目付として鎧櫃《よろいびつ》にひそませる。十郎は盛綱が偽首と気がついていたにもかかわらず時政をたばかっていたことを知るが、和田兵衛《ひょうえ》（後藤又《ごとうまた》兵衛《べえ》基次《もとつぐ》のあてこみ）に鉄砲で撃たれて、とんぼをきって死ぬ。今では忍び四天と呼ばれる歌舞伎の忍び装束を着て、白の帯をしているが、鉢巻をしており覆面はつけていない。『近江源氏先陣館』の榛谷が明和七年（一七七〇）五月の歌舞伎初演時の絵尽では黒装束でないことが指摘されている（光延真哉 2014）。演劇でも宝暦以降一気に黒装束・黒覆面になったのではないことがわかる。『鎌倉三代記《かまくらさんだいき》』の富田《とんだ》の六郎は忍びの黒装束に刀をもった人物である。『鎌倉三代記』は『近江源氏先陣館』の続編的な作品で、『近江源氏先陣館』と同じく大坂の陣を鎌倉時代にやつし、本作でも徳川家康が北条時政、豊臣秀頼が源頼家である。近松半二ら合作の人形浄瑠璃で、天明元年（一七八一）三月江戸・肥前座で初演され、歌舞伎には寛政六年（一七九四）九月に大坂・角の芝居で移入された。全一〇段で七段目「絹川村」（三浦別れの段）だけが現在上演される。富田の六郎は、時姫《ときひめ》（千姫《せんひめ》がモデル。歌舞伎三姫のひとり）を取り戻す上使安達藤三郎《あだちとうざぶろう》を見張るため、密《ひそ》かに抜け穴を掘らせて井戸に鉤縄をかけてあらわれる。作中では「兼て覚へし窃《しのび》の術。小松道より半町ばかり此井筒まで切ぬかせ。忍び入たる術の手づがひ」とあるので忍術を身につけているが、井戸まで穴を掘らせるので超自然的な忍術ではなくて現実的な忍術を身につけているのだろう。なお、その場に出た安達藤三郎の女房おくるは、「とくより爰へ忍びの女」と答えて、六郎を案内するが、これは忍術書のくノ一の術を思わせる。富田の六郎は、時姫に時政を討たせるというはかりごとを知り、注進のため井戸にかけよったところを安達藤三郎（実は佐々木高綱〔真田幸村〕であった）に槍で刺されて息絶える。真田幸村がいつわって天王寺の一心寺《いっしんじ》後にある古井戸に落ちたとみせ、追ってきた本多《ほんだ》忠朝《ただとも》がのぞいたところを下から刺し殺したという話が伝わっているためで（『浄瑠璃集』下252頁注）、

図10 『当世芝居気質』巻1の1 人形遣いの黒子

富田の六郎は大坂夏の陣で戦死した本多出雲守忠朝を模した人物といわれる。今では鎖かたびらを模した素網に忍び四天の忍び装束、鉢巻で大小を差してがんどうをもっている。黒装束に白の帯が目立つが、これはわざと目立つようにしてあるはずで、横山光輝《よこやまみつてる》などの忍者マンガでも黒装束に白帯の組み合わせが多い。全部黒だと舞台映えしないからだろう。

忍び四天

人形遣いや歌舞伎の後見では黒子が出るので、歌舞伎の忍者の衣裳はそこからの転用と誤解をうけやすいが、人形遣い後見の黒子が着る黒い衣服と頭巾とは歌舞伎の忍者の衣裳とまったく別ものである（図10）。『伽羅先代萩』の「鳶の嘉藤太」や『雷神不動北山桜』の「忍びの奴運平」といった「忍びの者」、あるいはもともと侍であっても忍び働きをしている榛谷十郎や富田の六郎なども、

図11　『毛抜』忍びの奴運平、忍び四天

歌舞伎では忍び四天という衣裳である。

忍び四天は広口仕立てで様式がまったく黒子とは異なる（図11）。現代では、『歌舞伎の衣裳』（一九七四）が「忍び四天」を、

> 生地は黒の緞子《どんす》を使い、袖裏と袖回しが紫地に金色の小紋の、いわゆる古金襴《こきんらん》で、黒の馬簾《ばれん》をつける。そして、胸かけなしの黒の素網に、黒の紐付股引をはくといった黒づくめなので黒どっきと衣裳屋はよんでいる。帯は普通、茶の割ばさみ、鉢巻は樺色、白縮緬のしごきというのがきまりになっている。（294頁）

と記す。まずよい生地がつかわれている。馬簾は四天の裾についた房糸である。忍び四天の馬簾は、素網《すあみ》とあわせて忍者の衣裳の特徴である。『歌舞伎の衣裳』によれば、『伽羅先代萩』の鳶の嘉藤太なら「黒緞子《どんす》、牡丹唐草、紫地箔一丁《はくいっちょう》みせ裏付。黒馬簾《ばれん》付」といった指定である（『歌舞伎の衣裳』175頁）（図12）。素網とは、黒の太白糸や金糸銀糸を編み模様に編んで長袖の丸首シャツの形にすることで鎖かたびらを模したものである。忍者や盗人などの衣裳の下につか

図 12　宇川周重画『伽羅先代萩』仁木弾正＝市川団十郎（9）、鳶嘉藤治＝尾上菊五郎（5）、局政岡＝市川団十郎（9）、鶴千代＝坂東竹松、荒獅子男之助＝片岡我童（3）

われている。石川五右衛門は黒の褞袍《どてら》の下に、天竺徳兵衛は茶の四天の下に、素網である。甲冑のかわりに鎖かたびらを着るのは、場合によっては戦うことを示している。甲賀流の忍術継承者で忍術を実践的に研究する川上仁一《かわかみじんいち》氏にうかがったところ、鎖かたびらは重くて忍び働きには向かないそうである。歌舞伎で糸で編まれたのは当然だろう。忍者装束が流行しているため、今は市販のものが簡単に手に入る。素網は実用性はないので、一見ばからしいようだが、忍者装束として伝統がある。

忍び四天と絵入り本の挿絵

歌舞伎のなかの忍者・忍術を考察した光延真哉《みつのぶしんや》（忍者文芸研究読本 2014）が紹介した、曲亭馬琴《きょくていばきん》作・北尾重政《きたおしげまさ》画の黄表紙『松株木三階奇談《まつのかぶきさんがいきだん》』（文化元年〔一八〇四〕刊）は「盗人には黒繻子のどてらなど着たる奴もあり」と記し、当該のくせ者に忍び四天と同様に広口袖と馬簾が認められる（図13）。『松株木

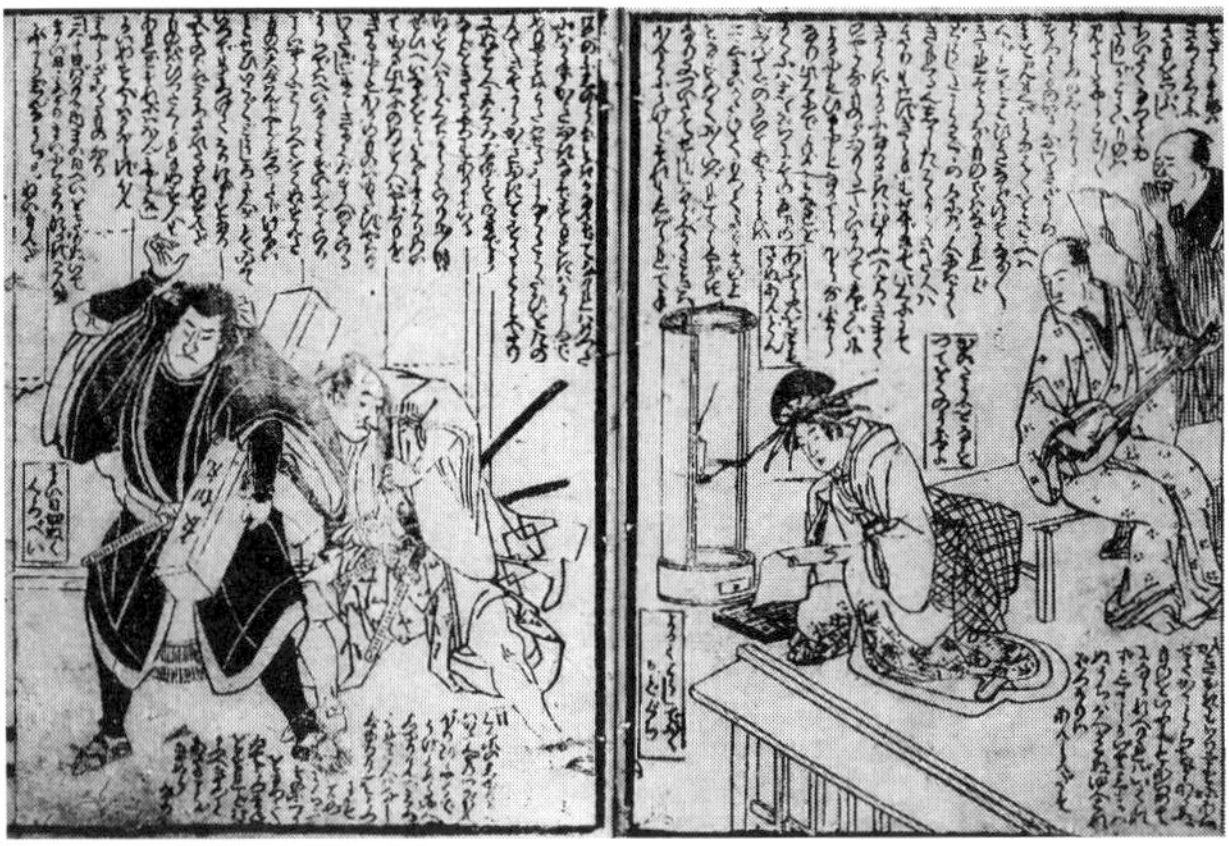

図 13 『松株木三階奇談』

三階奇談』は「盗人」で忍者ではないが、演劇の再現性の強い絵入本には忍び四天で忍者が描かれるようになる。忍び装束の定番化は光延（2014）が指摘するように、「盗賊としての「忍びの者」」として「御家横領を企む悪臣が、忠臣を追い落とす策略として、忠臣が管理する御家の重宝を「忍びの者」に盗み取らせるというのが、筋立ての一つのパターン」だったことがあるだろう。これは演劇に限らず、時代物浮世草子などと相互に影響を与えながら発展していった話型だと推測する。

　紙上に歌舞伎の再現を目指した柳亭種彦《りゅうていたねひこ》作・歌《うた》川国貞《がわくにさだ》画『正本製《しょうほんじたて》』三編（文化一四年（一八一七）刊）において「しのびいでたち」と記されるくせ者は黒頭巾・忍び四天（馬簾がある）・素網の鎖かたびらで描かれる。茶番（素人芝居の一種）の台本に基づく初代烏亭焉馬《うていえんば》作・歌川国貞画『赤本昔《あかほんむかし》物語』巻一（文政五年（一八二二）刊）で、盗賊の「さる」は鎖かたびら・忍び四天・百日鬘《ひゃくにちかずら》の出《い》で立ちで、これは「鳶の嘉藤太」など現在の歌舞伎の忍者と同じであり、「盗賊としての忍びの者」の衣裳の定型がこの頃には完成していたといえる（図14）。なお、「盗賊となった忍者」に関しては、稲本（2018）の悪を象徴する色として黒装束が定番になったという意見はもっともだろう。黒は本能的に恐怖を感じさせる色であり、『スター・ウォーズ』のダース・ベイダーが黒い衣裳であるように、これは世界共通だろう。

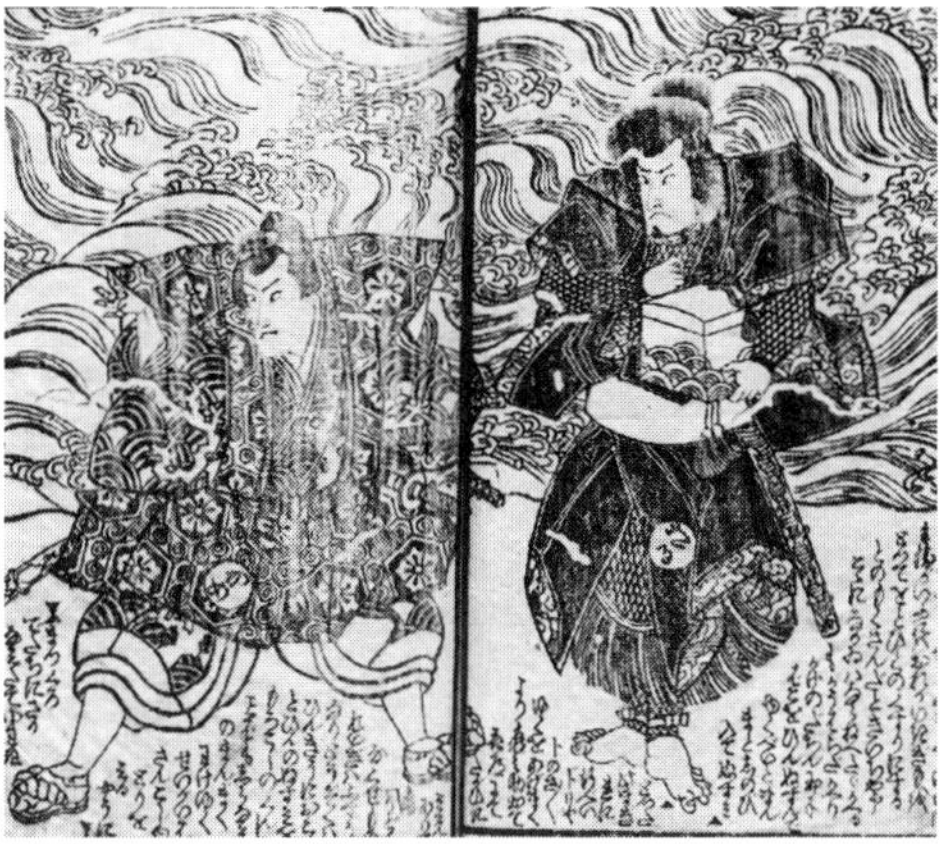

図14 『赤本昔物語』巻1 盗賊「さる」（右）

近世後期の小説挿絵と忍者の装束

宝暦年間以降に演劇において忍び四天など忍びの衣裳の様式化が進み、結果として小説の忍者も黒装束で描かれる割合が圧倒的に増えた。読本では、演劇と同じパターンの構成の作品が多く、冒頭で御家の重宝を盗むために黒装束の曲者《くせもの》がよく登場するが、忍術をつかわず表記もあくまで「くせもの」の場合も少なくない。

柳亭種彦作・優遊斎桃川《ゆうゆうさいとうせん》画の読本『総角《あげまき》物語』前編上巻（文化五年〔一八〇八〕刊）に「黒《くろ》き頭巾《づきん》に面《おもて》をつつみし忍姿《しのびすがた》」の大男が出てきて、宝剣を盗む。忍術はつかわないが、「忍者《しのびのもの》」と記される。

図15 『総角物語』前編上巻

この挿絵の装束は、芝居とは違って馬簾はない(図15)。読本に出てくる「くせもの」「忍びの者」は多数あるが、忍び四天とは違う筒袖・鉄砲袖の黒小袖と黒股引を着け、加えて黒覆面や黒頭巾といった組み合わせで描かれることが多い。しかし、口絵では演劇風の描写が可能で、曲亭馬琴作・歌川国貞画の読本『開巻驚奇俠客伝《かいかんきょうききょうかくでん》』三集巻一(天保五年(一八三四)刊)口絵の木綿張《ゆうばり》荷二郎はがんどうを持ち、馬簾つきの忍び四天寄りの黒装束で描かれている(図16)。

読本の忍者は演劇の馬簾つきの衣裳とは異なった姿で描かれることが多い。武内確斎作・岡田玉山画『絵本太閤記』(寛政九—享和二年(一七九七—一八〇二)刊)では、木村常陸介の忍者説話のかわりに石川五右衛門が主人公となった実録体小説『賊禁秘誠談』以降、忍者として扱われた石川五右衛門を大きくとりあげる。『絵本太閤記』六編巻一二の木村常陸介は黒覆面に鉄砲袖の黒小袖

図16 『開巻驚奇俠客伝』3集巻1

に黒袴に黒脚絆に裸足である（169頁図1参照）。この組み合わせは『北斎漫画』六編（文化一四年〔一八一七〕刊）が同様であり、忍び四天とは違う忍者の黒装束の型がうかがえる（図17）。

石川五右衛門の装束

『絵本太閤記』では木村常陸介は黒装束だが、同じく忍術をつかう石川五右衛門は七編巻一・二・三の挿絵では黒装束ではない。伏見城に潜入して捕らえられた巻三では小袖、小手、袴、脛当てで裸足である（170頁図2参照）。石川五右衛門は『絵本太閤記』より先に人形浄瑠璃の『木下蔭狭間合戦』（寛政元年〔一七八九〕二月大坂大西芝居初演。若竹笛躬・並木千柳作）や歌舞伎『艶競石川染』（辰岡万作・近松徳叟作、寛政八年〔一七九六〕四月、大坂角の芝居）により、忍術使いとして登場していた（図18）。また、石川五右衛門より前に、稲田東蔵という忍術使いが『けいせい忍術池《しのばずがいけ》』（天

図 17 『北斎漫画』6 編

図 18 豊原国周画 木下藤吉＝市川小団次（5）、石川五右衛門＝中村芝翫（4）

明五年（一七八五）一二月大坂角の芝居）に登場していた。演劇の妖術《ようじゅつ》使いのひとりとして忍術使いが登場するようになっていた。

石川五右衛門は歌舞伎では同じ忍者でも独自の発展をし、『楼門五三桐』のように黒ビロードのどてら、花結びの前帯、黒の素網に百日鬘が定番となり、葛籠《つづら》抜けでは白綸子《りんず》の半着付、白竜紋の直垂《ひたたれ》を着るようになる。梅菊山人作・歌川景松《かげまつ》画の読本『重扇五十三駅《かさねおうぎごじゅうさんつぎ》』巻一（天保一二年（一八四一）刊）は鼠の忍術をつかう鼠小僧が三種の神器の鏡を盗み大姫をさらうが、忍術をつかう忍者の様式として石川五右衛門の衣裳を想定しているように思われる（図19）。

近代以降の忍者装束の変遷

図19 『重扇五十三駅』巻1

近世では不思議な忍術をつかって「忍び」（盗み・誘拐）を行うことから、忍者は後ろ暗い「悪」の存在とみなされていた。忍者の描かれ方としてこのイメージは現在にも多く引き継がれる。しかし、現在活躍する創作世界の忍者は、悪い忍者だけではない。猿飛佐助の登場で忍者像が転換した。三代目玉田玉秀斎（長い間二代目と言われていたが三代目が正しい）の講談と、立川文庫四〇編『真田三勇士／忍術名人　猿飛佐助』（大正二年〔一九一三〕一月刊）の人気により、江戸時代までの悪人ではない忍者がたくさん登場するようになった。猿飛佐助がそれまでの忍者と違うのは、猿飛佐助はあくまで忍術を使える侍であり、「盗み・誘拐」を行った近世の忍者と異なり、侍と同様の道徳心を持っていたことである。立川文庫に出てくる忍者は「忍術名人」「忍術使い」と記されている。立川文庫自体が講談の文芸化のため、立川文庫の主人公は講談と同様に人の手本になる人物である。黒装束で活動する必要はなく、それは他の立川文庫の忍者も同じである。大正一一年（一九二二）印刷の「新版諸流忍術競べ双六」では当時の忍者小説に登場していたさまざまな忍者が描かれるが、全身黒ずくめのものはおらず、黒覆面も黒頭巾もいない（図20）。黒の装束の割合は格段に減り、小袖、袴、鎖かたびらに印を結ぶ姿が定型になっていく。

正義の忍術使いに黒装束は似合わないということなのだろうが、この傾向は杉浦茂『猿飛佐助』（昭和二九―三〇年〔一九五四―五五〕）など昭和三〇年頃まで続く。戦後の司馬遼太郎『梟の城』（昭和三三―三四年〔一九五八―五九〕）や山田風太郎『甲賀忍法帖』（昭和三三―三四年）などの忍者小説により忍者ブームがおこると忍者マンガにも忍者ブームがおしよせ、「まんだらけ目録リスト（忍者作品編）」（まんだらけ一六号、平成九年〔一九九七〕）によれば一九五四年に三作品であった忍者マンガが一九五五年には二〇作品に急増している。忍者ブームによる忍者はリアルで残酷に描かれ、黒装束の忍者が復活した。忍者漫画では白土《しらと》三平《さんぺい》と横山光輝が代表作家であり、白土三平の『忍者武芸帳』（昭和三四―三七年〔一九五九―六二〕）や横山光輝

図20　「新版諸流忍術競べ双六」

『伊賀の影丸』（昭和三六―四一年〔一九六一―六六〕）などで黒装束の忍者は善悪問わず復活している。白土三平作品でいえば主人公のサスケやカムイは黒装束ではなく、伝統的な黒装束を着るのは悪い忍者であるが、横山光輝作品では影丸ら主人公側も忍び装束でユニフォーム化し、それが継承されている。岸本斉史《きしもとまさし》『ＮＡＲＵＴＯ―ナルト―』（平成一一―二六年〔一九九九―二〇一四〕）のように主人公が忍び装束でない忍者も今では珍しくないが、やはり忍者の表象として忍び装束は欠かせないものだろう。

忍者の表象としての忍び装束

忍者を黒装束に黒覆面であらわすようにしたのは、表象上のたいへんよい工夫である。アメリカで本格的に歴史的な忍者が登場したテレビドラマ『将軍　ＳＨＯＧＵ

N』（アメリカNBC、一九八〇）やショー・コスギの出世作『燃えよNINJA』（原題：“Enter the Ninja”、キャノン・フィルムズ、一九八一）をきっかけに忍者が受け入れられたのも、忍者の装束に決まった様式があったことが大きかっただろう。忍者の聖地を名乗る三重県伊賀市をはじめ、忍者衣裳を着ることができる施設も珍しくなくなってきた。実際に着てみると、忍者になった！　という感じがしてたいへん気持ちがよい。忍者らしく覆面するだけで、衣裳が普段着でも忍者らしさが出るので、手拭いをつかってぜひ試してもらいたい。

また、単なる黒装束ではなく、色とりどりでデザインの工夫された魅せる忍者装束を着る人も現代では増えている。忍者関係のイベントで見ると、男女ともに格好のよさに惚《ほ》れ惚《ぼ》れする。単なるコスチューム・プレイのように思われがちだが、オリジナルの忍者装束を着ている人は殺陣《たて》を覚えたり、忍術修行をしたり、忍術書を勉強したりと真面目な人が多い。筆者も忍者装束は少々持っており、着てみることで学ぶことが多かった。立体的な研究だったといえよう。

第二章　手裏剣と忍者

武術としての手裏剣

手裏剣を英語で“Ninja stars”と呼ぶらしい。それだけ手裏剣は忍者にとってあたりまえの道具に思われているが、手裏剣はもともと忍びの武器ですらなく、創作を通して忍者が使うようになった。忍びに手裏剣をつかった例がなく、『忍秘伝』や『用間加條伝目口義《ようかんかじようでんもくくぎ》』のようにマキビシは記しても手裏剣を記した忍術書もない（山田雄司140―141頁）。忍びしか持たない特別な武器であれば、身体検査をされたときに忍びだとわかってしまうだろう。綿谷雪『図説・古武道史』（新装版301頁）では流派ごとに手裏剣の形が違うとして甲賀流・伊賀流忍術では六方手裏剣・八方手裏剣をつかったとするが、それでは手裏剣を打っただけで何者かわかってしまう。

棒手裏剣にせよでっぱりのある方形手裏剣にせよ、打ってみた人はよくわかるだろうが、当てるのがとても難しい。全日本手裏剣打選手権大会では的まで男子六メートル・女子五メートルだが、練習してもなかなか当たるものではない。また、投げてしまえば手に武器がなくなってしまうので、致命傷を与えられなければ、刀を抜いて駆け寄ってくる敵に切られてしまう。左掌《てのひら》の上に載せた方形手裏剣を右手でこするように飛ばすのは、手裏剣を飛ばすジェスチャーとして浸透しているが、実際には不可能で、トランプ・カードを配る様子から誰かが思いついたのだろう。

武芸としての手裏剣術は存在し、『図説・古武道史』には、短刀型の竹村流、釘型の知新流、針型の上遠野《かどの》流・根岸流・神道流・一心流、槍穂型の根岸流水戸伝・津川流、火箸型の白井流、風車型の柳生流、六方・八方型の甲賀流・伊賀流忍術があったとする。各流派の説明は、文芸・芸能を対象とする本書ではとりあげない。日本での武芸十八般に取り入れられており、小説『南総里見八犬伝』八八回で犬坂毛野《いぬさかけの》が放下屋物四郎として語る武芸二十八般の最後が「銑鋧《しゆりけん》」である。ちなみに七が「隠形《しのび》」である。『武家名目抄』が『見聞雑録』という書物から、先年信州わたり突破の内次郎坊と云る坊主の突破有しか不思議の芸を覚、手裏剣を打に太刀にても何にても投打に見当五十間を逃さず、其上身の軽き事天狗と云ともおよぶべからざる云々

という記事を紹介しているが、これは特殊な例で、忍びが一般的に手裏剣をつかっていたとはいえないだろう。『武家名目抄』は『見聞雑録』をよく引用しているが底本が判明しておらず、前後を含めてよく調べる必要があるだろう。

小説だと八文字自笑『武遊双級巴《ぶゆうふたつどもえ》』巻二の二（元文四年〔一七三九〕刊）に女房おみねが夫から習った手裏剣で悪人を撃退しようとしたり、錦文流『本朝諸士百家記』巻二の二で、もとは高名な武芸者であった坊主が手裏剣の名人であったり、普段は刀をもたないものの武器というイメージがあったようだが、先に述べたような流派があり侍の武芸であったのは確かである。

ほかにも小説では八文字自笑・瑞笑《ずいしょう》（実作者多田南嶺）『盛久側柏葉《もりひさこのてがしわ》』巻二の二（寛延元年〔一七四八〕刊）で堀《ほり》の弥太郎《やたろう》が秘密を聞いて逃げようとする猿嶋《さじま》軍八《ぐんぱち》を手裏剣を打って留《とど》めておれば、歌舞伎では『柵自来也談《やえむすびじらいやものがたり》』三段目（文化四年〔一八〇七〕、大坂角の芝居初演）で万里《までの》破魔之助《はまのすけ》が小柄《こづか》を打って忍びの者の鉄砲を落としているように、正義の侍が曲者《くせもの》に手裏剣をつかうのはよくあったのである。なお、現在の「毛抜」で粂寺弾正が万兵衛《まんべえ》を手裏剣で打つのを覚えている人も多いだろうが、初演はもちろん現行台本の基礎となった昭和三年上演台本も手

裏剣は打たずに切り捨てているので演出としては新しいようだ。

とはいえ、江戸時代では飛道具より正々堂々戦う刀の方が好まれ（吉丸雄哉2008）、創作では、さきの『本朝廿四孝』の横蔵のように曲者が手裏剣をつかう例のほうが多い。歌舞伎『楼《さん》門五三桐《もんごさんのきり》』で、南禅寺山門で巡礼姿の真柴久吉へ石川五右衛門が手裏剣を打ち、久吉が手裏剣を柄杓《ひしゃく》で受け止めるのは歌舞伎の名場面である。安永七年（一七七八）四月大坂の初演の『金門五山桐』が、寛政一二年（一八〇〇）二月の江戸の市村座に『楼門五三桐』として上演されてから、当時の演劇百科事典であった『戯場訓蒙図彙《しばいきんもうずい》』（享和三年（一八〇三）刊）によくある小道具のひとつとして手裏剣の刺さった柄杓が登場するまでにいたった（図21）。舞台では投げた手裏剣を受け止めるわけにはいかないので、あらかじめ刺してあるものを振り上げるのである。小説や芝居のなかで攻撃される側の役が重要になるにつれ、曲者の手裏剣や鉄砲は失敗することが多くなる。

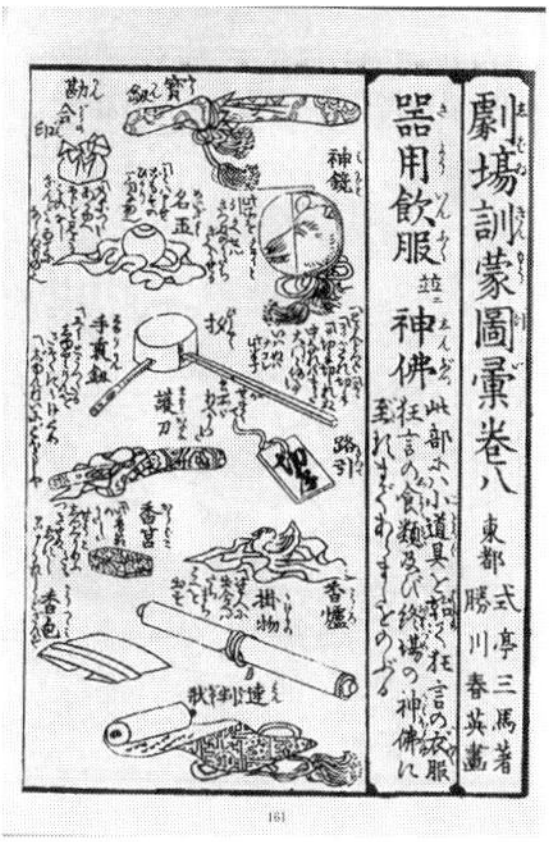

図21　『戯場訓蒙図彙』巻8

『北斎漫画』六編で、山伏の打つ手裏剣を侍が鉄扇で弾《はじ》いているが、江戸時代の小説や演劇に登場する手裏剣も小柄や棒手裏剣であって、方形手裏剣ではない。方形手裏剣がフィクションにおいて使われるようになったのは戦後と思われる。

図22 『北斎漫画』6編

方形手裏剣の歴史

方形手裏剣は忍者の武器と今では一般的に思われているが、小柄や棒手裏剣ではない、星や車や十字、六方、八方といった方形手裏剣が創作に登場するのは戦後になってからだった。慶長七年（一六〇二）までに成立した『室町殿日記《むろまちどのにっき》』とその抜粋の楢村長教《ならむらながのり》『室町殿物語』（宝永三年〔一七〇六〕刊）に「十字手裏剣」という字があるので（日記の巻二、物語の巻一）、戦国時代からあったと見なす人もいるが、これは天文一二年（一五四三）に陶隆房《すえたかふさ》に冷泉民部《れいぜいみんぶ》少輔《しょう》が使った剣術の一つである。「今度は三尺弐寸の太刀（中略）、かろがろと引っさげて、多勢の中へうって入り、活人剣、殺人刀、向上極意の妙剣、十字手裏剣、沓ばう身などいふ兵法の術をつくし、きって廻り給へば」（東洋文庫本48―49頁）とある。具体的にどのような剣術かわからないが、仮に手裏剣であっても形ではなく縦横に手裏剣を打ったと解釈すべきだろう。

方形手裏剣は江戸時代には存在したようで、柳生新陰流《やぎゆうしんかげ》の柳生宗矩《むねのり》『玉成集《ぎょくせいしゅう》』には打物「りうしゆけん　四寸四方也」「三光　四寸四方なり」（なお、日本体育大学民和文庫本は「三光こま」）と十字（竜首剣か）と三方に刃の出た手裏剣が記され、「右ははなかみに入て持てもうつ也」と「鼻紙入れ」（革や布で作る小道具入れ）に入れて携行したようである。

『柳生武芸帳』と方形手裏剣

方形手裏剣の登場は映画とマンガとどちらが早いか調査していたが、今のところ映画が早いと考えている。

忍者映画でも、十字手裏剣のような方形手裏剣がどんどん使われているように思われるが、戦後の一九五一年に設立された東映の忍者映画『忍術御前試合』（一九五七年一二月公開）のポスターを見ても、刀を抜いたものか、印を結んだものであって、手裏剣をもった忍者は登場しない。猿飛佐助の流れをひく、子ども向けの正義のヒーローとしての忍者には手裏剣は不要なのである。

東映太秦《うずまさ》映画村社長などを務めた山口記弘《のりひろ》氏のご教示によれば、小柄や棒手裏剣ではなく方形手裏剣の使用が最も早い映画は『柳生武芸帳』（東宝、一九五七年四月一四日公開）だという。確認すると、3分30秒と47分23秒に十字手裏剣が出て、1時間03、17、57分に八方手裏剣が出ている。なお、この映画は火薬玉、ワイヤーアクション、蜘蛛《くも》の糸が入り、立ち回りも派手である。鶴田浩二《つるたこうじ》・三船敏郎《みふねとしろう》というスターに、久我美子《くがよしこ》・香川京子《かがわきようこ》らとの恋愛模様があって、まとまりよく面白い映画である。カラー映画なのもとても見やすい。

当時大人気だった五味康祐《ごみやすすけ》の小説『柳生武芸帳』（一九五六―五八『週刊新潮』連載、単行本は新潮社より一九五六―五九）が原作である。原作には特に方形手裏剣は登場しない。『柳生武芸帳』は忍者は出てくるものの実質的に剣豪小説であって、切り合いは多いが、手裏剣は「夕姫」で夕姫が小柄を手裏剣に打ったり、「お杖師」で霞の千四郎が脇差を手裏剣に打ったりするぐらいである。「仙洞御所（二）」で心眼《しんがん》流の竹永隼人《たけながはやと》の手裏剣術を紹介している。手裏剣の形は書いていないが、片手に八本ずつ挟むので棒手裏剣だろう。「緋鯉」の竹村与右衛門も手裏剣の名手として一尺三寸の刀で桃の核をつらぬいた故事が紹介される。『柳生武芸帳』の長さに比べて、ほとんど手裏剣は登場しないのである。

『玉成集』の影響か柳生流の十字手裏剣というイメージはあったようで、そこに映画『柳生武芸帳』への登場が関係しているように思われるが、実際には鶴田浩二ら柳生と敵対する霞の忍者が方形手裏剣をつかっている。

近代でも全体的に棒手裏剣のほうが圧倒的に知られていたが、忍術研究家の藤田西湖《ふじたせいこ》の『忍術秘録』（千代田書院、一九三六）と手裏剣術の大家である成瀬関次《なるせかんじ》の『手裏剣』（新大衆社、一九四三）が紹介したことで方形手裏剣も知られるようになった。藤田は、十字手裏剣と八方手裏剣の絵を紹介している。「携行の不便な道具であるが、精妙な業を要せず、練習も少くとも宜しい」と述べている。成瀬が紹介する十字手裏剣は固定型以外にたためるものもある。たためる手裏剣は製造や携行のしにくい固定型の方形手裏剣よりも合理性がある。『手裏剣』では固定型とためる型の方形手裏剣を、徳川宗敬所蔵六点の写真で紹介したほか、神戸市石山四良太氏の所蔵品を図で紹介している。それらは径四寸から六寸ばかり（約一二から一八センチ）というので、現在の手裏剣大会でつかわれている三寸径より大きい。また上野公園付近の某古武器店で発見した非売品に卍型の手裏剣があって、長さ三寸二分、厚み一分の鋼鉄製で中央に径二分の穴が空いていることも紹介している。その後、藤田西湖『図解　手裏剣術』（井上図書、一九六四）など手裏剣術の本に方形手裏剣が多く収録されたのも方形手裏剣の普及に影響したはずである。

いちおうは『玉成集』から江戸時代に存在が認められ、戦前に実物があるので、時代劇映画でも『柳生武芸帳』よりも早く使用したものがあってもおかしくない。昭和二〇年代の映画をよく調べれば使用例が見つかるかもしれない。

映画と手裏剣

方形手裏剣が登場したからといって、すぐにすべての忍者が方形手裏剣を使うようになったわけではない。映画『忍びの者』（一九六二年一二月公開）ポスターの市川雷蔵は手甲で刀を受け止めており、映画『続・忍びの者』（一九六三）のポスターから棒手裏剣を持った姿が描かれる。映画『梟の城』（一九六三）ポスターも棒手裏剣であり、それまでの印を結ぶ忍者に比べてリアルな忍者の特徴として手裏剣が注目されるようになったと思われる。もともと、手裏剣はこっそり相手を攻撃する卑怯《ひきょう》な武器というイメージもあって、主人公のつかう道具とはみなされていなかった。それが、印を結んで魔法的な忍術をつかう忍者にかわって、巧みな手裏剣術を身につけていたのが昭和三〇年代の忍者の特徴だったのである。

映画『忍びの者』（一九六二）では糸巻形の四方手裏剣が横打ちでつかわれる。テレビ時代劇『隠密剣士』では忍者の登場する第二部「忍法甲賀衆」より十字手裏剣や八方手裏剣のほか、卍《まんじ》手裏剣が登場する。樋口尚文『「月光仮面」を創った男たち』（平凡社新書、二〇〇八）によればテレビ時代劇『隠密剣士』（一九六二年一〇月―一九六五年三月）の卍手裏剣はプロデューサーの西村俊一《にしむらしゅんいち》が取り入れたという。「手裏剣もとがっていては危ないから卍型にしたらどうかなと思ってやってみたんです」（165頁）とあるが、成瀬関次『手裏剣』（一九四三）に「十字変形手裏剣」という万字手裏剣、藤田西湖『図解　手裏剣術』（一九六四）に小堀流の万字手裏剣が収められるように、まったくの独創ではなさそうだ。『隠密剣士』製作助手野木小四郎が西村が忍者の道具を調べていたことを述べている（樋口2008、162頁）ので、手裏剣の資料を参考にしたと思われる。その後、映画『００７は二度死ぬ』（原題“You Only Live Twice”、一九六七）、テレビドラマ『将軍　ＳＨＯＧＵＮ』でも方形手裏剣がつかわれ、Throwing stars や Ninja stars として世界的に認められるようになった。

マンガと方形手裏剣

マンガ、特に戦後は貸本マンガが主流であって、それを見ると、白土三平『こがらし剣士』

（一九五七年八月、巴出版）では、侍が短刀をなげる場面はあっても、出てくる忍者が手裏剣をつかう場面はない。これが一九五七年一一月刊行開始の『甲賀武芸帳』（日本漫画社）では、冒頭で主人公の甲賀流忍者の石丸のライバルにあたる伊賀流忍者の疾風小僧が「六方手裏剣ほうせんか投げ」という手裏剣術をみせ（図23）、別の場面では石丸は「あっ、矢車形手裏剣だ」ということばを発している。白土三平の作品では『甲賀武芸帳』がもっとも早く方形手裏剣をつかっている。その後、『忍者旋風』（一九五九年九月頃か、東邦漫画出版社）「天紋」では十字手裏剣を打とうとした忍者が短刀を打たれる場面がでてくる。そして『忍者旋風』雲の巻（一九五九年一〇月、東邦漫画出版社）では六方手裏剣、十字手裏剣が乱れ飛ぶようになる。なお、初出本の刊年に関しては、白土三平に関する情報サイト（https://asa8.com/s/）を参考にした。これは管見の限りであって、白土三平『甲賀武芸帳』より前に方形手裏剣を最初に導入したマンガがあってもおかしくない。『甲賀武芸帳』は、題名のとおり五味康祐『柳生武芸帳』（一九五六―五八『週刊新潮』連載、単行本は新潮社より一九五六―五九）を参考にしており、天下の秘密のおさめられた「甲賀武芸帳」を奪い合

図23　『甲賀武芸帳』1957年11月。復刻版より　©白土三平、岡本鉄二／小学館

う。映画『柳生武芸帳』より七ヶ月ほど登場が遅いだけだが、方形手裏剣の利用には影響があった可能性が高い。

白土三平など戦後の貸本マンガで手裏剣が乱れ飛ぶ場面はあたかも銃撃戦のようである。仮説だが、戦後の忍者マンガに手裏剣が多用されるようになったのは、戦後から一九六〇年頃まで西部劇が最盛期をむかえて、名作が数々日本で公開されたことと関係があるのではないか。最初の導入者の思惑はわからないが、拳銃の代理として手裏剣が使われているように思われる。

マンガ、映画などでは忍者の手裏剣はおなじみとなり、ビデオゲームでも『忍者くん 魔城の冒険』（一九八四、ジャレコ、ファミリーコンピュータ用ソフト）など初期の忍者ゲームから今に至るまで、手裏剣は忍者の武器として親しまれている。手裏剣打ちができる観光施設も近年増えている。史実ではないとわかっていても、黒の忍者装束を着て、手裏剣打ちをすると、忍者になったという気持ちになれる。ゴム手裏剣をつかったダーツ式のものでも、十分たのしめる。

おわりに

黒装束に黒覆面という忍者の姿は、一八世紀中頃の演劇から次第に定着していった。小説では忍者が出てきたと書けばわかるが、演劇では明らかに怪しい姿をしていたほうが観客の理解に都合がよいからである。黒装束に黒覆面は、演劇で盗賊がしていた格好だったが、盗賊と同じように潜入して何かを奪う忍者も同様の格好をするようになった。現実には目立たないほうがよいのだが、歌舞伎の場合は広口袖に馬簾を備え、むしろ目立つ忍び四天という衣裳が発明され、演劇のみならず小説の挿絵にも使われるようになり、一九世紀以降は忍者の黒装束と黒覆面という表象は定着していく。近代に入り、猿飛佐助のような忍術をつかう正義の忍者は黒装束である必要がなく、むしろ悪のイメージに結びつきやすい黒を敬遠して、普通の格好をしているが、今でも黒装束に黒覆面は忍者のユニフォームともいうべき存在である。

手裏剣術は江戸時代から武士の武術として存在しており、決して忍者だけが手裏剣を打っていたわけではなかった。忍術書にはマキビシは登場しても手裏剣は一切載っておらず、忍びとの関わりはむしろ薄い。手裏剣と忍者の関係は演劇によって定着していった。江戸時代の倫理観では、正々堂々刀をつかって戦うことが尊ばれ、遠くから虚をついて手裏剣で攻撃するのは卑怯と見なされていた。正義の侍が手裏剣をつかう例もあるが、江戸時代の小説や演劇をみると曲者が手裏剣をつかっている例のほうが多い。江戸時代では小柄や棒手裏剣をつかっていたが、戦後になって十字手裏剣などの方形手裏剣が登場し、棒手裏剣と並んで忍者作品に定着していく。方形手裏剣は江戸時代にも実在していたが、製造も携行も棒手裏剣より難しいので、手裏剣術でも柳生流を除いてほとんど扱われていなかった。方形手裏剣の作品への登場について、どの作品がもっとも早いかはより調査が必要だろうが、現時点では映画『柳生武芸帳』（東宝、一九五七年四月）での使用例が最も早いように思われる。すぐにマンガにも取り入れられ今に至る。

以上のように黒装束に黒覆面や手裏剣といった表象は創作によって生じたものである。私個人としては、このような忍者の表象は人間の想像力の賜物《たまもの》であって、素晴らしいと思っている。

戦国や江戸時代の普通の人と同じ姿をして忍者と名乗るよりも黒装束に黒覆面といった姿のほうが格好よいからである。手裏剣は実際になかなか的に当たるものではなく、方形手裏剣は携行に不便で、鉄製のため多く持ち歩けるものでもなかったが、だからこそそれを使う忍者が魅力的であるように感じている。文学研究として忍者を扱うと話の分析が主になるが、こうした画像資料を駆使した忍者の表象の研究も文学に限らずマンガ、映画を含む忍者作品全体を対象とする場合には、必要になってくるだろう。

第四部　忍者像の深化

第一章　忍術と妖術

忍びの忍術

　歴史的に実際に活躍した忍びの忍術は忍術書でうかがえる。忍術書には情報収集・偵察・潜入・放火などを行うやり方や道具が記してある。戦国時代の戦乱のさなかでは具体的な忍術として認識されていなかっただろうが、江戸時代に入って兵学書が編まれるのに伴い、それらも文章として明記されるようになった。忍術書は脈絡なく登場したのではなく、『訓閲集《きんえつしゅう》』（一七世紀前半の成立と推測）や「窃《しのび》の巻」のある『軍法侍用集』（元和四年〔一六一八〕成、承応二年〔一六五三〕刊）といった近世前期の兵学書、さらにさかのぼれば『兵法秘術一巻書《へいほうひじゅついっかんしょ》』（最古写本が正和《しょうわ》三年〔一三一四〕奥書）といった中世兵法書の内容に、戦争の実地体験者からの伝授を加えて書き記したものである。忍術書の文体や構成は兵学書と同様のもので、兵学の一部として忍術があったことがうかがわれる。忍術書には軍記小説の影響もある。たとえば、『万川集海』は、『太平記』や『太平記評判秘伝理尽鈔』など軍記小説を忍術の例として大量に引用している。

　忍術の実際を知るには『万川集海』・『正忍記』・『忍秘伝』・『当流奪口忍之巻註《とうりゅうだっこうしのびのまきちゅう》』といった忍術書を読むのが早い。そこには、平時における敵地への侵入や情報収集、戦時における夜討や放火といった「忍び」のやり方が書いてあり、刀・槍《やり》・弓術あるいは手裏剣術といった武術はいっさい記されていない。『正忍記』下巻「極秘伝」には、情報を知りたいときは自分が喋《しゃべ》るのではなく相手になるべく喋らせるようにするとか、人の機嫌を損ねたり怒らせたりするとうまくいかないので相手をおさえるときもあれば、相手を持ち上げるときも設ける、といったことが書かれている。イスラエルのスパイ、ウォルフガング・ロッツの自伝である『シャンペン・スパイ』には親しくなった高官たちから機密情報を聞き出したやり方が書いてあるが、それを思わせる内容である。

二つの忍術

『万川集海』や『正忍記』など忍術書の忍びの忍術は、現実において習得し実行できる可能性が高いが、小説・演劇あるいは『甲子夜話』といった近世随筆に描かれる忍者の忍術は普通の人間が容易には体得・実行しえないものが多い。忍者の忍術は、人間の能力を拡張した超人的な体術と、超自然的な変化《へんげ》の術の二つに分けられる。前者は暗闇で目が見える（『武道張合大鑑』巻二の三、『甲子夜話』巻二七）、遠距離への早駆（『伽婢子』巻一〇の四）、塀を飛び越える（『伽婢子』巻七の三、小川渉『しぐれ草紙』）、遠くまで泳ぐことができる（『明良洪範』続編巻一五）などで、いずれも通常の人間の能力をこえた行いであるが、修行によって実行可能に近づけるものである。常人ではなしえないことを達成している場合が多いが、それでも努力によって能力の向上が認められる忍術といえよう。

後者は鼠などの動物に変化したり（『新可笑記』巻五の一、『和漢三才図会』巻七「游偵」）、姿を消したり（『甲子夜話続編』巻五五）、まぼろしを見せる（『伽婢子』巻七の三、『甲子夜話続編』巻五五）といった行為である。超自然的な忍術は江戸時代では妖術《ようじゅつ》と同類とみなされていた。妖術とは現実にありえない不思議な術のことであり、江戸時代の小説・演劇によく登場する。佐藤至子『妖術使いの物語』に詳しく、そこで示された主な術とその使い手をあげると次の通りである。

隠形の術　石川五右衛門・稲田東蔵・鼠小僧快伝・牛若三郎義虎・星影土右衛門。
飛行の術　役小角・半時九郎兵衛こと山田二郎・九治太丸時金・悪田悪五郎純基・七草四郎・児雷也・若菜姫・藤浪由縁之丞。
分身と反魂の術　鉄拐仙人・小野篁・姑摩姫・安倍晴明・信誓・浄蔵・西行。
蝦蟇の術　七草四郎・天竺徳兵衛・平良門・滝夜叉・自来也・耶魔姫・児雷也。
鼠の術　頼豪院・奇妙院・頼豪・仁木弾正。
蜘蛛の術　若菜姫・石蟾法印・痣右衛門・黒雲の皇子・七綾姫・良門。
蝶の術　藤浪由縁之丞・怪玄・松蔭大蔵。

また、妖術を使う人々として、高僧・堕落僧・キリシタン、武士・盗賊をあげる。

これらがつかうものは広くいって妖術である。このなかで術を忍術と作中で言われるのは盗賊の石川五右衛門と稲田東蔵である。

二番目の型の忍者

江戸時代の忍者を三つに分類した場合に、①「忍者が忍術を用いてしのびいり、大事なものをとって戻ってくる」という盗人としての忍者、②「忍術（妖術）をつかって、お家の乗っ取りや天下転覆を謀る」という謀反人としての忍者、③「戦争に関係して情報収集・偵察・放火などを行う」という軍組織の中の忍者の三つにわけられる。①と②はともに小説や演劇に登場し、③はおもに軍記小説に登場する。

①と②を区別するかは悩みどころである。大きく見れば、②の謀反人としての忍者も、作中では忍術をつかって大事なものを奪っているので、①の忍者に分類しても問題ないのである。石川五右衛門も稲田東蔵も、作品によってはどちらも①と②の要素がある。あえて区別しないことも可能のように思われたのである。

しかし、忍術を中心に考えたさいに、②を区別しておかなければ、大正時代に入ってから活躍する「忍術使い」としての忍者があたかも突然発生したように思われてしまう。戦後の山田風太郎はきわめて自在な超能力としての忍術、すなわち「忍法」をうみだし、近年忍者マンガとして大ヒットした岸本斉史『NARUTO－ナルト－』では「忍術」「体術」「幻術」「仙術」と呼ばれるさまざまな超常的な能力を忍者が用いているが、いずれももとをただせば江戸時代の忍術をつかう忍者にいきつくのである。忍術の系譜と発展をみた場合に②はわけておいたほうがよい。また、①の形式では忍者であっても具体的な忍術が示されず、ただの盗人とほとんど変わらない場合があるので、超自然的な忍術を使う②は別個に分類するのがよいとの結論にいたった。

忍法とは

忍法はもともと「苦・集・滅・道の四諦の理を認め、適確に知るはたらき」（仏教語大辞典）という意味の仏教語だが、忍者忍術関係ではそれとは違う使われ方をしている。『万川集海』巻四の巻題は「忍宝の事」だが、ここでの「忍宝」とは忍びが大事であるという意味である。『孫子』用間篇で五間をつかいこなすことを「人君之宝也」と記すのに拠るのだろう。

尾張藩の兵学者近松茂矩《しげのり》が忍術について記した『用間伝解《ようかんでんかい》』「用間第十三」（元文元年〔一七三六〕成）は、高くのぼったり、低くくぐったり、水を渡ったり、沼を越えたり、壁をよじのぼったりして城に入り、形を隠して影を消すような隠顕変化の奇術は「生間」（『孫子』の五間の一つで敵国に入って情報を得て戻って報告する者）が急変に応じてつかう術で、常につかう術ではないとし、こういったものを「忍の正法正術と思ふは甚以て誤れり」とする。「忍の正法正術」という言い方は今の「忍法」に通じるものがある。

創作では吉川英治『神州天馬俠《しんしゅうてんまきょう》』（大正一四―昭和三年〔一九二五―二八〕『少年倶楽部』連載）で「忍法御前試合」が開催されるのが、現在の魔法的忍術という意味での「忍法」が広まるきっかけになったように思われる。

石川五右衛門と稲田東蔵

石川五右衛門は『艶競石川染《はでくらべいしかわぞめ》』大序「山崎天王山の場」（辰岡万作・近松徳叟作、寛政八年〔一七九六〕四月、大坂角の芝居）では「草臥の法」という隠形《おんぎょう》の術をつかい、『木下蔭狭間合戦《このしたかげはざまかっせん》』（寛政元年〔一七八九〕二月、大坂大西芝居初演。若竹笛躬・並木千柳作。現在残っているのは文政七年六月河原崎座の台本）大詰では人を動物に変える術をつかっている。稲田東蔵は『けいせい忍術池《しのばずがいけ》』四段目「木曾兵衛内の場」（天明五年一二月大坂角の芝居）で遠霞の術という隠形の術を得ている。石川五右衛門と稲田東蔵、演劇ではどちらも伊賀流の忍術をつかい、秘伝の巻物を所持し、九字を切って使う。

歌舞伎の場合、背景となる「世界」が決まれば登場する人物はだいたい同じになる。歌舞伎の題名を外題《げだい》というが、世界が同じで同じ筋の同じ役割の登場人物なら、外題ごとに「稲田東蔵」と「稲葉幸蔵」と名前が変わっていても、同じ芝居の登場人物といえるのである。

歌舞伎の忍者はよく登場しても端役であって、台帳（台本）には「忍びの者」と、その他大勢の扱いで記されるだけのことも多い。逆に主役級といえば、やはり目をみはるような忍術をつかえる忍者である。石川五右衛門は演劇ではもともと忍者ではなかったが、忍者として描く作品が今や主流となり、創作されたなかでもっとも有名な忍者のひとりになっている。石川五右衛門については第二部第一章で詳しく述べた。

『けいせい忍術池』

石川五右衛門と同じく盗賊で忍術をつかうのが稲田東蔵である。天明五年（一七八五）九月に江戸の一橋邸に盗みに入って捕まり、奉行所へ連行中に縄抜けして不忍池に飛びこんで姿を消した稲葉《いなば》小僧《こぞう》と、同年一〇月に浅草で処刑された夜盗《やとう》田舎《いなか》小僧《こぞう》新助《しんすけ》をもとに作られた人物である。この事件は、いちはやく同年一二月に大坂角の芝居で並木五瓶《ごへい》『けいせい忍術池《しのばずがいけ》』として歌舞伎化されている。題名は稲葉小僧が不忍池で姿を消したことにちなむ。現在では稲田東蔵は石川五右衛門ほど知られていないが、江戸時代では『けいせい忍術池』は上方を中心にたびたび上演された。あらすじは、自分が斎藤龍興《さいとうたつおき》の重臣稲田伊予之助の息子であることを知った稲田東蔵が、主家を滅ぼした薗原家に復讐《ふくしゅう》を果たし、さらには伊賀流忍術を用いて足利義晴に挑むが退けられる、という内容である。

伊達騒動を義経物に書き替えた奈河《ながわ》七五三助《しめすけ》『けいせい蝦夷錦《えぞにしき》』（寛政元年（一七八九）九月、大坂中の芝居）では「（もとは源義経であった）蝦夷大王キグルミの子孫ウイテクン」として「稲葉幸蔵」が登場する。河竹黙阿弥《かわたけもくあみ》『鼠小紋東君新形《ねずみこもんはるのしんがた》』（安政四年（一八五七）正月、江戸市村座初演）の「稲葉幸蔵」は鼠小僧とないまぜになって義賊の扱いとなったとして登場するが、歌舞伎の稲田東蔵は、ほとんどが天竺徳兵衛や仁木弾正といった御家ののっとりや天下の転覆をはかるスケールの大きな悪人のひとりである（図1）。『けいせい忍術池』には、御家の重宝の略奪、偽上使や水責めの計略があるほか、稲田東蔵は斎藤の遺臣より伝授してもらった伊賀

図1　歌川豊国(3)『轡《くつわの》音《おと》縕《たづなの》染分《そめわけ》』市村座。文久元年(1861)
左より　若党逸平＝市村羽左衛門(13)、稲田東蔵＝中村芝翫(4)、腰元小桜＝沢村田之助(3)

流の忍術をつかって大暴れする。上方で頻繁に上演されたにもかかわらず、今に伝わらないのはモデルの稲葉小僧の知名度の低さもあって『天竺徳兵衛《てんじくとくべえ》韓噺《いこくばなし》』のようなケレンのある同類の芝居よりも印象が薄いからだろう。名もない手下のものたちはがんどう提灯《ちょうちん》に黒装束といったなりであり、稲田東蔵は正体が露顕してからは百日鬘《ひゃくにちかずら》で登場する。

稲田東蔵はもともと忍術を身につけておらず、『けいせい忍術池』四段目「木曾兵衛内の場」で、稲田の旧臣である花守り木曾兵衛のもとに虚無僧《こむそう》の姿で赴き、忍術の伝授を依頼する。

（稲田東蔵）ついぞ逢《あ》はねど、噂《うわさ》に聞いた花守《はなも》り木曾兵衛《きそべゑ》、百姓《ひやうしやう》の営《いとな》みに、剣術《けんじゆつ》の指南《しなん》。流石《さすが》は昔《むかし》を忘《わす》れぬ天晴《あつは》れの老人《らうじん》。
（木曾兵衛）ムウ。今この沢《さわ》の杜若《かきつばた》の番《ばん》

を云《い》ひ付《つ》けられ、百姓片手《かたて》に暮《く》らす木曾兵衛。剣術の指南は好《す》きの道《みち》。それは格別《かくべつ》、近付《ちかづ》きでもない虚無僧《こむそう》どのが、この親仁《おやぢ》に手《て》の内入《うちい》れうとは。

（東蔵）印可《いんか》が請《う》けたい。

（木曾）ヤ。

（東蔵）伊賀流《いがりう》の秘事口伝《ひじくでん》……忍《しの》びの術《じゆつ》は流儀《りうぎ》の極意《ごくい》、いま世《よ》に稀《ま》れな鍛錬覚《たんれんおぼ》えし木曾兵衛。その伝授《でんじゆ》を望《のぞ》みに来《き》たこの虚無僧。

（木曾）成《な》る程《ほど》、忍びの術は、おれが流儀の極意。伝授を望むこなたの本名《ほんみやう》は。


というやりとりから、木曾兵衛の忍術は伊賀流であることがわかる。歌舞伎には伊賀流の忍術がよく登場する。現実では忍びが忍術を身につけるには長い修練が必要だろう。江戸時代の小説や演劇では秘伝の書を手に入れれば、それがすぐ使えるようになっており、忍術修行は描かれない。

次の場面は同じ段で、稲田東蔵が忍術書を得て、それを開いて見るところである。

ト東蔵、立《た》ち身《み》にて伝授の一巻《くわん》を開《ひら》き見《み》て居《ゐ》る。側《そば》に木曾兵衛、腹切《はらき》つて居《ゐ》る。この見得《みえ》よろしく
（木曾）若殿万寿丸《わかとのまんじゆまる》さま（稲田東蔵のこと）、伊賀流《いがりう》の極意《ごくい》、忍《しの》びの秘書《ひしよ》、とくと御覧《ごらん》なされしか。

（東蔵）遠霞《とほがすみ》の伝《つた》へと云ふ対陣《たいじん》、数万《すまん》の人数《にんず》取巻《とりま》くとも、やすやすと立退《たちの》く九字《くじ》の切《き》りやう秘文《ひもん》まで、詳《くは》しく記《しる》せしこの一巻。我《わ》れに渡《わた》せし其方《そのほう》が功《こう》に愛《め》で、親人《おやびと》に成《な》り替《かは》り、最《さい》期《ご》の臨終《りんじう》に勘当《かんだう》を赦《ゆる》す。花守《はなも》り木曾兵衛《きそべゑ》とは、仮《かり》の名《な》、美濃《みの》の国斎藤家《くにさいとうけ》の家臣《かしん》、稲田伊予《いなだいよ》之助《のすけ》どのの家来《けらい》、六郷主膳《ろくがうしゆぜん》。出《で》かした出かした。

稲田東蔵は木曾兵衛の持つ「伊賀流極意、忍びの秘書」を読むだけで忍術を身につける。このあと、追手がかかると東蔵は「いま主膳《しゆぜん》（六郷主膳、木曾兵衛の本名）が授《さづ》けし忍術《にんじゆつ》を試《ため》すは」と言って、九字の印を切って消える。消える方法だが、ト書きでは回り壁をつかうことが記されている。

この姿を消すのは隠形の術で、妖術使いでつかう者も多い。現実的でないように思えるが、真言秘密修法には、摩利支天印形の印契を結び、陀羅尼を唱えることで、他人の目から見えなくなる法術がある。中世兵法書『兵法秘術一巻書』もそれをとりいれ「隠形の秘術の事」として、

左の手を胸《むね》にあてて仰《あをけ》ておく。右の手を上《うえ》にうつぶけて中《なか》をすこし屈《くつ》して摩利支《まりし》天の隠形《をんぎやう》の秘印明を用《もちゐるもの》　者也。呪に曰く、「唵謝摩利《しやまり》伽陀羅《きやたら》ソハカ」。是《これ》を摩利支《まりし》天の隠形《おんぎやう》の三魔地《さまち》門《もん》に入ると云也。

とやり方を記してある。

山田雄司『忍者の歴史』では、修験道的要素が兵法書に取り入れられ、さらにその兵法書を参考に忍術書が編まれたため、結果として修験道的要素が忍術書に見られることを述べている。忍術でよくつかわれる「九字之印」も『修験常用秘法集』（『日本大蔵経』一七所収）に「兵法九字之大事」として記されたものである（83―84頁）。『艶競石川染』では、石川五右衛門が伊賀流忍術書の巻物から覚えた「草臥の法」という隠形の術をつかっているが、こっそり潜入する忍者の術としては隠形の術はうってつけのものである。『けいせい忍術池』では忍術は融通のきく超能力あるいは魔術的なものとして使われている。「切幕」で東蔵は敵の奴有平《やつこありへい》に対し、「伊賀流《いがりう》の忍術《にんじゆつ》、暫時《ざんじ》の呼吸《こきふ》」という九字を切ることで悶《もん》絶《ぜつ》させている。

同じく「切幕」で味方を忍術で集めており、

（東蔵）某《それがし》の軍配《ぐんばい》、伊賀流《いがりう》の忍術《にんじゆつ》。

ト一巻《くわん》を出《だ》し合掌《がつしやう》して、サッと広《ひろ》げる。トどろどろにて、後の燭台仕《しよくだいし》掛《か》けにて一時《じ》に消《き》える。ト両方《りやうほう》の通《かよ》ひ道《みち》より、黒装束《くろしやうぞく》の侍《さむら》ひ大勢《おおぜい》、龕燈提灯《がんどうちやうちん》を持《も》ち、しとしと出《で》て、本舞台《ほんぶたい》へ直《なほ》り、左右《さいう》へ二行《ぎやう》に並《なら》び
（東蔵）雪《ゆき》。

（西忍）鐘《かね》。

（東蔵）鐘《かね》。

（東忍）雪《ゆき》。
（東蔵）兼《か》ねての合図《あひづ》。時刻《じこく》を違《たが》へず。何《いづ》れもぬかるな。
（皆々）ハツ。
（図書）ムウ。すりや雪鐘《ゆきかね》の合《あ》ひ詞《ことば》を以《もつ》て。
（東蔵）場所《ばしよ》を違《たが》へず。惣軍《そうぐん》を屯《たむろ》する某《それがし》が計略《けいりやく》。合点《がてん》な。
（皆々）ハアア。
（東蔵）皆行《みなゆ》け。
（忍び）ハハア。
　トどろどろにて御簾《みすお》下りる。忍《しの》び皆々元《みなみなもと》の通《かよ》ひ道《みち》へ入《はひ》る。
（宗助）ハレ、不思議《ふしぎ》の忍術《にんじゆつ》。

　秘術が記された忍術の巻物は、忍術伝術に必要な道具であり、広げると舞台映えがしただろう。なお、雪と鐘という合言葉を教えているが、この合言葉はのちの展開に関係してくる。黒装束に龕燈提灯も絵本や演劇では忍者の定型である。出現時の「どろどろ」は大太鼓をつかう歌舞伎下座音楽で幽霊や妖怪変化の出現のほか、人が消えるときにつかわれていた効果音である。忍者が消えるときに「どろん」という擬態語がつくのはこれがもとである。
　このように驚くべき忍術を身につけた東蔵であるが、最後は「東寺羅生門の場」で軍兵らに大たちまわりのうえ、善人の面々と対面し、再会を約して終わる。悪人にとどめをさすまでいかないのは歌舞伎によくある幕切である。

変化の術

動物に姿を変える変化の術も忍術としてよく用いられている。石川五右衛門の登場する『木下蔭狭間合戦』の大詰では、

（石川五右衛門は手下の足柄金蔵にむかって）

われを落《おと》すはコリヤ。

ト懐中《くわいちう》より、忍《しの》びの一巻《くわん》を出し
これが即《すなは》ち伊賀流《いがりう》の、忍《しの》びの伝書《でんしよ》、これさへ見《み》れば数万《すまん》の中でも、芥子《けし》ほども目《め》にかからぬ大事《だいじ》の物《もの》。しっかり預《あず》けたぞ。

（金蔵は巻物を持って脱出し、むこうから、手飼いの狆《ちん》が連判状を加えてやってくる）

（五右衛門）オオ、百介《ももすけ》、大儀大儀《たいぎたいぎ》。

ト五右衛門、呪文《じゆもん》を唱《とな》へる。ドロドロにて、狆《ちん》、切《き》り穴《あな》へ消《き》へ、百介になりし見得《みえ》にて、百介一巻を手《て》に持《も》ち
（百介）これ、頭《かしら》、こなさんに習《なら》つた忍術《にんじゆつ》で、形《かたち》を変《か》え、長慶《ちやうけい》が持《も》つていた連判《れんばん》を。

（五右衛門）シイ、声《こゑ》が高《たか》い。ドレ、爰《ここ》へ。


（引用は文政七年六月河原崎座の台本にもとづく）

ここでは忍術を記した巻物を渡すことで、渡された者が忍術を簡単につかえることを示すほか、変化が自分自身を対象にするのではなく、手下に変化の術を使うことができたことを示す。ここでは、狆に変身させ、連判状を盗みとらせていた。

歌舞伎で変化の術といえば、『伽羅先代萩《めいぼくせんだいはぎ》』「足利家床下の場」の仁木弾正《にっきだんじょう》が有名だろう。荒獅子男之助に踏まれた状態でせり上がりの舞台に登場し、男之助に鉄扇をくらうと花道に行って、切り穴に飛び込んでけむりとともに巻物をくわえた人の形でせりあがり、男之助に小柄を打って、印を結んで宙乗りになって消える。せりふがほとんどなく動きだけの場面だが、そのぶん様式美に優れ、座頭格の役者が仁木弾正をつとめる歌舞伎の名場面のひとつである。仁木弾正は変化の術をつかったり、手裏剣を打ったり、大詰の「問注所詰所刃傷の場」では黒の素網にたすきという衣裳のせいか、忍者のように思われているが忍者ではなく妖術使いである。

鼠への変化はよくあって、立川文庫『猿飛佐助』での佐助と石川五右衛門の対決でも五右衛門は鼠に変化している。

忍者ではなかった児雷也

『伽羅先代萩』の仁木弾正が忍者ではないように、現在では忍者と認識されている児雷也ももとは忍者ではなかった。もとは中国、宋の沈俶《しんしゅく》の説話集『諧史《かいし》』にある話で、明代の陸楫《りくしゅう》の編になる『古今説海《ここんせつかい》』などに収録されたものが読まれていた。犯行のさいに「我来也」と門や壁に書き記していく盗賊の話で、原話は投獄されたものの看守をうまく騙《だま》して無罪放免となる経緯に面白みがある。

もとは短い話だが、近世後期の戯作者《げさくしゃ》感和亭鬼武《かんわていおにたけ》の読本『自来也説話《じらいやものがたり》』前編（文化三年（一八〇六）刊）・後編（文化四年刊）に盗賊「自来也」として登場して知られるようになった。前編は信濃国麻績《おみ》の里の勇《いさみ》源太郎一家と悪賊鹿野苑《ろくやおん》軍太夫の因縁と仇討《かたきうち》という主筋に、妙香山の異仙から術を授かり、自来也の異名で義賊を働く三好家の浪人尾形周馬寛行《おがたしゆうまひろゆき》が関わっていく。後編は、自来也が妙香山で恩師の大蝦蟇《がま》を悩ませる大蟒蛇《うわばみ》を鉄砲で仕留めることで妖術の皆伝をうけ、それから大金を集めて、主家の仇である石堂家を滅ぼそうとするものの、石堂家の忠臣万里《までの》破魔之助らによって蝦蟇の妖術を破られ、自刃して石となるという筋である。

前編と後編では自来也の性格に違いが見られるが、意図的な路線変更だと思われる。前半は義賊的な要素が強く、谷に落ちた赤児侶吉《ともきち》を救ったり、心の正しさが目立つが、後半になると主家への仇討に力を注ぐ盗賊的要素が強くなる。盗賊が主人公なのは、文化年間の初めに盗賊を中心人物にした作品が流行《はや》っていたからである。後半の蝦蟇の妖術は、古浄瑠璃《こじようるり》『天草四郎島原物語』（寛文六年（一六六六）刊）や近松門左衛門の浄瑠璃『傾城島原蛙合戦《けいせいしまばらかえるがつせん》』（享保四年（一七一九）上演）といった天草軍記物の作品に登場し、並木正三《なみきしようざ》などによる『天竺徳兵衛聞書《てんじくとくべえききがき》往来《おうらい》』（宝暦七年（一七五七）初演）以降、天竺徳兵衛もので登場していた。

『自来也説話』の自来也はのちの『児雷也豪傑譚』の児雷也に比べて、いかにももっさりした山賊のいでたちである（図2）。本文では、

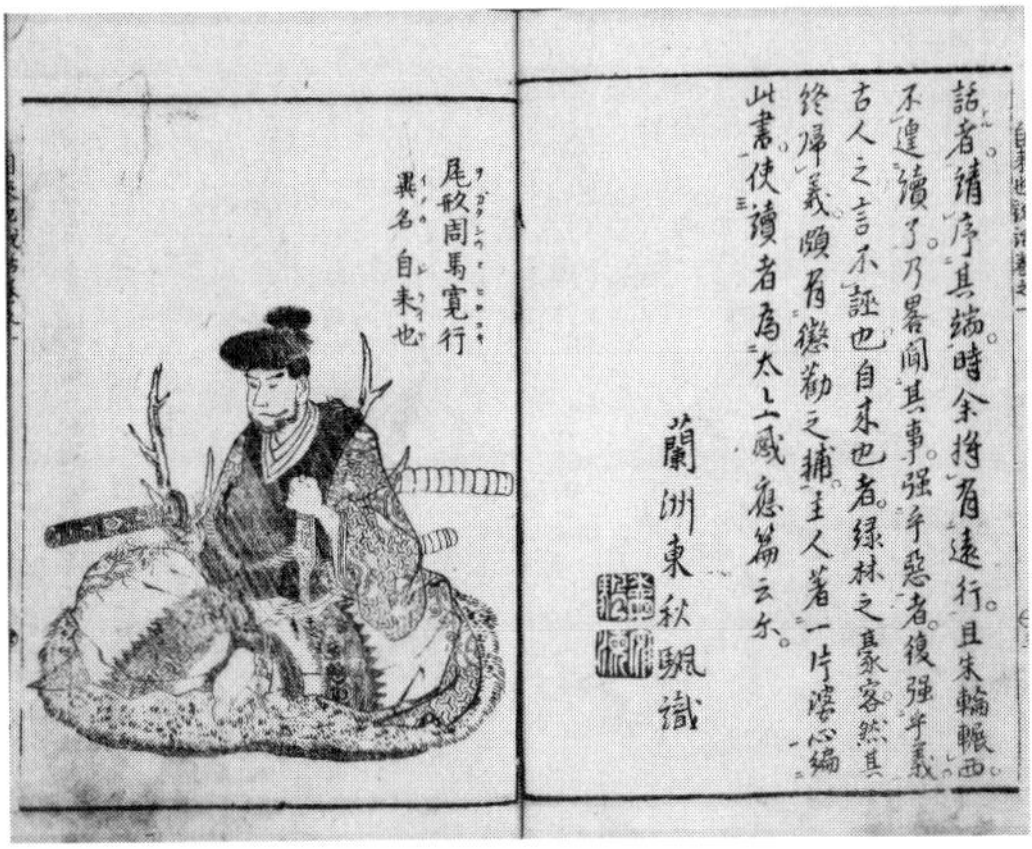

図２ 『自来也説話』前編巻１「尾形周馬寛行　異名自来也」

這《ここ》に其頃《そのころ》三好家《みよしけ》の浪士《らうにん》尾形《おがた》周馬《しうま》寛行《ひろゆき》といふものあり、其身《そのみ》武術《ぶじゆつ》に熟練《しゆくれん》し忍術《にんじゆつ》を行《おこな》ひ、いつとなく強盗《がうどう》の張本《ちやうほん》となりて許多《あまた》の小賊《てした》を従《したが》へ強盗《がうどう》に押入《おしいれ》ども貧家《ひんか》なるを観《み》ては黄金《きんす》を与《あた》へ富《とみ》たる家《いへ》には忍入《しのびいり》て大金《たいきん》を奪《うば》ひ取《とり》、其家毎《いへごと》に自来也《みずからきたるなり》と札《ふだ》を張置《はりおき》て立帰《たちかへ》り、斯《か》く為《す》ること所々《しよしよ》にありぬれば、其頃人呼《よ》んで自来也《じらいや》自来也と称《とな》ふるままにつゐに盗賊《とうぞく》の張本《ちやうほん》自来也《じらいや》といふ異名《いめう》をぞとりたりける。（前編巻一）

と「忍術を行」ったことが書かれている。しかし、自来也について忍術ということばが記されているのは作中ここだけで、自来也が妙香山で学んだ術は「法術」「妖術」「奇術」「邪術」と記されても「忍術」とはひと言も記されないのである。よって自来也は石川五右衛門や稲田東蔵とは違って忍者ではない。

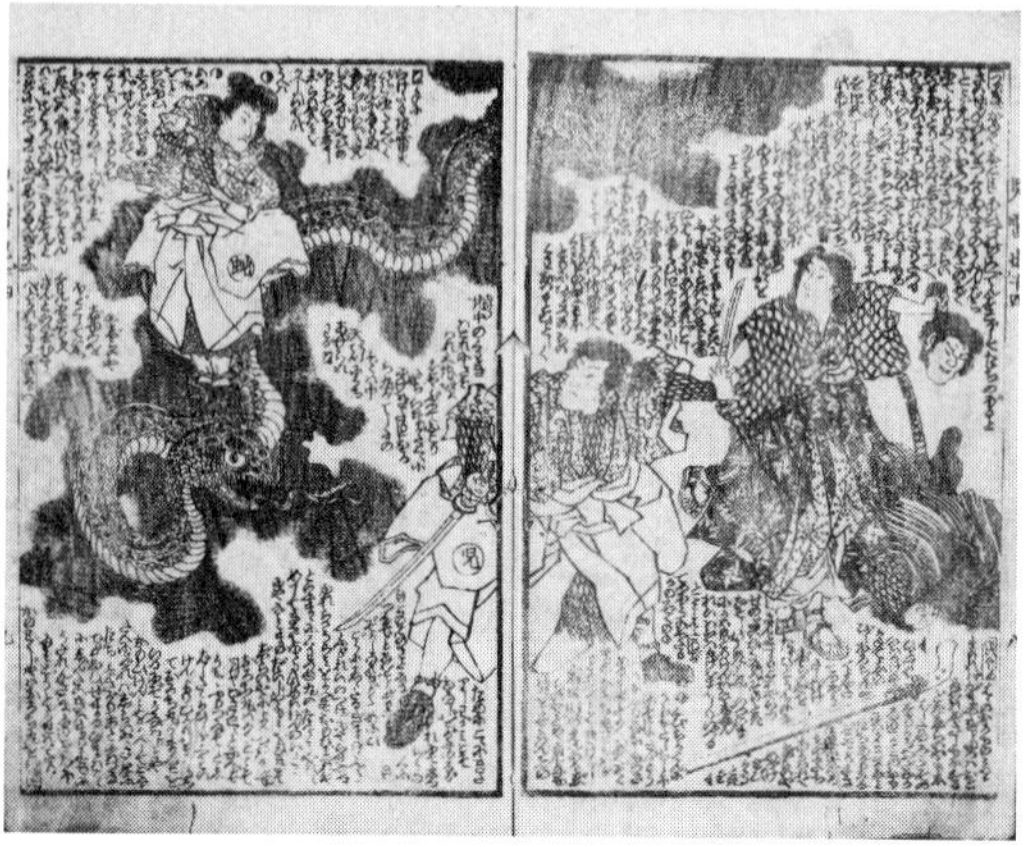

図3　『児雷也豪傑譚』14編　左より大蛇丸・児雷也・綱手

蝦蟇の妖術を得てからは自由自在な術をつかい、甲冑《かっちゅう》を着した異形のもの数百騎を呼び出したり、陸地をたちまち大河に変じたり、離魂の術をかけて人をふたりにしたり、遠くの人を呼び出したりと様々なことを行う。妖術・忍術使いの敵は正義の侍で神仏の力が術を破る助けになるという型が採られており、江の島弁財天の加護によりあらわれた蛇が妖術を打ち破り、自来也は最後の力をつかって石となる。

感和亭鬼武『自来也説話』は、文化四年九月には近松徳三『柵《やえむすび》自来也談《じらいやものがたり》』（大坂、角の芝居）に翻案される。高木《たかぎ》元《げん》は『自来也説話』から大正三年の講談本『妖術　児雷也物語』（史談文庫34、蒼川生著、岡本偉業館）まで、小説・演劇・端唄・講談といった自来也物二〇点を紹介し、その広がりを明らかにする（高木1995）。

なかでも『児雷也豪傑譚《じらいやごうけつものがたり》』全四三編（天保一〇年―慶応四年〔一八三九―六八〕刊）が現在の児雷

図4　『児雷也豪傑譚』7編

也像を作り上げた。『自来也説話』が読本という字の多い、今の小説に近い形式であるのに対し、『児雷也豪傑譚』は合巻という絵本である。絵の周辺に地の文や台詞がびっしりと書き込まれている。内容は、肥後《ひご》の豪族で謀叛《むほん》をはかって滅亡した尾形氏の遺児周馬弘行が信濃に逃れてから苦心のうえ武勇をあらわし、妙香山で蝦蟇の精霊仙素道人から妖術を授かる。蝦蟇の妖術の児雷也と蛞《なめ》蝓《くじ》の仙術の綱手《つなで》が大蛇丸《おろちまる》に対抗する内容である。児雷也・綱手・大蛇丸は、岸本斉史『NARUTO—ナルト—』に登場する同名の人物のもとになっている（図3）。自来也から児雷也へと名前が変わったのは、作中で雷獣をつかまえたことにちなむ。作者は五編までが美図垣笑顔《みずがきえがお》、一一編まででが一筆庵《いっぴつあん》主人（渓斎英泉）、三九編までが柳下《りゅうか》亭種員《ていたねかず》、四一—四三編が柳水亭種清《りゅうすいていたねきよ》である。作者が変わっていることもあり、児雷也の造形も話が進むと、山寨《さんさい》にこもる盗賊から関東管領《かんれい》を救う忠

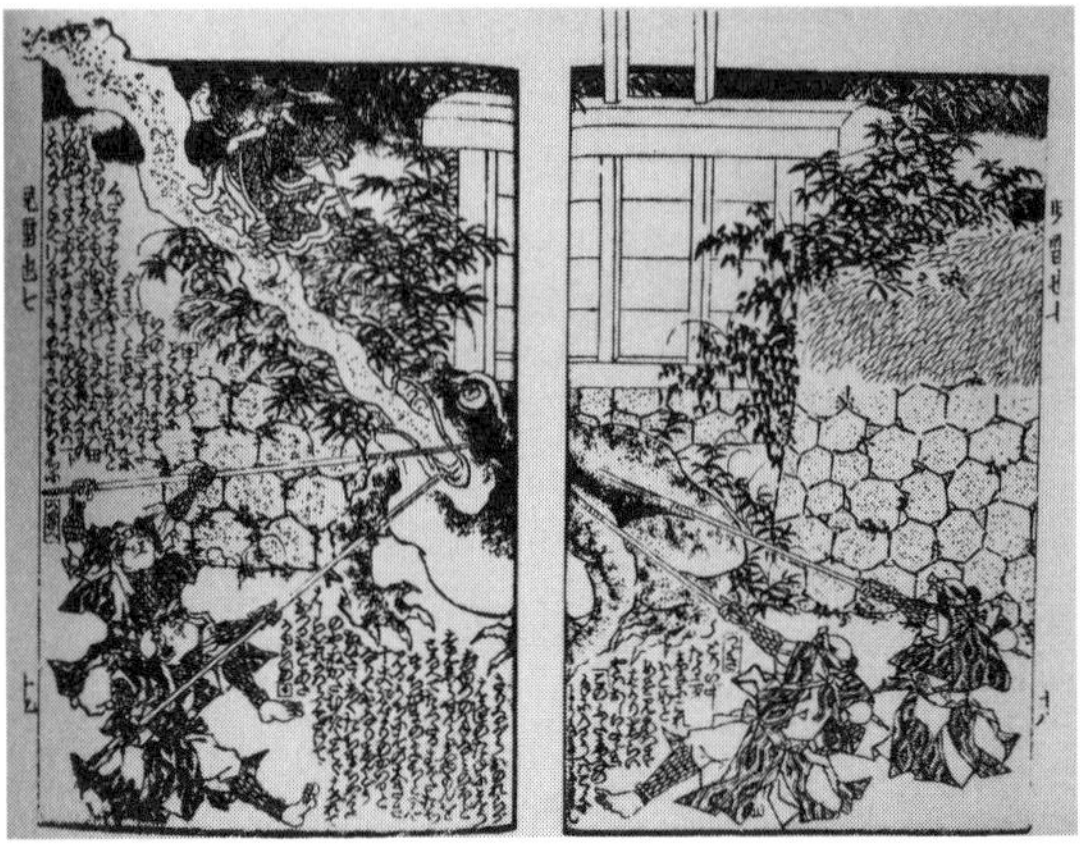

図５　『児雷也豪傑譚』７編　虹に乗る児雷也

臣に変わっていく。未完に終わっているが、『自来也説話』より『児雷也豪傑譚』のほうが一般的に知られる内容だろう。『自来也説話』の盗賊然とした外見から、当時人気があった『偐紫田舎源《にせむらさきいなかげん》氏《じ》』の貴公子足利光氏《みつうじ》を真似た容姿としたのも、絵本の特徴をよく生かしており、人気の理由だった（図４）。歌舞伎でも美男の立役が務める役だったのである。

　児雷也の術も忍術ではない。児雷也といえば蝦蟇の妖術であり、『自来也説話』よりも蝦蟇らしい術になっている。七編では巨大な蝦蟇になることで屋敷を押しつぶすまぼろしを見せる。そして蝦蟇の口から出た虹に乗って逃げ去る（図５）。蛙が吐いた虹を渡って去るのは七草四郎と同様のものである（佐藤至子 2009、56頁）。

　現在の歌舞伎でも自来也物はときおり上演される演目であるが、これも『柵自来也談』ではなく『児雷也豪傑譚』をもとにした河竹黙阿弥『児雷《じらい》也《や》豪傑譚話《ごうけつものがたり》』（嘉永五年〔一八五二〕七月江戸・河原崎座初演）が上演されている。「話」の一字が増えているのは外題の偶数を陰として忌む慣習からである。人気だったのか、安政二年（一八五五）五月江戸・河原崎座で、河竹黙阿弥『児雷也《じらいや》後編譚話《ごにちものがたり》』として、後編が脚色上演された。近年では平成一七年三月に京都・南座で河竹黙阿弥作・今井《いまい》豊茂《とよしげ》脚本・尾上《おのえ》菊五郎《きくごろう》演出『児雷也豪傑譚話』全三幕が上演されている。この作品では、月影郡領照友《つきかげぐんりょうてるとも》の養子になった大蛇丸に対し、月影に滅ぼされた尾形家の遺児児雷也と松浦家の遺児綱手が力をあわせて立ち向かう内容で、仙素道人が教えているのは妖術である。最後は浪切の剣の威徳により大蛇丸が改心して三者手を携え天下のために尽くすようになっている。

いずれにしても、児雷也は忍者ではなく、服装も忍び装束ではない。それではいつから児雷也は忍者になったのだろうか。吉澤英明『講談作品事典』中巻が紹介する『自来也義侠禄』（邑井貞吉「演芸倶楽部」三の七号　大正三・七）に出てくる児雷也は、

自来也義侠禄

　奇賊自来也事尾形周馬の伝。自雷也とも。

小西行長の臣・尾形周庵の倅、周馬は文武両道に優れ、その上森宗意軒から学んだ忍術も極意に達している。関が原の一戦で主家は滅亡。時を待って徳川に反抗する心底である。越後・黒姫山の山塞に隠れ、非道の者から金を奪い、帰りにはかならず自来也《みずからきたるなり》と書いて置いてきた。

とある。『児雷也豪傑譚』の蝦蟇の精霊仙素道人ではなく、天草軍記物に登場するキリシタン森宗意軒《もりそういけん》から忍術をならっているが、森宗意軒はキリシタンなので本来なら忍術にそぐわないものである。明治維新になって、バテレンの妖術という説得力が落ちた忍術を教えるようになったのかもしれないが、とにかく忍術を習っているからには忍者である。

戦後の児雷也ものの映画に、『忍術児雷也』（新東宝、昭和三〇年〔一九五五〕。萩原遼《はぎわらりよう》・加藤泰《かとうたい》監督、賀集院太郎《がしゆういんたろう》脚本、大谷友右衛門《おおたにともえもん》主演）、『逆襲大蛇丸』（新東宝、昭和三〇年〔一九五五〕。加藤泰監督、大谷友右衛門主演）という作品がある。歌舞伎の『児雷也豪傑譚話』や、そのもととなった草双紙『児雷也豪傑譚』にもとづく作品である。これらの作品でも、児雷也は忍術ではなく妖術をつかっている。映画のなかでも、蝦蟇の仙人に秘伝の一巻を譲られ、術がつかえるようになるが、それを映画の中で忍術の秘伝書とは呼んでいない。それでもタイトルは『忍術児雷也』なのである。なお、大正一〇年（一九二一）に牧野省三《まきのしようぞう》監督・尾上松之助《まつのすけ》主演『豪傑児雷也』という映画が撮られ、今も二〇分ほど部分的に見られるが無声映画のため、児雷也をどのように呼んでいるかは不明である。

ではなぜ、忍術が妖術の代名詞になり、妖術を忍術とみなすようになったのか。ひとつには、妖術の根拠として、バテレンの妖術、仙人の力などの説得力が小さくなって、忍術が適当とみなされるようになったのはあるだろう。また、ひとつは印を結んで術をつかうことや、巻物で術を譲る点が、妖術と忍術に共通するためであろう。効果としても隠形の術のように妖術も忍術も差がないものもある。

最も重要であるのは、大谷友右衛門の映画『忍術児雷也』を見ればよくわかるが、「忍び」の行為に妖術が使われていることである。大谷友右衛門の演じる児雷也は作中で、敵城への潜入や敵大名の息子の誘拐のために妖術をつかうのである。児雷也そのものが「忍び」の行為を行い、それを助ける術として妖術をつかうのである。そのため、児雷也の妖術も忍術と同様に認識され、児雷也も忍者とみられるようになったのだと考えられる。

なお、主演の大谷友右衛門は稲垣浩《いながきひろし》監督『佐々木小次郎』三部作の佐々木小次郎を演じた二枚目スターである。一九五五年に歌舞伎界に復帰して、一九六四年に四代目中村雀右衛門《じゃくえもん》を襲名し、女形として活躍した。一九九一年に重要無形文化財保持者（人間国宝）の認定を受け、筆者にとって女形の鑑《かがみ》といえば四代目中村雀右衛門である。『忍術児雷也』では大谷友右衛門が女に化ける場面があるが、のちの雀右衛門の才能のうかがえる場面である。

東映制作の特撮テレビドラマ『世界忍者戦ジライヤ』（一九八八年一月―一九八九年一月、テレビ朝日系列）では、主人公「山地闘破《やまじとうは》」が変身すると「磁雷矢《じらいや》」という忍者ヒーローになる。児雷也＝忍者で定着しているといえよう。

『南総里見八犬伝』犬山道節の火遁の術

曲亭馬琴『南総里見八犬伝』（文化一一年―天保一三年〔一八一四―四二〕刊、以下『八犬伝』）は、室町時代の下総国里見家の再興のため、仁・義・礼・智・忠・信・孝・悌《てい》の珠《たま》を持った義兄弟の八犬士が活躍する長編伝奇小説である。このなかで忠の珠を持つ犬山道節が「家に伝る間諜《しのび》の秘術」をつかう。犬山道節は作中で「忍び」の働きはせず、忍術はつかうものの忍者とはいえないが、作中でつかっている火遁《かとん》の術を忍術として考察したい。

『八犬伝』二七回で犬山道節は寂寞道人肩柳《じやくまくどうじんけんりゆう》となのり、白布で頭をつつみ、白衣を身につけ、火中に身を投げて死ぬ火定《かじよう》を見物に見せて、金を集めていた。二八回で網乾左母二郎《あぼしさもじろう》に殺されそうになった浜路《はまじ》を手裏剣を打って助け、宝刀村雨《むらさめ》を手に入れる。ふたたび登場したときの姿は、

初《はじめ》に異《こと》なるそが形容《ありさま》、亦是甚麼《またこれいか》なる打扮《いでたち》ぞ。但見《ただみる》、膚《はだへ》には缺舌《ことさへぐ》、南蛮鉄鎌《なんばんくさり》の纏身《きこみ》腰甲《はらまき》を、透間《すきま》もなく領具《きくだ》して、網《す》に蟄《こも》れる蜘蛛《くも》に似たり。袿《うへ》には唐織《からおり》なる、段綵筋《だんだらすぢ》の広袖《ひろそで》の単衣《ひとへきぬ》を、裾短《すそみじか》に被《き》なしたる、秋葉《もみぢ》を流す飛泉《たき》の如し。腰には朱鞘《しゆさや》の大刀《たち》を跨《よこたへ》、足には秩藁《ひつじわら》の厚鞋《あつわらじ》を穿《うがち》、大平金《おほひらかね》の細密《ささ》釬《こて》に、十王頭《じゆうわうかしら》の臑楯《すねあて》して、濃紫《こいむらさき》なる円括《まるくくり》の帯、臀高《しりたか》に紈《わがね》たり。齢《よはひ》は尚《いまだ》青年《うらわかく》、二十左右《はたちばかり》にもやならんずらん。眉秀《まゆひいで》、眼清《まなこすずし》く、色素《いろしろう》して、唇朱《くちびるあか》く、耳厚《みみあつう》して歯細《はこま》やかに、月額《さかやき》の迹《あと》長く生《おひ》たる、髪烏《かみくろう》して、髯蒼《ひげあお》かり。その志望《こころざま》、善乎《ぜんか》悪乎《あくか》。その行法《おこなひ》、正《せい》乎《か》邪乎《じやか》。いまだ分解《ぶんかい》せざれども、一《ト》癖《くせ》あるべき面魂《つらたましい》、凡庸《ただうと》ならじと見えてけり。

とある。くだくだしいようだが、読本の文体を知って欲しくてそのまま掲出した。難しい漢字を多用し、それに訓をつけることでわかりやすく内容を伝えていくのが読本の文体である。以

前の白衣の道人の姿から勇ましい武者姿への変身が鮮やかに表現されている。

さて、道節は弱った浜路のもとに近寄り、異母兄であることを名乗り、それまでの経緯を語り、復讐を企てていることを話すのだが、そのときに、「間諜《しのび》の秘術《ひじゆつ》」の話をする。

> 遂《つひ》に復讐《ふくしう》の大義《たいぎ》を企《くはだて》、家に伝《つたふ》る間諜《しのび》の秘術、隠形五遁《いんぎやうごとん》の第二《だいに》法《はう》、火遁《くわとん》の術を行ひて、修験《しゆげん》者《じや》に容《さま》を変《かえ》、或《ある》ときは、烈火を踏《ふみ》て、愚民等に信《しん》を起《おこ》させ、又或《ある》ときは、火定に終《をはり》を示しつつ、銭《ぜに》を召《よ》び、財《たから》を聚《あつ》めて、軍用に充《みて》んとするに、火に投《い》ると見せて、火に投《い》らず、全身焼亡《やきうせ》たりとおもはせて、火の外《ほか》に姿を隠す。これを名づけて火遁《くわとん》といふ。

火に入って焼け死んだように見せかけるが実際には入っていないので、幻術あるいは奇術の一種といってよいだろうか。道節は火遁の術をつかい本郷円塚山《ほんごうまるづかやま》で火定したようにみせかけ、軍用金を集めていた。浜路も重傷を負っており、ここで説明をやめればいいものを、このあとさらに隠形の術の解説がたっぷり入るのが、馬琴らしいところである。このような登場人物の口を借りた考証の披露は、第一回で里見義実《よしざね》が龍の解説をながながとするところなど、『八犬伝』では随所に見られる。

> 大約《およそ》隠形《いんぎやう》に五法あり。第一を木遁《もくとん》といふ。樹《き》に倚《よる》ときは形を隠して、敢亦顕《あへてまたあらは》さず。第二を火遁《くわとん》といふ。火に遇《あ》ふときは形を隠して、よく人にしらすることなし。第三を土遁《どとん》といふ。

此《これ》は是《これ》、その足、地を踏《ふむ》ときは、人に形を見することなし。壁に没《い》り、穴に隠るる、皆是《みなこれ》土遁の一術なり。第四《だいし》を金遁《きんとん》といふ。こは金銀銅鉄をもて、よくその形を隠すものなり。第五を水遁《すいとん》といふ。こは久しく水に没《いり》て苦《くるし》まず、又唯一杓《ただいつさく》の水を得ても、よくその形を隠すものなり。これを隠形五遁といふ。原是張道陵《もとこれちやうどうれう》が道術《どうじゆつ》なり。唐山《もろこし》には漢末《かんまつ》より、今明朝《みんちやう》にもこの術を、よくするものありといふ。

五遁の術は陰陽五行の木火土金水をつかって姿を消す術である。張道陵は、中国の後漢末二世紀頃におこった原始道教五斗米道《ごとべいどう》の開祖である張陵《ちようりよう》のことである。『和漢三才図会』巻七「游偵《しのひのもの》」（正徳五年〔一七一五〕跋）に五遁の術が記されるが（260頁図2参照）、これは『五雑組』（万暦四七年〔一六一九〕刊）を引き写したものである。馬琴が『五雑組』を読んでいたことはわかっている。『五雑組』が記す水遁の術は明朝初の冷謙が瓶の中に入って消えてしまった話のため、馬琴が持ち出した一杓の水の話には別の典拠があるのかもしれない。

他の馬琴の作品では『椿説弓張月拾遺《ちんせつゆみはりづきしゆうい》』四九回（文化七年〔一八一〇〕刊）に「隠形《いんぎやう》の術《じゆつ》」として水火木土の四遁の術の紹介がある。五遁だと『月氷奇縁《げつぴようきえん》』二回（享和三年〔一八〇三〕刊）では「遁形《しのびのなり》に五つあり」とあって、明の冷謙の水遁の術にも言及がある。後年の『開巻驚奇俠《かいかんきようききよう》客伝《かくでん》』第一集二回「隠形《いんぎやう》の五遁の幻術」、四回「隠形五《いんぎやうご》遁《とん》の内《うち》中、水火二《すいくわに》遁《とん》の仙術《せんじゆつ》」（天保三年〔一八三二〕刊）と言及があるが、忍術というくくりではない。

犬山道節は、続けて日本の事例を述べるのだが、我朝《わがちやう》には六条院《ろくでふのゐん》の仁安年間《にんあんのころ》、伊豆《いづ》の修禅寺《しゆぜんじ》に唐僧《たうそう》あり。これ独木遁《ひとりもくとん》の術を得たり。後《のち》に窃《ひそか》に、兵衛佐頼朝《ひやうゑのすけよりとも》に伝へたり。石橋山《いしばしやま》の敗軍に、頼朝伏木《ふしき》の虚《うろ》に隠れて、虎口《ここう》を遁《のが》れ給ひきといふ。その実は、木遁の術を行《おこな》へるなるべし。又吉岡紀一法眼《よしおかきいちほうげん》は、火遁《くわとん》の術を得たるものなり。しかれども人に授けず。源　牛若丸《みなもとのうしわかまる》、その秘書を窃閲《ぬすみ》て、亦《また》火遁の術を得たり。文治《ぶんぢ》に高館《たかたち》落城の日、義経《よしつね》既に戦　労《たたかひつか》れ、城に火を放《かけ》、自焼《じせう》して、塞外《さいぐわい》に逃《のが》れ去りしは、火遁の街によれるならん。

これら日本の事例に原拠があるのかわからない。伊豆の修善寺に木遁の術を学んだ唐僧がいて、それが源頼朝に術を教えたので、石橋山の敗戦で大庭《おおば》軍に見つからなかった理由としているが唐突である。義経物に登場する陰陽《おんみよう》法師の鬼一法眼《きいちほうげん》は六韜《りくとう》の兵法を伝受していたという伝説があり、義経が鬼一法眼の娘の手引きで密《ひそ》かに写し取ったという話が『義経記《ぎけいき》』にあって、創作などにも取り入れられていた。義経が衣《ころも》川で死なずに蝦夷島《えぞがしま》に渡ったという話が『続本朝通鑑』（寛文一〇年〔一六七〇〕成）巻七九に俗伝として紹介されており、加藤謙斎《けんさい》『鎌倉実記』（享保二年〔一七一七〕刊）のように真説として説く本もあった。

犬山道節が身につけた経緯は以下の通りである。

この後《のち》又さる術を、伝授せしものある事を聞かず。独《ひとり》わが家《いへ》、祖先より、火遁の一書《いつしよ》を相《さう》伝《でん》せり。しかれども、その書、奇字《きじ》隠語《いんご》にして、暁《さと》るもの絶《たえ》てなし。吾儕《わなみ》年《とし》十五のとき、はじめてその書を披閲《ひゑつ》して、聊《いささか》発明することあり。是よりして夜《よ》となく日となく、読誦《どくじゆ》工夫すること三个《さんか》年、遂《つひ》にその奥旨《おうし》を得たり。しかれどもその法術、左道《さどう》にして幻術に相《あひ》近《ちか》し。勇士の行ふべきにあらねば、父にも告《つげ》ず、人にも授《さづ》けず、試《こころみ》ることなかりしに、今や君父《くんふ》の讐敵《あたかたき》、管領《くわんれい》扇谷《あふぎがやつ》定正《さだまさ》等《ら》を撃《うた》んとおもふに、一人ンの資《たすけ》なし。人のこころを結《むすば》んには、金銭にますものなし、と尋思《しあん》に墓《はか》なき火遁の術もて、火行火定《くわぎやうくわじやう》と偽りつ、愚民を欺《あざむ》き、彼此《をちこち》にて、些《ちと》の銭《ぜに》を獲るときは、はやくその地を立去《たちさ》りつ。

犬山道節の家に火遁の一書が伝わっていた。奇字隠語で書かれていたので読解して、日夜声に出して読む工夫をして三年かけて奥義を身につけたという。演劇では秘伝の一巻を得れば読んですぐに使えることが多いのだが、簡単に読めず、修得まで時間がかかったことになっている。道節自身が「左道」すなわち正しくない道（中国は右を尊んだため）とし、幻術に近いもので、勇士が行うべきものではないという評価をしている。江戸時代では神仏以外の力で超常的な現象をおこすのは正しくないこととされていたので当然の判断だろう。しかし、扇谷定正《おうぎがやつさだまさ》らに主君や父を殺されてしまったので、その仇を討つために各地を巡って人を欺いてお金を集めていた。

このあとは、下野《しもつけ》・下総などをめぐったことや、大敵を滅ぼすためとはいえ人を欺いていることへの後悔が述べられ、定正を狙撃《そげき》しようと円塚山にきたところで、浜路らの騒動にあって、左母二郎と浜路らの話を聞くなかで浜路が生き別れた異母妹であることを知って助けたことを延々と話し続けるのである。

このあと、八犬士のひとり犬川荘助《いぬかわそうすけ》と村雨をめぐって争うが、「透《すき》を揣《はか》りて、火坑《くわこう》の中《うち》へ飛《とび》入《い》りつ、発《はつ》と立《たつ》たる煙《けふり》とともに、往方《ゆくへ》はしらずなりにけり」と道節は火遁の術で姿をくらましている（二九回）。

その後、五犬士が揃った『八犬伝』五〇回では「火遁《くわとん》の術を獲《え》たりしは、甚《はなはだ》しき愆《あやまち》なりき。件《くだん》の術は左道《さどう》にして、勇士の行ふべきものならず。その要領は難に臨みて、わが一身を免《のが》るるのみ。敵に克《かつ》ときは、絶《たえ》て要なし。尤《もつとも》恥《はづ》べきわざになん。よりて日今《ただいま》その書を燔《やき》て、ながく左道の異法を断《たた》ん」と言って道節は火遁の秘書を燃やしてしまう。火遁の術は自分だけが逃げる術なので、敵に勝つには役に立たない恥ずかしい技とみたのである。

なお、馬琴は『八犬伝』で「間諜者」か「間諜児」の字に「しのびのもの」という訓を当てている。読本は漢語を積極的に利用したので、『孫子』などでしられる「間諜」を当てたのだろう。『八犬伝』の後半で合戦が多くなると「間諜児《しのびのもの》」がよく登場するが、超自然的な忍術をつかうものではなく、軍記などで出てくる忍者とほぼ同じで情報収集や偵察を行うものばかりである。馬琴は勧善懲悪のしっかりした読本を書いていたので、そこで活躍するヒーローは妖術や忍術を駆使する者ではなかった。また、次の栗杖亭鬼卯のように忍者が登場すると演劇のようなありきたりの構成になってしまい、それは馬琴の嫌うところのため、馬琴の作品には忍術をつかう忍者が少ないのだと思われる。

栗杖亭鬼卯の読本の忍者と忍術

江戸時代後半の文化・文政期は化政期とよばれる江戸時代の町人文化の最盛期であり、浮世絵、小説、演劇などが多く作られた。小説も『東海道中膝栗毛《とうかいどうちゅうひざくりげ》』『浮世風呂《うきよぶろ》』のような同時代を舞台とした会話体小説のほか、読本《よみほん》と呼ばれる文章中心の伝奇歴史小説がたくさん執筆された。ここにも忍者は登場する。藤沢毅《ふじさわたけし》が読本に登場する忍者を紹介しているが、あまり知られていないので、あらためてここで紹介したい（藤沢毅 2013）。

栗杖亭鬼卯《りつじょうていきらん》（延享元年（一七四四）生、文政六年（一八二三）没）は武士の出身ながら町人となり遠州日坂《にっさか》に住んで煙草屋を営むかたわら二〇点ほどの読本を残した戯作者である。その作品のほとんどは上方で出版された。曲亭馬琴や山東京伝《さんとうきょうでん》ほど知られていないが、まとまりのよい作品を書いた。そのなかの『新編陽炎之巻』（文化四年（一八〇七）刊）は、甲賀出身で伊勢国北畠家中の近藤刑部春基《こんどうぎょうぶはるもと》なる忍術の名家で剣術の達人が、門弟の赤松九郎成祐《あかまつくろうなりすけ》に殺され、息子の志津馬が敵討ちを遂げる話である。息子の志津馬は優男で、忍術を嫌っていたが、恋心を抱いた隣家の余光姫のもとに忍ぶために忍術を学ぼうとする（巻一の二）。これに対して、父の刑部は、

其方事、幼年《ようねん》より物毎《ものごと》頑《かたくな》にして忍術《にんじゅつ》は邪術《じゃじゅつ》なりと先祖《せんぞ》まで非法《ひほう》し今又先祖の事を思ふよし甚心得がたし。併汝《しかしなんぢ》が申如《ごと》く、大将《たいしやう》は謀《はかりこと》を帷幕《いばく》の内にめぐらし勝《かつ》事を千里の外《ほか》にすと

かや、忍術《にんじゅつ》は小術《じゅつ》にして大器《き》にあらず、汝其《なんじ》所を発明《はつめい》して是を発《をこせ》しと、我甚感心《かんしん》せしに、今又其小術《じゅつ》を学《まなば》んとは何事ぞや。

といって志津馬に忍術を教えなかった。忍術が邪術であり小術であり、大将の学ぶものではないという見方は、『伽婢子』や『新可笑記』などでも見られた伝統的な忍術観である。教えてもらえなかった志津馬は、刑部の弟子で忍術を身につけていたが女中と密通したため暇《いとま》を出されていた赤松九郎成祐という人物に忍術を教えてくれるよう頼んだ。赤松は「忍術《にんじゅつ》は私《わたくし》の用《よう》に用ひて事をなさず、或《あるひ》は賊心《ぞくしん》をいだき或は密夫《みつふ》の為《ため》に行《をこの》ふときは忽《たちまち》顕《あらは》るるなり」と言って戒めたが、志津馬が一心に頼むので教えてやることになった。志津馬はひと月半で忍術を学び、余光姫のもとまで忍び入った。二人は相愛となったが、姫との会話の声を聞かれて志津馬は捕らえられてしまう（巻一の三）。

その後、刑部は赤松に、桑名《くわな》の宮中に餅《もち》を取りにいかせ、それを妨害することで赤松の慢心を咎《とが》めようとした。忍者が忍術をつかって大事なものをとって戻ってくるという典型的な話である。この話の詳細であるが、赤松が白鼠に化けて餅をくわえて逃げようとすると、刑部の化けた赤猫があらわれてそれを防ぐ。次に九郎は白猫に化けて餅を奪おうとするが、刑部は赤犬に化けて邪魔をして、餅をとらせない。あきらめて戻ると、刑部は自分が妨害したことを明かした。刑部は自宅で門人らと酒を飲みながら「かげろうの巻《まき》の極伝《ごくてん》」で、それを行ったのだった。のちに刑部は隠形の術で九郎とともに決闘を見ていたときに九郎に切られ、陽炎の術の巻物を奪われてしまう（巻二の二）。

また、作中で木村太郎助という刑部の弟子が忍術を食い逃げにつかう場面がある。太郎助は水口《みなくち》宿で名物の鯲汁《どじようじる》を食べたあと、隠形の術をつかってお金をつかわずに立ち退いている（巻三上の三）。これは「異人の奇術」であるが、五島清通《ごとうきよみち》『蛍狩宇治奇聞《ほたるがりうじきぶん》』（文化一〇年〔一八一三〕刊）巻三に、肥州の山奥の老翁から日中でも人を眠らせて自分のかたちを隠す術を覚えた悪人が、茶店で食い逃げを行っている。むかしの人にとって姿が隠せるならやってみたいことだったのだろう。

最終的に忍術は関係なく、一対一の決闘で志津馬が九郎を討ち取るのだが、志津馬の危機に山王権現の使いの大猿が手助けしている。

栗杖亭鬼卯ではもうひとつ、読本『夕霧書替文章《ゆうぎりかきかえぶんしょう》』（文化一三年〔一八一六〕刊）巻一と二に、三上山百々《みかみやまだだ》右衛門という相撲取りの忍術使いが登場する。作品自体は題名のとおり遊女夕霧と愛人藤屋伊左衛門の情話を描いた夕霧伊左衛門ものである。三上山百々右衛門は、

江州甲賀郡《がうしうかうがうり》の産《さん》にて三上山百々《みかみやまだだ》右衛門といへる六尺有余《しやくゆうよ》の角力取《すまふとり》（中略）甲賀忍《かうかしのび》の家《いへ》より出《いで》て忍術《にんじゆつ》にも達《たつ》し角力《すまふ》は日本《につほん》に隠《かくれ》なき力者《りきしや》にぞありける。

とある。東海道住みだった栗杖亭鬼卯にとって甲賀のほうが親しみ深かったのか、こちらも甲賀の忍びである。やっていることは「忍者が忍術をつかって大事なものをとって戻ってくる」

図6　『夕霧書替文章』巻2　左上に三上山百々右衛門

ことで、桜井中納言家が天皇より預かる三十六歌仙の色紙を水無月《みなづき》の虫干しのさなかに箱ごと盗んでいる。中納言の投げる太刀が当たって血を流し、近習に追いかけられても最後は「形《かたち》は消《きへ》て跡《あと》なくなりけり」というありさまだった。このときは「七尺計《ばかり》の真黒《まつくろ》なる者《もの》」で黒装束と本文に書かれ、もとの六尺よりも大きいが、忍びの者が大きく描かれるのは浮世草子以来の型である。挿絵をみると、歌舞伎の忍者と同じく広口袖、鎖かたびらの姿である（図6）。三上山百々右衛門はその後も様々な悪事を働くが忍術はつかわず、三上山を母の仇とする雷電こと源八に三尺の大脇差で切り伏せられている（巻五）。

　栗杖亭鬼卯の読本に登場する赤松九郎や三上山百々右衛門は石川五右衛門や稲田東蔵よりスケールの小さな盗人の忍者である。しかし、忍術は隠形や変化の術であり、根本的には違いはない。これが超自然的な忍術をつかう忍者を単にものをとって戻ってくる忍者と別に分類するか迷った理由のひとつであるが、やはり別に分類しておくべきだろう。

『甲子夜話』の忍術

『甲子夜話《かっしやわ》』は肥前平戸藩主松浦静山（静山は号で、本名は清《きよし》）の随筆集である。文政四年（一八二一）一一月一七日甲子《きのえね》の夜から二〇年にわたって書き続けられ、正編一〇〇巻、続編一〇〇巻、三編七八巻と大部をなした。甲子の夜から書き始めたことが書名の由来である。宮中・大名・旗本らの噂話や逸話、世相風俗・奇事奇談の聞書が記されている。このなかに忍びの者や忍術について記したものがある。『甲子夜話』には静山の実見も記されるが、忍びに関する箇所は伝聞である。伝聞なので、内容の真偽はわからないが、それは問題ではなく、忍びの者や忍術がどのように見られていたかを知るに都合がよいので、確認したい。

『甲子夜話続編』巻五五

又予が臣の話に、某先年天山（坂本孫八。炮術を善くす。信州高遠侯の臣）の語を聞くに、天山同国松本に往たるとき、松本侯の家臣に代々諜《しのび》術伝来の者あり。天山このとき初見せしが、其話に、高遠城内奥室の経営まで委く云ふ。天山不審して、吾が主の城内、我輩は還て内のことは知らず。汝奚ぞ知ると問へば、此不審尤なり。吾侯の備にて、吾が職とする所は諜術なり。因て事小大となく、隣方のことは皆往て伺ひ識る。是業とする所なりと。又話す。平常入城するに、夜分城門を鎖す後、唯その名を通す。門吏これに応ずれば直に入て門内に在りと。天山これを奇なりとして、其門人たらんことを請ふ。其人曰。これ決して士大夫の為すべき事にあらず。我は家業なり。されども全く下法なれば伝授のことなかるべしと。天山因て学ぶことを得ず。

松浦静山の臣下が天山こと坂本孫八から聞いた話を記している。坂本孫八郎俊豈《としき》は、砲術荻《おぎ》野《の》流を改良し、荻野流増補新術、すなわち天山流という砲術を創始した人物である。『甲子夜話』巻一五の六でも触れている。『増補大改訂　武芸流派大事典』によれば、先祖は近江坂本の出で、甲州武田氏につかえ、数代して父運四郎英臣から高遠《たかとお》藩士となり、荻野小左衛門正辰が信州遊歴のさいに学んで子の孫八に伝えたという。延享二年（一七四五）の出生で、天明三年（一七八三）に郡奉行の任につくが讒言《ざんげん》のため五年幽閉された。五七歳のときに三男をともなって長崎に至り、通辞に唐音を学び、その間一時平戸に寓居《ぐうきょ》していたというので、そのときに静山に会ったのだろう。享和三年（一八〇三）二月に長崎で病死したという。五七歳で享和元年（一八〇一）なので、最晩年に静山に会ったことになる。『慊堂日暦《こうどうにちれき》』一「文政六年十月二十七日」項に「坂本孫八　高遠の士、長崎に死す。蔵書甚だ富む」とある。著作は『日本古典籍総合目録データベース』によれば三六点あり兵法・砲術以外に易学・漢詩の著作がある。

天山は高遠藩（内藤家）の臣下であったが、松本《まつもと》に行ったときに松本侯（戸田松平《とだまつだいら》家）の家臣で代々忍びの術を伝えてきたものと会った。なお、松本藩では甲賀二一家のひとつでもあった芥川家が寛文一二年（一六七二）より美濃の加納《かのう》藩松平光永に召し抱えられ、藩主松平光慈《みつちか》が淀藩、鳥羽《とば》藩を経て、享保一一年（一七二六）に松本藩へ移って初代藩主となり、芥川家も松本藩の忍びとなっているので（『忍者の歴史』214—216頁）、その芥川氏かと思われる。松本藩の忍びながら高遠藩の奥室の経営までくわしく知っていた。「隣方のことは皆往て伺ひ識る」とあるので、実際に訪問してたしかめていたのだろう。門人になりたいと志願した天山に対して「これ決して士大夫の為すべき事にあらず。我は家業なり。されども全く下法なれば伝授のことなかるべし」と、まっとうな侍が身につけるものではなく、自分は家業だからやっているが、身分も低いし、正しくない外法なので伝授はできないと断っている。忍術がどのように見られていたかわかる。

又修行の次第は、其始め夜毎に深山に陟り幽谷に入り、艱苦の勤めあり。其間には怪変懼怖のこと度々なるを、強忍経歴して稍々成熟に至る。この術は遠く義家朝臣、義経、楠正成の輩も学修せられしこと相伝ふる所なり。是れ乱世の時のことなるべし。但し彼の一門多く四国に在りしが、分つて九国へ往しもあり。されども彼家は独り信州に仕ふとぞ。臣曰。抛て思へば、今筑前にも此家有りて其業を伝ふと。又吾家の士に柘植《つげ》某あり。此家も嘗て彼術を以て仕ふと。然れども今は其伝絶たり。

小説や演劇では、忍術の一巻を読むだけですみやかに忍術がつかえるようになるが、実際には修行しなければならない。夜ごとに深山幽谷を渡り歩いて、つらく苦しい修行をする。その間には怪しく不思議で恐れおののくことがたびたびあるのを我慢強く耐え忍び経験してだんだん成熟にいたるというもので、厳しい忍術修行が必要だった。夜に修行をしているのは忍びの術の本質に関係があるだろう。この術は、源義家《よしいえ》、源義経、楠木正成らも学んでつたえてきた。忍びの者が多く四国にいるというが、これは徳島藩の忍者の研究により裏付けができる（井上直哉 2019）けれども、その他の藩にもいるのかもしれない。九州は熊本藩細川家の忍びの者の研究が進んだほか（上田哲也 2020）、現在山田雄司による福岡藩黒田家の「伏兵」や「遠見」といった忍びの者の調査が進んでおり、内容は合致する。平戸藩の忍びの者は「柘植某」というので伊賀出身者を雇っていたのだろう。

次は静山自身の聞書である。忍術の典型が記されている。

予も亦嘗て聞しは、医臣の京都に在りし中、某なる者と心易かりしが、此者かの忍《しのび》の術者にて、時としては夜会の席などに慰に一事を請はんと云へば、即応じて壁の所に至り、両手を伸《のば》し、身を壁につくれば忽ち失て見へず。坐客相与に其人を索れば、そりやと云て側らより鼻をつまむ。顧みれば其人在り。かかる体にて人皆詭怪をいだけり。又其人、早わざをと望めば、一間《けん》ばかりの戸板を立たるは即跳越《とび》ゆ。又、壁或は長押にかけ上り、横さまに走ること頗る人の所為に非ず。何かにもその習ふ所の術あらん。

夜会の席で忍術をつかって壁の間際から姿を消し、客の鼻などつまんだという。また、一間（一・八二メートル）の戸板を飛び越したり、壁や長押《なげし》に駆け上って、横に走ったという。前者は、忍術としてよくあった隠形の術で、後者は優れた体術としての忍術である。実際に可能だったか不明だが、超自然的なもの、超人的な体術が忍術だと思われていた。

雇用に関して、天山から、

或人嘗て天山に聞く所は、彼の松本侯の中、詭術を職とする、其始めは神祖も知し召され、御免し有りしより、今に至て臣と為《せ》らると。

と聞いており、神祖（家康）が抱えていたがのちに解雇し今となって臣下にしたとする。これは史実より家康は詭術《きじゅつ》を職とする者などつかわないという観念によるのかもしれない。

そのほかに『甲子夜話』に記された忍術では、

又この術の者代々相伝せし中、或年其子なる者修行のため江都に出しに、素より隠術ゆゑ、駒場御成のとき、その御狩場にいでて潜かにその御有さまを窺得て、君上より騎馬勢子の体、土地人列遣る所なく図して還りたるに、帰途其峠（和田峠か）にて暴死せり。この時松本に居し其父これを知り、人に云て曰。吾が子途中にて死せり。死は固より免かるる所なき也。されども秘すべきの図を懐中せり。発露せば侯家の累たらん。奔置べからずとて、俄に発足して彼地に到るに、果して死者ありて一図を懐にせり。因て死者を収め、其図を得て還りしと。その神詭この如し。

件の術は、一子相伝の旨にて他に伝る者なし。然るに其子暴死せしより、実子無きを以て、養子して其人この技に達すと。されば血脈なしと雖ども、伝授は師の観る所に拠るかと、其頃人云けり。


とある。同じく松本藩の忍びの話で、子を修行のため江戸に出し、将軍が駒場で狩りをしたときにひそかにうかがって、様子をことごとく写して帰ろうとしたが途中の峠で突然死んでしまった。松本にいた父は、人に対して我が子の死を語り、「死はもとより免れないものだが、秘密の絵図をもっている。これがわかると侯家もまきぞえとなるので、放置できない」と言って、すぐに出発して当地に到った。案の定、死体があって絵図を懐にしていたので、死体を回収し、絵図を得て戻ってきたという。「果して死者ありて」「その神詭この如し」という書き方からすれば、誰かが死を報告したのではなく、忍びの父が霊感のようなもので知ったようである。ここで息子の死を忍術により知ったとは記していない。なお、息子が亡くなったので、血縁がなくても見る目にかなったものに術を伝えているが、これは江戸時代の技芸伝達では珍しいことではなかった。

　このあとに、高遠藩から松本藩に嫁いだ女性が嫁ぐ前に病床に伏していたときに、顔を見に行った話、集会で柿が食べたいといった者のために庭の柿の木からひそかに柿をとって出した話、客の大事にしている盃《さかずき》を饗宴《きょうえん》のさいに出し客が帰るときに箱に入れて渡す話という不思議な話が三つ記されるが、これも忍術とは記していない。

厳密にいえば忍術の範囲は狭いが、忍術をつかうものはこのように不思議なことをするものだと思われていた証《あか》しである。

第二章　猿飛佐助と真田十勇士

はじめに

猿飛佐助はもっとも有名な忍者の一人であるが、猿飛佐助が史実の忍びではなく、架空の忍者であることを知らない人は少ないだろう。いま知られている猿飛佐助の話のおおもとは玉田玉秀斎の講談およびその小説版である立川《たつかわ》文庫四〇編『真田三勇士／忍術名人　猿飛佐助』（大正二年〔一九一三〕）である。なお、立川文庫で知られる玉田玉秀斎は長い間二代目と言われてきたが近年の研究では三代目のように思われる。本章付記「玉田玉秀斎代々について」をご覧いただきたい。本書では他の代に言及しないので単に玉田玉秀斎と表記する。『猿飛佐助』が主役の作品は、速記の講談口調の残る松本金華堂版『真田家三勇士　猿飛佐助』（明治四三年刊）が先行し、それが書き講談となり文章が整った立川文庫版になって人気が出た。

立川文庫『猿飛佐助』の内容は、信州の郷士鷲塚《わしづか》佐太夫《さだゆう》の子として生まれ、戸沢白雲斎にその才能を見出され、「一一才《さい》より一五才《さい》の暁迄《あかつきまで》、一心不乱《いっしんふらん》者忍術《にんじゅつ》と武術《ぶじゅつ》を修業《しゅげふ》」（14頁）し、忍術を譲られた猿飛佐助は、一五歳のときに一六歳の真田幸村の臣下となり、そして、真田幸村の配下として、幸村が平賀源心を滅ぼして海野口城を奪うのを手助けしたほか、三好清海入道と諸国漫遊の旅に出ては、さまざまな豪傑らと腕を競いあう、といったものである。

江戸時代の忍者が悪の存在で、忍術をつかって悪事を働くのに対して、猿飛佐助は忍術を身につけた侍であって、正義のために忍術をつかうことが特徴で、猿飛佐助の登場によって、正義の忍者という新しい忍者像が誕生した。また、江戸時代は悪の忍者が正義の侍と戦うという趣向がほとんどだったが、正義の忍者と悪の忍者が戦うという趣向が立川文庫により広まった。

立川文庫の猿飛佐助に関しては、過去に論じたことがある（吉丸雄哉2017）。猿飛佐助が玉田玉秀斎の独創ではないこと、また孫悟空《そんごくう》の影響をうけたと言われているが話の内容や忍術からすれば似ているとはいえないことなどを述べた。孫悟空説の根拠となっていた、玉秀斎の娘である池田蘭子『女紋』についてもその内容（204―206頁）が不正確であることを指摘した。また、読者層が大阪の丁稚《でっち》層であり、丁稚にとって理想的なふるまいをする丁稚のヒーローが猿飛佐助であったこと、立川文庫と同様の四六判半裁のクロース装の講談本がそれまでの菊判講談本にかわって大正期に広まるが、本の値段などの理由のため、昭和初期には色刷表紙のA六版の本が主流となったことを述べた。

以前に、玉田玉秀斎の猿飛佐助より昔に猿飛佐助の名が見える作品があることは紹介したが（吉丸2017）、本書では猿飛佐助だけではなく、真田十勇士がどのように誕生したのか、解説しよう。

なお、本書では創作の忍者を「忍者」、歴史上の忍者を「忍び」として、区別してきたが、本章での紹介は歴史の記録を建前としているため、「忍び」で記す。

いわゆる真田十勇士

真田十勇士は真田幸村の配下である。幸村は軍記や実録体小説での名称で、本名は信繁という安土桃山時代の武将である（一五六七―一六一五）。本書は軍記や実録体小説から例をとるので真田幸村の名称をつかう。

真田十勇士はその真田幸村の部下で、大坂の陣などで大活躍する。猿飛佐助、霧隠才蔵、三好清海《せいかい》入道、三好伊三《いさ》入道、由利《ゆり》鎌之《かまの》助《すけ》、穴山小《あなやまこ》助《すけ》、筧十蔵《かけいじゅうぞう》、海野六郎《うんのろくろう》、望月六郎《もちづきろくろう》、根津《ねづ》甚八《じんぱち》の一〇人が現在認められるが、これも長い間の創作の積み重ねによって確定したものである。江戸時代の実録体小説や講談で活躍する真田幸村の家臣は大勢いるが、立川文庫によりそのなかの一〇人がとりあげられて、初めて真田十勇士というくくりが登場する。真田十勇士が現在どのように見られているかは、ウィキペディアでも説明されているほか、志村有弘編『真田幸村歴史伝説文学事典』が詳しく述べているので、本書では触れない。以下、真田幸村と十勇士に関する作品を年代順に見ていく。

『大坂物語』

真田幸村の活躍でもっとも華々しいのは大坂の陣であろう。ここで忍びがどう活躍しているか確認すると、大坂の陣を題材とした初期の作品から真田幸村が忍びを駆使しているわけではなく、真田十勇士に相当する人物が登場しているわけでもないことがわかる。

大坂の陣を扱ったもっとも早い書物である『大坂物語』（元和元年〈一六一五〉成）では、忍びがまったく登場しない。二巻二冊の分量のため、忍びなどの活躍を細かく記す余裕もなかったと思われる。速報性を重視した内容で、作者は不明である。本作では真田幸村は真田左衛門《さえもんの》佐《すけ》という通称で記され、活躍はするが、後の作品のように神がかった脚色はない。

『難波戦記』

現在、『通俗日本全史』に翻刻されている『難波《なにわ》戦記』は享保一一年（一七二六）の記事が最後であるが、寛文一二年（一六七二）の序跋《ばつ》を持つ写本群があるので、それまでに基本的な内容はできあがっていたようである。のちの豊臣贔屓《びいき》の作品群を難波《なんば》戦記物と呼ぶが、それとは違って徳川寄りの立場で記されているのが特徴である。この作品では、真田左衛門佐幸村と、よく知られた幸村の呼称が使われている。大坂方の諸将の勇戦が記されるが、のちの作品のような非現実的な活躍や史実に存在しない戦果はない。三〇巻もあるので、『大坂物語』に比べて内容はかなり細かい。文体は軍記調である。

忍びの利用に関しては、後藤又兵衛基次が先んじて京都方面を攻撃する作戦を立てたときに「間者《かんじや》を陣々《じんじん》に遣《つか》はし種々の雑説《ざつせつ》を云はしめ」て攪乱《かくらん》するやり方を述べているが、これは実行されず、また大坂方は忍びをほとんどつかっていない（巻四）。忍びを活用したのは本作では京都所司代の板倉《いたくら》伊賀守勝重《かつしげ》で、歴史では名奉行としてその手腕を高く評価されている人物であり、忍びの活用がたびたび記されている。家来の朝比奈《あさひな》兵左衛門義次《よしつぐ》を「間者《しのび》」とし、冬の陣では伊東《いとう》丹後守長実《ながざね》の配下として城中の評議を毎日注進させ、夏の陣では樋口《ひぐち》淡路守《あわじのかみ》雅兼《まさかね》の配下として城兵の計略を伝えさせている（巻三）。そのほか、南条中務大輔《なんじようなかつかさたいふ》忠成《ただなり》は冬の陣で寝返りをすると思われ、切腹を命じられた人物であるが、『難波戦記』によれば、これは家康の命令で勝重が「伊賀の国甲賀《かうが》の輩屈竟《くつきやう》の窃盗の上手《じやうず》六七人浪人に作り立て」て大坂城内に入れおき雑説を流したためとされている（巻八）。また、古田正勝（織部）が洛中《らくちゆう》に間者をいれて放火を計画したところを、板倉勝重が未然に防いだ話がある（巻一六、巻二四）。作者は万年頼方《まんねんよりかた》と二階堂行憲《にかいどうゆきのり》で、万年は板倉家に身をよせており、二階堂は幕府老中阿部忠秋《あべただあき》の家臣であり（高橋圭一 2011、25頁）、それが徳川方の活躍につながっているのだろう。なお、『難波戦記』に登場する伊賀衆《いがしう》や甲賀衆《かうがしう》は忍びとは限らず、巻九「鴫野《しぎの》合戦の事」では攻城側の堀尾忠晴《ほりおただはる》が「伊賀衆甲賀衆とて鉄砲の名人《めいじん》八十人を遣はし」て、豊臣方の攻勢をしのいでいる。

『厭蝕太平楽記』

『難波戦記』の登場から、その後の重要作品である『厭蝕太平楽記《えんしよくたいへいらくき》』の間を埋める作品群に、『難波戦記』の影響を受けたとされる『元和老花軍記《げんなろうかぐんき》』『慶元記参考《けいげんきさんこう》』『浪速軍記全解《なにわぐんきぜんかい》』、講釈師田丸常山《たまるじようざん》の『難波戦記大全』がある。『難波戦記』の内容を参考にした作品も大坂贔屓の内容である。忍びの者も情報収集や放火に活躍するという（高橋2011、227頁）。難波戦記物の実録体小説は六五点あり、書名のみ違う重複も多いだろうが、それでもたくさん書かれたことがわかる（菊池庸介2008）。

そのなかでも『厭蝕太平楽記』は著名な作品である。事実を記録しようとする意図の感じられる『大坂物語』や『難波戦記』と異なり、大坂贔屓が露骨にあらわれ、大坂方が実際にはなかった勝利を重ね、最後は秀頼が薩摩《さつま》に落ち延びる。真田幸村は銅連火や石火矢といった当時の科学水準を超えた兵器をつかって敵を撃破する英雄である。一五巻本と三〇巻本があって、三〇巻の『難波戦記』と同じく大部だが、創作性が明確に感じられる作品である。成立は明和年間（一七六四―七二）以前に遡《さかのぼ》るようである。江戸時代では享保以降の出版規制のために、『厭蝕太平楽記』は印刷された本がなく写本で流通していたが、それでもたくさん写本が作られたため、古書としてはかなり手に入れやすく、筆者も二部所持している。

『厭蝕太平楽記』は豊臣贔屓で大坂の陣を描いた作品の代表で、真田十勇士の視点でみれば十勇士の姓に相当するものが九人まで登場している。猿飛佐助も『厭蝕太平楽記』から登場する。関ヶ原合戦ののち、真田昌幸《まさゆき》・幸村に郎党らは上田《うえだ》を離れて高野山九度山《くどやま》の麓《ふもと》の九戸村に蟄居《ちっきょ》した。上田（文中は植田）の城を受け取りに来た徳川の使者水野太郎作に対応した二人のうちに猿飛佐助が入っている。

家康公よりの使者来り、取扱んと対面し度旨、言入けるに、残し置たる郎等、根井浅右衛門、猿飛佐助両人、家康公の御使者水野太郎作に対面し（中略）太郎作聞届て、「神妙の御義」と挨拶し、城を請取りけり。根井、猿飛両人は、真田、深き所存ありて、態と供につれず城に残し置たるが、是より両人諸国をめぐりうかがひける。　（巻二）

と、城の明け渡しのあとは、諸国をめぐったと記してあるが、『厭蝕太平楽記』にはその後根井も猿飛も登場しない。引用は、寛政一一年（一七九九）の奥書を持つ、『近世実録翻刻集』所収の『厭蝕太平楽記』（藤沢毅翻刻）にもとづく。架蔵の文政六年（一八二三）写本では「根津浅右衛門猿飛佐助」、嘉永五年（一八五二）写本では「根井浅右衛門猿飛作助」とあって表記に揺れはあるが、『厭蝕太平楽記』に「猿飛佐助」が登場したと言ってよいだろう。その後の詳細がわからない「猿飛佐助」の諸国漫遊が講談のタネとなったように思われる。

幸村が九度山まで連れて行った郎党一三人は、望月卯右衛門、根津甚兵衛、穴山小助、伊勢崎久太夫、弟友之丞、諏訪権太夫、都築角兵衛、小矢八郎三郎、望月内蔵之助、弟三右衛門、川勝内匠、小山田庄五郎である。真田十勇士のうち、望月、海野、根津は、中世に信濃小県《ちいさがた》郡に土着した滋野貞主《しげののさだぬし》を先祖とする、滋野氏三家と呼ばれる氏族の名前である。下の名前はさまざまにせよ、真田の家臣として登場しやすい名前である。ここでは海野姓が欠けているが、巻四「左衛門佐幸村大坂入城の事」には真田の家老海野三左衛門が登場し、望月・海野・根津姓が真田の家臣と見なされていたことがわかる。穴山小助はずばりそのままの名前で登場している。穴山氏は武田氏の一族であるので、真田の家臣に穴山小助が入っているのだろう。同様の発想で、諏訪と小山田姓の郎党がいると思われる。兄弟がふたりいるのが、三好清海入道・三好伊三入道の兄弟を連想させる。

『甲陽軍鑑』を増補集成した甲州流兵法の祖である小幡勘兵衛景憲は、大坂冬の陣では前田利常のもとで真田を攻め、夏の陣では大野治長《おおのはるなが》の招きで大坂城に入場し、陥落前に脱出し、のちの徳川家から知行をもらったため、『厭蝕太平楽記』『真田三代記』などの難波戦記物では徳川方の間諜《かんちょう》として登場する。のちに兵学者になったことへは言及がない。『厭蝕太平楽記』巻四「関東の忍を生捕る事」では、景憲は宇治にいる木戸喜助のもとに忍び組を二〇人ばかりつかわして、京都に火をかける策略を提案する。これに真田幸村はのったふりをして、忍びの組から二〇人を選んで宇治につかわすことにする。その夜の出来事として、

四つ時（夜一〇時ほど）なり。忽ち垣を越へて来るもの有。幸村うかがひて、「何ものなるぞ」と見るに、先年九度山にて助けられたる浅野が忍びの者、霧隠なり。幸村とふて曰、「汝は何ゆへに此所へ来るぞ」。霧隠が曰、「先年匹夫を助け玉ひし御恩を報ぜん為也」。

と、幸村が九度山にいた頃に助けた霧隠（名は作中にない）という徳川方の浅野家の忍びが幸村のもとにあらわれ、小幡景憲が関東のまわし者で、折りをみて蜂起《ほうき》する計画のあることを告げ、その仲間を記した帳面と合図の札を渡す。こののち、宇治の木戸喜助らは山科《やましな》の大乗院に行くが、小幡が知らせていたので、藤堂和泉守（高虎）の手勢にことごとく捕まってしまう。

藤堂はそのなかから小幡の内間六人を大坂にもどして、京に火をかけるので軍勢をつかわすように伝えさせるが、真田幸村はそれを見抜いて小幡を捕らえ、霧隠からもらった帳面と札から総人数七〇四人をとらえて、両手の親指を切って城から追放している。霧隠が真田幸村からどのような恩をうけたのか『厭蝕太平楽記』には記していない。しかし、ここで小幡景憲の裏切りを見破った霧隠は、徳川方の将である浅野から真田幸村の配下となって後続の作品に登場するようになる。

巻九「船手の四将大敗軍の事」は大坂夏の陣の樫井《かしい》の戦い後の、南方の戦いを記したものである。船手の四将とは攻城側の九鬼守隆《くきもりたか》、小浜光隆《おはまみつたか》、千賀信親《せんがのぶちか》、向井忠勝《むかいただかつ》で、冬の陣の野田《のだ》・福島の戦いで戦果を上げた。ここではこの四将のほか、細川越中守、松平大膳大夫、山内土佐守、立花左近将監《たちばなさこんのしょうげん》といった諸将が、幸村の息子の真田大助《だいすけ》に撃破される。『厭蝕太平楽記』は大助の活躍する場面が少なくないが、ほぼ創作だと思われる。この巻の真田大助の配下のうちに根津甚八、穴山小助、三好清海入道、深谷伊三入道、百合鎌之助の名が見える。真田大助は張貫の五百目筒、五十目筒、三十目筒をつかい、それらの配下とともに大活躍する。巻七には根津甚八、清海入道。伊三入道のほか、望月主水や海野左衛門尉が幸村の配下として活躍している。姓だけをみれば、真田十勇士で『厭蝕太平楽記』に登場しないのは筧だけである。十勇士のなかでは幸村の影武者となった穴山小助が大いに活躍する。

『厭蝕太平楽記』では、「東兵手立を替て攻るといへども、城中是を察して能々防ぎ、あまつさい伏勢、忍び、様々の謀にて苦しめければ」（巻一、大仏殿三度建立の事）、「後藤真田は追かけて、兼て入置候忍びの者ども、鉄砲を盗み奪ひて、其上陣屋に火をかければ」（巻九、船手の四将大敗軍の事）、「東方の諸将やうやう逃のびて、岸和田城内へ入らんとする所に出火にてや有りけん、真田が忍びや入たりけん」（同）、「真田が忍びの者、鉄砲打懸ければ、諸将肝を潰して騒動、敗走する計なり」（巻一〇）のようにずばり「忍び」が活躍する場面のほかに、足軽や百姓が忍びのような働きをする場面もある。

蟄居している幸村を警戒した浅野幸長《よしなが》が「物馴たる足軽あまた近村へ差遣し、密に真田がよふす、うかがわせける」（巻二、伊豆守と左衛門尉対面の事）と足軽が情報収集している。冬の陣では幸村に協力する庄屋に対して謀《はかりごと》をさずけ「手下の百姓、多く敵陣に入置たり。彼百姓等は陣中に入て、水を荷ひ、兵糧を焼き、菜の物なども持運びければ、関東勢は大に悦びたる。其間に百姓共は槍の目釘をぬき、馬の力卒を切、弓の弦を切、火縄をば小便して置たり」（巻九、船手の四将大敗軍の事）と、幸村の差図ながら百姓が忍びと変わらない働きをしている。近世前期の軍記ならば、配下の侍や近隣の武装農民（野伏）が忍び働きをしている場合も、あるいは小幡景憲の行動も「忍びの働き」と記されたのだろうが、それぞれ行動の主体を記しているのは『厭蝕太平楽記』の作者が「忍び」を特別な兵種とみなしており、それを自在に操る真田幸村の名将ぶりを引き立たせるためと思われる。幸村の忍びの活用をはじめ、神算鬼謀の活躍は『太平記評判秘伝理尽鈔』に登場する楠木正成の影響があるように思われる。

火器として「真田一流の五百目筒」が出てくる（巻九ほか）など、火力が真田の強みである。それだけではなく、超兵器といえる火器を使用して勝利を重ねる。巻四「真田大助、銅連火砲遣ひ見る事」では、朝鮮出兵のさいに明の麻黄という将が小西《こにし》軍を悩ませ、加藤清正がその後奪って太閤《たいこう》に献上し、高麗《こうらい》橋の櫓門《やぐらもん》におかれた大砲が登場する。巻一一「平野焼討ちの事」では焼夷弾《しょういだん》のような石火矢で大損害を与えている。巻一〇「後藤亦兵衛六度合戦の事」では、幸村は南都奈良に忍びを入れ、二八箇所に火をかけ焼き立てるが、これに「埋火の法」がつかわれたとある。兵学書『軍法侍用集』巻六第一六には「投火矢《なげひや》」という手榴弾《しゅりゅうだん》のようなものが記されるほか、「うづみ火」という地雷が登場している。忍術書『万川集海』は巻二一・二二が火器を収録し、おそらく『軍法侍用集』を参考に「抛《なげ》火矢」と「埋火」を収録している（巻二一の四八と四九）。構造はやや異なるが、『厭蝕太平楽記』がそういった火器を記した兵学書を参考にしたものと思われる。

『近江源氏先陣館』『鎌倉三代記』と忍び

近松半二ら作『近江源氏先陣館《おうみげんじせんじんやかた》』（明和六年〔一七六九〕、大坂竹本座初演）は大坂冬の陣を、同作『鎌倉三代記』（天明元年〔一七八一〕、江戸肥前座）は大坂夏の陣を仮託した人形浄瑠璃である。実名で徳川家康や豊臣秀頼など出すことはできないので、家康が北条時政、秀頼が源頼家、真田信之・信繁（幸村）兄弟が佐々木盛綱・高綱兄弟となって、鎌倉時代のことになっている。忍者では、『近江源氏先陣館』八段目「盛綱陣屋」の榛谷《はんがい》十郎と、『鎌倉三代記』の富田《とんだ》の六郎が忍び装束で登場することは、第三部第一章で解説した。『鎌倉三代記』は抜け穴が大きな役割を果たすが、他の真田の抜け穴伝説とあわせて、これはのちの『真田三代記』に影響したと思われる。

『本朝盛衰記』の忍び

『厭蝕太平楽記』のあとに『泰平真撰／難波秘録　本朝盛衰記』という増補作が登場する。江戸時代の真田実録作品のとりをかざる『真田三代記』と『厭蝕太平楽記』の間に位置する本作は『厭蝕太平楽記』の四倍ほどの分量がある。京都大学附属図書館と酒田光丘文庫しか所蔵がなく、『厭蝕太平楽記』に比べればまったく流布しなかった本だが、忍術要素が増えている。『本朝盛衰記』は実録体小説研究の高橋圭一《たかはしけいいち》が読破し、さまざまな論考に利用している。元大阪城天守閣館長の岡本良一《おかもとりょういち》が大阪城天守閣館所蔵の古地図「新撰実録泰平楽記」（文政八年〔一八二五〕の書き入れあり）に猿飛佐助の名前が見えることを紹介しているが（岡本 1990）、猿飛佐助のとなりに記された村川兵助が『本朝盛衰記』で佐助と一緒に活躍する忍びであって、『本朝盛衰記』を参考にしたであろうことを高橋圭一が指摘しており（高橋 2011、226頁）、文政八年頃には『本朝盛衰記』は成立していたように思われる。

以下高橋の紹介にもとづくが、『本朝盛衰記』では『厭蝕太平楽記』から忍びが活躍する増補が行われており、猿飛佐助と根井浅右衛門については「此両人の郎党間諜《しのび》の妙術を曲者《くせもの》とぞ知られる」と両人を忍びとし、根井浅右衛門にかんしては割注で「きりがくらの浅右衛門が事也」と補っている。『厭蝕太平楽記』にも出てくる霧隠浅右衛門と同一人物とみたのである。佐助は真田大助を討ち取ろうと伏せていた浅野の兵の存在を知らせたり、夏の陣で亀井村への家康の到来を幸村に知らせたりしている。

五月二日に家康は平野へ着陣したものの道明寺へ撤退したところに、さらに幸村の命で霧隠が風説を流したため、幕府軍が撤退するところを、「真田が忍び頭《かしら》霧隠浅右衛門・篠原平馬・沼田一平・遠山与三次・土穴栄蔵《とけつえいぞう》」ら五人が襲撃し、放当玉という火器で家康の近士一三人を打ち倒し、さらには幸村の影武者の粧《よそお》いで散々に関東勢を撃破する。取り囲まれて鉄砲を撃ちかけられると「直《すぐ》に忍術を以て忽ち姿を隠し」と、隠形の忍術をつかって姿を消す。超自然的な忍術までが取り入れられている。猿飛佐助や霧隠はのちの作品にも登場するが、それ以外の者も先述の篠原平馬・沼田一平・遠山与三次・土穴栄蔵や、幸村の薩摩落ちを助けるなど何度か活躍を見せる村川兵助といった忍びがおり、『本朝盛衰記』は『厭蝕太平楽記』をもとに、忍びの活躍が大きく増えた点で注目できる。

『真田三代記』の忍び

『真田三代記』は近世末期に登場した五編一五〇話の長大な実録体小説である。今まで紹介した『難波戦記』や『厭蝕太平楽記』が大坂の陣を中心にしているのに対して、真田幸隆《ゆきたか》・昌幸・幸村の三代の活躍を記したものである。実録体小説の分類としては、難波戦記とは別に真田三代記も独立して分類でき、一〇種類の書名がある（菊池庸介 2008）。

幸隆・昌幸の事蹟《じせき》を描いた一・二編は片島深淵子《かたしましんえんし》『武田三代軍記』（享保五年〔一七二〇〕刊）を利用し、三編はなにかの関ヶ原軍記ものの利用、四・五編では『厭蝕太平楽記』の利用が指摘されている。五編は薩摩に幸村らが入ってすぐに終わるものと、さらに琉球《りゅうきゅう》に渡るものの二種類が知られている（中村幸彦 1984）。

難波戦記物では上田合戦など大坂の陣以前の幸村の活躍が簡単にしか記されないので、それが十分に記されている点は大きな違いである。上田合戦の前には、勝頼滅亡後に織田・北条・徳川の連合軍が攻めてくるのを幸村が活躍して退けるなど架空のいくさもある。幸村は鶏卵をつかった目潰《めつぶ》しや地雷火をつかって寄せ手を退け（三の二）、柴田勝家《しばたかついえ》軍の地雷火を見破って逆用し（三の一三）、地雷火だけでなく銅連火も用いる（四の一四）、天文を見て未来のいくさの結果を知る（五の一八）などの神がかった名将である。『厭蝕太平楽記』や『本朝盛衰記』と同じく、『三国志演義』の諸葛孔明《しょかつこうめい》や『太平記』の楠木正成の影響が見られる（高橋 2011、232―258頁）。

真田十勇士では、筧十蔵はまだ出てこないが筧金六という配下が登場する。『厭蝕太平楽記』の深谷伊三入道は三好清海入道の弟の三好為三入道となった。海野六郎は海野六郎兵衛として登場する。由利鎌之助基幸は三河野田城主菅沼定盈の配下として登場し、真田幸村配下の穴山小助に生け捕りにされてから臣下となる（三の一二）。最初は敵だったものが、味方になる趣向は、その後の立川文庫などに引き継がれる。『真田三代記』の穴山小助は『厭蝕太平楽記』と同様に影武者となって活躍する。

忍びでいえば、『厭蝕太平楽記』『本朝盛衰記』に出てきた猿飛佐助は登場しない。九度山に蟄居している真田幸村を浅野但馬守（長晟《ながあきら》）の配下の忍びたち数十人が偵察していたが、慶長一二年に至って、浅野家臣のなかで「忍《しのび》の術《じゆつ》に長《たけ》し山本九兵衛時経《やまもとくひやうゑときつね》」に不動国行《ふどうくにゆき》の太刀を与えて、幸村父子を暗殺するように命じる。浅野家の忍びは一度真田館《やかた》に忍びこんで様子をうかがい、父昌幸を失った悲しみで幸村はたわけになったと報告するが、家康はそれは偽りとみたからである。

（九兵衛が）透間《すきま》より窺《うかが》ひ見《み》れば、コハ如何《いか》に幸村《ゆきむら》は常《つね》に替《かは》り燈火《ともしび》の下《もと》に紙《かみ》を以《もつ》て張抜銃《はりぬきつつ》を幾許《いくら》となく製《せい》し居《ゐ》けるに、九兵衛大《おお》いに仰天《ぎやうてん》し偖《さて》は我君《わがきみ》の察《さつ》しに違《たが》はず、幸村が白痴《たはけ》は偽《いつは》りに相違《さうゐ》なし。大助は何処《いづこ》に在《ある》やと見回《みまわ》すに大助今《いま》は十四五歳《さい》にて是又見台《これまたけんだい》に打向《うちむか》ひ六韜三略《たうさんりやく》を翻《ひるが》へし精神凝《せいしんこら》して読居《よみゐ》たるに、九兵衛は再《ふたた》び驚《おどろ》き今《いま》は匆々捨置《なかなかすておき》ては後日《ごじつ》の災《わざわ》ひならんと、屹《きつ》と心《こころ》を定《さだ》め太刀《たち》抜放《ぬきはな》ち戸《と》を蹴破《けやぶ》り大助《だいすけ》と声掛《こゑかけ》しまま拝《をが》み打《うち》に切《きつ》て掛《かか》れば、大助心得《こころえ》たりと打出《うちだ》す太刀《たち》を見台《けんだい》にて押《おさ》へ付《つけ》、隻手《かたて》を以《もつ》て襟髪《えりがみ》を摑《つか》み向《むか》ふへ撞《だう》と擲出《なげだ》せば、九兵衛急所《きふしよ》を打挫《うちひし》ぎて其儘悶絶《そのままもんぜつ》為《な》したりけり。（四の一）

と捕まってしまうが、幸村は相貌《そうぼう》から忠義の者とみて命を助ける。なお、暗殺に関して名刀を授けられているが、忍びが特殊な形状の忍者刀を使うとは戦後に生じた俗説であって、江戸時代の小説や演劇にもまったく見られない。

この山本九兵衛は、のちに小幡勘兵衛景憲の追放に関わる。幸村は「先年紀州九度山村《せんねんきしうくどさんむら》に於《おい》て助《たす》けし山本《やまもと》九兵衛《びやうゑ》は忍《しの》びの妙《めう》を得《え》たる者《もの》なれば、免《ゆる》して城中《じやうちう》へ入《い》れ忍《しの》び組《ぐみ》に為《な》し置《おき》ける」が、山本九兵衛は小幡の内通とそれに与《くみ》したものたちを調べ上げて、真田への恩を返す（五の三）。『厭蝕太平楽記』では小幡景憲の内通を、紀州で助けられた「霧隠」という忍びが幸村につげている。『厭蝕太平楽記』で明らかでなかった浅野の忍びの助けられた内容を『真田三代記』が増補したのだろう。『真田三代記』では「霧隠」は別の場所に登場する。四の一二で、関東側の軍勢の移動を忍びの者「霧隠鹿右衛門」に命じて探らせている。

忍びを使うのは真田だけでなく、五の一四では家康が「忍《しの》びの頭《かしら》根来《ねごろ》雷光《らいくわう》、壬生《みぶ》の青鬼《あをおに》と名《な》付《づけ》し大膽不敵《だいたんふてき》の両人《りやうにん》」を偵察に出しており、雷光は鳥の群がるのをみて伏兵がいないことを見抜いている。『孫子』第九「行軍編」の「鳥起つは伏なり」にもとづく知識で、源義家が後三《ごさん》年《ねん》の役でその知識をつかって伏兵を見破ったことは『古今著聞集』「武勇一二」に記される。

五の三〇で三好清海入道と三好為三入道は戦いのすえ自害する。兄清海は九〇歳、弟為三は八四歳と、その後の立川文庫に比べて遥かに高齢である。

以上のように、『厭蝕太平楽記』や『真田三代記』などにより、豊臣側に立って大坂の陣を記した難波《なんば》戦記物や真田家三代の活躍、とりわけ幸村の活躍を記した真田三代記物といった実録体小説のジャンルが成立していた。明治以降は大坂の陣への出版規制もなくなり、明治一三年頃からはじまった活版印刷の流行にのって、『増補難波戦記』（明治一六年、栄泉社）のような活版印刷本が続々刊行されるようになった。

小説だけではなく、講談でも『難波戦記』という演目がある。神田伯龍《かんだはくりゆう》講演・丸山平次郎《まるやまへいじろう》速記の組み合わせの講談速記本が『難波戦記』（明治三一年）、『難波戦記冬合戦』『難波戦記夏合戦』『難波戦記後日談』（いずれも明治三三年）、『難波戦記後日談　真田大助』（明治三四年）、『前難波戦記』（明治三六年）など出ている。『難波戦記』や『太閤記』を得意としていた二代目　旭堂南陵《きよくどうなんりよう》（一八七七―一九六五）の口演の記録が大正六年一二月一五日から同七年八月一一日まで『神戸新聞』に連載され、新聞でも享受されるようになった。『難波戦記』は現在でも口演される演目である。

立川文庫について

立川文庫に関しては以前「猿飛佐助と忍者像の変容」（吉丸雄哉 2017）にまとめたことがあるが、本書ではより深く考察する。

立川文庫とは、明治四四年（一九一一）から大正一五年（一九二六）にかけて大阪の立川文明堂立川熊次郎《たつかわくまじろう》が刊行した二〇一編におよぶ小説群である。各編の著者名は雪花山人や野花山人などだが、実際は講釈師三代目玉田玉秀斎とその妻山田敬《けい》、その長男阿鉄《おてつ》らが集団制作していた。講談にもとづくが、内容が整理された創作的要素の多い「書き講談」である。「たちかわぶんこ」の呼称は親しまれてきたが、立川熊次郎の姓は「たつかわ」であり、学術的には「たつかわぶんこ」と呼ぶべきである。刊年と編数は、姫路文学館編『大正の文庫王　立川熊次郎と「立川文庫」』（二〇〇四）収録の「立川文庫刊行一覧」によった。

立川文庫の書誌学的特徴は「四六判半裁（縦一二・五センチ×横九センチ）クロース装」「天金」「背文字が金文字」「六号活字」「本文一三〇頁から三〇〇頁ほどの分量」「色とりどりの表

紙」「蝶の型押し」である。「蝶の型押し」は玉田玉秀斎の妻山田家の女紋の揚羽蝶《あげはちょう》に由来する。講談本は明治二〇年代の四六判（縦一八センチ×横一二センチ）が明治三〇年代に入って色刷表紙の菊判（縦二二センチ×横一五センチ）に移行し、そこからクロース装の文庫本となる。クロース装の文庫本は立川文庫以外にも武士道文庫（博多成象堂〔大阪〕、大正元年から六年頃）、怪傑文庫（日吉堂〔東京〕、大正四年より）など、さまざまな出版社が刊行し、忍者の登場する文庫も多い。当時の人々の回想を読むと、これらクロース装文庫本の忍者小説をまとめて立川文庫と認識していたように思われる。

クロース装・天金の文庫は製作費が高いこと、表紙が地味で読者に訴求する要素が小さいことから色刷表紙の講談本にとって代わられていく。立川文庫は玉田玉秀斎が大正八年に亡くなり、その後執筆を支えていた山田敬・顕《あきら》・唯夫《ただお》らが相次いでなくなったことで、新刊が止まるが、立川文庫はすでに実質的な刊行を大正七年には終えている。これは粗製濫造のためクロース装の文庫本が売れなくなっていたためではないかと思われる。

流行にあやかって「忍術名人」と銘打ったものの、猿飛佐助のように忍術を使って活躍する場面が少ない作品も珍しくなかった。小説としては同じキャラクターを使い回したほうが人気が出るはずだが、キャラクターを変えつつ同じストーリーを展開させたことは、マンネリズムの証しで、さまざまな「忍術名人」が登場するが面白い作品は少ない。『猿飛佐助』などもともと講演されていた作品は、そこで内容が磨かれていた。そういった錬成の機会がない作品の質が落ちるのは当然であった。

立川文庫と真田十勇士

さて、江戸時代の難波戦記物に現在の真田十勇士に相当する登場人物のほとんどを見ることができる。難波戦記物で活躍する真田幸村の配下はたくさんいる。真田十勇士に該当しない配下でも存分に活躍している者が大勢いる。そのなかから、一〇人を選んでこれを真田十勇士としてまとめたのは玉田玉秀斎のようである。四代目旭堂南陵によれば、立川文庫五〇編『大坂城冬之陣』（大正二年）に「何れも真田十勇士の内」とあるのが、真田十勇士の初出であり、その後、立川長編文庫『真田十勇士　猿飛佐助』（大正六年）では「六勇士がさまざまな出会いを経て十勇士になっていくストーリーが展開されていく」そうである（姫路文学館 2004、22頁）。

五〇編『大阪城冬之陣』の深谷青海入道、三好伊三入道、穴山小助が登場する場面で「何れも真田十勇士の内であの知るたる剛の者」という記述が確認できる（一五六頁）。なお、本作では三好清海入道ではなく、深谷清海入道である。慎重にいえば、残りの七人の名前が出ていないので、江戸時代から武辺咄集の『常山紀談』や栗杖亭鬼卵の読本『絵本更科《さらしな》草紙』（文化八—文政四年〔一八一一—二一〕）などで知られてきた尼子十勇士にちなんで真田十勇士としただけかもしれない。なお、立川文庫にも一七編『武士道精華　山中鹿之助』（明治四四年刊）があって、尼子十勇士が登場する。

四代目旭堂南陵が紹介する立川長編文庫『真田十勇士　猿飛佐助』は興味深いが、筆者は未見で、二〇一編あった立川文庫のうち現在知られていない書名であるのは気になる。猿飛佐助が真田幸村の家臣になった時点で一気に七人となり、由利鎌之助と霧隠才蔵が加われば九人であって、八犬士の集合まで紆余《うよ》曲折のある『南総里見八犬伝』と比べるともともと十勇士という構想に重きを置いていたようには思えない。

立川文庫に先立つ菊判講談本の玉田玉秀斎講演・山田酔神速記『真田幸村諸国漫遊記』（明治三六年、中川玉成堂）に、真田幸村の七人の影武者「穴山小助、霧隠才造、由利鎌之助、雲野六兵衛、猿飛佐助、筧十蔵、望月主水」が「真田幸村の家来に七傑の勇士」として記される。真田幸村の影武者は『厭蝕太平楽記』などからある趣向で、穴山小助について詳しく述べられることが多い。この『真田幸村諸国漫遊記』が玉田玉秀斎の講談本としては最初であり、よって玉田玉秀斎の猿飛佐助としても初出である。

ここに「霧隠才造」や「筧十蔵」など江戸時代の作品になかった名前がある。明治以降の難波戦記物に関し、高橋圭一は神田伯龍『難波戦記』『難波戦記　冬合戦』『難波戦記　夏合戦』に霧隠才蔵が見えるとし、東京講談の『真田幸村伝』（明治三〇年）に「中西八郎」と「霧隠才造」の名前を見ている（高橋 2010）。また高橋圭一と旭堂南陵のふたりとも神田伯龍講演、丸山平次郎速記『難波戦記／後日談　真田大助』（博多成象堂、明治三四年）にも猿飛佐助を認めている。また旭堂南陵は「真田漫遊記」ものの西尾魯山講演『真田昌幸』『真田幸村』『真田大助』（岡本偉業館、明治三六年）にも猿飛佐助と筧十蔵の登場を認めている（旭堂 2010）。

猿飛佐助も霧隠才蔵も立川文庫五編『智謀　真田幸村』（明治四四年）には忍びとして登場し、

佐助は忍術をつかって偵察をしたり、地雷火に点火したりといった働きをし、霧隠才蔵は関東勢に内通して千姫を掠《さら》おうとする青木民部のたくらみを明らかにするために、真田大助と一芝居うって青木民部の家来になる。霧隠才蔵は千姫を連れてきたことで秀忠に近づいて切りかかるがあと少しのところで失敗して、本多出雲守忠朝の鉄棒に倒れる。

立川文庫では、四〇編『真田三勇士／忍術名人　猿飛佐助』（大正二年）、五五編『真田三勇士／忍術名人　霧隠才蔵』（大正三年）と、猿飛佐助と霧隠才蔵には「忍術名人」のほか「真田三勇士」が頭についている。もうひとりは由利鎌之助で、立川文庫では六二編『真田家豪傑由利鎌之助』になっているものの、松本金華堂版『猿飛佐助』（明治四三年）の巻末広告では猿飛佐助・由利鎌之助・霧隠才蔵はいずれも「真田家三勇士」と記してある。由利鎌之助は佐助や才蔵と違って、忍術をつかわないので、立川文庫では別にしたのだろうが、玉田玉秀斎にとってもともとこの三人で真田三勇士だったのである。

四〇編『猿飛佐助』では、戸沢白雲斎のもとで修行していた佐助が幸村に見出《みいだ》されて家臣となるが、そのときすでに幸村の家臣となっていたのが望月六郎・穴山岩千代（小助）・海野六郎・三好清海入道・三好伊三入道・筧十蔵（十造）の六人である。これに佐助が加わって「上田城内では若手豪傑七人勇士の花方として、人々の尊敬を受くる様になって来る」（四二頁）ので、七勇士である。冒頭にも佐助のことを「真田幸村の郎党にして七人勇士の随一と呼ばれ」（一頁）とあるので、「七人勇士」という見方はあったのだろう。

のちに佐助の諸国漫遊で由利鎌之助と霧隠才蔵が加わって三人は義兄弟となり「第一番が猿

飛佐助幸吉、次が由利鎌之助春房、末が霧隠才蔵宗連と云ふ順序で三勇士は飽迄真田家の為めに尽そうと云ふ事に相成る」（二一〇頁）なので「三勇士」という概念はあった。五編『真田幸村』に登場している根津甚八（幸村の身替わりになるなど活躍）が四〇編『猿飛佐助』では出てこないので、全員あわせても十勇士にならないのは、「十勇士」という概念が四〇編『猿飛佐助』の時点ではまだなかったからだろう。尼子十勇士なら「介（助）」という字が全員につく。里見八犬士なら「犬」が名字にあり、「仁義礼智忠信孝悌」の珠《たま》を持ち、牡丹《ぼたん》形の痣《あざ》を持つなど、一体感を持たせる特徴がある。だが、真田十勇士は真田幸村の家臣という共通点しかないのである。

なお、四〇編『猿飛佐助』での霧隠才蔵は伊賀の百地三太夫に忍術をならった石川五右衛門の兄弟弟子で、蘆名下野守の浪人の山賊という設定である。由利鎌之助は今は鎖鎌をつかうとする小説もあるが、立川文庫およびそれ以前の難波戦記物でもまったく鎖鎌は使わない。おそらく十勇士になって、個性を出す必要が出たさいに名前から鎖鎌があてがわれたのだろう。現在の十勇士はさまざまな個性があるが、これは十勇士という枠がきまってから差別化のため生じたものだろう。

これが五五編『霧隠才蔵』になると、九度山に蟄居した昌幸・幸村が手元においた豪傑が三好清海入道・三好伊豆入道・穴山小助・海野六郎・筧十蔵・由利鎌之助・望月三郎・猿飛佐助・霧隠才蔵・根津甚八の一〇人で、本文中で「真田十勇士」とは書かれないものの全員揃っている（七〇頁）。『厭蝕太平楽記』の家臣ら一三人が一〇人になってしまったのは、列挙をよしとする実録体小説や講談と、丁稚を主な読者とした立川文庫との差だろう。この作品で、霧隠才蔵は浅井《あさい》長政《ながまさ》の侍大将霧隠弾正左衛門の遺児とされ、出自がよくなった。

真田十勇士では三好清海入道は六〇編『真田家豪傑　三好清海入道』で単独の主人公になっている。もともと『真田三代記』などでも高齢という設定で、深谷清海入道として登場する五編『真田幸村』では「行年実に九十七歳の高齢」（二九二頁）とされているが、四〇編『猿飛佐助』では佐助と釣り合いをとるためか、三好清海入道と伊三入道の兄弟は「年齢は漸々十九才と十七才」（三二頁）と、かなり若くなった。出自も六〇編『三好清海入道』では出羽国亀田城主三好六郎の息子新左衛門清海となった。

さきに述べたように五〇編『大坂城冬之陣』（大正二年）に「真田十勇士」という言葉は登場し、立川長編文庫『真田十勇士　猿飛佐助』（大正六年）（筆者は未見）には題名に「真田十勇士」が入ってくる。映画では大正七年に『真田十勇士』（吉野《よしの》二《じ》郎《ろう》監督、沢村《さわむら》四《し》郎《ろ》五《ご》郎《ろう》主演、天活）が上映されたことがわかっており、「活動画報」3（2）（正光社、大正八年二月）に「真田十勇士」の挿絵が入っている。また、大正一四年刊本の題名に武士道文庫『勇士揃　真田十勇士』（榎本書店）があるので、大正のうちに「真田十勇士」の呼称も定着したのだろう（図1）。

忍術映画と立川文庫

忍術映画は大正三年に浅草常盤座で公開された『児雷也』が嚆矢《こうし》と言われる。大正五年頃には牧野省三監督、尾上松之助主演の忍術映画が人気となり、忍者映画ブームがおこった。忍者映画は、牧野省三と松之助が大正八年に袂《たもと》を分かつと、松之助の映画は早くも大正九年には人気に陰りが見えるようになる。これも粗製濫造が原因であった（田島良2005）。大正期の忍術映画に関してはフィルムをはじめ、スチル写真や台本などの資料がほとんど残っておらず、具体的な内容がわからない作品が多い。しかし、映画を通して「真田十勇士」の名称が広まっていった可能性も考えておくべきだろう。

図１『勇士揃　真田十勇士』

立川文庫が忍術映画に影響を与えただけではなく、忍術映画の流行により、さまざまな出版社の忍術小説への参入も増えたと考えられる。単に題材として共通しただけでなく、表現面で映画の影響が小説にあったように感じる。後出の立川文庫作品は「猿飛佐助《さるとびさすけ》も仕方《しかた》がないから、椽側《えんがわ》へ進《すす》み出《い》で口中《こうちゅう》に呪文《じゅもん》を唱《とな》へ九字《じ》を切《き》ると、忽《たち》まちその姿《すがた》は煙《けむり》のごとくボーッと薄くなった」（一七〇編『忍術名人／立花家三勇士　鷲塚力丸』（大正四年）と初期の『猿飛佐助』とくらべて忍術がより視覚的に表現されるようになった（二〇頁）。

立川文庫の猿飛佐助

猿飛佐助は玉田玉秀斎が一から創造したように見なされていた時期もあったが、現在の研究では『厭蝕太平楽記』など江戸中期の難波戦記物の実録体小説に起源が遡れることがわかっている。しかし、猿飛佐助を中心に据え、忍術名人として活躍させるようになったのは玉田玉秀斎の功績である。

玉田玉秀斎講演・山田酔神速記『真田幸村諸国漫遊記』（明治三六年、中川玉成堂）が猿飛佐助の初出で、立川文庫では五編『智謀　真田幸村』に猿飛佐助は初めて登場する。

真田《さなだ》家《け》の郎党《ろうとう》にてしのびの達人《たつじん》たる猿飛《さるとび》佐《さ》助《すけ》が、幸村《ゆきむら》の出丸《でまる》に立《たち》かへりまして、佐（助）「明《めう》十三日《にち》藤堂《とうどう》高虎《たかとら》の同勢《どうぜい》が茶臼山《ちやうすやま》へ朝駆《あさが》けをかけるにより、この段御《だんご》注進《ちうしん》をいたします」（七八頁）

といってきた。

と軍事偵察を行う。そのほか、

（真田大助が合図すると）佐（助）「こころえたり」と猿飛《さるとび》は、かねて用意《ようい》の鉄砲《てつぽう》の火蓋《ひぶた》を切《き》つて、ドンと一発《ぱつ》地雷火《ぢらいくわ》の口火《くちび》にうちこむと、なにかはもつてたまるべき、五十余《よ》丁《てう》の長《なが》畷《なわて》に伏《ふ》せたる地雷火《ぢらいくわ》は（大爆発して、関東勢を撃破する）（一一八頁）

と軍勢の一武将として活躍する。

立川文庫四〇編『猿飛佐助』（大正二年）は忍者像の転換をもたらした作品である。講談といった芸能、あるいは実録やそれ以前の歴史小説では、忍術をつかう者は配下のひとりであって主人公ではなかった。それが主人公となり、前近代の妖術《ようじゅつ》使いのように後ろ暗いところがないことは画期的であった。なお、児雷也が先行すると思うかもしれないが、第四部第一章で指摘のように、児雷也は「忍びの者」でもなく「忍術」を使っているわけでもない。

以下に立川文庫『猿飛佐助』の梗概《こうがい》を記す。

信州の郷士鷲塚佐太夫の子として生まれ、一一歳から四年間戸沢白雲斎のもとで修行をおこない、忍術を譲られる。一五歳のときに一六歳の真田幸村の臣下となる。三好清海入道ら幸村の家臣六人の嫌がらせを忍術ではねのける。奥女中の楓《かえで》にちょっかいを出す伊勢崎《いせざき》五郎《ごろ》三郎《さぶろう》を懲らしめる（一九歳）。楓からは好かれて、佐助は気乗りしないが、二五歳になれば妻帯することになる。曲者《くせもの》の正体を話すように言われるが猿飛佐助は断る。三好清海入道らによって五郎三郎の悪事が判明する。伊勢崎親子は離反し、平賀源心のもとへ行く。佐助は忍術で仲違《ながたが》いさせ、源心に伊勢崎親子を殺させる。伊勢崎の遺臣松田源五郎が不忠者のため成敗する。平賀家の豪傑金剛兵衛秀春と戦う。平賀源心をなぐって懲らしめる。真田は平賀を滅ぼし海野口城をとる（二〇歳）。

小説などでは猿飛佐助は甲賀流忍者とする設定が多いが、これは立川文庫にはなく、松本金華堂版『猿飛佐助』に記されていた特性である。立川文庫版のもとになった松本金華堂版『猿飛佐助』は海野口城奪取ののちの幸村上洛ですぐに中編へ引き継ぐとして終わっている。松本金華堂版『猿飛佐助』のあらすじは立川文庫とほぼ同じなので、今は内容の伝わらない松本金華堂版『由利鎌之助』『霧隠才蔵』も、立川文庫版『猿飛佐助』に含まれる残りの部分だったのだろう。金華堂版の分量をみると、もともと猿飛佐助に関する講談は、海野口城までだったのかもしれない。

才能のある若者が修行によって成長し、英明な主人にその才能を見出され、入った先ではいじめにあうものの忍術によってはねのけ、成果を上げていくさまは、立川文庫の主な読者であった大阪の丁稚らの共感をよんだだろう。猿飛佐助は丁稚のヒーローだったのである。

このあとは真田幸村について上洛したのち、佐助と清海入道で諸国を漫遊する。『厭蝕太平楽記』の猿飛佐助と根井浅右衛門が上田城明け渡しのあと諸国を廻《めぐ》ることの影響があるかもしれないが、諸国漫遊は講談でも立川文庫でもおなじみの趣向なので特に関係を認める必要もないだろう。猿飛佐助の諸国漫遊は立川文庫では多く作られ、九三編『忍術名人　猿飛佐助漫遊記』、一〇二編『忍術名人　猿飛佐助南海漫遊記』、一〇八編『忍術名人／真田間者　猿飛佐助江戸探り』、一一九編『忍術名人　猿飛佐助東北漫遊記』がある。『猿飛佐助』の続きは、

天正一〇年に秀吉が開いた信長の法会に幸村らも上洛する。加藤虎之助（清正）・福島市

松（正則）らのちに賤ヶ岳の七本槍の武将と真田七勇士が争う。佐助と清海入道に三年間の諸国漫遊の暇が出る。浜松で、元武田家の武将で徳川家に降参して町人になっている山野辺丹後を清海入道が痛めつける。徳川の榊原康政《さかきばらやすまさ》や大久保《おおくぼ》忠隣《ただちか》、鳥居《とりい》元忠《もとただ》、本多平八郎（忠勝）、井伊万千代（直政）らと三好清海入道は争う。山野辺丹後の首を佐助が落として、三好清海入道を解放する。

と、戦国の有名武将が次から次に出てきて、佐助たちと力競べをするのに読者も大いに興奮しただろう。大久保彦左衛門（三、三〇、以下括弧内は立川文庫登場編番号）、真田幸村（五、一八）、秀吉（八、一三、三五）、後藤又兵衛（一〇）、塙団《ばんだん》右衛門《えもん》（二一）、荒川熊蔵《あらかわくまぞう》（三七）ら各編の主人公が『猿飛佐助』に登場し、すでにそれらの作品を手にとっていた読者を喜ばせたに違いない。

次から次に登場する豪傑らと争い、それらを退け、ときには仲間になり、という展開は、現在の少年マンガを見ているかのようである。話型としては変化に乏しくなるが、対決が盛り上がるので飽きない。以下は簡単にその内容を箇条書きする。

鈴鹿《すずか》山麓《さんろく》で盗賊の由利鎌之助を降伏させ義兄弟になる。

京都南禅寺で石川五右衛門と佐助が術を競う。

伏見藤《ふじ》の森《もり》の荒れ寺で塙団右衛門と知り合いになる。

大阪城内で由利鎌之助が亀井新十郎（茲矩《これのり》）と後藤又兵衛と槍《やり》試合をする。

摂《せっ》州花隈《はなくま》で戸沢白雲斎の子である山城守と佐助が試合をする。

須磨《すま》の浦辺《うらべ》で豪傑荒川熊蔵清澄と出会う。

岡山で宿屋の主人殺しの罪を偽修験者になすりつけられ、由利鎌之助が捕まる。佐助は偽修験者雲風群東次の師の霧隠才蔵に会って、仲間になるように説得する。

宇喜多家の家臣花房助兵衛と会って、真犯人を渡し、鎌之助は解放される。三人は義兄弟の誓いを立てる。

関ヶ原の合戦のあと、長《ちょう》州萩《はぎ》で霧隠才蔵が武士の髻《もとどり》を切り、井上五郎兵衛と争う。

伊佐《いさ》で争う男女に割って入り、戦うが男は真田の穴山岩千代で、自殺する女をとめにはいったところだった。事情を聞いて、真田親子のいる九度山へ向かう。のちに大坂の陣で活躍し、秀頼の九州落ちに従った。


このなかで、石川五右衛門との術競べは石川五右衛門の章で述べた。古い忍者の代表である石川五右衛門と新しい忍者の代表である猿飛佐助が戦って、石川五右衛門を打ち破るのは、忍者の創作において象徴的だといえよう。

なお、猿飛佐助は『西遊記』の孫悟空を参考にしたという説がある（足立巻一 1980）が、佐助のつかう隠形や変化の忍術は、孫悟空の分身の術などと違うことや、佐助の漫遊も幸村とは関係ないなど、その他に話の類似が見いだせない。また、猿飛佐助と孫悟空の性格の違いも大きい。猿飛佐助のほうが行儀よく、忠義の心が強い。孫悟空のように三蔵《さんぞう》法師に強くコントロールされる必要が佐助にはない。性格でも大きな違いがあるため、否定的に考えている。関係者であった池田蘭子『女紋』で明確に孫悟空をモデルにして作ったと書いてあったことが説の定着に大きな役割を果たしていたが（204―206頁）、『女紋』は玉田玉秀斎一家の功績を顕彰する目的が明らかで、事実通りに受け止められない部分がある。また、巻末に足立巻一《あだちけんいち》、宮崎修二朗、頴田島一二郎が協力したことが記してある。原稿には宮崎をはじめ何人かの筆が入っていたが、実質的には足立と宮崎の紹介で歌人の頴田島一二郎が代筆したようである（今村欣史2017、254頁）。足立巻一が関与しているので、足立の知識にもとづいている可能性も注意せねばなるまい。

猿飛佐助と忍者像の転換

猿飛佐助はそれまでの後ろ暗い忍者像を転換する画期的な正義の忍者だった。それではなぜ猿飛佐助という正義の忍者が登場するようになったのであろうか。

立川文庫は武士道を強調する。立川文庫は四〇編『猿飛佐助』が登場する前に、題名に「武士道精華」の角書がついた作品が一一作存在し、その後も「武士道精華」は「忍術名人」と並んで、立川文庫の角書によく用いられた。このように立川文庫は武士道にのっとった人物を登場させるのが特徴である。

天竺徳兵衛や仁木弾正あるいは稲田東蔵らの、江戸時代までの「忍術（妖術）譲り場」が術と同時にその術をつかって無念を晴らすという野心も一緒に譲られたのに対し、戸沢白雲斎による猿飛佐助への忍術免許皆伝の場面は大きく違う。

老「イヤ、今朝《けさ》は其方《そち》に我《わ》が妙術《めうじゆつ》の極意《ごくい》を伝《つた》へる、有難《ありがた》く頂戴《てうだい》に及《およ》べよ」と、恭《うやうや》しく一巻《かん》の巻物《まきもの》を取出《とりだ》し　老「コリヤ佐助《さすけ》、之《これ》を汝《なんぢ》に与《あた》へる間《あひだ》、生涯肌身《せうがいはだみ》につけて身《み》の行《おこない》を謹《つつし》めよ、或《あるひ》は戦《たたかい》を為《ため》すにつけても、英雄豪傑《えいゆうごうけつ》に出合《であ》ふ際《さい》にも、此《こ》の中《うち》に認《したた》めてある事《こと》を弁《わきま》へて居《を》れば、決《けつ》して遅《おく》れを取《と》る事《こと》はない」と、懇《ねんご》ろに教訓《けうくん》を垂《た》れ、件《くだん》の一巻《かん》を手渡《てわた》しする。

（一一一頁）

佐助自身、

「三ヶ《が》年《ねん》の永《なが》の年月《としつき》、日夜《にちや》御《ご》教導下《けうどうくだ》されし御恩《ごおん》は、海《うみ》より深《ふか》く山《やま》より高《たか》く、お礼《れい》は言葉《ことば》に尽《つく》されませぬ、必らず御《ご》教訓《けうくん》を守《まも》り、師匠《しせう》の御名《おんな》を汚《けが》す様《やう》な事《こと》は仕《つかまつ》らず、此《こ》の段御《だんご》安心下《あんしんくだ》されまする様《やう》」

（一一三頁）

と模範的回答をする。

白雲斎は念押しして、

コリヤ佐助《さすけ》、折角《せつかく》三ヶ年《ねん》の間習《あひだなら》い覚《おぼ》へし忍術《にんじゆつ》も、身《み》の行《おこな》い悪《わる》ければ役《やく》には立《た》たぬ、呉々《くれぐれ》も

忠孝《ちゅうこう》の道《みち》な忘《わす》れなよ。　　（一一三頁）

と言う。忍術書『万川集海』にある忍びの「正心」を思わせるが、玉田玉秀斎が『万川集海』を知っていて取り入れたのではないだろう。当時の武士の道徳そのままだろう。

立川文庫および佐助が何を重視しているかは、立川文庫『猿飛佐助』のなかから、他にもいくつかうかがえる。そのひとつが武士道のなかで重要な主君への忠である。少年向け小説のためか、猿飛佐助が作中で直接人を殺す場面は少ない。不忠者の伊勢崎五郎兵衛・五郎三郎親子と平賀源心を争わせて、平賀源心に伊勢崎親子を殺させる。しかし、伊勢崎の臣下の松田源五郎が平賀に下ると「七十人《にん》の中《うち》で誰一人《たれひとり》主人《しゅじん》の仇《あだ》と切《き》り込《こ》む者《もの》がないとは、情《なさけ》ない奴等《やつら》だ、ヨーシ不忠者《ふちうもの》の松田源五郎《まつだげんごろう》を真二《まつ》つに遭《あは》して遣《や》ろう」と松田源五郎は佐助自身が殺している（四九―五〇頁）。松田源五郎はそもそも伊勢崎の家臣であってたいした存在ではない。にもかかわらず手を下した理由はその不忠にある。

他に佐助自身が殺しているのが山野辺丹後という旧武田の臣下で徳川に降伏して町人になった人物である。三好清海入道が山野辺丹後と争い、大久保忠隣や本多平八郎、井伊直政ら徳川の家臣とも争い、三好清海入道はつかまる。猿飛佐助がそれを救う際に山野辺丹後の首は落とすが他のものとは争わない。『猿飛佐助』では武士道の道徳に反する不忠という行為が厳しく咎められるのである。

立川文庫の主な読者が当時の大阪の商家で働く丁稚たちであったことは足立巻一『立川文庫

の英雄たち』にも紹介されたことである（103頁）が、道徳の面からみてもよく理解できる。猿飛佐助は丁稚の理想を生きているからである。一一歳で修業の開始は、一〇歳からの丁稚奉公のはじまりと同じである。なお、入門年や修業年数は『猿飛佐助』内でまちまちで一〇歳から修行したと読める部分（二―三頁）もあり、修業年数も三年と読める部分（一二―一三頁）もある。

戸沢白雲斎の元に弟子入りしてからの猿飛佐助は、

人学《ひとまな》ばざれば智《ち》なし、玉磨《たまみが》かざれば光《ひか》りなし、佐助《さすけ》は図《はか》らずも鳥居峠《とりゐたうげ》に於《おい》て、奇体《きたい》の老人《らうじん》より昼夜《ちうや》の別《わか》ちなく、一心不乱《しんふらん》に武術《ぶじゆつ》を教はつた、夫《そ》れが為《た》め僅《わづ》か三ヶ年《ねん》で天晴《あつぱれ》なる腕前《うでまへ》となり、尚《なほ》も勇《いさ》み励《はげ》んで、怠《おこた》らず勉強して居《ゐ》る。（一一頁）

と勤勉さが目立っており、これは理想の丁稚像といっていいだろう。

戸沢白雲斎は修行を満了した佐助に対して、

我家《わがいへ》には祖先《そせん》より代々《だいだい》伝はる一つの妙術《めうじゆつ》あり。世《よ》に所謂忍術《いはゆるにんじゆつ》之《こ》れなり、今日本《いまにほん》に於《おい》て此《こ》の術《じゆつ》を極《きは》めたる者《もの》、悴山城守《せがれやましろのかみ》と其《そ》の他数人《たすうにん》ある、我《わ》れ年来諸国《ねんらいしよこく》を漫遊致《まんゆういた》し、如何《いか》にかして天晴《あつぱれ》なる少年《せうねん》を見出《みいだ》し、此《こ》の術《じゆつ》を譲《ゆづ》らんと思《おも》へども、目鏡《めがね》に叶《かな》いしもの嘗《かつ》てなし、（しかし、佐助がそれに相当した）（一二頁）

選ばれた少年であることを告げているが、商家に集められた丁稚らにも自らが選ばれた者であるとの自尊心を刺激したと思われる。

その後、佐助は真田幸村の郎党となって、三好清海入道ら六勇士に相当する面々と一緒になるが、最初から歓迎されていたわけではない。三好清海入道ら朋輩《ほうばい》が布団で簀《す》巻《ま》きにしようとする嫌がらせは丁稚朋輩が新入り歓迎によく行う嫌がらせだったのだろう。楓という女中を助けたことで佐助は好意を持たれるが、佐助自身が楓に心を奪われることはない。それでも楓に好かれた佐助は婚約を真田昌幸から命じられる。これも女性とは距離をおかねばならなかった丁稚らにとって理想的な振るまいだったのだろう。

『猿飛佐助』に見られる話の特徴は、敵対していた登場人物が仲間になって義兄弟の誓いを立てることである。由利鎌之助は朝倉の残党と称して、鈴鹿山麓で盗賊を行い、軍用金を集めていた。槍の名手であり、ただの盗賊ではない。猿飛佐助と力比べをするのだが、

猿飛「貴様《きさま》ほどの腕前《うでまへ》なら、今戦国《いませんごく》の世《よ》の中《なか》で、然《しか》るべき大名《だいめう》に仕《つか》へなば二千石《ごく》や三千石《ごく》は思《おも》いの儘《まま》だ、然《しか》るに主家《しゆか》再興《さいこう》に名《な》を借《か》り、軍用金《ぐんようきん》を集《あつ》めるとか味方《みかた》を募《つの》るとか、人聞《ひとぎ》きの良《よ》い事《こと》を云《い》つて、密《ひそ》かに栄華《えいぐわ》をしようとは不心得《ふこころえ》千万縦《せんばんよ》しんば真実《まこと》主家《しゆか》再興《さいこう》を計《はか》るにしろ山賊《さんぞく》夜盗《やたう》の汚名《をめい》を受《う》けては、志《こころざし》を貫《つらぬ》く事《こと》思《おも》いもよらず、汝《なんぢ》に限《かぎ》らず昔《むかし》より斯《かか》る例《ためし》は沢《たく》山《さん》あれど、誰一人《たれひとり》目的《もくてき》を達《たつ》した者《もの》は嘗《かつ》てない、今日只今《こんにちただいま》より本心《ほんしん》に立《た》ち帰《かへ》り、真人間《まにんげん》とな

れ、否《いや》と云《い》へば只《ただ》一刺《さ》しだぞッ」（中略）
由利鎌之助「イヤ、恐《おそ》れいつた、貴《き》殿《でん》は何《いづ》れのお方《かた》かは知《し》らないが、腕前《うでまへ》と云《い》ひ情《なさ》けある御《お》言葉《ことば》、鎌之助《かまのすけ》深《ふか》く後悔《こうかい》した今日《こんにち》より心《こころ》を入《い》れかへ、以後は聊《いささ》かたりとも不正《ぶせい》な事は仕《つかまつ》らず」
（一三三―一三四頁）

と由利鎌之助は降参し、

悪《あく》に強《つよ》きものは善《ぜん》にも又強《またつよ》し、由《ゆ》利《り》鎌之《かまの》助《すけ》は猿飛佐《さるとびさ》助《すけ》、三《み》好清海入道《よしせいかいにふだう》とは兄弟《けうだい》の約《やく》を結《むす》んで大喜《おほよろこ》び
（一三五―一三六頁）

と仲間になる。

また霧隠才蔵でいえば、霧隠才蔵は元蘆名下野守の浪人、百地三太夫から忍術を習った。石川五右衛門とは兄弟分であり、

「豊臣《とよとみ》の天下《てんか》を覆《くつがへ》して、一国《こく》一城《ぜう》の主《しゆ》とならんの考《かんが》へを起《おこ》し、不義《ふぎ》の業《わざ》とは知《し》りながら、他《た》に方法《はうはう》のなき儘《まま》、斯《か》く味方《みかた》に山賊《さんぞく》を働《はたら》かせ、密《ひそ》かに軍用金《ぐんようきん》を集《あつ》め、時節《じせつ》の到来《とうらい》を待《ま》つて居《ゐ》たのである」
（一九二頁）

と述べるような山賊の頭であったのが、

佐助「今日《こんにち》より心《こころ》を入《い》れかへ、我《われ》と同じく真田家《さなだけ》の臣《しん》となる気《き》はないか」（中略）
霧隠才蔵《きりがくれさいぞう》も始《はじ》めて夢《ゆめ》の覚《さ》めたる心地《ここち》　（一九二―一九三頁）

と佐助に説得されて「尚《なほ》も懇々誡《こんこんいま》しめた上《うへ》、才蔵《さいぞう》を自分《じぶん》の義弟《おとうと》となし、改《あらた》めて一室《しつ》に通《とほ》り、此《こ》処《こ》に義兄弟《ぎけうだい》の誓《ちかひ》を立《た》て、才蔵《さいぞう》は酒肴《さけさかな》を取出《とりだ》して厚《あつ》く饗応《もてな》す」（一九三頁）と、才蔵も仲間になるのである。

立川文庫は武士道精神を鼓吹する内容である。もう武士の世の中でないにもかかわらず、そのような内容の小説が受け入れられた理由は、読者層であった丁稚らにとって望ましい道徳が述べてあり、佐助が理想とされる登場人物であったからにほかならない。佐助は丁稚の英雄だった。

真田十勇士が江戸時代から構想されたものでもなく、また玉田玉秀斎自身も当初から十勇士を強調していたわけではない。しかし、真田幸村の配下として仲間同士が力をあわせて成果を上げる十勇士の姿も読者層の丁稚らの心に響いたことは間違いないだろう。

おわりに

江戸時代からの難波戦記物では真田十勇士というくくりは意識されておらず、近代に入って立川文庫が登場するに従い、後付けで真田十勇士が定められていった。漠然と名前だけが出てくる状態から、猿飛佐助、霧隠才蔵、三好清海入道、三好伊三入道、由利鎌之助、穴山小助、筧十蔵、海野六郎、望月六郎、根津甚八の一〇人がそれぞれ細かい性格や特徴を付与されて現在に至る。その過程は本書ではたどらないが、江戸時代から続く難波戦記物の実録体小説の成長といえよう。

猿飛佐助も玉田玉秀斎の独創ではなく、難波戦記物の蓄積のもとに生まれたものだった。猿飛佐助によって忍者像は転換する。それまでうしろぐらい悪の存在であった忍者が正義のために忍術を使うようになる。これは猿飛佐助が忍者ではなくて、忍術をつかう侍であることが大きい。もとが侍なので、忍術をつかっても侍の道徳に従って行動するのである。忍者の創作は、忍者を悪の存在として描くものが現在も少なくないが、立川文庫『猿飛佐助』による正義の忍者像は『伊賀の影丸』や『ＮＡＲＵＴＯ－ナルト－』に引き継がれていく。その点で、立川文庫『猿飛佐助』の登場は忍者文芸史上で極めて重要な意味を持つのである。

難波戦記物を読むと、『太平記』の楠木正成の強さを情報収集力と『理尽鈔』が裏付けたように、難波戦記物での真田幸村軍の強さは空想科学じみた強力な鉄砲や大砲を使った火力によることが明確に書かれていることに感心する。現在では「日本一の兵《つわもの》」という評価が定着してしまったために、なぜ真田幸村がとりわけ強かったのか、考えなくなっているように思われる。

本書では真田信繁ではなく真田幸村という表記を使い続けた。現在、歴史上で真田信繁であった男の評価は、真田幸村の名前で記された書物による評価が大きい。実像の信繁よりも虚像の幸村のほうが大きいので、信繁と呼ぶと幸村として作られてきた評価が失われてしまうからである。難波戦記物での真田幸村の強さが強力な火力の結果であることは、『理尽鈔』での正成の強さが情報収集力であったように、戦争における重大な教訓であった。

現在、小説は教訓を求めるものではないが、史書・兵書・軍記の性格がまじった『理尽鈔』のように、江戸時代の読み物は娯楽と実用性・教訓性を兼ね備えたものであり、難波戦記物の実録体小説もやはりその要素を含んでいる。

幸村を信繁と機械的に読み直し、何の根拠も求めないままその強さが自明であるとみなすのは、砲の不足を大和魂で補う態度に通じるように思う。時には創作のほうが事実より真理を含むことも知っておくべきだろう。

付記　玉田玉秀斎代々について

立川文庫で知られる二代目の玉田玉秀斎が実際には三代目であることは、旭堂南陽《なんよう》が玉田玉秀斎を襲名したときに判明したことである。『産経新聞』（二〇一六年五月一七日版）「上方若手講談師、ダブル襲名へ　小南陵と玉秀斎復活」に、

（四代目旭堂）南陵さんによると、これまで小南陵の先代は「三代目」、玉秀斎は「二代目」とされてきたが、文献や関係者の証言などから継承者1人ずつの存在が新たに判明。今回の襲名を機に改めるという。

とあるが、どうしてまぼろしの二代目が見つかって、新玉田玉秀斎が四代目になるのか、はっきりと説明した文章が見当たらない。

そのため、四代目玉田玉秀斎先生に直接連絡をとって、おうかがいしたところ、貴重な情報をいろいろとお教えいただいた。情報の公開は玉田玉秀斎先生にご許可をいただいたので、ここに考察を記す。わかりやすさを重視するため、以下関係者全員の敬称を略すことをお許しいただきたい。

まず、立川文庫で知られる二代目と言われてきた玉田玉秀斎の襲名に関しては、親族である池田蘭子『女紋』（一九六〇）が参考にされてきた。玉秀斎の妻山田敬の娘の寧《やす》、その寧の娘が池田蘭子（一八九三—一九七六）であり、一族の立川文庫の共同執筆に参加していた。

『女紋』によれば、初代玉田玉秀斎の弟子である玉田玉麟が明治三一年夏あたりに二代目を襲名したように書いている（61—65頁）。「あたりに」と書いたのは、なんともぼんやりした書き方で、明治三一年夏に襲名したように読めるものの、そうでなくも読めるからである。

初代玉田玉秀斎であるが、旭堂南陽が師の四代目旭堂南陵と一緒にご子孫のM家に襲名の挨《あい》拶《さつ》にうかがったさいに、見せてもらった家系図には、

初代・玉秀斎　明治二十六年五月十三日　逝去

と書いてあったという。

国立国会図書館所蔵の「玉田玉秀斎」名義の速記本は、

『三賢明智伝』玉田玉秀斎 口演、丸山平次郎 速記・駸々堂、明二三年一〇月

『寛政曾我』玉田玉秀斎 口演、丸山平次郎 速記・駸々堂、明二五年九月

の二点で、このあとは、

『横綱力士　小野川喜三郎』玉田玉秀斎 講演、山田都一郎 速記・岡本偉業館、明三五年五月

に飛ぶ。初代玉田玉秀斎は明治二六年五月一三日に亡くなったので、『寛政曾我』までが初代の口演、『横綱力士　小野川喜三郎』は別人の口演とみるのが適当だろう。

旭堂南陵『続々・明治期大阪の演芸速記本基礎研究』（二〇一一）において、

玉田派のこの三人の消息を追っていくと、玉枝斎は『大阪名所独案内』（明治二五年一一月）に、玉枝斎、玉秀斎、一山、一瓢、玉芳斎の順で載っている。しかし、「浪花名所三幅対見立鏡」（明治二七年六月）においては、玉枝斎、玉秀斎の名が消える。（308頁）

とあるのにもぴったりあう。

今まで二代目と言われてきた玉田玉秀斎は、本名は加藤万次郎。『女紋』の記述を信じるなら、二〇歳で初代玉田玉秀斎に弟子入りし、明治六年（一八七三）二三歳で玉麟を名乗るようになった（22頁）。玉田玉麟名義の速記本を国立国会図書館で探すと、

『俠客小桜千太郎』玉田玉麟 講演、山田都一郎 速記・名倉昭文館、明三五年四月
『三光誉の俠客　松王峰五郎』玉田玉麟 講演、山田都一郎 速記・名倉昭文館、明三五年四月

である。

先の『横綱力士　小野川喜三郎』の表紙には「玉麟改メ」と記してある。旭堂南陵『続々・明治期大阪の演芸速記本基礎研究』には『藪井玄意漫遊記』（岡本偉業館、明治三五年五月）の表紙にも「玉麟改め玉秀斎とある」（309頁）とある。南陵は「明治三五年五月頃に師の芸名を襲ったのだろう」と記す（309頁）が、まったくその通りだろう。

幻の三代目の調査には、これも『続々・明治期大阪の演芸速記本基礎研究』の記録が頼りになる。南陵は玉枝斎、玉秀斎の名を新聞で探し、次のような記録を見つけている。

「神戸の興行物　一月一日　旭亭　玉田玉麟　東光斎楳林」（明治三四年）
「神戸の興行物　八月一日　旭亭　玉田玉秀　斎一座」（明治三四年）
「神戸の興行物　九月一日　旭亭　玉田玉秀　斎一座」（明治三四年）
全て朝日新聞神戸付録版各月一日付の記事である。　（309頁）

と記す。南陵はこの時点で初代の没年を知らなかったので、『続々・明治期大阪の演芸速記本基礎研究』では、初代の最後の舞台を明治三四年八月とみている。しかし、M家で初代の没年を知ってから、明治三四年の新聞に登場する玉田玉秀斎が、本名加藤万次郎の玉田玉秀斎に先行する二代目の玉秀斎――おそらく玉麟の兄弟子、と南陵が考えるようになったと四代目玉田玉秀斎からうかがった。

以上が幻の二代目がいて、今まで二代目と呼ばれていた玉田玉秀斎が実は三代目だった理由である。

私もこれで正しいと思う。池田蘭子『女紋』はまったく幻の二代目に触れていないが、『女紋』は池田蘭子あるいは執筆補助者が自分たちに都合よく書いた部分が散見する。襲名に関するいざこざがあって、それを隠すために池田蘭子が触れなかったとみている。これは歌川豊国《うたがわとよくに》の襲名を思い起こさせる。初代豊国のあとを養子の豊重《とよしげ》が襲ったものの一門では認められず、三代目となった初代門下の国貞《くにさだ》が二代目を名乗った例である。

明治三一年夏に襲名したように書かれているのが、語るに落ちるとはこのことで、二代目玉秀斎が明治三一年夏に襲名したことと、三代目の襲名をぼかしてまぜあわせてしまったのではないか。新しく発見された「二代目玉田玉秀斎」については今後の調査が必要になるだろうが、少なくとも初代の没年月日、三代目の襲名年月が明らかになったので探しやすくなったのは確かである。

（初出は三重大学国際忍者研究センターブログ、二〇二一年五月一七日）

第三章　変わりゆく忍者像

はじめに

ここまで主に江戸時代から大正期までの忍者小説に関して解説してきた。大正から現代に至るまで小説をはじめ、さまざまなメディアでの忍者の創作が生まれ、それは日々更新されている。通常の文学史であれば、名作を中心に創作の傾向とあらたな忍者像について語っていくのだろう。しかし、ここではそれとは違った方法でメディアの垣根をこえて忍者作品全体を考察したい。なぜなら、『忍者研究』（国際忍者学会）が収録する毎年の忍者作品一覧をみると、小説に限らず、映画・テレビ番組・マンガさらにはコンピュータゲームなど、さまざまなメディアで忍者作品が作られているからである。

尾崎秀樹と第三の忍法ブーム

第三の忍法ブームという言葉をご存じだろうか。第三の忍法ブームとは大衆文学評論家の尾《お》崎《ざき》秀《ほ》樹《つき》が「忍法ブームの基底」（『山陽新聞』一九六四年四月一九日付。のちに『大衆文学論』〔一九六五〕）という、一九六〇年代の忍者小説の分析をしたときの文章にある言葉である。文学史用語として定着しているわけではないが、つかう人もいる。

忍術ブームは、マス・メディアの更新期に起こる傾向がある。カブキ演出に新しい展開の見られた文化・文政期に一つのメルクマールがあり、大正期を中心とする昭和にかけての一時期に、立川文庫から大衆文学への忍術小説・映画の興隆があった。戦後の忍術ブームは、大づかみにいえば〝第三のブーム〟ということになる。（『大衆文学論』）

時期によって三回のブームがあるという指摘だが、時期の分け方には、全面的に賛同はできない。江戸時代の演劇における忍術物は宝暦（一七五〇年代）以降に盛んになり、その過程で黒装束や覆面、手裏剣、魔法的な忍術（変化・隠形・動物の使役）が定着していく。文化・文政期（一八〇四―三〇）は、化政文化と呼ばれる町人文化が花開いた時代だが、忍者が出てきたり、超自然的な忍術が使われたりといった演劇作品はもっと早く登場している。また、第三にあたるブームも昭和三〇年代（一九五五―六四）ではなく表現の規制が一変した昭和二〇年代（一九四五―五四）から起こったとみるべきと思っている。

もっとも、このあたりは映画『第三の男』（一九四九）の影響で、一九五三年から一九五五年頃にかけて登場した新人小説家らを「第三の新人」と呼んだように、「第三の」とつけるのが流行だった。この区分に厳密さを求める必要はないだろう。

しかし、一九六四年までの忍者作品史を、江戸、大正、昭和の三つに分け、そのブームの起点としてマスメディアの更新に着目したのは慧眼《けいがん》だろう。尾崎秀樹の評論が一九六四年で、その後一九八〇年代には忍者ブームも終焉《しゅうえん》をむかえる。だからといって、その後に忍者作品が登場しないわけでもなく、その現象を分析するためには、やはり尾崎が着目していたメディアの更新という概念が助けになるのである。

メディアの変遷でたどる忍者作品史

それではメディアの変遷で忍者作品史をたどるとどうなるだろうか。尾崎秀樹は「マス・メディア」を考えていたが、現代では情報伝達の媒体はマスコミュニケーションだけではなく、パーソナルにつたわるメディアが重要な役割を果たしている。表にすれば次のようになる。

(1)江戸時代
版本（印刷本）・演劇（歌舞伎・人形浄瑠璃《じょうるり》）
(2)大正・昭和戦前期
講談速記本・貸本・映画・初期のマンガ

(3)昭和戦後から昭和末期
貸本から新聞・週刊誌へ、テレビ、現代的なマンガ
(4)平成から現代
ＶＨＳ、コンピュータゲームなど、よりパーソナルなメディア

まず江戸時代では写本の貸し借りで流通していた本が出版によって大勢の手に渡るようになった。市場が形成され、娯楽を目的とした小説が出版されるようになったのも大きい。情報伝達や文化のあり方が変わり、そこに忍者の話がたくさん記されるようになったのである。もうひとつは演劇である。従来の能狂言では描けないような複雑な筋をもち、設定は源平合戦や室町時代といった昔にしていても同時代的な風俗や心情を描く、江戸時代にとって現代的な演劇である歌舞伎や人形浄瑠璃が登場した。そのなかで黒装束に黒覆面の忍者の様式がうまれ、また忍術をつかって御家の乗っ取りや天下転覆をはかる悪人ながら魅力的でスケールの大きな忍者も登場するようになった。

大正・戦前期ではまず話芸の講談の役割が大きい。近世前期から講談はあったが明治から大正にかけて最盛期を迎える。江戸時代に禁じられていた難波戦記物などの演目が自由に演じられるようになったのも大きい。講談は速記本でも享受されるようになり、さらには時代小説が親しまれるようになった。これらは貸本で広く流通した。貸本も江戸時代からあるが、昭和三〇年代に新聞・週刊誌連載の小説群に取って代わられるまで、庶民の読書に貢献した。映画は

大正期に日本活動写真株式会社（日活）の尾上松之助、天然色活動写真株式会社（天活）の沢村四郎五郎の忍術映画が大量に制作された。立ち回りが中心で話の展開よりもトリック撮影による忍術を見せるのが主であった。マンガも大正九年の山田みのる『忍術漫画』、大正一一年の東京毎夕新聞に宮尾しげを『忍術漫画―漫画太郎』が登場して忍術マンガの夜明けがくる。初期のマンガから忍者のテーマは取り入れられたが、この時期は漫文漫画といってフキダシはなく、コマの横に文章で説明する形式で今の感覚では絵本に近いものだった。

戦後のメディアの転換は忍法ブームと合致しており、小説が貸本から新聞・週刊誌で受容されるようになり、忍法ブームの中心となった司馬遼太郎・山田風太郎・村山知義などの作品はそこで発表された。読者層が男性サラリーマンであり、内容もそれに受け入れられやすいものになっている。時代劇映画は昭和三〇年代を境にテレビ時代劇へと移行し、『隠密剣士』（昭和三七年一〇月から昭和四〇年三月〈一九六二―六五〉）はテレビ時代劇の代表的な作品だった。マンガは戦後に細かいコマ割りにフキダシでセリフが入る長編マンガが中心となり、白土三平ら劇画の忍者マンガがもてはやされるようになる。戦後のマンガも貸本が主であったが、昭和三〇年代後半にはマンガ雑誌に移行していく。

一九八〇年代にはマスメディアではなく、パーソナルなメディアが広がっていく。VHS（Video Home System）は文字通り家庭用ビデオの中心となり、レンタルビデオ市場が形成され、映画を経由せずビデオソフトが作成されるようになった。VHSからDVDへ、さらにはBlu-ray Discへとメディアは交替している。今ではNetflixなど動画配信サービスが有力なメディアとなり、YouTubeを使って個人で忍者コンテンツを発信しているものも多い。映画に比べて低予算でさまざまな視聴者の好みにあった作品が作られ簡単に楽しめるようになったことが大きい。大ヒットする作品はないが、視聴者の様々な好みを満たす作品が作られているのである。コンピュータゲームはパーソナルなメディアである。アーケード・コンシューマ（家庭用ゲーム機・携帯ゲーム機）・パーソナルコンピュータと種類はあり、中にはオンラインで一度に多人数で遊んだりするものもあるが、ビデオソフトと同じで基本は個人向けでさまざまな種類のゲームが作られているところに特徴がある。

国際忍者学会『忍者研究』に二〇一八年分から毎年の忍者作品を小説・マンガ・映画・テレビドラマ・コンピュータゲームで調査し、一覧を掲載している。二〇一八年の調査ではiOSやAndroidなどスマートフォンで遊ぶ軽いコンピュータゲームが六〇点もある。点数だけならスマートフォンで遊ぶゲームが含まれるコンピュータゲームや、アダルト向けのビデオソフトやマンガが圧倒的な量をしめる。『忍者研究』にはアダルト作品の調査結果は公開していないが、現代の忍者はコンピュータゲームかアダルト作品を中心に活躍していると言ってよい。アダルトビデオや同人コミックなどの忍者作品は八一点にのぼる。アダルト分野ではとくに享受者の細かい好みによく合致するものが色々と作られている。また、先ほど述べたようにYouTubeなどで個人による忍者コンテンツが大量に発信されている。

コンピュータゲームにせよアダルト作品にせよ、YouTubeなどの個人による忍者コンテンツにせよ、大ヒットする必要はなくて、興味を持つ人がある程度あれば成立するのが、パーソナルメディアの時代の象徴といえる。

　昭和までの三回のブームに劣らない忍者ブームが現代でも起こっているといえるが、広く知られる代表的な作品が登場するのではなく、忍者のキャラクター性に拠った個々の趣味を満たす多様な作品が小規模ながら一定数受け入れられるという現状では、忍者ブームであってもそうとは認識しにくいのである。

内容の変遷でたどる忍者作品史

忍者作品の歴史を内容に着目してたどるとどうなるか。内容の変化はメディアの変化と軌を一にするので、時代区分は同様である。

(1)江戸時代
　忍術・幻術を描いた怪談・奇談。飛加藤・石川五右衛門といった悪の忍者。

忍者忍術の超自然的なところ、不思議なところに興味があった。怖いもの、悪への共感、興味。
(2)大正・昭和戦前期
講談・立川文庫などから正義の忍者、まだ筋よりも忍術の魅力。子ども向けから大人向けの大衆小説へ（白井《しらい》喬二《きょうじ》・国枝史郎など）。
(3)昭和戦後から昭和末期まで

日中戦争以降の抑圧からの反動。

くのいちの登場（色気が書ける）。唯物史観（階級社会との闘争。上忍・中忍・下忍）。サラリーマン向け。科学的な裏付けの（一見ついた）忍術。
(4)平成から現代
バブル経済の崩壊。冷戦構造の終結。スパイ物の需要が減る。唯物史観の没落。

“Enter the Ninja”（一九八一）からの海外独自の忍者物（海外舞台の現代劇。日本史に関係ない）。

歴史ファンタジーですらない忍者ファンタジーへ。実際の歴史に拠《よ》らないサムライフィクション。


まず、江戸時代だが、史実の忍びとは違った忍術・幻術を描いた怪談・奇談のなかに忍者があらわれた。ここでいう怪談とは幽霊が出てくる話ではなくて、「超自然、超現実的で、聞く人に恐怖を起こさせる物語」。奇談は珍しくて不思議な話である。飛加藤によって近世前期に「忍者が忍術をつかって大事なものをとって戻ってくる」という忍者像を広めた『伽婢子』は怪談・奇談集である。実話の伝聞という態度の松浦静山『甲子夜話』に出てくる忍びの話が、創作と同じ怪談・奇談になっていたことは、当時の人々が、忍者忍術の超自然的なところ、不思議なところに興味があったという証《あか》しである。

忍者は悪人として登場していたが、これら怖いもの、社会的な規範をはみだす悪い者への共感や興味が忍者の話のみなもとであった。石川五右衛門は忍術をつかって悪事を働くまぎれもない悪人だが、それがゆえの興味や憧《あこが》れもあったはずである。この時代の忍者は黒装束に黒覆面という姿で表現されるようになったが、黒という色の持つイメージが忍者の本質を表しているる。奇抜な比較かもしれないが『スター・ウォーズ』シリーズにダース・ベイダーという全身を黒くまとった悪役が登場しなければ、『スター・ウォーズ』の面白さはかなり削《そ》がれてしまうだろう。忍者についても同じことが言えるはずである。

大正・昭和戦前期では講談・立川文庫・忍者映画から正義の忍者が登場する。猿飛佐助のように忍術を用いて正義を行う忍術使いが活躍するようになる。アンチヒーローとしての忍者だけではなく、ヒーローとして忍者が堂々と活躍するようになった。今までの物を盗んだりする忍びの行為は減り、外見も黒装束と黒覆面から、顔を出して明るい色の着物を着るようになった。内容としてはまだストーリーよりも忍術の奇抜さに重点が置かれていた。大正期は講談速記本や講談から発展した子ども向けの立川文庫などの小説が多かったが、そこから昭和前期に至ると、子ども向けの作品だけでなく、白井喬二や国枝史郎といった大人向けの大衆小説へ忍者小説は発展していく。子ども向けの『神州天馬俠《しんしゅうてんまきょう》』と大人向けの『鳴門《なると》秘帖《ひちょう》』の両方を執筆した吉川英治は昭和戦前期を代表する作家である。

昭和戦後はそれまでとは違った大衆小説が登場する。日中戦争の頃から忍者小説を含む大衆小説の出版点数は少なくなった。これが終戦によってさまざまな規制がなくなって忍者小説もたくさん書かれるようになる。性愛に関する規制がなくなったことや女性の社会進出が見られるようになったので、男の忍者と同じように黒装束をまとって活躍する女の忍者（くのいち）が登場するようになった。忍術をつかう女の忍術使いは大正からいたが、黒装束は着ていなかった。色気たっぷりに描かれるようになったくのいちは、男の忍者を助ける立場で、男の忍者と同じように働くものの同じように無情になれないところが特徴である。サラリーマンが主な読者であった新聞や週刊誌に忍者小説は連載されていたために、そこに登場するくのいちにも彼らの好みが反映されている。

五味康祐『柳生武芸帳』から池波正太郎《いけなみしょうたろう》『真田太平記』あたりまでが、映画・テレビ時代劇、そして時代小説の黄金時代である。司馬遼太郎・山田風太郎・村山知義・柴田錬三郎《しばたれんざぶろう》が代表的な作家と見なされるが、富田常雄《とみたつねお》・林芙美子《はやしふみこ》・織田作之助《おださくのすけ》・檀一雄らが先行して猿飛佐助を描いているのも注目に値する。現代社会における忍者を描いた坂口安吾《さかぐちあんご》『現代忍術伝』も昭和二四―二五年（一九四九―五〇）の作品である。忍者は戦後作家にとって扱うべきテーマだった。

この時代は唯物史観が大きな影響力をもち、忍者作品にも階級闘争が多々描かれる。村山知義『忍びの者』が共産党の機関紙「アカハタ」に連載されていたことや白土三平『カムイ伝』が全共闘世代のバイブルと呼ばれていたことでもよくわかる。「上忍・中忍・下忍」とは、『万川集海』にあるように、もともと忍術の腕前をいうものであったが、この時代の忍者小説・マンガでは階級の名称として用いられ、支配層である「上忍」が「下忍」を人とも思わぬ使い方をしているのが定番である。余談ながら、忍者関係の団体で自らを「上忍」と名乗っている人をときどき目にするが、「上忍」とは忍者作品のなかで打倒されるべき支配層にあてられた名称なので、「私は同じ団体の下の人たちを酷使する冷酷無情な打倒されても仕方のない人間」だと言いたいのでなければ「上忍」など名乗らないほうがよいと思う。階級闘争ほどいかなくとも、忍者作品では忍術を教える師匠と弟子の関係はかならずと言ってよいほど焦点のあたるもので、上司・部下の関係が明確なサラリーマンにとって、上忍・中忍にこきつかわれる下忍の立場は宮仕えのつらさとして共感できるものであった。

忍術についても、『万川集海』のような道具ややり方に詳しい忍術書が知られるようになったため、超自然的な忍術だけでなく、実際に忍術書に記された忍術が取り入れられるようになった。現実ではありえないような忍術が描かれることが多いのだが、それでもいちおうの科学的な説明がつけられるようになった。これは忍法ブームのなかでもっとも非現実的な忍術である、――よって忍法という名称があてられたのだが、――山田風太郎の忍法が風太郎の医学的な知識もあってもっともらしく説明されていることでも確認できよう。

忍法ブームの消滅は超能力ブームへの移行である。かつて、バテレンの妖術《ようじゅつ》、蝦蟇《がま》仙人から学んだ妖術といった現実味のない妖術が、理屈のつく忍術という名称に一本化されていったのが、さらに超能力という名で自由自在に使えるようになったのである。超自然的な能力をつかうには、人から教えてもらったり、秘術を記した巻物を読んだりする必要があり、忍術であることがその理屈であったのに、そういった理屈なしでなにかの名前がついた超能力で不思議な術が使えるのが現在である。なお、二〇一〇―二〇年あたりは、そういった超能力でなんでもできる状態から、不思議な術をつかう理屈として忍術が見直されているように思われる。実質は超能力だが忍術という名称で登場している。

一九八〇年代に入るとテレビ時代劇も退潮し、大河ドラマのような大型の作品のみで時代劇が語られるようになっていく。一九九〇年代ではテレビ時代劇の衰退はより進み、忍者も活躍の場を失っていった。

平成以降の忍者作品には、一九八九年から東欧諸国の民主化が進み、ソビエト連邦が一九九一年（平成三年）に崩壊するという冷戦構造の終結が大きな影響を与えている。一九八〇年代までの歴史雑誌の忍者特集では、現代の忍者としてスパイ戦がとりあげられていたのである。社会主義・共産主義が求心力を失うと唯物史観も影響力のある思想ではなくなった。また、一九八〇年代に裕福になった日本では階級闘争は大きな問題ではなくなったのである。

『NARUTO－ナルト－』という作品を例に考えてみたい。『NARUTO』の主要人物に主人公の友人である「うちはサスケ」がいる。忍者で「サスケ」といえば、猿飛佐助がもちろん連想されるが、猿飛佐助は真田幸村の配下であって時の権力者の徳川家康とは敵対する立場にある。白土三平にも『サスケ』という作品があり、その主人公のサスケも甲賀流の忍者であって反権力である。そういった伝統のある「サスケ」の名をついだ『NARUTO』のサスケも革命的な方向に走っていくのだが、これが白土三平の作品なら「うちはサスケ」が主人公になっていたのではないか。実際は、保守的とまでいってさしつかえない「うずまきナルト」が主人公である。「うちはサスケ」も人気キャラクターだが、それでも一九九九年に始まったこの作品では、革命思想そしてニヒリズムとテロリズムに満ちた「うちはサスケ」が主人公になるとは思えないのである。

欧米における忍者受容

ここで欧米における忍者受容に簡単に触れておこう。大きな影響を与えた忍者作品は映画『007は二度死ぬ』（"You Only Live Twice"、一九六七、英・米公開）である。姫路《ひめじ》城内で日本武術の訓練風景が描かれたほか、公安所属の特殊部隊が忍者で大活躍を見せる。ここに登場する忍者は伝統的な忍者装束ではない。ぴったりした暗色のシャツである。本格的な忍者はジェームズ・クラベルの小説『将軍』（"Shōgun"、一九七五）を原作として一九八〇年にアメリカ・NBCが制作・放送したテレビドラマ『将軍　SHOGUN』（"Shōgun"）から登場した。クラベルの『将軍』は関ヶ原の合戦（一六〇〇）前の政治状況をもとに作られた架空の日本小説であったが、日本の紀伊《きい》半島でロケを行い、東映が協力したため本格的な時代劇を作り上げることができた。このなかで、忍者は暗殺者として、また特殊部隊として活躍を見せる。このあとにショー・コスギが出演した映画『燃えよNINJA』（一九八一、英・米公開）・『ニンジャII：修羅ノ章』（一九八三、英・米公開）・『ニンジャ』（一九八四、英・米公開）で頂点に達した。これらの作品の前にブルース・リーのカンフー映画がヒットしており、構成の似た忍者映画は形をかえたカンフー映画としてスムーズに受け入れられた。当時、戸隠《とがくれ》流の日本武術の道場がアメリカに数々でき、そこで武術を学ぶ者も多かった。

こうした忍者への関心は日本の経済的な成功と軌を一にしている。日本が経済的にとるに足らない国だったら、いくら忍者が神秘的で優れた存在であっても、ここまで興味をもたれなかったはずである。エズラ・ヴォーゲル『ジャパン・アズ・ナンバーワン』が一九七九年に刊行されたのは象徴的で、一九八〇年代は日本経済の黄金時代であった。逆をいえば、ジャパンバッシングがおき、一九八五年のプラザ合意以降、日本経済がバブル景気をむかえ、一九九一年に崩壊するころには、忍者への関心も低くなった。『将軍』と同じように、伝統的な日本を舞台としたショー・コスギ『兜 KABUTO』（一九九一、英・米公開）が興行的な失敗をしたのはその象徴だろう。その一方で、『ティーンエイジ・ミュータント・ニンジャ・タートルズ』（一九八四―）のように、日本の歴史や伝統とは切り離された忍者が生まれてヒーローとして享受されるようになった。こういった無国籍性は忍者作品でも重要であって、岸本斉史『NARUTO―ナルト―』（一九九九―二〇一四）が世界的に受け入れられたのは、無国籍性をベースに日本らしさが追加されている作品だったからである。現在、アメリカを始め、さまざまな国で忍者作品が作られている。それは日本の忍者と異なっているが、自分たちの憧れを忍者という形で表現したものであって、まぎれもなく忍者なのである。

海外の忍者作品は、主に海外舞台の現代劇であったり、日本史にも関係なく、稗史《はいし》や伝奇というレベルを遥かにこえた、サムライやニンジャの出てくる東洋的ファンタジー世界であったりするが、これは日本にもいえることで、時代劇や時代小説だけが忍者作品ではない。

現代人にとっての忍者小説

ここで忍者作品の本質を振り返ってみよう。江戸時代のように忍者作品の本質は忍者忍術を扱った怪談・奇談である。忍者が不思議な存在で、超人的な能力を持っており、忍術が超自然的・超現実的であって、超人的な忍者が超現実的な忍術――今でいう忍法――をつかって活躍すれば、歴史的な「忍び」と関係なくても忍者フィクションとして成立する。それどころか日本史の「忍び」とは無関係な独自のキャラクターとしてどんな作品にも登場させられるのである。

古い文章であるがジャーナリスト長谷川如是閑《にょぜかん》が大正一五年八月『中央公論』「政治的反動と芸術の逆転」において、大衆文学――ここでは主に時代小説が念頭にあるが――を、「大衆文学に特有の表現は封建的浪漫への逆行であり、大衆文学は何ら現代の生活感情にふれてくるものはなく、封建末期のロマン主義が昔のままの裃《かみしも》姿であらわれている」と批判している。要するに時代小説は現代人の生活や感情とかけ離れていてつまらないという。これは現代では時代小説・時代劇に対していくらでも見られる意見だが、大衆小説が成長した大正時代の評論をあえて紹介した。

その一方で、時代劇や時代小説がなぜ飽きられないのか、その答えが大衆芸術の研究で知られる鶴見俊輔《つるみしゅんすけ》「大衆文学ノート　まげ物の復活」（一九四八、『大衆文学論』所収）にある。

（村上元三《むらかみげんぞう》『佐々木小次郎』、大佛次郎『おぼろ駕籠』、子母澤寛《しもざわかん》『千両纒』などに対し、）何故に、まげ物（大人向けの時代物の作品）が流行するのか。そう改めて問い直すまでもない。まげ物の世界はぼくたちの日常生活に密着しているのである。われわれはわれわれであるよりもむしろ、佐々木小次郎であり、宮本武蔵であり、平手造酒であることにおいて、われわれの〝本質〟を有するのである。

一九四八年という戦後自由になった時代になぜ髷《まげ》を結っていた時代を描いた作品を好むのか。生活感情からかけ離れていると評した長谷川如是閑とは異なり、鶴見俊輔は日常生活に密着しているると語り、過去の存在であるはずの時代小説の登場人物らがわれわれの本質を持つとまで言い放つのである。

現在、忍者小説の主流は昔とかわらず時代小説であるのは間違いない。にもかかわらず、忍者と時代小説は相性が悪い。歴史に忠実な歴史小説はもとより創作要素の入る時代小説も歴史に興味があるから読んでいる人が多い。忍者を出すとどうしてもリアルな「忍び」にならず、忍者が出ることで没入感がそがれてしまう。結果として、激しく伝奇性に走るか、架空の和風にしてしまうかのどちらかになってしまう。『梟の城』『風神の門』という優れた忍者小説を書いた司馬遼太郎がなぜ二作品で長編忍者小説をやめてしまったのか、そして第三の忍法ブームのなかでも山田風太郎がもっとも多作であり、現代でもよく読まれているのか考えれば、理解できるだろう。

ここで現代の忍者作品を確認してみたい。時代小説は、忍者作品では今でも多数派であり、不滅のジャンルだろう。現代でも、本格派の和田竜や伝奇性の強い作風の荒山徹《あらやまとおる》などが優れた作品を書いている。一作あたりの部数はともかく、点数は驚くほどたくさん出ている。書き手も多いが、文章力・構成・筋の巧みさも優れている。つまり「月並」なのである。「月並」とは月ごとに催される和歌や連歌・俳諧などの会合のことであり、そこで作られる作品が平凡で新鮮みのないことを批判的にいう文脈で使われる。ただ、「月並」と呼ばれていた幕末・明治の俳句をみると、驚くほどレベルが高いのに驚く。少し調子の悪い芭蕉《ばしょう》や蕪村《ぶそん》といった作品が安定して作れるようになったのである。現代の時代小説もそうで、文章や筋立てはたいへんうまい。私のように前近代の小説ばかり読んでいる人間は特にそう思う。司馬遼太郎や山田風太郎のような作品がいっぱいある。その一方で、もうなにか響くものがない。人気を博した第三の忍法ブームの作品も現代人にはもう響かない。何度もそれらをリメイクした映画を見るとはっきりする。すぐれた作品はその時代が潜在的に抱えている関心を引き出す。それがなければいくら上手でもそれまでである。

時代小説が忍者作品のすべてではない。子どもの絵本では忍者は定番である。『にんじんじゃのおもしろにんじゃずかん』（二〇一九）など擬人化されたものも多い。時代小説でなければ、先に紹介したような和風ファンタジーの作品もある。マンガ『銀魂』のように和風ファンタジー作品は多く、尾張《おわり》幕府の時代に真庭《まにわ》忍軍が活躍するという西尾維新《にしおいしん》『刀語』（二〇〇七）のようにまったく日本史から離れた作品でも面白いものがある。忍者はキャラクターとして確立されているので、日本でもなく日本史とも関係なく活躍する。イギリスでも貴族社会でもない作品に、メイドが出てくるようなものである。若い世代向けの小説であるライトノベルは西洋的ファンタジー風の世界であってもくのいちが出てくる。忍者作品は男性が鑑賞するように思われがちだが、女性読者が主である、くのいちが主人公になるジュブナイル小説の越水《こしみず》利江子《りえこ》『時空忍者おとめ組！』（二〇〇九）もジャンルとして確立している作品のひとつである。くのいちが主人公にならずとも、女子向けの小説・マンガには男の忍者が出てきて主人公の女性を守ることが珍しくない。現代の社会状況にあったシチュエーションというと、学園生活に出てくる忍者である。これもマンガが強く亜月裕《あづきゆう》『伊賀野カバ丸』（一九七九―八二）や細野不二彦《ほそのふじひこ》『さすがの猿飛』（一九八〇―八四）などがあってラブコメになりやすい。先のように女性主人公を守る男の忍者もあれば、忍者の学校という設定もある。忍術は江戸時代の技術伝達を反映しており、師匠から弟子へ相伝されるもので、そこから師匠と弟子の確執などもよく描かれた。学校という制度は近代のものながら、現代人にとって師匠と弟子の関係よりもよほどわかりやすい環境である。忍者の学校物では古田足日《ふるたたるひ》『忍術らくだい生』（一九六八）が古く、尼子騒兵衛《あまこそうべえ》『落第忍者乱太郎』（一九八六―二〇一九）も登場人物の設定などに影響を受けている。『落第忍者乱太郎』はテレビアニメ『忍たま乱太郎』（一九九三―）として広く知られた国民的忍者作品であり、もし『忍たま乱太郎』がなければ日本人といえども、現代人にとって忍者はもっと縁遠いものになっていたはずである。

あとは現代の日常生活に忍者が出てくるものである。坂口安吾『現代忍術伝』（一九四九―五〇）のほか、山田風太郎『忍法相伝73』（一九六四―六五）が該当する。先祖秘伝の忍法書を受け継いだ安サラリーマン伊賀大馬の身に降りかかる珍騒動の数々はコント55号の映画にもなったが、山田風太郎にとって現代設定の本作は失敗作で、再版されていない封印作品である。現代生活に忍者が登場するという意外さは小説よりもマンガで表現しやすい。先の『伊賀野カバ丸』や『さすがの猿飛』も成功しているが、藤子不二雄Ⓐ『忍者ハットリくん』（一九六四―六八、八一―八八）がこのテーマではもっとも成功した作品だといえる。

現代は創作物のサイクルが早くすぐ廃れてしまう。定番として生き残っていくのはほんのわずかな作品であって、出てはすぐに忘れ去られていく。そのため、創作者はそれよりもたくさん作り続けなくてはならない。

現代における忍者小説の名作

さて、最後に近年の忍者小説のなかで優れた作品を紹介しておこう。和田竜『忍びの国』（二〇〇八）は二〇一七年に映画化もされ、最近ではもっとも有名な忍者小説のひとつであり、忍者小説としては正統派の時代小説である。和田竜には『のぼうの城』（二〇〇七）や『村上海賊の娘』（二〇一一―一三）など優れた作品がたくさんあるが、和田作品の魅力は現代とは違う骨太な戦国時代人を描くことにある。「人でなしの国」の「人でなし」の人たちが『忍びの国』では描かれている。和田作品はすがすがしい作品が多いが、本作はあとを引く終わり方をする。『忍びの国』は忍者作品でも超人的な能力や、怪奇性に重点をおかず、詳細な事前調査をうまく作品に取り入れている。

『刀語』（二〇〇七）の作者西尾維新は多作で〈物語〉シリーズなど数々のヒット作を残している。二〇〇七年に全一二巻が刊行された『刀語』のシリーズは、和風ファンタジーで尾張幕府によって統一された世界となっている。和風ファンタジー作品は西尾維新では珍しい。刀を使わない剣術「虚刀流」の七代目当主である鑢七花《やすりしちか》と、変体刀の収集を命じられた奇策士「とがめ」がともに完成形変体刀一二本を集める旅に出る話である。主人公らの敵が変体刀を狙う真庭忍軍という忍者である。奇談の伝統をつぐ内容であり、人間の想像力を楽しむバトル小説である。史実に、あるいは現実にもとづかないのでファンタジーとして消化しやすい。会話の軽妙さによって登場人物の魅力が伝えられていることや、ハラハラドキドキの展開は上手な小説家であることが十分に伝わってくる。アニメ化されたとはいえ、西尾維新の他のヒット作に比べてたいへん愛好されているわけでもないが、最近の忍者小説では秀作といえよう。

　人気作家の作品といえば万城目学《まきめまなぶ》『とっぴんぱらりの風太郎』（二〇一一―一三）もたいへん面白い。万城目学は『鴨川ホルモー』『鹿男あをによし』『プリンセス・トヨトミ』『偉大なる、しゅららぼん』など数々のヒット作があって、そのほとんどがテレビドラマ・映画化されている実力作家である。『とっぴんぱらりの風太郎』は大坂の陣あたりの京・大坂を舞台にして、伊賀の忍び風太郎を主人公にした本格的な時代小説で、二〇一一年から一三年まで『週刊文春』に連載されていた。週刊誌連載からの単行本化は忍者小説では当たり前のパターンだったが、『忍びの国』は忍者映画の脚本から発展させたもので、『刀語』はすべて書き下ろしであり、最近では絶対ではなくなっている。単行本で七四六頁と分厚く、堪能できる。なお作品の読みは「ふうたろう」でなくて「ぷうたろう」。「ぷうたろう」という発音は慶長の頃はないのだが、わざと使ったのだろう。本文でのセリフは基本的に現代語だが、ときおり時代劇語調を入れてうまくつかいわけている。

本作を簡単にいえば、文禄《ぶんろく》生まれロスジェネの忍者小説である。文禄生まれの主人公だが、文禄とは最後の戦国乱世である天正のあとで、もう戦乱はなくなり忍びもいらなくなっている。主人公風太郎は上に反抗する態度ではない。むしろ上にすがっている。冒頭でしくじって伊賀から追い出されてしまう。これが白土三平のマンガだったら抜け忍に成功しているわけで、いきなりゴールである。しかし、風太郎は追い出されても今までのしがらみから離れることもできず、仕事をもらいつつ伊賀の忍びに復帰できないか考えている。風太郎は、伊賀から出たこともなければ出ても京を観光しようという気概もない。社会構造への反抗が前提にあった時代の小説とは違う。親はもちろん、忍者小説にありがちな師匠との関係も重視されない。黒弓、常世、蟬、百市といった同世代の忍びたちとの関係がより重視されている。巻き込まれる形で話が展開し、仕事にマジメで、おりることもできるのにおりないのがロスジェネの忍者の話である。本格的な時代小説だが果心居士《かしんこじ》と因心居士の妖術がないと成り立たないのも事実で伝奇性がある。作中に「忍者」という言葉をつかわないのはもちろん「下忍・中忍・上忍」という言葉をつかわず、手裏剣は棒手裏剣しか出てこない。万城目学には他に忍者小説はない。史実を扱っている以上、なんども書けるテーマでないのはわかる。池波正太郎のように、攻守をいれかえた視点で書けば、もう一作ぐらい書けるかもしれない。忍者小説としてはたいへんよい作品だが、あまりに本格的かつ長大なため、万城目学の作品としては映像化されていないのが残念である。

最後に紹介するのは、仁木英之《にきひでゆき》『立川忍びより』（二〇一七）である。仁木英之は唐代中国を舞台にしたファンタジー小説『僕僕先生』シリーズが代表作の歴史物の作家である。「奇想天外でユーモアたっぷりの日常系忍者小説です」という紹介がされているように、現代の立川に忍者の子孫がいて、主人公がそれと関わっていく。ブラック企業を辞めて家に引きこもっていた青年大倉多聞が両親の借金のかたに見合いさせられたのが忍者一家で……、という展開である。続編『立川忍びより　忍ビジネスはじめました！』が二〇一九年に刊行されているので、それなりの人気はあったはずである。先に紹介した三作と比較すると一見ではそこまで面白くはないが、読み方にコツがあって主人公が忍者の人たちに接していくうちに生きる術《すべ》を見いだし人間性を回復していくという、癒《い》やしとしての現代忍者をテーマとして読むとよい。ただ、日常に忍者が出てくる話は、小説よりマンガのほうが面白い。意外性が視覚的にはっきりわかるからである。

おわりに

成功する忍者小説としてどのような要素が必要なのか。忍者小説の本質は奇談なのでそれは大事にすべきだろう。忍者小説を書くには、時代小説らしくあることは、現代ではむしろたいへんである。成功している小説の形式を真似するだけではなく、作者の忍者観が時代に響くものでないと受け入れられない。構成やキャラクターは、驚くようなものはなかなか生み出せない。細やかな文章力を持っていることはもはや前提となっている。

マンガでは、現代日本と忍者の組み合わせでは花沢健吾《はなざわけんご》『アンダーニンジャ』（二〇一八―）が面白い。現代でも巨大な忍者組織が存在しているという設定で、主人公は末端の職にあぶれた忍者であったが指令を受けて事件に巻き込まれていく。忍者マンガが好きな人たちと話すと必ず口にのぼる良作だが、そこまで世間受けしてはいないようである。現代社会に忍者が出てくるという設定で成功する作品が出てくるとは思っていたが、どうやら、マンガの近藤信輔《こんどうしんすけ》『忍者と極道』（二〇二〇―）がそれに当たりそうである。忍者とヤクザの戦いは『ニンジャスレイヤー』があるが、これはＳＦ色が強い。『ニンジャスレイヤー』の奇談のよさを残しつつ、より受け入れやすい形で現代社会を舞台にすることに成功している。従来のヒット作の要素を細かく取り入れているのも本作の特徴である。忍者作品の本質が今も昔も奇談にあることが、ここでも確認できる。

忍者とは、願望の形にそって自在に姿をかえる、人々の超人願望を受け入れる器である。史実の「忍び」をタネとして、さまざまな忍者像ができあがる。時代や地域によって忍者像は異なる。人々が忍者に望むものが変われば、それに従って新しい忍者像が登場する。忍者像は日々更新されていく。忍者には、人間の想像力が豊かに発揮されており、それが忍者の魅力である。

あとがき

「新書大賞2020」を受賞したことをきっかけに、大木毅『独ソ戦　絶滅戦争の惨禍』（岩波新書、二〇一九）を読んだ際、大きな衝撃を受けた。私は高校生の頃に第二次世界大戦史に興味があって、たくさんの本を読んでいた。そのため、自分は第二次世界大戦史に詳しいと思っていた。ところが三〇年ほど前に私が知識を得た本の内容の多くが誤りであることが判明した。なかでも、パウル・カレルの著書はドイツ本国でも現在は絶版となり、デイヴィッド・アーヴィングはホロコースト関係の記述が原因で裁判に負けて破産し、著書も当然書店からなくなった。カレルの本によくあった、戦争に乗り気でなかったが優秀な国防軍がヒトラーの気まぐれで勝機を逸したというパターンは、神話であることが明らかになった。その一方で、冷戦終結後にロシアを始めとする旧東側諸国からさまざまな史料が発見されたことで、第二次世界大戦史の研究は長足の進歩を遂げていたのである。

これは忍者研究にも同じことがいえるかもしれない。一九六〇年代の忍者ブームでは、忍者研究でも「とんだりはねたりの忍者とは違った本当の忍者を紹介する」大著がいくつも登場し、一九八〇年代の『歴史読本』や『歴史群像』といった商業的専門誌でその言説が再生産されていった。

忍者研究は二〇一〇年の前と後でまったく異なる。二〇一〇年代に『三重県史』『伊賀市史』『甲賀市史』の編纂《へんさん》と刊行が進んだことや、二〇一一年に著名な歴史学者磯田道史《いそだみちふみ》氏が「歴史評論 甲賀忍者の真実」（小説TRIPPER：トリッパー二〇一一年春号）を発表、続けて『歴史の愉しみ方：忍者・合戦・幕末史に学ぶ』（中公新書、二〇一二年一〇月）を刊行したことも大きい。手前味噌《みそ》ながら、現在私の所属する三重大学人文学部が伊賀市と上野商工会議所と一緒に伊賀連携フィールド忍者文化協議会を作って、忍者の研究を始めたことは、とりわけ大きな影響があった。当初は町おこしのために単発の企画のように始まったが、二〇一七年七月に国際忍者研究センターが開設され、二〇一八年二月に国際忍者学会が発足し、二〇一八年四月には人文社会科学研究科の忍者・忍術学コースに最初の学生が入学した。

今にいたって私がこの本を上梓《じょうし》できたのは、驥尾《きび》に付したとしか言いようがない。私自身は、三重大学の忍者研究が始まった頃はこれほど長く続くとは思っていなかったし、今まで忍者研究をやってきた方々や新たに忍者・忍術学コースに入ってくる学生たちに比べると、忍者を好きといえるほどの情熱はなかったからである。もっとも、仕事としていきなり忍者研究を始めたことは、忍者についてこうあって欲しいとかこうあっただろうという予断や思い込みから自由だった点でよかったかもしれない。

本書はKADOKAWAの麻田江里子さんから二〇一八年に執筆依頼を受けている。その時点で、ある程度自分の忍者研究が固まっていたので、すぐに本を書いても今回の本と七割ぐらいは変わらなかっただろうし、新たな成果については次の本をだせばいいだけの話なのでとりあえず本を出してしまえばよかったとも思う。くだくだしい部分がなくてかえって読みやすかったかもしれない。

ただし、自分がまだよくわからない部分があると意識していたのは事実であり、本を書くのはためらいがあった。それから、忍者・忍術学コースに入学した学生らと一緒に勉強することで、忍者忍術についてより深く理解できるようになり、また科研費の補助によって資料が集めやすくなって、ようやく執筆できるようになったのも確かである。教員として忍者忍術を学び教えるという立場や国からの補助金をいただいて研究し成果を出すという後押しがなければ、私の忍者研究は深まらなかったはずである。

気がつけば、忍者を一〇年近く研究してきたことになる。式亭三馬《しきていさんば》と江戸戯作を大学院で研究した八年を超える長さである。忍者研究だけを三重大学でやってきたわけではなく、戯作研究と近世文学における医療の研究と並行して進めてきたが、忍者研究の博士論文というつもりで本書を執筆した。細かい説明が欠けている従来の忍者解説書に足りない部分を補いたいと思ったため、分厚くなってしまった。説明がくだくだしいことも含めて、その点は理解して欲しい。博士論文のときと同じで、これがゴールというよりは、忍者研究においてもようやくこの分野の研究者としてスタート地点に立ったという気持ちである。

本書では、忍者の成立と変遷を事細かに述べた。これによって、今まで事実だとおもっていた忍者が創作であったことがわかり、がっかりする人もいるかもしれない。著者は文学や演劇を研究しているので、作られた忍者像が好きである。人並みはずれた力を得たいという、人間の普遍的な願望を受け入れる器に忍者がなっていることに感心している。事実でないからといって決して否定はしない。忍者が黒装束で手裏剣を持つと決めたのはすばらしい発明だと思っている。

今回はほぼ日本における忍者像についてのみ説明したが、今や忍者は世界のNinjaとなっており、さまざまな時代や地域を背景にさまざまな種類の忍者の話が世界各国で作られている。これからも忍者像が更新されて、あたらしい忍者作品が登場することを私は楽しみにしている。

忍者研究もこれからいよいよ精緻《せいち》になってくると、他の学問分野と同じで、一人で通史的解説を書くのは難しくなってくるだろう。ここ二年ほどで忍者の歴史研究も戦国史の専門家が関わることでますます細かいものになってきた。本書でも近現代にはほとんど手が回っておらず、概説で済まさざるを得なかった。

かつて、大学院修士課程の頃に延広真治《のぶひろしんじ》先生が授業で「文学も科学ですから、かならず後代の研究に乗り越えられます」とおっしゃったのが印象に残っている。私もまだ若くて学問とは永遠不滅の真理を探究しているという気持ちを抱いていたからかもしれない。現在では、自分の研究が永遠不滅の真理を解明するとは思わないし、私の研究もいずれ後代に乗り越えられていくと覚悟している。忍者研究はなかなか見られない写本類を相手にすることになって史料の閲覧からまず困難がつきまとう。創作を対象とした本書の研究はすべて公開された文献・資料にもとづいている。門外不出の秘伝の書を見せてもらって行ったものはひとつもない。本書に用いた架蔵本は公開を惜しまぬつもりである。その点で読者は本書の内容を自らの手で検討できるはずであり、また深められるはずである。創作を対象とした忍者研究はかなり開かれたものなのである。多くの人が本書をきっかけに忍者研究に参加して、本書について「甘いね。今はもっと緻密にやらないと話にならないね」と言う日がくることが私の願いであるし、自分自身も余生のある限り本書の研究を更新していかねばならないと思っている。

本書はＪＳＰＳ科学研究費補助金基盤研究Ｃ「近世日本における忍者像の形成と変容に関する研究」（研究課題番号 18K00277）の成果によるものである。

参考文献一覧

資料についた記号でinfoから始まるものは国立国会図書館の永続的識別子。DOIとは、Digital Object Identifierの頭文字で、コンテンツの電子データに付与される国際的な識別子。山田雄司『忍者の歴史』（角川選書、二〇一六）と平山優『戦国の忍び』（角川新書、二〇二〇）は全ての章の研究編に含まれる。

一部「軍記の中の忍び」一章「『太平記』の忍び」

資料編

『絵本楠公記』国立国会図書館、info:ndljp/pid/2608489
『高野春秋編年輯録』仏書刊行会編、有精堂出版部、一九三二
『忍術伝書正忍記』中島篤巳解読・解説、新人物往来社、一九九六
『完本万川集海』中島篤巳訳注、国書刊行会、二〇一五
『完本忍秘伝』中島篤巳訳注、国書刊行会、二〇一九
『楠正成一巻書』承応三年刊本の大正六年復刻本、架蔵
『参考太平記』国立国会図書館所蔵本、info:ndljp/pid/2608393
『太平記』1～3、後藤丹治・岡見正雄校注、岩波書店、一九六〇―一九六二
『太平記』1～4、長谷川端校注・訳、小学館、一九九四―一九九八
『太平記』1～6、兵藤裕己校注、岩波文庫、二〇一四―二〇一六
『太平記　西源院本』鷲尾順敬校訂、西源院本太平記刊行会、一九三六
『太平記図会』早稲田大学図書館蔵本、請求記号：へ13_01989_0001

『太平記秘伝理尽鈔』1〜5、今井正之助・加美宏・長坂成行校注、平凡社、二〇〇二—二〇二〇
『太平記理尽図経』肥前島原松平文庫文庫所蔵本、DOI：10.20730/100182409
『武家名目抄』故実叢書11—18、明治図書出版、一九五三—一九五四
『邦訳日葡辞書』土井忠生編訳、岩波書店、一九八〇
『北条五代記』仮名草子集成62・63、柳沢昌紀翻刻・解題、東京堂出版、二〇一九・二〇二〇
『英雄六家撰　恩地左近満一』国立国会図書館、info:ndljp/pid/1309218

研究編

石岡久夫『日本兵法史』上・下、雄山閣、一九七二
井上泰至『近世刊行軍書論』笠間書院、二〇一四
今井正之助『『太平記秘伝理尽鈔』研究』汲古書院、二〇一二
上田哲也「熊本藩細川家の忍び」『忍者研究』3、国際忍者学会、二〇二〇
筧雅博「得宗政権下の遠駿豆」(『静岡県史　通史編2　中世』)静岡県、一九九九
亀田俊和『高師直　室町新秩序の創造者』吉川弘文館、二〇一五
呉座勇一編『南朝研究の最前線　ここまでわかった「建武政権」から後南朝まで』(朝日新聞出版、二〇二〇)
笹川祥生『戦国軍記の研究』和泉書院、一九九九
得能弘一「楠木正成の出自に関する一考察」『神道学』128、一九八六
中村幸彦「太平記の講釈師たち」(『中村幸彦著述集』一〇巻)中央公論社、一九八三
古川哲史監修・羽賀久人・魚住孝至校注『戦国武士の心得—『軍法侍用集』の研究』ぺりかん社、二〇〇一。『軍法侍用集』翻刻を含む
堀新・井上泰至『信長徹底解読　ここまでわかった本当の姿』文学通信、二〇二〇

山田雄司「【史料紹介】松村流松明・甲賀流武術秘伝」『三重大史学』17、二〇一七

一部二章「忍びのさまざま」

資料編

『改正三河後風土記』上・中・下、宇田川武久校注、秋田書店、一九七六
『鎌倉公方九代記・鎌倉九代後記』黒川真道編、崙書房、一九七二
『鎌倉管領九代記』酒田光丘2684
『寛政重修諸家譜』続群書類従完成会、一九六四—二〇一二
『関八州古戦録』中丸和伯校注、新人物往来社、一九七六
『慶長見聞集』仮名草子集成56・57、東京堂出版、二〇一六・二〇一七
『慶長見聞集』大洲市立図書館矢野玄道文庫14—108。早稲田大学図書館　リ05 02081
『原史料で綴る天草島原の乱』鶴田倉造編、本渡市、一九九四
『甲賀郡志』下、滋賀県甲賀郡教育会編、名著出版、一九七一
『甲賀市史』3、甲賀市史編さん委員会編、二〇一四
『古老軍物語』早稲田大学図書館、へ12_05083
『嶋原天草日記』続々群書類従4、一九〇八
『嶋原記』仮名草子集成36、東京堂出版、二〇〇四
『常山紀談』菊池真一編、和泉書院、一九九二・一九九三
『風流軍配団』八文字屋本全集13、汲古書院、一九九七
『北条五代記』仮名草子集成62・63、東京堂出版、二〇一九・二〇二〇
『北条五代記』国文学研究資料館鵜飼文庫、96—88—1～5。DOI：10.20730/200019134

『三河物語　葉隠』日本思想大系26、岩波書店、一九七四
『三河物語』中田祝夫編、勉誠社、一九七〇
『明良洪範』国書刊行会、一九一二
『綿考輯録』4—6、出水叢書、出水神社、一九八九—一九九〇

研究編

岩田明広「戦国の忍びを追う—葛西城乗取と羽生城忍び合戦—」『県立史跡の博物館紀要（さきたま史跡の博物館・嵐山史跡の博物館合同）』14、二〇二一
井上泰至『近世刊行軍書論』笠間書院、二〇一四
上田哲也「熊本藩細川家の忍び」『忍者研究』3、国際忍者学会、二〇二〇
神田千里『島原の乱』中公新書、二〇〇五
藤木久志『新版　雑兵たちの戦場—中世の傭兵と奴隷狩り』朝日選書、二〇〇五
藤田和敏『〈甲賀忍者〉の実像』吉川弘文館、二〇一二
和田裕弘『天正伊賀の乱』中公新書、二〇二一

二部「近世忍者像の成立と変遷」一章「石川五右衛門 —— 豪胆な悪の魅力」

資料編

『伊賀考』岸勝明、伊賀古文献刊行会、二〇二〇
『石川五右衛門』徳川文芸類聚8『浄瑠璃』国書刊行会、一九一四
『石川五右衛門の生立』現代日本文学全集53『斎藤緑雨・内田魯庵・木下尚江・上司小剣集』筑摩書房、一九五七
『伊水温故』菊岡行宣、上野市古文献刊行会、一九八三

『一色軍記』丹後史料叢書1、一九二七
『絵本太閤記』上・中・下、有朋堂文庫、一九一四―一九一七
『絵本太閤記』国文学研究資料館蔵本、DOI：10.20730/200014405
『釜淵双級巴』義太夫節浄瑠璃未翻刻作品集成36、玉川大学出版部、二〇一五
『金門五山桐』日本戯曲全集3『石川五右衛門狂言集』渥美清太郎編、春陽堂、一九三一
『木下蔭狭間合戦』日本戯曲全集3
『傾城吉岡染』近松全集5、岩波書店、一九八六
『慶長見聞集』仮名草子集成57、東京堂出版、二〇一七、157頁
『甲陽軍鑑』磯貝正義、服部治則校注、戦国史料叢書1期3―5、人物往来社、一九六五―一九六六
『楼門五三桐』歌舞伎オン・ステージ13『五大力恋緘　楼門五三桐』、白水社、一九八七
『西鶴諸国ばなし』宗政五十緒校注・訳、新編日本古典文学全集67、小学館、一九九六
『猿飛佐助』立川文明堂、一九一三（架蔵の一九一四年本で確認）
『市井雑談集』国立国会図書館蔵本、請求記号211―55
『忍びの国』和田竜、新潮社、二〇〇八
『忍びの者』1―5、村山知義、岩波現代文庫、二〇〇三。初出は単行本一九六二―一九七一
『聚楽物語』仮名草子集成39、東京堂出版、二〇〇六
『真説石川五右衛門』上・中・下、檀一雄、六興出版、一九八二。初出は「新大阪新聞」一九五〇―一九五一
『信長記』松沢智里編、古典文庫296・298、一九七二
『新武者物語』索引叢書32『武者物語・武者物語之抄・新武者物語：本文と索引』菊池真一・西丸佳子編、和泉書院、一九九四

『賊禁秘誠談』菊池庸介『近世実録の研究』第二部翻刻編、汲古書院、二〇〇八
『丹後旧事記』丹後史料叢書1、一九二七
『蔦葛木曾桟』国枝史郎、国枝史郎伝奇文庫、講談社、一九七六。初出は一九二二―一九二六
『言経卿記　六』大日本古記録、岩波書店、一九六九、134頁
『豊臣秀吉譜』国文学研究資料館鵜飼本、DOI：10.20730/200019757　影印122コマ
『アビラ・ヒロン 日本王国記 ルイス・フロイス 日欧文化比較』大航海時代叢書1期11、佐久間正・会田由・岡田章雄訳、佐久間正・岩生成一注、岩波書店、一九六五、226・227頁
『忍者石川五右衛門』山田風太郎、『かげろう忍法帖』講談社、一九六三
『艶競石川染』日本戯曲全集3
『武遊双級巴』八文字屋本全集15、汲古書院、一九九七
『梟の城』司馬遼太郎、新潮文庫、一九九一。初出は「中外日報」一九五八―一九五九
『本朝二十不孝』松田修校注・訳、新編日本古典文学全集67、小学館、一九九六
『明良洪範』国書刊行会、一九一二
『役者百薬長』歌舞伎評判記集成3期3、和泉書院、二〇二〇

ビデオ

『石川五右衛門』松竹、二〇一七。放送は松竹・テレビ東京、二〇一六―二〇一七
『GOEMON』ワーナー・ホーム・ビデオ、二〇〇九。公開は松竹系二〇〇九
『忍びの者』『続・忍びの者』『新・忍びの者』『忍びの者 霧隠才蔵』『忍びの者 続・霧隠才蔵』『忍びの者 伊賀屋敷』『忍びの者 新・霧隠才蔵』『新書・忍びの者』KADOKAWA、二〇一六。上映年と監督は本文参照

研究編

足立巻一『立川文庫の英雄たち』文和書房、一九八〇
伊藤りさ「『木下蔭狭間合戦』試論―石川五右衛門像を中心に―」『演劇研究センター紀要Ⅶ 早稲田大学21世紀COEプログラム〈演劇の総合的研究と演劇学の確立〉』7、二〇〇六
伊原敏郎『歌舞伎年表』1、岩波書店、一九五七
奥瀬平七郎訳編『賊禁秘誠談―太陽児・石川五右衛門』同朋舎出版、一九七七
飯塚友一郎『歌舞伎細見』第一書房、一九二六
菊池庸介『近世実録の研究』汲古書院、二〇〇八、第一部第一章第四節「末期的成長 ―「石川五右衛門物」を例に―」。『賊禁秘誠談』は同書第二部翻刻編に収録
佐藤至子『妖術使いの物語』国書刊行会、二〇〇九
丹羽謙治項目執筆「忍術つかい石川五右衛門 『賊禁秘誠談』（実録）」長島弘明編『奇と妙の江戸文学事典』文学通信、二〇一九
細谷敦仁「実録『賊禁秘誠談』と黄表紙『石川村五右衛門物語』」『学芸国語国文学』26、一九九四
細谷朋子「石川五右衛門実録『賊禁秘誠談』について」立教大学日本学研究所年報8号、二〇一一
水江漣子項目執筆「慶長見聞集」『日本大百科全書』
光延真哉「歌舞伎のなかの忍術」『忍者文芸研究読本』笠間書院、二〇一四
山田和人「『傾城吉岡染』の方法 ―松本治太夫正本『石川五右衛門』との比較を中心に―」『同志社国文学』19号、一九八一

二部二章「飛加藤について ――忍者ができるまで」

資料編

『絵本甲越軍記』通俗日本全史16、早稲田大学出版部、一九一三
『絵本烈戦功記』通俗日本全史16、早稲田大学出版部、一九一三
『絵本烈戦功記』宮内庁書陵部、DOI：10.20730/100246020
『近江国輿地志略』下巻、蘆田伊人編集校訂、大日本地誌大系26、雄山閣、一九三〇
『伽婢子』松田修・渡辺守邦・花田富二夫校注、新日本古典文学大系75、岩波書店、二〇〇一
『忍術伝書正忍記』中島篤巳解読・解説、新人物往来社、一九九六
『完本万川集海』中島篤巳訳注、国書刊行会、二〇一五
『甲陽軍鑑』磯貝正義・服部治則校注、戦国史料叢書1期3―5、人物往来社、一九六五―一九六六
『甲陽軍鑑末書結要本』甲斐叢書9、第一書房、一九七四
『五雑組』3東洋文庫617、謝肇淛著、岩城秀夫 訳注、平凡社、一九九七
『崑崙奴』唐人百家小説9、明末。渡辺守邦「『五朝小説』と『伽婢子』(二)」の影印
『崑崙奴』川端康成訳、川端康成全集35（雑纂2）「唐代小説」、新潮社、一九八三
『新可笑記』麻生磯次・冨士昭雄訳注、対訳西鶴全集9、明治書院、一九八四
『太平広記』李昉等編、中華書局、一九六一
『田膨郎』唐人百家小説9、明末。渡辺守邦「『五朝小説』と『伽婢子』(三)」の影印
『田膨郎』川端康成訳、川端康成全集35（雑纂2）「唐代小説」、新潮社、一九八三
『風流軍配団』八文字屋本全集13、汲古書院、一九九七
『北越軍談』井上鋭夫校注、上杉史料集上・中、人物往来社、一九六六―一九六七
『平妖伝』馮夢竜作、太田辰夫訳、中国古典文学大系36、平凡社、一九六七
『武者物語』索引叢書32『武者物語・武者物語之抄・新武者物語：本文と索引』菊池真一・西丸佳子編、和泉書院、一九九四

『伽羅先代萩』日本古典文学大系52『浄瑠璃集』下、岩波書店、一九五九
『伽羅先代萩』歌舞伎オン・ステージ20『伽羅先代萩・伊達競阿国戯場』、白水社、一九八七
『伽羅先代萩』歌舞伎台帳集成34、勉誠社、一九九七

研究編

井上直哉「徳島藩伊賀者の基礎的研究」『忍者研究』2、二〇一九
長野栄俊「福井藩の忍者に関する基礎的研究」『忍者研究』1、二〇一八
黄昭淵「『伽婢子』と叢書　―『五朝小説』を中心に―」『近世文芸』67、一九九八
劉淑霞「「武侠」文化と「忍者」文化」『忍者の誕生』勉誠出版、二〇一七
吉丸雄哉「近世における「忍者」の成立と系譜」『京都語文』19、二〇一二
吉丸雄哉「忍者とはなにか　―ある忍者説話の形式を通じて」『忍者文芸研究読本』笠間書院、二〇一四
渡辺守邦「『五朝小説』と『伽婢子』(二)」『実践国文学』71、二〇〇七・三
渡辺守邦「『五朝小説』と『伽婢子』(三)」『実践国文学』72、二〇〇七・一〇

二部三章「忍者のさまざま」

資料編

『伽婢子』松田修・渡辺守邦・花田富二夫校注、新日本古典文学大系75、岩波書店、二〇〇一
『改正三河後風土記』宇田川武久校注、秋田書店、一九七六
『甲子夜話』2、中村幸彦・中野三敏校訂、東洋文庫、平凡社、一九七七
『忍術伝書正忍記』中島篤巳解読・解説、新人物往来社、一九九六
『完本万川集海』中島篤巳訳注、国書刊行会、二〇一五

『完本忍秘伝』中島篤巳訳注、国書刊行会、二〇一九
『其磧置土産』八文字屋本全集14、汲古書院、一九九七
『塩尻』日本随筆大成3期13―18、吉川弘文館、一九七七―一九七八
『聚楽物語』仮名草子集成39、東京堂出版、二〇〇六
『新可笑記』広嶋進校注・訳、新編日本古典文学全集69、小学館、二〇〇〇
『賊禁秘誠談』菊池庸介『近世実録の研究』第二部翻刻編、汲古書院、二〇〇八
『雷神不動北山桜』歌舞伎台帳集成4、勉誠社、一九八四
『太平記秘伝理尽鈔』一―五、今井正之助・加美宏・長坂成行校注、平凡社、二〇〇二―二〇二〇
『武家名目抄』故実叢書11―18、明治図書出版、一九五三―一九五四
『武道張合大鑑』近世文芸資料17『北条団水集 草子篇』4、古典文庫、一九八〇
『本朝諸士百家記』近世文芸資料20、『錦文流全集』「浮世草子篇」中巻、古典文庫、一九八八
『松村流松明・甲賀流武術秘伝』山田雄司翻刻、『三重大史学』17、二〇一七
『伽羅先代萩』歌舞伎台帳集成34、勉誠社、一九九七
『三河後風土記』通俗日本全史9―11、早稲田大学出版部、一九一三
『綿考輯録』4―6、出水叢書、出水神社、一九八九―一九九〇
『和漢三才図会』東京美術、一九七〇

研究編

石岡久夫『兵法者の生活』「起請文の発生と流行」雄山閣、一九八一
井上直哉「徳島藩伊賀者の基礎的研究」『忍者研究』2、二〇一九
岡本柳英『名古屋城秘境：御土居下の人々』黎明書房、一九六一
菅野覚明『武士道の逆襲』講談社現代新書、二〇〇四

長野栄俊「福井藩の忍者に関する基礎的研究」『忍者研究』1、二〇一八
長谷川強監修『浮世草子大事典』笠間書院、二〇一七
深井雅海『江戸城御庭番』中公新書、一九九二
深井雅海「〔史料翻刻〕御庭番川村清兵衛脩正の「九州筋御用之節手留」」『徳川林政史研究所　研究紀要』32、一九九八
福島嵩仁「「万川集海」の伝本研究と成立・流布に関する考察」『忍者研究』4、二〇二一
古川哲史監修・羽賀久人・魚住孝至校注『戦国武士の心得―『軍法侍用集』の研究』ぺりかん社、二〇〇一
水谷隆之『西鶴と団水の研究』和泉書院、二〇一三
矢部健太郎『関白秀次の切腹』ＫＡＤＯＫＡＷＡ、二〇一六
吉丸雄哉「忍者関連主要作品年表」『忍者文芸研究読本』笠間書院、二〇一四
綿谷雪・山田忠史編『増補大改訂　武芸流派大事典』東京コピイ出版、一九七八

三部「忍者の表象」一章「忍者装束の発生と展開について」、二章「手裏剣と忍者」

資料編

『赤本昔物語』国立国会図書館、info:ndljp/pid/10300910
『総角物語』国立国会図書館、info:ndljp/pid/8943293
『薄雪音羽滝』東京大学国文学研究室、DOI：10.20730/100018463
『絵本太閤記』早稲田大学図書館蔵本、請求番号へ 13 01833
『開巻驚奇俠客伝』国文学研究資料館、DOI：10.20730/100252212
『近江源氏先陣館』歌舞伎台帳集成24、勉誠社、一九九一

『重扇五十三駅』関西大学中村文庫、DOI：10.20730/100052497
『鎌倉三代記』日本古典文学大系52『浄瑠璃集下』岩波書店、一九五九
『鎌倉武家鑑』八文字屋本全集3、汲古書院、一九九三
『忍術伝書正忍記』中島篤巳解読・解説、新人物往来社、一九九六
『完本万川集海』中島篤巳訳注、国書刊行会、二〇一五、内閣文庫本が底本
『完本忍秘伝』中島篤巳訳注、国書刊行会、二〇一九、東北大学狩野文庫本が底本
『玉成集』日本武道大系1、同朋舎出版、一九八二。小城鍋島家伝本
『けいせい熊野山』早稲田大学演劇博物館、登録№：ロ18-00023-09F
『けいせい伝受紙子』金城学院大学、DOI：10.20730/100232768
『毛抜』歌舞伎オン・ステージ10『勧進帳』白水社、一九八五。昭和3年上演台本が底本
『源平曦軍配』東北大学狩野文庫、請求記号：11692-5
『戯場訓蒙図彙』享和3年（一八〇三）刊。架蔵
『楼門五三桐』歌舞伎オン・ステージ13『五大力恋緘　楼門五三桐』、白水社、一九八七
『正本製』早稲田大学図書館、請求記号：ヘ13_03091_0003
『柵自来也談』日本戯曲全集25『小説脚色狂言集』、春陽堂、一九二九
『新版諸流忍術競べ双六』大正11年（一九二二）印刷。架蔵
『泰平いろは行烈』早稲田大学演劇博物館、登録№：ロ18-00023-08F
『太平記秘伝理尽鈔』一―五、今井正之助・加美宏・長坂成行校注、平凡社、二〇〇二―二〇二〇
『忠孝寿門松』国立国会図書館、info:ndljp/pid/2534304
『手代袖算盤』江戸時代文芸資料2、国書刊行会、一九一六
『当世芝居気質』東京大学国文学研究室、DOI：10.20730/100018472

『当世信玄記』早稲田大学図書館、請求記号：ヘ13 01272
『雷神不動北山桜』歌舞伎台帳集成4、勉誠社、一九八四
『武家名目抄』故実叢書11―18、明治図書出版、一九五三―一九五四
『武遊双級巴』八文字屋本全集15、汲古書院、一九九七
『兵法雌鑑』日本兵法全集3『北条流兵法』、石岡久夫編、人物往来社、一九六七。139頁
『北斎漫画』六編、北海道大学図書館、DOI：10.20730/100259263
『本朝諸士百家記』近世文芸資料20、『錦文流全集』「浮世草子篇」中巻、古典文庫、一九八八
『本朝廿四孝』早稲田大学演劇博物館、請求記号：ロ18-00023-17A
『松株木三階奇談』都立中央図書館加賀文庫、DOI：10.20730/100053618
『室町殿物語』1、東洋文庫380、平凡社、一九八〇
『盛久側柏葉』八文字屋本全集18、汲古書院、一九九八
『弓張月曙桜』八文字屋本全集17、汲古書院、一九九八
『頼信璍軍記』八文字屋本全集19、汲古書院、一九九九
『旅行用心集』東北大学附属図書館、請求記号：阿部 IIIC3-1/6
浮世絵　『伽羅先代萩』「石川五右衛門」伊賀流忍者博物館

マンガ

白土三平『甲賀武芸帳』1・2限定版ＢＯＸ、小学館、二〇一一
白土三平『こがらし剣士』小学館クリエイティブ、二〇一七
白土三平『忍者旋風』白土三平選集1・2、秋田書店、一九七〇
杉浦茂『おもしろブック版猿飛佐助』杉浦茂傑作選集4、青林工藝舎、二〇一二

ビデオ

『隠密剣士全部セット』デジタルウルトラプロジェクト、二〇一八。EAN：4560164823991
『将軍 SHOGUN スペシャル・コレクターズ・エディション』パラマウント・ホーム・エンタテインメント・ジャパン、二〇〇四。EAN：4988113748544
『雷神不動北山桜 毛抜・鳴神』松竹株式会社、NHKエンタープライズ、二〇〇七
"Enter the Ninja" DVD、20th Century Fox Home Entertainment, 二〇一一。EAN：0883904255581
"Revenge of Ninja" DVD、EAN：5055201816245
"NINJA III" DVD、EAN：4048317348053
『柳生武芸帳』東宝名作セレクション、東宝、二〇二〇。EAN：4988104124135

研究編

稲本紀佳「忍者と黒装束の融合―近世演劇を手掛かりに―」第2回国際忍者学会発表資料、二〇一八
菊池庸介『近世実録の研究』（汲古書院、二〇〇八）、第一部第一章第四節「末期的成長 ―「石川五右衛門物」を例に―」。『賊禁秘誠談』は同書第二部翻刻編に収録
長谷川強監修『浮世草子大事典』笠間書院、二〇一七
八文字屋本研究会編『八文字屋本全集』汲古書院、一九九二―二〇一三
樋口尚文『「月光仮面」を創った男たち』平凡社新書、二〇〇八
福島嵩仁「「万川集海」の伝本研究と成立・流布に関する研究」『忍者研究』4、二〇二一
藤田西湖『図解 手裏剣術』井上図書、一九六四
藤田西湖『忍術秘録』千代田書院、一九三六
婦人画報社編『歌舞伎の衣裳』婦人画報社、一九七四
成瀬関次『手裏剣』新大衆社、一九四三
光延真哉「歌舞伎の中の忍術」『忍者文芸研究読本』笠間書院、二〇一四

吉丸雄哉『武器で読む八犬伝』新興社新書、二〇〇八
綿谷雪『図説・古武道史』新装版、青蛙房、二〇一三
白土三平に関する情報サイト（https://asa8.com/s/）二〇二一年三月二〇日最終アクセス

四部「忍者像の深化」一章「忍術と妖術」

資料編

『甲子夜話』2、中村幸彦・中野三敏校訂、東洋文庫、平凡社、一九七七
『忍術伝書正忍記』中島篤巳解読・解説、新人物往来社、一九九六
『完本万川集海』中島篤巳訳注、国書刊行会、二〇一五
『完本忍秘伝』中島篤巳訳注、国書刊行会、二〇一九
『けいせい蝦夷錦』日本戯曲全集24『お家狂言集』、春陽堂、一九三二
『けいせい忍術池』日本戯曲全集5『並木五瓶時代狂言集』、春陽堂、一九三〇
『古今説海』藝文印書館、一九六六
『木下蔭狭間合戦』日本戯曲全集3
『金門五山桐』日本戯曲全集3『石川五右衛門狂言集』渥美清太郎編、春陽堂、一九三一
『柵自来也談』日本戯曲全集25『小説脚色狂言集』、春陽堂、一九二九
『しぐれ草紙』小川渉著、飯沼開弥、一九三五
『児雷也豪傑譚』服部仁・佐藤至子編・校訂、国書刊行会、二〇一五
『児雷也豪傑譚』専修大学向井信夫文庫、請求記号：M0788
『児雷也豪傑譚話』黙阿弥全集21、春陽堂、一九二六
『児雷也豪傑譚話　三幕　南座上演台本』京都南座、二〇〇五

『自来也説話』早稲田大学図書館、請求記号：へ13 01910
『新編陽炎之巻』岐阜大学図書館、DOI：10.20730/100060269
『南総里見八犬伝』1―12、新潮日本古典集成別巻、新潮社、二〇〇三―二〇〇四
『鼠小紋東君新形』黙阿弥全集2、春陽堂、一九二四
『艶競石川染』日本戯曲全集3
『兵法秘術一巻書』日本古典偽書叢刊3、現代思潮社、二〇〇四
『蛍狩宇治奇聞』国文学研究資料館、請求記号：ナ4―708―1～6
『伽羅先代萩』歌舞伎台帳集成34、勉誠社、一九九七
『伽羅先代萩』歌舞伎オン・ステージ20『伽羅先代萩　伊達競阿国戯場』、白水社、一九八七
『夕霧書替文章』八戸市立図書館蔵、DOI：10.20730/100059662
『用間伝解』甲賀者忍術伝書―尾張藩甲賀者関係史料Ⅱ、滋賀県甲賀市、二〇一六
浮世絵『轡音纏染分』歌川豊国（3）、一八六一、架蔵

ビデオ

『忍術児雷也』DVD、パイオニアLDC、二〇〇一。EAN：4510242163457
『逆襲大蛇丸』DVD、パイオニアLDC、二〇〇一。EAN：4510242163464

研究編

赤羽根大介校訂・赤羽根龍夫解説『訓閲集』スキージャーナル、二〇〇八
井上直哉「徳島藩伊賀者の基礎的研究」『忍者研究』2、二〇一九
上田哲也「熊本藩細川家の忍び」『忍者研究』3、二〇二〇
ウォルフガング・ロッツ著・大内博訳『シャンペン・スパイ』ハヤカワ文庫、一九八五
佐藤至子『妖術使いの物語』国書刊行会、二〇〇九

高木元「戯作者たちの〈蝦蟇〉」『江戸読本の研究』ぺりかん社、一九九五。初出は『江戸文学』4、ぺりかん社、一九九〇
藤沢毅「忍者のはなし」『尾道文学談話会会報』4、二〇一三
古川哲史監修・羽賀久人・魚住孝至校注『戦国武士の心得―『軍法侍用集』の研究』ぺりかん社、二〇〇一。『軍法侍用集』翻刻を含む
山田雄司「「当流奪口忍之巻註」を読む」『忍者文芸研究読本』笠間書院、二〇一四
吉澤英明『講談作品事典』中、「講談作品事典」刊行会、二〇〇八

四部二章「猿飛佐助と真田十勇士」

資料編

『厭蝕太平楽記』藤沢毅翻刻、『近世実録翻刻集』近世実録翻刻集刊行会、二〇一三
『大坂物語』、国立国会図書館・大東急記念文庫・米沢市立図書館・東洋文庫蔵本が仮名草子集成9、東京堂出版、一九八八、古活字本が仮名草子集成11、同、一九九〇
『近江源氏先陣館』歌舞伎台帳集成24、勉誠社、一九九一
『大阪城冬之陣』立川文庫50、国立国会図書館蔵、info:ndljp/pid/905760
『鎌倉三代記』日本古典文学大系52『浄瑠璃集下』岩波書店、一九五九
『霧隠才蔵』復刻立川文庫傑作選、講談社、一九七四
『真田三代記』帝国文庫18『真田三代記　越後軍記』、一九二九
『勇士揃　真田十勇士』榎本書店、一九二五。架蔵
『真田幸村』復刻立川文庫傑作選、講談社、一九七四
『真田幸村諸国漫遊記』中川玉成堂、国立国会図書館蔵、info:ndljp/pid/890235

『猿飛佐助』復刻立川文庫傑作選、講談社、一九七四
『猿飛佐助』立川文庫、一九一五。架蔵
『猿飛佐助』松本金華堂、一九一〇。国立国会図書館蔵、info:ndljp/pid/890252
『武田三代軍記』学習院大学文学部蔵、DOI:10.20730/100067716
『難波戦記』通俗日本全史11、早稲田大学出版部、一九一二
『本朝盛衰記』酒田光丘文庫、DOI:10.20730/100154781
『三好清海入道』復刻立川文庫傑作選、講談社、一九七四
『鷲塚力丸』立川文庫、一九一七。架蔵

研究編

足立巻一『立川文庫の英雄たち』文和書房、一九八〇
池田蘭子『女紋』河出書房新社、一九六〇
今村欣史『触媒のうた』神戸新聞総合出版センター、二〇一七
岡本良一「猿飛佐助考」『岡本良一史論集』上、清文堂出版、一九九〇。初出は、一九六〇年六月一六日付大阪版朝日新聞朝刊
菊池庸介『近世実録の研究』「主要実録書名一覧稿」汲古書院、二〇〇八
旭堂小南陵（四代目旭堂南陵）『明治期大阪の演芸速記本基礎研究』正、たる出版、一九九四
旭堂南陵「明治末〜大正期大阪講談本の世界　—立川文庫を中心に」、吉川登『近代大阪の出版』、創元社、二〇一〇
志村有弘編『真田幸村歴史伝説文学事典』勉誠出版、二〇一五
姫路文学館『大正の文庫王　立川熊次郎と「立川文庫」』図録、姫路文学館、二〇〇四
高橋圭一『大坂城の男たち』岩波書店、二〇一一

高橋圭一「忍者と豪傑　―猿飛・霧隠・塙団右衛門」『文学』7巻6号、岩波書店、二〇〇六
高橋圭一「江戸の猿飛佐助」『地域創成研究年報』5、愛媛大学地域創成研究センター、二〇一〇
田島良一「時代劇の誕生と尾上松之助」、岩本憲児編『時代劇伝説』森話社、二〇〇五
中村幸彦「真田三代記」『日本古典文学大辞典』3、岩波書店、一九八四
吉丸雄哉「猿飛佐助と忍者像の変容」『忍者の誕生』勉誠出版、二〇一七

四部三章「変わりゆく忍者像」

資料編

『サスケ』白土三平、白土三平選集3―10、二〇〇九。連載は一九六一―一九六六
『忍術漫画』山田みのる、磯部甲陽堂、一九二〇
『漫画太郎』宮尾しげを、『しげを漫画図鑑1』、かのう書房、一九八四。初出は一九二三
『NARUTO―ナルト―』1―72、岸本斉史、集英社、二〇〇〇―二〇一四。連載は一九九九―二〇一四

研究編

エズラ・ヴォーゲル『ジャパン・アズ・ナンバーワン』TBSブリタニカ、一九七九
尾崎秀樹『大衆文学論』勁草書房、一九六五
鶴見俊輔「大衆文学ノート　まげ物の復活」『大衆文学論』六興出版、一九八五。初出は一九四八
長谷川如是閑「政治的反動と芸術の逆転」『中央公論』41(8)、一九二六、国立国会図書館蔵、info:ndljp/pid/10232140
福島嵩仁他「2018年忍者作品一覧」『忍者研究』2、二〇一九
福島嵩仁他「2019年忍者作品一覧」『忍者研究』3、二〇二〇
福島嵩仁他「2020年忍者作品一覧」『忍者研究』4、二〇二一

吉丸雄哉（よしまる・かつや）
1973年、長崎県生まれ。三重大学人文学部教授。博士（文学）。専門は日本近世文学、忍者忍術学。主な著書に『武器で読む八犬伝』『式亭三馬とその周辺』（ともに新典社）、編著に『忍者文芸研究読本』（山田雄司・尾西康充との共編著、笠間書院）、『忍者の誕生』（山田雄司との共編、勉誠出版）などがある。

角川選書 661

忍者《にんじや》とは何《なに》か

忍法《にんぽう》・手裏剣《しゆりけん》・黒装束《くろしようぞく》

令和4年4月4日　初版発行

著　者　吉丸雄哉《よしまるかつや》

発行者　青柳昌行

発　行　株式会社 KADOKAWA
東京都千代田区富士見 2-13-3　〒102-8177
電話 0570-002-301（ナビダイヤル）

装　丁　片岡忠彦　　帯デザイン　Zapp!

印刷所　横山印刷株式会社　　製本所　本間製本株式会社

●お問い合わせ
https://www.kadokawa.co.jp/（「お問い合わせ」へお進みください）
※内容によっては、お答えできない場合があります。
※サポートは日本国内のみとさせていただきます。
※Japanese text only

定価はカバーに表示してあります。

ISBN978-4-04-703623-9 C0395

この書物を愛する人たちに

詩人科学者寺田寅彦は、銀座通りに林立する高層建築をたとえて「銀座アルプス」と呼んだ。
戦後日本の経済力は、どの都市にも「銀座アルプス」を造成した。
アルプスのなかに書店を求めて、立ち寄ると、高山植物が美しく花ひらくように、
書物が飾られている。

印刷技術の発達もあって、書物は美しく化粧され、通りすがりの人々の眼をひきつけている。
しかし、流行を追っての刊行物は、どれも類型的で、個性がない。
歴史という時間の厚みのなかで、流動する時代のすがたや、不易な生命をみつめてきた先輩たちの発言がある。
また静かに明日を語ろうとする現代人の科白がある。これらも、
銀座アルプスのお花畑のなかでは、雑草のようにまぎれ、人知れず開花するしかないのだろうか。
マス・セールの呼び声で、多量に売り出される書物群のなかにあって、
選ばれた時代の英知の書は、ささやかな「座」を占めることは不可能なのだろうか。
マス・セールの時勢に逆行する少数な刊行物であっても、この書物は耳を傾ける人々には、
飽くことなく語りつづけてくれるだろう。私はそういう書物をつぎつぎと発刊したい。
真に書物を愛する読者や、書店の人々の手で、こうした書物はどのように成育し、開花することだろうか。
私のひそかな祈りである。「一粒の麦もし死なずば」という言葉のように、
こうした書物を、銀座アルプスのお花畑のなかで、一雑草であらしめたくない。

一九六八年九月一日

角川源義